中国文学通史系列

元代文学史

The History
of Literature
in
the Yuan Dynasty

中国社会科学院文学研究所 ◎ 总纂

邓绍基 ◎ 主编

撰著人（按姓氏笔划为序）

幺书仪　尹恭弘　邓绍基　刘世德

吕薇芬　范宁　金宁芬　侯光复

人民文学出版社

图书在版编目（CIP）数据

元代文学史／邓绍基主编. -- 北京：人民文学出版社，2024
（中国文学通史系列）
ISBN 978-7-02-018684-6

Ⅰ.①元… Ⅱ.①邓… Ⅲ.①中国文学-古代文学史-元代 Ⅳ.①I209.47

中国国家版本馆 CIP 数据核字（2024）第 108124 号

责任编辑　葛云波
装帧设计　刘　静
责任印制　王重艺

出版发行　人民文学出版社
社　　址　北京市朝内大街 166 号
邮政编码　100705

印　　刷　河北博文科技印务有限公司
经　　销　全国新华书店等

字　　数　450 千字
开　　本　880 毫米×1230 毫米　1/32
印　　张　19.375　插页 3
印　　数　1—4000
版　　次　1991 年 12 月北京第 1 版
印　　次　2024 年 8 月第 1 次印刷

书　　号　978-7-02-018684-6
定　　价　68.00 元

如有印装质量问题，请与本社图书销售中心调换。电话：01065233595

目　录

编写说明

文学史是文学研究整体中的一门重要学科。新中国成立以来，由各大专院校、科研机构集体编写和专家个人编写出版的中国文学史各有特色，其中有些著作还发生过较大影响。但目前尚缺少一部论述较为详尽的多卷本文学史著作。为了弥补这种不足，按照全国哲学社会科学"六·五"规划的安排，由中国社会科学院文学研究所主持组织有关单位和有关专家编写十四册的《中国文学通史》，以期作为文学研究工作、高等院校教学工作以及其他文化工作中的参考用书。

按照长期以来文学史研究的实际情况，为了有利于编写者发挥专长，同时考虑到读者的方便，本书按时代分为十种十四册，计为《先秦文学史》、《秦汉文学史》、《魏晋文学史》、《南北朝文学史》、《唐代文学史》（上下）、《宋代文学史》（上下）、《元代文学史》、《明代文学史》（上下）、《清代文学史》（上下）、《近代文学史》。各册自成起讫而互作适当照应，合则为文学通史，分则为断代文学史。

本书编写的总要求是，在马克思主义指导下，阐述我国古近代文学的基本面貌，要求材料比较丰富翔实，叙述比较准确充分，力图科学地、全面地评价作家、作品，从而阐明各种文学现象形成的历史过程及其继承和发展关系。限于主客观的种种条件，实际的工作必然和上述要求有所距离,书中的不当以至错误必然不可避免,敬希海内外的学者专家和读者不吝指正。

下面是对编写工作中一些具体问题的说明。

一、本书由中国社会科学院文学研究所负责总纂,北京大学、南京师范大学协作编纂。

二、本书各册的编写方式不取一致,采用主编或编著者负责制,即各册的学术观点、学术质量统一于主编或编著者。

三、本书设立编纂委员会,负责协调各册的编写工作及组织质量审定的工作。编纂委员会设正、副主任委员,负责处理有关工作。

四、编纂委员会聘请各协作单位的著名专家三人担任全书的顾问。

五、各册的编写服从于统一的全书编写方针,但各册的内容、体例均相对独立。各册之间的分工、衔接以及内容中必要的互见都经过讨论、协商。

六、少数民族文学是中国文学史的重要组成部分之一。由于各种原因,本书中仅对少量用汉语写成的少数民族古典文学作家、作品作了论述。中国社会科学院民族文学研究所目前正组织编写《中国少数民族文学史丛书》,出版后将可和本书互参互补。待将来条件成熟而本书又有机会作较大的修订,自当酌增这方面的内容。

七、本书的编写得到国家社会科学基金会的资助,得到中国社会科学院和文学研究所负责同志和有关单位负责同志的支持和赞助,也得到国内外学者的鼓励;在出版工作中又承人民文学出版社古典文学编辑室大力支持,谨此一并致以谢忱。

中国文学通史编纂委员会

第一章　元代文学的若干历史文化背景

　　我国历史上的元代,是蒙古族的上层贵族集团掌握国家权力的时代,史称元朝。由于种种原因,元王朝统治中国的时间不长,如果自蒙古王朝灭金,统一北方算起,到惠宗妥欢帖木儿至正二十八年(1368),明兵攻下大都,元室北迁,统一的元王朝宣告灭亡为止,计有一百三十四年;如果自世祖忽必烈至元八年(1271)改国号为"大元"算起,则为九十七年;如果自至元十三年(1276)元军占领临安,宋室投降,元王朝统一全国算起,只有九十二年。按照文学发展的实际情况,元代文学史的起讫时间大致可定为从蒙古王朝灭金到统一的元王朝灭亡。

　　元代文学有两个基本特点:一是自宋代开始明显的俗文学和雅文学的分裂局面继续发展;二是雅文学即传统的诗文领域内出现新变现象。这两个基本特点又以前者最为重要,作为俗文学的元杂剧的产生、完备和盛行,不仅为我国古典戏曲的表演艺术奠定了基础,而且还在实际上争得了与传统的文学形式——诗词歌赋文相颉颃的地位,在很大的程度上代表着元代文学的成就。

　　和元杂剧同时流行的散曲,其格式、体制一同杂剧中的剧曲,它很快便被文士们采用,被看作是"新乐府",又由于宫廷朝会大合乐时采用散曲,并且由翰苑人物撰词,皇帝嘉赏,散曲地位越发提高。

这一情况与词的发生、发展情况相类似。但它总的成就比不上杂剧。

宋代产生的南戏,入元以后,继续流行,但就总体上看,元代南戏未能像杂剧那样,产生大量著名作家、作品并在文学领域中造成巨大的声势,因此它的成就不如杂剧。

盛行于宋代的说话,元代继续流行,特别是讲史更趋风行。但从流传的《三分事略》和《武王伐纣书》等作品看,它们的文词都还朴拙。此外,有人认为著名的长篇《三国志通俗演义》是元代作品,还有人认为百回本《水浒传》产生于元代,但都还有争议,暂不列入本书范围。

在传统的文学形式范围内,主要在诗歌领域,宗唐之风盛极一时,对明、清诗坛产生过影响。但和戏曲的兴旺相比,它们的业绩远为逊色。

元代文学的发展,大致可以仁宗爱育黎拔力八达延祐年间为界,分作前后两期。不同的文学样式在前后期的发展情况颇为相异,杂剧在前期趋向鼎盛,后期渐趋衰微;诗歌中出现的新变——“宗唐得古”风气在前期形成,后期继续发展而越显后劲;散文领域因更直接受到延祐年间把程、朱理学定为科举程式的影响,后期益发重视经世致用。

在俗文学与雅文学分裂、对峙的局面下,受传统偏见的影响,俗文学和俗文学作者大抵受到歧视,这里面又受着元代儒生地位、遭际的制约和影响,呈现出较为复杂的情况。

关于不同文学样式发展的基本情况,将在本书各有关章节分别叙述。为了说明文学发展的政治和文化背景,以下拟就元朝封建国家的确立和封建文化的继续发展、元代的儒士问题以及理学成为官学以及全真教对文学的影响诸方面作简略述说。

第一节　元王朝的建立和封建文化的继续发展

元朝的建立,最终结束了在这以前中国境内宋、辽、夏、金以及吐蕃、大理等长期并立的局面。元朝制度基本上沿袭宋、金旧制,同时也保存了蒙古的某些旧制。这一现象从根本上说是蒙古贵族统治集团为了适应中原地区的封建生产方式,相应地采用"汉法"治理中原的必然结果。而这种适应和采用"汉法"又经历了一个过程,它是在由蒙古奴隶制国家转化为元王朝封建制国家这一过程中逐渐完成的。

蒙古族本是我国北方的一个游牧部落,在辽、金统治时期,蒙古各部落逐渐有了较快的发展,形成了松散的部落联合。金泰和六年(1206),全蒙古的贵族在鄂嫩河源头举行大会,推举铁木真为全蒙古的领袖,号成吉思汗(元太祖),自此建立了奴隶制的蒙古国家。在这以前,铁木真曾被金朝授予"札兀惕忽里"(意为诸部落统领)封号,向金纳贡。成吉思汗建立蒙古国家后,曾到净州(今内蒙古四子王旗)会见金章宗派遣的武定军节度使卫王允济,向金纳贡,但拒不为礼,实际上是要求金朝承认蒙古汗国。金大安元年(1209),金朝使臣来到蒙古,成吉思汗又拒绝拜受诏旨,自此双方关系正式宣告破裂。金大安三年(1211),成吉思汗誓师伐金,开始了大规模南侵。金宣宗二年(1214),在战争中不断遭到失败的金王朝纳贡求和,并把都城由中都(今北京)迁至汴京(今开封)。次年,蒙古军队攻下中都。金哀宗四年(1227),成吉思汗在攻打西夏时病亡。窝阔台(太宗)继任汗位,决定加强对金战争。金哀宗天兴三年(1234),金王朝灭亡,蒙古王朝统一了北方。

在蒙古王朝灭金过程中,北方原来的封建经济遭到很大的破坏,发生过逆转现象,出现了奴隶制剥削关系。但当蒙古贵族统治集团力求巩固在中原地区的统治时,他们不得不逐渐改变征服政策,以适应原有的经济制度。早在蒙古军队攻下中都以后,成吉思汗就授命木华黎为对金作战的全权统帅,这时已经面临着对占领的中原地区如何进行统治的问题。木华黎采取了争取汉族地主武装的招降政策,并把以劫掠奴隶、财物为目标的掠夺战争转变为争城夺地的占领战争。也从这时开始,北方一些有实力的汉族地主武装和军阀纷纷降蒙,被委任为地方行政长官。在他们的建议下,木华黎注意约束部下剽掠,保护农业生产。到了窝阔台统治时期,更加倚用金朝降臣和汉族地主武装的首领人物,在原金朝统治地区逐步建立适应中原封建制度的统治秩序,即当时人所说的实行"汉法"。在这个时期,耶律楚材起了重要的作用。他是习熟汉文化的契丹贵族后裔,曾为金臣。他因长于天文、卜筮而被成吉思汗器重,窝阔台时期,他更受重用,成为亲信。耶律楚材主张"以儒治国,以佛治心",前者是他的主要思想。窝阔台听取和采纳了耶律楚材的意见,推行了一系列有利于封建经济恢复的政策、措施。据宋子贞《中书令耶律公神道碑》记载,耶律楚材反对某些蒙古贵族向窝阔台提出的把农田改为牧地的主张,阻止了一场对农业经济严重破坏的倒退行为;他建议制止和约束战争过程中对无辜百姓的大规模屠杀,使之安居乐业;他还建议把蒙古诸王大臣所得的"驱口"(沦为奴隶的被俘者)和汉族军阀、武装地主占有的奴隶改籍为国家编民,这实际上有利于使这些奴隶从事农业生产。他还推行著名的轻税薄赋的"五户丝制"。凡此等等,都有利于保护北方地区农业经济,使之免遭更大的破坏并逐渐得到恢复发展。

蒙古军队在进攻金朝的战争中,在文化上的破坏,主要表现在两个方面:一是不注意保护儒士,在一个时期内,儒士被屠杀、奴役现象很普遍。二是在攻城夺地过程中文化典籍受到损失。金亡前一年

（1233），著名作家元好问致函耶律楚材，要求保护儒士。信中说得十分沉痛："诚以阁下之力，使脱指使之辱，息奔走之役，聚养之，分处之，学馆之奉，不必尽具，饘粥足以糊口，布絮足以蔽体，无甚大费，然施之诸家，固已骨而肉之矣。"（《上耶律中丞书》）在耶律楚材的努力下，窝阔台时期改变了对儒士的政策。耶律楚材在燕京设立编修所，在平阳设立经籍所[1]，搜集和保存儒学、文化典籍。1230 年，他还奏请窝阔台批准任用儒者为课税使，一次起用了二十人，这是蒙古王朝大批任用儒士文臣的开始。也正是在耶律楚材的努力下，窝阔台即汗位后第十（1238），即金亡后第四年，实行第一次科试取士，即著名的"戊戌选"。由于这种政策在蒙古王朝统治集团中不时遭到反对，出现过反复现象，耶律楚材也不断受到中伤、打击。1241 年窝阔台去世以后，脱列哥那后摄政，排挤主张实行"汉法"的官员。耶律楚材于 1244 年去世。但到了忽必烈时代，又出现了更大的实行"汉法"的转折。

忽必烈是宪宗蒙哥之弟，蒙哥于 1251 年即汗位后，任命忽必烈掌管漠南汉地军政大权。据《元史·世祖本纪》记载，在忽必烈青年时代，就"思大有为于天下，延藩府旧臣及四方文学之士，问以治道"。从 1251 年以后的近十年间，在他周围形成了一个儒士幕僚集团，其中著名的人物有刘秉忠、张文谦、赵良弼、郝经、赵璧、王鹗、姚枢、许衡、窦默、商挺、李德辉和张德辉等。其中有的正是戊戌中选的人。他们中有的人向忽必烈进言"崇儒重道"，为他讲解儒家经典和历代圣君贤臣事迹，有的人向他陈述"以马上取天下，不可以马上治"、"农桑天下之本"和"三纲五常"等道理。总之，他们力图使忽必烈接受和实行中原封建文化和制度，这实质上是为了保护地主阶级的利益；忽必烈则通过这些有影响的儒士来争取汉族地主、军阀和士大夫对他的支持。在忽必烈受命掌管汉地区军政大权的次年，即宪宗二年（1252），奉忽必烈命访求人才的张德辉偕元好问北觐,尊忽必烈为"儒教大宗师",忽必烈欣然接受了这个称号。忽必烈实行"汉法"的主张曾遭到蒙哥的反对,也受到蒙古贵族中人的打击。蒙哥去世以后,忽必烈在部分蒙古宗王支持下,又依靠着汉族儒士谋臣和军阀将领的支持,打败了汗位的竞争者。自此,他进一步信用儒臣,更加坚定地实行"汉法"。他采纳刘秉忠等人的建议,按照历来中原封建王朝传统,称皇帝,立年号,后又更改国号,由"大蒙古国"改为"大元"。他在建元中统诏书中说:"朕获缵旧服,载扩丕图,稽列圣之洪规,讲前代之定制。建元表岁,示人君万世之传;纪时书王,见天下一家之义。法《春秋》之正始,体大《易》之乾元。炳焕皇猷,权舆治道。"这就明白地宣告和表明他是中国历代中央王朝的正统继承者。忽必烈改元后,进一步加紧对宋战争,1279 年,宋王朝的最后一个流亡朝廷在岭南覆灭。大体上说,到忽必烈正式建立大元王朝的时候,已经完成了从成吉思汗建立的奴隶制国家到封建国家的转变过程。忽必烈已不仅是蒙古贵族,同时也是北方地主阶级的总代表。因此,灭宋战争基本上已属于地主阶级之间的统一战争。但在战争过程中和灭宋以后,蒙古贵族统治集团一直是采取了民族歧视和压迫的手段,因此,南宋朝野在反抗过程中必然具有反抗民族歧视和压迫的性质,而且在表现形式上十分尖锐,这在文学作品中也有强烈的反映。

由元王朝成为封建国家的性质决定,在灭宋以后,江南地区封建经济没有像灭金过程中北方封建经济那样遭到很大破坏,南方地主阶级的利益也基本上受到了保护。忽必烈又很快采纳了程钜夫的建议,起用南方儒士为朝臣,其中影响最大的事件之一是起用宋室后裔、著名文士赵孟頫。这样,南方地主阶级对元王朝的态度也由反抗逐渐转变为拥护。成宗铁木耳大德以后,更多的原先持不合作乃至敌对态度的南方儒士纷纷转变态度,出仕食禄,这在很大程度上表明南方地主阶级对元王朝统一中国的最终承认和拥戴。

　　同样由元王朝成为封建国家的性质决定,中国的文化特别是中原地区的文化继续沿着原有的传统发展,在这以前的封建社会中占支配地位的正统儒学依旧是统治思想,在宋代形成的正统儒学的变种——理学,不仅继续流行和发展,还在中国历史上第一次成为官学。这又是元代封建文化继续发展的最重要的标志。在与文学接近的艺术领域内,元代绘画求意趣而不重形似,即前人所说"元人尚意"的特点,正是宋代出现的要求打破"院画气"——讲究形似和格法的进一步发展。元人书法较宋末有所振兴,时尚"复古",提倡直追晋人而不以唐人为归依,这种"复古"主张在很大程度上也是对宋人书法进行反思以后的结果,实际上又是一种发展。元王朝作为多民族国家同时具有东西交通空前发达的特点,这无疑有利于文化的传播和交流,如戏曲中出现的北方少数民族的乐曲、音声,丰富了戏曲音乐,雕塑艺术中密教雕塑手法一度盛行,打破了宋以来主要沿袭纤弱的晚唐传统的格局,丰富了雕塑艺术。此外,元代还出现了一大批精通汉文化的少数民族文学、艺术家,有的还作出了巨大贡献。

　　元代文化领域内的这些现象和特征,和文学方面的基本特点一样,它们既构成封建文化继续发展这个全局,又显示出它们在中国文化史或文学史上自有其独特的地位。

第二节　元代的儒士问题

　　有元一代,封建文化继续沿着前代传统发展,但作为文化人的儒士的地位、出路和境遇却又始终成为一个尖锐的社会问题。

　　如同上述，大致自窝阔台开始，就注意保护和起用儒士，忽必烈更进一步信用儒臣，在他即位之初，曾得意地说："自国朝开创以来，论其得贤，于斯为盛"。忽必烈以后，仁宗朝开科举，文宗（图帖睦尔）朝又采取了崇文尊儒的若干措施。但儒士问题还是成为元代的一个严重的社会问题，也成为后人论说元代文学的内容和某些文学样式兴衰的症结之一。按诸史实，这里面存在着种种复杂因素。

　　一，中央朝廷规定的措施常常在一些地区不能贯彻。陶宗仪《辍耕录》中说："国朝儒者，自戊戌选试后，所在不务存恤，往往混为编氓。至于奉一札十行之书，崇学校、奖秀艺、正户籍、免徭役，皆翰林学士高公智耀奏陈之力也。"这里说的是戊戌年即窝阔台即汗位十年以后的事，那时窝阔台已接受耶律楚材建议，开始起用儒臣。据《元史·高智耀传》记载，早在窝阔台即汗位以前，高智耀就向坐镇西凉的阔端（窝阔台之子）建议免除儒者徭役。窝阔台即位后，问高智耀："儒家何如巫医？"高回答说："儒以纲常治天下，岂方技所得比。"于是窝阔台下诏免除儒生徭役。忽必烈时期，又下诏免儒户徭役，但南方一些地区未予执行，陆文圭《墙东类稿·廉访使孙公墓志铭》中说："至元有诏，蠲免身役，州县奉行不虔，差徭如故。"更严重的是，在忽必烈即帝位后，高智耀还以"时淮、蜀士遭俘虏者，皆没为奴"事上书，这又不仅是服徭役的问题了。他向忽必烈陈说："以儒为驱（按：即驱口），古无有也。陛下方以古道为治，宜除之，以风厉天下。"从耶律楚材建议窝阔台把大量驱口释放为民到忽必烈即帝位，其间已有三十年左右，这时有些地区的儒生还沦为奴隶，足以说明这一问题的严重。

　　二，在起用儒士为官的问题上，由于存在着民族歧视政策以及与此有关的权力分配的不平等，而儒士又大抵是汉人，因此从中央朝臣到地方官员的任用都存在着矛盾、斗争。在封建统治下，各民族之间本不可能存在真正的平等,历代封建王朝也都在不同程度上存在着民族歧视、压迫政策。由于元王朝是历史上第一个以少数民族中的上层统治阶级统一中国的王朝,民族歧视政策更为明显。至元二年(1265),忽必烈诏令"以蒙古人充各路达鲁花赤,汉人充总管,回回人充同知,永为定制"。此外,府、州、县达鲁花赤也都必须由蒙古人充任。达鲁花赤在地方官中地位最高,即使不实际理事,也成为高居在上的特殊官员。这也是始终招致儒士不满的一个重要因素。在中央朝臣的任用上,由于忽必烈在争夺帝位过程中得到了一大批儒士的支持,因此在中统即位之初,儒臣很受重用。中统三年发生了山东地方军阀李璮的叛乱,叛乱虽然很快平定,但忽必烈发现在他身边任中书平章要职的王文统和李璮有勾结,[2]而王文统又是刘秉忠、商挺、赵良弼这些人推荐的。这时一些回回朝臣趁机进言,打击儒臣,说:"回回虽时盗国钱物,未若秀才(指儒臣)敢为反逆"。一时间,为忽必烈建立大功的刘秉忠、赵良弼等人都被疏远,并且改变了当初在中央首脑机构主要依靠汉族儒臣,色目人处在次要地位的情况。由此引出有元一代统治集团中不同族别之间的长期纷争。在儒臣看来,这又涉及"士之贵贱"问题。王恽《儒用篇》中说:"国朝自中统元年以来,鸿儒硕德,济之为用者多矣……今则曰:彼无所用,不足以有为也。是岂智于中统之初,愚于至元之后哉?故曰:士之贵贱,特系夫国之轻重,用与不用之间耳!"在中央首脑机构任要职的儒臣,常常是汉族地主阶级的著名政治代表人物,因此他们的地位升降也就容易在一般儒士中引起巨大的反响。此外,自忽必烈以后,规定南人不得任省台之职,到元亡前十七年即至正十二年才恢复忽必烈时代的"用人之法"。在一个相当长的时间内,南人即使考中进士,不能为御史、为宪司官、为尚书[3],这种现象也必然在南方儒士中引起不满。

三,元代的科举时行时止,仁宗以后,也发生过停罢科举,即使科举实行的年代,由于科举制本身存在着不利于汉族士子的规定,如名额由四等人(蒙古、色目、汉人和南人)均分,实际上不利于人数众多的汉族士子。元代还有两举不第,恩授教授、学正和山长之例,但又规定享恩授的汉人、南人的年龄限在五十以上,而蒙古、色目人只限三十以上。

在这种情况下,儒士们企求越过科举,直接进入仕途,就出现了大量"游士"。袁桷《清容居士集·赠陈太初序》和余阙《青阳先生文集·杨君显民诗集序》中先后都说到这种情况,袁文从战国时代的游士讲起,一直说到元代,他说当时"游复广于昔","今游之最伙者莫如江西",但这些"弊裘破履,袖其囊封",艰苦跋涉的游士们大都"卒无所成就",有成就者"十不得一",还说:"朝廷固未尝拔一人以劝使,果拔一人,将倾南北之士,老于游而不止也"。游士之多从另一个角度反映出儒士的出路在元代成为一种严重的社会问题。

四,元代的吏员出职制度在儒士中引起了不满。中统元年即被召至燕京行中书省的王恽曾说:"今天下之人,干禄无阶,入仕无路,又以物情不齐,恶危而便安,不能皆入于农工商贩,故三尺童子,乳臭未落,群入吏舍,弄笔无几,顾而主书。重至于刑宪,细至于词讼,生死屈直,高下与夺,纷纷藉藉,悉出于乳臭孺子之手,几何不相胥而溺也。以至为县为州为大府,门户安荣,转而上达,莫此便且速也。人乌得不乐而趋之。"(《秋涧集·吏解》)元末元统元年进士及第的余阙在《杨君显民诗集序》中说:"我国初有金、宋,天下之人惟才是用之,无所专主,然用儒者为属多也。自至元以下始浸用吏,虽执政大臣亦以吏为之,由是中州小民粗识字能治文书者,得入台阁共笔札,累日积月,皆可以致通显,而中州之士见用者遂浸寡;况南方之地远,士多不能自至于京师,其抱才缊者,又往往不屑为吏,故其见用者尤寡也。"据许有壬《至正集·吏员》，元代科举未行之前，儒士通常只能由吏入仕。除了特殊情况，由吏可跻要官，受显爵外，一般都要经过漫长的道路，至元九年，规定提领案牍吏员文资出职"凡升转资考，从九三任升从八，正九两任升从八，巡检提领案牍等考满转入从九，从九再历三考升从八，通理一百二十月升。"一百二十月即十年。到了仁宗时代实行科举后，又规定由吏入仕最高不得超过从七品，当时孛术鲁翀奏言："科举未立，人才多以吏进，若一概屈抑，恐未足尽天下持平之议。请吏进者，宜止于五品。"科举制实施以后，吏员出职制度依然保留，这对元王朝来说，是仕进有多途政策的体现，也有保证吏员质量的用意，实际的结果又使元代的吏比唐宋时代吏的地位显得重要。但对于大量的要经历由儒充吏再"入流"为官的元代儒士来说，这是一个痛苦的改变。自唐代进士科成为高级官僚的主要来源以后，儒士实现传统仕进的机会更多了；大致也是在唐代科举盛行以后，州县小吏的地位更低了，他们甚至被明文规定禁止参加进士试。这种传统的观念使元代一些儒士不愿为吏。中统初年，元好问的门生"东平四杰"之一李谦被选至中书省，当听说拟以士人充吏员，立即辞去。元末王冕曾试进士举，不第，但当他听说他的朋友李孝光要推荐他做府吏时，立即骂道："吾有田可耕，有书可读，肯朝夕抱案立庭下，备奴使哉？"这种坚持正统的儒为"四民之首"的价值观念的人不屑为吏，当然也就在很大程度上失去了仕进的机会。而那些由于各种原因进入了吏途的儒士，通常又会产生两方面的苦闷：一是羞与那些粗识字的"小民"为伍；二是不甘心老于刀笔。武宗（海山）时代，还规定南人不得为廉访司书吏，据《元史·王艮传》载，王艮曾在淮东、淮西廉访司当书吏，"会例革南士"，只得转到两淮都转运盐使司为吏。王艮由吏出职，后来官至淮东宣慰副使，但也有更多的儒吏盼不到远大前程，一生沉抑下僚。

五，仕进多岐的弊端与儒士的关系。《元史·选举志》载："然当时仕进有多岐，铨衡无定制。"据姚燧《牧庵集·送李茂卿序》中说："凡今人仕惟三途：一由宿卫，一由儒，一由吏。"这是元初的情况。但实际上不止这三途，如工匠也能当官就在这三途以外。《元史·彻里帖木儿传》记载，到了惠宗至元元年，许有壬反对中书平章政事彻里帖木儿议罢科举，和伯颜展开了激烈的辩论，许有壬说："科举取士，岂不愈于通事、知印等出身者。今通事等天下凡三千三百二十五名，岁余四百五十六人。玉典赤、太医、控鹤，皆入流品。又路吏及任子其途非一。今岁自四月至九月，白身补官受宣者七十二人，而科举一岁仅三十余人。"许有壬说的"其途非一"远远超过姚燧所说的"三途"；许有壬说的"白身补官"范围更为宽广而复杂。据《元史·选举志》，"诸王、公主，宠以投下，俾之保任"。此处"投下"当指由奴隶转化来的奴仆供役之人，即所谓隶卒，或者是诸王贵族占有土地所属的"投下户"中人，所以《选举志》中又载："而舆隶亦跻流品。"这样的"仕进多岐"，与儒士的传统价值观念必然发生冲突，从而引出愤懑，元末李继本《一山文集·与董涞水书》中记俗谚说："生员不如百姓，百姓不如祇卒"，正是这种不满情绪的反映。

如上所述，元王朝对待儒士的政策有一个变化的过程，笼统地说元代儒士受压迫或笼统地说他们受到重用都不符合历史实际。又由于民族歧视政策和选官制度中存在的弊端，元代儒士问题始终成为一个严重的社会问题。和唐、宋时代相比较，元代儒士的地位、价值观念在实际上有所变化，南宋遗民郑思肖说元王朝法律规定"九儒，十丐"，未必可靠，或许是一种社会传闻，但这种传闻却反映出当时的社会问题。同样，忠于元王朝并在抗击起义军时为元王朝殉难的元末人余阙说的"小夫贱隶，亦以儒为嗤诋"（《青阳先生文集·贡泰父文集序》），也反映出这种问题。元代各类文学作品中大量出现的为儒生地位、境遇而发的不平和抨击之音,异常强烈,在程度上超越了前代作品,其实也正是这种社会问题的反映。

元代儒士社会地位的下降和引出的儒士危机感,对文化、文学的影响是复杂的。金朝灭亡之际,北方面临"士风大沮",王恽《秋涧集·故翰林学士紫山胡公祠堂记》中说:"金季丧乱,士失所业,先辈诸公,绝无仅有,后生晚学,既无进望,又不知适从……故举世皆曰:儒者执一而不通,迂阔而寡要,于是士风大沮。"但正是在这个时候,北方东平、真定等地,在地方势力的支持下,开办学校,设帷讲课,一直未辍,东平在元好问主持下还举行过"进士业"考试。卢挚、王恽等著名文人就是在金亡后成长起来的。还有一些文士则致力于文学创作,其中突出的人物如关汉卿,《析津志》记他正是在"文翰晦盲"之时,"淹于词章",但他终于成为有元一代的"杂剧班头"。仁宗时期正式举行科举以后,不愿出仕或达不到出仕目的的儒士也占大多数。余阙说:"延祐中仁皇初设科目,亦有所不屑而甘自没溺于山林之间者,不可胜道,是可惜也";但他同时又说:"夫士惟不得用于世,则多致力于文字之间,以为不朽。"钟嗣成《录鬼簿序》说杂剧作家中有不少都是"门第卑微"、"职位不振",却又有"高才博艺"的人。这都说明,元代儒士地位的变化和引出的危机感实际上又存在着有利于文化发展的一面。

第三节　理学成为官学的经过

始于宋代的理学,基本上是原有的正统儒学的发展,同时吸收了佛学和道教中的若干学说,因此不妨说是正统儒学的变种。北宋是理学的形成时期,著名人物有周敦颐、张载、程颢和程颐等;南宋是理学进一步发展时期，著名人物有胡宏、吕祖谦、朱熹、张栻和陆九渊等，其中朱熹成就最大，是理学的集大成者，有朱学之称，同时陆九渊的学说也有陆学之称，朱学和陆学一直影响到后世，成为理学中的两个主要流派。朱学在南宋宁宗庆元年初韩侂胄当国用事时期曾遭到打击，被视为"伪学"，并一度被禁，史称"庆元学禁"。朱熹也在理学受到禁锢和压抑中去世。十多年后，理学又显兴盛。但终宋之世，理学始终没有被封建政府正式立为法定的官学。到了元代，理学才正式成为官学，这是理学发展过程中的重大历史性事件。

宋金南北对峙时代，理学在北方已有传播，《金史·隐逸传》载杜时升"隐居嵩、洛山中，从学者甚众，大抵以伊洛之学教人，自时升始"；又载高仲振"尤深《易》、《皇极经世》学"。曹子谦《送梁仲文》诗中说："濂溪回北流，伊洛开洪沅。学者有适从，披云见青天。我生虽多难，闻道早有缘。"此外，从王若虚《论语辨惑》评论朱熹、张栻等人的注释、见解，可知南宋理学家的著作至迟在金末也已流入北方。但金代理学传播影响不大，因此元代理学盛行还是直接承受由南方进入北方的宋代理学家的传播，其中一位重要人物是赵复，前人甚至有"北方知有程朱之学，自复始"的说法（《元史·赵复传》）。

金亡后次年（1235），窝阔台第三子阔出率军伐宋，这时正是耶律楚材受重用时期，随军出征的杨惟中、姚枢奉命物色儒、道、释、医、卜人物，蒙古王朝军队攻下德安（今属湖北）后，姚枢在被俘儒生中发现赵复，善加爱护，携之北归，在燕京建周子祠（周敦颐祠），并建太极书院，请赵复讲授程、朱之学，学子一百多人。赵复的师承关系不明，元代北方理学家因得他传授，大抵说他得朱门之传。窝阔台去世那年，姚枢辞去燕京行台郎中，携家到辉州（今属河南），刊经传学，将所得程、朱著作授予许衡、郝经和刘因。姚、许、郝后来成为忽必烈儒士幕僚集团中人。与姚、许朝暮讲习的还有隐于大名（今属河北)的窦默,他于金亡前夕曾南走孝感(今属湖北),孝感令谢宪之授以伊、洛性理之书。窦默北归时间大致和赵复北上时间相近,后来他也成为忽必烈智囊团中人物。忽必烈即位后,至元年间,许衡两任国子祭酒,忽必烈还亲自选择蒙古子弟入学受教。袁桷《清容居士集·送朱君美序》中说:"许文正公(指许衡)定学制,悉取资朱文正公"。《元史·吴澄传》载:"许文正公衡为祭酒,始以朱子小学等书授弟子。"这是朱学成为官学的先声。许衡之后,他的弟子耶律有尚嗣领学事,在至元末年和大德年间三任国子祭酒,一遵许衡之旧。到了仁宗初年,正式举行科举,"明经"、"经疑"和"经义"考试都规定用朱熹注,[4]著名作家、理学家虞集说:"群经、四书之说,自朱子折衷论定,学者传之,我国家尊信共学,而讲诵接受,必以是为则,而天下之学皆朱子之书。"(《道园学古录·考亭书院重建文公祠堂记》)又说:"而朱氏诸书,定为国是,学者尊信,无敢疑二。"(《道园学古录·跋济宁李璋所刻九经四书》)。这就使程朱理学成为元代官方学术,"而曲学异说,悉罢黜之"[5],确立了理学的思想统治地位,一直延续到清代。在某种意义上说,元代定程朱理学为一尊,相似于汉武帝罢黜百家,独尊儒学,影响十分深远。

元代影响较大的理学流派主要有三个,一是北方学派,在程朱理学定为官学的过程中,北方理学家,尤其是许衡最有功绩,因此后代一些理学家对他十分推崇,甚至说他是"朱子后一人"。南方理学影响较大的有两个流派——江右学派和金华学派。江右学派的代表人物是吴澄,他曾四次入京任职,但任职时间不长,他和许衡并称为"南吴北许"。他的老师是朱熹再传弟子饶鲁,直承朱门,和许衡相比,他是正学真传,但北方理学家攻击他治学不尊"朱子本意",而是"陆氏之学"。他对《仪礼》经、传的纂疏很有贡献,但就总的影响来说,他的地位次于许衡。金华学派的代表人物是金履祥、许谦。金华地区在南宋有"小邹鲁"之称,这个学派一直被认为是理学正宗。金履祥、许谦都不仕元朝,但他们讲学的影响极大,许谦的学生有一千多人,"四方之士,以不及门为耻"(《许白云先生文集·行实》),因此当时人把许谦和许衡称作"南北二许"。金、许的学生中有不少人出仕元朝,并任高官,这也是金华学派声势壮大的原因之一。

元王朝统治者从接受儒学到独尊理学,从根本上说是为了统治的需要,忽必烈未即帝位之前,就承认三纲五常是"人道之端,孰大于此。失此则无以立于世矣"(《元史·窦默传》)。仁宗爱育黎拔力八达曾举起拳头对臣下说:"所重乎儒者,为其握持纲常,如此其固也。"(《元史·李孟传》)元代理学家也适应着统治者的需要,有所变通,如果说赵复持着传道而不出仕的态度,在讲学时坚持理学的基本原则,鄙薄事功,强调修身,甚至坚持夷夏之别,那么到了许衡那里,除了讲求修身齐家治国平天下外,又添增了治生的内容,他强调"为学者,治生最为先务","治生者,农工商贾士君子当以务农为生",这显然是适应着当时元王朝立国安民的需要。吴澄讲学,着重讲三纲二纪,五常之道,不再讲"尊王攘夷"。许谦虽不出仕,但他已承认元王朝是"天"朝,元兵是"官军",也和南宋时期一些理学家"谨于华夷之辨"不同了。

理学包括哲学和伦理纲常两大部分,理学家用他们的哲学义理论证伦理纲常,以巩固封建社会的统治秩序。当成吉思汗的军队南进的时候,蒙古社会虽已确立了奴隶制国家,但刚刚脱离氏族社会不久,社会形态的不同,在思想道德观念上必然有差异。《元史·孝友传》中所说的"元有天下,其教化未必古若也",《宦者传》中说的"元之初兴,非能有鉴于古者"。这些记载虽有贬意,但实际上却正是说明了这种差异。中原地区原有的一整套纲常观念和道德规范曾受到冲击就与此有关。此种情况起了两方面的作用:对一向信奉封建纲常伦理的中原社会来说，产生了剧烈的思想震动，但从另一种意义上说，封建纲常伦理思想的钳制和禁锢作用却也减弱，变得较为松弛。从窝阔台到忽必烈，他们最初着重接受儒家的政治学说，即所谓治国平天下的道理，因此，相对地说，在伦理道德思想方面控制不严。到了仁宗时代实行科举，理学定为官学以后，情况起了变化，封建王朝大力提倡封建道德，规定每年访求烈女节妇，由朝廷予以旌表，还注意旌表孝子。文宗时期也竭力提倡纲常节孝，上至公主，下至民妇，都予表彰，至顺元年七月就旌表了七个守节乃至夫死自缢殉葬的节妇。在前一年即天历二年，文宗提出封号旌表早寡守节的皇姑鲁国大长公主，实际上是有悖蒙古风俗的。因此，到了惠宗至正年间，大斡耳朵儒学教授郑洇甚至建言改革蒙古贵族的婚姻习惯，"绳以礼法"，经筵检讨陈基还通过一位御史建议改革宫廷的"并后"制（元代皇帝有第一皇后、第二皇后），实际是要按封建传统的嫡庶名分来改变"并后"制，这些建议虽都不被采纳，但它们的提出也正是元末最高统治集团竭力提倡封建伦理道德的反映。

　　元王朝尊崇程朱理学，也就是尊崇儒学传统及其在社会生活各个方面的御众地位，实质上又是维护封建秩序，这就使汉族地主阶级以及他们在政治、文化上的代表人物，还有大量的儒士，在这个重大问题上得到认同，民族隔阂退到了次要地位，这种认同也使元代儒士问题在前后表现出不同特征，如果说早期是儒士们对无边无岸的黑暗现实的恐慌和幻灭，后来就逐渐变为对不均不平的怨恨和愤慨。可以说，元王朝尊奉程朱理学在很大程度上使它巩固了统治地位。到了元末，当各种反元的武装力量纷纷集结、起义时，在曾经出现众多宋代"遗民诗人"的东南地区，儒士逐渐分化，尤其在张士诚和朱元璋在江南先后称王，形成东西二吴王对峙的局面下，这种分化更趋急剧，这时候忠于元王朝的文人、作家数量也相当多，他们所写诗歌表现出来的忠贞感情,也很强烈。元亡以后,也有不少"遗民诗人"。在不到一百年的时间内,两度奏起了遗民哀曲,著名的宋遗民郑思肖在延祐年间去世,在他死后五十多年,就出现了元遗民,其中还出现了"谢翱式"的人物(详见第二十三章)。这也是元王朝巩固了统治并且获得了"正统"地位后产生的认同现象的一种表现。

元王朝尊崇程朱理学,对文学必然产生直接或间接的影响,但受各种因素的制约,这种影响又是有限的。首先,程、朱理学关于否定文学辞章的极端言论[6],并不支配着元代文坛,而且在实际上被扬弃,文学继续在发展,正如忽必烈曾说"课赋写诗"无用,但元代还是产生了大量诗歌一样。其次,在各类文学形式中,受影响的程度也不同,散文领域受理学影响最大,由于程、朱著作被定为科举试士程式,相应地也就强调经术为先,词章次之[7]。这在很大程度上决定了散文的基本特点,即讲求经世致用。在道与文的关系这个古老命题上,元人更强调道文合一,也就是理学与文章合一。元初刘将孙说"以欧、苏之发越,造伊、洛之精微",他还说:"将义理融为文章,而学问措之事业。"元末戴良也说:"摛辞则拟诸汉唐,说理则本诸宋代。"这种文道融一实际又是服从理学的观点有很大代表性。此外,由于南方金华学派中不少人既讲理学,又擅文章,这又助长了文道合一的主张。明人编《元史》,不列文苑传,不分经艺文章,所谓"故经非文则无以发明其旨趣,而文不本于六艺,又乌足谓之文哉",虽是反映了修史者宋濂等人的观点,但同时也是元代散文重经世致用和强调文道合一特点的一种反映。元代散文文风前后有变化,早期有追求古奥之风,后趋向平实,受科举重经术不重词章的影响,大致在延祐年间开始,文风更趋平易,著名文章家黄溍为蒲道源《闲居丛稿》写的序文中表达的观点颇有代表性,序中说蒲道源"以性理之学,施于台阁之文","不假锻炼彫琢,而光辉自不可掩",实际上是说以平易文风来写台阁之文。这正符合性理之学的开山祖周敦颐的文章尽去"虚饰"的主张(见《通书》)。因此元代散文同宋文的联系更为紧密,宋文就是随着理学影响的扩大而愈趋平易的。

在诗歌领域,情况显得不同,一般认为宋诗发展中出现的"以文为诗"、"言理而不言情"的倾向是受理学影响的结果,元人却一反宋诗的这种倾向,学唐诗成风,到了后期,学李贺、李商隐的风气大盛,宫词香奁,也迭见不鲜,以至后人把"秾丽""纤弱"和元诗等同起来,看作是元诗的同义语。这种现象无疑是与程、朱理学的文学观点背道而驰的。只是在诗歌理论的说明上,元人大抵没有违反正统儒学的教化观点,到了元末杨维桢提出"人各有情性,则人各有诗",强调作家的个性,才使元代诗论出现新鲜气息。

出于传统的文学偏见,杂剧这种文学样式在当时被视为"小道",也为理学家鄙视和排斥,钟嗣成为杂剧作家写传,申明"若夫高尚之士,性理之学,余有得罪圣门者",即为明证[8]。杂剧内容中出现的对历代封建帝王的大胆批判、对社会黑暗的愤怒揭露和对封建礼教的勇敢反抗精神都说明它冲破了正统儒学的文学观点,在文学分裂为"雅""俗"两个世界以后,它是属于后一个世界的。这两个世界在对立中又互相渗透。同样,理学排斥杂剧却又影响杂剧,后期杂剧中较多出现宣扬忠孝节义的作品,其中一个重要原因就是受到元王朝把理学正式定为官学,并大力提倡封建伦理道德的影响。这种现象恰又说明元代理学对文学影响的复杂性。

第四节　全真教对文学的影响

全真教是金朝初年在北方地区兴起的一个新的道教派别,这个教派的教祖王嚞,号重阳子,原本是"弱冠修进士业,系京兆学籍"的儒士(李道谦《七真年谱》),这种身份使他从一开始就自觉在文士中传教行道。金代大定七年他在山东首收马钰、谭处端、刘处玄、丘处机、王处一、郝大通、孙不二七大弟子,即多是通经达史、喜文善赋的士人。金末元初,伴随着政权更迭的巨变与战乱兵祸的恐怖,众多"幼业儒,长而遭时艰,求所以托焉而逃者"(姚燧《太华真隐褚君传》);"士之欲脱尘网者"(王恽《真常观记》);"新附士大夫之流寓于燕者"(王鹗《玄门掌教大宗师真常真人道行碑》);以及视"天下事无可为,思得毁裂冠冕,投窜山海,以高蹇自便者"(元好问《孙伯英墓铭》),纷纷"窜名"全真,全真教实际成为逸民遗老的逋逃薮,具有士人隐修会性质。这种组织成分的士人化倾向,反过来又为全真教吸引士人、影响文坛,提供了任何其他宗教所无法比拟的优越条件。

　　全真教是革新的道教,但它的教祖在思想信仰上吸收儒家思想成分乃至自觉向儒家思想靠近。创教之初,王重阳便"欲援儒、释为辅,佐使其教不孤立"(王昶《全真主教碑跋》),每度徒众,往往"劝人诵般若心经、道德清静经及孝经,云可以修证"(金源璹《终南山神仙重阳真人全真教祖碑》);丘处机"于道经无所不读,儒书梵典亦历历上口"(陈时可《长春真人本行碑》),直至元朝初年,他的弟子李志常继掌教坛,仍然把"易、诗、书、道德、孝经"作为劝导帝王、教谕徒众的经典(王鹗《玄门掌教大宗师真常真人道行碑》),与丘处机同时的一些著名全真道者也普遍"能以服膺儒教为业","发源《语》、《孟》,渐于伊洛之学,方且探三圣书而问津焉"(元好问《皇极道院铭》)。王重阳、丘处机、李志常三人分别代表全真建教近百年的三个阶段。可知直至元朝中叶,全真教的掌教者们始终是以援引儒学,"不独居一教"为原则。这无疑也为全真教与世俗士人建立联系创造了必要的条件。

作为道教的一个新兴派别，早期全真教在修持方法上与传统道教有明显的区别。他们基本上不尚符箓烧炼，更轻视驱鬼镇邪、祭醮禳禁科术。他们提倡"息心养性""除情去欲"的自我修持，以达到所谓真性不灭而非生命不死的境界。元人徐琰的《广宁通玄太古真人郝宗师道行碑》较全面地概括了早期全真教的这个特点："道家者流，其源出于老庄，后之人失其本旨，派而为方术，为符箓，为烧炼，为章醮，派愈分而迷愈远，其来久矣。迨乎金季，重阳真君不阶师友，一悟绝人，殆若天授，起于终南，达于昆仑，招其同类而开导之，锻炼之，创立一家之教，曰全真。其修持大略以识心见性、除情去欲、忍耻含垢、苦己利人为之宗。"全真教的这种修持特点，显然也易为文人士大夫们所接受。

全真教强调"息心养性"，追求清静但不绝对拘守"无为"，相反，在金末元初的战乱时期，一些著名的全真道者曾颇以拯救生灵、抑制暴虐为己任。成吉思汗在西域召见丘处机，在答对时，丘强调"以敬天爱民为本"，并请成吉思汗在治国之道上多向儒者垂询。丘处机东归时，见"国兵践蹂中原，河南、北尤甚，民罹俘戮，无所逃命"，于是"使其徒持牒招求于战伐之余，由是，为人奴者得复为良、与滨死而得更生者，毋虑二三万人。中州人至今称道之"（《元史·释老传》）。其他的全真道者，如李志常、栖真子李真师、张志伟、冲虚真人毛尊师、真静崔先生等等，也都有过感人至深、不同凡响的义举。这些都获得儒士的普遍赞许，元初"东平四才子"之一的孟祺说："当乾坤板荡之际，长春老仙征自海滨，首以好生恶杀为请，一言之功既足以感九重而风四海。"（《应缘扶教崇道张尊师道行碑》）元好问也说："丘公往年召对龙庭，亿兆之命悬于治国保民之一言，虽冯瀛之悟辽主不是过。天下之所以服其教者，特以此耳。"（《怀州清真观记》)这些说法虽或过当,但从中可以看出,全真教在元初是深得人心的。这无疑有力地推动了文人与全真教联系的建立,所以当时出现了"汴梁既下,衣冠北渡者多往依焉"(宋子贞《普照真人范公墓志》)、"四方学者辐辏堂下,归依参叩"(王恽《尹志平道行碑》)、"长春宫多有亡金朝士"(《黑鞑事略》)的归依盛况。

元初全真教的拯民救急作用是在它依附最高统治者的背景下进行的,后来它虽曾遭到打击,但就整体情况来看,它一直成为元王朝承认乃至优待的宗教之一。全真教在元成宗大德以后逐渐发生变化,自孙德彧掌教开始,越发走向贵盛,也就越来越失去它早期的特点,近世学人称之为"末流之贵盛"(陈垣《南宋初河北新道教考》)。由于全真教要继承道家和道教统绪,它必然在根本上持清净无为、无是无非,实即是否定现实的宗教观念。又由于它在传道中门庭既广,依附者众,鱼龙混杂,原先在中原流行的传统道教的若干愚昧色彩不免溷入其中。尽管王重阳对金丹铅汞之事赋予新的解释,但"金丹换凡骨"的诞幻之术在全真道士中并非绝迹,后期更趋流行。尽管早期全真掌教人较少主持醮祭活动,但后期却又转盛,至于在民间出现的祭醮禳禁乃至驱鬼镇邪活动,也越来越与全真道士发生联系。凡此种种,说明全真教在发展过程中的复杂性。

综观有元一代士人与宗教的关系,当数全真教影响最大,除了上述一些著名文人外,还有不少文人如商挺、胡祗遹和虞集等都与全真道有程度不同的交往。在文学创作尤其是散曲和杂剧创作中,全真教的影响更其明显。元代散曲中的"叹世""遁世"之作多不胜举,绝大多数曲家的散曲中,都能找出这样的作品,这在一定程度上正是全真教思想影响的结果。杂剧中最能表现这种影响的是大量神仙道化剧的产生。当然,神仙道化剧也有受南方道教影响的,但早期作家的作品则主要受全真教的影响。这些剧作在表现出揭露现实、否定现实的思想倾向的同时,全真教渗透痕迹十分明显,这从以下三点可以看出:一,剧中出现的神仙形象,无论是贯穿全剧的主角,还是偶一登场的配角,大都与全真教有联系,或是这个教派中的祖师和真人,或是虽未入全真谱系,却深受全真崇奉的人,如庄周、陈抟,还有所谓"八仙"中的诸仙。二,作品故事大多系根据全真教的一个传说或者拼凑几个传说构置而成(参见第七章)。三,这些作品还表现了全真教的某些观念和教律,如隐士生涯与"神仙境界"合二而一的观念,躲人间是非,忍无端耻辱的思想,以及戒除酒色财气等清规戒律。

　　元代全真教对士人和文学之所以发生很大影响,有两方面的原因,一是当时的社会现实在士人中造就的厌世遁世思想情绪,二是上述全真教的若干特点易于被士人认同。这也是当时的宗教虽非一端,却没有任何一种宗教像全真教那样博得文士乐道、并且对文学发生较多影响的主要原因。

〔1〕　燕京和平阳原是金朝的两个文化中心,平阳又是金代刻书业中心。

〔2〕　王文统当时甚受信任,并被视为亲近之臣,王恽《秋涧集·中堂事记》载:"上慰平章文统曰:'卿春秋高,恐劳于奏请,今后可运筹省幄,若有大议须面陈者,及朕有所咨访,入见,小事令人奏来,不必烦卿也'。"所以王文统卷入反叛,忽必烈必然十分震惊和恼怒。

〔3〕　偶有例外,见《元史·王都中传》。

〔4〕　仁宗时举行科举,规定蒙古、色目考生试"经问"和汉人、南人考生试"明经""经疑",都从《大学》、《论语》、《孟子》和《中庸》内出题,用朱熹《四书章句集注》。汉人、南人考生加试"经义",各选一经,规定《诗经》以朱熹注即《诗集传》为主;《尚书》以蔡沈注即《书集传》为主,蔡沈是朱熹弟子蔡元定第三子,朱熹去世前一年嘱咐蔡沈著作此书;《周易》以程、朱说实即以程颐《伊川易传》和朱熹《周易本义》为主;《春秋》用"三传"及胡安国《春秋传》,《礼记》用古注疏。又《通制条格·科举类》载:"学秀才的,经学、词赋是两等,经学的是说修身

齐家治国平天下的勾当"，又载："明经内四书、五经，以程子、朱晦庵注解为主。"

〔5〕　见苏天爵《滋溪文稿·伊洛渊源录序》。

〔6〕　宋代理学家有否定文学辞章的极端言论，元代也有这种言论，如北方理学派的宗师赵复曾劝元好问"以博溺心，末丧本为戒"，所谓"末"指辞章。南方理学家胡炳文极力攻击前代诗人，并说："纵迫曹、刘，何补于格致诚正；纵迫谢、鲍，何补于修齐治平。"

〔7〕　据《元史·赵良弼传》载，至元年间，早已重视儒学的忽必烈曾问赵良弼："汉人惟务课赋吟诗，将何用焉？"赵良弼回答说："此非学者之病，在国家所尚何如耳。尚诗赋，则人必从之，尚经学，则人亦从之。"后来许衡提出学校科举之法应重经学、罢诗赋。又据《元史·耶律有尚传》载，至元、大德年间，耶律有尚主持国子监时，遵照许衡任国子祭酒时的旧例，"凡文词之小技，缀缉雕刻，足以破裂圣人之大道者，皆屏黜之。"到了仁宗时代实行科举时，中书省臣奏言："经学实修己治人之道，词赋乃摘章绘句之学，自隋唐以来，取人专尚词赋，故士习浮华。今臣等所拟将律赋省题诗小义皆不用，专立德行明经科。"程钜夫起草的公告实行科举的诏书中说："举人宜以德行为首，试艺则以经术为先，词章次之。浮华过实，朕所不取。"

〔8〕　杂剧受歧视，也同传统的文学观念有关，如元代写过艳体诗的李裕，却在任陈州同知时，禁演戏剧，见宋濂《故承务郎道州路总管府推官李府君墓志铭》。

第二章　元杂剧概况（一）

第一节　杂剧的起源

　　元杂剧是我国最早在全国范围内流行并产生了众多作家和大量文学剧本的戏剧样式。当时也有人称它为"传奇"，或者把它和散曲一起称为"北曲"。后世为了区别于自唐就已出现的泛称各类说唱表演艺术为"杂剧"概念，也是为了区别于宋、金杂剧的体制，通常就称它为元杂剧、元曲或北杂剧。它的一些表演程式在很大程度上奠定了我国民族戏曲若干表演特点，起了重要的历史作用。

　　这种戏剧样式什么时候开始形成，已难确考。元代人都说它是"新声"，一种新兴的文艺样式，胡祗遹《赠宋氏序》中说："乐音与政通，而伎剧亦随时尚而变。近代教坊院本之外，再变而为杂剧。"（《紫山先生大全集》卷八）胡祗遹卒于元成宗元贞元年，上距蒙古王朝正式称元只有二十三年。他所说："近代教坊院本"当指金院本。陶宗仪《辍耕录》中说："金季国初，乐府犹宋词之流；传奇犹宋戏曲之变，世传谓之杂剧。"胡祗遹"近代院本"变为杂剧之说和陶宗仪金末元初产生杂剧说比较一致。但还有一些元代人，又说杂剧是元朝

"混一"后才出现的。罗宗信为《中原音韵》写的序文中说："国初混一,北方诸俊新声一作,古未有之。"被后人称作"元诗四大家"之一的虞集为《中原音韵》写序,也说"我朝混一以来","自是北乐府出"。周德清编《中原音韵》,把杂剧中的唱词和散曲合称为"北乐府",《自序》中说"北乐府"的完备始自关汉卿、白朴等作家。杨维祯《沈氏今乐府序》中则说关汉卿、庾天锡(一作天福)是首先创作杂剧之人:"其于声文,缀于君臣、夫妇、仙释氏之典故,以警人视听,使痴儿女知有古今美恶成败之观惩,则出于关、庾氏传奇之变。"元代人所说"国初混一",未必指统一南北方,也可以指蒙古王朝统一北方,改"元"称号。

综合分析以上各种说法,大致可以断定,第一,杂剧这种戏剧样式的最初出现大致是在金末到元初,也就是十三世纪初叶到中叶这个时期内,其间它经历了从不完备到完备的发展阶段;第二,杂剧体制的完备、成熟并开始兴盛起来是在蒙古王朝改称元王朝以后。

元杂剧是在前代戏曲艺术的基础上发展起来的。《辍耕录》中说:"金有院本、杂剧、诸宫调,院本、杂剧其实一也。国朝院本、杂剧始厘而二之。"参照前引胡祗遹"近代教坊院本之外,再变而为杂剧"的说法,可知元杂剧与金院本有血缘关系。

金院本即金杂剧,它的体制同宋代官本杂剧基本一致。1958年在河南偃师发现一座宋墓,墓壁嵌有官本杂剧雕砖,上面人物角色以及表演形状,同1959年在山西侯马发掘的金墓中的舞台戏俑相似,也同1960年在山西芮城发现的元墓中石椁上线刻画杂剧人物脚色相似。这证明元杂剧确和金院本、宋代官本杂剧有继承关系。

《辍耕录》记有许多金院本名目,但这些院本都没有流传下来,这就给研究金院本和元杂剧体制之间的继承关系带来了困难。有一种说法认为元杂剧不仅是在角色和表演方法上受金院本的影响,而且它的体制就是从院本中的一种"幺末院本"直接演化而来的，主要依据是：

一，《辍耕录》记金院本有"院幺"一项。

二，由金入元的杜善夫散曲《庄家不识勾栏》中写道："前截儿院本调风月，背后幺末敷演刘耍和"。

三，产生于元明之际的杂剧剧本《蓝采和》人物唱词中有"旧幺麽院本我须知，论同场本事我般般会"。在元明戏剧中，"麽"和"幺"常相通。

四，元末明初人贾仲明为《录鬼簿》增写的元杂剧作家吊词，不止一次用"幺末"指杂剧作品，如说高文秀"比诸公幺末极多"，说石君宝"共吴昌龄幺末相齐"。

根据以上材料，有的研究者还断定"幺末"是元杂剧早期的称谓，甚至就是杂剧的另一种称呼。由于对"幺末"一语的解释还存在不同看法，如果它同宋元词曲中出现的"幺"相关，应是下阕、后曲（即"幺遍"）的意思；如果从语言训诂角度考察，"幺麽"是细小的意思，宋元人文章中也有这种用法。贾仲明在何种意义上借用"幺末"喻剧本，也不甚清楚。所以这些推断还不能被普遍承认。同时由于至今没有发现明署"幺末"或"幺末院本"的任何一个作品，也缺乏关于它的体制的文献记载，这些推断更难坐实。或者，把院本、杂剧称"幺末"，犹"小道可观"意，也未可知。

现在只能从元杂剧中保留的金院本体制痕迹以及明人写的"拟院本"，来探讨金院本同元杂剧的关系。

《辍耕录》记"诸杂大小院本"项中有《双斗医》名目。元杂剧《西厢记》第三本第四折写张生相思成病，老夫人嘱法本和尚请太医，剧中注明："洁引净扮太医上，双斗医科范了，下。""洁"即法本和尚，净扮。这说明剧中两位净角要表演"双斗医"。刘唐卿《降桑椹》

第二折有两个太医（净扮）的大段打诨情节，研究者认为就是院本"双斗医"的表演形式。此外，《辍耕录》中"打略拴搐"项下所记"著棋名"，被李文蔚杂剧《蒋神灵应》第二折采用，作为谢安说棋的大段宾白；"拴搐艳段"项下的"打虎艳"又被李文蔚的《圯桥进履》杂剧第一折采用，构成一段既热闹，又滑稽的"乔仙打虎"情节；李文蔚还在这折戏的开头，写乔仙上场时说一段"清闲真道本"，而这又是《辍耕录》所记金院本"打略拴搐"中的一项。

明初朱有燉《吕洞宾花月神仙会》杂剧第二折所写的"戏中戏"——剧中人演《献香添寿》院本，和上述"双斗医"等四例不同，它有唱词，四个人物唱四支〔醉太平〕小曲，但情节也以打诨为主体。明嘉靖年间人李开先写有《园林午梦》院本，主体内容也属打诨戏，其中末唱两支〔清江引〕，旦唱一支〔寄生草〕，贴旦唱〔雁儿落带过得胜令〕，既非同宫，也不构成套数。和朱有燉杂剧中出现的院本一样，都属只演片刻的短剧。李开先藏曲极多，有"词山曲海"之称，假设他的《园林午梦》是仿照他所看到的金院本所写，即拟院本，那么，它在证明元杂剧由金院本演变时，又说明前者无论在形式上和内容上，较之后者有极大的变化。《梦粱录》中说宋官本杂剧的特点是"全用故事，务在滑稽"。金院本在很大程度上也保持着这种特点。元杂剧保留、发展了"全用故事"，而把"务在滑稽"削弱、扬弃。也可以说，元杂剧改变了自唐代参军戏到金院本固有的以打诨为主的特点，而使这种内容成为剧情的附属部分，彻底摆脱了滑稽戏面目，这是一大革新，也可说是戏剧史上的革命之举。在形式上，它采用套曲，标志着戏剧音乐规范化，也有助于曲折、细腻地刻画人物，传达剧情。

元杂剧的联套形式，显然受了宋金时代流行的赚词和诸宫调的影响。赚词是叙事体，用第三人称，但它用套曲形式来叙事，把同一宫调中的若干乐曲联成一套，前有引子，后有尾声，一韵到底，平仄通押。诸宫调也是采用联套形式叙事，唱白相间，只是它把同一宫调的曲子联成短套后，再把不同宫调的许多短套联成长篇，歌唱时就要频换宫调，也常换韵。但它叙述故事较赚词更为细腻，着重刻画人物形象，描写心理活动，而且更富文采。从董解元《西厢记诸宫调》看，其中不少曲子实际上是故事中人物的自我倾述，是人物的唱词。元杂剧正是吸收了以上两种说唱艺术联套的特点，创造了它自己的联套形式。杂剧联套中所用的曲调，既采用了诸宫调中的一部分，又吸收了当时在北方流行的谣曲。

在套曲组合的方式上，也可看到受前代说唱艺术的影响，最明显的是"子母调"形式，如正宫套中把〔滚绣球〕和〔倘秀才〕连续替换，循环歌唱，仙吕套中〔后庭花〕、〔醉中天〕、〔金盏儿〕三调回环迎互，就是受了宋代"缠达"的影响，"缠达"是以一诗一词来回相缠的说唱艺术。

元杂剧一本四折的体制特点，或认为受到宋杂剧（即官本杂剧）分四段的影响。《都城纪胜》记宋杂剧："先做寻常熟事一段，名曰艳段；次做正杂剧，通名为两段。"又记："杂扮，或名杂旺（班），又名纽元子，又名拔和，乃杂剧之散段。"这说明宋杂剧演出分三个部分。研究者有把"通名为两段"释为第二部分之意，从而对宋杂剧是否分作四段演出持怀疑态度。但《梦粱录》记宫中演出有这样的记载："参军色执竿奏数语，勾杂剧入场，一场两段。"如果把"参军色"云云理解为即"艳段"，把"杂剧入场"理解为演出"正杂剧"，那么，"正杂剧"是分两段演出的。但《梦粱录》中又曾有"参军色作语，勾杂剧入场，三段"的记载，是"正杂剧"也可一场演出三段。与其说元杂剧一本四折的体制受到宋杂剧演出分艳段、正杂剧和散段的影响，不如认为是宋杂剧中的正杂剧一场分两段或三段的扩展。元杂剧一本四折实即是一场四段,配以音乐上不同宫调的四个奏曲,使之表演一个完整的故事。

新的文艺样式的出现,要依靠前代文化提供条件,但像元杂剧这样体制比较严格的文艺样式,总是要在一些作家手下才会得到定型。周德清说"北乐府""其备则自关(汉卿)、郑(光祖)、白(朴)、马(致远)",杨维祯说"出于关、庚氏传奇之变",贾仲明咏关汉卿词中尊之为"杂剧班头",明代朱权《太和正音谱》中说关汉卿"初为杂剧之始",近代王国维甚至说"杂剧为汉卿所创"。"所创"云云虽不确切,但关汉卿无疑是使元杂剧形式最后定型的作家之一。

第二节　杂剧的体制

折、楔子和本

元杂剧剧本结构通常分为四折一楔子,合为一本。个别作品也有一本分五折、六折,还有一些作品用两个楔子。一折中可以写一场戏——一个场景,也可写一场以上的戏,如关汉卿《金线池》第一折只有一个场景:杜家妓院;《望江亭》第一折就有两个场景:清安观观内和观外;《窦娥冤》第一折却有三个场景:赛卢医药铺、从药铺到"庄上"的荒僻所在和蔡婆婆家。这种场景(时间、地点)即刻变化,相应的故事情节迅速转换的手法,一直影响到后世各种戏曲,"连场戏"成为我国民族戏曲的一个显著特点。

楔子的篇幅比折短小,通常放在第一折之前交代剧情开端,起"序幕"的作用,也有放在折与折之间,起过脉剧情的作用。有的戏剧史研究者还认为第四折后也可设置楔子[1]。

元刊《古今杂剧三十种》中有十四本都有楔子,其中《东窗事犯》用两个楔子,所以实际上三十个剧本中用了十五个楔子,占二分之一。明刻《元曲选》一百种剧本中,有楔子的更占三分之二以上。这说明它是折的重要的补充部分。

上面说到楔子和折构成本,但一本并不专指一个作品,有的作品可以超出一本,如《西厢记》就有五本。

唱词（曲文）

元杂剧剧本中通常注明"唱"（唱词）、"云"（宾白）和"科"或"介"（表情、动作）。这三者交相配合,起到刻画人物,表现剧情的作用。

唱词的安排,有比较严格的规定。每折在音乐上只采用一种宫调,四折四种,不相重复。较多剧本第一折用仙吕宫,第二折用南吕宫,第三折用中吕宫,第四折用双调。也有部分剧本（包括关汉卿、白朴和马致远等名家的作品）变换这种程式,通常是在二、三、四折变换,第一折不用仙吕宫的属个别情况。楔子则常用仙吕。周德清《中原音韵》记载元代最通行的宫调有十二种,即所谓"五宫七调"。元杂剧中实际应用的只有五宫四调,即仙吕宫、南吕宫、中吕宫、黄钟宫、正宫、大石调、双调、商调、越调,后通称为"北九宫"。每个宫调下又有曲牌——曲子的调名,杂剧的曲文要按照曲牌的规定来填写。这样,每一折就构成同一宫调下的各种曲牌的组列,数量不等,最短的只用三个曲牌,最长的可用二十多个,通常用十个左右。这种组列,就叫做联套、套数、套曲。如马致远《汉宫秋》第一折用仙吕宫,组列曲牌是〔点绛唇〕、〔混江龙〕、〔油葫芦〕、〔天下乐〕、〔醉中天〕、〔金盏儿〕、〔醉扶归〕、〔赚煞〕。联套格式多有变化,由音乐上的需要所规定,各个曲牌的排列,应照顾前一曲牌的末句和后一曲牌的首句在旋律上可以衔接;同样受音乐上的需要的规定,曲文必须协律,即要求遵照曲牌规定的声律,平仄协和,押韵规范。杂剧用北方语音,没有入声,所以《中原音韵》据杂剧、散曲用韵,首创"平分阴阳,入派三声"之说。这就把六朝以来的韵书所定的平上去入四声,变为阴平、阳平、上声、去声。

元代杂剧曲文平仄通押的特点看来比诗词格律为自由,但它要求用仄声时区别上去,用平声时分清阴阳,却和宋词的声律讲究有相似之处。郑光祖《王粲登楼》第三折〔中吕迎仙客〕曲:"望中原,思故国,感慨伤悲。一片乡心碎。"周德清称赞说:"'原'、'思'属阴,'感'、'慨'上去,尤妙。"诸多杂剧作家的创作中虽未必如周德清《中原音韵》要求的那样严格地注意阴阳上去,却可见出这种戏剧样式很讲究音乐的动听,声腔的优美。

和诗词一样,杂剧唱词也常用对句,但可不计平仄。《太和正音谱》归纳曲文对式有七种:合璧对,即两句对;连璧对,即四句对;鼎足对,即三句对;联珠对,即每句多对;隔句对,即长短句对;鸾凤和鸣对,即首句尾句相对;燕逐飞花对,即三句对作一句。这种区分虽嫌繁琐,但说明杂剧唱词中相当讲究对句。

杂剧用韵分为十九部:东钟、江阳、支思、齐微、鱼模、皆来、真文、寒山、桓欢、先天、萧豪、歌戈、家麻、车遮、庚青、尤侯、侵寻、监咸、廉纤。每折戏的唱词,一韵到底,平仄通押。韵脚较诗词频繁,甚至句句押韵。

元杂剧中的联套形式,对于演员歌唱和乐工伴奏,都比较方便,因为各支曲子在旋律上虽各有不同,但既属同一宫调,就无须作很大的音调的变换。但同时也带来音律上显得平而缺乏较大起伏的局限,并起束缚作用,给作家带来限制。所以有时就要"借宫",即借用别的宫调中曲牌,如中吕联套可借用正宫曲牌,但"借宫"也有一定限制，一般限于调门相近的宫调。

按照元人燕南芝庵《唱论》中的解释，仙吕宫表达"清新绵邈"，南吕宫表现"感叹伤悲"，中吕宫表现"高下闪赚"，双调表现"健捷激袅"。而元杂剧很多剧本中四折都依次采用这四种宫调，成为程式，当然就不利于创作了。有些作家就作相应的变化，如关汉卿《窦娥冤》第三折用正宫而不用中吕，正宫表现"惆怅雄壮"，更合这折中描写窦娥上刑场时控诉天地的思想、感情。第四折不用双调而用商调，该调表现"凄怆怨慕"，也更适合窦娥鬼魂托梦见父的情景。

元代后期，出现了"以南北调合腔"，也就是在套数中将南曲和北曲的曲牌依一定的规则间用，通称南北合套，据《录鬼簿》记载，这种新的联套形式，始自沈和卿，但他的合套之作今只存散曲《潇湘八景》。元杂剧存本仅元末明初贾仲明的作品有此种现象，此外南戏《小孙屠》中亦间用南北曲牌。关于南北合套创始者的问题，明代《词林摘艳》（原刊本）谓是杜仁杰，但有争议。

杂剧剧本分"旦本""末本"，这是由每本戏只由一种脚色主唱决定的。元杂剧中脚色基本上可分三大类：末、旦、净。末中又分正末、冲末和小末等。旦分正旦、外旦和搽旦等。只有正末和正旦可以主唱，其他脚色一般没有唱词。正末主唱的剧本叫"末本"，正旦主唱的叫"旦本"。如《汉宫秋》是末本，汉元帝的应工脚色是正末，四折唱词就由汉元帝一人主唱。关汉卿《单刀会》第一折由乔国老主唱，第二折由司马徽主唱，第三、四折由关羽主唱，这三个人物都由正末扮演，所以还是"末本"，这种现象叫作"改扮"。在实际演出中，或可由两个以上的艺人分饰。

"改扮"的现象在元剧剧本中并不少见，这说明它在遵守严格的程式的同时，又有相当的变通。至于同一本戏中既有正旦主唱的折，又有正末主唱的折(如《生金阁》),还有同一折中正旦和其他脚色轮唱同一套曲的现象(如《东墙记》),则属变例。

作为对一个脚色主唱的补充,也是为了丰富剧情,有些剧本中也安排正末、正旦以外的脚色的唱词,或是净,或是搽旦,或是小末。这类唱词通常放在一折中的套曲之前或后,一般和套曲不同韵,甚至不同宫调,叫做"小曲"或"曲尾",如杨显之《潇湘雨》第二折南吕套曲前,试官(净扮)唱一支〔醉太平〕曲,方唱之际,说道:"我有一个小曲儿,唤做〔醉太平〕,我唱来与你送行者"。关汉卿《蝴蝶梦》第三折正宫套曲后,末(应是小末)扮王三唱〔端正好〕〔滚绣球〕两支曲,唱时,剧中另一个人物张千问:"你怎么唱起来?"王三云:"是曲尾"。《潇湘雨》第二折中净唱〔醉太平〕和该折所用南吕套既不同宫也不同韵;《蝴蝶梦》第三折王三唱的两支曲子却为正宫曲牌,只是不同韵。关汉卿的《望江亭》中第三折曲尾竟安置了南曲曲牌〔马鞍儿〕(羽调)。元代晚期杂剧中还出现把这类小曲穿插在套曲的中间。小曲的唱法则有一人独唱、二人分唱和三人合唱。总之穿插相异,变化不一,起着和套曲相辅相成的作用。

戏曲研究家尝有一看法,认为元代早期杂剧作家恪守套曲定则,不可能插入小曲,今所见关汉卿、杨显之等人作品中的小曲是后人增添,乃或认为是演员在演出中随意增加,即所谓"赠曲"。此类见解未成定论,可备一说。明代顾曲斋刊刻的元杂剧剧本,凡有小曲,一律与云白一样以小字刊印,不标曲牌名,只注明"做唱科",实际上是将小曲与人物云白中出现的"诗云"、"词云"一样看待,归属于"白"(韵白),而不归属于"曲"。研究者由此引出一种推测性的见解,以为那类小曲"做唱科"时,并无音乐伴奏,在唱法上也就和套曲中的曲子有了区分。这也可备一说。

宾　白

元杂剧剧本的云白,被称为"宾白",这称呼是否在元代杂剧乃至宋代南戏演出中就已出现,已难查考,今天只能见之于明人记载中。"宾白"在后世戏曲中也叫"道白"或"说白",前人对杂剧中的宾白大致有两种解释:徐渭《南词叙录》:"唱为主,白为宾,故曰宾白,言其明白易晓也。"单宇《菊坡丛话》:"北曲中有全宾全白。两人对说曰宾,一人自说曰白。"前者是在杂剧注重歌唱的前提下所作的推测性解释,后者是从训诂角度作的考订性说明。可能后者说法比较正确。

宾白分为韵白和散白。前者包括上场诗(或叫定场诗)和下场诗,一般四句或八句,也有二句的,那又可叫上场对、下场对。如《汉宫秋》第一折王嫱出场先念上场诗:"一日承宣入上阳,十年未得见君王。良宵寂寂谁来伴,唯有琵琶引兴长。"第四折汉元帝下场诗:"叶落深宫雁叫时,梦回孤枕夜相思。虽然青塚人何在,还为蛾眉斩画师。"韵白中还有一种主要用于净角的,类似后世戏曲中的"数板",并不限定上场或下场念,如高文秀《渑池会》中秦将范当灾起兵时发将令:"你与我前排甲马,后列经幡。当先摆五路先锋,次后列青龙白虎。太岁与土科相跟,太尉与将军引路……"这类韵白大抵属插科打诨。还有一种"断词",也属韵白,如《窦娥冤》第四折窦天章宣判(即所谓"下断")时说:"莫道我念亡女与他灭罪消愆,也只可怜见楚州郡大旱三年……"

杂剧剧本中还有"带云""背云""内云"。"带云"是脚色在歌唱时插入说白,起串联解释唱词的作用。"背云"即现代戏剧中的"旁白",又叫"内心白",把"暗想"交代给观众。"内云"是脚色在未上场之前在后台和台上的脚色对话,还有的是台上脚色和后台人员对话，如吴昌龄《东坡梦》第一折佛印和尚要行者置备酒肉款待苏东坡，行者向着后台说："山下俗道人家，有一百八十多斤的猪，宰一口儿"，于是出现"内云"："忒大没有"，后又有"内云"："忒小没有"。这"内云"代表不出场的"俗道人家"说话。

科（介）

科（介）指表演动作，大凡一个剧本中写人物的唱词、说白，本已含有人物在唱念时的动作在内，杂剧剧本特别标明的"科"，通常指唱、白以外的动作。《南词叙录》："相见、作揖、进拜、舞蹈、坐跪之类，身之所行，皆谓之科"，又说："以科字作介字，非科介有异也"。实际上元杂剧剧本中的"科"表示四个方面的意思。一是人物一般的动作，如《汉宫秋》第一折写王嫱迎接汉元帝，注明"趋接科"，被封为明妃后，"做谢恩科"。这里当有跪拜动作。二是表示人物表情，《汉宫秋》第一折写毛延寿定计，注明"做忖科"；第三折写汉元帝送别王嫱时，"与旦打悲科"，表示两人都作出悲伤的表情动作。三是表示武打动作，如高文秀《襄阳会》第四折前楔子写张飞与曹仁交战，"调阵子一遭科"；写刘封、糜竺、糜芳和张飞一起杀向曹军，"四将作混战科"。李文蔚《燕青博鱼》第二折写燕青痛打杨衙内，"做打杨衙内科"、"杨衙内打斛斗科"，也属武打动作。四是指剧中穿插的歌舞动作，如《梧桐雨》第二折写杨玉环演舞，"正旦做舞科，众乐撺掇科"。除这四类外，还有一类指剧中需要的音响效果，如《汉宫秋》第四折连续出现五次"雁叫科"，《荐福碑》第三折写雷轰石碑，有"内做雷声科"，即后台作打雷的音响效果。元杂剧中的人物科介动作，即后世戏曲行话中所说的"做"（做工）和"打"（武工）。加上歌唱和宾白，说明元杂剧剧本已包含戏曲演出的全部要素"唱"、"念"、"做"、"打"。明代钟鼓司所藏元杂剧剧本（即所谓"内府本"）还大抵附记"穿关"——脚色的穿戴服装，以及道具式样，这样的剧本就更加详备了。

第三节　杂剧的繁荣

作为有元一代文学的代表，杂剧在当时十分繁荣，从而使它在文学史上获得了和唐诗、宋词并称的地位。后人探讨元杂剧繁荣的原因时有各种不同说法，明沈德符《万历野获编》和臧懋循《元曲选序》曾说元代以词曲取士是杂剧发达之因。此说虽有影响，但于史无征，渐被学者扬弃。李开先《张小山小令序》中说："中州人每沉抑下僚，志不获展。宜其歌曲多不平之鸣。元词（指曲）所由盛，元治所由衰也。"近代王国维则认为元初废科举是杂剧发达之因。以后学者陆续予以补充或驳难[2]。事实上，杂剧的繁荣有多种条件和因素，其主要因素大致可归纳为以下几项：

一，戏剧演出的社会化（广泛性）和商业化是促使杂剧创作繁荣的一个重要条件。社会化和商业化的现象自宋代以来益发明显，据《东京梦华录》、《都城纪胜》和《西湖老人繁胜录》等各种文献记载，自宋以来，戏剧演出十分广泛，上自宫廷皇室，下至平民社会，观赏戏剧演出成为一种娱乐习惯。宋代教坊乐部有杂剧演员，南宋时一度撤销教坊司，但还征调民间演员去演所谓"御前杂剧"。《东京梦华录》中"宰执亲王宗室百官入内上寿赐宴"条和"驾幸临水殿观争标赐宴"条，都记载演出杂剧。据《辽史》和《金史》记载，辽、金宫廷开宴，也常有"杂剧进"。《三朝北盟会编·靖康中帙》记金兵侵宋时，不止一次索取官本杂剧、说话以及诸般百戏的演员，动辄上百人。解放后陆续发现的宋墓和金墓中有舞台、戏俑和戏剧人物雕砖，也有力地佐证了上述那些记载的可靠,因为这类"阴世享受"的象征正好是反映了人世现实社会上的娱乐习惯,而且常常还是某种时髦的社会文娱生活的反映。这样的社会文娱生活的背景,就为以"新声"的面目出现的元杂剧的流行和繁荣准备了十分有利的条件。

关于元王朝的贵族统治阶级对歌舞、戏曲的爱好,也有不少文献记载。南宋孟珙《蒙鞑备录》记蒙古时期"国王出师,亦从女乐随行"。《辍耕录》记元世祖忽必烈在桓州指挥战争时,命教坊中人作《白翎雀》曲。据《元史·百官志》,元王朝设立的管理"乐人"的教坊司置于正三品高位,明人沈德符《万历野获编》中说元时"则教坊梨园亦加官至平章事"。朱楠《元宫词》说元杂剧的流行同宫廷演出有关,"传入禁垣宫里悦,一时咸听唱新声"。从《元典章》所记"禁治妆扮四天王"条,可知世祖至元十八年时,杂剧已在宫廷流行,只是下旨"休做""四大天王"和"十六天魔"。中外历史上常有这样的情况,一种民间娱乐进入封建宫廷,在宫廷流行,反过来又会对社会,特别是对上层社会发生影响,从而使这种娱乐更加流行开来。元代的教坊乐部是很庞大的,明初高启《听教坊旧妓郭芳卿弟子陈氏歌》中写:"文皇(指元仁宗)在御升平日,上苑宸游驾频出。杖中乐部五千人,能唱新声谁第一?燕国佳人号顺时,姿容歌舞总能奇。"教坊司演出的杂剧或许会篡改民间流行的剧本的故事内容,使之适合宫廷搬演。但在音乐、排场等方面却也有使之提高的作用,元代统治阶级也查禁戏曲作品。《元史·刑法志》记载:"诸乱制词曲为讥议者,流","诸妄撰词曲诬人以犯上恶言者,处死"。这说明他们查禁、打击的是戏曲的内容,而不是戏曲本身。他们提倡这种内容,反对那种内容,实际上表明他们重视戏曲的社会作用,历史的复杂性正表现在这里。元代统治阶级的上述法令政策有不利于杂剧创作和演出的一面,但他们重视戏曲功能和他们出自享乐需要在宫廷搬演杂剧的事实却又在客观上起着一种"上行下效"的作用,从而成为这种文艺样式繁荣的一个原因。

也是自宋代以来,戏剧演出在平民社会越来越广泛。随着城市经济的繁荣,商业性的游乐场（"构肆"、"勾阑"、"乐棚"）也日益增多,这又反过来使戏剧演出进一步商业化。据《青楼集》记载,元代"内而京师,外而郡邑,皆有所谓勾阑者,辟优萃而隶乐。观者挥金与之"。杜仁杰的散曲《庄家不识勾栏》中描写:"要了二百钱放过咱,入得门上个木坡,见层层叠叠团圞坐。"这种区别于演员或管事人托盘收"零打钱"的现象,是戏剧演出进一步商业化的标志之一,如果说后者还保留着"乞求"和"恩赐"的不平等痕迹,前者就是一种"平等"的买卖关系了。如果说收"零打钱"并不注定看客必须人人付钱,而付钱入场就保障着凡看客必须"挥金",这正是商业上"买卖公平"的一种表现。[3]

这时农村的戏剧演出也出现了固定的场所——戏台,或叫舞厅、舞亭、舞楼、戏楼。现在山西省内还保留着不少金元时期的戏台,大抵都依庙而设,如山西万荣孤山风伯雨师庙的戏台创建于大德初年或大德年前;同县赵村有至元八年三月初三日立的戏台碑文,其中说:"今有本庙,自建修年深……今有本村□□□等谨发虔心,施其宝钱二百贯文,创造舞厅一座……"这种舞台演出未必如勾阑节目那样经常,一般当是在庙会、节日才有演出活动。有材料证明在这种舞台上演出的是专业戏班,上述万荣县风伯雨师庙戏台石柱顶部刻有挪移、改建舞厅的记载,并有:"尧都大行散乐人张德好在此作场,大德五年三月清明,施钱。"所谓"散乐人"指流动演出的戏班,或是相对于教坊中人而言,张德好当是主要演员。山西赵城明应王庙正殿中的元代演剧壁画上记有"尧都见爱,大行散乐忠都秀在此作场,泰定元年四月 日"。这位"忠都秀"到山西演出,所以说"尧都见爱"。这样的专业戏班在乡村舞台上演出,按近代庙会演戏的习惯来推测,戏班当要获得一笔总报酬,只是不直接向一个一个观众收钱而已。

戏曲演出的社会化、商业化,必然带来竞争。勾阑中的演出当然不能只靠像杜仁杰散曲中所写的那样"高声的叫请请,道迟来的满了无处停坐"这种叫唤来吸引观众,也不能仅靠"花绿绿纸榜"这种广告来招徕看客。很重要的是要有新节目。《复落娼》杂剧中写道:"明日个大街头,花招子写上个新杂剧。"《蓝采和》杂剧中写道:"甚杂剧请恩官望着心爱的选,这的是才人书会划新编。"元刊《古今杂剧》三十种中除《赵氏孤儿》外,其余二十九种都有"大都新编"、"古杭新刊"、"新编关目"、"新编足本"、"新刊的本"字样,说明"新本"、"足本"(即全本)和"的本"(即嫡本)在杂剧演出中的号召力。这样,戏班就不断地有求于剧作者,《蓝采和》中写"依着这书会恩官求些好本令","书会"就是戏曲伎艺作者的一种组织。《蓝采和》中还写道:"若逢对棚,怎生来妆点的排场盛。""对棚"类似后世所谓"唱对台戏",就是演出上的竞争。于是,不同作家写同一题材、甚至戏名也相同或基本相同的作品这种现象出现了。可以设想这种现象:东棚搬演关汉卿的《破窑记》,西棚推出王实甫的《破窑记》;你上旦本《张生煮海》,我搬末本《张生煮海》。演出的竞争带来了创作的竞争,南戏《张协状元》中写的"这番书会要夺魁名",正是这种现象的反映。《录鬼簿》中记范子安"因王伯成有《太白贬夜郎》,乃编《杜甫游春》",也可见端倪。凡此等等,都刺激着剧本的不断产生。

戏剧演出的商业化是城市经济繁荣、人口集中带来的结果。但它带给剧本创作的繁荣却又呈现出复杂情况。演出和创作上的竞争也有二重性,其间不免出现粗制滥造和迎合低级趣味之作,因此,这种繁荣现象往往是泥沙俱下,鱼龙混杂。至于那些深刻反映社会生活的佳作的产生，就更需要有其他的因素，而决不只是由戏剧演出的商业化来决定。

二，众多的知识分子从事或参与戏剧活动是元杂剧繁荣的又一个重要条件。《录鬼簿》著录曲作家一百五十二人，嗣后《录鬼簿续编》又录元明之际的曲作家七十一人，两书合计二百二十三人。这个数字当不完备，钟嗣成说"无闻者不及录"，但估计不会遗漏著名的作家。钟嗣成序言中还说："余因暇日，缅怀故人，门第卑微，职位不振，高才博识，俱有可录，岁月弥久，湮没无闻，遂传其本末，吊以乐章；复以前乎此者，叙其姓名，述其所作。"可见当时作家中大都是"门第卑微"或"职位不振"的知识分子。这是由当时特殊的社会、政治原因决定的，元代知识分子，特别是汉族知识分子地位境遇的急剧下降，是在这之前的其他封建朝代没有发生过的。

世称元代社会人分"四级十等"。所谓"四级"，指蒙古人、色目人、汉人、南人之分，史多记载，虽然其中的具体区别标准并无完整、严格的解释。这种民族歧视政策给汉族知识分子带来的结果是缺乏仕进之路或者是"职位不振"，而当时知识分子的绝大多数是汉族人。元代科举时行时废，但不废府学、县学、国子学，并实行举擢，但儒学生员能够自学校选举以得官的，为数极少。姚燧《牧庵集·送李茂卿序》说由儒入仕只有"十分一之半"。即使是生员，汉人也受歧视，据《元史·选举志》载，至元二十四年国子学一百名生员中"蒙古半之，色目、汉人半之"。又载：各类学校中，对汉人生员有"勒令出学"规定，但不适用于蒙古、色目人。在乡试、御试科目方面，蒙古、色目人应考科目少，汉人、南人应考科目繁，等等。

"十等"之说不见正史，通常被援用的是谢枋得《叠山集·送方伯载归三山序》和郑思肖《所南集·心史》。两者记载"一官"、"二吏"、"九儒"、"十丐"都相同。谢序只是说："滑稽之雄，以儒为戏者,曰:我大元典制,人有十等",当不可信。郑文却说:"辍法:一官二吏……九儒十丐""辍法"云云,无史料佐证,也不可信。但综合各种史料,蒙古王朝早期,儒士地位低微,自不待言,后渐有改善,但也常受苛虐、歧视。

元代这种歧视汉族知识分子的政策促使其中一部分人去从事向被视为"卑微"的戏曲活动,而且有的还不由自主地成为"倡优"。《元史·礼乐志》载:至元三年,"籍近畿儒户三百八十四人为乐工"。《录鬼簿》的记载在很大程度上从作者这个角度说明了元代知识分子的遭际和杂剧大盛的因果关系。周浩的《录鬼簿》题曲中写道:"生待如何,死待如何? 纸上清名,万古难磨。"这倒又说明,知识分子在仕途上的不幸命运,并不就是杂剧的不幸,恰恰是它兴旺发达的很重要的条件。元杂剧的著名作家很多,其中关汉卿、白朴、马致远和郑光祖被称为"四大家"。关汉卿被认为是"梨园领袖",马致远被叫做"曲状元",郑光祖被"伶伦辈称郑老先生",都是他们为杂剧的发达作出了贡献的标志。任何一种文艺样式的繁荣,总是经历一个发展提高的过程,除了演员、乐师以外,剧作家起着十分重要的作用。而剧本创作,尤其是从文学剧本这一角度来说,却又必须依靠和凭借知识分子的文化素养。这也是文学艺术历史上的一个通例。北宋时代就已出现的南戏(温州杂剧),在元代虽在局部地区流传演出,但发展提高较缓慢,直到元末,高明《琵琶记》的出现,才标志着它的真正"复兴",徐渭说高明"用清丽之词,一洗作者之陋",也正好说明知识分子对发展、提高戏剧演出、繁荣戏剧创作的重要作用。

三,大批著名演员的出现是促使元杂剧繁荣的又一个重要条件。戏剧的传播需要依靠演出,大凡一种戏剧,它的表演者中涌现出一批优秀艺人,往往反过来提高和发展这种戏剧的艺术水平,从而促使它更加兴旺发达。《青楼集》曾记载很多杂剧著名演员,他们不仅各务行当,各有专长,有的擅长"闺怨杂剧";有的善于"驾头杂剧";有的长于"绿林杂剧";有的以"温柔旦"见称,有的以"风流旦"得名;还有的"旦末双全",甚至能演"杂剧三百余段"。其中还出现了相似于后世所说的"祖师爷"式的人物,如"杂剧当今独步"的珠帘秀,就被后辈演员称为"朱娘娘"。她的一位"高弟"赛帘秀,演唱杂剧也很出名,"声遏行云,乃古今绝唱"。珠帘秀的另一位"高弟"燕山秀,则是"旦末双全,杂剧无比"。珠帘秀是为关汉卿赏识的艺人。另一位艺人天然秀则为白朴所赏识,她演闺怨杂剧,"为当时第一手",花旦、驾头杂剧"亦臻其妙"。相似于"赛帘秀"的称谓,宗天然秀的一位演员李娇儿,被称为"小天然"。

更值得注意的是,元代一些著名杂剧演员中有不少具有相当的文化水平,《录鬼簿》记艺人赵文敬、红字李二和花李郎等都能写作杂剧剧本。后二人都是金代教坊名演员刘耍和的女婿,他们还是书会中人物。书会自宋代就已出现,是各种俗文艺作者的结社,也是借以联系作者与演剧团体的纽带。赵文敬可能与另一位艺人赵文益为兄弟,胡祗遹《优伶赵文益诗序》(《紫山大全集》)说:"赵氏一门,昆季数人。有字文益者,颇喜读,知古今。"又说:"故于所业,耻踪尘烂,以新巧而易拙,出于众人之不意,世俗之所未尝见闻者。一时观听者多爱悦焉。"这说明艺人的文化素养对提高他们表演能力的重要性。《青楼集》中也记述了不少艺人的文化素养,如记梁园秀"喜亲文墨,作字楷媚,间吟小诗,亦佳。所制乐府……世所共唱之"。再如记张玉莲:"丝竹咸精,六博尽解……南北令词,即席成赋;审言知律,时无比焉。"《优伶赵文益诗序》中还曾称赞赵文益的品德:"似于所学有所自得,已精而益求其精,终不敢自足,骄其同辈。"《青楼集》也记天然秀"高洁凝重",顾山山年逾六十时,"后辈且蒙其指数,人多称赏云"。元杂剧中涌现出这么多著名演员,其中不少有才有艺有德,正是促使杂剧趋向繁荣的另一个重要原因。

〔1〕 参见孙楷第《元曲剧末有楔子》(《沧州集》),赵景深《元曲札记》(《读曲小记》)。

〔2〕 如孙楷第《书会》(见《沧州集》)一文中说:"如李开先及王静安先生所说,皆属于政治范围,此固不可完全否认。然尚有一事焉,为二先生所未注意,即元之宫廷特尚北曲是也……禁中既尚杂剧,则教坊伶人之选试,剧本之编进,其事必稠叠。此于杂剧人才之培养及戏曲研究上自当有种种裨益。且以宫廷习尚之故,而影响于臣民。"又说:"此为新兴之剧,自为当时人所爱好。而其时适有书会为编摩词曲之所。社家文人之嗜曲者,与俳优密切合作,为之撰曲,使舞台上常有新剧本出现……元代戏曲之盛与剧本之多,其故当以此。"

〔3〕 朝鲜汉语课本《朴通事谚解》(约著成于元代)中也有类似记载,说进勾栏时,"一个人与他五个钱时放入去"。

第三章　元杂剧概况（二）

第一节　杂剧的内容

　　元杂剧的内容异常广阔，元人胡祗遹说："上则朝廷君臣政治之得失，下则闾里市井父子兄弟夫妇朋友之厚薄，以至医药卜筮释道商贾之人情物性，殊方异域风俗语言之不同，无一物不得其情，不穷其态。"（《紫山大全集·赠宋氏序》）明人朱权把杂剧分为十二科："一曰神仙道化；二曰隐居乐道（又曰林泉丘壑）；三曰披袍秉笏（即君臣杂剧）；四曰忠臣烈士；五曰孝义廉节；六曰叱奸骂谗；七曰逐臣孤子；八曰钹刀赶棒（即脱膊杂剧）；九曰风花雪月；十曰悲欢离合；十一曰烟花粉黛（即花旦杂剧）；十二曰神头鬼面（即神佛杂剧）。"[1]在元剧流行的过程中，本已出现脱膊杂剧、驾头杂剧、闺怨杂剧和绿林杂剧这类名称（见《青楼集》），朱权的分类当是参考了这类世俗通称。朱权的分类法不尽允当，却也说明杂剧内容的丰富纷繁。近代学人对元杂剧的分类也有多种说法[2]，比较常见的是以爱情婚姻剧、神仙道化剧、公案剧、社会剧和历史剧这类名称来叙说元杂剧的内容，这种分类虽然也未必十分妥当，但大抵约定俗成。这里也权用这种分类法来说明杂剧的内容和创作特点。

在现存杂剧剧目中,爱情婚姻剧约占五分之一,是引人注目的部分,最著名的是四大爱情剧——《西厢记》、《拜月亭》、《墙头马上》和《倩女离魂》,其中尤以《西厢记》为压卷之作。元人爱情剧出现了若干与前代描写爱情的作品不同的特征,这些特征与当时的社会生活和作家的心理都有着密切的关联,而作家对人物性格和情节矛盾的不同处理,也显示出作家的爱情理想和社会理想。

自从唐人小说革新汉魏以来的小说传统,在变"志怪"为"传奇"的过程中,出现不少描写"才子"和"佳人"的爱情故事的作品后,又形成一种新传统,宋、金的小说、戏曲和诸宫调等各种文艺作品中也多有这样的内容。元杂剧中的爱情剧写这类故事也较多,而且,爱情与仕宦这二者又常常纠结在一起。元人杂剧又具有自己的特征,其一是剧中的书生的身份多半为命运不济的晦气的穷秀才,女子一方却多半出身富贵门第,或有大家闺秀一般的文化素养的"上厅行首",双方的实际生活地位(穷和富)往往高下悬殊。其二是故事情节多半是青年男女竭诚相爱,而中间有外力进行干扰,或鸨母嫌贫爱富,或商人加以破坏,或女方父母出于门第观念的考虑进行阻挠。其三是剧中的女子在爱情婚姻问题上,在反抗外来阻碍,争取婚姻自主的斗争中,常常表现了一种积极的主动精神。

元代爱情剧中女子地位的加强和提高,不仅表现在作家写她们的富贵身份,更主要的是她们在剧中所处的位置和发生的作用,以及她们的心理状态和性格内涵上产生了新的因素。譬如在选择情人时,女子并不只是处在被选择的被动地位上,《救风尘》中赵盼儿直言:"姻缘簿全凭我共你,谁不待拣个称意的。"《拜月亭》中王瑞兰和她的义妹蒋瑞莲,也曾在文武状元之间作了比较。在选择的具体标准上虽各有不同,但传统的以才貌取人的观点仍然在元剧中延续了下来,但像《墙头马上》中所写李千金先是倾向于裴少俊的外貌,继而又钦慕他的多才,而裴少俊也为李千金"倾城之态"和"出世之才"所吸引,这就由"郎才女貌"发展到了双方的"才貌双全"。《西厢记》和《倩女离魂》等也都是如此。

在爱情婚姻剧中,女子一方往往还表现出为男子所不及的识见和胆量。《倩女离魂》中写张倩女灵魂追上王文举时说:"常言道做着不怕",而王文举却对"私奔"表现出恐慌害怕。可以视为张倩女的姐妹形象的李千金,她还为自己的私奔行为理直气壮地辩护,说"这姻缘也是天赐的"。《秋胡戏妻》中的罗梅英,又是一种性格,她忠实于爱情,当她发现丈夫的行为玷污了夫妻感情后,要求离异,只是因为照顾婆婆的缘故才收回了离异的要求,却也声明,她并非是"假乖张,乔模样",而是要"整顿我妻纲"。如果说女子要求自主婚姻,自己选择丈夫,在元代杂剧中还是比较常见的现象。那么,罗梅英要求自主离婚实属罕见。这两方面合在一起,就更加显示了女子在人格上与男子平等的要求。

与张倩女、李千金和罗梅英相比,这三个剧中的男主人公王文举固然显得胆小怕事,在父亲面前不敢不写休书的裴少俊尤为懦弱,而秋胡就更是猥屑不堪了。《救风尘》中的穷儒生安秀实和妓女宋引章有婚姻之约,后来宋引章却又选择了商人周舍,只是依仗另一个妓女赵盼儿的帮助,加上周舍虐待宋引章这个因素,安秀实才得以娶宋引章为妻。这里,赵盼儿是一位女中豪杰,安秀实只是一个懦弱书生。这种对比是十分鲜明的。在《切脸旦》(一名《望江亭》)一剧中,已当上潭州尹的白士中,当权豪势要杨衙内企图夺走他的妻子谭记儿并加害于他时,他竟无能为力,而只是靠着谭记儿的斗争才免除一场灾祸。这种种女子强于男子的描写在元人爱情婚姻剧中成为一种重要现象,它在一定程度上显示出传统的"男尊女卑"观念的削弱,甚至"颠倒"。产生这种现象的原因是复杂的,多方面的。大致是自宋代开始,随着市民社会力量日益壮大,他们的与传统道德观念不同的若干思想意识已经直接、间接对文艺发生了影响[3]。这个因素在元代继续存在,加上元代初期封建纲常观念在一定程度上受到冲击,这是杂剧中一些妇女形象少有封建伦理道德负担,甚至带着"野性"的重要社会原因之一。但同时也要看到,元剧中的一些妇女形象的性格和行动,也有"理想化"的色彩,这又同创作者的思想、心理有关。

相对说来,元代儒生的地位,从传统的"四民之首"跌落下来,不再像唐、宋时代那样受到优待,常常失去或者很难获得"一举成名天下知"的光辉前程,在世人的眼里,他们的地位也降低了。这种生活现实反映在元人爱情剧中,儒生们常常受到达官贵人的蔑视,富户婢仆的白眼,商人的欺侮,乃至鸨母的嘲辱。这种描写中透露出痛苦和愤慨。当现实不给书生们提供后盾,前途又那么暗淡时,他们需要有胆有识的人为他们伸张正义;在世人鄙薄他们时,他们希望有能识英雄于贫贱之时的巨眼英豪来发现和宣传他们的价值。在爱情剧中将能够爱上书生的女子写得高大和带有理想色彩,正是符合并能满足这种心理要求的。而且,在元人爱情剧中,常常出现通过女子的语言为儒生的地位、价值和前途进行辩护的情节。《拜月亭》中王瑞兰和蒋瑞莲在比较儒生和武夫的优劣时,肯定了读书人温良恭俭的优点。《孟光举案》中孟光和父亲争论,一个说穷秀才一千年不得发迹,一个说:"你道是儒人今世不如人……直等待凤凰池上听丝纶";《破窑记》中刘月娥抛绣球择婿时反驳了梅香嗤诋儒生"穷酸饿醋"的看法,并祝愿绣球打中一个有志气好文章的"画眉郎","贫和富有何妨"。凡此等等,都是针对轻儒世风的笔墨,也是元代儒生的一种特殊心理状态的反映。

　　元代爱情剧几乎一律以大团圆作为结局，书生们总能克服重重障碍，仕宦上一举成名，爱情上如愿以偿。这除了出自大团圆结局最符合在长期封建社会中形成的、以维护宗法关系为美德的伦理观念，而易于被各阶层的人们所接受的原因外，另一方面，也同元代儒生的特殊心理有关。杂剧作家在真实地揭示书生们穷愁潦倒和为世俗鄙薄的同时，似乎必须描写爱情与仕宦都属美满这种锦上添花的结局。即使是编织的美梦，也可借以寄托和安慰伤感、失望等等复杂的心情。

　　元杂剧中的神仙道化剧也是一种形成倾向的创作现象。它们的内容大抵是或敷演道祖、真人悟道飞升的故事，或描述真人度脱凡夫俗子和精怪鬼魅的传说。不管故事的具体内容和表现的角度有多么纷繁的变化，这些作品大都是以对仙道境界的肯定和对人世红尘的否定，构成它们内容上的总特点。其中有些作品所写的故事还与全真教传说有密切关联。作品中还经常出现全真教的著名人物。神仙道化剧大量出现与奉神演戏的宗教活动也有关连。但这些特点却又并不意味着神仙道化剧就是一般的"宗教宣传品"。它们有着特定的社会现实内容，只是往往通过把社会现实内容纳入梦幻虚空的形式来加以表现罢了。首先值得注意的是不少神仙道化剧中，仙道和隐逸常常交织在一起。这些剧中出现的吕洞宾、王重阳和钟离权等，他们的身份是道祖、真人，但他们提出的对人生否定的教训，却常是通过文臣武将的宦海悲剧来表达，《黄粱梦》中的钟离权说："俺闲遥遥独自林泉隐，您虚飘飘半纸功名进，你看这紫塞军、黄阁臣，几时得个安闲分？怎如我物外自由身。"其次是这些真人谴责的对象也往往是鼎臣和豪门中人物，《竹叶舟》中吕洞宾说："你则看凌烟阁那个是真英武，你则看金谷乡都是些乔男女。"第三是这些道祖们指点的榜样,常常是著名的退隐儒生,《任风子》中写杀狗屠驴的屠户任风子一旦被度脱,也倾慕"陶令休官,范蠡归湖"。这些道祖们提倡的生活实际上又往往是隐士生涯,《黄粱梦》中钟离权说:"俺那里地无尘,草长春。四时花发常娇嫩,更那翠屏般山色对柴门。雨滋棕叶盛,露养药苗新。听野猿啼古树,看流水绕孤村。"这样,就使剧中的这些道祖、真人的身份不像不食人间烟火的神仙,而更多地带有文士和隐士的思想情趣,至多再加上若干人间道士具有的宗教色彩。就是说,这些形象基本上是按照世俗人物尤其是文人的生活与精神特征塑造出来的。因此,在这些剧中出世、愤世常常交织在一起,而就局部范围来看,有的剧中表现的愤世又同恋世交织在一起。正因为这样,这些剧中宣扬的出世倾向,往往也就在不同程度上透露出现实批判精神。

神仙道化剧出现上述特征有两个方面的原因。首先,元代社会的知识分子比较普遍地存在着的苦闷甚至绝望的思想情绪,是神仙道化戏涌现的重要原因。这里所说"苦闷与绝望",除了包括元初科举不行,阻塞了知识分子的进身之路以外,还因为随着蒙古贵族对金、宋的征服战争,曾经带来对中国传统的以儒家观念为基础的文化道德的猛烈冲击,其中包括一向被认为庄严神圣的事物遭到亵渎。物质上的困顿和精神上的苦闷,使知识分子产生了各种变态心理,对人生的厌弃和对现实的绝望。按照儒家"达则兼济天下,穷则独善其身"的传统观念,隐居避世,就成为一种社会现象。神仙道化戏表现出隐士思想的特点,正是与这种现象有关的。

其次,宋元时,一批儒生出身的道家,对原来讲究飞升炼化之术、祭醮禳禁之科的天师道进行了改革,设立了新道教——全真教。他们以"忍辱含垢,苦己利人"为宗,提倡摒弃名利,"渊静以明志",于乱世苟全性命不求闻达。因此,神仙道化戏中屡屡提到"天下有道则见。无道则隐",只要丢掉名缰利锁,便可返本归真,得到解脱。此外,饱经战争灾难和黑暗统治的痛苦,信奉宗教也是追求精神上遁世的一种出路。事实上,当时有许多文士在乱世中,不仅读书不仕,而且作了道士,既可以方外人自居遁迹嚣埃,又可以保有文士的情趣,并与文人相往来,身为全真门徒,过着半隐半俗的隐士生活。神仙道化剧中所表现的仙道的思想和生活常带有隐士的特色,剧中津津乐道的超尘拔俗的榜样,常是严子陵、陈抟一流名隐,却不是斩妖除怪的天师,凡此种种,都同全真教的特点有关。

当然,这一种情况在各个作家的剧作中表现并不一致,特别是在前后期的作品中表现尤为相异。至少有三点明显的差异:一是后期作品大抵对现实生活、社会矛盾的反映愈趋淡薄,概念化的倾向愈加明显。二是后期作品宗教说教增加,隐逸思想明显地削弱。三是元末明初的作品不再包含那么多的愤世的感情,逐渐变得平淡和冷漠。这种差别的产生,与整个社会的变化和作家个人的遭遇和经历都有关系。

宋代说话名目有"说公案",大抵是围绕着民刑事件,叙说摘奸发覆、洗冤雪枉的故事。元人并无公案剧之说,但后人以小说名目用在戏剧内容分类上,有所谓公案剧。现存元杂剧中这类作品也占有一定数量,因为它们具有举发罪恶、惩恶扬善的内容,因而成为研究中被肯定的对象。

元代公案剧大致可归为两类:第一类主要写权豪势要欺压无辜百姓,清官惩治豪强,为百姓申冤昭雪,诸如《鲁斋郎》、《蝴蝶梦》和《陈州粜米》等。第二类多写恶人图财害命,或因家庭问题、财产继承问题引起争执,良善受欺受诬,由清官伸张正义。如《灰栏记》、《盆儿鬼》、《神奴儿》、《魔合罗》和《勘头巾》等。

第一类公案剧中描写的诉讼事件本身并不复杂,甚至个中是非曲直常常是简单而明了的,只要官吏清廉、正直,就不难作出正确的判断。困难倒是在于一些权豪势要的权势很大,大到足以震慑审判者,而官吏们又过于贪酷,接受贿赂而不问是非。清官们面临的问题是愿不愿执法和敢不敢执法的问题。所以,这类公案剧侧重在颂扬官吏的刚直不阿。而矛盾的解决,又是为了借以表现一种对政治清平、社会安定的向往和对正义的渴望。同宋元时代的"说公案"话本相似,这类公案剧中主要展开的是诉讼当事人之间的纠葛,官吏断案的描写所花笔墨较少,因此,清官在剧中往往作为最后解决矛盾的人物出场,并非主角。

第二类公案剧倒常有比较曲折的情节乃至是无头公案,需要作细致的分析和侦缉,才能明白真相。这里就需要审案人更多的智慧。但一些原本可以在破案手段上结构引人入胜的剧情的公案剧,却采用了借助鬼魂弄清真相的办法,使破案手段简单化。这类剧的作者虽然创造了复杂的案情,却在解决问题时走了捷径。也有的剧本如《魔合罗》和《勘头巾》具有比较完整、复杂的破案过程,办案人员判断是非的依据是人证和物证,官吏的智慧有进一步展开,推理侦破手段有所丰富。

由于第一类公案剧中矛盾的一方是"权豪势要",而且剧情所展示的决定诉讼的关键并不是能不能、而是敢不敢判断是非,于是敢于"与百姓每分忧"的包拯就自然成为理想的人物,成为恶霸权豪的"敌头"。除了包拯以外,元剧中写到的清官能吏还有王翛然、李圭和张鼎等。其中张鼎只是一个普通的吏,关于他的传说故事可能在元代比较流行。从《魔合罗》和《勘头巾》中的描写看,张鼎是个模范的贤吏,他廉洁奉公,头脑冷静,办事认真。剧中同时出现的官都是贪官或糊涂官,张鼎就作为"爱钞"的县令或者是只凭口供和主观想象执掌生杀的府尹的对立面出现，成了带有理想色彩的传奇式人物。而实际上他所秉以行事的宗旨却也只是"人命事关天关地非同小可"、"掌刑君子当以审求"这种最普通的"原则"。所以，从张鼎这一人物受到歌颂这一现象，可以看到民间对公理和正义的渴望其实是一种很低的要求，反过来却又在某种程度上说明当时那个社会缺乏公理到了何等的程度。

有一种很值得注意的特殊现象，元杂剧中的水浒戏几乎可以算作公案剧中的一个分支。现存元人水浒剧的内容基本上属于一类：良善的平人遭到强人、恶霸的欺凌或百姓之间发生纠纷时，弱者受侮，梁山好汉扶弱抑强，诛恶锄奸。虽然作品中大抵都交代梁山好汉"替天行道救生民"，但事实上，现存元代水浒剧中没有正面描写到梁山泊好汉与官军的厮杀，这是与后来的小说《水浒传》最大的不同。实际上，元人水浒剧中的梁山泊像是一个惩恶扬善的公正的法庭，《燕青博鱼》中甚至把梁山泊与包拯的开封府相提并论，在作者看来，两者都是为民做主，为民撑腰的场所。当然，从客观实际看，梁山泊是民间的"法庭"，这还是和官府衙门有很大区别的。而且水浒剧中确实也表现了起义英雄和人民之间的信任和爱戴关系。不过从现存元代水浒剧所表现的思想内容中，可以发现后代公案作品中清官与侠义合流的端倪[4]。

元人水浒剧中的人物，如果与《大宋宣和遗事》相比，思想性格颇有发展，尤其像黑旋风李逵性格面貌的基本特征，已与后来的《水浒传》相似。一些剧中交代的水泊梁山的规模也与《水浒传》接近或相似。

元杂剧分类中的"社会剧"一说，并无十分明确的概念，或者相似于国外学者所说的"风俗剧"。而所谓"风俗剧"是包括"公案"和

"水浒"戏在内的,此外还有"劝戒"、"冤事"和"杂事"三类。所以也有把"风俗剧"解释为"关于社会之杂事者"[5]。如果把"风俗剧"理解为描写社会问题的剧本,那么,确乎也可称作"社会剧"。如果把"公案"和"水浒"划分出去,"社会剧"就只指以下这类剧本:《窦娥冤》、《酷寒亭》、《合汗衫》、《货郎旦》、《罗李郎》、《看钱奴》、《冤家债主》、《东堂老》、《老生儿》等等。这些剧作的创作思想比较复杂,涉及的生活面也很不同,艺术上的成就高下也不一致,但大抵有下述特征:一、它们普遍地在不同的程度上反映和描写了当时社会中带有普遍性的生活现象,揭露了社会的各种弊病。其中最突出的作品《窦娥冤》还通过窦娥一生的悲剧命运,对封建社会本身与生活在这个社会中的普通人民的矛盾这样一个根本问题作了深刻的揭露,响亮地表达了普通人民的正义呼声,表现了深湛的历史内容,从而使它成为元杂剧的代表作之一。二、通过对不同社会现象的描写,交织成一幅世态众生相,如《老生儿》表现家庭纠纷,由重男轻女的宗法观念导致夫妻之间、嫡庶之间、侄婿之间的种种矛盾,演变为争夺财产的你死我活的斗争,真实生动。又如《看钱奴》和《冤家债主》解剖了被金钱腐蚀的守财奴的丑恶灵魂,淋漓酣畅。再如《合汗衫》写落难汉被人搭救,反而恩将仇报;《酷寒亭》写后母对前房子女的残酷虐待,都尖锐地批评了堕落世风。一般说来,这几个剧本的生活气息也颇浓厚。三、这些剧本从不同的角度揭露社会弊端时,笔触是相当尖锐的,但作者们提出的解决方法,大都仍然不能摆脱封建思想的桎梏:或者宣扬加强传统的封建道德伦理观念,对人的私欲加以诱导和规劝;或者用轮回报应陈述利害,希望对世风作当头棒喝。寄希望于封建道德,往往也就要求对历史上太平盛世返古模仿,向往"古风"。而乞灵于迷信则是一种宗教的劝善情绪的流露。因此,有的作品甚至像是为了演绎伦理观念而作,如《焚儿救母》、《替杀妻》和《九世同居》等,主旨都在形象地宣传孝悌忠义,艺术上也常常并无可取,概念化倾向比较严重,但从中可以看到杂剧创作的另一侧面。四、在这些社会剧中出现的财主形象有的是商人,他们的生活、思想得到一定程度的表现,《老生儿》中的刘从善说他为了经商逐利,"那搭儿里不到,几曾惮半点勤劳"。《东堂老》中的赵国器,因做商贾致富,他希望由他"早起晚眠"积攒成的家业,由他儿子"久远营运"。他临终之前拜托他的义弟李实教育他的儿子扬州奴,李实也是一个"我则理会有钱的是咱能"的商人,他教育扬州奴时就是本着对商人家业的珍惜:"恨不得儿共女辈辈峥嵘,只要那家道兴,钱物增,一年年越昌越盛"。这里表现了商人精神世界的特色。而这种对商人家业的自豪感与传统的以世代为宦的士人自豪感恰好成为强烈的对比,因而透露出新鲜气息。元代商人力量有所壮大,元王朝实施的政策中,也比较重视和优待商人,但杂剧中并没有对商人世界作更多的反映,而且不时还有谴责(这种谴责并不都是错的),因此,像《东堂老》这样的作品虽属罕见,却也显得稀贵。

据《梦粱录》和《都城纪胜》记载,宋代傀儡戏和影戏的故事题材,受说话的影响,尤其是影戏,"其话本(按:指故事)与讲史书者颇同",讲史书(或作讲史)又大抵是"历代君臣将相故事"。元杂剧中写历史上帝王将相故事的剧本也很多,仅流传下来的就有四十余种,几占现存杂剧的四分之一。对这类杂剧,近人称作史剧或历史剧。其中有的也常被人视作是爱情剧,如马致远的《汉宫秋》和白朴的《梧桐雨》。本来任何一种传统的分类法总会使某些作品有所交叉。元人历史剧涉及时代,上自商、周,下到唐、宋,所写内容,从政治斗争到战场风云,从将相发迹到宫闱情事,几乎包罗无遗,而且佳作颇多,有代表性的可列于前茅的至少有五种,除了上述两种外,还有纪君祥的《赵氏孤儿》、关汉卿的《单刀会》和高文秀的《渑池会》。或许可以称作元杂剧中的"五大历史剧"。其中《汉宫秋》和《梧桐雨》常被后人并称,恰似双葩竞艳,各尽风光。

元人历史剧继承了宋代"讲史"的"大抵多虚少实"和"大抵真假参半"(《都城纪胜》)的传统,也接受了古代诗歌中咏史诗常借历史来抒发作家感情的影响,在处理题材时并不局限、拘泥于史料。这主要表现在两个方面:第一,绝大多数历史剧结构的内容,并无正史、野史和传说的清晰界限,而且虚构成分很大;第二,不少历史剧又是作家借历史故事来表现他们的观念和情感,对史实和史实细节的尊重和服从,甚至下降到次要地位。而作家的观念和情感,又和当时的现实紧密相关。如果仔细区分,又存在着三种情况:

第一种情况是,作家为了表达自己的意念和情绪,在史料的选择上作了有利于这种表达的选择和改造。例如三国戏,作品中三国鼎立和胜负结局的经线大体上与正史记载相一致。但作家对某些历史事件的表现,更多采用汇集了民间三国故事的《三分事略》的记载,《单刀会》、《连环记》和《襄阳会》等都是如此。《单刀会》所写东吴鲁肃奉命索回荆州,正史上的记载是鲁肃处于道义上的优势,关羽几乎无言以对。杂剧中却写关羽凭着刘备"姓刘",是汉室子孙的理由,大义凛然地斥责东吴:"则你这东吴国的孙权和俺刘家却是甚枝叶"。如果说这种尊刘倾向并非作家关汉卿首创,那末剧中所写关羽在江上吐露英雄情怀时,发出"二十年流不尽的英雄血"的悲凉感慨,感叹古今豪杰也难免英雄老去、销声匿迹的结局,这就纯属是作家的主观思想了。

《汉宫秋》的内容更可说明作家如何以主体意识来改造客观的历史故事。作家马致远并非不谙历史,并非不了解王昭君出塞后的过程,但剧中却不写她离开汉朝国土,而是投江而死,从而突出了爱国之情。作者显然是为了借此抒写一种民族感情,而且也是把这种感情作为昭君悲剧情绪的延伸。在这里,时代感与作家的自我表现是纠结在一起的。

其他如《赚蒯通》和《哭存孝》,作者为了加深对最高统治者凶狠残忍、无情无义面目的揭露,删芟或者改变了历史记载中韩信、李存孝都确实曾经策划谋反的事实,相反却扩展和渲染他们建立功勋和忠心耿耿的一面,并把他们的死都归为忠臣无辜受戮。

第二种情况是在少量史实的基础上,进行大幅度的扩展和虚构。如张国宾的《薛仁贵》就是属于这一类型的突出例子。新、旧《唐书》薛仁贵本传记有薛仁贵从太宗征辽,大败莫利支部将高廷寿、高惠真,建立奇功;又记高宗时薛仁贵射杀突厥骁健,击溃九姓突厥十万余众,三箭定天山等事迹。平话《薛仁贵征辽事略》也描叙薛仁贵辞亲从军、大战摩利支、三箭定天山以及被封为天下兵马大元帅的过程。《薛仁贵》剧却将这些内容都紧缩在楔子和第一折中,几乎只是为了提供全剧的背景,后面三折,则写薛仁贵功成名就后梦回家乡和真的荣归故里以后的事情和他的思想、感情波澜。通过一系列的细节描绘,在肯定薛仁贵变态发迹、改换门庭的道路的同时,却对他以"忠"代"孝"的行为进行了批评。剧中对薛仁贵从军后所造成的双亲"无靠无挨"的痛苦生活的描写,实际上表现了作者对"孝"的观念的一种平民化的理解。在这个剧中,史实最多占三成,但作品的重心和成功之处恰恰都属于纯属作家虚构、扩充部分的内容。《王粲登楼》、《贬夜郎》和《贬黄州》也都不同程度地有这种情况存在。

第三种情况是,还有一部分作品,在史料的运用上,是相当"忠实"的。它们的基本情节,甚至某些细节,与史书的记载和前代作品的描写都并无多大不同,作者用自己的情感把握了这些材料,如白朴《梧桐雨》的主要情节采自《资治通鉴》、新、旧《唐书》以及《长恨传》和《杨太真外传》等前代作品。它的剧情发展的主要关目,甚至人物的一些对白,也有撷取史书的痕迹,例如剧中安禄山对自己身世的叙述,张守珪决定把安禄山送京听取"圣断"时与安禄山的对话,李隆基与张九龄在讨论处理安禄山时发生意见分歧,安禄山被杨玉环认为义子并大办洗儿会的情景,马嵬坡兵变时李隆基与高力士的问答,几乎都与史书相同。而金钗钿盒定情、进荔枝和舞霓裳等情节,又可以在《长恨传》、《杨太真外传》中找到。从表面看来,白朴对史料是相当"忠实"的,但综观全剧的主旨和情绪,就会发现,白朴通过史书和前代作品提供的材料连缀起来的剧情,在很大程度上是为他个人"咏史"抒情服务的。因此,敷演李杨爱情,却并未表现歌颂;描绘李隆基失政,却又不着力于谴责。这些描绘最终归结于一种由盛衰无定带来的虚幻和悲哀情绪,服从于作者对历史发展、沧桑变化的总看法,远离了史家劝讽的原意。因此,从作品的思想情绪来看,史料似乎只是提供了作家艺术地表现他的情感的躯壳。

从上述三种情况看,在元人历史剧中,作家对史实的着眼点,往往并不在于再现历史的真实面貌和冲突。当然也有像《赵氏孤儿》、《冻苏秦》、《马陵道》、《谇范叔》、《气英布》、《单鞭夺槊》、《渑池会》等作品,对史料的借重较多,内容上又主要是表现和扩充历史本身昭示的思想意义的剧作,但它们也在改造史料及具体细节的构想中,开拓了广阔的"自我表现"的天地。《谇范叔》以《史记·范雎蔡泽列传》为本,它表现"一饭之德必偿,睚眦之怨必报"的主题,和《史记》昭示的意义相同,但作品中颇多书生不遇、飘零的叹息;《冻苏秦》的主要情节出于《史记·苏秦列传》,主旨也与历史记叙大体一致,但对现实的谴责和对世态炎凉的铺叙,却是历史记载中所没有的;《渑池会》中的三个主要情节完璧归赵、渑池大会和负荆请罪都于史有征,但在具体描写中表现了诸多的儒家理想。这都与历史记载相异。总之,它们都是有着明显的作家个人主观表现的成分。

如上所述，元代历史剧在不同的程度上存在的虚构性，构成一种基本倾向和基本特色，这里除了宋代说话和古人咏史诗的传统影响外，还有时代所赋予的因素。元代的许多杂剧作家，大抵是门第卑微，职位不振的知识分子，他们中间还有不少是高才博艺之人。当他们把目光注视着社会现实，他们对社会矛盾作了若干有力的剖析；同时他们也从历史上寻求寄托，他们的这种历史回顾，往往是对失去的、或在当时很难实现的"理想"的向往，也是表现现实状况与他们的理想的冲突。在这种情况下，他们艺术创造的注意力，往往不在重视对史实的精细观察和把握，而重在通过某些史实、传说所提供的一些人物、情节的"原型"和现成的"框架"，作为他们表现主体意识的凭借和依托。于是"历史"逐渐失去它们原有的面貌，历史人物失去其原有的个性。这一切却为作家感情的表达，提供了一条可以自由发挥的途径。

几乎为研究者一致公认，在元人历史剧中，不同程度地浮现着那个时代的光影。但是，这种时代的光影，大抵是通过作家所表现的自身的情感和经验，得到折射，当然，这种情感和经验，归根到底，还是受时代的制约和支配。例如表现儒生的怀才不遇，原是文学作品中常见的题材，但像在众多的元杂剧中表现得那样强烈和普遍，却是元代独有的。描写历史人物的《王粲登楼》剧和《范张鸡黍》剧同样表现了读书人不平和绝望的内容，郑德辉笔下的王粲是在飘零、客寄思乡的惆怅中，感叹"才高命蹇"的，这大致也是作者自己沈抑下僚的叹息。而宫大用笔下的范式，对仕途的不公平现象进行强烈谴责，同时也表露了作者对自身遭遇的不平之感。如果把《王粲登楼》和《范张鸡黍》所写的人物和内容同历史记载相比，可以发现剧本的虚构性很大，这种虚构性中所表现的作家个性也有差异。但这一切都表现出了时代感，表现出时代感和作者个性相互渗透，而由于作者的个性受着时代的影响,作品的虚构性最终又受到时代的制约。

综上所述,元杂剧的内容非常广阔,它真实地反映了五光十色的社会生活,鲜明地展示出丰富多样的作家的个性和精神世界。整个元杂剧以它们的艺术力量批判了封建社会的婚姻制度、家庭制度、官僚制度和其他各种社会弊端,揭露了封建统治阶级和上层人物的残暴、腐朽、荒淫和虚伪;同时把深厚的同情给予了不幸的被压迫者和牺牲者,并且歌颂了他们的美好性格,表达了他们的正义呼声,再现了他们的英勇抗争,从中还透露出反传统的新的思想光芒。因此不妨这么说:元杂剧是元代社会生活的百科全书。

第二节　杂剧的分期和流派的区分

元杂剧体制的完备、成熟并开始兴盛起来,大致是在蒙古王朝改国号为元(至元八年,1271)前后。过了二十年左右,其间经历了南宋政权的灭亡,这时杂剧进入繁荣期。当时在溧阳任总管的元淮写的诗中已咏及白朴的《梧桐雨》和马致远的《汉宫秋》、《岳阳楼》。关汉卿的《窦娥冤》可能也写成于至元末年。世传"元曲四大家"中三家的代表作都已在这时完成乃至流传,正是杂剧繁荣的一个重要标志。那些和关汉卿、白朴年龄相仿佛、年辈较早的如杨显之、李文蔚等,在这个时候也是活跃的作家。这时候杂剧的创作和演出中心在大都,但元淮诗又说明杂剧已流传到南方。这还可从著名的旦末俱佳、"众艺兼并"的杂剧演员珠帘秀的最初活动地区来说明,这时候她隶扬州乐籍。胡祗遹在至元二十六年为珠帘秀写的《朱氏诗卷序》中说"恐非所以惜芳年而保遐龄"。可见她正值华年。元代名演员甚多,从《青楼集》记载她被称作"朱娘娘"判断,珠帘秀当是最早的名演员之一。又《辍耕录》记至元年间松江一家勾栏倒塌,死伤观众很多,演员天生秀却无恙。天生秀疑即白朴赠词的天然秀,这时白朴已经从北方移居到建康。从珠帘秀、天生秀至元二十六、七年在南方演出情况,又可说明这时杂剧已在南方流行,这又是杂剧进入繁荣期的一种标志。

再过五六年,杂剧创作和演出进入鼎盛时期,这就是前人常说的"元贞、大德时代"。元末明初人贾仲明在为《录鬼簿》增写的作家吊词中不止一次地说到这种鼎盛情况:"一时人物出元贞"(吊赵子祥);"元贞年里,升平乐章歌汝曹"(吊赵明道);"唐虞之世庆元贞……见传奇,举世行"(吊顾仲清)。顾仲清是东平人,东平从蒙古王朝时期起就是人文集荟所在,这同金朝降将严实父子长期驻领东平,网罗北方的一大批文人有关。杂剧作家而为东平人的还有高文秀、张时起等,高文秀得名是在大都,"都下人号小汉卿",从"小汉卿"这个名称大致可判断他至少小于关汉卿一辈,他又早卒,所以他的主要创作活动当是在元贞、大德年间。在元贞、大德这个杂剧鼎盛时期马致远更为活跃,他是"元贞书会"中的重要人物。"元贞书会"中还有李时中、花李郎和红字李二,他们和马致远合作编写了《黄粱梦》。花李郎和红字李二都是艺人。前者写过三国戏,后者则多写水浒戏。

著名杂剧作家王实甫的主要活动年代,由于资料的缺乏和对现存资料的理解不同,研究者的看法歧异。但从《录鬼簿》在马致远之后列王实甫名这一现象看,他或许与马致远的活动年代大致相当,近人推断他的《西厢记》写成于元贞、大德年间,或属可信。

从大德、延祐以后,杂剧创作活动的中心逐渐由大都向杭州南移,到钟嗣成编写《录鬼簿》(1330)的时候,就作家的产生和他们的创作活动来说,杂剧已经是在以杭州为中心的江、浙一带发展了。大致从这个时候开始,杂剧创作逐渐走向衰微,作品的思想和艺术较之前期也远为逊色。

根据以上所说,杂剧创作可分为前后两期,大致可以延祐年间为界。

元杂剧的分期问题在学术界有不同看法,这里介绍两种有代表性的看法。一是三分法,最早提出者是王国维。他的《宋元戏曲史考》中说:

> 至有元时代之杂剧,可分为三期:一、蒙古时代,此自太宗取中原(按,即金亡,1234年)以后,至至元一统之初(按,至元十六年即1279年宋亡,元一统)。《录鬼簿》卷上所录之作者五十七人,大都在此期中……其人皆北方人也。二、一统时代,则自至元后(按,至元末年为1294)至至顺(按,至顺共三年,1330—1332)、后至元(按,后至元共六年,1335—1340)间,《录鬼簿》所谓"已亡名公才人,与余相知或不相知者"是也……。三、至正时代(按,共二十七年,1341—1367),《录鬼簿》所谓方今才人是也。此三期,以第一期之作者为最盛,其著作存者亦多。元剧之杰作,大抵出于此期中。至第二期,则除宫天挺、郑光祖、乔吉三家外,殆无足观;而其剧存者亦罕。第三期则存者更罕,仅有秦简夫、萧德祥、朱凯、王晔五剧,其去蒙古时代之剧远矣。

还有一种二分法。最早提出这种分期法的是郑振铎,他的《插图本中国文学史》中说:

> 钟嗣成的《录鬼簿》将元剧的作者,分为左列的三期:第一

期,"前辈已死名公才人有所编传奇行于世者";第二期,"方今
已亡名公才人余相知者,及已死才人不相知者";第三期,"方今
才人相知者,及方今才人闻名而不相知者"。钟氏是书,成于至
顺元年(公元一三三〇年)。则方今已亡的名公才人,系卒于至
顺元年以前者。"方今才人相知者",当系至顺元年尚生存的作
者。今为方便计,合并为二期。第一期从关、王到公元一三〇〇
年,第二期从公元一三〇〇年到元末。盖钟氏所述之第二三期,
原是同一时代,不宜划分为二。

郑振铎所说的"从关、王到一三〇〇年"中的关、王指关汉卿、王
实甫。他断定他们的创作活动时代是较早的。《插图本中国文学
史》中曾说:"所谓元代的杂剧,盖指产生于宋端平三年(公元一二三
四年)至元顺帝至正二十七年(公元一三六七年)的一百余年间的杂
剧的全部;但包括着稍稍前期的著作在内,像关汉卿与王实甫的作品
的一部分。"1234年即金亡之年,是年应为南宋端平元年而非三年。
这和王国维"太宗取中原"之说实际上是一致的,基本上也是认为杂
剧创作是从蒙古王朝灭金后起始的。

在元剧分期诸说法中,以上两说最有影响。还有一些说法大抵
从这两说中化出,如基本上同意郑说,而又把元末明初杂剧作家列为
第三期;或基本上同意王说,而把忽必烈称元之前(即蒙古王朝)单
列一期,又把末期延至明初,分作四期,等等。

从以上两说可发现它们的主要根据都来自《录鬼簿》。《录鬼
簿》的分类法中"前辈""方今"概念是以著者钟嗣成的时代为转移
的,而且它所记"前辈名公才人"并未确切标明他们的活动、生卒年
代,他说:"右前辈编撰传奇名公,仅止于此,才难之云,不其然乎!
余僻处一隅,闻见浅陋,散在天下,何地无才?盖闻则必达,见则必

知,姑叙其姓名于右。其所编撰,余友陆君仲良得之于克斋先生吴公,然亦未尽其详。余生也晚,不得预几席之末,不知出处,故不敢作传以吊云。"近代学人对一些属于钟嗣成所说的前辈作家陆续有所考订,发现有的作家在蒙古王朝时期已有活动,而有的作家活动年代较长,有入延祐以后的。有元一代,自蒙古王朝统一北方算起,也才一百多年,如对作家活动时期作过细区分,殊多困难。大致以分前后两期比较妥善。

后代曲家、学人评论杂剧,有"本色"、"文采"之说。犹如把宋词区分为"豪放"、"婉约"始自明人一样,把戏曲区分为"本色"、"文采"也起于明人,但在有些明代曲家那里,这个说法并不用来判别元杂剧,倒是同由南戏发展而来的明传奇有关。徐谓《南词叙录》中批评《香囊记》的"时文气"时,说它"文而晦","终非本色";他还推崇元末、明初的一些南戏"有一高处",即"句句是本色语"。王骥德《曲律》中说:"曲之始,止本色一家,观元剧及《琵琶》、《拜月》二记可见。自《香囊记》以儒门手脚为之,遂滥觞而有文词家一体。"臧懋循《元曲选·序》中在批评南曲"其去元人远也"时说:"总之,曲有名家,有行家。名家者出入乐府,文采璨然,在淹通闳博之士,皆优为之。行家者随所装演,无不摹拟曲尽,宛若身当其处,而几忘其事之乌有……故称曲上乘,首曰当行。"他还说,要使戏曲达到"关目紧凑","而填词者必须人习其方言,事肖其本色;境无旁溢,语无外假"。以上诸家都推崇本色,但并未把杂剧分作本色和文采两派,而且王骥德明确地说元剧止是本色一家。

明人对本色一语的理解,也并不完全相同,其概念有宽有窄。臧懋循"事肖其本色"云云,并不专指曲文,兼具戏剧特点的意思。吕天成《曲品》对"当行"、"本色"作过解释:"当行兼论作法,本色只指填词","殊不知果属当行,则句调必多本色;果其本色,则境态必是当行"。这里"境态"云云，与臧懋循"摹拟曲尽""事肖本色"意思相同。吕天成还把句调本色理解为不是一味"朴澹"，也不是只重"摹勒家常语言"，而是要见出"一毫装点不来"的"机神情趣"。在这点上，清人徐大椿的看法相似于吕天成，徐大椿在《乐府传声·元曲家门》中说："如演朝廷文墨之辈，则词语仍不妨稍近藻绘，乃不失口气；若演街巷村野之事，则铺述竟作方言可也。总之，因人而施，口吻极似，正所谓本色之至也，此元人作曲之家门也。"根据吕、徐的看法，《西厢记》也还属"本色"的作品。但前人更多的还是把"本色"乃至"当行本色"专指曲文的非藻绘，即相对于"文采烂然"而言。

另一位明人王世贞论元剧首推《西厢记》，他在《艺苑卮言》中说《西厢记》既有"曲中语"（其意相似于"本色语"），又有"骈丽语"。又一位明人何良俊在《四友斋丛说》中则批评北曲《西厢记》和南曲《琵琶记》都属"本色语少"的作品，他还批评《西厢记》"浓而芜"，"刻画太过"。王、何的看法中含有认为元剧在具有本色这一基本特色的前提下也有偏于文采的作品的意思。由于王世贞说过"北主劲切雄丽，南主清峭柔远"，明末孟称舜表示异议，他认为元剧既有"雄爽"，也有"婉丽"，他的《古今名剧合选》分《酹江集》和《柳枝集》，序中说："一句《柳枝集》，一名《酹江集》，即取〔雨淋铃〕'杨柳岸'及'大江东去''一樽还酹江月'之句也。"这是借宋代柳永词和苏轼词的不同风格来区分杂剧的风格，孟称舜的"雄爽"和"婉丽"说与"本色"、"文采"说有相通之处，但并不完全相同。

清代李渔《闲情偶寄》中允推《西厢记》是最有词采之作。但他同时认为包括《西厢记》在内的元杂剧"以其深而出之以浅，非借浅以文其不深也"，因此和汤显祖《还魂记》的"字字俱费经营，字字皆欠明爽"的词采不同。另一位清人陈栋的《北泾草堂曲论》中却说："夫曲者，曲而有直体，本色语不可离趣，矜丽语不可入深。元人以曲为曲……"是认为元剧中既有"本色",也有"矜丽"。又说:"玉茗《还魂》,较实甫而又过之。"把汤显祖与王实甫相提并论,认为他们的风格相近。汤显祖是被公认为重文采的作家,《西厢记》也就是属于"文采"类的作品了。李调元《雨村曲话》中说"曲始于元,大略贵当行,不贵藻丽",又说:"《西厢》工于骈丽"。这就明白地说在本色当行为主的元剧中,《西厢记》是另树一帜的。

到了近代,把元杂剧区分为"本色"、"文采"之风流行,国内外学人都有这种说法。本来,明清时人所说"本色"、"文采"常常指戏曲语言,主要又是指曲文。因此,即使认为《西厢记》富赡文采的人,也同时指出它也有本色语,还认为王实甫的其他作品具有本色特点,何良俊就说"王实甫《丝竹芙蓉亭》杂剧〔仙吕〕一套,通篇皆本色"。孟称舜以"雄爽"、"婉丽"来区分元杂剧时,同样把关汉卿的作品《窦娥冤》列为前类,《玉镜台》又归后类。这就是说,前人大抵以作品区分,还并未明确地把作家分派。把作家划分为本色派和文采派也始于近代,但对本色和文采的解释也还局限于曲文特点[6]。一般文学史、戏曲史论著中出现这两种用语通常也是指曲文特色或者艺术风格。但也有认为应当从思想倾向、人物描写和语言运用等诸方面去考察本色派和文采派的特征[7],这就又把本色派和文采派作为一种比较完整、严格的文学流派了。

第三节　杂剧的流传、版本及作品存佚

明代以来,元杂剧演唱方法失传或基本失传,它的剧本虽也大量散佚,但还是流传下来不少。有关杂剧作家、作品的著录,自元末就已开始。钟嗣成《录鬼簿》(天一阁本)著录作家一百五十二人(其中

有散曲作家),作品四百五十余种。贾仲明(一说无名氏)《录鬼簿续编》补充著录元明之际的作家七十一人(其中有散曲作家),作品一百五十余种。到了明初,杂剧剧本还保留很多,李开先《闲居集·张小山小令后序》记载:"洪武初年,亲王之国,必以词曲千七百本赐之。"从现存元杂剧中不少来自明代"御戏监本"和"内府本"这一迹象看,李开先说法或许有所根据,而"千七百本"中当有大量杂剧剧本。李开先还说他藏有杂剧千余种,《闲居集·改定元贤传奇序》云:"元词(按:指杂剧)鲜有见之者,见者多寻常之作。乃尽发所藏千余本付门人张自慎选取"。略晚于李开先的汤显祖收藏元剧也达千种,姚士粦《见只篇》说:"汤海若先生妙于音律,酷嗜元人院本。自言箧中收藏多世不常有,已至千种,有《太和正音谱》所不载。"自那时以来,大量散佚,今存作品约计只有"千种"的四分之一[8]。

由于掌握文献资料有限和鉴别确为元人或明人作品的困难,现在对元杂剧作家、作品作统计,各家说法相异。大体可统计为:姓名可考的元代作家的作品五百种,元代无名氏作品五十种,元明之际无名氏作品一百八十七种。共七百三十七种。

同样由于鉴别上的困难,流传到今天的元杂剧剧本数字,各家统计也不一致。大体统计为:姓名可考的元代作家的作品一百〇九种,逸曲二十九种,无名氏作品三十一种,元明之际无名氏作品七十八种。合计二百四十七种。

现存元杂剧的各种总集和选集,比较重要的有如下几种:

一,元刊《古今杂剧》三十种。

二,《改定元贤传奇》,明李开先校订。

三,《古名家杂剧》,明陈与郊编,新安徐氏刊行。其中有部分明人作品。

四,《元人杂剧选》,明息机子编。其中有部分明初作品。

五,《古杂剧》,明顾曲斋编。其中也有部分明人作品。

六,《元曲选》,明臧懋循编。其中有少量明人作品。

七,《脉望馆抄校古今杂剧》,明赵琦美等录校。其中有部分明人作品。

八,《古今名剧合选》(包括《柳枝集》和《酹江集》),明孟称舜编。其中有部分明人作品。

近代刊本比较重要的有:

一,1941年上海商务印书馆刊行的王季烈编校《孤本元明杂剧》一百四十四种。所谓"孤本",是指《元曲选》以外罕见流传的元明作品。

二,1953年文学古籍刊行社的《古本戏曲丛刊》初集和四集,初集中收《西厢记》三种。四集收元刊《古今杂剧》、《古名家杂剧》和《脉望馆抄校古今杂剧》等杂剧总集八种。

三,1957年中华书局出版的隋树森编《元曲选外编》,收录了编者认为《元曲选》以外的元代杂剧及一部分明初杂剧共六十二种。

上列诸种中,《古今杂剧》三十种是现存元杂剧的唯一元代刊本,系大都、古杭(杭州)两地所刻,原为单行本,由后人汇订而成,李开先旧藏。后归何煌收藏。至清代又归黄丕烈。黄题为"古今杂剧",今通称《元刊杂剧三十种》。三十种杂剧中,十四种是孤本,十六种与明刻本或明抄本相重,但可看出明本多有加工润饰和改动出入的情况。

元刊三十种因是汇集而成,不很一致,有的剧本只有曲文,没有宾白,也没有科介。有的剧本有少量宾白,同时注明科介动作很多。这说明这些本子是被简略了的演出底本。而只有曲文的本子,它的印行目的可能是供清唱传习用,犹如后世的"戏考"一类。

上列诸种中,《元曲选》流行最广,又名《元人百种曲》,最早刻本是明万历四十四年(1616)雕虫馆刻本。从现存元杂剧考察,名家名作和文学价值较高的剧本,《元曲选》大抵都已收入。编者臧懋循在序言中说:"予家藏杂剧多秘本。顷过黄,从刘延伯借得二百种,云录之御戏监,与今坊本不同,因为参伍校订,摘其佳者若干。"〔9〕但他往往改动文字,甚至增删曲牌,殊失原剧面貌。

上列诸种中,《脉望馆抄校古今杂剧》是研究杂剧版本的重要材料。脉望馆是明代赵琦美藏书室名,原藏三百四十种左右,现传存二百四十一种,其中有刻本也有抄本,大都有赵琦美的校文。脉望馆藏本原无总称,"古今杂剧"四字系后代藏家所加。其中抄本中的过录"内府本"最为研究者重视,这是明代钟鼓司所藏的宫廷演出本,也就是承应艺人的演出台本,全录宾白(即所谓"全宾"),并注明楔子和每折中出场人物的化装服饰(即所谓"穿关"),这对研究我国戏剧化装,也十分珍贵。

今存元人杂剧各种版本虽较繁复,但据学者研究,大致可分为三个系统:一,元刊本;二,删润本(即《元曲选》以外的明刊本);三,《元曲选》本。孙楷第《也是园古今杂剧考》云:"然则居今日而言元曲本子,今所见士礼居藏元刊本(按:即《元刊杂剧三十种》),是原本也。今所见赵琦美录明内府本,系当时按行之本,已不必尽依原本。今所见新安徐氏刊《古名家杂剧》、息机子刊《元人杂剧选》以及《盛世新声》、《雍熙乐府》等书,皆自明内府本出;其文虽大致与内府本同,而已不必一一尽依内府本。然此等明抄明刊虽不尽依原本,而去原本尚不甚远;大抵曲有节省,字有窜易,而不至大改原文,皆删润本也。至臧懋循编《元曲选》,孟称舜编《柳枝集》、《酹江集》,皆以是正文字为主,于原文无所爱惜,其书乃重订本也。凡删润之本,校以元刊本,大抵存原文十之八九。懋循重订本,校以元刊本,其所存原文不过十之五六或十之四五。"孙氏所言大致符合今存元剧版本实际。

〔1〕 明清时代人有沿用"十二科"说法的，如清焦循《剧说》引《雕丘杂录》说："传奇十二科，激动人心，感移风化，非徒作，非苟作，非无益而作也。"

〔2〕 如法国巴赞把元杂剧分为七门：史剧、道家剧、性质喜剧、术策喜剧、家庭剧、神话剧和裁判剧。参见日本盐谷温《元曲概说》。

〔3〕 宋代俗文学创作，传世不多，但从今存宋人话本小说可以发现一些市民女性的与传统观念不同的思想性格。这些作品有《碾玉观音》、《鸳鸯灯》和《闹樊楼多情周胜仙》等。

〔4〕 郑振铎《元代公案剧产生的原因及其特质》（见《中国文学研究》）一文，把写"英雄替人报仇雪恨的故事"的水浒戏同公案剧并论，可参阅。

〔5〕 日本学人盐谷温据森槐南的看法，把杂剧分为"史剧"、"风俗剧""风情剧"和"道释神怪剧"四大类。其中又有细别，参见《元曲概说》。

〔6〕 日本学人青木正儿《元人杂剧概说》把元杂剧作家分为本色与文采二派："大约曲词素朴多用口语者为本色派，曲词藻丽比较的多用雅言者为文采派，定义如此。"他又把本色派分作三种：豪放激越派（关汉卿、高文秀和纪君祥等）、敦朴自然派（郑廷玉、武汉臣和秦简夫等）、温润明丽派（杨显之、石君宝和尚仲贤等）。把文采派分作两种：绮丽纤秾派（王实甫、白朴和郑光祖等）、清奇轻俊派（马致远、李寿卿和宫天挺等）。从青木正儿区分本色和文采派的定义看来，他还是承继着中国旧时曲家的观点，即从曲文着眼的。

〔7〕 见王季思《元人杂剧的本色派与文采派》。

〔8〕 明人动辄说金元杂剧"千百种"，王骥德《曲律》云："康太史谓于馆阁中见几千百种。何元朗谓家藏三百种。今吾姚孙司马家藏亦三百种。余家所藏，及见沈光禄、毛孝廉所，可二三百种。"张萱《西园存稿·竹林小记序》云："校书秘阁，得元人院本数十种，欣然会心。"

〔9〕 《负苞堂集》所收此序中云"借得二百五十种"。又于《寄谢在杭书》中说是"三百余种"，并说"其去取出汤义仍手"。

第四章　关　汉　卿

第一节　关汉卿的生平和作品

关汉卿,名不详。钟嗣成《录鬼簿》记他"号已斋叟"。夏庭芝《青楼集》(说集本)"朱帘秀"条和邾经《青楼集·序》中也作"关已斋"。熊自得《析津志》记"关一斋,字汉卿"[1]。"已"、"一"为同音字,元人著作中,由于字音相同而通用的例子常见。关汉卿的号当以"已斋"为正。已斋犹退斋意。

关于关汉卿的故里,记载不一,《录鬼簿》记"大都人",《析津志》记"燕人"。这两说实际上一致。《元明事类钞》引《元史补遗》记他为"解州人"。《乾隆祁州志》又记他是"祁州"之"伍仁村"人[2]。在这四种(实际是三种)说法中,当以大都人说比较可信。[3]

关汉卿的生卒年向无确切记载,研究家的推断颇有歧异。

从《录鬼簿》将他列为"前辈已死才人",《太和正音谱》称他"初为杂剧之始",《青楼集序》说"而金之遗民若杜散人、白兰谷、关已斋辈皆不屑仕进"[4],以及关汉卿友人梁进之是由金入元的情况来判断[5],关汉卿也当由金入元,在元代杂剧前期作家中应属较早者,在年龄上是"前辈"。估计他的年龄与白朴相仿,可推定为生于1225年左右,卒于1302年左右[6]。

元末杨维桢《宫词》有:"开国遗音乐府传,白翎飞上十三弦。大金优谏关卿在,伊尹扶汤进剧编"。[7]清人楼卜瀍认为此"关卿"即关汉卿。但杨维桢在《周月湖今乐府序》中又说:"士大夫以今乐成(府)鸣者,奇巧莫如关汉卿……""优谏"与"士大夫"不可能是一人[8]。一说金末元初有两个关汉卿,此说未见通行。

《析津志》将关汉卿列入"名宦传",传中说:"是时文翰晦盲,不能独振,淹于辞章者久矣。"[9]意为其时科举未行,不能以翰墨见知。"淹于词章"云云,实是说他长于词章之事或也含有说他从事曲作的意思。但《录鬼簿》记他作过"太医院尹"。太医院最高职位是"提点",其他还有"院使"、"院判"等等。对"太医院尹"可以有两种理解,一是指太医院的最高官职,如同"府尹"指一府的最高长官一样;二是指太医院的某种官职。疑《录鬼簿》作者只知关汉卿曾在太医院任职,不明其具体职司,所说"尹"未必指"提点"。

天一阁藏明抄《录鬼簿》作"太医院户"。于是有关汉卿为太医院户之说。但同书《绯衣梦》题目正名中的"钱大尹"亦作"钱大户",可见"尹"、"户"为形近而讹。元代有"医户"而无"太医院户"之称。"医户"、"军户"、"匠户"、"僧户"、"猎户"、"盐户"、"窑户"等等都为元代户籍之称。按常理推测,钟嗣成为"名公才人"作小传,当不会以户籍标于传上。

元朝一统之后,关汉卿曾南游杭州,写下了著名散套〔南吕·一枝花〕《杭州景》。在这次南行中,他还到过扬州,他的《赠珠帘秀》散曲中写到:"千里扬州风物妍,出落着神仙。"他这次南行的时间可能在至元二十年后[10]。这时他已是六十岁左右。他的著名杂剧《窦娥冤》写成于至元二十八年以后,剧中写窦娥之父窦天章任"两淮提刑肃政廉访使"，肃政廉访使这个官名是在至元二十八年才有的。剧本所写故事当取材于现实生活，可能是当时淮扬一带流传的冤狱故事，他创作这个作品也就同他那次南行有关。戏曲研究者据《元史·崔彧传》载江北淮东道肃政廉访司由淮安路迁至扬州路，在至元二十九年，又据《元史·成宗本纪》载大德元年至三年扬州、淮安一带大旱，联系剧中"亢旱三年"之说，因疑此剧作于大德三年左右。可备一说。

关汉卿和杂剧作家杨显之为"莫逆之交"，常在一处商酌文辞。又与杂剧作家梁进之是"故友"。梁进之是散曲家杜仁杰的妹婿，又是名医，并有较高的文学修养。另外，关汉卿与性格"滑稽佻达"的散曲作家王和卿、杂剧作家费君祥关系也很密切。从他的散曲看，他对艺人、歌妓当是有相当的接触。除朱帘秀之外，还可能与尊杨显之为"伯父"、"杂剧于闺怨最为得体，驾头亦高"（《青楼集》）的顺时秀，以及朱帘秀弟子赛帘秀、燕山秀及侯耍俏、黑驹头都互相认识。

关于关汉卿的为人和性格，《辍耕录》说他"高才风流"，《析津志》记他"生而倜傥，博学能文，滑稽多智，蕴藉风流，为一时之冠"。这种性格特征，在元代的戏曲作家中有相当的代表性。杜仁杰"性善谑，才宏学博"、王和卿"滑稽佻达"、王晔"善滑稽"都可作为说明。

关汉卿不仅写戏，还能演戏，明人臧懋循说他"躬践排场，面敷粉墨"，"偶倡优而不辞"[11]。这有助于使他的杂剧创作具有极佳的演出效果，这也是使他成为第一流的"当行"杂剧作家的重要因素。

关汉卿一生创作极为丰富，现知他所作剧本达六十六种[12]，今存十八种[13]，计有《窦娥冤》、《单刀会》、《哭存孝》、《蝴蝶梦》、《诈妮子》、《救风尘》、《金线池》、《切脍旦》、《绯衣梦》、《谢天香》、《拜月亭》、《双赴梦》、《玉镜台》、《裴度还带》、《陈母教子》、《鲁斋郎》、

《五侯宴》、《单鞭夺槊》。此外，《哭香囊》、《春衫记》和《孟良盗骨》存有佚曲。

今存十八种约略可以分为三类：《窦娥冤》、《蝴蝶梦》和《鲁斋郎》等是社会剧；《诈妮子》、《救风尘》、《切脍旦》和《拜月亭》等是爱情婚姻剧；《单刀会》、《双赴梦》和《哭存孝》等是历史剧。

关汉卿还是散曲名家，今存十三个套曲，二个残套，五十七支小令。

在元代杂剧作家当中，关汉卿由于他的作品反映生活广阔和深刻，占有特别的位置。他的杂剧或取材于现实生活，或借助于历史故事，以它们的艺术力量深刻地暴露了元代社会中的黑暗、混乱现实，揭露了封建统治者与人民的尖锐矛盾，成功地描绘了各色各样的人物形象。和同时代的作家相比，关汉卿的作品有两个主要特点：

一，更多地表现了下层人民的生活和命运。

他的作品中不仅有众多的市井细民、妓女奴婢的形象，而且还以极大的同情来描写下层人民的不幸命运，以理解、肯定的态度来描写他们的思想和行为，看重他们善良、勤劳、勇敢、机智，对感情忠贞不渝，对朋友肝胆相照等优秀品质。既能描其貌、状其口，而且还能写其心。在元杂剧作家中，能把如此大的创作热情倾注于下层社会的，关汉卿当数第一。

二，在关汉卿的作品里，有一种鲜明的执着于现实的人生态度。作品中受压迫、遭困厄的人物，尽管行路艰难，也并不企望到神仙道化世界去寻求安慰或得到净化。他们总是靠自己的有限能力，并且尽最大的努力，顽强地追求可能获得的理想结局和最好出路。这种积极的人生态度显然更多地表现了下层人民在实际生活中产生和获得的坚韧信念和乐观态度，因而闪射出强烈的光彩。这也正是同作者执着于现实的人生态度有关，这些作品表现出若干从下层人民生活实际出发的是非标准和价值观念。关汉卿对于下层人民可贵品德和执着的人生态度的把握和表现，不仅仅得力于通常认为的他的"书会人才"的生活经历，而且与他的"士大夫"的身份也密切有关。因为正是这两种因素，可以使他在对比观照中加强对下层人民品德、性格的感受，甚至惊服，从而使这类作品在展示人物性格中充满着热烈赞美的感情。

复杂的社会生活常常使作家的思想呈现起伏和危机。和文学史上其他一些著名作家一样，关汉卿的作品也存在着矛盾，大致说来，表现为下列四个方面：在表现弱者的抗争和洋溢着乐观精神的同时，也有以弱者的让步或不可信的巧合，维持调和矛盾的大团圆结局；在揭示失路儒生的艰难、忧郁和痛苦的同时，却又陈袭着"五言诗作上天梯"、"金殿上脱白衣"的向往；在表现历史上英雄人物的激烈壮怀时，却又交织着悲凉色调；在表现了一定程度的对传统生活观念和道德准则的超越的同时，又对"贞"、"孝"、"天人感应"等观念加以肯定。

关汉卿作品中所包含的各种思想倾向的错综关系、不同视角的交叉、现实和理想的冲突，是比较复杂的，在层次上更呈现着差异，但以上所说四个方面基本上代表着他的创作和思想上的二重性。

第二节　关汉卿的社会剧

在关汉卿的社会剧中，《窦娥冤》以它对社会的深刻批判，对人物精湛刻画，以它强烈的反抗精神，动人的戏剧冲突，以它的全部艺术力量，成为彪炳一代的悲剧杰作，是关汉卿杂剧的代表作之一。

《窦娥冤》描写了窦娥一生的悲剧命运，展示了悲剧根源的广泛社会性，同时展示出她如何从顺从命运到反抗社会的进程。窦娥三岁失母，七岁时因其父窦天章无力偿还高利贷，将她抵给蔡婆当童养媳，这是幼失父母的悲剧。过了十年，她和丈夫成了亲，但很快丈夫病故，这是一个寡妇的悲剧。她服从了这种痛苦的命运安排，决定侍奉婆婆，守节终身。这时张驴儿父子来到蔡家，张驴儿是一个以救了蔡婆性命（在偶然的机会里）为"本钱"，反过来对蔡婆进行要挟的恶棍。于是窦娥又经历了被恶势力压迫的悲剧。在她拒绝嫁给张驴儿后，张驴儿抓住他父亲误食毒汤致死的机会，进一步逼迫她，最后窦娥被张驴儿逼着面临着两种抉择：或者被拉到官府，遭受诬陷，或者是嫁给他。相信官府的窦娥仗着"心上无事"，毫不犹豫地走入衙门。这时最大的悲剧展开了，衙门州官并不"明如镜，清似水"，窦娥甚至没有申述自己冤枉的权利，只有挨无情棍棒的不幸。最后，她支撑着鲜血淋漓的身躯，屈招是她药死张父，被戴上死囚枷，做定了"衔冤负屈没头鬼"。在走上刑场经受她生命中最后的一次折磨和痛苦时，曾经顺从于命运的窦娥却勇敢而愤慨地抨击了"王法刑宪"和"皇天后土"：

〔滚绣球〕有日月朝暮悬，有鬼神掌着生死权，天地也只合把清浊分辨，可怎生糊涂了盗跖、颜渊。为善的受贫穷更命短，造恶的享富贵又寿延。天地也，做得个怕硬欺软，却原来也这般顺水推船。地也，你不分好歹何为地；天也，你错勘贤愚枉作天，哎，只落得两泪涟涟。

〔一煞〕你道是天公不可期，人心不可怜，不知皇天也肯从人愿。做甚么三年不见甘霖降，也只为东海曾经孝妇冤，如今轮到你山阳县。这都是官吏每无心正法，使百姓有口难言。

剧中展示的窦娥的悲剧,既与盛行于元代的高利贷有关,也与蔡婆的软弱、屈辱性格有关。当然,最直接地把窦娥推向悲惨境地的,还是以张驴儿为代表的恶势力和州官桃杌那样的贪官污吏。重利盘剥的高利贷、地痞无赖的肆行无忌、官府的横暴贪婪,都是这个黑暗社会的产物,它们是构成人物悲剧命运的全部社会因素。窦娥短暂的一生,是孤女、童养媳、寡妇、死囚的一生,她原想顺从命运,遵从封建道德规范,但还是横遭封建黑暗政治和恶势力的残害,这充分证明了封建社会本身与普通人民的不可调和的矛盾。《窦娥冤》概括了元代社会被压迫人民的悲痛生活,窦娥死前抨击黑暗与不平的呐喊与控诉,不仅响亮地表达了普通人民的正义呼声,还由于它指向了承担分辨浊清、掌管生死的封建社会的全部主宰,指向了最高神圣的"皇天后土",实际上表现了对封建秩序的怀疑,这就将作品的思想意义推进到一个新的思想高度。窦娥形象的典型意义和《窦娥冤》深刻的历史意义也正在这里。

剧中写窦娥临刑前,发下三桩誓愿。她死后,她的誓愿一一实现:血飞白练、六月飞雪、楚州大旱三年,都证明了她的冤屈。这种描写固然有前代传说作依傍[14],也同当时普遍存在的天变与人事相因的观念有关[15],却更渗透着作家强烈的情感,而且在实际上成为对正义的呼唤。一个蒙冤而死的普通妇女的满腔怨愤使自然界发生巨大的反常变化,正是异常强烈地表现了、同时也深化了遭受压迫的人民群众的反抗情绪。

《窦娥冤》在人物性格刻画和人物关系处理上,讲究符合复杂的社会矛盾的真实的分寸,并不简单化,并不过分强调某一偶然因素在事件过程中的决定作用。蔡婆是个高利贷者,她近乎强买了穷儒生窦天章的女儿。但她又是与寡媳相依为命的慈祥婆婆,在泼皮无赖面前,她又是处处委曲从事的弱者。作者刻画她的软弱性格时,通过窦娥之口,对她的贞节观念的崩溃作了批判,这种描写是真实的。出身于书香门第的窦娥与作为以放高利贷为业的商人妇蔡婆,在对待贞节的观念上,存在着差异与距离,正是依照着生活实际作出的描写。和《切脍旦》等作品不同,关汉卿在《窦娥冤》中描写了窦娥信守贞节这种违反人性的封建道德规范。本来,关汉卿的剧作在对待封建伦理、道德观念上是显现出遵循、信守、突破、背离等错综复杂现象的。不过,窦娥拒绝张驴儿,并不纯是从"贞"的观念出发,还有更实际的原因:一是张驴儿父子乘人之危,以死相挟,逼迫成亲,引起窦娥的愤慨;二是婆婆没有和她商议,不仅自己屈从了"村老子",而且也将她许给了那个"半死囚",使她感到屈辱;三是张驴儿的为人,一副地痞嘴脸,满口粗言鄙语,使她难以忍受。张驴儿是作为野蛮和暴力的化身出现在窦娥面前的,她的反抗主要也就表现为维护自己人格、反抗暴行压迫。这样,窦娥的反抗行动和道德宣言就有了差异,剧本的艺术力量就使人们的认识天平产生了倾斜,由于窦娥的反抗行动而忽略了她的道德宣言。或者说,窦娥批判苟且、懦弱,抵抗野蛮暴力的正义行为,也对她所宣称的道德教条产生了"溶解"与抗衡作用。

《窦娥冤》现存《古名家杂剧》本、《元曲选》本和《酹江集》本。《元曲选》本在曲文、宾白和若干情节上都与《古名家杂剧》本有差异[16],但故事的基本内容是一致的。《酹江集》本刻于明崇祯间,眉批中数处对"吴兴本"(即《元曲选》本)和"原本"(按:指《古名家杂剧》一类明刊本)的曲文优劣进行比较和品评。《酹江集》本实是据"原本"和"今本"(按:此是孟氏对吴兴本的另一种说法)参伍校订而成。

关汉卿的《鲁斋郎》和《蝴蝶梦》都是写权豪势要欺压百姓,包拯为民伸冤除害的故事,它们既可归入公案剧一类,在广泛的意义上也是社会剧。这两个作品从不同的角度对黑暗的现实作了揭露和批判，各有其艺术特色。

《鲁斋郎》是"末本"，由孔目张圭主唱，作者不仅从一个吏的角度对官场黑暗进行揭露和谴责，包括对"为吏道的多不存公道"，"休想肯与人方便，衔一片害人心，勒揣了些养家钱"等为虎作伥凶恶面目的谴责。更主要的是作者让他作为受害人对"倚仗着恶党凶徒，害良民肆生淫欲"的权豪势要进行揭露。张圭被权豪势要鲁斋郎夺走了妻子，而且是屈辱地将妻子送到鲁斋郎府内，所谓"几曾见夫主婚，妻招婿，今日个妻嫁人，夫做媒"。在权势威迫之下，人格尊严扫地以尽。这个鲁斋郎还毫无顾忌地强夺了银匠李四的妻子，并骄横地对李四说："你不拣那个大衙门里告我去？"之后，又将被他蹂躏的李妻"酬答"张圭。"全失了人伦天地心，倚仗着恶党凶徒势"，社会秩序几乎反常了。《蝴蝶梦》中的葛彪，随意打死人命之后，便扬长而去，还说"只当房檐上揭片瓦相似，随你那里告来"。这些背逆了常理的反常现象，都表现了那个混乱黑暗时代，公理沦丧到了惊人的地步。如果说《蝴蝶梦》中的葛彪是"皇亲"，权势熏天，并不奇怪；《鲁斋郎》中的鲁斋郎只是一个"执事之吏"[17]，却也那样使街市小民闻听就怕，使六案孔目张圭屈辱献妻，甚至后来包拯斩杀他时也要用计骗过皇帝，就只能说是一种特殊的社会现象了。

《窦娥冤》中最后描写窦娥的父亲窦天章中官后为女儿伸冤雪恨，由于窦娥临死前的控诉中已提出了不辨冤屈的是"皇天后土"，窦天章的所作所为实际上已经无法解决十分激化了的矛盾。《鲁斋郎》和《蝴蝶梦》中的包拯斩杀和惩处了压迫者，却使被压迫者得到了满足。不过这种描写也反映了当时一种普遍的民间心理。《蝴蝶梦》中写"这开封府王条清正，不比那中牟县官吏糊涂"，《鲁斋郎》中写"再不言宋天子英明甚，只说他包龙图智慧多"，前者是将清官和贪官比,后者实际上是把清官和昏君比。这两种观点在封建社会主要是宋元以来的俗文学作品中是颇为流行的。这两个作品都写开封府"王条清正",可在事实上,包拯在处决鲁斋郎时却不得不用修改圣旨的办法瞒过皇帝,否则就无法维护正义,锄奸灭害。救石和时,又要以偷马贼作替身抵死,不如此"掉包"就不能主持公道。可见,这使包拯感到掣肘的"王法"又并不保护平民百姓。这两个剧本在这点上表现出来的揭露和批判的思想意义是比较深刻的。

也可以归入社会剧作品的《陈母教子》,和以上所述的作品显得不同,它的整个内容都是对达到仕进理想的过程的正面表现。陈母望子成龙,希望三个儿子都中状元(连"探花"也不行),还要招个状元女婿。她教育儿子们不图分外之财,以清廉为本,但在个人前途上要"改换家门",事业上"齐家治国安邦"。这样的"寒门将相"式的道路和理想,无疑是属于儒生士子的传统观念。《蝴蝶梦》中也表达了这种观念,王家三个儿子轻视"庄农生活",只是"依文典"、"习礼义",深信"文章可立身",立志"受十年苦苦孜孜","博一任欢欢喜喜",全家都企望着"跳龙门折桂枝"。这与陈氏三子的理想并没有什么区别。但《蝴蝶梦》的艺术价值却又不同于《陈母教子》,原因不在于是否对陈旧的仕进观念作了否定或批判,而是在于《蝴蝶梦》着重写王氏一家遭到权豪势要的欺凌、压迫,三个儿子被投入狱,整个剧情成为善恶对抗,成为对邪恶势力的控诉与抗争。这样就使这两个作品有很大区别。

《陈母教子》将读书仕进作为追求个人荣身致显的必由之路来描绘,作为"治国齐家"的社会理想加以歌颂,说明了关汉卿对传统的陈旧观念的遵从和信守。但从他所处的"文翰晦盲"的时代来看,也可认为是当时重振科举要求的一种反映。

第三节 关汉卿的爱情、婚姻剧

与关汉卿的社会剧侧重对邪恶势力的揭露和批判不同，关汉卿的爱情婚姻剧着重表现他对普通人民的颂扬和尊崇。

在关汉卿的杂剧中，描写爱情婚姻和妇女的作品占有相当的比重。现存的有：《救风尘》、《切脍旦》、《拜月亭》、《诈妮子》、《金线池》、《谢天香》、《玉镜台》等。关汉卿在这些作品中塑造了赵盼儿、谭记儿和王瑞兰等性格鲜明的妇女形象，反映了元代的社会习俗、婚姻制度和社会矛盾，对妇女，尤其是下层妇女在爱情婚姻上的不幸遭遇，寄予深切的同情，并且把她们描写成有崇高灵魂的人物。关汉卿能够在一些地位低微的女子身上发掘出她们美丽、崇高的思想品德，正是他的进步思想的表现。

在这些作品里，关汉卿往往采取对比的方法来刻画这些女子的理想性格：一是以这些女子作为正义和美好事物的体现者，在她们与邪恶势力的斗争中显示她们性格的光辉。一是不时地以她们相爱的男子的孱弱和平庸来突出她们感情上的强烈与专注以及她们在危难面前的惊人的勇气。

按照这些作品情节和人物性格上的特点，可将它们分为三类加以分析。《救风尘》和《切脍旦》为一类，《拜月亭》和《诈妮子》为一类，《谢天香》和《金线池》等又为一类。

《救风尘》写妓女赵盼儿为搭救错嫁给商人周舍的姐妹宋引章，利用周舍好色的特点，虚与周旋，骗得休书，使女伴脱离虎口。《切脍旦》写年轻的寡妇谭记儿再嫁白士中，与企图娶她为妾，并图谋杀害白士中的杨衙内当面较量，盗得势剑金牌，挫败了杨衙内的阴谋。

这两个剧的主要人物的身份和故事主要情节都不同。一个是熟谙世事的妓女，为搭救女伴巧施计谋，表现了侠义心肠；一个是曾饱经风霜的寡妇，为保护自己的幸福，制服了权豪恶霸。但是，这两个剧又有共同特点，不仅人物性格都是在与恶势力的斗争中得到显示，而且，两人的性格又有某些相似的特征。她们都老练而有识见，对世事、人情冷暖都有清醒的认识。赵盼儿深知"婚姻事非同容易"，当宋引章被周舍的表面举止所迷惑时，她就指出周舍是"影儿里会虚脾"的花街子弟，预言"但娶到他家里，多无半载周年相弃掷"，恳切地劝诫宋引章不要错嫁他。谭记儿的见识，则表现在对自己的婚姻的决定上。她嫁与白士中，虽然带有被白姑姑竭力撺掇的成分，但她的慎重的观察和思考还是起着决定的作用。这两个人物，又都具有机智、勇敢、聪慧、泼辣的特点，她们都毫不畏惧地敢于和强大对手交锋，还能根据对手的特点想方设法，使之失败。权豪势要霸人妻女以及妓女从良出现坎坷，在元代现实中是常见的现象，也普遍地造成一个又一个悲剧，关汉卿这两个剧本都写赤手空拳的弱女子，靠智慧战胜恶势力，这种结局确实带有理想的成分。在写这些斗争的过程中，还显示出浓厚的喜剧色彩，也就是更侧重于表现正义一方在道德上、精神上对邪恶一方的嘲弄、讥讽和批判。这两个剧中主要人物的宾白泼辣活跳，不少曲文灵动传神。

《拜月亭》和《诈妮子》现有元刊本，宾白都不全，但从曲文可大致推测出剧情始末。《拜月亭》写王尚书之女王瑞兰在战乱中，邂逅书生蒋世隆，二人在患难中结为夫妇。三个月后，被父亲强行拆散。后来蒋世隆考中状元，又被王尚书招为女婿，得以团圆。《诈妮子》写倔强高傲的婢女燕燕委身于答应娶她作"小夫人"的小千户。之后，小千户又向另一个小姐莺莺求婚，并要燕燕为他说媒，燕燕在懊恼愤恨之余大闹婚礼。最后，主人让她做了二夫人。这两个剧都是表现女子的婚姻追求及坎坷遭遇,她们为了自己的幸福都作了尽可能的斗争,希望能掌握自己的命运。和《救风尘》《切脍旦》不同的是,这两个剧的剧情并不一味表现人物斗争及其胜利,而同时通过波折来揭示这些女子的痴情。王瑞兰虽被"猛虎狩狼"般的父亲"横拖倒拽出招商舍",但却拆不断她的眷恋深情,她日夜思念,深夜烧香祈祷,盼望着"俺两口儿早得团圆"。婢女燕燕对小千户也很痴情,唯其爱得深切,在小千户变心以后,她的感情和心理才呈现了复杂而又激烈的矛盾状态,她气愤地咒骂小千户"早寿夭都是辜恩负德贼"。但在怨恨中,又表现了难以割舍的感情;她奉命去为小千户做媒时,还抱着婚事不成的希望,使"强风情"的小千户回心转意;当那位莺莺小姐同意婚事后,她又咒骂她,最后发展到大闹婚礼。这些层次分明而又深入细微的心理刻画,把燕燕的痴情表现得充分而生动。

《谢天香》和《金线池》都是写妓女从良的故事。前者写妓女谢天香钟情于书生柳永,柳永在进京应试时,要府尹钱可照顾谢天香。钱可为使谢天香脱离乐籍,故意仗势娶她为妾,实际把她禁锢家中。三年后柳永得官,钱可向他们说明真相,柳永与谢天香团圆。后者写杜蕊娘与韩辅臣相爱,由于母亲的挑拨,杜蕊娘误以为韩辅臣另有新欢,赌气不理韩辅臣。最后,府尹出面强迫二人和好如初。这两个剧的主角都是"上厅行首",她们在追求婚姻幸福的过程中都遇到波折,也有来自外力的干预。但外力的阻挠破坏都没有被强调到最主要的地位。杜蕊娘母亲的谣言,并未危及二人的结合,《谢天香》中的波折实际上又是一种误会。这两个剧中波折的产生都与女主角的心理矛盾有更密切的关系。歌妓的身份和地位是低下的,谢天香把自己比喻为笼中鹦哥,杜蕊娘自叹"我想这一百二十行,门门都是求衣饭,偏俺这一门都是谁人制下的,好低微也呵"。她们志高,然而命薄,她们为自己的志气而自尊,又为自己的身份而自卑。因此,她们在婚姻上小心谨慎,不肯轻信他人,甚至产生多疑的心理。杜蕊娘一方面深知在世人眼里"则俺这不义之门","恶劣乖毒狠",但当她误以为韩辅臣另结新欢时,却又十分自尊,觉得受了极大的伤害:"东洋海洗不尽脸上羞,西华山遮不了身边丑,大刀鬼顿不开眉上锁,扬子江流不断腹中愁……"以至当她日夜想念的韩辅臣前来赔礼时,她越发气恼,怎么也不肯和好。这种自卑和自尊,总是交织在她身上,这也是一种真实的性格,实际上也反映了这一人物由于处在屈辱的社会地位所造成的无力掌握自己命运的不幸。杜蕊娘又是一位年近三十的"老"歌妓,剧中结合着她的卖笑生涯,写她叹老怨老的特殊感情,也颇生动。

关汉卿的描写爱情、婚姻问题和妇女的杂剧揭示了造成受压迫女子坎坷命运的广泛的社会原因:谭记儿受到权豪势要的迫害;王瑞兰几乎成为父亲所坚持的门第观念封建信条的牺牲品;杜蕊娘母亲把女儿当摇钱树,践踏着女儿的感情和尊严;燕燕所以受到损害,直接根源于她的"半良半贱身躯"——奴隶的社会地位。显然,从这些作品所组成的总的画面看,她们的不幸是门第观念、娼妓、奴婢制度、特权阶层的力量等社会因素造成的。这些女子遭受种种痛苦和折磨,并不是由于某些偶然因素所致。

这些作品还从知识分子地位下降的侧面表现爱情、婚姻上的矛盾:宋引章不愿嫁安秀实,原因是"我嫁了安秀才呵,一对儿好打莲花落。"王瑞兰的丈夫是个穷秀才,她的父亲"提着个秀才便不喜",而硬将他们拆散,并引出王瑞兰对于儒生与武将优劣的比较。杜蕊娘母亲也不许女儿嫁给一个"白衣卿相",杜蕊娘虽然钟情于书生韩辅臣,却也说过"明知道你秀才每没前程"。凡此种种,都留下元代社会儒生社会地位低下的烙印。

关汉卿婚姻爱情剧中的下层妇女形象具有多彩的性格。同是妓女,谢天香聪慧气傲,杜蕊娘软弱善良,赵盼儿老于世故,宋引章单纯幼稚。同时,关汉卿笔下的人物形象在性格上又常常具有丰富性,如《玉镜台》中的少女刘倩英对骗婚的温峤曾经激烈地反抗,但由于她的虚荣心被利用,她的反抗终于还是归于失败。谢天香虽然一直爱慕着柳永,但当她被钱大尹收为小夫人,感到与柳永团聚已经无望的时候,她又一度盼望得到钱大尹的垂青,她的爱情显得并不"专一"。这些人物的不同性格和性格的并不单一,就像生活本身具有复杂因素那样,显得自然浑成。

正是从生活实际出发,作者在《诈妮子》中写燕燕经受了小千户的欺骗以后,最后还是同意作"小夫人"。而《拜月亭》中王瑞兰和蒋世隆虽然始终相爱,实际上他们却又曾经另外"接了丝鞭"。对这些,作品中没有作出从抽象的封建道德教条出发的评判,却透露出作家的这样一种理解:燕燕在她的地位上,不可能企望得到更好的结局;王瑞兰和蒋世隆多年失去了音信,即使另嫁与另娶都并不意味着对他们之间感情的亵渎。这种从人世间错综复杂的现实生活出发的描写,多少表现出对现实生活的臣服,虽然是通情达理的,或者是有人情味的,但却是非理想和不理想的。

关汉卿爱情、婚姻剧在描写不幸者、弱小者的胜利或胜利前景时所表现出来的理想色彩,和臣服于生活现实的非理想描写,正好成为相互观照的两个方面。这两者并不是这些作品优缺点的简单呈现,而是作家把握和发现生活并予以艺术再现时呈现的不同层次和视角,而且它们之间有着交叉的复杂关系。

第四节 关汉卿的历史剧

关汉卿的历史剧包括《单刀会》、《双赴梦》、《哭存孝》和《单鞭夺槊》。这些作品，通过对历史上英雄人物的歌颂，在表现拯物济世愿望的同时，折射出一种悲凉情绪。与关汉卿的社会剧、爱情剧多少显得不同，他的历史剧在反映客观世界时，更加高扬着作家的主体意识。

关汉卿的历史剧呈现的主体意识，并不表现或者主要并不表现为不看重对史料的依附，在这点上他或许只是继承着由宋代说话人开始的三分"真"七分"假"的创作传统，也就是可以随意"捏合"历史的传统。例如关羽单刀赴会的事迹，在《三国志》和《三分事略》平话中都有记载和描写。《三国志》的鲁肃传中，记载了鲁肃为索取荆州，与关羽相会，并大义凛然地谴责刘备贪而弃义。而《三分事略》的作者则以"尊刘"的观点，渲染了关羽的英武和震慑力量，鲁肃反而变得理屈词穷了。《单刀会》汲取了平话的尊刘立场，在结构具体情节时，却又融入了作者对历史和人生的看法，甚至把它们强赋予历史人物，而这才是关汉卿主体意识的最重要的表露。

《单刀会》对关羽的英雄气概和英雄业绩进行了歌颂，剧中写他单刀赴会，慷慨陈词："俺汉高皇图王霸业，汉光武秉正除邪；汉献帝将董卓诛，汉皇叔把温侯灭；俺哥哥合情受汉家基业，则你这东吴的孙权，和俺刘家却是甚枝叶"。凭着这种以刘姓为正统的理由和他勇武的气概，斥退鲁肃，保住荆州。对关羽的不凡仪表、超人豪气和盖世业绩，作者作了多侧面的渲染，无论乔公的介绍、司马徽的叙述和关羽的自言，都创造了这位英雄不可战胜的氛围。

引人注目的是到了第四折，也就是《单刀会》剧的高潮部分，关羽带着周仓，驾一叶小舟，到大江中流，面对滔滔长江水，他的唱词却于雄壮之中透出一种浓重的悲凉色彩。

> 水涌山叠，年少周郎何处也，不觉的灰飞烟灭，可怜黄盖转

伤嗟。破曹的樯橹一时绝，鏖兵的江水由然热，好教我情惨切。这也不是江水，二十年流不尽的英雄血。（〔驻马听〕）

作者写关羽有感于自己亲身经历的血染江水的英雄相争已成旧事，烜赫一时的周瑜、黄盖和曹操在江上鏖兵的事迹也早已"灰飞烟灭"，江山依旧，人物全非，引起了苍凉"惨切"的情绪。在这里，关汉卿化用了杜牧诗和苏轼词的意境，把文人吊古的情思，写成了剧中人关羽的心境，实则透露出作者本人的意绪。这段唱词与〔胡十八〕中的"想古今立勋业，那里也舜五人汉三杰，两朝相隔数年别。不付能见者，却又早老也。开怀的饮数杯，尽心儿待醉一夜"一段唱词紧相承接，而与下面〔沉醉东风〕和〔雁儿落〕曲文中表现的关羽对鲁肃的慷慨陈词和武力震慑并不连贯。这是两种情绪。但在艺术气氛的渲染上却又不显得不协调。〔驻马听〕和〔胡十八〕曲表现了英雄的悲哀，实际上是将人生的短暂与自然的永恒相对照时产生的悲哀，也是对古往今来所谓"一世英雄"的短暂与"千古事业"的永恒相对照时产生的悲哀。这种悲哀是古代很多怀古诗中常见的内容、古老的主题。这样的描写，无疑是作家主观情绪的表现，而这种主观情绪却又化作了历史人物的感受，看来是"强赋"的，却又是一种开拓，因为整个艺术形象给人似实生活的感觉，英雄并不同悲哀绝缘。比起后来那些把关羽写成有似肃穆天神乃至武圣人的作品来，《单刀会》中的关羽形象倒是逼近人生，从而显得深沉。

如果说《单刀会》表现了成功英雄的悲哀，那么，《双赴梦》则表现了失败英雄的悲哀。《双赴梦》写张飞被作反小军刺死，关羽因糜竺、糜芳献城降吴，被杀。两个阴魂赴西蜀托梦刘备，请求为他们报仇[18]。从剧中描写看来，生前为人杰的关、张，死后却不像是鬼雄。剧中写他们虽然生前"一个是急飐飐云间凤，一个是威凛凛山中兽"，死后却也只似"昏惨惨风内灯，虚飘飘水上沤"，除了感叹"三寸气在千般用，一日无常万事休"的不幸之外，竟还感到"往常真户尉见咱当胸叉手，今日见纸判官趋前退后"的屈辱和卑怯。

如同剧中所描写的，昔日"无一个敢欺敌"的关羽，"今日被歹人将你算"，而"倒大个张车骑，今日被人死羊儿般剁了首级"。叱咤风云的英雄不是死于战场，也不是被堪称对手的强将击败，却是丧身于小人叛臣之手，这本身就包含着悲剧因素。但这种悲剧本应是悲壮的，本剧虽也有"出师未捷身先死，长使英雄泪满襟"这种悲壮氛围的渲染，同时却又糅合着失败英雄的悲哀。

关汉卿的另一个历史剧《哭存孝》描写了五代时的一位英雄——李存孝的悲剧。元杂剧中写李克用、李存孝父子故事的作品甚多，涉及李存孝的大抵是敷演他的英雄业绩，《哭存孝》却写了李存孝被车裂而死的悲惨下场。无论是《旧五代史·义儿传》还是《五代史平话》，都记叙李存孝之所以被诛杀，是因为他反叛李克用。《哭存孝》隐去李存孝反叛情节，将他写成始终对李克用忠心耿耿，却遭到冷遇，终被小人构陷，含冤而死。从作家对历史故事情节的取舍和扩张，可以发现关汉卿对历史上英雄人物陷于悲剧命运的一种认识，这里除了许多杂剧作品中所共有的"太平不用归将军"的批评观念外，也掺杂着若干悲凉意绪。剧中李存孝妻子唱词中出现的"半纸功名百战身，转头高冢卧麒麟"，就是与《单刀会》中的悲凉意绪相似和相通的。

关汉卿历史剧中描写的英雄人物——关羽、张飞、李存孝和尉迟恭（见《单鞭夺槊》），都是宋以来俗文学中赞美的人物。这种赞美在不同的程度上传递了民间欢迎这些传奇式的英雄人物的信息，或者说是传达了一种民间心理和情绪。特别是在战乱动荡、四方不宁的时代，希望有英雄出现抗御外敌，整顿乾坤，更是人之常情。而关汉卿的这些剧作表现的悲凉情绪则是历史人物经过作家心灵化后折射出来的,无疑是一种开掘。

就艺术处置和艺术力量来说,在这些历史剧中当数《单刀会》为第一。在关汉卿的全部作品中,《单刀会》和《窦娥冤》都属杰作,堪称双璧。

第五节 关汉卿剧作的艺术特点

关汉卿杂剧在艺术上有明显的特色。首先是戏剧结构完整,即四折之间联系紧密,开头不拖沓,结尾不松懈。在戏剧史上,无论是短至四折的元杂剧,还是长达数十出的明传奇,都常有结构松散的缺点。但关剧大多数结构紧凑,折与折之间在情节上有着不可分的联系。如《单刀会》,关羽在第三折出场,第一折、第二折分别由乔公和司马徽向鲁肃介绍关羽的超人的勇武和赤壁鏖兵的经过。从故事发展上看,这两折似乎近于多余,但事实上它们又都是必要的,因为它们起了向观众(包括不熟知三国故事的观众)介绍关羽的经历,在观众的心目中树立关羽的英雄形象,为第三、四折的高潮进行铺垫的作用。《切脍旦》的结构也很紧凑,场次安排颇有匠心,贯穿全剧的谭记儿和杨衙内的冲突,到第三折里才用急促的节奏去着力描写。前两折中却用舒缓的笔调描写谭记儿和白士中的相见、相识和成婚后的美满生活。这样就为以后谭记儿为了保卫自己的美满生活而勇于斗争打下了基础。第二折所写的"前妻寄书"的误会,看似赘笔,其实也有深意,它通过对谭记儿的心理活动的剖析,透露出她的机警,这就给第三折写她智斗杨衙内埋下了伏笔。

其次,关汉卿杂剧重视舞台演出效果,情节曲折,波澜迭起。例如《窦娥冤》，全剧以矛盾的流动、转换来展示情节的发展。在楔子中，高利贷者与穷书生的矛盾，是窦娥悲剧命运的开端。正是因为穷书生窦天章无力偿还高利贷，实际上是将女儿抵给了蔡婆。第一折蔡婆讨债，赛卢医行凶，张驴儿父子住进蔡家，由蔡婆与赛卢医的矛盾，立即变化为蔡婆与张家父子的矛盾。蔡婆在张家父子胁迫下妥协，而窦娥却进行反抗，于是剧中矛盾又流动到张驴儿与窦娥之间。这一矛盾，发展到毒死张父而趋于激化，并使矛盾转换为窦娥与官府的冲突。窦娥的悲剧命运就达到了顶点。

关汉卿的有些作品的结尾还常起波澜，从而取得艺术上的成功。如《拜月亭》第四折姐妹俩在结婚前夕，正在议论文武状元的优劣，却又突然发生了转折，两人不得不交换了夫婿，这种出人意外的描写，使故事的结尾不完全雷同于一般高中状元、洞房花烛的陈套。《诈妮子》第四折是燕燕大闹小姐婚礼，也是在高潮中收煞。在元人杂剧"至第四折往往强弩之末"的一般情况下，这种在剧的结尾还会出现高潮的结构，正显示了不同凡响的功力。

王国维《宋元戏曲考》认为，元杂剧一般以"文章"取胜，而关目并不见佳，"互相蹈袭，草草为之"的情况常见，但他认为关汉卿是重视剧情结构的，他说："关汉卿之《救风尘》其布置结构，亦极意匠惨淡之致，宁较后世之传奇，有优无劣也。"这里所说的"布置结构"指的是剧情安排，关目设置。其实《鲁斋郎》在这方面也有特色。张圭和李四陌路相逢，慷慨赠药，救了李四的命，但当听说李四妻子被鲁斋郎霸占，却又吓得赶快把李四送走。不料接着他的妻子也被霸占，而鲁斋郎"赐"给他的女子却又是李四的妻子。这两个可怜的难兄难弟的子女也先后失踪，后来相遇，彼此结亲。复杂的故事和错综的布局相对应，更加引人入胜。

第三，关汉卿杂剧人物形象鲜明生动。作者除了使用心理刻画等常用手法之外，主要还是通过人物的行动来刻画人物性格。元杂剧中有些著名的作品如白朴的《梧桐雨》，马致远的《汉宫秋》，它们描写唐明皇、汉元帝的形象，都在很大程度上倚重抒情曲词对人物内心的揭示来完成，而窦娥的形象却主要是通过她对婆婆的孝顺、体贴，对张驴儿父子的憎厌、斗争，对官府从敬畏、信任到斥责、抗议的一系列行动来突出她性格中善良和刚强的特点。赵盼儿在营救女友前有周密的考虑和布置，和周舍周旋时有游刃有余的手段，周舍发现上当后前来骗回休书，赵盼儿又先防一着，用一副本应付，这一系列行动都使人既感到周舍的奸诈狡猾，又看到赵盼儿的精明老练。《拜月亭》中的王瑞兰，《诈妮子》中的燕燕，《鲁斋郎》中的张圭都主要是通过他们对矛盾的态度，他们在具体事件中的行动来刻画他们的性格。

和不少元杂剧一样，关汉卿剧作也常用夸张和讽刺的手法来塑造人物的形象，尤其对反面人物的刻画，这种手法产生了强烈的效果。例如《窦娥冤》中的桃杌太守给犯人下跪，是极言其昏愦和贪酷；《切脍旦》中杨衙内作歪词，是表现其粗鄙和好色等等，这种描写既有科诨的效果，又能揭示人物性格的本质，而且并不失却生活的真实。

第四，关汉卿向被称誉为元曲本色派之祖，他融合口语方言和诗词于一炉，显示了"写情则沁人心脾，写景则在人耳目，述事则如其口出"（王国维《宋元戏曲考》）的当行本色特点。

关汉卿作品的语言是个性化极强的，同是妓女，赵盼儿语言显得老辣，如她对周舍指责她违背咒誓时的回答："遍花街请到娼家女，那一个不对着明香宝烛，那一个不指着皇天后土，那一个不赌着鬼戮神诛，若信这咒盟言，早死的绝门户。"以花街子弟常作虚假咒盟来反驳，显出既机智，又泼辣。宋引章对赵盼儿述说她为什么要嫁周舍时,完全为周舍的讨好行为所迷惑:"夏天我好的一觉响睡,他替你妹子打着扇;冬天替你妹子温的铺盖儿暖了,着你妹子歇息。但你妹子那里人情去,穿的那一套衣服,戴的那一付头面,替你妹子提领系,整钗环,只为他这等知重你妹子,因此上一心要嫁他"。显得何等天真和单纯。同是权豪势要,葛彪出言强横,鲁斋郎吐语阴冷,杨衙内声口粗鄙。即使如《切脍旦》中着墨极少的杨衙内的两个亲随,伶俐和愚钝的性格特征也通过简略的语言表现出来。

语言的鲜明生动,通俗易懂,本是元杂剧的共同特点,但不同的作家在把口语提炼成文学语言时,是有高低、粗细之分的,关汉卿作品中不少曲文充分表现了口语化文学语言的活泼生机,如《窦娥冤》第一折窦娥所唱的〔寄生草〕:

> 你道他匆匆喜,我替你倒细细愁。愁则愁兴阑删咽不下交欢酒,愁则愁眼昏腾扭不上同心扣,愁则愁意朦胧睡不稳芙蓉褥。你待要笙歌引至画堂前,我道这姻缘落在他人后。

这里用三个"愁则愁"来演化"细细愁",内容上层次分明,节奏上顿挫起伏,颇有民歌风味。又如第三折中窦娥在临刑时唱的一支曲子:

> 〔快活三〕念窦娥葫芦提当罪愆,念窦娥身首不完全,念窦娥从前已往干家缘,婆婆也,你只看窦娥少爷无娘面。

这是窦娥嘱咐婆婆在她死后不要忘记祭奠她的苦痛语言,连用三个"念窦娥",最后一句"看窦娥"实际上也是"念窦娥"的意思。这四句在层次上比〔寄生草〕中的三个"愁则愁"更显得顶叠垛换,丸转跌宕,第一句写目前受冤,第二句写即将被杀,第三句却倒转回来,思及从前做媳妇的光景,第四句更推回过去,是她幼时被抵债时的苦况。萦纡牵结,凄楚呜咽。孟称舜说是"自然进泪"。这种语言几无文饰,却是质朴感人。

元代杂剧由于体制短小使许多剧作产生情节简单和人物形象扁平的缺憾,但关汉卿剧作,主要是社会剧和婚姻爱情剧注意剧情的起伏、矛盾的交替、人物形象的丰富和立体浑成,以及语言的个性化,都显出他不愧是"梨园领袖"、"编修师首"和"杂剧班头"[19]。

对关汉卿剧作的评价,元代以来,人们的看法颇不相同。

元人周德清《中原音韵·序》中说:"其备则自关、郑、白、马,一新制作,韵共守自然之音,字能通天下之语,字畅语俊,韵促音调。观其所述,曰忠曰孝,有补于世。"这里着重从作品(包括杂剧和散曲)的语言、韵律及社会功能方面来肯定关汉卿等作家,这在实际上也是首创了以关汉卿为首的元曲"四大家"之说[20]。元人欣赏当行本色的通俗语言,看重舞台演出效果,而这两点恰是关汉卿杂剧的优长。上述评价和《录鬼簿》将关汉卿置诸卷首的排列法,都表现了元人对关汉卿"初为杂剧之始"的草创之功和他当时在杂剧界的"姓名香四大神州"的重要地位的尊重。

入明以后,对戏曲的欣赏观点有变化,这也影响到对关汉卿杂剧的评价。朱权《太和正音谱》认为:"关汉卿之词,如琼筵醉客,观其词语,乃可上可下之才。"着重肯定了关汉卿杂剧曲文的真情毕露,但却不把关汉卿作为杰出作家看待。朱权认为只有马致远才"宜列群英之上"。何良俊《四友斋丛说》于四大家中以郑光祖为第一,又激赏王实甫"才情富丽,真词家之雄",以"关之词激厉而少蕴藉"为一短。王世贞《艺苑卮言》提出"北曲故当以西厢压卷",看重文采富赡,语言妙丽。王世贞颇不同意韩邦奇以司马迁与关汉卿相提并论,他讥讽说:"北人粗野乃尔,然亦自有致。"[21] 王骥德说创作元曲的人为"王、马、关、郑";沈德符排作"郑、马、关、白",总之,关汉卿已失去了榜首的地位。

在明人中,臧懋循对元杂剧和关汉卿的看法是独具慧眼的,《元曲选序》中说:"大抵元曲妙在不工而工,其精者采之乐府,而粗者杂以方言","总之,曲有名家,有行家,名家者出入乐府,文采璨然,在淹通阔博之士,皆优为之。行家者随所妆演,无不摹拟曲尽,宛若身当其处而几忘其事之乌有,能使人快者掀髯,愤者扼腕,悲者掩泣,羡者色飞,是惟优孟衣冠,然后可与于此,故称曲上乘,首曰当行"。基于这种观点,他的《元曲选》中收关剧八种,而且这八种在现存关剧十八种中,基本上可以称作各方面有特色的上乘之作。此外,王骥德从"本色"的角度也曾肯定关汉卿,他以为"以今之文人墨士与汉卿诸君角而不胜也"(《曲律》)。

清人在谈到元杂剧时,一般都作为一个整体的文学现象来论列。对以关汉卿为代表的元代杂剧的"本色"特征,清人有不同于明人的见解。黄图珌《看山阁集闲笔》:"词宜化俗,元人白描,纯是口头语,化俗为雅,亦不宜过于高远,恐失词旨;又不可过于鄙陋,恐类乎俚下之谈也。其所贵乎清真,有元人白描本色之妙也。"李渔《闲情偶寄》主张"贵浅显",以为"元人非不读书,而所制之曲,绝无一毫书本气,以其有书而不用,非当用而无书也……元人非不深心,而所填之词,皆觉过于浅近,以其深而出之以浅,非借浅以文其不深也。"这些都是对明代人贬抑包括关汉卿在内的元杂剧本色一派偏颇看法的纠正。

王国维吸收了西方文学理论,对关汉卿的创作有新的估价。他认为:"关汉卿一空倚傍,自铸伟词,而其言曲尽人情,字字本色,故当为元人第一","明宁献王曲品,跻马致远于第一,而抑汉卿于第十,盖元中叶以后,曲家多祖马、郑而祧汉卿,故宁王之评如是,其实非笃论也",王国维的观点无疑较为公允。

第六节　关汉卿的散曲

关汉卿散曲的内容大致可分为描写男女恋情和离愁别恨、感物抒情、描绘自然景物三部分。

关汉卿描写恋情的散曲中较好的作品写得清新，略有纤巧，但不带脂粉气，且抒情和写景非常和谐。如〔南吕·四块玉〕《别情》：

> 自送别，心难舍，一点相思几时绝，凭栏袖拂杨花雪，溪又斜，山又遮，人去也。

这支曲子写女子春日凭栏远眺，思念离别的情人，埋怨溪斜，使她看不见情人所乘的船，更埋怨山高，完全挡住了视线。怅惘之情颇为委婉。

又如〔双调〕《大德歌》四首：

> 子规啼，不如归，道是春归人未归。几日添憔悴，虚飘飘柳絮飞。一春鱼雁无消息，则见双燕斗衔泥。

> 俏冤家，在天涯，偏那里绿杨堪系马。困坐南窗下，数对清风想念他。蛾眉淡了教谁画，瘦岩岩羞带石榴花。

> 风飘飘，雨潇潇，便做陈抟睡不着，懊恼伤怀抱，扑簌簌泪点抛，秋蝉儿噪罢寒蛩儿叫，淅零零细雨打芭蕉。

> 雪纷纷，掩重门，不由人不断魂，瘦损江梅韵。那里是清江江上村。香闺里冷落谁瞅问，好一个憔悴的凭栏人。

描写深闺女子思念久别的情人,较为生动传神。春天子规啼叫,柳絮纷飞,双燕衔泥,惹起她的情思。夏日困坐窗下,蛾眉懒画。秋天卧听雨打芭蕉,冬日掩门看雪,都牵动她的愁思。作者选取的这些景物,都能恰切地衬托出凭栏女子凄凉的心境,描绘出她终日无聊又无奈的无尽思绪。这些曲子见出一点蕴藉风格。

关汉卿也有描写直露的写情散曲。如〔双调·新水令〕散套,写男子赴约的心情和二人幽会的情景。〔双调·沉醉东风〕写离别之际的难舍难分,感情的基调是直率而奔放的。关汉卿在这些曲子中,使用了质朴的语言,与上述风格蕴藉的语言迥异。

关汉卿也有一些类似妓院中情歌性质的作品,描写了男女的浪漫生活,有的还显出庸俗和轻薄,如〔仙吕·一半儿〕《题情》。关汉卿在这些散曲中对妓女生活的描写,与他在《金线池》、《谢天香》杂剧中用严肃的笔触描写的妓女的悲惨生活、同情她们的不幸命运的态度显然不同。关汉卿在创作杂剧时,更多地表现了他对黑暗社会的清醒认识和他对青楼女子的尊重态度,而他的某些勾栏调笑散曲则更多地表现了中国封建社会中传统的"风流文人"的庸俗习气。这也显示了关汉卿思想中和创作过程中的复杂的矛盾状况。

关汉卿抒写他个人思想感情的作品中,常被后人提及的是〔南吕·一枝花〕《不伏老》散套,其中〔黄钟煞〕一支最爽辣:

> 我是个蒸不烂、煮不熟、捶不扁、炒不爆、响珰珰一粒铜豌豆。恁子弟每谁教你钻入他锄不断、斫不下、解不开、顿不脱、慢腾腾千层锦套头。我玩的是梁园月,饮的是东京酒,赏的是洛阳花,攀的是章台柳。我也会围棋,会蹴鞠,会打围,会插科,会歌舞,会吹弹,会咽作,会吟诗,会双陆。你便是落了我牙,歪了我嘴,瘸了我腿,折了我手,天赐与我这般儿歹症候,尚兀自不

肯休！

有的研究者认为这首套曲是他混迹勾栏，不严肃生活的自供；有的研究者认为这是他不屈的战斗精神的形象写照。从这首套曲对"浪子"生涯的描写那么夸张和集中这点说，恐怕不能说完全是作家的自我写照。但说其中有他的浪漫生活的影子，可能符合事实。

关汉卿的另一首〔南吕·一枝花〕《杭州景》是写景的佳作，他以一个初到江南的北方人的角度观察和描绘杭州"松轩竹径，药圃花蹊，茶园稻陌，竹坞梅溪"的佳丽的景色。在描画江南秀妍山水美丽动人的同时，透露出作者的欣喜心情。另外还有〔南吕·一枝花〕是赠给著名的杂剧演员朱帘秀的。他的三套〔南吕·一枝花〕一写自己的思想情绪，一咏景物，一咏人物，都是较好的作品。《杭州景》和《赠珠帘秀》语言华美，风格温润明丽。《不伏老》语言本色，风格豪放不羁。

总的说来，关汉卿散曲的成就未能达到他的杂剧创作的高度。主要缺点是缺乏较高的思想境界。造成这种状况的原因是多方面的：在元代那个混乱、黑暗的时代，关汉卿对社会中的种种不平现象的观察是较为清醒的，不然他不可能写出《窦娥冤》那样的作品。但同时在另一方面，他面对混乱、黑暗的现实，精神上也会感到苦闷。酒肆勾栏，常常是旧时代文人苦闷、无出路时麻醉自己的去处。这或许也就是关汉卿散曲基调所以低沉的主要原因。此外，散曲这种文体源于里巷谣讴，因此人们对它的内容有着约定俗成的看法，许多文人习惯于用散曲写艳情之类。和包括散曲在内的抒情作品相比，戏剧更富"客观性"。因此，同样是妓女生活，在关汉卿的杂剧和散曲里，就表现得迥然不同。

〔1〕 见《永乐大典》卷 4653 天字韵引。《析津志》原书已佚,现有北京图书馆善本组辑本《析津志辑佚》,其中赵汲古、王百一和关汉卿等人小传出自梁有之手。

〔2〕 《元史·地理志》载中书省所辖有大都路、上都路、保定路、真定路、东平路等二十九路。这个地区称为"腹里"。祁州于元初隶真定路,后改隶保定路,也属"腹里"范围。有人遂认为"祁州"人和"大都"人之说无抵牾。按《录鬼簿》记李文蔚、尚仲贤为"真定人"、武汉臣为"济南人",顾仲清为"东平人"、彭伯成为"保定人"、王廷秀为"益都人"、陈宁甫为"大名人"。真定、济南、东平、保定、益都、大名在元代都是隶属中书省管辖的路,也即"腹里"地区,《录鬼簿》作者并没有把它们笼统地称作"大都",可见并无将中书省所辖路府都称作"大都"的习惯。因此,"祁州人"和"大都人"当算两说。

〔3〕 《析津志》记关汉卿为燕京"故家",撰传人梁有云:"以上故家多系有就外传(当作"外傅")之时,屡尝窃听父师所言,燕籍居之户百四十家。向时亦尝过其家,虽不能全言,三十年后,或仕宦于外,或贫乏不能存,物故者甚多。"当为可信。清人姚之骃《元明事类钞》所引《元史补遗》,虽为元末明初人朱右撰,惟朱右曾参与修《元史》,其所记关汉卿为解州人之说。或有根据。存疑待考。又王恽《秋涧集·中堂事记》记燕京有关姓,为金代名吏,可一并参考。

〔4〕 此处"金之遗民"云云,颇含混,白朴于金亡时为九岁,当理解为由金入元。

〔5〕 《录鬼簿》载梁进之"与汉卿世交"。清人孙德谦所辑《善夫先生集》中有杜仁杰《与杨春卿书》,其中说到梁进之是他的妹夫,此信写于 1250 年之前,这时梁进之已是"医之翘楚",当在二十五岁左右,为由金入元之人。

〔6〕 关于关汉卿的卒年,因材料不足,很难确切断定。关汉卿散曲小令《大德歌》十首,其中有"吹一个,弹一个,唱新行大德歌"。一般认为是大德年间(1297—1307)(或大德初)的作品,故推断他卒于 1302 年左右。

〔7〕 明朱有燉《元宫词》:"初调音律是关卿,伊尹扶汤杂剧呈。传入禁垣宫里悦,一时咸听唱新声。"当是据杨维祯《宫词》翻作。

〔8〕 楼卜瀍说见《铁崖乐府注》。王国维《宋元戏曲考》也持此说。近时

学人持此说者也颇多。按"优谏"即优人或伶官，旧时观念中决不能入"士大夫"之列。朱权《太和正音谱》引赵子昂言："良家子弟所扮杂剧，谓之行家生活；倡优所扮者，谓之戾家把戏。"又引关汉卿言："子弟所扮，是我一家风月。"可见关汉卿并非优人或优官。《元曲选》序文中说："关汉卿辈""偶倡优而不辞"，也证明关汉卿并非"优谏"。

〔9〕 "文翰晦盲"当指科举不行。参见孙楷第《元曲家考略·王和卿》（一九八一年版）。

〔10〕 据《元史·世祖本纪》，至元十四年（1277）十一月，"命中书省檄谕中外，江南既平，宋宜曰亡宋，行在宜曰杭州"。一般推断关汉卿于宋亡后不久即南游杭州。但如果认为他的《杭州景》和《赠朱帘秀》作于同时，都是写于这次南行途中，那他的南行当在至元二十年后，因从胡祗遹《朱氏诗卷序》、王恽《题珠帘秀序后》和白朴《己丑送胡绍开（当作"闻"）、王仲谋两按察使赴浙右闽中任》，可知至元二十六年时朱帘秀正值"芳年"。如果关汉卿于至元十五六年南行，其时朱帘秀尚是一幼女，就不相契合。如果不把关汉卿的两首〔南吕·一枝花〕断为同时作，则关汉卿初到杭州时间未必在至元二十年后。

〔11〕 《元曲选》的编者臧懋循在该书序文中说关汉卿等"至躬践排场，面傅粉墨，以为我家生活，偶倡优而不辞者，或西晋竹林诸贤托杯酒自放之意。"

〔12〕 天一阁本《录鬼簿》载关汉卿剧目六十二种。曹本《录鬼簿》载五十八种，其中《升仙桥》为天一阁本失载，实计六十三种。又脉望馆藏《古名家杂剧》和《元曲选》中《鲁斋郎》均题关汉卿作，脉望馆抄校本《五侯宴》也题关汉卿作，此外《北词广正谱》记关汉卿作《孟良盗骨》，总计六十六种。除现存十八个完整剧本和三种佚曲外，其余四十五个剧目是：《玉堂春》、《进西施》、《三告状》、《浇花旦》、《救周勃》、《铜瓦记》、《双驾车》、《哭魏徵》、《三负心》、《认先皇》、《万花堂》、《赵太祖》、《闹荆州》、《鬼团圆》、《姻缘簿》、《三赫赫》、《狄梁公》、《复落娼》、《鹧鸪天》、《汴河宽》、《三撇嵌》、《江梅怨》、《王皇后》、《醉江月》、《救哑子》、《瘸马记》、《柳丝亭》、《刘夫人》、《破窑记》、《勘龙衣》、《牵龙舟》、《宣华妃》、《哭昭君》、《立宣帝》、《对玉钗》、《绿珠坠楼》、《凿壁偷光》、《织锦回文》、《高凤漂麦》、《管宁割席》、《藏阄会》、《惜春堂》、《玉簪记》、《孙康映

雪》、《升仙桥》。又,《百川书志》著录关汉卿有《珍珠龙凤汗衫记》,或云即《宣华妃》。

〔13〕 这十八个作品是否都是关汉卿作,研究者向有不同的看法。如《古名家杂剧》和《元曲选》在《单鞭夺槊》剧下均署"尚仲贤"作,《录鬼簿》中尚仲贤名下又有《三夺槊》一剧,《元曲选目》中《单鞭夺槊》下注"一作三夺槊",而《元刊杂剧三十种》中《三夺槊》剧,情节与《单鞭夺槊》不同。又明钞本《单鞭夺槊》署关汉卿撰,首叶标目下有赵琦美批注云:"《太和正音》名《敬德降唐》",书口标目亦作《敬德降唐》。此种复杂情况,使研究者发生不同看法。按赵琦美的批注及此剧关目看,《元曲选》中的《单鞭夺槊》当即为《敬德降唐》,姑将此剧定为关作。《鲁斋郎》剧,《录鬼簿》失载,《元曲选》署关汉卿作,研究者也有不同看法。诸家大多持怀疑态度的是《裴度还带》和《五侯宴》。今姑置关氏名下。

〔14〕 《淮南子》:"邹衍事燕惠王,尽忠,左右潜之王,王系之狱。仰天哭,夏五月,天为之下霜。"(见《太平御览》转引)《搜神记》记东海孝妇周青临刑时,车载十丈竹竿,上悬五幡,对众誓愿说:"青若有罪愿杀,血当顺下;青若枉死,血当逆流。"《说苑》和《汉书·于定国传》记有东海孝妇蒙屈被杀,郡中大旱三年。或据此以为本剧系取古书中故事敷衍为之,事实上剧中明白地交代这是窦娥受冤后借古代传说发出的悲愤呼吁,窦天章在审理他女儿的冤狱时,把这个事件和传说中的东海孝妇冤狱相比,说"岂不正与此事相类"。这都表明本剧不是敷衍古代故事,而是对元代社会现实生活作深刻反映的社会剧。事实上,《窦娥冤》中化用古代传说故事,不是只表现在窦娥的誓愿上,剧中写的判处窦娥死刑的昏官桃杌即化用《左传》记"颛顼氏有不才子……天下之民谓之梼杌"事。梼杌为传说中的"四凶"之一。

〔15〕 这里涉及"天人感应"问题,这种带有神秘色彩的观念,始于殷周时代以来的宗教迷信,在汉代就为一些思想家理论化,成为一种哲学思想。元代史书、文集和笔记中将天变与兵戈、饥馑,特别是与冤狱相联系的记载不可胜数,难以枚举,这大量的记载又多半是强调上天对君主失政和人间不平的"警示"。《窦娥冤》涉及的又是所谓"匹夫至诚感天地"的问题。宋代著名理学家程颐有一种说法:"匹夫至诚感天地,固有此理,如邹衍之说太甚。只是盛夏感而寒慄

则有之，理外之事则无。如变夏为冬，降霜雪，则无此理。"(《二程遗书》)程说"无理"云云，除了不懂文学故事诉诸感情这一特点以外，实际上也含有维护封建统治秩序之意。在这个意义上说，关汉卿写作《窦娥冤》，和理学家的言论也属针锋相对。

〔16〕 比较大的差异如《古名家杂剧本》第四折〔得胜令〕后紧接〔尾声〕，《元曲选》本却多出〔川拨棹〕、〔七弟兄〕、〔梅花酒〕和〔收江南〕曲。较小的相异处更多，如《古名家杂剧》本第一折窦娥自言"至十七岁与夫成亲，不幸夫亡化，可早三年光景，我今二十岁也。"与同折蔡婆所说"孩儿死了又早三年光景也"相合。《元曲选》本窦娥自言一段几无改动，蔡婆自叙中却有"自成亲之后，不上二年，不想我这孩儿害弱症死了，媳妇守寡又早三个年头。"是窦娥结婚时为十五六岁，这就同未改动的窦娥所说"至十七岁与夫成亲"发生抵牾。又，本书引用曲文大抵据《元曲选》本。

〔17〕 《鲁斋郎》剧中人物自言"小官鲁斋郎也"，《元曲选》本还有"除授今职"之说，是"斋郎"为官职。按"斋郎"为祭祀时执事之吏，魏始置，唐、宋时也置，《事物纪原》谓宋代斋郎"又以为朝臣子弟起家之官"。《元史·祭祀志》记"斋郎"也为执事之属。关汉卿把鲁斋郎写成权豪势要，犹如写"衙内"。又，宋元时代有"舞斋郎"艺戏，《武林旧事》记"舞队"有"十斋郎"。陆游《社日》之四有"且看参军唤苍鹘，京都新禁舞斋郎"之言，元张翥《病中》诗有"小儿舞袖学斋郎，大女笑看旁鼓簧"句。

〔18〕 一九六七年上海嘉定发现"说唱词话"十二种，明成化刊本，《全相说唱花关索出身传》之四《全相说唱花关索贬云南传》中叙述关、张之死和阴魂托梦，故事情节与《双赴梦》大致相同。

〔19〕 天一阁本《录鬼簿》中载贾仲明吊词中说关汉卿"驱梨园领袖，总编修师首，捻杂剧班头"。

〔20〕 天一阁本《录鬼簿》载贾仲明吊词中说马致远"共庚白关老齐肩"，因有关汉卿、白朴、马致远和庚吉甫为元曲四大家之说，元人杨维祯曾不止一次将关汉卿、庚吉甫并提，是庚吉甫在当时也很著名。但此一"四大家"说不见流行。

〔21〕　见《艺苑卮言》附录。按韩邦奇与其弟邦靖同举明正德三年进士，曾任南京兵部尚书，其弟死后，韩邦奇为之作传，传中说："世安有司马迁、关汉卿之笔乎？能为吾写吾思吾弟痛吾弟之情……"王世贞讥刺这种说法。但韩邦奇的说法表明当时文人中确有对关汉卿评价极高的。韩文见《苑洛集》。钱谦益《列朝诗集小传》中"韩参议邦靖条"也有记载。

第五章　王　实　甫

第一节　王实甫的生平与《西厢记》的作者问题

关于王实甫身世的记载，现存的可靠资料很少。天一阁本《录鬼簿》说他名德信。[1]诸本《录鬼簿》都说他是"大都人"，列入"前辈已死名公才人"之列。据周德清《中原音韵》自序，又可知王实甫于泰定元年（1324）时已经去世[2]，根据以上材料，王实甫是前期杂剧作家，殆无疑问。此外，苏天爵《元故资政大夫中书左丞知经筵事王公行状》中记王结之父名德信，但是否即是戏曲家王实甫，尚难断定[3]。《北宫词纪》所载一首套曲〔商调·集贤宾〕《退隐》，署为王实甫作，其中有"百年期六分甘到手，数支干周遍又从头"，"且喜得身登中寿"，由此可知王实甫六十岁时已退隐不仕。但曲中又有"红尘黄阁昔年羞"、"高抄起经纶大手"，看来这位王实甫又曾在京城任高官，他同杂剧作家王实甫是否即为一人，研究界也有不同看法。此外，元刘将孙《养吾斋集》有《送王实甫》诗并小序，此王实甫为江西庐陵人，与《录鬼簿》所记也不合。明陆采《南西厢序》谓王实甫任都事，不可信。

　　《西厢记》是元杂剧中的著名作品,元末明初的贾仲明有"西厢记天下夺魁"之说。在它产生以前,金董解元《西厢记诸宫调》已经广为流传,关汉卿的《绯衣梦》杂剧中已经提到它,该剧第二折贾虚道白有:"幼习儒业,颇看春秋,西厢之记,念的滑熟。"[4]

　　王实甫作《西厢记》,元《录鬼簿》和明初《太和正音谱》本有明文记载,但明代中叶以后出现了各种异说。

　　成化七年(1471)金台鲁氏刊本《新编题西厢记咏十二月赛驻云飞》中所收无名氏〔驻云飞〕云:"汉卿文能,编作西厢曲调精。"又云:"王家增修,补足西厢音韵周"。[5]这是今天见到的最早的关作王续说的文字材料。弘治十一年(1498)金台岳家重刊印行的《奇妙全相注释西厢记》卷首所收无名氏《满庭芳》曲也有类似说法。

　　晚于岳氏刊本《西厢记》十五年的正德八年(1513)刊刻的都穆《南濠诗话》记录了关作和关作王续两种说法:"近时北词以《西厢记》为首,俗传作于关汉卿,或以为汉卿不竟其词,王实甫足之。"[6]"俗传作于关汉卿"云云,当在《南濠诗话》产生以前,但都穆的这个记载却是关汉卿作《西厢记》一说的最早文字材料。

　　还有王作关续说,最早见于明人王世贞的《艺苑卮言》:"《西厢》久传为关汉卿撰,迩来乃有以为王实夫者,谓'至邮亭梦而止'。又云至'碧云天,黄花地'而止,此后乃汉卿所补也。初以为好事者传之妄,及阅《太和正音谱》,王实夫十三本,以《西厢》为首,汉卿六十一本,不载《西厢》,则亦可据。"从这项记载可以知道王作关续说起于嘉靖年间[7]。此说虽为后起,也无确据,但信从者甚多,其中还有一些著名的文人,如:明人王骥德、胡应麟、徐复祚、凌濛初等,晚近王国维、吴梅和王季烈等也从此说[8]。这些著名文人常从《西厢记》第五本和前四本文字风格不同来进一步论证王作关续。从考据的角度来说,如果没有确切的文献记载而只是见仁见智地以文字风格来判断作品的归属，不能构成信说。所以，迄今为止，《录鬼簿》和《太和正音谱》[9]记载的王实甫作《西厢记》依旧是可信的权威说法。

王实甫所作杂剧，名目可考者共十四种。今存除《西厢记》外，还有《破窑记》和《丽春堂》二种。《芙蓉亭》和《贩茶船》有佚曲存于《盛世新声》、《词林摘艳》、《雍熙乐府》和《北词广正谱》中。其余仅存名目者，天一阁《录鬼簿》录有：《于公高门》、《明达卖子》、《七步成章》、《多月亭》、《进梅谏》、《丽春园》、《陆绩怀橘》、《双渠怨》八种。还有《娇红记》一种见于曹楝亭本《录鬼簿》。除杂剧以外，还传存几首散曲。此外，明清时代还有王实甫作《度柳翠》、《红拂记》和《襄阳府调狗掉刀》之说，俱不可信[10]。

第二节　《西厢记》故事的流变

《西厢记》描写崔莺莺和张君瑞的爱情、婚姻故事，这个故事来源于唐代元稹的传奇《莺莺传》（一名《会真记》）。《莺莺传》叙写唐代贞元中，崔莺莺随母寄居在蒲州以东的普救寺的西厢院，与张生发生情爱，后终遭遗弃。这类故事也是唐传奇作者热衷的题材之一，如果寻其祖祢，可以追溯到武后时张鷟的《游仙窟》。张鷟自叙奉使河源，途中投宿崔十娘家，姿情调谑宴乐，止宿而去。唐代的"仙"有时指妓女，《游仙窟》显然是个风流狎邪故事，但从男女邂逅，不媒而婚，以及仓促分离的结果看，《游仙窟》以及《柳参军传》[11]当同《莺莺传》故事属同一系列。《莺莺传》本是带有自传性质的小说，由于唐时文人并不避讳这类风流韵事，所以元稹的朋友杨巨源、李绅也分别作《崔娘诗》、《莺莺歌》[12]。之后，王涣的《惆怅词》也是咏唱崔、张故事。这都说明这个故事在唐代甚为流传。

到了宋代，崔、张故事越发流行，成为文人诗歌中的典事，并且进入了民间说唱领域。

晏殊《浣溪沙》词中借用过《莺莺传》中的诗句"怜取眼前人"，苏轼《赠张子野》诗中出现"诗人老去莺莺在"句，并注明用《莺莺传》事。

苏门文人秦观和毛滂分别以崔、张故事为题材写了"调笑转踏"歌舞曲。这种歌舞曲由一首七言八句诗和一首小令〔调笑令〕组成，容量较小，秦观只写到崔、张月下私期，毛滂写到莺莺答书寄怀。内容上都没有超出《莺莺传》，但摒弃了"始乱终弃"的结尾。

较秦观、毛滂稍晚，曾在颍州作过苏轼属官的赵令畤，把《莺莺传》改编为韵散相间，可说可唱的鼓子词。因为苏轼曾认为《莺莺传》中的张生是唐代诗人张籍，王铚曾作《传奇辨证》，考证元稹生平宦迹、墓志碑铭和元稹诗作，证明《莺莺传》乃是"微之自叙"。赵令畤同意王铚的意见，所以把鼓子词直接题作《元微之崔莺莺商调蝶恋花词》。赵令畤的鼓子词和王铚的考辨文章都载于赵的《侯鲭录》。鼓子词删去了《莺莺传》中张生诋毁莺莺为"尤物"、"妖孽"和为自己"忍情"开脱的部分，并在最末一章写道："弃掷前欢俱未忍，岂料盟言陡顿无凭准，地久天长终有尽，绵绵不似无穷恨。"表现了对元稹行为的不满，这与王铚认为元稹行为"有悖于义"的看法是一致的。作品还同情深情的莺莺一直到最后还"其情益有未能忘者"，并深以崔张二人"始相遇也，如是之笃，终相失也，如是之遽"为憾事。

鼓子词的引言说："至今士大夫，极谈幽会，访奇述异，无不举此以为美话，至于倡优女子，皆能调说大略。"记载了崔张故事在宋代文人中和民间流行的情况。所谓"调说大略"，是否即是"说话"，不易确定，但是南宋皇都风月主人的《绿窗新话》上卷有《张公子遇崔莺莺》，元初罗烨《醉翁谈录》"小说开辟"中列有《莺莺传》，说明崔、张故事确实进入了说话领域。《张公子遇崔莺莺》内容节自《莺莺传》，和鼓子词一样，也删去了张生诬莺莺为"妖孽"的一段，只剩下了一个哀怨不幸的凄惋故事。

崔、张故事在宋杂剧和金院本中是否曾经搬演也无确据，但《武林旧事》所记"官本杂剧"名目中的《莺莺六幺》[13]和《辍耕录》所记院本名目中的《红娘子》和《拷梅香》[14]或许是演崔、张故事。此外，从南宋戏文《张协状元》中有曲牌"赛红娘"、"添字赛红娘"的情况，也见出崔、张故事在戏剧中的影响。

在两宋以崔、张故事为题材的说话、说唱、歌舞的基础上，金章宗时人董解元集其大成，将崔、张故事改编为规模宏伟，有十四宫调、一百九十三套组曲、洋洋五万言的讲唱文学作品，并赋予崔、张故事思想上、艺术上新的生命，这就是《西厢记诸宫调》。由于当时流行于北方的诸宫调的伴奏乐器是琵琶和筝，所以，《西厢记诸宫调》又称《西厢挡弹词》或《弦索西厢》。

《西厢记诸宫调》与《莺莺传》最大的不同之点有二，一是《西厢记诸宫调》以莺莺和张生的相爱、私奔以至美满团圆代替了《莺莺传》的悲剧性结局，从而在根本上改变了主题思想。二是《莺莺传》矛盾的双方是张生和莺莺，《西厢记诸宫调》的对立面是争取婚姻自主的崔、张和以崔母为代表的封建势力，这种改变就使作品更突出了反抗封建礼教的思想意义。围绕着这种主题思想，《西厢记诸宫调》增添了许多人物和情节，曲词也颇精彩动人，这就在一定程度上为王实甫写作杂剧《西厢记》奠定了基础。

从写始乱终弃的悲剧故事的《莺莺传》，再衍变到反对封建礼教的《西厢记诸宫调》，崔、张故事经历了内容上的变革。从传奇、诗歌、鼓子词到诸宫调，又经历了文体上的递嬗。崔、张故事在内容上逐渐得到丰富,思想意义逐渐得到提高,正是得力于这种长期流传中创作者的不断加工。

第三节 《西厢记》的思想内容和人物形象

王实甫《西厢记》和《西厢记诸宫调》相比,在思想内容上更趋深刻,反对封建礼教、反对封建婚姻制度的主题思想进一步深化。

《西厢记》最后一折的〔清江引〕曲中写道:"愿天下有情的都成了眷属"。这实际上是作者正面提出的关于男女婚姻的观点,联系剧中展开的具体描写来看,这种观点正是对封建婚姻制度的大胆挑战。

首先,《西厢记》中描写莺莺和张生的婚姻结合是以爱情为基础的。封建婚姻制度的一个重要特征是以门第、财产和权势作为联姻的基础,联姻一般都由家长包办,而与配偶双方以及他们的感情并不相干。莺莺和张生却始终追求着真挚的爱情,两人初逢于佛殿,张生就为莺莺的美貌所倾倒,作者写张生唱四支曲子,极言莺莺的美貌;莺莺虽无语言,但作者写了她"回顾觑生"的动作,这就是"临去秋波那一转"。由此他们之间产生了爱情。异性之间的爱悦往往最先由于外貌的吸引,这本很自然、真实,由于作者对崔、张一见倾心作了很夸张的描写,如写张生乍见莺莺就"眼花缭乱口难言,魂灵儿飞在半天",甚至说:"我死也",就使人感到多少带有神奇色彩,作者的这种描写看来还含有否定"非礼勿视"的封建道德教条的意义在内。当然,作者对崔、张的爱情并没有只停留在一见钟情的描写上,后来,经过了联吟、寺警、听琴、赖婚、逼试等一系列事件,张生和莺莺的感情内容也随之愈来愈丰富。作为相国小姐的莺莺和一个书剑飘零的白衣秀才倾心相爱,排斥了门第、财产等世俗附加物,这件事本身就违背了封建社会通行的择婚标准和封建礼教。

其次,《西厢记》歌颂了崔张自由恋爱、自主终身的婚姻方式。"父母之命"和"媒妁之言",在封建社会里一直被视为亘古不变的纲常大理,而莺莺和张生却是自择婚配的。他们无视老夫人威严的管束和莺莺已经被许配给表兄郑恒的事实,听琴酬韵,传诗递简,互通衷曲,经过曲折的过程,逐步挣脱封建绳索,终于越过封建礼教的高墙,私自同居,约为夫妻。这些"非礼"之举,都是对封建礼教纲常伦理的叛逆。

第三,莺莺和张生始终把爱情置于功名利禄之上。在封建社会里,对于一个士子来说,功名乃是他一生荣辱所系,因此,赶考举业是书生们的头等大事。张生却在去应试的路上由于邂逅莺莺而滞留蒲东,将"云路鹏程"丢在脑后。与《莺莺传》中绝情并失悔"惑"于"妖孽"的张生不同,他一直如红娘所说"心不存学海文林,梦不离柳影花阴",被迫应试时,也还是"梦魂儿不离了蒲东路"。《西厢记》将《西厢记诸宫调》中张生主动提出进京求取功名和莺莺临别劝勉夫婿"必登高第"的情节改为"逼试",张生被迫成行,长亭送别时,莺莺反复嘱咐他"此一行得官不得官,疾早便回来"。固然这其中有怕张生另结新欢的担心,但主要还是因为不愿因"蜗角虚名,蝇头微利,拆鸳鸯在两下里","但得一个并头莲,强似状元及第"。莺莺得到张生高中报喜的书信以后,道是:"早是我只因他去减了风流,不争你寄得书来又与我添些症候",崇祯四年山阴李廷谟刊本《北西厢记》中有徐渭评语:"得书不以为喜而反添症候,诚重恩爱而薄功名也",是为的论。一些元代爱情剧的作者常将功成名就作为爱情的补充,将双喜临门——婚姻和功名成就作为理想婚姻的最高境界来歌颂。《西厢记》的结尾虽然也不出这双喜临门的俗套,但全剧却贯穿了重爱情、轻功名的思想。在这一点上,王实甫的思想确实高于他同时代的许多作家。

《西厢记》所宣扬的爱情、婚姻上的进步观点,显然是与理学的道德教条相对立的。明代的进步文学家徐渭和汤显祖等就从他们那个时代提出的"童心说"和"情"与"理"的对立的观点出发,欣赏莺莺和张生之间的"至情",欣赏他们之间基于"情"的结合。同时,也非常欣赏主要表现在红娘身上的对纲常伦理的批判。

《西厢记》的主题思想集中表现为反对婚姻制度和封建礼教,它没有也不可能对封建主义制度本身提出任何异议,但它仍应被看作是属于我国古代反对封建主义的文化的一个组成部分。中国封建社会中的反封建文化是就总体而言的,文学作品的反封建主题也是就总体来说的。在不同的作品中,这一主题总是通过对社会生活某一方面的艺术概括而得到具体的表现。

《西厢记》中的人物性格都十分鲜明:莺莺、张生、红娘、老夫人、惠明,都成为我国古典戏曲中成功的人物形象。有的人物如红娘,还在后世成为某种类型人物的代称。

前人评论张生形象,常用"志诚种"三字来说明。"志诚种"是说张生真诚、执着地追求爱情,他对莺莺的爱情既热烈诚挚,又矢志不渝。从游殿时一见钟情起,他就将"云路鹏程"抛在一边,在僧寺住了下来。为了接近莺莺,他附斋追荐先人,祷词却是希望"早成就了幽期密约"。为了莺莺,他月下吟诗,写信退贼。老夫人赖婚,他几乎失望得要悬梁自尽。莺莺变卦,又使他病倒书斋,几至不起。后来也还是为了莺莺,他被迫上京去应试。与《莺莺传》中那个薄情儿不同,与《西厢记诸宫调》中一时要和红娘"权作夫妻",一时又要将莺莺让给郑恒的那个张生也不同,他对莺莺的感情是十分"志诚"的。

在张生执着地追求爱情的过程中,他有时表现得很机灵,如请求附斋追荐先人,写信退贼,都显出这种机灵的性格特点。但张生又是忠厚的,甚至带些懦弱和傻气。他对老夫人机诈权变的赖婚"智竭思穷",束手无策。对莺莺"赖简",他也同样拙于应付。本来是应约前来,却不料莺莺变了脸,他恭恭敬敬地跪着,先被莺莺质问:"你是何等之人,我在这里烧香,无故至此?"后为红娘训斥:"你既读孔圣之书,必达周公之礼,夤夜来此何干?"他目瞪舌结,一筹莫展,直到莺莺飘然而去,他才对着莺莺的背影道:"你着我来,却怎么有偌多说话"。他的忠厚中有时又透出傻气,第一次和素不相识的红娘谈话,就详细地自报家门:"小生姓张名珙字君瑞,本贯西洛人也,年方二十三岁,正月十七日子时建生,并不曾娶妻。"并且不合时宜地打听:"敢问小姐常出来么?"这种傻里傻气的痴情显得非常可笑,结果被红娘"抢白"了一顿,并得到"傻角"的雅号。由于他的傻气常常是和忠厚相连,呆气又与钟情并存,所以"傻"和"呆"的表现恰与他的风流才俊相得益彰。从而获得了莺莺的倾心和红娘的同情。

莺莺是个感情深沉的女子,她所受的教养和母亲的严格管束,又加深了她内向的性格。与《西厢记诸宫调》中那个在爱情上显得被动而又遵"礼"的莺莺不同,她在父亲孝期未满,自己终身已经许给表兄郑恒的情况下,在庄严的佛门净地,对一个素昧平生初次邂逅的白衣秀才动了感情,表现了她不寻常的勇气。月下联吟,她对张生倾吐了衷曲,开始有知音之感,同时开始感到"不由人口儿里作念心儿里印"。然而在"小梅香伏侍得勤,老夫人拘系得紧"的情况下,她的感情只能止于相思的痛苦。她必须瞒着母亲,又不便对红娘言明心事,而且还曾以为红娘是母亲为了提防她而"影儿般不离身"的。这一切都使莺莺不能也不愿轻易泄露感情,而只能把一切藏在内心,莺莺在爱情过程中格外感到悒郁和痛苦的原因也就在这里。如果说孙飞虎兵围普救寺之前,莺莺还只是默默地爱着张生,那么寺警以后,张生的见义勇为使她对张生的感情进了一步。之后,从请宴到赖婚,从希望到失望,她又陷入了深深的痛苦和怨恨之中。在这一时期,她的一切行动都是打着"兄妹之情"的幌子。同时,她一方面瞒着红娘,另一方面又借助红娘与张生互通衷曲。这样,事情便变得更加复杂。加之莺莺本身有着封建礼教的思想负担,才酿成了"闹简"、"赖简"的喜剧场面,这是莺莺性格发展的第二阶段。从"闹简"、"赖简"到"酬简",莺莺终于在经历了一段曲折、矛盾、痛苦的思想斗争之后,迈出了关键的一步。她和张生同居之事暴露之后,并无丝毫的惶恐和后悔,她的思想性格发展到勇敢而坚定的阶段。从长亭送别到张生得中归来,她一直处在无尽的相思中,她把爱情看得高于一切,连高中的消息也并未给她带来欢乐。由于她思想性格的特点和她所处环境的特点,使她在争取婚姻自由的斗争中,走了一条曲折而艰难的道路。

红娘是《西厢记》中最富光彩的人物,她的思想性格在撮合崔、张婚事和抨击封建礼教中得到展示。为了玉成相国小姐和白衣秀才本来无望的婚事,她要蒙蔽威严而多疑的老夫人,又要鼓励软弱而常常不知所措的张生,还要小心地对待心细如发,顾虑重重的莺莺。她对张生是坦率的:热心地给张生出谋划策,传书递简,凡事讲在明处。在张生要寻死觅活时,激发他的勇气;在张生陷入苦闷时,安慰他的心灵;在张生表现得懦弱而不中用时,她又忍不住要奚落揶揄这个"花木瓜"、"银样镴枪头"。她热心地为他人做嫁衣,却不图金赀财物,在张生提出"小生久后多以金帛拜酬小娘子'时,她生气了,觉得自己一片真心受到了亵渎,她骂张生:"你个馋穷酸俫没意儿,卖弄你有家私。"为了成人之美,她几乎要挨老夫人的毒打,但她毫无怨言,表现了她高尚的人格和磊落的心胸。她几乎是一边奚落张生的世俗习气和行为,一边为他热心奔走。她对莺莺是讲分寸的:莺莺是主人,有"撮盐入水"的小性子,又对她怀有戒心,并且不与她明言心事。红娘看准了小姐既钟情于张生,又要顾念自己尊严的身份;既要做违犯礼教的事,又想瞒过老夫人;既要在红娘面前装正经,又要利用她暗通消息的尴尬处境,因此,她对小姐十分小心,仔细揣摩小姐的心理,不露痕迹地作"撮合山",不伤小姐自尊地促成好事。她处处为着小姐,可莺莺却不断地怀疑着她,隐瞒着她,试探着她。看到她从张生那里带来的简帖儿明明十分高兴,"颠来倒去不害心烦"地看,之后却板起面孔对她"冷句儿"斥责了一顿,耍了一套"假意儿"。莺莺写给张生"明月三五夜"的情诗,需让红娘送去,却要掷在地上,说是信中着张生"下次休是这般"。对于这些"小心肠儿转关",红娘也曾感到伤心,她自思自叹"别人行甜言美语三冬暖,我跟前恶语伤人六月寒","俺这通殷勤的着甚来由"。但是,她却并未因此而退步抽身,仍然一边嘲笑莺莺人前背后的两般模样,一边同情莺莺的痛苦,为她奔走。汤显祖曾经有批语:"若不是撮合山","险些儿人散酒阑"[15]。他认为如果没有红娘,崔、张的婚事可能是没有希望的。

红娘是《西厢记》中反封建礼教最坚决、最无顾忌的人物,然而又是讲"道学"的次数最多的一个。例如在张生拦住红娘第一次冒失地自报家门之后,红娘正言厉色地搬出了一大套孔孟之道:"先生是读书君子,孟子曰:'男女授受不亲,礼也。'君子'瓜田不纳履,李下不整冠'。道不得个'非礼勿视,非礼勿听,非礼勿言,非礼勿动'。……先生习先王之道,尊周公之礼,不干己事,何故用心……今后得问的问,不得问的休胡说"。这一番即使在道学家听来也会肃然起敬的道理,在此处的戏剧效果却是相反的。对照着红娘的全部作为,她这番话实际上是嘲弄神圣的"圣贤之道"。

"赖简"一场,由于莺莺的变卦,造成了僵持和尴尬的局面,红娘又一次搬出了"孔圣之书"和"周公之礼"的封建教条斥责张生,看来是冠冕堂皇的斥责,在剧情上却是为崔、张解围,并平息了这场意外的风波。实质上,红娘既不相信自己所说的这些话,风波的平息也并不是因为红娘说了这些话,这些话的客观效果倒是向人们揭示出这一对恋人越情深越显得生分,欲前进又后退,原来是被纲常伦理这道无形的鸿沟阻隔着。

"拷红"一场,红娘用"信者人之根本"来责备崔母"言而无信",妙在红娘对老夫人背义忘恩的行为,全用纲常伦理大义进行谴责,她是用维护封建纲常的语言,保护违反这种纲常大义的"私情"。对此,明人曾有过极高的评价,汤显祖激赏:"红娘真有二十分才,二十分识,二十分胆,有此军师,何攻不破,何战不克,宜乎莺莺城下乞盟也哉。"评语所说"军师"云云,包含着认为红娘大讲纲常伦理只是一种策略,也就是所谓以"礼"反礼。

红娘之所以最终得到张生和莺莺的信赖,并使老夫人不得不屈服,不仅因为她机敏和巧慧,而且因为她有急人之难的侠心义骨,她代表了正义、智慧和力量。王实甫把见义勇为、热情泼辣和非同寻常的聪明和胆识赋予这位当时被认为至微至贱的婢女,也可说明他已把关注的目光投向社会下层,说明他对下层女子有着相当的了解和钦佩。

《西厢记》中的人物性格有它的复杂性和多面性,莺莺和张生虽然具有反抗封建婚姻制度和封建礼教的思想性格,但是莺莺是贵族少女,张生的家庭也属于士大夫阶层。他们从一见倾心到相思苦闷到密约偷期的爱情方式,他们缠绵悱恻、多愁善感的情调以及他们在斗争过程中表现出来的软弱性,又无不带有他们的出身、教养的痕迹。老夫人竭力维护门阀利益和封建礼教,在她身上,更多地表现了封建统治阶级的若干特点,但作者又比较真实地写了她钟爱女儿的心情,而没有对她作"脸谱化"的描写。

《西厢记》以大团圆为结局,它最后描写张生考中状元,终于迁就了老夫人的招婿原则。这种剧情处理同弥漫在全剧的重爱情轻功名的思想是不相协调的。但杂剧中的大团圆结局也还受到当时演出上的其他因素的制约,王实甫也未能免俗。或许在当时观众看来,王实甫已为他剧中的痴男怨女找到了最好的归宿了。

第四节 《西厢记》的艺术成就

明人王世贞《艺苑卮言》中说:"北曲故当以西厢压卷。"这个评语屡被后人征引,几成不二的定论。事实上,由于王实甫的《西厢记》立意高,关目好,语言美,人物性格内涵丰富,不仅在思想内容上,而且在艺术上也取得了很高的成就。

元剧体制一般是一本四折。在这样短的篇幅里,表现一个悲欢离合的故事,原本比较局促,因而造成一些元代杂剧(包括若干爱情剧在内)的剧情简单化和某种程度的模式化的缺点。《西厢记》以五本二十一折的长篇巨制演述崔、张的爱情故事,就有了充分的展开故事的余地。

崔、张的故事在王实甫的时代已经广为流传,如何把这个故事写得更动人,如何把情节处理得更吸引人,王实甫在董解元《西厢记》艺术描写的基础上,进一步提炼、修饰,使得全剧剧情波折迭起,悬念丛生。孙飞虎兵围普救寺,老夫人亲口许下诺言,给崔、张本来毫无希望的"没头情事"带来成就合法婚姻的希望;围解兵退之后,看看好事将成,却出现了老夫人为了门第不当而食言赖婚,顿使张生绝望心灰;红娘的介入和热心奔走,又给崔张的婚姻带来转机;深夜听琴,书简往还,张生才得到了"明月三五夜"的简帖;不料崔莺莺赖简,又使事情枝节横生,害得张生卧病书斋,几至不起。莺莺和张生幽会的事情暴露之后,封建礼教的代表老夫人和抗争者崔、张的矛盾表面化,然而一场舌战竟发生在地位悬殊的老夫人和红娘之间,而且,出人意外的是红娘大获全胜;老夫人答应将莺莺与张生为妻是有条件的,"三辈儿不招白衣女婿"的相府家规,使一对恋人在分离中忧心忡忡;张生一举得中,团圆将至,却又出现郑恒骗婚……全剧接连不断的起伏跌宕,常给人山重水复,柳暗花明之感。这些描写,全无斧凿痕迹,每次出人意料的变化,都有着人物性格作为依据。例如老夫人许婚是因为兵临寺外出于权宜,后来赖婚则是出自她的门第观念。莺莺"闹简"是由于要维护相国小姐的尊严,花园约会是出于对张生的爱,"赖简"又是由她的精神负担和张生的莽撞所致。这些情节变化的出现,使人物性格更加鲜明,反之,人物的性格,也是情节发展的具体依据。汤显祖评论赖婚一事说:"此出夫人不变一卦,缔婚后趣味浑同嚼蜡,安能谱出许多佳况哉,故知文章不变不奇,不宕不逸",就是对《西厢记》的情节起伏跌宕不落窠臼的称誉。

《西厢记》有成功的戏剧冲突,并特别注意人物心理的刻画。《西厢记》的戏剧冲突有两条线索,一是以老夫人为一方,同以莺莺、张生和红娘为另一方之间的矛盾,二者之间的矛盾是反对门阀观念、藐视封建礼教和追求婚姻自主的叛逆者与维护门阀利益、维护封建礼教的封建家长之间的对立和冲突。另一条线索是莺莺、张生、红娘之间的矛盾,他们之间的矛盾是由顾忌、猜疑、矜持和不信任造成的,对莺莺和张生来说,封建意识的负担也是造成他们之间产生冲突的一个原因。这两条线索的冲突交错展开,互相制约,有时冲突表面化,造成强烈的戏剧效果,有时又以潜在的状态制约影响剧情的发展。

与此相联系,《西厢记》又有成功的心理描写,作者不仅充分调动擅长抒情的曲词,来表现人物内心的情感活动,而且说白中也常常蕴含着丰富的心理内容。曲折错综的矛盾发展,有助于完成人物性格的发展,而细腻的心理刻画又能充分展示人物性格的丰富性。

《西厢记》的人物性格的塑造,是靠多种手段完成的。除了用长于抒情的曲词和富于表现的宾白正面描写内心活动的一般手法之外,《西厢记》的侧面描写也比较成功。以第三本为例,四折全是红娘主唱,却全是描写崔、张二人的相思。第一折写红娘奉小姐之命去探望张生,实则从红娘口中描述张生“多管是和衣儿睡起,罗衫上前襟褶裰,孤眠况味,凄凉情绪”。第二折写红娘看到小姐“日高犹自不明眸,畅好是懒懒。半晌抬身,几回搔耳,一声长叹”,将莺莺愁肠百结,却又强打精神,“对人前巧语花言……背地里愁眉泪眼”的内心状态刻画的细致入微。第三折花园烧香,莺莺赖简,三人各怀心事,又是从红娘眼里,观看二人的动静。张生的急迫,莺莺的矜持,都通过红娘的眼睛反映出来。第四折写红娘带了小姐的“药方”去探望病重的张生,又一次描写张生“鬓似愁潘,腰如病沈”刻骨铭心的相思情状。从第三者眼里描述人物的心情、事态的发展,采取这样一个角度,既避免了与从当事人口中直接抒情的写法雷同,也使描写比较充分。容与堂刊本《李卓吾批评西厢记》第十出总批有:“《西厢》文字一味以摸索为工,如崔、张情事则从红口中摸索之,老夫人与莺意中事则从张口中摸索之”,正是抓住了《西厢记》心理描写和侧面描写的特点。

与上述描写相联系的是,《西厢记》中人物性格的刻画,取得了立体化的效果,而且自然浑成。如:崔莺莺的性格是既多情又深沉,既有热烈的追求,又有沉重的负担——这种负担又使她在行动上表现出“黠慧”。她对张生表现了重人品不重门第和忠贞不渝的态度,她对母亲表现了阳奉阴违乃至抗争的精神。对红娘,她又随意使性子,发脾气,真真假假,甚至有不尽人情的责难,多少表现了她作为"侍长"对奴婢的不公平态度。张生既"痴"且"呆","痴"人才会有"痴心妄想",一个白衣秀士才会爱上相国之女。而唯其一味痴情,不改初衷,才会有后来的成功。他的"呆"气,首先是没有"自知之明",其次是不通机变,因此,才会有自报"不曾娶妻"的冒失行动,才会有"赖简"时被莺莺主仆奚落的遭遇。他的"痴"和钟情很难分辨,"呆"和忠厚又紧相联系。唯其如此,他的着魔情爱的"轻狂"和经常的拙于应付事变,才都没有成为可厌的缺点。

《西厢记》中性格最丰富的人物当数红娘,明代徐渭发现了这一点,他曾指出红娘具有"公直"、"慈悲"等等性格特点[16]。红娘性格的显著特征首先是在于她的正义性。她坚决地促成崔、张婚姻是从孙飞虎兵围寺院、老夫人许婚又赖婚后开始的,正是她目击了老夫人的无信,以及由于这种无信所造成的崔、张的痛苦后,她才挺身而出,她性格中的正义性表现得更为深刻的是帮助莺莺摆脱封建意识的精神负担,也就是帮助她克服自身的心理矛盾。反对老夫人的背信弃义,显然要冒风险;帮助莺莺克服心理矛盾,却又需要精细。在这两方面,她都表现出了过人的智慧。

红娘的智慧,不仅高出于貌似强大,实际虚弱的老夫人,也高出于张生和莺莺。她深知他们的教养和习性,因而很有预见性,能料事如神。她掌握住了老夫人的性格特点,所以在她遭受拷打前就决定以子之矛攻子之盾,"我便索与他个知情的犯由",用治家不严之罪,辱没相国家谱之羞,安到老夫人头上,从而逼迫她承认婚事。她掌握住了莺莺的性格,当莺莺写下"待月西厢下"的情诗时,她对莺莺的勇气仍将信将疑,因而当莺莺"赖简"时,她十分得体地排除了这一对情人之间"欲进又退"的感情纠葛。

红娘的性格中还有泼辣和爽朗的特点,在这方面,作者使用了好多个性化语言来刻画她。如她善意地嘲笑张生是"傻角"、"银样镴枪头",痛斥郑恒的"乔议论":"你道是官人则合做官人,信口喷,不本分。你道穷民到老是穷民,却不道将相出寒门。"

红娘这一形象显然具有理想化的色彩,但作者又稍涉一笔,写了她性格中的世俗因素,她对莺莺说的"愿俺姐姐早寻一个姐夫,拖带红娘咱",她对张生说的"不图你白璧黄金,则要你满头花,拖地锦",表示了她愿做小夫人的意向。但这种世俗因素却不仅不在总体上影响这一人物性格的光芒四射,而且使人感到这一性格自然浑成的特点。

元杂剧中的曲词,本有诗词的抒情特点,王国维曾说:"其文章之妙,亦一言以蔽之曰:有意境而已矣……古诗词之佳者,莫不如是,元曲亦然。"(《宋元戏曲考》)《西厢记》的曲词,向以秀丽华美著称。朱权说王实甫词"铺叙委婉,深得骚人之趣。极有佳句,若玉环之出浴华清,绿珠之采莲洛浦",极言王实甫的曲词有着诗的语言和诗的意境。同意朱权这个说法的徐复祚,又补充了一种看法,他认为《西厢记》曲文的"神髓"不在于华美,而在于"字字当行,言言本色"(《三家村老委谈》)。近人王季烈又进一步发挥徐复祚的看法,认为元剧尚本色语,《西厢记》中的词藻华美的曲文"却非当行文字",只有其中的"白描语句",才"转为元时出色当行之作"。(《螾庐曲谈》)其实,《西厢记》曲文在华美中有本色,在藻丽中有白描,用来表现不同人物的身份和性格,恰恰是它的长处和特点。

试以明代以来被许多曲家称引、并赞为"骈丽中情语"、"词旨缠绵"乃至"虽李供奉复生亦岂能有以加之哉"的二本一折〔混江龙〕曲文来说,它的华美正适合着描写人物性格的需要。

〔混江龙〕落花成阵,风飘万点正愁人。池塘梦晓,兰槛辞

春。蝶粉轻沾飞絮雪,燕泥香惹落花尘。系春心情短柳丝长,隔
花阴人远天涯近。香消了六朝金粉,清减了三楚精神。

这支曲子写莺莺自见了张生以后,百般情思,春天的景物在她眼里都
同她思念张生的心情联系了起来,一切景物都染上了主观的色彩,明
似写景,实则写情。最后四句更有传统的婉约情词的色调,委婉含蓄
中包含着强烈的感情。用这样的曲文来形容相国小姐的情思,是十
分贴切的。

二本三折红娘唱的一支〔满庭芳〕曲向来被认为"字字本色",它
也是适应着人物性格的特点的。

来回顾影,文魔秀士,风欠酸丁。下工夫将额颅十分挣,迟
和疾擦倒苍蝇。光油油耀花人眼睛,酸溜溜螫得人牙疼……

这是从红娘眼里写张生听到老夫人宴请,以为婚姻有望,急于整装打
扮的情景,都是不加文饰的直白,而且幽默风趣,令人解颐,十分符合
红娘的性格。这种"白描"曲文和上述〔混江龙〕的藻辞都在《西厢
记》中出现,各逞其能,各尽其妙。

在元代杂剧作家中,像王实甫这样,能够驾驭各种色调——豪放
的、婉约的、本色的、华美的语言写情达意,使剧中"人习其方言,事
肖其本色,境无旁溢,语无外假"(《元曲选序》)的作家并不多见。

总的说来,《西厢记》的曲文常常表现为优美的诗的语言,而诗
的语言和诗的意境是密不可分的。明人王世贞激赏的一本一折中的
〔油葫芦〕曲,它描写"雪浪拍长空,天际秋云卷。竹索缆浮桥,水上
苍龙偃"的"九曲风涛",以气象取胜,寥寥数笔勾画划出天堑奇景,
由此显出浪迹江湖的才子张生的胸襟。像这样的例子在《西厢记》

的曲子里,不时可以发现,从而使这个剧本充满着诗意的描写。几乎被古今所有曲家赞扬备至的四本三折"长亭送别"的曲文[17]更是一气浑成的组诗:

〔正宫·端正好〕碧云天,黄花地,西风紧,北雁南飞。晓来谁染霜林醉? 总是离人泪。

〔滚绣球〕恨相见得迟,怨归去得疾。柳丝长玉骢难系,恨不倩疏林挂住斜晖。马儿迟迟的行,车儿快快的随。却告了相思回避,破题儿又早别离。听得道一声去也,松了金钏;遥望见十里长亭,减了玉肌,此恨谁知!

〔叨叨令〕见安排着车儿、马儿,不由人熬熬煎煎的气。有甚么心情花儿、靥儿,打扮的娇娇滴滴的媚。准备着被儿、枕儿,只索昏昏沉沉的睡。从今后衫儿、袖儿,都揾做重重叠叠的泪。兀的不闷杀人也么哥! 兀的不闷杀人也么哥! 久已后书儿、信儿,索与我凄凄惶惶的寄。

…………

〔快活三〕将来的酒共食,尝着似土和泥,假若便是土和泥,也有些土气息,泥滋味。

〔朝天子〕暖溶溶玉醅,白泠泠似水,多半是相思泪。眼面前茶饭怕不待要吃,恨塞满愁肠胃。蜗角虚名,蝇头微利,拆鸳鸯在两下里。一个这壁,一个那壁,一递一声长吁气。

〔四边静〕霎时间杯盘狼藉,车儿投东,马儿向西。两意徘徊,落日山横翠。知他今宵宿在那里,有梦也难寻觅。

…………

〔五煞〕到京师服水土,趁程途节饮食,顺时自保揣身体。荒村雨露宜眠早,野店风霜要起迟。鞍马秋风里,最难调护,最要扶持。

…………

〔二煞〕你休忧文齐福不齐,我只怕你停妻再娶妻。休要一春鱼雁无消息!我这里青鸾有信频须寄,你却休金榜无名誓不归。此一节君须记,若见了那异乡花草,再休似此处栖迟。

〔一煞〕青山隔送行,疏林不做美,淡烟暮霭相遮蔽。夕阳古道无人语,禾黍秋风听马嘶。我为什么懒上车儿内,来时甚急,去后何迟?

〔收尾〕四围山色中,一鞭残照里。遍人间烦恼填胸臆,量这些大小车儿如何载得起?

"长亭送别"的曲文在《西厢记》中颇具代表性,既有丽藻,又有白描,既有对前代诗词的借鉴、化用,又有对民间口语的吸收、提炼,在总的风格上,不仅构成了协调的色彩,而且形成了通晓流畅与秀丽华美相统一的特色。

论者有《西厢记》是诗剧之说。"长亭送别"是全剧诗意最浓的部分,它在情节上没有多少进展,也没有戏剧矛盾的激烈转化,只是以抒情诗的语言,叙写女主人公的离愁别恨,使全折弥漫着一种淡淡的然而又是悠长的哀愁。明代胡应麟把王实甫比作"词曲中思王太白"(《少室山房笔丛》),这比喻曾引出后人异议,但如果把它理解成是对王实甫的诗胆才气的赞誉,那么,胡氏确是有识见有眼力的。

第五节 《西厢记》的流传和版本

《西厢记》于明、清两代十分流行,许多著名的戏曲家和批评家如徐渭、王世贞、李贽、汤显祖、沈璟、王骥德、屠隆、凌濛初、金人瑞等都作了评点、批校、注释的工作。著名画家如仇英、唐寅、钱穀、陈洪绶等都曾为《西厢记》绘制图卷。明清两代《西厢记》的刊本也很多，至今明刊《西厢记》尚存近四十种，清刊《西厢记》也有近四十种。这种情况在元杂剧剧本流传中是绝无仅有的。

《西厢记》从体例上区分，基本上可以分作分本分折（或称分本分目、分卷分出、分折分套、分本分章、分卷分折等）和分出的两大类，所谓分本分折是指基本上沿袭元剧一般体例，四折一本算作一剧，每本结末一般有题目正名四句。而分出的一类则采用传奇体例，每出有标目（二字或四字）。

现存明刊《西厢记》中，属于分本分折一类的，以弘治十一年金台岳家刻本《奇妙全相注释西厢记》为最早。此本共分五卷二十一折（第二卷有五折，其他每卷四折），每卷有题目正名四句，但位置有些混乱不一[18]，可能是校刻不够精细所致。与一般元剧体例不同的是每卷卷首都有四字标目一组。剧前刊有附录多种：《崔张引首》曲六支、《闺怨蟾宫》四阕、《钱塘梦》一则、西蜀璧山来凤道人著《秋波一转论》一篇、《满庭芳》词九阕、《蒲东崔张珠玉诗》等三组诗歌、《西厢八咏》诗一组和南吕一折，题《莺莺红娘着围棋》。

现存明刊《西厢记》中，属于分出一类的，以徐士范、程巨源序本《重刻元本题评音释西厢记》为最早，刻于万历八年，全剧分为二十出，每出有四字标目概括本出内容，每四出有题目、正名一组。后有附录：《闺怨蟾宫》、《园林午梦》、《西厢会真记》、《秋波一转论》、《松金钏减玉肌论》和《钱塘梦》。此本采用分出且每出另撰标目的体制，不用题目，正名的末句为剧名，开场时有"末上引首"，用〔西江月〕曲子介绍家门大意，这都说明在体例上受到了传奇的影响。以后的一些刻本，有的干脆没有了题目正名，就更加类似传奇体制了。

　　尽管各种明清刊本《西厢记》的体例、曲文有着各种细微的差别,但故事的轮廓,主要人物的主要性格特征,没有根本性的改变。只是金人瑞的批改本在文字上改动较多,也涉及情节的若干变化[19]。金人瑞批改本《西厢记》,现存的最早本子为顺治间贯华堂刊刻的《贯华堂第六才子书西厢记》。前有金人瑞序和《读第六才子书西厢记法》。金人瑞把《西厢记》与《庄子》、《离骚》、《史记》、杜诗、《水浒》并列,故称为"第六才子书"。《读第六才子书西厢记法》中驳斥了诬《西厢》为"淫书"的说法,誉《西厢》为天地间妙文。金人瑞对《西厢记》的批改,论者褒贬不一。大致上说,金人瑞的批评既有他消极人生观的反映,又有对创作技巧和艺术方面的可取见解。金人瑞改本影响甚大,现存清代《西厢记》刊本绝大多数是它的翻刻本。

　　明刊《西厢记》校本中,以王骥德校本和凌濛初校本影响较大,王校本全称《新校注古本西厢记》,万历四十二年刻。王骥德选择了碧筠斋本、朱石津本作底本,以徐文长本、金在衡本和顾玄纬本互校,并参考各坊本、俗本,择善而从,并据《中原音韵》订正字韵,此书唱词、宾白、科泛、注释,字体有别,排列不同,令读者一目了然。前有插图二十一幅及摹写宋画院待诏陈居中"崔娘遗照"一帧,并有例言三十六则,详述体例。凌濛初校注《西厢记》,明天启年间刻,又称《即空观鉴定西厢记》。凌濛初以明初周宪王本为底本,参考徐士范等本加以校正。全剧分本、分折、楔子,悉遵元杂剧旧制。他在校正过程中,还按《太和正音谱》列举的曲牌的句格谱式,仔细核对曲文,分别正衬。附录《会真记》和《对弈》一折。由于凌濛初自称"悉遵周宪王元本",且体制古旧,又以朱墨套印,受到研究者的重视。在《西厢记》诸多版本中经常被人提到的暖红室汇刻传剧本,实即是凌濛初校本的重刻本。今人曾对王校本和凌校本提出很多批评,但它们曾经流传一时并发生影响,则为历史事实。

明代文人评论《西厢记》成风,出现诸多评本,现存明人批评《西厢记》有十多种。主要有王世贞、李贽合评本《元本出相北西厢记》、李贽批评本《李卓吾先生批评北西厢记》、陈继儒批评本《鼎镌陈眉公先生批评西厢记》、汤显祖批评本《汤海若批评西厢记》、徐渭批评本《重刻订正元本批点画意北西厢》、汤、李、徐的《三先生合评元本北西厢》等。这些批评家从不同的角度对《西厢记》的立意、结构、人物形象发表了很多看法,从中可以看到明代文人、进步思想家和戏曲家对《西厢记》的各种理解。诸多明人评本中也有假托的,这又构成《西厢记》版本研究中的一个课题。

1978 年,北京中国书店在整理古书时,发现四片《西厢记》残叶。残叶版式古老,可能是明初或元末的刊本。有的专家认为从刻法、插图看,很像福建建阳刻本,字体与元刊本、明初宣德间《娇红记》相近。有的专家认为与明成化间北京永顺堂刻本的版式、字体相近。此残叶虽然仅存四片,但由于它的刊刻时间较早,因此对研究《西厢记》的演变具有一定的价值。[20]

第六节　王实甫的其他作品

王实甫现存杂剧还有《破窑记》和《丽春堂》两种。《破窑记》写书生吕蒙正始贫终富的故事。吕蒙正宋代实有其人,得官职前曾与母亲一起被父所逐,衣食不给。但本剧所写或据传说,或系虚构,与《宋史》本传所载并不相合。《破窑记》主要情节是:刘员外女儿刘月娥抛绣球招婿,打中穷书生吕蒙正。刘员外始则嫌贫爱富,意欲毁婚,后来又设计激发吕蒙正进京应试。刘月娥在寒窑中苦等十年,终于盼到吕蒙正高中,苦尽甘来。

剧中女主角刘月娥的形象写得较有特点,她本来是奉父命抛球择婿,这与一般元代爱情剧中自择夫婿不尽相同,有依靠"天意"的意思在内。但她在抛球前祝祷:"绣球儿你寻一个心慈善,性温良,有志气,好文章。这一生事都在你这绣球儿上,夫妻相待贫和富有何妨。贫和富是我命福,好共歹共你斟量。休打着那无恩情轻薄子,你寻一个知敬重画眉郎。"说明她在婚姻问题上,不计较贫富,实际上是抛弃了门第观念。当绣球打中穷秀才吕蒙正,她父亲要反悔时,她说:"您孩儿心顺处便是天堂。"刘员外将她衣物头面尽数留下,她还是心甘情愿地与吕蒙正到寒窑去做贫贱夫妻。吕蒙正去应举求官,刘月娥在寒窑苦度时光,不改初衷。吕蒙正得中之后,改扮回家,自言落魄归来,刘月娥仍然毫无怨言,反而安慰丈夫:"但得个身安乐还家重完聚,问甚么官不官便待怎的。"剧中写刘员外设计激发吕蒙正赶考并暗中资助盘费,使戏剧矛盾建立在误会的基础上,但这并不导致刘月娥形象减色,这一人物形象以不虚荣、不势利、能吃苦、重情感的优秀品德给人留下深刻的印象。特别是她在婚姻上提出"心顺处便是天堂",强调夫妻之间感情的契合,不主张"攀高接贵",实际上是对封建婚姻观点的摒弃,这种观念与《西厢记》中所歌颂的进步的婚姻理想是相通的。

《破窑记》虽然写的是宋代故事,但是剧中对穷秀才的窘困处境和被世俗鄙视的描写却是元代社会现实的一种真切反映。吕蒙正生计无着,甚至靠题诗、赶斋度日,为人们轻侮,被看成是"三千年不能够发迹"的倒运的穷秀才,这正是元代相当一部分儒生穷愁潦倒境遇的真实写照。

《破窑记》语言以本色为主,与《西厢记》的华美风格迥不相同。这种语言的格调,与刘月娥柔和温厚、朴实无华的性格正相协调。

《丽春堂》写金代右丞相乐善,与右副统军使李圭,因赌双陆引出争端,被贬到济南府,过着清闲、寂寞的日子。后因"草寇"作乱,乐善又被宣召回朝,官复原职。李圭也来负荆请罪,二人遂释前怨。这个剧的情节比较简单,第三折表现的"昨日个深居华屋,今日个流窜荒墟",感叹仕途升沉无定的思想,当是《丽春堂》的主旨。第二折赌双陆,本于唐代薛用弱撰《集异记》中"集翠裘"条所载狄仁杰与张昌宗赌双陆事。第四折越调套曲中,多用女真曲调。明人何良俊《四友斋丛说》称此折为"十三换头",尤其激赏其中的〔落梅风〕曲[21]。

王实甫《芙蓉亭》全剧已佚,只存〔仙吕·点绛唇〕套曲,从此曲可知《芙蓉亭》写书生和闺阁小姐的爱情故事,今存的套曲描写那位小姐私出绣房到书房与书生相会,人物心理描写细腻委婉,语言风格与《西厢记》一致。《贩茶船》写妓女苏小卿与书生双渐的爱情故事,也已佚失,现存〔中吕·粉蝶儿〕曲文写二人分别之后,苏小卿对双渐的思念,收到负心人书信以后的失望和怨恨的心情和对求亲的盐商的嘲讽。其中〔迎仙客〕和〔石榴花〕曲写人物情态较生动。语言风格和以本色为主的《破窑记》相似。

王实甫今存的散曲数量不多,难以见出特点,历来曲学家有以他的小令〔中吕·十二月过尧民歌〕为佳作的,今引录如下:

> 自别后遥山隐隐,更那堪远水粼粼。见杨柳飞绵滚滚,对桃花醉脸醺醺。透内阁香风阵阵,掩重门暮雨纷纷。   怕黄昏忽地又黄昏,不销魂怎地不销魂。新啼痕压旧啼痕,断肠人忆断肠人。今春,香肌瘦几分,缕带宽三寸。

这首散曲写一位妇女思念分别的丈夫或情人,幽怨缠绵,其风格与《西厢记》曲文相似。

〔1〕 天一阁本《录鬼簿》原作"德名信","德名"当为"名德"二字误倒。一说"德名"犹"尊讳",是王实甫名信。惟此说未见根据,存疑待考。

〔2〕 《中原音韵》周德清自序:"乐府之备,之盛,之难,莫如今时……其备则自关郑白马,一新制作……其难,则有六字三韵'忽听,一声,猛惊'是也。诸公已矣,后学莫及。""忽听,一声,猛惊"是《西厢记》曲文,"诸公已矣"当包括关、郑、白、马、王。

〔3〕 苏天爵文所记王德信,惠宗至元二年(1366)犹在世,这同《中原音韵》自序所述相抵牾。又《录鬼簿》自序作于至顺元年(1330),已将王实甫列入"已死名公才人",二者也难以契合。

〔4〕 元人也有称《西厢记》杂剧为"春秋"的,景元启〔双调·新水令〕套曲中以"崔氏春秋传"和"双生风月篇"并提,前者当指杂剧。后又延续到明,明徐士范序本《重刻元本题评音释西厢记》中程巨源序径题"崔氏春秋序",明张羽在《古本董解元西厢记序》中云:"又称《西厢记》为《关氏春秋》,世所故存"。明代文秀堂刻《新刊考正全像评释北西厢记》"开场统略"中有"今日敷演锦绣春秋"句。又有人称为"儿戏春秋"。这些说法有的起于文人,有的发端于民间。虽然元、明人将《西厢记》与《春秋》相比并的原因难以确切明了,但这现象说明《西厢记》在元、明两代被视为戏曲中的"经典"。

〔5〕 〔驻云飞〕曲中"王家增修"云云,未明言"王家"即王实甫。嘉靖时刊刻的《雍熙乐府》卷十九所收无名氏《西厢十咏》则明确地说王实甫"显豁出寄柬传书",意谓续写"寄柬传书"关目。

〔6〕 清人所编《太古传宗》收录《弦索调时剧新谱》有崔莺莺所唱〔山坡羊〕和〔挂真儿〕曲,前者有"昔日有个关汉卿……把奴家编成了一本《西厢记》",后者有"恨只恨关汉卿狠心的贼,将没作有编成戏"。清人叶堂《纳书楹曲谱》也收辑这二支曲子。但曲子产生的时代已难判断。姚华《菉猗室曲话》推测此二曲与弘治本《西厢记》所附〔满庭芳〕曲为一时之作,或可成立。但如果说"风格颇近元曲",则断乎不可信。按其面貌,无宁说更似明代小曲。倘若这两

支小曲与〔满庭芳〕九支果为同时,倒可窥知《南濠诗话》所说"俗传"的来历。

〔7〕　《艺苑卮言》成于明嘉靖三十七年(1558),以后又有增益。嘉靖四十四年(1565)梓行;再度增订后,于隆庆六年(1572)最后定稿。"迩来"应当理解为嘉靖年间,决不会过远。

〔8〕　对此说持肯定态度的还有为《重刻元本题评音释西厢记》写序的程巨源和徐士范、槃薖硕人增改定本《西厢记》序和凡例的作者槃薖硕人、蒋一葵(见《尧山堂外纪》)、张深之(见《张深之正北西厢秘本》)、闵齐伋(见《会真六幻》本《西厢记》)、祁彪佳(见《远山堂剧品》)、金圣叹(见《第六才子书序》)、李调元(见《雨村曲话》)、焦循(见《剧说》)和梁廷枬(见《曲话》)等。明代中叶以来,除去关作、关作王续和王作关续说以外,还出现过其他说法,如清代乾隆间所修《祁州志》中写《西厢记》乃关作董(珪)续。也有人据《雍熙乐府》所收《咏西厢别调》作关作"晚进王生"续。但这些说法都不如前三种流行。

〔9〕　朱权所撰《太和正音谱》推许"王实甫之词如花间美人""极有佳句",并且于"乐府"部分辑录《西厢记》第三折〔拙鲁速〕曲和第十七折〔小络丝娘〕曲。前者见今存弘治本《西厢记》卷一第三折,后者见卷四第四折。按弘治本分卷不分本,除第二卷有五折外,第一、三、四卷各有四折,因此第四卷第四折,也可算成第十七折。

〔10〕　孟称舜《柳枝集》所收李寿卿《度柳翠》卷首栏上有注:"此剧或传为王实甫作"。清人《曲海总目提要》著录《度柳翠》为王实甫撰。又,陈所闻《柳翠》杂剧序说到王实甫作《度柳翠》。宝敦楼藏抄本《传奇汇考标目》于元代作家著录王实甫,并在名下注云:"大都人,名德信",记其作《红拂记》。又著录王德仲作《襄阳府调狗掉刀》,王德仲下注云:"大都人。一云即王实父,然文词拙鄙,不类也。"孙楷第《元曲家考略》在引录上述注文后说:以二书(按:指天一阁本《录鬼簿》和宝敦楼藏本《传奇汇考标目》)互校,知《标目》"德仲","仲"乃"信"之误。

〔11〕　《柳参军传》见《太平广记》,出自温庭筠撰《乾膜子》。内容写柳参军春日游曲江,邂逅崔氏女,一见钟情,后来由于崔女舅父执金吾从中破坏,崔女终归于执金吾之子。

〔12〕 元稹《莺莺传》中男主角是张生，无名字。宋王楙《野客丛书》卷二十九记"唐有张君瑞，遇崔氏女于蒲。崔小名莺莺。元稹与李绅语其事，作《莺莺歌》。"李诗全篇无存，金代董解元《西厢记诸宫调》中曾有四处引用李诗，共四十二句（称作《莺莺本传歌》）。卷一写张生初见莺莺时，引用了八句，其中有"绿窗娇女字莺莺，金雀鸦鬟年十七"。李诗开首当为写张生，或曾交代其名字，也未可知。《野客丛书》撰者王楙为南宋人，卷末有嘉泰壬戌（1202）年跋文，其时在金为章宗泰和二年。董解元是金章宗时（1189—1208）人，与王楙大致同时。董作中明言："唐时这个书生，姓张名珙，字君瑞。"张珙云云，疑也非董所创。又，施顾注苏轼《十五观月》诗注引李绅诗"悦然梦作瑶台客"一句。

〔13〕 《莺莺六幺》或有疑为张浩与李莺莺故事的，此故事最早见北宋刘斧《青琐高议》别集卷四《张浩》条，李氏女子无名字。"李莺莺"之名见南宋《绿窗新话》卷上《张浩私通李莺莺》，其时已晚，因此官本杂剧中的《莺莺六幺》涉崔、张事的可能性为大。

〔14〕 金院本中的《红娘子》和《拷梅香》可能涉红娘事，此属推测，无确据。

〔15〕 见《三先生合评元本西厢记》，汤显祖是"三先生"之一，此外还有徐渭。有人认为"三先生"云云，均是后人假托。此处姑从旧说，待考。

〔16〕 徐渭说："读'灵犀一点'，红是大国手；读'剪草除根'，红是公直人；读'卖弄家私'，红是清廉使客；读'可怜见小子'，又是慈悲救主；读'聪明'数语，又是赏鉴家；读'偷香手'数语，又是道学先生。总之是维摩天女，随地说法，随处征心。"（见《三先生合评元本西厢记》）姑且不论"大国手"、"清廉使客"和"道学先生"之类的说法是否准确，这段话说明徐渭是看到了《西厢记》中红娘性格内容的丰富性，在这一点上，徐渭是有见地的。后世人把"红娘"作为聪慧、伶俐、有胆有识、慷慨好义、成人之美的人的代称，也同这个人物性格丰富的基本特点有关。

〔17〕 "长亭送别"曲文一直脍炙人口，乃至引出王实甫写到"碧云天，黄花地，西风紧，北雁南飞"时"思竭、扑地遂死"的轶闻传说，见清梁廷枏《曲话》。

〔18〕 岳刻本《奇妙全相注释西厢记》的题目、正名位置不一，卷一、卷二在第一折后，卷三、卷四、卷五在第四折后。

〔19〕　金人瑞断《西厢记》结束于"惊梦",斥第五本为续作、伪作。因此金本实际上是删去了第五本。他还认为郑恒这一人物是续作者添出来的,第一本楔子中老夫人所说的莺莺许配郑恒云云"此亦不过夫人赖婚偶借为辞耳"。他还把第二本第一折莺莺提出"不拣何人,建立功勋,杀退贼兵……情愿与英雄结婚姻,成秦晋",改为由老夫人提出,然后莺莺同意。如此等等。

〔20〕　《西厢记》版本研究者,注意到明刊《西厢记》各种本子之间的差异,并对《西厢记》的本来面目进行探究。有的研究者认为第一本(或第四出)结末题目的第一句是个关键的句子,而这句子在各个本中不相同:如岳刻本为"老夫人闭春院",徐士范本为"老夫人闲春院",而崇祯十二年刊《张深之先生正北西厢秘本》则为"老夫人开春院"。"闭"、"闲"、"开"三字字形相近,容易在刊刻中产生错讹。尽管绝大部分明刊《西厢记》此句为"闲春院",但若从作家构思和作品内容看,"闭春院"比较符合老夫人的思想。又由于岳刻本附录的明人张楷《蒲东崔张珠玉诗集·夫人嘱莺莺》中有"自宜闭户藏春色,不许开轩纳晚凉。且夕可防僧出定,往来须避客焚香"语,可见在弘治十一年之前的《西厢记》的题目首句是"老夫人闭春院"。现存最早的,刊刻年代当在明初或元末的《西厢记》残叶,也保留了《老夫人闭春院》的完整题目,更说明《西厢记》在明初或元末,第一本的题目首句应当是"老夫人闭春院"。参见吴晓铃:《春院欣闻闭不闲》(1983 年 9 月 27 日《光明日报》)。

〔21〕　《四友斋丛说》:"王实甫不但长于情辞,有《歌舞丽春堂》杂剧,其十三换头〔落梅风〕内'对青铜猛然间两鬓霜,全不似旧时模样',此句甚简淡。"

第六章　白　朴

第一节　白朴的生平

白朴(1226—1306 以后)[1]，初名恒，字仁甫，一字太素，号兰谷。祖籍隩州(今山西河曲附近)，后迁居真定(今河北正定)。

父白华，字文举，号寓斋，金贞祐三年(1215)进士，由省掾历应奉翰林文字，迁枢密院经历，正大七年(1230)任枢密院判官，以干练和辞辩受到哀宗的器重[2]。白朴出生于金朝首都南京(今河南开封)，这时金朝已经处于岌岌殆危的境地，北有蒙古大军压境，南与宋朝长期对峙。白朴出生的次年(1227)，金朝已经"尽弃河北、山东、关陕，惟并力守河南，保潼关"(《宋史纪事本末》)。金哀宗天兴元年(1232)三月，蒙古将领速不台率军攻打南京，后因攻城不下，散屯军队于河洛之间。十二月，南京食尽，朝议东征，实际上是皇帝出奔，当时决定了留守和扈从官员。留守官员中包括西面元帅崔立、左司都事元好问等。扈从官员中有白华(见刘祁《归潜志》和翁方纲《遗山先生年谱》)。这时白朴随母亲留在南京。

金哀宗离开南京以后，蒙古军队就又重新包围了南京。天兴二年（1233）正月，金朝留守官员中的崔立发动变乱，向蒙古军队献城纳款。崔立还纵兵捕捉和屠杀金朝大臣和扈从官员的家属，搜索金银财宝，抢掠妇女，送入蒙古军中。四月，蒙古军队又入城纵掠。白朴的朋友王博文说白朴"幼经丧乱，仓皇失母"（《天籁集序》），白朴的母亲张氏，可能被掠，或者就死于这场浩劫之中。

　　白朴遭到劫难后，由他的父执元好问携带逃出南京，北渡黄河，这时他才八岁。王博文在《天籁集序》中提及这段灾难时说："京城变，遗山遂挈以北渡，自是不茹荤血，人问其故，曰，俟见吾亲则如初。尝罹疫，遗山昼夜抱持凡六日，竟于臂上得汗而愈。"可见战乱兵燹给白朴的心灵造成了很大的创伤。

　　这段经历对白朴的思想、性格以及生活态度都产生了较大的影响。王博文《天籁集序》中说："未几，生长见闻，学问博览，然自幼经丧乱，仓皇失母，便有山川满目之叹，逮亡国，恒郁郁不乐，以故放浪形骸，期于适意，中统初开府史公将以所业荐之于朝，再三逊谢，栖迟衡门，视荣利蔑如也。"王博文是和白朴有"三十年之旧"[3]的挚友，因此，他在序中所叙述的白朴经历的细节和白朴的思想性格，是真实可信的。

　　在白朴的成长过程中，元好问对他的教育和影响是相当重要的。金亡之后，白朴有很长一段时间生活在元好问身边。据刘祁《归潜志》所述，金代知识分子有的专为科举之学，攻律赋；有的"为古学，以著文作诗相高"，二者"若分为两途"。白朴之父白华工于律赋，而元好问却因受到其父元德明和老师郝天挺的影响，于经传百家、著文作诗无不精通，具有十分深厚的文学修养。白朴因幼年生活在元家，元好问关心白朴的学问成长，视同亲子弟，以他的文学修养熏陶和影响了天资聪慧的白朴。

　　金亡后的第三年，白朴之父白华经历了一段曲折遭遇[4]，辗转回到北方。先是同元好问居忻州,又"卜筑于滹阳",后居真定。在这期间,白华和当时的金朝"遗老"王若虚、元好问、李治斋、曹居一等都"游依"史天泽[5],当时史天泽正任真定、济南、河间、大名、东平五路万户,驻真定。王博文所说中统初史天泽曾向朝廷推荐白朴,白朴逊谢一事,当是发生在史天泽于中统二年拜中书右丞相的时候。后来,又有人荐他从政,他再次谢绝,不愿出仕。

白朴青壮年时期,曾漫游各地。他曾两次到大都[6],还曾出游顺天(今河北保定一带)、怀州(今河南沁阳)等地。他开始从事杂剧创作,当也在这时期。后来,他在〔风流子〕词中回忆这段生活时写道:"花月少年场,嬉游伴,底事不能忘。杨柳送歌,暗分春色,夭桃凝笑,烂赏天香。绮筵上,酒杯金潋滟,诗篇墨淋浪。"这首词是寄给他的朋友王仲常的。王仲常是元好问弟子。此外,白朴和侯正卿、李文蔚等杂剧作家也有交往。他和艺人和歌妓也多有相识,他曾写词赠给"云和署乐工宋奴伯妇王氏"、"歌者樊娃"和"乐府宋生"(见《天籁集》),《青楼集》中还记载了他赏识"高洁凝重"的著名杂剧演员天然秀。

在史天泽去世之后,元兵大举伐宋之际,也即白朴五十岁左右时,他沿着汉水南下,到了江南,曾在江州(今江西九江)和岳州(今湖南岳阳)逗留过[7]。五十五岁时徙居建康(今南京)。又曾去杭州一带游历,过着"诗酒优游"的生活。在这段时间里,他与胡祗遹、王恽、卢挚(和白朴为姻戚)等都有唱和往来。这时王博文正任江南诸道行御史台中丞,他们过从更多。白朴的儿子白镛,官阶至少达正三品,所以,白朴死后得以"赠嘉议大夫,掌礼仪院太卿"(《录鬼簿》)。白朴徙居南方,可能与他儿子的迁官南方有关。

白朴曾作杂剧十六种,[8]其中《绝缨会》、《赶江江》、《梁山泊》、《银筝怨》、《崔护谒浆》、《高祖归庄》、《赚兰亭》、《斩白蛇》、《幸月宫》、《钱塘梦》、《凤凰船》等已经佚失。《流红叶》、《箭射双雕》现存曲词残文。今存完整的剧作只有二种：《墙头马上》和《梧桐雨》。另传为白作的《东墙记》疑非白朴原作[9]。此外，清人有白朴作《黄鹤楼》剧之说，不可信[10]。

白朴词集《天籁集》收词一百四首。散曲今存小令三十七支、套数四套，分见于《阳春白雪》、《太平乐府》等书。此外，他还可能作过写郑生遇龙女故事的大曲《薄媚》[11]，今已不存。

第二节　白朴的杂剧

元好问赠白朴诗中曾有"元白通家旧，诸郎独汝贤"句[12]，借用唐代元稹与白居易的亲密关系比喻元好问与白华两家的世交。白朴的朋友陈深在〔水龙吟〕《寿白兰谷》词中甚至把他比作白居易，这虽属溢美，但看来白朴对白居易的叙事诗歌有着特别的爱好，他现存的两个杂剧，都与白居易的诗歌有关。

《梧桐雨》取材于白居易的叙事长诗《长恨歌》，描写李隆基和杨玉环故事。在《梧桐雨》之前，金代有院本《击梧桐》[13]，元代有王伯成《天宝遗事》诸宫调。此外，关汉卿、庾天锡、岳伯川也有写李、杨情缘的杂剧，但都已不存。大致从中晚唐开始，表现李、杨故事的文学作品在主题思想上存在着两种不同的倾向。有的着重同情和赞颂李、杨爱情的忠贞不渝；有的则侧重讽谕，对李隆基当政后期耽于淫乐、荒废国政提出批评。

对于白朴《梧桐雨》的主题，一向有不同的看法，或认为着重同情和赞颂，或认为意在批评和讽谕，也有认为此剧主题思想在歌颂和批判中显得矛盾和混乱。

白朴在《梧桐雨》剧中,虽然有相当篇幅写到李、杨的爱情生活,但它并未像《长恨歌》那样隐去父纳子妃的宫闱丑闻,而是在开场的楔子和第一折里,就通过李隆基和杨玉环之口两次交代杨玉环本已"选为寿王妃",后来"朝贺圣节"时,被李隆基看中,先"传旨度为女道士",后"册封为贵妃"。而且,剧中还不止一次地交待安禄山与杨玉环之间的"私情"关系,甚至写到杨玉环对安禄山的思念,古名家杂剧本第一折杨玉环有一段独白:"近日边庭送一番将来,名安禄山,此人猾黠,能奉承人意,又能胡旋舞,圣人赐与妾为义子,出入宫掖,不期此人乘我醉后私通,醒来不敢明言,日久情密,我哥哥杨国忠看出破绽来,奏准天子,封他为渔阳节度使,送上边庭,妾心中怀想,不能再见,好是烦恼人也……"(《元曲选》中删去"此人"到"日久情密"十八个字)。第三折写马嵬坡兵变,将士要求诛杀杨玉环,李隆基开始为她辩护,但当高力士提醒他"将士安则陛下安"时,他就说:"妃子,不济事了,大军心变,寡人不能自保"。他在杨玉环的生命和自己的安全之间,选择了后者。马嵬坡生离死别,本是可以铺陈渲染爱情的地方,作者却作如是描写。这都表现了白朴并未将李、杨爱情写得那么纯洁和完美,也就说明他未持热烈歌颂的态度。

《梧桐雨》中也有讽刺的内容,触及到李隆基贪恋酒色、用人失当以至酿成大祸,但这部分内容是零碎的,常常是一带而过,不能构成全剧的主题。

如果从《梧桐雨》给予人们的实际感受来探索作者创作意旨,就不妨说他是通过李、杨故事来抒发一种在美好的东西失去之后无法复得的寂寞和哀伤,一种从极盛到零落的失落感,一种盛衰无法预料和掌握的幻灭感。这与白朴词作中反复抒发的山川之异和沧桑之变的感叹,在思想上是相通的。

在《梧桐雨》的楔子中,写李隆基对边将安禄山的丧师过失,不仅不予追究,而且封赏加官,这既表现了李隆基的昏庸,也表现他手中掌握着的决定人的荣辱、生死的至高无上的权力。第一、二折写长生殿乞巧和舞霓裳的盛大场面,在于渲染李隆基在耳目声色一切物质领域的享受。第三折马嵬坡兵变,是由盛而衰的转折点,显赫、权势、享受都在激变之中突然失去。就在楔子与前三折的基础上,第四折进入了高潮,李隆基在秋夜雨声中,思念他失去的一切[14]。第四折的二十三支曲子,全部在表现李隆基的内心活动。前十支曲是写他愁怀、伤感、寂寞的根由:他过去视为寻常的筵宴、管弦均成旧梦;他喜爱的妃子永无相见之日,他的七夕誓约终于没有履行;他谢位辞朝后连修一座杨妃庙的事情都无力办到。总之是对已经失去的一切美好东西的怀念。从第十一支到二十三支曲是把他的哀愁和凄凉心境作进一步的描绘。尤其是对零落秋日中阴云、败叶、檐间玉马、雨打梧桐等景物的描绘,创造了幽清、阴冷、凄恻的气氛和环境,用来衬托他的心情。加上写他在朦胧中依稀见到朝夕思念的杨玉环,请她到长生殿赴宴,不料方说得一句话,就惊醒了,这一细节越发烘托出李隆基的尘世幽冥、过去今日永为异路的孤独感和人生命运不可逆料的幻灭感。与元杂剧第四折多为“强弩之末”的一般情况不同,《梧桐雨》第四折是全剧的高潮,一种由悲沉意境构成的高潮。近代学者王国维说:“白仁甫《秋夜梧桐雨》剧,沉雄悲壮,为元曲冠冕。”看来他正是感受到了《梧桐雨》中的悲凉意境,同时,与他激赏南唐李煜词和清代纳兰性德词一样,它们都和他的美学观点相契合。

　　《梧桐雨》与白朴另一个杂剧《墙头马上》在风格上有明显的不同,比起《墙头马上》的浓厚的戏剧性和生动的戏剧冲突来,《梧桐雨》在这方面并未着意经营。可以说,《梧桐雨》是一个具有浓厚抒情意味的“诗剧”。有的文学史家说它“诗的效果增多,戏剧效果反而减少了”,这是抓住了《梧桐雨》特点的见解。如果不把“诗剧”仅仅狭隘地理解为剧中曲词的优美动人,富有抒情意境,而且注意到《梧桐雨》继承了我国咏史诗的一种传统,着重通过历史故事来抒发作者感情这一特点,那么,说它是"诗剧",就更恰切了。

元人诗词散曲中,涉及李、杨故事的,大多数往往不着重在对唐明皇政绩进行品评,而多半把它当作历史陈迹来凭吊,借以抒发自己的感情。《梧桐雨》通过描写李、杨故事来抒发一种"沧桑之叹",并不偶然。《梧桐雨》中回旋的人生变迁之叹以及对由这种变迁所产生的惋惜、凄恻之情,又是元代相当一部分知识分子的普遍情绪,他们对现实失望,容易产生怀旧和盛世难逢的感伤。《梧桐雨》所表现的思想的时代色彩正在这里。

白朴的《墙头马上》是元代四大爱情剧之一,它的故事的最早来源是白居易的《井底引银瓶》诗,诗中写一个女子与钟情的男子私奔(男女均无姓名),诗中这样写两人初见:"妾弄青梅凭短墙,君骑白马傍垂杨。墙头马上遥相顾,一见知君即断肠"。"墙头马上"一名,由此而来。诗中还写女子在男家住了五六年,最后被男方家长发现后逐回,是个悲剧结局。诗的最后两句写道:"寄言痴小人家女,慎勿将身轻许人。"诗前小序说:"止淫奔也。"白朴《墙头马上》虽沿用白居易诗中不少情节,但完全改变了主题。它通过一对青年男女由互相爱恋而结合的故事,宣扬了爱情婚姻上自由结合的合理性,表现了一种要求婚姻自主的民主的思想倾向。在白朴之前,取材于同一故事的作品还有宋官本杂剧《裴少俊伊州》(见《武林旧事》)、金院本《墙头马》和《鸳鸯简》(见《辍耕录》)[15]。南戏中也有《裴少俊墙头马上》(见《南词叙录》)但无法判断它和白朴作品孰先孰后。

《墙头马上》第一、二折写裴尚书之子裴少俊奉父命到洛阳选购花苗,与洛阳总管李世杰的女儿李千金邂逅,二人倾心定情,李千金当夜与裴少俊私奔至裴家。明人孟称舜评说:"相如傲世,文君知人,此是作者回护处,亦是聪慧女子情"(《柳枝集》批语)。实际上私奔还不是李千金的最"聪慧"的"本情",第三折中她同裴尚书针锋相对地斗争,才真正显示了她的思想、性格中最突出之点。那时她和裴少俊瞒着公婆在后花园已同居七年,生下一儿一女,裴尚书发现了她,要驱赶她回家,并对她百般辱骂:

> 尚书云:……呸,你比无盐败坏风俗,做的个男游九郡,女嫁三夫。
>
> 正旦云:我则是裴少俊一个。
>
> 尚书怒云:可不道"女慕贞洁,男效才良";"聘则为妻,奔则为妾。"你还不归家去。
>
> 正旦云:这姻缘也是天赐的。

李千金所说姻缘"天赐",正好表明她深信自己行为的合理,也就是"是和非须辨别"。当裴少俊屈服于父亲的压力,写出休书以后,她责备他:"与你干驾了会香车,把这个没气性的文君送了也。"后来她还讥讽他"读五车书,会写休书","兀的不笑杀汉相如"。

《墙头马上》最后写裴少俊考中状元以后,马上去找李千金。裴尚书因为知道了李千金是官宦之女,前往赔礼。这时剧中继续写她维护自己行为的合理,她再一次用卓文君私奔的故事来数落裴尚书:"只有一个卓王孙气量卷江湖,卓文君曾夜奔相如",还说:"怎将我墙头马上,偏输他沽酒当垆。"

虽然《墙头马上》所描写的故事未脱才子佳人一见钟情这一格局,但李千金的思想性格却闪烁出异样的光彩。比起《西厢记》中崔莺莺这样的人物来,李千金具有一种新的性格因素,她的感情方式和行动方式带有民间市井女子的豪爽、率真和泼辣的特征。虽然她的身份是大家闺秀,她与裴少俊的爱情,也带有一般才子佳人的特点,如她倾心于裴少俊的貌美多才,"五花官诰七香车"也还是她的一种理想,但是,她在冲破封建礼教和习俗的枷锁时,表现得更强烈、更坚决、更大胆。她在遇到裴少俊时,不仅主动表示自己的爱慕,"既待要暗偷期,咱先有意,爱别人可舍了自己",毫无羞涩忸怩之态。她的嬷嬷撞破他们的私情,说要将裴生送官究办时,她竟然撒赖地威胁嬷嬷:"你要他这秀才的银子,教我去唤将他来",她还表示要以死殉情。她对裴尚书诉骂的回击,她对他作的尽情的揶揄和奚落,又一扫大家闺秀的"敦厚"和"蕴藉"。

李千金这一形象的思想性格有矛盾复杂的不同侧面:她希望丈夫给她带来封诰这种理想是陈旧的,她追求爱情、婚姻自主的行动方式,却是新颖的。但这并不构成艺术描写上的不真实。同样,她在表现出无所忌讳的泼辣和机敏的同时,也曾多少表现了大家闺秀的多愁善感,这种现象也不构成描写上的不协调,因为剧中描写的她的陈旧的封诰富贵思想和多愁善感的一面并不突出,突出的倒是她在追求和维护爱情、婚姻自主上的坚决和泼辣。

清代梁廷枏《曲话》曾批评《墙头马上》写男女私情不够"含蓄",他不满意作家写李千金说"既待要暗偷期,咱先有意"这样的话,他说"闺女子公然作此语,更属无状"。其实,李千金性格的出现,正是宋元时代市民社会力量壮大,市民意识影响到文艺作品的结果。白朴给李千金规定的身份是大家闺秀,但又写出她性格中具有市民女子的特点,从根本上说,应当是他受到反映市民生活的作品影响的结果。

《梧桐雨》和《墙头马上》在创作风格上的明显不同,一是以浓厚的抒情意味见长,一是以生动的戏剧冲突取胜,这说明白朴是一个能多角度观察生活,能调动不同的艺术手段反映生活、表现人物的艺术家。

第三节　白朴的词和散曲

除了两个杂剧以外,白朴还留下一个词集——《天籁集》和一些散曲。

《天籁集》为白朴生前编辑手订,王博文为序。当时,集中有词二百余首,元末曾经刊行问世,张翥、邵亨贞的词作中,都曾谈到《天籁集》。明人孙大雅《天籁集叙》中也提到《天籁集》曾经"板行于世"。现存最早的本子是据明洪武丁巳刊本的钞本[16]。现在通行的刻本有三种:(一)清康熙年间杨希洛刊本,朱彝尊校订并为序,后附撷遗(散曲等),通称杨友敬刻本。(二)清光绪十八年(1892)王鹏运主持重刻本,通称"四印斋本"。(三)清光绪乙巳(1905)年,缪荃孙、吴重憙以杨希洛本与钱塘丁氏钞本合校付梓,即今所谓"九金人集本"。

词到元代,已经趋向衰微,白朴词在当时词坛上,属于上乘之作。后人论元词,也把他看作名家。他的相当一部分词有实在的内容,有真切的感情,艺术上比较工整,并且讲究音律。

白朴词大致可分为三部分:一是抒发由盛衰兴亡而触发的感慨,这部分词常常同时又是怀古词。二是"闲适"词,往往表现叹世、遁世的感情。三是咏物、赠人的应酬之作。

他游建康凤凰台时写的一首〔沁园春〕是他怀古词中有代表性的作品,作品的下阕写道:

> 长江不管兴亡。漫流尽英雄泪千行。问乌衣旧宅,谁家作主,白头老子,今日还乡。吊古愁浓,题诗人去,寂寞高楼无凤

凰。斜阳外,正渔舟唱晚,一片鸣榔。

同时写的〔夺锦标〕,则因目睹南唐张贵妃祠堂遗迹荒凉,感慨"满目山围故国,三阁余音,六朝陈迹",发出"去去天荒地老,流水无情"的叹息。在〔水调歌头〕《初至金陵》中,这种情绪表现得更加突出,他认为"龙盘虎踞""石城钟阜"固然险要,然而不能阻止朝代兴废,江山易主,最后发出"新亭何苦流涕,兴废古今同"的低沉悲叹。在镇江、扬州和杭州,他也写过一些怀古词,大抵也是吊古伤今,感慨叹唱。从这些词作可以看出他的朋友王博文说他颇多"满目山川之叹"的端倪。金亡时白朴才九岁,称不上是"金遗民",但他既生于亡国之邦,长于动乱之年,经历了战乱和兵燹,那么他对世事变化迅疾无常,人生命运不能把握的感慨,而借"怀古"表现出来,是很自然的。在宋元、金元易代之际,许多词人的词作中,都有类似这种感情的流露,或是家国兴亡之叹,或是丧乱沧桑之叹,乃至仅仅是个人身世飘零之叹。白朴这类词对丧乱的感慨,很少瞩目于乾坤疮痍,民生疾苦,因而,他的声音显得有些苍白。他的〔石州慢〕《书怀用少陵诗语》倒是表现了一种对他来说是罕见的家国沦亡之感,词的上阕:"千古神州,一旦陆沉,高岸深谷。梦中鸡犬,新丰眼底,姑苏麋鹿。少陵野老,杖藜潜步江头,几回饮恨吞声哭。岁暮意何如,快秋风茅屋。"虽是翻用杜甫诗意,但其中毕竟包含着国破家亡的感念,可惜词的下阕并没有把这种感情深化和继续下去。但这样的内容在白朴词中已是十分可贵的了。[17]

白朴还有相当一部分词抒写对人生世事的看法,其中也表现了他对生活的态度,如〔西江月〕《渔父》:

世故重重厄网,生涯小小渔船。白鸥波底五湖天。别是秋光一片。　　　竹叶醅浮绿醼,桃花浪溃红鲜。醉乡日月武陵边。
管甚陵迁谷变。

也有表达因生活中的暂时困顿引起的思想上的一点苦闷的,如〔朝
中措〕:

东华门外软红尘。不到水边村。任是和羹傅鼎,争如漉酒
陶巾。　　　三年浪走,有心遁世,无地栖身。何日团圆儿女,小
窗灯火相亲。

与元代不少词人一样,白朴表现消极避世思想的词作,虽然也普
遍以否定人生的出处和毁誉而倾慕浪迹山林这种形态表现出来,但
又具有它们的特点,这就是设想了一种身在尘世而精神超脱的半隐
半俗、半人间半山林、无意于人世却又不脱离人世的生活。白朴的
"咏睡"词就表现了这一特点。据《天籁集》中〔水龙吟〕词序可知,
白朴曾"首倡"咏睡,诸人和词三十余首。〔水龙吟〕词序曰:"遗山先
生有醉乡一词,仆饮量素悭,不知其趣,独闲居嗜睡有味,因为赋
此"。他在赋睡词中高唱:"不负平生,算来惟有,日高春睡。""人生
何苦,红尘陌上,白头浪里。四壁窗明,两盂粥罢,暂时打睡。"所谓
"嗜睡",实际上反映了一种"遁世"思想:关上精神的窗户,求得灵魂
的宁静。

白朴还有一部分咏物赠答词没有什么特色,其中如恭贺圣节,祝
贺寿辰之类,更是堆砌一些陈词套语。这种现象在元代词中也较为
普遍,是元词衰微的一种征兆。

白朴对词的艺术,看来有所追求,他的有些词写得颇为"婉约",
如〔玉漏迟〕:

> 碧梧深院悄。清明过也,秋千闲了。杨柳阴中,又是一番啼鸟。人去瑶台路远,孤负却、花前欢笑。音信杳。西楼尽日,凭栏凝眺。　　缥缈。雾阁云窗,恨梦断青鸾,夜深寒峭。檐玉敲残,揾得五更风小。麝注金猊烬冷,画烛短,银屏空照。芳径晓。惆怅落红多少。

这是写思念行人的女子,从白天到夜晚,心情惆怅,听着风吹檐玉时断续的声音,从一更挨到五更,彻夜失眠,词风婉丽。他写凤凰台怀古词(见前例)时,说明是"因演太白荆公诗意,亦犹稼轩《水龙吟》用李延年、淳于髡语也",词的气势确是较为恢宏、开阔,明显地有豪放之风。王博文《天籁集序》说:"然而继遗山者,不属太素而奚属哉",元遗山正是宗苏、辛豪放词风的。清代的词家朱彝尊和王鹏运都曾称赞白朴词,朱说白词"源出苏辛而绝无叫嚣之气。自是名家。元人擅此者少",王引《四库总目提要》评语,说白词"清隽婉逸,调适韵谐,可与张炎玉田词相匹"。他们持论可能同为过誉,却又角度不同,实际是两宋豪放、婉约派对白朴都有影响,而以豪放派的影响为主。在追求音律的完整方面,白朴又是以周邦彦一派为宗,他填〔水龙吟〕词死守宋大晟府词人田不伐的平仄格式,可见一斑。

严格地说,白朴词在整体上并没有形成明显特色,而且在一定程度上也不能避免当时元代词人的通病:缺乏开拓和创新精神,对继承两宋词作缺乏正确的认识,因而有模仿因袭之弊,想学习艺术上的楷模却误入程式化的歧途。因此,白朴在词的创作上,未能取得在戏曲创作上那样大的成绩。

白朴散曲今存套数四套,小令三十七支。按它们的内容,大体也可分为三类:即叹世、写景和咏唱恋情。总的说来,思想情调也偏于低沉。他的"叹世"之作曲文比较率真,较少雕饰。他的〔阳春曲〕《知几》、〔沉醉东风〕《渔夫》、〔庆东原〕等曲,都是抒发避世超俗的思想感情的。其〔寄生草〕《饮》曾为曲学家周德清所激赏,被推许为"命意、造语、下字俱好"(《中原音韵》)。"命意"云云,可能是看中它有讽世之意,曲文如下:"长醉后方何碍,不醒时有甚思。糟醃两个功名字,醅渰千古兴亡事,曲埋万丈虹蜺志。不达时皆笑屈原非,但知音尽说陶潜是。"〔18〕〔庆东原〕小令之一写:"忘忧草,含笑花,劝君闻早冠宜挂。那里也能言陆贾,那里也良谋子牙,那里也豪气张华。千古是非心,一夕渔樵话。"这里所表达的思想同他自己不愿出仕的思想是一致的。这支小令也隐隐透露了对当时现实的不满。

白朴写景的作品,大多富有文采。其中〔天净沙〕、〔得胜乐〕等作品都是通过对景物的美的感受,透露他的恬淡和闲适的情趣。另一部分写景作品,则表现了有感于世事变化的沧桑之慨,如〔乔木查〕《对景》等。

白朴写男女恋情的作品当以套数〔仙吕·点绛唇〕最能代表他的风格,明代以来的《太和正音谱》、《盛世新声》和《北词广正谱》都收录了这个套曲,今引录前三支如下:

〔仙吕·点绛唇〕金凤钗分,玉京人去,秋潇洒。晚来闲暇,针线收拾罢。

〔幺篇〕独倚危楼,十二珠帘挂。风萧飒。雨晴云乍,极目山如画。

〔混江龙〕断人肠处,天边残照水边霞。枯荷宿鹭,远树栖鸦。败叶纷纷拥砌石,修竹珊珊扫窗纱。黄昏近,愁生砧杵,怨入琵琶。

重在内心感情变化的刻画,并把景物、感情交融在一起,表现了作者善于用景色、气氛烘托来渲染人物感情的长处。同元散曲中常见的描写奔放和火辣辣的恋情之作相比,白朴的风格比较淡雅和庄重。如果说白朴的一些词作用语通俗多少有点"散曲化",那么,他的散曲却又有些"诗词化"。

〔1〕 白朴有词《水龙吟·丙午秋到维扬……》,一般断丙午为大德十年(1306),是年他八十一岁,由此推测他卒于1306年以后。

〔2〕 唐、宋时枢密院都不设判官,金朝原本也没有这一官职,白华任此职为特例,"金天兴帝赏器之,特置职以宠"(袁桷《清容居士集·白公神道碑铭》),白华任职期间,金哀宗还不止一次地对白华说明让他担任枢密院判官的原因:"汝为院官,不以军马责汝,汝辞辩,特以合喜、蒲阿皆武夫,一语不相入,便为龃龉,害事非细,今以汝调停之,或有乖忤,罪及汝矣","朕用汝为院官,非责汝将兵对垒,第欲汝立军中纲纪,发遣文移,和睦将帅,究察非违"(《金史·白华传》)。白华在哀宗身边,一直参预军机要事。

〔3〕 王博文,生于金宣宗元光二年(1223),长白朴三岁,卒于至元二十五年(1288),官至御史中丞。他在《天籁集序》中说与白朴有"三十年之旧",是与白朴过从甚密的好友。

〔4〕 据《金史·哀宗本纪》和《金史·白华传》,白华在金亡之际受命到邓州搬兵,后局势剧变,他随邓州节度使移剌瑗降宋,驻襄阳,又移均州。后来又在均州随降宋的金朝官员范用吉投降蒙古王朝。

〔5〕 见王恽《秋涧集·开府仪同三司中书左丞相忠武史公家传》。

〔6〕 据白朴词《满江红·庚戌春别燕城》可知白朴于1250年曾到大都。又《水龙吟·幺前三字……》词中有"云和署"云云,云和署于1275年,因此,此词当作于1275年以后,白朴又一次去大都时。

〔7〕 白朴〔沁园春〕"流水高山"词序中说:"至元丙子,予识道山于九江,今十年矣","道山"即吕师夔。丙子为至元十三年,是年元兵破临安。吕师夔于上年降元,《元史·伯颜传》载,至元十二年春,"兵部尚书吕师夔在江州,与知州

钱真孙遣人来迎降。"至元十三年冬,白朴写有〔木兰花慢〕《丙子冬寄隆兴吕道山左丞》,是时吕在南昌(即隆兴)。词中说他们秋天在江州分别,可知白朴当于是年春、夏就已到了江州。词中有"山下送征鞍"和"天涯倦游司马"句,"征鞍"当切吕,"司马"属自喻。至元十四年冬,他有〔满江红〕《题吕仙祠》和《留别巴陵诸公》词作于岳州,岳州是在至元十二年被阿里海牙(贯云石的祖父)所统率的军队攻下的。《元史·阿里海牙传》载:"(至元)十有二年春三月,与安抚高世杰兵遇巴陵……世杰败走,追降之于桃花滩,遂下岳州。"值得注意的是,史天泽之子史格作为阿里海牙的部下,正是沿着岳州、潭州一路南下的。词中所写:"亲友间中年哀乐,几回离别",说明"巴陵诸公"正是由北方南下的他的朋友。白朴离岳州后,沿江东下,《留别巴陵诸公》词中写道:"破枕才移孤馆雨,扁舟又泛长江雪。要烟花三月到扬州,逢人说。"这时扬州被元军攻下才一年多(至元十三年七月宋扬州守将朱焕降元)。但从他至元十五年写的〔水调歌头〕《至元戊寅为江西吕道山参政寿》看,他又回到了江州。从他这番行踪看,他似在江州依靠某个亲友,这个亲友当也是随元军南下的人物。

〔8〕 天一阁《录鬼簿》载十五种,另有《李克用箭射双雕》一种,《盛世新声》、《词林摘艳》、《雍熙乐府》录有残曲。

〔9〕 元刊本《太平乐府》所收孙季昌《集杂剧名咏情》散套中提到过《东墙记》,并与《西厢记》并举:"则被这西厢待月张君瑞,送了这花月东墙董秀英"。今存明抄本《东墙记》模袭《西厢记》痕迹十分明显,评论者甚至说它是失败之作。剧中男主角马彬(字文辅)同时钞本《录鬼簿》记载白朴剧本的题目正名"马君卿寂寞看书斋"不合。此外,各折中末旦及其他角色夹唱,也与早期杂剧体例不合。因此,疑非白作。

〔10〕 曹寅藏本《天籁集》有无名氏序文,序中说:"世传《黄鹤楼》剧乃兰谷作,是亦因其有吕仙祠一阕而傅会之也。"所谓"吕仙祠一阕"当指〔满江红〕《题吕仙祠》,吕仙即指吕洞宾,元剧中《黄鹤楼》系三国故事,两者如何联系,殆不可晓。因疑序作者误《岳阳楼》为《黄鹤楼》,但《岳阳楼》是马致远的作品。

〔11〕 白朴〔水龙吟〕《登岳阳楼,感郑生龙女事谱大曲薄媚》中云:"又何如乞我,轻绡数尺,写湘中怨。"周密《武林旧事》记官本杂剧段数有《郑生遇龙女

（薄媚）》。研究者断为两者同名。但白朴此词"感郑生龙女事谱大曲薄媚"云云，也可能意谓由大曲薄媚所谱故事引起感慨，并非是他作大曲。

〔12〕 见王博文《天籁集序》，今存元好问集无此诗。

〔13〕 《雍熙乐府》卷四存诸宫调《天宝遗事》佚曲〔胜葫芦〕，题目为《明皇击梧桐》，曲文："仙音院一班儿甚谨躬，宁王玉笛，花奴羯鼓，天子击梧桐。""击梧桐"当指用梧桐板击节拍。

〔14〕 明代曲家孟称舜曾说：《梧桐雨》"摹写明皇、玉环得意失意之状，悲艳动人"（见《柳枝集》），也正是看到了剧本描写盛衰变化这一特点。

〔15〕 曹楝亭本《录鬼簿》载白朴此剧名称作《鸳鸯简墙头马上》。《辍耕录》中的《鸳鸯简》和《墙头马》当都是裴少俊、李千金故事。"鸳鸯简"云云，当指裴、李初见时，裴以简帖传诗，李也以简帖写诗回赠，由此定情。

〔16〕 此本由长白敷槎氏、曹寅旧藏，辗转归李盛铎所有，现存于北京图书馆。其中兰谷世系图和无名氏序，是其他本子所没有的。

〔17〕 除这首词外，白朴词中涉及时事政治，意思又较为显豁而具体的还有一例，〔满江红〕《留别巴陵诸公》中写到"兵余犹见川流血"，但转而"叹昔时歌舞岳阳楼，繁华歇"，重点仍然在于对人世变迁的感叹。

〔18〕 《中原音韵》收此曲未录作者名，《尧山堂外纪》记此曲为白朴作。《北宫词纪》收范康（子安）〔寄生草〕《酒色财气》四首，第一首即为此曲。《雨村曲话》又以为马致远作。此处从《尧山堂外纪》，待考。

第七章　马致远

第一节　马致远的生平

马致远(？—1321 至 1324 之间)号东篱[1],大都人,曾任江浙行省务官[2],生平事迹不可详考。

贾仲明补《录鬼簿》王伯成吊词中说:"马致远,忘年友,张仁卿,莫逆交。"张仁卿为至元年间人,因有马致远是至元、泰定间人的推断[3]。散曲作家张可久有《次马致远先辈韵九篇》,由此可知马致远的年事高于张可久。张可久是一个高寿的作家,约生于至元十一年至十六年(1274—1279)左右[4],至正八年尚在世。马致远生年当在至元之前,即一二六四年之前。他的卒年,当在泰定元年(1324)以前,他的套曲〔中吕·粉蝶儿〕首句为"至治华夷,正堂堂大元朝世",是为至治改元(1321)而作,证明他是年尚在世。但到了泰定元年(1324),周德清作《中原音韵》时,马致远已经去世[5]。

马致远年轻时代,情怀豪壮,"昔驰铁骑经燕赵,往复奔腾稳似船"(〔中吕·喜春来〕《六艺》),有"佐国心,拿云手"的抱负(〔南吕·四块玉〕《叹世》)。他的〔黄钟·女冠子〕曲中透露他早年追求功名的情况:"且念鲰生年幼,写诗曾献上龙楼。"(按:"鲰生"为自称谦词)但他的抱负一直未能施展,〔女冠子〕曲中写道:"上苍不与功名侯。"又写道:"都不迭半纸来大功名一旦休。"他在京城生活了二十年左右,"九重天,二十年,龙楼凤阁都曾见"(〔双调·拨不断〕),于至元二十二年(1285)以后,离开大都到杭州任江浙行省务官[6]。后来他产生了退隐的念头,他的〔双调·新水令〕《题西湖》中,抒写了他归隐西湖的愿望。他所说的"世事饱谙多,二十年漂泊生涯"(〔大石调·青杏子〕),应是指他出仕前后的这一段生活。在这以后他感到"半世蹉跎"(〔双调·蟾宫曲〕《叹世》),已经"人间宠辱都参破"了(〔南吕·四块玉〕《叹世》),到了晚年,他过着"林间友"、"世外客"的闲适生活。

作为一个作家,马致远一直孜孜不倦的创作,并有很大声名,他自己说是"怪名儿到处喧驰的大"(〔大石调·青杏子〕《悟迷》)。马致远较早就开始杂剧创作,他的《汉宫秋》和《岳阳楼》在至元年间就已广为流传[7]。元贞、大德年间当是他作为"曲状元"(贾仲明"吊词")的创作上的黄金时期。晚年他曾自言"东篱本是风月主,晚节园林趣"(〔双调·清江引〕《野兴》)但并未停笔,杂剧《任风子》就作于武宗至大二年(1309)以后[8],这已经是他的晚年作品了。

马致远著有杂剧十五种,今存《汉宫秋》、《青衫泪》、《陈抟高卧》、《岳阳楼》、《任风子》、《荐福碑》六种,以及和李时中、红字李二、花李郎合写的《黄粱梦》一种(马撰第一折)。《误入桃源》存有佚曲。存目而作品已佚的有:《酒德颂》、《三度马丹阳》、《戚夫人》、《斋后钟》、《岁寒亭》、《孟浩然》、《踏雪寻梅》,共七种。马致远还是元代的重要散曲家,现存一百二十多首散曲。此外,明吕天成《曲品》,清张大复《寒山堂新定九宫十三摄南曲谱》中还说马致远作过《牧羊记》等南戏,但此说尚有争论,未成定说[9]。

从马致远的今存作品来看,他有在思想上、艺术上都很优秀的作品,如杂剧《汉宫秋》,但大多数作品反映了他的矛盾和痛苦的思想感情,既对黑暗现实有激愤和揭露,又常表现出悲观和失望。此外,还有为数不少整个调子都属低沉的作品,甚至在某些作品中还宣传了宗教思想。他的作品在艺术上,风格上都有显著的特色,这在很大程度上奠定了他作为元代重要的戏剧家和散曲家的地位,贾仲明说他"姓名香,贯满梨园"。他的作品对元、明曲家有较大影响,历来他被称为元曲"四大家"之一。

第二节 《汉宫秋》

《汉宫秋》描写王昭君的故事。元代以此为题材所写的杂剧,还有关汉卿的《哭昭君》(当是末本)、张时起的《昭君出塞》和吴昌龄的《月夜走昭君》(当是旦本),可惜这几种都没有流传下来。

《汉宫秋》取材于史书,却并不囿于史实,而是作了很多虚构。王昭君的故事在长期流传中,有它演变的过程,《汉书·元帝纪》与《汉书·匈奴传》记载王昭君"和亲"去匈奴事十分简略,对她的思想性格几无涉及。而《后汉书·南匈奴传》却记载了昭君自动请行和为什么请行的原由:"昭君入宫数岁,不得见御,积悲怨,乃请掖庭令求行。"也写了汉元帝的后悔:"昭君丰容靓饰,光明汉宫,顾景裴回,竦动左右。帝见大惊,意欲留之,而难于失信,遂与匈奴。"王昭君的"积悲怨"与汉元帝的"意欲留之",是以后王昭君故事作为一个悲剧的最早根据。晋人葛洪《西京杂记》又增加汉元帝按图临幸,画工毛延寿等人因求贿不遂,从中作梗,致使昭君不得见君的情节,使故事因树立了对立面而更为丰满。南北朝时代的王褒《明君词》中写"兰殿辞新宠,椒房余故情",虽为寄托而虚构,却成为写汉元帝新宠王昭君,又被迫分离的最早文字。孔衍的《琴操》(一说为蔡邕撰)则对王昭君故事的结局作了更改,昭君去匈奴后因不肯随从"父死妻母"的"胡俗",吞药而死,增加了悲剧色彩。

历来诗人吟咏昭君之作不胜其多,它们从各种不同的角度来发抒自己的感想,大多数诗人都把昭君的故事作为一个悲剧来理解:有怜其远嫁的,有哀其不遇的,也有人借王昭君的身世来表达自己怀念君主的感情,或者发泄自己怀才不遇的悲愤。也有人将"和亲"作为国家衰弱不能抵御侵略的标志而抒发自己对国家兴亡的忧虑,而这种作品无疑会触发马致远的创作灵感。此外,历来流传的民间传说对于《汉宫秋》的创作自然也会产生影响。如《王昭君变文》最后的"祭词"说:"漂遥(嫖姚)有惧于检柃(猃狁),卫霍怯于强胡。不稼(嫁)昭军(君),紫塞难为运策定",那末昭君远嫁是由于汉室"怯于强胡"所致,昭君的个人命运和国家命运就联系了起来,昭君的所作所为,也就从因不得召幸而"积悲怨"提高到实际上为国家和民族献身的高度,赋予昭君形象新的意义。此外,宋代歌舞曲"传踏"中也有谱写王昭君故事的篇章。马致远在历代作家对昭君吟咏的某些内容和民间的传说的基础上,结合他所生活的时代的现实情况,创作了具有爱国思想的《汉宫秋》杂剧。他在情节上作了重大变动,昭君从不得见君王之面而成为元帝的爱妃;画工毛延寿变为汉室大臣,并且增加了他卖国投敌的内容;至于昭君的结局,不再是在匈奴加封生子,并且也从《琴操》所写的单于死后,昭君不愿从胡俗仰药而死,和《王昭君变文》中的思念家乡忧病而死,变为不入匈奴投江殉国。这些情节的变化,都是从杂剧的主题思想和塑造昭君形象的需要出发的,从艺术上来看,它激化了戏剧冲突,增强了戏剧效果。

马致远对故事情节的处理,有深刻的历史原因。他生活在一个民族压迫和阶级压迫都很沉重的时代,统治者的民族歧视政策,使当时多数士人没有出路,他们的政治地位和经济地位得不到切实的保障。同时,在那个时代,金、宋两朝相继覆亡,他即使没有亲历金朝亡国,却看到宋室的灭亡,他耳闻目睹的当时惨状,必定留下深刻印象。金室、宋室后妃宫女北掳的悲惨命运,大批民间妇女在战争中被掠为奴的情况,会引起他不少联想。元好问哀金宫人被俘的七绝"罗绮深宫二十年,更持桃李向谁妍。人生只合梁园死,金水河边好墓田";金代诗人王元节的《明妃》诗句"环珮魂归青冢月,琵琶声断黑河秋",在马致远的作品里都有引用。当时的诗人常常用昭君的身世比喻这些妇女的命运,如汪元量写被掳宫女悲怨的诗说:"宫人清夜按瑶琴,谁识明妃出塞心。"(《湖州歌》)宋宫人郑惠真也有"琵琶拨尽昭君怨,芦叶吹残蔡琰悲"(《宋宫人诗词》)表达自己流落北地的悲痛。甚至文天祥也以"俯头北去明妃泪"(《指南后录·和中斋韵》)以喻自己被俘北行。其他元初诗人也有吟咏昭君的诗歌,其中一些是从"北使选绝色"(刘因《明妃曲》)、"汉室御戎无上策"(王思廉《昭君出塞图》)的角度来反映这一历史事件的。这都不能不对马致远的创作产生影响。在这样特定的历史条件下,昭君的故事注入新的思想内涵,马致远在作品中表现反侵略反压迫的思想是很自然的。

马致远创作《汉宫秋》,对王昭君故事进行思考和改造,有一个过程。他的一首散曲〔天净沙〕曾写王昭君之"恨":"西风塞上胡笳,月明马上琵琶,那底昭君恨多("多"字疑误)。李陵台下,淡烟衰草黄沙。"这是他上都纪行之作,另一首小令《紫芝路》可能也是写于去上都之后,其中写道:"雁北飞,人北望,抛闪煞明妃也汉君王。小单于把盏呀刺刺唱,青草畔有收酪牛,黑河边有扇尾羊,他只是思故乡。"写出了昭君对汉庭的怨恨,对故乡的思念,这两个作品虽与《汉

宫秋》的主题思想相通,但具体描写却有很大不同。散曲中写昭君
到了匈奴境内,杂剧中却写她不愿入"番",这种变化是作家主体思
想变化的结果。前人批评《汉宫秋》"乖史",实是迂阔之见。

《汉宫秋》的戏剧矛盾是建立在尖锐的民族矛盾——匈奴的侵
略威胁与汉廷的无力抵御这样的矛盾基础之上的,这决定了作品的
悲剧色调。马致远在表现这个矛盾时,突出了王昭君的地位和作用。
作品不仅批判了呼韩耶单于恃强凌弱,不顾多年和平相处的局面,拥
兵索取汉家妃子的侵略行径,而且抨击了汉室的朝政腐败。实际上
直接挑起边衅的正是那个"为人雕心雁爪,做事欺大压小"的卖国奸
臣毛延寿。而从汉室的整个统治阶层来看,汉元帝实际上是一个贪
图安逸的君主,五鹿充宗、石显等一班大臣们又都是些怯弱无能,媚
敌投降的人。于是国家存亡的命运就只能寄托在一个弱女子王昭君
的身上,以她的出塞和亲来保住国家的不亡。第二折中汉元帝唱的
几支曲子指斥文武朝臣很是激烈:

〔牧羊关〕兴废从来有,干戈不肯休。可不食君禄命悬君
口。太平时卖你宰相功劳,有事处把俺佳人递流。你们干请了
皇家俸,着甚的分破帝王忧。那壁厢锁树的怕弯着手,这壁厢攀
栏的怕颠破了头。

〔斗虾蟆〕……怎也丹墀里头,枉被金章紫绶,怎也朱门里
头,都宠着歌衫舞袖。恐怕边关透漏,央及家人奔骤。似箭穿着
雁口,没个人敢咳嗽。吾当僝僽,他也他也红妆年幼,无人搭救。
昭君共你每有甚么杀父母冤仇?休休,少不的满朝中都做了毛
延寿。我呵,空掌着文武三千队,中原四百州,只待要割鸿沟。
陡恁的千军易得,一将难求。

这里把汉元帝失去王昭君的原因归结为文臣武将的无能,总的描写中,却又归结为匈奴对汉朝的侵略。一个皇帝不能保住心爱的妃子,一个国家只能以这种屈辱的办法苟安一时,这说明汉朝的衰败软弱已经到了什么地步。

《汉宫秋》结构紧凑,它以十分精湛的笔法,缜密地一步步演出从汉元帝刷选室女直到昭君殉身的一连串情节,戏剧开头写王昭君、毛延寿之间矛盾,毛延寿因王家拒绝行贿而把昭君发入冷宫。这一矛盾引出了毛延寿阴谋败露而外逃投敌,也就引出了匈奴为索取王昭君而起兵,再引出汉元帝与文武大臣的矛盾,最后引出昭君殉身悲剧。戏剧矛盾层层深入,逐渐推向高潮,其间汉室朝廷内部的矛盾和它与匈奴的外部矛盾相互交错,元帝与昭君的爱情破灭与家国之恨互相交织,这些错综的矛盾被安排得丝丝入扣,表现了马致远的纯熟的戏剧技巧。

在戏剧矛盾的发展过程中,作者让昭君的美好性格一步步展示出来,并且在悲剧结局中得到了升华。这个美丽而坚强的农家少女,进宫时不肯行贿已经显现出她正直的不肯屈服的性格。在国家民族危急的时刻,她又能毅然不顾个人安危,舍下了与汉元帝的恩情,为了汉室江山,出塞和亲。在灞桥留下了汉家衣衫,在汉朝与匈奴交界处举酒向南浇奠,然后投入江中,以身殉国。她那凛然正气不但对汉朝的满朝文武的贪生苟安是一鲜明对照,并且对于匈奴的侵略行为也是一种反抗。如果说,侵略与被侵略和毛延寿卖国求荣的形势,是昭君悲剧的必然性因素,那么,这个悲剧就具有崇高性,而昭君的和亲、殉国实际上就是这种崇高性的体现。这里,传统中的关于王昭君的"薄命"观点几乎被一扫而光了,"自古红颜多薄命",虽然也形成悲剧,但它不具有崇高性,而且这种悲剧还常常诉诸命运因素。而《汉宫秋》中的昭君的崇高的悲剧性格正是通过矛盾、冲突和抗争显现出来的。王昭君在中国戏曲舞台上作为一个抗争的形象出现,是在马致远笔下基本定型的。

随着剧中矛盾、冲突的展开,作者一方面展示了元帝的软弱性格,一方面又展示了他对王昭君的刻骨铭心的钟爱。由于本剧是末本,作者就必然在描绘元帝时花费更多的笔墨。他调动多种艺术手段,特别是利用曲文抒情的手段,来刻画元帝的感情,这是《汉宫秋》的又一重要特色。第三折写汉元帝与王昭君分别时的悲凉愤懑心情,既用其他人物的不同心情来对比烘托,又用自然景色来渲染深化。这一折是写汉室君臣在灞桥饯送昭君,这时候汉元帝还在幻想着"文武百官计议怎生退了番兵",宰相们却只在商量如何赏赐匈奴来使,这使元帝感到十分伤心:"宰相每商量,大国使还朝多赐赏。早是俺夫妻悒怏,小家儿出外也摇装。尚兀自渭城衰柳助凄凉,共那灞桥流水添惆怅,偏您不断肠,想娘娘那一天愁都撮在琵琶上。"(〔驻马听〕)衰柳凄凉,流水惆怅,只是宰相们"不断肠",这种描写也就渲染和烘托出真正断肠人元帝的心情。这时匈奴使者只顾"请娘娘早行",一方是"别离重",一方是"归去忙"。作者忽然写元帝幻想着"寡人心先到他李陵台上,回头儿却才魂梦里想",这种描写超越了一般常见的心随恋人去或者恨不能身随恋人去的手法,而是心要先飞去,身在原处依旧梦魂里想,是极言难以分别的笔墨。这一折中作者还以人物的反常心理来深化人物的感情,汉元帝本是音乐的行家,第一折写他敏捷地从昭君所弹琵琶声中听出哀怨之音,这一折却写他嘱咐乐人要把送行曲"半句儿俄延着唱",为了能够推延分别的时间,多捱些时光,"且休问劣了宫商"。当昭君起程以后,作者又用实感和幻觉交错的手法来写人物的离别之恨:

〔梅花酒〕呀!俺向着这迥野悲凉,草已添黄,兔早迎霜,犬褪得毛苍，人捌起缨枪，马负着行装，车运着馕粮，打猎起围场。他他他，伤心辞汉主；我我我，携手上河梁。他部从入穷荒，我銮舆返咸阳。返咸阳，过宫墙；过宫墙，绕回廊；绕回廊，近椒房；近椒房，月昏黄；月昏黄，夜生凉；夜生凉，泣寒螿；泣寒螿，绿纱窗；绿纱窗，不思量。

〔收江南〕呀！不思量，除是铁心肠，铁心肠也愁泪滴千行。美人图今夜挂昭阳，我那里供养，便是我高烧银烛照红妆。

这两支被人称赞的曲子文辞凄清苍凉，节奏健捷激袅，一句一重叠，一句一转折，开头写实景，中间写虚景，最后又回到实景，实际是写人物的实感、幻觉的交错，从而把元帝生离死别的感情表现得淋漓尽致。

《汉宫秋》第四折的艺术描写又以渲染戏剧氛围见长，设置的背景是人去楼空的汉宫，元帝梦见昭君，霎那间梦醒，只听见孤雁鸣叫，每一次叫声都引出元帝对昭君的深深思念之情。凄楚的雁声"一点儿绕汉宫，一声儿寄渭城"，使元帝的思绪随着孤雁盘旋空中，"呀呀的飞过蓼花汀"。这样的描述更增添了浓郁的悲剧气氛[10]。

在对汉元帝的描写中，作者倾注着很多的同情，尽管作者在剧作的开头写了这位皇帝"刷选室女"和"按图临幸"这种沉溺女色的行为，但同时又把这种行为归罪为毛延寿所施的"教皇帝少见儒臣，多昵女色"的奸计。第一折中写元帝、昭君初会，第二折前半部分写元帝"如痴似醉"地爱着昭君，作者都没有避开描绘风流皇帝的轻薄语言，所谓"一半儿为国忧民，一半儿愁花病酒"。但从第二折中写匈奴以武力相威胁，索要王昭君以后，作者就几乎一直描写这位皇帝的善良与钟情。在遭受匈奴欺凌时，元帝的实际表现本很软弱，也属无能，但作者却写他痛斥文武，把汉庭所受的屈辱痛苦归结为奸臣的卖国和百官的无能。作者对汉元帝的同情,固然有出于追求戏剧效果的因素,出自保持王昭君悲剧性格完整统一的创作要求,同时也不能不看到一种时代因素:金源甫亡,宋室倾覆,在元初这个动荡的年代,人们对亡国之君寄予同情,在一定程度上成为一种流行的观念,这很可能影响马致远的创作思想。

第三节　马致远的其他杂剧

除《汉宫秋》外,马致远现存的另六种杂剧可分为两类:《青衫泪》、《荐福碑》和《陈抟高卧》是写儒士的不幸命运的。《岳阳楼》、《黄粱梦》和《任风子》三剧分别写吕洞宾、钟离权、马丹阳等神仙度人成仙的故事。这类作品通常叫神仙道化剧。

《青衫泪》根据白居易的《琵琶行》敷演而成,作者把诗中写到的善弹琵琶的商人妇改变为与白居易相爱的京师妓女裴兴奴,白居易贬谪江州后,裴母谎报白居易已死,并把裴兴奴卖给茶商刘一郎。茶船到江州,适值白居易送客江上,听到裴兴奴琵琶声,二人相会。后来白居易被召回京,官复原职,裴氏仍嫁白居易。前人大抵认为这一作品受宋、元以来广为流传的双渐、苏卿故事影响,主要情节间架都很相像。在元、明杂剧中,这已成为类型故事,双渐、苏卿故事不过是同型故事的范式罢了。武汉臣的《玉壶春》、无名氏的《百花亭》以及元末明初贾仲明的《玉梳记》等都属这一类型。它们的剧情结构大致是:儒士和妓女相爱——商人或其他有钱人插足——妓女被迫嫁作商人妇或设法逃脱——士子和妓女团圆。民间传说中常有类型故事,杂剧中类型故事的出现还有一个特殊因素,那就是演出中"对棚"即"唱对台戏"的需要。描写类型故事的作品易于出现雷同化的弊病,但作者也可以在具体描写中出奇制胜,花样翻新,同中出异,异中见同。马致远的《青衫泪》写得并无特色,更无出奇之处,虽然在小关目上力求新鲜热闹,如把孟浩然、贾岛写成是白居易的好友,而且三人共访"狭邪家",但也无法改变全剧的平庸。本剧唯一见长处是曲文写得颇见功力,这本是马致远杂剧的共同特点,只是这个长处也未能使本剧在整体上成为同类型作品中的优秀之作。

《荐福碑》取材于宋僧惠洪的《冷斋夜话》,该书记范仲淹任职鄱阳时,有书生献诗,自言"天下之至寒饿者,无在某右"。范仲淹给他纸墨,让他去拓荐福寺碑墨本,到京城出售,忽然雷火击碎碑石,时人感叹云云。这是一个带有宿命论色彩的故事。杂剧《荐福碑》中把书生写作张镐,他教学乡村,生计困拙。为了渲染张镐的倒运,剧中写范仲淹给他三封荐书,以求取功名,却两次未遇。后流落荐福寺,寺中长老让他拓碑,又发生雷轰碑石事。最后又添加了张镐脱白衣、上丹墀,独占鳌头的情节。剧中写张镐仕宦无门穷愁潦倒时,出现了"冻杀我也《论语》篇、《孟子》解、《毛诗》注;饿杀我也《尚书》云、《周易》传、《春秋》疏"这样的曲词,实际反映了当时很多知识分子纵有学问也没有出路的情况。作者是一个有志不得伸的小官,因而对主人公有深切的同情和理解,一个传说故事经过作者加工后,显得更有艺术力量。第一折〔寄生草幺篇〕:

> 这壁拦住贤路,那壁又拦住仕途。如今这越聪明越受聪明苦,越痴呆越享了痴呆福,越糊突越有了糊突富。则这有银的陶令不休官,无钱的子张学干禄。

曲中十分悲愤地控诉了官场黑暗,反映了元代社会贤愚不分,道德沦丧的现实。清人梁廷枏《曲话》评论这支曲文说:"此虽愤时嫉俗之言,然言之最为痛快,读至此不泣数行下者几希矣。"然而剧中把张镐的处处碰壁归结为时运未转,有宿命论色彩,因而使作品有所减色。

《荐福碑》结构布局紧凑,剧情跌宕起伏,曲文富有抒情色彩。

《陈抟高卧》写陈抟拒绝宋朝廷的征聘,高蹈遗世隐于华山的故事。陈抟事迹见庞觉《希夷先生传》,《宋史·隐逸传》中也有记载,他经历了唐末、五代和宋初,"性如麋鹿,迹若浮萍",始终隐居不仕。马致远写作本剧时,又突出了陈抟参破功名的描写。如果说《荐福碑》是反映士人们怀才不遇的遭遇以及对功名的苦心追求,那么《陈抟高卧》所反映的则是参破功名,弃绝仕途的思想。陈抟虽然"文能匡社稷,武可定乾坤",但他看到历史上"三千贯,二千石,一品官,二品职,只落得故纸上两行史记",甚至还会"向云阳市血染朝衣,死无葬身之地"。因而他坚决的不贪官禄,"不要紫罗袍,只乞黄绸被"。追求功名与参破功名实际上是一种传统观念的两个方面,即使是追求功名的人,在现实生活中处处遭受挫折,又看到仕途中的倾轧与风波,就会产生逃避现实的消极厌世思想,因而此剧与《荐福碑》有殊途同归的戏剧效果。陈抟是唐宋之间著名处士,在宋、元两代文人中很有影响,马致远通过他的故事反映了元代文人隐而不仕的思想感情,同时也在很大程度上反映了他自己由追求功名而参破功名的思想。本剧曲文有似掉臂而出,飞行自在,字句音律,浏亮动人,向为前人称道。

宋魏泰《东轩笔录》记陈抟曾入武当山"学神仙导养之术"。马致远杂剧中进一步写他"看三卷天书,演八门五遁","有黄白住世之术","降伏尽婴儿姹女,将炼成丹汞黄银"。还写他自称"贫道",别人尊他"仙教",总之道化气息颇浓。这种描写看来是受全真教传说的影响,按照全真教的传说,陈抟也是吕洞宾的弟子[11]。所以也有把此剧看做是神仙道化戏的。

　　马致远擅长神仙道化剧，明代贾仲明为马致远所撰吊词中所说的"万花丛里马神仙"，除了说他的作品具有飘逸洒脱的风格外，当也指他擅长神仙道化剧。马致远现存的《岳阳楼》、《黄粱梦》和《任风子》在神仙道化戏中又属度脱剧，失传的《王祖师三度马丹阳》也属此类。在元明杂剧中"神仙道化剧"形成了一种创作倾向。马致远虽不是这一题材的创始者，却以他的剧作起了推波助澜的作用。

　　《岳阳楼》是写吕洞宾三过岳阳度脱老树精的故事。宋叶梦得《岩下放言》曾记吕洞宾憩岳州（即岳阳）白鹤寺，寺前有一大古松，一老人自松梢而下，自言松精，以礼候见。洪迈《夷坚志》也记有类似传说。以后这一传说发展为吕洞宾三过岳阳度老树精的故事（见《岳阳风土记》等书）。在全真教的传说中，老树精转托人身，名叫郭上灶，由吕洞宾度脱成仙。马致远《岳阳楼》即取材于全真教传说[12]，写吕洞宾度脱郭马儿夫妇，第二折中吕洞宾对郭马儿说："你这郭上灶吃人赞"，剧的题目作"郭上灶双赴灵虚殿"，可见郭马儿即郭上灶，不过把他改写成是柳树转托人身而已。大概为了增加戏剧效果，求得关目热闹，剧中最后又写八仙全都出场[13]，由汉钟离向郭马儿夫妇发布"今日个行满功成，跨苍鸾同登仙路"的"指示"。八仙也是全真教崇拜之神。

　　《岳阳楼》是马致远的神仙道化剧中的上乘之作。主人公吕洞宾虽是神仙，但总是不能忘情于现实。第一折写他化作卖墨先生，登上岳阳楼，"端的是凭凌云汉，映带潇湘。俺这里蹑飞梯，凝望眼，离人间似有三千丈。则好高欢避暑，王粲思乡"。这是人世书生而不是天上神仙的感情。剧中吕洞宾以墨换酒情节虽同《纯阳帝君神化妙通记·武昌货墨第六十八化》所记宗教传说有关，但却注入了强烈的对功名误人的愤慨：

〔后庭花〕这墨瘦身躯无四两，你可便消磨他有几场。万事皆如此。(带云)酒保也！(唱)则你那浮生空自忙。他一片黑心肠，在这功名之上。(酒保云)我不要这墨，你则与我钱。(正末云)墨换酒，你也不要，(唱)敢糊涂了这纸半张。

本剧第一折中还写吕洞宾眺望江山，抒发兴亡之感："自隋唐，数兴亡。料着这一片青旗，能有的几日秋光。对四面江山浩荡，怎消得我几行儿醉墨淋浪。"(〔鹊踏枝〕)[14]第二折写他二上岳阳楼时，又"为兴亡笑罢还悲叹"，哭了又笑，笑了又哭，并不像白云缥缈乡的老神仙，却像是一介饱经风霜的儒士。这一作品所表现的对功名的否定，对世事的感慨，与《荐福碑》、《陈抟高卧》所反映儒士的思想和命运有相似相通之处，只是它更为消极，在对现实生活失望之后，到神仙世界去追求安慰了。

《黄粱梦》是马致远与李时中等人合写的剧作，估计是在元贞、大德年间写成的，故事虽脱胎于唐传奇小说《枕中记》，但《枕中记》是写吕公点化卢生的故事，本剧是写钟离权度吕岩成仙的故事，因而其最直接的渊源也应是当时流传的全真道教故事[15]。作品通过吕岩的梦境实际上反映了元代强梁横行的混乱与黑暗的现实，最后归结到功名富贵皆属虚妄。诸本《录鬼簿》都记马致远写的是本剧第一折，周德清《中原音韵》称赞本折中的〔醉雁儿〕曲为"伯牙琴"[16]。值得注意的是马致远笔下的"太极真人"钟离权自言"习疏狂，耽懒散，佯装钝"，在向吕岩数说"神仙的快乐"时，说的又是"独对青山酒一尊"，"听野猿啼古树"，"看流水绕孤村"，是尘世隐士生涯，而非天上神仙生活。隐士生涯和道教登仙的合流，正是马致远神仙道化剧的一个特点。

　　《任风子》是马致远晚年的作品，多宗教说教，甚至安排了任风子为断绝尘缘而杀子休妻的情节，这正是当时"道士词"中反复宣扬的"黜妻屏子"的宗教禁欲主义。马致远本人虽未必相信这种宗教禁欲主义，但却说明他的神仙道化剧越来越远离人生。

　　全真教有所谓"五祖七真"[17]，马致远神仙道化剧中写到的钟离权、吕洞宾和王重阳是五祖中的人物，马丹阳则为七真中的人物。他的此类剧作也与全真教的原旨教义比较贴近，而无驱鬼镇邪、烧符祭醮的妖妄之气，这也是他的此类剧作和其他作者的某些神仙道化剧的不同之处。

　　马致远杂剧的思想倾向瑕瑜并存，比较复杂，然而他的作品却有较大的艺术感染力。《太和正音谱》把他列为群英之首，并说："马东篱之词，如朝阳鸣凤。其词曲雅清丽，可与《灵光》、《景福》而相颉颃。有振鬣长鸣，万马皆瘖之意。又若神凤飞鸣于九霄，岂可与凡鸟共语哉？"朱权是从词采角度品评马致远的，无疑还包含着个人的偏爱。然而马致远的剧词的确写得洒落俊丽，气度不凡，不少曲文脍炙人口，负有盛誉。而从戏剧艺术的角度来看，他的作品也很有特色。如与关汉卿比较，关汉卿的杂剧，活动在舞台上的是不同面貌、不同身份和不同性格的剧中人，作家把强烈的爱憎熔铸在人物性格之中；而在马致远的作品中，我们却总能找到作家本身的影子。马致远驾驭文字的能力是高超的。在剧中倾注了他的愤懑，他的血泪，他的矛盾和动摇，使作品具有浓厚的感情色彩。他的作品所反映的思想感情也与关汉卿的剧作不同，关汉卿更多地反映了下层人民的爱憎、是非、理想和追求；而马致远却反映了元代相当一部分儒士的痛苦和徘徊。因此他的作品往往能在知识界引起共鸣。加上马致远的曲文更符合古时文人的传统欣赏习惯，他的作品在元、明两代很有影响。

第四节 马致远的散曲

马致远又是元代散曲大家,现存散曲约一百三十多首[18],估计散失的定还不少,如张可久有〔双调·庆东原〕《次马致远先辈韵九篇》,今不见其原唱。他的现存散曲比元曲另外两大家——关汉卿、白朴的传存散曲总和还要多,在元前期散曲家中只有卢挚与张养浩能与他相颉颃。马致远散曲有很高的艺术成就,他提高了曲的意境,开拓了曲的境界,为散曲的发展开辟了道路。

他的散曲按内容大致可分四类:一,写景;二,叹世;三,咏史;四,言情。思想倾向比较复杂,其中不少作品表现出消极的思想,这与他的剧作的情况是一致的。他的写景之作的代表作是〔越调·天净沙〕《秋思》:

> 枯藤老树昏鸦,小桥流水人家,古道西风瘦马。夕阳西下,断肠人在天涯。[19]

作品语言凝练,以九事设境,充分显示了诗歌的迭象美。如果静止地看,宛如一幅图画,描绘出秋日黄昏萧瑟苍茫的景色,烘托出背井离乡的羁客的乡情,景中生情,情景交融,隽永含蕴,余味无穷。如果从动作的角度看,一、二、三句都像是同时并起的镜头,是三组活动着的形象,而全篇却又构成立体浑成的场面,使人们仿佛看到一位天涯游子骑着瘦马在残照中缓缓而来。周德清《中原音韵》称赞这首散曲是"秋思之祖"。

马致远又有〔寿阳曲〕《山市晴岚》、《远浦归帆》、《平沙落雁》、

《潇湘夜雨》、《烟市晚钟》、《渔村夕照》、《江天暮雪》、《洞庭秋月》八
首，都是写景佳作。如：

> 花村外，草店西，晚霞明雨收天霁。四围山一竿残照里，锦
> 屏风又添铺翠。(《山市晴岚》)
> 夕阳下，酒旆闲，两三航未曾着岸。落花水香茅舍晚，断桥
> 头卖鱼人散。(《远浦归帆》)

前一首写雨过天晴后，晚霞映照下的山岚秀色；后一首写黄昏时江边
渔村的景象。语言清新明丽，节奏自然，淡泊中见情致。此外，套曲
〔双调·新水令〕《题西湖》以爽丽清宕的语言，从各种不同角度描绘
了西湖景色。其中〔挂玉钩〕写得最有特色："曲岸经霜落叶滑，谁道
是秋潇洒。最好是西湖卖酒家，黄菊绽东篱下。自立冬，将残腊，雪
片似江梅，血点般山茶。"〔尾〕曲写"渔村偏喜多鹅鸭，柴门一任绝车
马。竹引山泉，鼎试雷芽。但得孤山寻梅处，苫间草厦。有林和靖是
邻家，喝口水西湖上快活煞。"由此可见出作者情趣的高洁。

　　马致远的"叹世"之作数量最多，充分表现了作为一个失意的、
怀才不遇的儒士的矛盾徘徊和愤世嫉俗的感情，这一部分作品也最
能见出马致远的生平和为人。这类作品的基本倾向是高歌"归去
来"，赞美"绿水边，青山侧，二顷良田一区宅，闲身跳出红尘外"的隐
居生活。其中也有表现他不能忘怀"青云之志"，发出"困煞中原一
布衣"，"恨无上天梯"感叹的作品，但这种作品可能是他早期之作。
不过入仕和退隐的矛盾在他思想中一直存在，甚至经过"半世蹉跎"
后，仍免不了要在进退之际徘徊："绿蓑衣紫罗袍谁是主？两件儿都
无济，便作钓鱼人，也在风波里。"(〔双调·清江引〕《野兴》)他似乎
明白隐居也并不安逸，因此他"无也闲愁，有也闲愁。有无间愁得白

头。"(〔双调·行香子〕)随着时光的流逝,他对现实越来越失望,思想也越来越消沉,甚至产生了虚无和宿命的观点,如"风内灯,石中火,从结灵胎便南柯。"(〔南吕·四块玉〕)还产生了人生如梦的思想,即便是荣华富贵也都枉然:"布衣中,问英雄,王图霸业成何用?禾黍高低六代宫,楸梧远近千官冢,一场恶梦。"(〔双调·拨不断〕)因而是非曲直也都模糊了:"屈原清死由他恁,醉和醒争甚?"(〔双调·拨不断〕)宿命观点可能是他晚年进一步受到宗教思想影响的结果。但在消极叹世的同时,他的某些作品也不时寓有激愤。这方面的代表作是著名的套曲〔双调·夜行船〕《秋思》:

〔双调·夜行船〕百岁光阴一梦蝶,重回首往事堪嗟。今日春来,明朝花谢,急罚盏夜阑灯灭。

〔乔木查〕想秦宫汉阙,都做了衰草牛羊野,不恁么渔樵没话说。纵荒坟,横断碑,不辨龙蛇。

〔庆宣和〕投至狐踪与兔穴,多少豪杰。鼎足虽坚半腰里折,魏耶?晋耶?

〔落梅风〕天教你富,莫太奢,没多时好天良夜。富家儿更做道你心似铁,争辜负了锦堂风月。

〔风入松〕眼前红日又西斜,疾似下坡车。不争镜里添白雪,上床与鞋履相别。休笑巢鸠计拙,葫芦提一向装呆。

〔拨不断〕利名竭,是非绝。红尘不向门前惹,绿树偏宜屋角遮,青山正补墙头缺。竹篱茅舍。

〔离亭宴煞〕蛩吟罢一觉才宁贴,鸡鸣时万事无休歇,争名利何年是彻?看密匝匝蚁排兵,乱纷纷蜂酿蜜,急攘攘蝇争血。裴公绿野堂,陶令白莲社。爱秋来时那些:和露摘黄花,带霜烹紫蟹,煮酒烧红叶。想人生有限杯,浑几个重阳节。嘱咐我顽童

　　记者:便北海探吾来,道东篱醉了也!

这个套曲一方面表现了对功名利禄的否定,对远离红尘的隐居生活的赞美,并且流露了人生虚妄的消极思想。另一方面却又表现出作者对现实不满的愤激感情。他对富贵场中"密匝匝蚁排兵,乱纷纷蜂酿蜜,急攘攘蝇争血"的丑恶现象作了无情的抨击,也表现出他不肯与浊世共浮沉的思想情绪。就艺术技巧来说,可称元代套曲中的压卷之作,历来曲家对此都有很高评价。周德清《中原音韵》中说:"此才是乐府,不重韵,无衬字,韵险语俊。谚曰百中无一,余曰万中无一。"王世贞《艺苑卮言》中说"放逸宏丽而不离本色,押韵尤妙",又说"小语如'上床与鞋履相别',大是名言"。这个套曲的确充分发挥了散曲的艺术特长,虽然在意境的铸造以及遣字造句、对仗音律上都下了功夫,但表现出来却挥洒淋漓,一气呵成,了无人工痕迹,在散曲领域中,还无人能予超越。

　　马致远的"咏史"之作与"叹世"作品的思想倾向相仿,如〔双调·庆东原〕《叹世》:

　　　　拔山力,举鼎威,喑呜叱咤千人废。阴陵道北,乌江岸西,休了衣锦东归。不如醉还醒,醒而醉。

这首小令咏项羽故事,然而题目却是"叹世",是借历史故事抒发自己的"不如醉还醒,醒而醉"的思想感情。另有〔南吕·四块玉〕《天台路》、《浔阳江》、《马嵬坡》等数首则是吟咏几个古时的爱情故事,文字朴素,风格上颇似民间小曲。

　　马致远的"言情"散曲数量不多,但写来情深而婉转,如:

〔寿阳曲〕云笼月,风弄铁,两般助人凄切。剔银灯欲将心事写,长吁气一声吹灭。

〔寿阳曲〕心间事,说与他,动不动早言两罢。罢字儿,磣可可你道是耍,我心里怕那不怕?

前一首写思妇深切的思念之情,她想写信倾诉心曲,却又感到无从写起。后一首写一痴心女子,连情人与她戏耍时说的"两罢"语言也不愿听到。这两首小令语言明白自然,情意却很真切,其格调与不少描写爱情的狎昵调笑的散曲作品迥然有异。

〔般涉调·耍孩儿〕《借马》是马致远散曲中别具一格的作品,刻画了一个十分爱马的人,遇到别人问他借马时的种种微妙的心情,写来诙谐动人。作者对这位马主人不肯借马而又"对面难推"的种种小气的表现作了善意的讽刺,又很真实的描绘他生怕马儿受委屈的痛惜心情。这个套曲打破了散曲言情咏景的程式,在开拓散曲的题材内容上有一定的作用。

马致远在元代散曲家中被看作是"豪放"派的主将。他虽然也有一些清婉细巧的作品,却是以疏宕宏放为主,而这一点历来被认为是曲的正宗。马致远的作品熔炼了诗词的语言,又吸收了生动的口语,而且把两者结合得十分和谐。他以他高超的才情,为创造不同于诗词的曲的独特意境,为散曲的发展与提高作出了贡献。

〔1〕　清代张大复《寒山堂新定九宫十三摄南曲谱》记马致远作《牧羊记》,题下注文说马致远字千里,未知何据。按杂剧作家多以字行和古人常以"致远"作字而不作名的习惯,张说存在疑点。

〔2〕　此从曹本《录鬼簿》,天一阁本《录鬼簿》作"江浙省务提举"。"务官"是掌税收的官吏,即宋、金所谓监当官。

〔3〕　王恽《秋涧大全集》卷十有《秋涧著书图歌赠画工张仁卿》七言古诗一首，诗写于至元二十年左右，是知张仁卿是至元间人，王伯成既是他"莫逆交"，当是同时代人。孙楷第《元曲家考略》据此推断马致远是至元、泰定间人。今按：马致远当较王伯成、张仁卿年老。

〔4〕　张可久的生平详见本书第十六章第一节。

〔5〕　周德清《中原音韵·自序》作于泰定元年（1324），其中说："……自关、郑、白、马，一新制作……诸公已矣，后学莫及。"所以知泰定元年关、郑、白、马四人都已去世。

〔6〕　据《元史·百官志》，至元二十二年，江淮行省辖区调整后改称江浙行省（《地理志》作二十一年）。因此马致远任江浙行省务官必在至元二十二年之后。

〔7〕　元淮《金囷集》有《吊昭君》诗，题下注："马致远词"。又有《试墨》诗，题下注："岳阳词"，"岳阳"当指马致远《岳阳楼》剧，因诗中颔联"竹几暗生龙尾润，笔锋微带麝脐香"，明显系由该剧第一折〔混江龙〕曲中"竹几添龙尾润，布袍常带麝脐香"稍加变化而成。这两首题马致远作品的诗大致可断定为至元二十四至二十八年间所作。

〔8〕　《任风子》一剧中马丹阳自称"抱一无为普化真人"。元世祖曾敕封马丹阳为"抱一无为真人"，到武宗至大二年才加封为"抱一无为普化真君"，剧中马丹阳自称与武宗加封之号只一字之差，因疑此剧写于至大二年之后。

〔9〕　吕天成《曲品》中记载："《牧羊》，元马致远有剧，此词亦古质可喜，令人想念子卿之节。梨园演之，最可玩。马致远作。""马致远作"四字只见暖红室本，《曲苑》本无，因此有人认为《曲品》本来并未肯定南戏《牧羊记》就是马致远所作。"马致远有剧"的意思也可以理解为他曾写过这一题材的剧，不一定是南戏。而暖红室本中"马致远作"四字可能是后人在校定《曲品》时加上的。至于无名氏《古人传奇总目》、《传奇汇考标目》和张大复《寒山堂曲谱》中说《牧羊记》是马作，可能是附会了《曲品》的意思。《寒山堂曲谱》还记马致远曾与史九敬先合作南戏《风流李勉三负心》，和史敬德合著《萧淑贞祭坟重会姻缘记》，也不知根据何在。

〔10〕 本剧第四折写孤雁声引出人物的凄凉感情,并且剧的正名作《破幽梦孤雁汉宫秋》,前人说它受白朴《唐明皇秋夜梧桐雨》意境的影响。按庾信有《秋夜望单飞雁》诗:"失群寒雁声可怜,夜半单飞在月边。无奈人心复有忆,今暝将渠俱不眠。"单飞雁即孤雁。如果要说意境上的影响,当以此诗更为直接。

〔11〕 见《道藏》中所录苗善时《纯阳帝君神化妙通记》。苗善时的年代有不同看法,或疑即元至大三年和至顺元年两次掌全真教的苗道一,惟《通记》所载系集录各种道教传说,因此不能据苗善时的活动年代来确定道教传说的年代。

〔12〕 《纯阳帝君神化妙通记》中《度老松精第十二化》记吕洞宾过岳州巴陵县白鹤山,老松精要求"济度"。《再度郭仙第十三化》中记"郭上灶乃老树精后身",吕洞宾度脱他时说:"子前生乃老树精,还记之否。"又《岳阳楼》第二折写郭马儿(即郭上灶)妻贺腊梅喝吕洞宾残茶,和《石肆求茶第十一化》中的情节也相似。可知《岳阳楼》故事当也据自此类道教传说。

〔13〕 《岳阳楼》剧末出场的八仙除吕纯阳(洞宾)外,有汉钟离、铁拐李、蓝采和、张果老、徐神翁、韩湘子和曹国舅。这同其他杂剧作品所写八仙有异,岳伯川《铁拐李岳》中无徐神翁,却有张四郎。范子安《竹叶舟》中无曹国舅,却有何仙姑。一九五二年,山西永乐镇发现元代全真教观——纯阳万寿宫内纯阳殿后门楣上存有元人所绘《八仙过海》,画中八仙组合与马致远杂剧所列八仙名目完全相合。

〔14〕 王恽〔鹧鸪天〕词《赠驭说高秀英》下片:"由汉魏,到隋唐。谁教若辈管兴亡。百年总是逢场戏,拍板门锤未易当。"此词清浑超逸,是元词中佳作。王恽时代略早于马致远,《岳阳楼》中此曲或受王词影响。但曲中表现的激愤之情,却远胜王词。

〔15〕 宋罗大经《鹤林玉露》卷一记吕岩应举,路遇钟离翁于岳阳,授以仙诀而成仙。这可能是后来人们把"黄粱梦"的故事附会在吕岩身上的来由。王嚞〔满庭芳〕词述说全真教派时写道:"汝奉全真,继分五祖,略将宗派称扬。老君金口,亲付与西王。圣母赐东华教主,东华降钟离承当。传玄理,富春刘相,吕祖悟黄粱。"马钰〔采桑子〕中写道:"吕公大悟黄粱梦,舍弃华轩,返本还源。出自钟离作大仙。"《纯阳帝君神化妙通记》中的《黄粱梦觉第二化》所记吕岩(纯

阳帝君）黄粱梦觉的故事间架与杂剧所写基本相同。

〔16〕 《中原音韵》例举此曲曲文与《元曲选》本相同，只是屏去若干衬字，曲文如下："你有出世超凡神仙分。一抹缘，九阳巾。君，敢做个真人。"周德清评云："此调极罕，伯牙琴也。妙在'君'字属阴。"又，《太和正音谱》也曾例举此曲，同时还例举本折中的〔醉中天〕和〔赚煞尾〕。

〔17〕 全真教五祖为东华子、钟离权、吕岩、刘海蟾、王重阳；七真为马钰、谭处端、刘处玄、丘处机、王处一、郝大道。原王嚞（重阳）也为七真。后定为五祖之一，故七真又增一人，为孙不二。

〔18〕 任讷辑《东篱乐府》收小令一〇四，套数十七，残套五；隋树森《全元散曲》辑马致远小令一一五，套数十六，残套七，大体一致。隋本多收小令〔青杏儿〕十一首；套数则任本比隋本多〔双调·锦上花〕一套，隋本比任本多〔中吕·粉蝶儿〕一套。此外，〔黄钟·女冠子〕、〔双调·水仙子〕两套，隋本划入残套，任本划入套数之中。又，一九八〇年辽宁省图书馆发现明钞残本（存六卷）《阳春白雪》，其中新发现马致远三个套曲，又补全三个残套，共六套。至此知马致远存曲一百三十余首。

〔19〕 《乐府新声》、《中原音韵》和《词林摘艳》都收录这首小令，不著作者名；蒋一葵《尧山堂外纪》谓马致远作；盛如梓《庶斋老学丛谈》记"北方士友传《沙漠小词》三阕"，第一首即为这首小令。孙楷第《元曲家考略》说盛如梓所录三首都属马致远作，是"上都纪行词"。这里从孙说。又，清人《词综》将盛氏所录三首收入卷三十，目录中算作"无名氏三首"，录作品时则列于马致远名下。

第八章　元代前期其他杂剧作家（一）

　　元代前期是杂剧成熟、鼎盛时期，作家纷起，人才辈出，特别是杂剧名家几乎都集中在这一时期，除了关汉卿、王实甫、白朴和马致远以外，纪君祥、高文秀和杨显之等也都名闻一时，他们的作品各有特色，构成了杂剧争奇斗妍、异彩纷呈的繁荣局面。

　　纪君祥、郑廷玉和李寿卿，《录鬼簿》记他们是"同时"人，除了说他们活动年代相同外，可能还包含相互有交往的意思。纪君祥的历史剧《赵氏孤儿》奠定了他在元剧作家中的重要地位。相比之下，狄君厚的历史剧《介子推》就较为逊色，但可明显地看出它是受到了《赵氏孤儿》的影响。郑廷玉的历史剧《疏者下船》在成就上就更逊于《赵氏孤儿》了，不过郑廷玉的最有代表性的作品是《看钱奴》和《冤家债主》，这些作品对被金钱腐蚀了的人的灵魂的丑恶有较深刻的揭示。李寿卿的《伍员吹箫》很像是《疏者下船》的"对棚戏"，两者都取材于史书所载伍员借兵报仇故事，李作歌颂伍员雪恨，展显英雄本色；郑作却赞美被伍员讨伐的楚昭王（明刊本作昭公）一门子孝妻贤。不过《伍员吹箫》对后世戏曲颇有影响，《疏者下船》故事却不见流行。

　　康进之，高文秀和李文蔚都以写水浒戏著名。康进之的《李逵负荆》和高文秀的《双献头》被称为元代"黑旋风杂剧"的双璧，代表着元剧中水浒戏的成就。李文蔚写的燕青戏则另有特色。高文秀在元剧作家中有相当地位,人称"小汉卿",所写剧本题材很广,他的《渑池会》也是一个优秀作品,可能是由于通行的《元曲选》失收的缘故,它长期未被曲学家们注意,但实际上在以春秋战国时代的历史故事为题材的剧作中,它的成就仅次于《赵氏孤儿》。

杨显之、石君宝、石子章和张寿卿的作品较多地涉及了爱情和家庭题材,都反映了当时带着普遍性的社会生活的某些方面,他们在描述和揭示社会问题时,目光是敏锐的,但在寻求解决问题的出路时,却往往陷入传统的团圆窠臼。

第一节　纪君祥　郑廷玉　李寿卿　狄君厚

纪君祥,大都人,生卒年代不详。钟嗣成《录鬼簿》记他是"前辈才人",还记他"与李寿卿、郑廷玉同时"。[1] 他写过杂剧六种,现仅存《赵氏孤儿》一种,《松阴梦》有佚曲存于《雍熙乐府》、《北词广正谱》中,《驴皮记》、《韩退之》、《贩茶船》和《曹伯明错勘赃》均无存。

《赵氏孤儿》故事本于《左传》、《史记》。《左传》宣公二年记述"晋灵公不君",先遣刺客后纵獒犬谋害重臣赵盾,赵盾出亡,赵盾之弟赵穿诛杀晋灵公后,赵盾复官。《左传》成公八年又记赵庄姬向晋侯进谗,引出赵氏家族之祸,但因韩厥进言,赵氏之后赵武得存。《史记》中《晋世家》、《赵世家》、《韩世家》都有关于赵氏故事的记载,《晋世家》记晋灵公与赵盾君臣之间的矛盾大致与《左传》相同,《赵世家》记晋景公诛赵族的起因是"大夫屠岸贾欲诛赵氏",屠岸贾原先"有宠于灵公"。《赵世家》中还记屠岸贾诛赵事曾遭韩厥反对,赵盾子赵朔的遗腹子由公孙杵臼和程婴共同搭救,二人设计将他人婴儿装作赵孤,由程婴出首告密,公孙与他人婴儿俱被杀,程婴携赵孤藏匿山中。十五年后,晋景公因病问卜,龟策云"大业之后不遂者为祟",韩厥趁机进谏,召回孤儿赵武,屠岸贾被灭族。又四年,程婴为"下报"赵盾与公孙杵臼,自杀。

纪君祥创作《赵氏孤儿》杂剧,一方面把《左传》和《史记》记载的晋灵公欲杀赵盾和晋景公诛赵族这两个相隔多年的事件捏合在一起,一方面承继了《史记》中这个故事的主要人物和线索,增添和变动了若干情节,并赋予它强烈的复仇思想,塑造出一批为挽救无辜而前仆后继、舍生取义的人物形象,使之成为一个壮烈的、正气浩然的悲剧。

《赵氏孤儿》贯穿首尾的矛盾线索是赵、屠(屠岸贾本姓屠岸,名贾,杂剧中改为屠姓)二家"文武不和",虽然曲文中还透露出对君主的不满,但总的来说,已不是如《左传》所载的君臣矛盾了。所谓"文武不和"实际上又是"忠奸矛盾",这是小说、戏曲中的常见内容,但《赵氏孤儿》和一般表现忠奸矛盾的作品又颇有不同。它并非正面展开忠臣、奸臣对国家利益的维护和危害,而主要突出了正义与非正义的矛盾斗争和复仇思想。屠岸贾为了私仇,不但大肆杀害赵家人口,而且下令杀害全国的小儿;而程婴和公孙杵臼等为了挽救无辜,则宁愿舍弃生命和自己的后代。一方为个人私怨要尽阴谋与构陷的手段;一方为维护正义,保全受害者的后代而不惜牺牲生命。

从《史记》到杂剧《赵氏孤儿》,程婴山中匿孤变为屠岸贾抚孤,借神意(占卜)解决问题的结尾,改作人事诛杀,都是为了强调复仇的主题而作的更动。《赵氏孤儿》的复仇主题,在情节发展中,不断得到深化:屠岸贾与赵盾的矛盾,开始仅存于二人之间,及至钮麑背主命而死,提弥明见义勇为,灵辄为主效忠,开始牵涉到其他的人。屠岸贾诛杀赵氏满门,合族三百余口受到杀戮,引起韩厥、程婴、公孙杵臼等人的愤慨，正义和非正义的两方就形成了尖锐的对立。及至屠岸贾为了搜孤而要杀尽全国的同龄小儿，矛盾的性质就开始发生变化，这时正义的一方就扩大到善良无辜的全体人民。

剧本中描写的勇士钮麂、殿前太尉提弥明、下将军韩厥、草泽医生程婴、致仕的中大夫公孙杵臼等，他们虽然身份不同，所处社会地位各异，他们作出各种牺牲的出发点也不尽相同，但他们身上都表现了"其言必信，其行必果，已诺必诚，不爱其躯"（《史记·游侠列传》）的品德特点。这种特点更多地具有这个故事所发生的特定时代的特色。汉代刘向《新序·节士》篇和《说苑·复恩》篇赞扬程婴和韩厥"不忘恩"，同时说他们是"信交厚士"，实际上也是着眼于上述特点而言的。

《赵氏孤儿》杂剧不仅写出了人物的这些特点，同时还将人物的思想性格作了合理的发展。如剧中主要人物之一程婴的思想性格，显然与《史记》中的描写有很大不同：第一，他是把自己的孩子（不是将他人婴儿）扮作赵孤，让屠岸贾杀死，甘愿忍受极大的痛苦。第二，他最初受托救孤时，主要是由于自己曾受到赵朔"与常人不同"的"十分优待"而产生的报恩思想在起作用，而后来，支持他舍子抚孤的重要原因却是"要救晋国小儿之命"和为赵家保子复仇的希望；因此，程婴的思想就从报答知己升华到挽救无辜，带有了更多为正义而牺牲个人的内容。第三，当屠岸贾决定认孤儿为义子，招程婴为门客后，程婴忍辱负重含辛茹苦二十年，乃至"踌躇展转，昼夜无眠"，不忘仇恨，志在必报，就更带有中国民间流行的复仇思想色彩。

程婴是贯穿全剧的人物，也是塑造得比较成功的形象，他的性格在剧情发展中得到展示。从报恩到拯救无辜，从挽救孤儿到牺牲自己的儿子，为了救孤儿，他要去"出首"告密，要鞭打自己的好友公孙杵臼，忍受亲眼看见公孙和自己的儿子惨死的痛苦，背负着"不义"

的名声,还要向仇人献媚,这是一种比牺牲生命更痛苦的考验。在矛盾发展过程中,他的沉着、坚毅、视死如归的性格特点,得到充分的表现。

《赵氏孤儿》的结构紧凑和简练。一开始的楔子,交代了赵、屠两家的仇怨和屠岸贾的不义,第一折戏正式开始时,屠岸贾就已守在宫门,要杀孤儿,情节已经进入了高潮,并通过韩厥义释程婴,谴责了屠岸贾的奸佞。第二、三折写公孙杵臼与程婴定计,公孙壮烈牺牲,同时也是在揭露屠岸贾。这三折都不是正面写屠岸贾的凶狠,却处处揭露了屠岸贾的阴险与凶恶,为第四、五折的大报仇创造了气氛。

今存元刊本与明《元曲选》本(《酹江集》本基本同于《元曲选》本)《赵氏孤儿》有四折与五折的歧异。这两种本子的曲文有很多的差别,明本有明显的修改痕迹。元刊本比较强调忠奸双方的有道和无道,明本更多"忠臣不怕死,怕死不忠臣"的渲染。但是,两种本子的故事情节的发展线索基本上是一样的。元刊本曲词(元刊本无宾白)结束于赵孤准备去杀屠岸贾,而明本第五折则演到孤儿奏知君王后,受命拿住屠岸贾,由上卿魏绛下令将屠岸贾处死。由于第四折交代在灵公时代孤儿已是二十岁,第五折中又写有"方今悼公在位",而孤儿仍为二十岁,自身发生了矛盾和混乱[2]。有人认为明本第五折是蛇足,或许是后人添增。

在对《赵氏孤儿》的研究中,曾涉及纪君祥写作本剧是否有怀恋宋王朝的动机问题。由于现在对纪君祥生平事迹几乎毫无了解,只能从以下三方面的情况来推测。

一,宋王朝的皇帝姓赵,被说成是春秋晋国赵氏的后裔,自北宋神宗年间开始到南宋开禧年间,一再为程婴、公孙杵臼和韩厥修祠立庙,加封爵号。这件事最初并无政治意义,据宋吴处厚《青箱杂记》云:"神宗朝,皇嗣屡阙,余尝诣阁门上书,乞立程婴、公孙杵臼庙,优加封爵，以旌忠义，庶几鬼不为厉，使国统有继。"于是诏封程婴为成信侯，公孙杵臼为忠智侯。并于绛州立庙，岁时致祭。到徽、钦二帝被掳后，"存赵孤"就成为一个十分重要的、直接牵涉现实政治的口号。南宋第一个皇帝高宗赵构即位时，汪藻所撰《群臣上皇帝劝发第一表》中就说"辄慕周勃安刘之计，庶几程婴存赵之忠"。程婴、公孙杵臼的庙墓本在绛州太平县，时为金朝领土，高宗时权于临安春秋设位望祭，高宗即位十五年后，又在临安为程婴等建庙，不断加封爵号。到开禧元年，程婴、公孙杵臼和韩厥已分别被加封为忠翼强济孚佑广利公、忠果英略孚应博济公和忠烈启佑翊顺昭利公。

二，宋亡之际，"存赵孤"更成为一些忠于宋室的忠臣义士的口号。如文天祥诗中写到"祖逖关河志，程婴社稷功"（《自叹》），"夜读程婴存赵事，一回惆怅一沾巾"（《指南录·无锡》）。宋亡以后，怀念宋王朝的人也常用"存赵孤"来表达他们的恋宋之情。如刘埙《补史十忠》诗之九《少傅枢密使张公》中写道："间关障海滨，万死存赵孤"，颂扬张世杰在宋亡之际于厓山扶持宋室终于遭难的事迹。元世祖至元十五年，江南释教总统杨琏真珈挖掘宋陵，弃骨于荒野，唐珏等收遗骸埋葬，罗有开在《唐义士传》中赞美说："吾谓赵氏昔者家已破，程婴、公孙杵臼强育其真孤；今者国已亡，唐君玉潜匿藏其真骨。两雄力当，无能优劣。"

三，《赵氏孤儿》的描写中有"凭着赵家枝叶千年永"，"正好替赵家出力做先锋"，"你若存的赵氏孤儿，当名标青史，万古留芳"这些唱词和宾白，把救孤的意义夸大到与整个剧情不甚相称的地步，或许别有用意。

归纳以上所述，说《赵氏孤儿》曲折地表达一种忠宋恋宋的政治感情，当有一定根据。

《赵氏孤儿》是元杂剧中最优秀的历史题材剧之一。王国维曾予以极高的评价,他认为《赵氏孤儿》剧"即列之于世界大悲剧中,亦无愧色也"。

郑廷玉,彰德(今河南安阳)人。作有杂剧二十三种[3],题材广泛。今存六种:《疏者下船》、《看钱奴》、《后庭花》、《忍字记》、《金凤钗》和《冤家债主》。已佚者十七种:《凤凰儿》、《双教化》、《栾城驿》、《打李焕》、《复勘赃》、《贩扬州》、《因福致祸》(一作《因祸致福》)、《渔父辞剑》(一作《渔父舞剑》)、《料到底》、《驷马奔阵》、《哭韩信》、《送寒衣》、《贫儿乍富》、《王公绰》、《因福折福》(题中疑有误字)、《七真堂》、《孙恪遇猿》。

《疏者下船》以伍子胥借吴兵伐楚、申包胥赴秦国乞师为背景,写楚昭王(明刊本作楚昭公)出奔过程中发生的故事。第三折写昭王渡江,船小浪大,他妻子和儿子先后投水,只剩下他和兄弟在船,得以保存。作者意在歌颂妻贤和子孝,也意在歌颂昭王宁愿牺牲娇妻、爱子,也要保全兄弟的美德。但在实际上却又反映了在患难之中首先牺牲妇女、孩童的观念,一切为了保存君主的观念。这就使本剧充满了封建气息。

《疏者下船》的元刊本与明刊《元曲选》本在内容上很不相同,主要的差别有二:一是战事起因,《元曲选》本叙吴王的湛卢剑飞入楚国,昭公认为此剑是稀世奇宝,不肯付还,因此惹起刀兵。元刊本交代吴楚战事主要因为平王"屈斩了功臣",伍子胥到吴国借兵报杀父之仇。二是故事的结尾,《元曲选》本叙昭公妻、子下水之后,有龙神保护,战争结束之后,夫妇、弟兄、父子重获团圆。元刊本并无神龙出现,昭王妻、子都淹死了,昭王又娶妻生子,给前妻及儿子建坟、造碑以示表彰。此外,故事细节上也有不同,曲文风格也有差异,元刊本较为朴拙,而《元曲选》本注重文采。总的说来,《元曲选》本实为一改订重编本。

郑廷玉今存的其他作品中大多涉及了贫富悬殊的社会现象,最有代表性的作品是《看钱奴》,《冤家债主》、《金凤钗》和《忍字记》也不同程度地涉及了这方面的问题。

这些作品对贫富不均的社会现象进行了揭露,尤其对富人致富的不义手段,不劳而获的罪恶,他们被金钱腐蚀了的灵魂的丑恶都有深刻的揭示。《忍字记》中描绘刘均佑讨债不择手段,"若不肯还啊,连他家锅也拿将来",狠毒异常。《看钱奴》中贾仁买子一折,充分表现了富人的狡诈、无赖、凶恶和对穷人肆无忌惮的欺骗和掠夺。周荣祖咒骂贾仁:"我骂你个勒掯穷民狠员外,或是有人家典缎定,或是有人家当环钗,你则待加一倍放解","似这等无仁义愚浊的却有财,偏着俺有德行聪明的嚼韭菜,这八个字穷通怎的排。则除非天打算日头儿轮到来,发背疔疮是你这富汉的灾,禁口伤寒着你这有钱的害。有一日贼打劫火烧了您院宅,有一日人连累抄没了旧钱债,怎时节合着锅无钱买米柴,忍饥饿街头做乞丐,这才是你家破人亡见天败"。这些话中都包含着作者愤激的感情。《忍字记》中作者甚至让财主刘均佑自悟道:"原来俺这贪财人心上有这杀人刀"。通过这样的揭露,也表现出贫富之间的尖锐对立。

其次,作者在揭露富人不义的同时,描绘了人情冷暖随金钱转移的社会现实,并指出这种现象并非偶然。《忍字记》中所言"如今人则敬衣衫不敬人,不由我只共钱亲人不亲",揭露了世风的堕落和人的灵魂的被腐蚀。尤其在《金凤钗》中,这一点表现得更为突出:秀才赵鹗与妻子、儿子、店小二的关系,无时无刻不随着赵鹗的穷通命运在剧烈地变化。赵鹗手中无钱,时运不济时,店小二便来索店钱,"恶歆歆嗔满怀",妻子也来索要休书"别嫁人去",连儿子也不想跟着他了。而一旦他有了做官的希望时,店小二便置酒为他庆贺,热情地说:"我道你不是受贫的人"。妻子也为他安排茶饭,"便似孟光举案齐眉待",对他亲热起来。充分表现了当时"世情看冷暖,人面逐高低"的炎凉世态。作者在描写这种人情薄如纸的社会现实和冷冰冰的家庭关系时,怀着深深的痛苦,而对"四海之内皆兄弟","一家一计,水籍鱼,鱼籍水"的人伦关系充满了向往。

在揭露贫富对立和为富不仁上,郑廷玉对社会现象有着较深的观察和真实的描绘。如《看钱奴》中描写周荣祖的儿子长寿,本是穷苦人家子弟,卖给贾仁后二十年,他变成了一个会挥霍、欺侮穷人的纨绔子弟,张口便说:"我富汉打杀你这穷汉,只当拍杀了苍蝇相似。"描绘出由于经济地位的改变人的思想发生的变化。然而,作者对产生贫富差别现象原因的解释以及对解决这些社会问题的设想却又尽是消极的。诸如他以为人生祸福无定、穷达无常,一切都是命中注定,应当待时守分、广积阴功,等待冥冥中公平的因果报应。《冤家债主》中反复阐述的"得失荣枯总在天,机关用尽也徒然"、"天网恢恢,疏而不漏","莫瞒天地莫瞒人,莫作瞒心与祸邻",正是这种消极思想的集中反映。但是,这种消极思想的实际内容,也还是复杂的。

元代杂剧和散套中,都有描写吝啬者的佳篇和片断,但就揭露得深刻和鞭笞得有力这两方面看,都不及郑廷玉的作品。《看钱奴》中贾仁的形象是具有典型意义的悭吝人的形象,这个人物塑造得颇为生动。他在贫穷时不甘心安于命运,屡屡到东岳灵派侯庙去诉告,在神灵面前撒谎许愿,好话说尽;一旦富贵到手则得意忘形,坑拐欺骗、趾高气扬,而且十分吝啬。他买儿子却反要索取"恩养钱",被狗舔去了指头上揩来的鸭子油,便气得一病不起,临终时要儿子将他尸身剁成两截,装在旧马槽中安葬……作者用这些看来是超出常理的、不可理喻的事件,十分夸张却又颇为真实地勾画出了一个悭吝人的形象。这种描写手段，对后世戏曲、讽刺小说的影响是明显的。

　　李寿卿，生卒年不详，太原人，官将仕郎，除县丞，后任过"总管"、"提举"一类官职。作杂剧十种，今存《伍员吹箫》和《度柳翠》[4]二种。《叹骷髅》仅存套曲，《斩韩信》、《远波亭》、《秋莲梦》、《受禅台》、《鉴湖亭》、《祭泸水》、《吕无双》均已佚。

　　《伍员吹箫》与《疏者下船》一样，也取材于《左传》、《史记》所载的伍子胥借兵报仇事。这两个剧虽然历史背景相同，但表现内容不同，《伍员吹箫》是正面描写伍员得知父兄由于费无忌进谗被害之后，投吴借兵，一路之上，受尽坎坷，得到浣纱女、渔父救护，壮士鱄诸的协助，辗转十八年后，才得以借吴兵报了父兄之仇。

　　朱权《太和正音谱》对李寿卿评价极高，该书"古今群英乐府格势"列元代作家一百八十七人，李寿卿名列马致远、张小山和白仁甫之后，居第四位，评语中说：李寿卿词如"洞天春晓"，又说"其词雍容典雅，变化幽玄，造语不凡，非神仙中人，孰能致此？"这个评语过于溢美。李寿卿的散曲今仅存小令一首[5]，难以窥知其主要风格。《伍员吹箫》曲文倒是有滂沛之势，如第二折描绘伍员受到迫害，携着楚公子芈建之子私走樊城，投奔郑国，继又火烧驿亭，逃离郑国，英雄遇险，悲恨交集：

　　　　〔南吕·一枝花〕扑碌碌撞开门外军，不剌剌杀出这城边路。紧防他弦上箭，又则怕失却掌中珠，仔细踌躇。俺父兄多身故，他又把咱家一命图，泪沾洒四野征尘，气吁成半天毒雾。
　　　　〔梁州第七〕则愿得砍不折匣中宝剑，则愿得走不乏跨下龙驹。凭着我这湛卢枪撅下功劳簿。盔缨惨淡，袍锦模糊。想当日筵前斗宝，暗里埋伏。脱临潼都是俺的机谋，向云阳早坏了俺的亲族。我我我,举什么千钧鼎恶识了西秦,是是是,到如今一口气羞归南楚,来来来,只不如片帆风飞过东吴。我这里悄悄叹吁,敢命儿里合受奔波苦?世做的背时序,且一半惺惺一半愚,说甚当初。

第三折描写伍员落魄吴中,受尽炎凉,也有较动人的曲文:

〔中吕·粉蝶儿〕何日西归?困天涯一身客寄。恨无端岁月如驰,都是些傲穷民,趋富汉,不放我同欢同会。空走到十数筵席,有那个堪相酬对。

〔醉春风〕我如今白发滞他乡,青春离故国。凭短箫一曲觅衣食,常好是耻、耻。这一座村坊,兀的班人物,遭逢着恁般时势。

同元代其他历史剧作者描写历史人物常常经过改造一样,李寿卿笔下的伍员不仅具有了"十三太保大将军"兼"樊城太守"这个不符历史事实的职务,而且还有"兴学校,劝农桑,清案牍,恤流亡,宽税敛,聚饯粮"这类德政,而这种德政实际上又是经历了长期战乱后的元代出现的一种发自儒家观点的主张和理想政治的向往。

狄君厚,平阳(今山西临汾)人,《录鬼簿》著录他作杂剧《介子推》一种。介子(之)推故事最早出于《左传》,该书僖公四年记事有晋献公立骊姬为夫人、立骊姬所生的奚齐为太子,还记载骊姬逼死太子申生,诬陷申生之弟重耳和夷吾。又该书僖公二十四年记事有晋文公(即重耳)赏赐随他逃亡的诸臣,介之推没有获得禄位,他和母亲一起隐居而死。刘向《新序》则记载介之推隐于山中时,晋文公焚山逼他出仕,介不出,被烧死。本剧所写晋献公无道,申生被害,重耳出逃,介之推烧死山中等情节,大致同于史书记载。但狄君厚对这个历史故事也作了大幅度的改造。主要表现在两个方面:一,介子推一开始就被描写为因不满献公无道而归田隐居的人物,他后来虽搭救了重耳,但并不跟从重耳亡命国外,而继续隐居,这同最终被火焚死山中的结局就更为衔接。与此相适应,剧中宣扬归隐、出世思想很突出。二,与历史记载截然不同,剧中人物对君主的谴责十分激烈。第一折写介子推借纣王故事来责备献公,固为尖刻,第四折写山中樵夫责骂晋文公焚山烧死介子推,所谓"做皇帝一头放水,一头放火",更是毫无遮拦。

从本剧的一些情节安排和具体描写看,它显然受到《赵氏孤儿》的影响,如第二折写"六宫大使"王安奉命赍"三般朝典"(短剑、白练和药酒)"赐死"太子申生,王安是非分明,宁肯自己身亡,也不愿下手,颇像《赵氏孤儿》中的韩厥。第三折写重耳逃到介子推庄宅,使臣追来,介子推儿子介休假冒重耳自刎,也可见受到真假孤儿的影响[6]。

本剧曲文本色当行,如第四折写樵夫在焚山时慌忙逃生:

> 红红的星飞迸散,腾腾的焰接林梢,烘烘的火闭了山门。烟惊了七魄,火唬了三魂,不付能这性命得安存。多谢了烟火神灵搭救了人,惭愧呵险些儿有家难奔。尽都是火岭烟岚,望不见水馆山村。(〔紫花儿序〕)

第二节　康进之　高文秀　李文蔚

元代杂剧以水浒故事为题材的有三十三种,流传至今的有十种。

其中写李逵的三种,写燕青的一种,写鲁智深的一种。另外五种涉及李逵、燕青、鲁智深、关胜、徐宁、花荣、刘唐、雷横、秦明、杨志等梁山众好汉。从现存水浒剧看,以康进之、高文秀的剧作成就最高,他们又以写黑旋风李逵的戏擅长。

康进之[7],棣州(今山东滨州)人。今知他作杂剧二种,都是李逵戏,《老收心》已佚,《李逵负荆》[8]今存。和元杂剧中的其他水浒剧一样,《李逵负荆》的主旨也是歌颂梁山英雄扶弱济贫、除暴安良的英雄事迹,歌颂他们主持正义,"替天行道",为民除害的侠义行为。《李逵负荆》的最成功之处首先是创造了李逵这个性格鲜明的人物形象。李逵生性豪爽、粗犷,以至于有时表现得鲁莽,他误以为宋江、鲁智深强抢民女,因此大闹聚义堂,就是出于鲁莽。但作者的刻画是细致的,他写李逵乍听王林哭诉,先问"有什么见证",待到见了假冒宋江的恶人留下的"红绢褡膊",就立即信以为真。索要见证,似乎并不鲁莽,相信不是显证的见证,却又还是鲁莽。此外剧中还出现了两处与《水浒传》中动辄就要"绰起两把板斧来"的李逵不相同的描写。一处是第一折,李逵在清明节带醉下山踏青,一路观赏风光,见到花间黄莺唱下的桃花瓣落在水中飘流水上,煞是好看,想起"学究哥哥"作诗说过"轻薄桃花逐水流",捞起水中"好红红的桃花瓣儿",对着自己的"好黑指头"发笑,又把桃花放回水中,并且沿着流水追赶逐水桃花。这番描写表现出这一人物性格天真的某一侧面,使人觉得可笑可爱,却并不因此显得与他的主要性格特征不协调,反而更显得人物形象生动逼真。另一处是第四折李逵回山请罪时,看到"碧湛湛石崖"和"不得底的深涧",忽然想到要跳崖自杀,这种描写却就显然是游离于性格特征之外了。

《李逵负荆》的剧情结构向来也为研究者称道。首先是建筑于人物真实性格逻辑基础上的"误会法"受到推重,贯穿全剧的矛盾,是李逵和宋江为维护梁山"替天行道救生民"的宗旨而发生的冲突。李逵和宋江都以郑重和严肃的态度，维护梁山义军的纯洁性。由于坏人的欺骗，引起王林对宋江的误会，而由李逵的轻信，误会传导到李逵与宋江之间。为维护梁山的威望，李逵砍旗闹山。也是为维护梁山的威望，宋江下山对质。人民信任爱戴义军，坏人利用义军的威信以达到自己的目的，义军内部容不得出现破坏纪律的现象，都符合生活本身的发展逻辑。有了生活的必然性和人物性格的真实性作为出发点，这种由误会造成的冲突就并不给人以虚假的感觉，反而使人感到入情入理。其次是作者在故事展开过程中善于转换气氛。第一折开始即因王林女儿被抢波澜骤起，紧接着的却是李逵下山踏青、带醉赏春的轻松气氛。接下去是王林哭诉，引起了李逵的愤怒，于是便演出了指骂宋公明、拔斧砍旗、赌头立军令状的场面，情节十分紧张。这种紧张的气氛直到第三折才逐渐得到转换，真相大白以后，李逵的愤怒才得到平息。不料一向讲恩义、识大体的宋江却不顾和李逵有"十载相依"的情谊，也不听吴学究、鲁智深的劝说，坚持按军状办事，要斩李逵。至此剧情又趋紧张，势成骑虎，这时王林冲上场高叫"刀下留人"，李逵受命下山剿除两个歹徒，戴罪立功，紧张的戏剧氛围才得到解除。李逵赴庆功筵时，又恢复了他的豪爽而诙谐的本性，他对鲁智深和宋江说：他的将功折罪之举是"我也则要洗清你这强打挣的执柯人"，"出脱你这干风情的画眉客"，说是为了开脱鲁智深和宋江的"冤屈"，这个喜剧就在这种符合人物性格的诙谐语言中结束了。

《李逵负荆》的曲词属当行本色一派。明代孟称舜说此剧"曲语句句当行，手笔绝高绝老"（《酹江集》评语），不为过誉。

高文秀（约生于 1255—1275 前后，卒于 1295—1315 前后[9]），

东平(今属山东)人。《录鬼簿》记他是"东平府学生员,早卒,都下人号小汉卿"。写有杂剧三十三种[10],今存五种,有《双献头》、《遇上皇》、《诤范雎》(一作《诤范叔》)、《襄阳会》、《渑池会》。《谒鲁肃》有佚曲存于《词林摘艳》、《盛世新声》、《雍熙乐府》、《太和正音谱》和《北词广正谱》中。从他的今存剧目中可以得知,他写过八种黑旋风李逵的戏曲,除《双献头》之外,还有《丽春园》、《牡丹园》、《敷演刘耍和》[11]、《斗鸡会》、《穷风月》、《乔教子》(一作《乔教学》)、《借尸还魂》七种。此外,还有存目二十种:《不及父》、《霸王举鼎》、《班超投笔》、《潘安掷果》、《镇水母》(一作《锁水母》)、《谎秀才》、《不当事》(一作《不当差》)、《干请陈》(一作《干请俸》)、《打吕胥》(一作《打吕青》)、《双弃瓢》、《神诉冤》、《害夫人》、《走樊城》、《并头莲》、《打瓦罐》、《论杜康》、《赵尧乱金》(一作《赵尧辞金》)、《四坐禅》(一作《问哑禅》或《开哑禅》)、《张敞画眉》、《武松大报仇》。

《双献头》是元剧中塑造李逵形象比较成功的作品。它别出一格,在李逵性格的刻画中,突出了他的精细机警。李逵奉命扮作庄家后生,保护孙孔目到泰安神州烧香,他第一次见到孙孔目之妻郭念儿,就从她的"丢眉弄色"中看出她的不正派而对她怀有戒心,表现了他的细心和机敏。第三折李逵设计蒙骗牢子的描写很生动:李逵装扮成一个"傻厮",处处表现了憨傻的特征,他故意不去拉门铃索,却用半头砖去砸牢门。他管牢子叫叔待(阿叔),称牢房作"你家",装作不会作揖,抱住了牢子手臂。还用放了蒙汗药的羊肉泡饭引得牢子嘴馋,上当中计,于是他救出了孙孔目和满牢囚人。之后,他又扮成祗候人,混入官府,杀了白衙内和郭念儿,在粉壁上落了名姓,返回梁山。《双献头》描写的故事,当是宋以来民间流传的水浒英雄故事之一,但它不见于小说《水浒传》。这个剧本虽然着重在刻画李逵的精细和机警,但同时也写到了李逵基本性格特征——勇猛和莽撞。

李逵出场时的形象是"威凛凛的身似碑亭"，穿血渍的衲袄，像"墨染的金刚"，手执夹钢斧，口发"莽壮声"。这和《李逵负荆》中的形象是一致的，但当他遵奉宋江的命令，改扮成庄家后生去泰安州之后，就处处表现了谨慎和细心。剧本描写的是李逵在特定环境中表现的特定行为，用剧作者的说法是"乔行径"，因此，和他莽撞的性格特质还是统一的。[12]这和三国故事中的张飞有时也能细心用计，并不妨碍他具有勇猛莽撞的性格特点一样，都表现出我国民间传说、小说戏曲中常见的一种描写手段，也就见出某种类型人物性格刻画上的丰富性和多样性。

《双献头》关目比较紧凑，曲白也较出色。第一折李逵应承宋江嘱咐，表示他为了保护孙孔目要忍性时，有两支唱曲，其中〔一煞〕云："有那等打擂台，使会能，摆山棚，博个赢。占场儿没一个敢和他争施逞，拳打的南山猛虎难藏隐，脚踢的北海蛟龙怎住停。我也只紧闭口不放些儿硬，我只做没些本领，再不应承。"唱词豪放，不仅与人物性格相符，且与剧情内容很协调。

按照杂剧在音乐上一折一调的惯例，元杂剧第一折多为〔仙吕〕，第二折为〔正宫〕或〔南吕〕，第三折为〔中吕〕，第四折为〔双调〕。而〔商调〕、〔越调〕、〔黄钟宫〕等并不常用。《双献头》一反常例，第一折用〔正宫〕、第二折用〔仙吕〕，第三折用〔商调〕，第四折用〔中吕〕。同样按照元杂剧的写作惯例，楔子中的只曲一般采用〔仙吕·赏花时〕。《双献头》却又例外地采用了〔越调·金蕉叶〕连〔幺篇〕。在元代前期杂剧作家中，还有李文蔚在他的《燕青博鱼》中第一折采用了〔大石调〕。这种变例的采用，当是为了剧情色调和音乐上变化的需要，也有的研究者据此怀疑这两个作品是元末明初乃至明人作品，或系明人所改，但如果结合高文秀的《谇范叔》和《渑池会》楔子都采用〔正宫〕，《遇上皇》和《双献头》又好用险韵的情况来看,可以判断这是作家的创作用心。[13]

今存的高文秀杂剧中的《渑池会》、《诨范叔》和《襄阳会》都取材于历史故事和传说。《渑池会》故事本《史记·廉颇蔺相如列传》,在四折戏中描写了完璧归赵、渑池会和廉颇负荆三个事件,虽然时间跨度大,但全剧并不松懈,说明作者驾驭杂剧形式相当熟练。本剧曲文、宾白都属上乘,作者在提炼题材上也有用心。《史记》载蔺相如奉璧入秦,是为"秦强而赵弱,不可不许"的境况所迫,本剧却写相如有"救苍生之苦""则恐怕士马相践,庶民涂炭"的考虑。《史记》写赵王赴渑池会是出于无奈,并作了不能返回的打算,同时还"设盛兵以待秦"。本剧写蔺相如不主张整军马备厮杀,他认为起兵于民不利,"商贾每阻了行旅,庄农每费了耕织,将他这仓库耗散,府库空虚,士卒疲敝"。这种描写在作者主观上是出于"仁义举,凶暴除"、"讲圣贤,称尧舜"的儒家正统思想,却也使蔺相如这个人物形象有了关心苍生的思想光彩。

《襄阳会》写刘备马跳檀溪和徐庶设计大破曹仁的故事,内容与《三分事略》中刘备投奔刘表,赴襄阳河梁宴会故事基本相同。这是个武戏,剧中人物众多,不算兵卒,有姓名可稽者就有二十多人,写来却井然有序。但本剧曲文平平,宾白陋率。

《诨范叔》写战国时代游说之士范雎与中大夫须贾的恩怨故事。这是战国时代政治人物故事中比较著名的一个。本剧基本情节显系取自《史记·范雎蔡泽列传》,但有较大改动,把魏国丞相魏齐迫害范雎的种种行径,都加在须贾身上,这可能是为了反衬后来范雎以德报怨的可贵。在铺叙故事的过程中,作者极力渲染范雎受穷于陋巷的不公正遭遇,与《史记》记载很不相同,当是当时社会生活的一种投影。

《遇上皇》写好酒的赵元在酒店偶遇宋太祖赵匡胤微服出行,由于赵元代偿酒账，后得恩遇，出任府尹。故事并不曲折，也无动人的情节，可能根据民间传说敷演而成。剧中俚言垢语颇多，地名多有舛误，其中也有类似于《诈范叔》中对人生穷通命运的感叹，也有对出处、仕途的看法，不过《遇上皇》中所表现的以酒为乐的消极思想，与《诈范叔》中所表现的积极进取精神很不一致。

从高文秀已佚的剧本名目看，题材涉及的面较广。除了水浒戏和取材历史的剧作之外，他还写爱情剧，如《张敞画眉》、《潘安掷果》，神怪戏如《镇水母》等。从创作数量大和取材广这点看，再从他现存杂剧的富有浓厚的生活气息、人物塑造的成功以及作品风格多样看，高文秀确实无愧"小汉卿"的称号。

李文蔚，真定人，曾任江州路瑞昌县尹。与白朴相友善。白朴有题为《得友人王仲常、李文蔚书》的〔夺锦标〕词，作于至元十七年，词中有"谁念江州司马沦落天涯，青衫未免沾湿"，当指李文蔚在江州路任官，可知李文蔚是在至元十七年前后出任瑞昌县尹。他的剧作有十二种[14]。现存三种：《燕青博鱼》、《破苻坚》、《圯桥进履》。已佚九种：《题红怨》、《芭蕉雨》、《推车旦》、《李夫人》、《石州慢》、《浇花旦》、《燕青射雁》、《鱼雁传情》和《东山高卧》。

李文蔚所作两种水浒戏，都是描写燕青故事的，也是现知元杂剧三十三种水浒戏中仅有的两种燕青戏。《燕青博鱼》写燕青至汴梁求医，得燕顺施治针灸，二人结为兄弟。燕顺嫂私通杨衙内，燕青因殴打杨衙内而入狱，后来越狱与燕顺兄弟同归梁山。其间由于穿插了燕青在同乐院和燕顺之兄燕和博鱼的情节[15]，因而得名。本剧除了具有元代水浒戏一般都有的诛恶锄奸的内容以外，明确地交代了梁山泊聚义惩处"滥官"的特点："则俺那梁山泊上宋江，须不比那帮源洞里的方腊"，剧中燕青很信任开封府，他第一次遇到杨衙内仗势欺人时就说:"我不向梁山泊里东路,我则拖的你去开封府的南衙",这种描写透露的反滥官污吏的思想与后来的小说《水浒传》在思想上是相通的。李文蔚笔下的燕青已是满身纹绣[16],与小说描写也相同。

本剧关目较芜杂,枝叶蔓延,但曲文本色当行。孟称舜赞为"固非名手不办"。第四折写燕青携燕和越狱,后有追兵,两人跟踪夜奔,情景交融灵动,今例举两支曲文于后:

> 〔双调·新水令〕正风清月朗碧天高,可怎生打独磨觅不着官道。你去那大北坡跟踪走,咱则去那小道儿上隔斜抄。行不到半里其高,则听的脑背后喊声闹。
> 〔沉醉东风〕你去这白草坡潜踪蹑脚,我在这黄叶林屈脊低腰。我曲躬躬的向地皮上伏,立钦钦把松树来靠,直挺挺按定枷稍。我这里听沉了多时静悄悄,我则见火把和那灯笼可都去了。

本剧今存明抄和明刻本共三种,抄本第一折写燕青雪地行乞时有云:"有那等人道,兀那君子也,那南京城中有的是买卖营生……"刻本把"南京"改作"东京",以符合梁山义军故事的时代背景。但元剧中常有不顾历史时代的写法和说法,此处以"南京"称汴梁(开封),正是金末元初人的口气,因疑此剧产生于至元二十五年改南京路为汴梁路以前,是元杂剧中较早的作品。

《圯桥进履》写张良故事,从他亡匿下邳写到任军师立战功,其间情节不甚贯穿,使人有杂凑之感。第二折所写"进履"情节基本上同于《史记·留侯世家》的记载,但却把张良写成一个十分向往封侯列公的"穷儒"式的人物,又将黄石公写成一个"上界冲虚之仙",明显地刻上了元杂剧中常见的失意儒生和道化气的印记。

《破苻坚》写东晋谢玄统兵抵御苻坚南下，在淝水大战的故事。剧作者把这场历史上著名的战役的成功归结为钟山之神（生前名叫蒋子文）的扶助，即所谓"蒋神灵应"，或许此说有某种传说作根据，但从剧中描写看，实为游离之笔。本剧出场武将较多，第三折前楔子有营帐点将遣兵场面，第三折有开打场面，为热闹的武戏。第二折用〔南吕〕套曲，〔尾声〕后有谢安说棋的大段宾白，计五百余言，当是从金院本《看棋名》（属"打略拴搐"类）变化而来。和《圯桥进履》第一折"乔仙打虎"系从金院本"拴搐艳段"中《打虎艳》变化而来一样，都是元杂剧中保留的珍贵的金院本的资料[17]。

第三节　杨显之　石君宝　石子章　张寿卿

杨显之，大都人。《录鬼簿》载他是"关汉卿莫逆交，凡为文辞，与公较之，号杨补丁"。贾仲明吊词说学士王元鼎尊他为"师叔"，歌女顺时秀称他为"伯父"，是个"寰宇知名"的剧作家。创作杂剧八种[18]，今存《潇湘夜雨》（一作《潇湘雨》）、《酷寒亭》二种，《刘泉进瓜》、《乔断案》、《射金钱》、《大拜门》、《小刘屠》、《师婆旦》已佚。

《潇湘雨》反映了儒士富贵之后抛弃妻子这种比较常见的社会现象，描写了一个内心肮脏的势利书生——崔通的形象。崔通得中以前，和落难女子张翠鸾结婚，还曾发誓说："小生若负了你呵，天不盖，地不载，日月不照临。"进京得中之后，他却"能可瞒昧神祇，不可坐失机会"，谎说自己不曾娶妻，另娶了试官女儿，等到他发现翠鸾的生身父亲原来是一位廉访使，又十分后悔："我早知道是廉访使大人的小姐，认她作夫人可不好也。"在描写崔通薄倖和势利的同时，剧中又充分表现了他的狠毒，翠鸾找到他以后，他不仅不认妻子，而且一口咬定她是"逃奴",严刑拷打,面上刺字,发配沙门岛,并要人途中加害,必欲置之于死地。元剧中的书生、秀才,多是命运坎坷、受压抑的正面形象,而《潇湘雨》中的崔通却是一个性格卑下的小人,这在元杂剧中是比较特殊的情况。

《酷寒亭》写郑州府郑孔目,因为娶娼妓肖娥,气死妻子,婚后,一双儿女备受凌辱。后郑孔目杀死肖娥和她的姘夫,判刑发配,亏得绿林好汉搭救,同往山寨。

从《潇湘雨》和《酷寒亭》剧的思想内容,可以看到杨显之对社会问题的关注。《潇湘雨》提出了封建社会中男子由于政治地位的改变而引起的家庭破裂问题,《酷寒亭》涉及后妻对子女的虐待问题。杨显之对家庭问题的观察是细致的,并把这些问题与当时的社会黑暗情状联系起来。他笔下的女子张翠鸾在订婚时就担心夫婿"心不应口"、"背亲忘旧",他所写的试官的昏庸、可笑,崔通的无赖、凶狠,肖娥的不可理喻的残忍,都是从家庭矛盾的侧面,反映了当时社会道德沦丧的客观现实。

杨显之在剧中企图提出解决这些问题的方法。《潇湘雨》的夫妻团圆的结局,反映了作者对翠鸾的同情。而这个结局是不自然的——崔通未受到惩罚,翠鸾由于是崔通"明婚正娶"的,因而不好"再招一个",因此只能与崔通破镜重圆。《酷寒亭》的结尾是郑孔目被落草的宋彬救上山去,与儿女暂住山寨等候招安。当时的社会现实,没有为杂剧作家提供理想的解决矛盾的途径,因此,这些剧作在鞭笞丑恶时表现了它们的力量和深度,而对矛盾的解决却显出思想的苍白,甚至落入俗套。翠鸾与崔通的和解是以翠鸾的让步为前提的,虽然"天下喜事无过父子完聚,夫妇团圆",这种结局投合了一种民间心理,但使被损害者作出妥协,恶人不受惩罚,却又与长期存在的"善恶相因"的观念相悖,因此,这个剧的结局总显出某种不自然。

在艺术上,杨显之长于用简练的文笔勾划人物的性格。如把崔通与翠鸾结为婚姻时的信誓旦旦、言辞恳切的表现和为攀上试官的女儿产生的"不可坐失良机"的心理相对比,突出了崔通的势利。此外,翠鸾在发配路上的凄苦情景,用风雨相催、水深泥泞的氛围、环境来衬托;《酷寒亭》中肖娥的泼妇形象,又用夸张的戏剧性动作来刻画,都富有戏剧效果。

今引录《潇湘雨》第三折两支曲文如下:

〔黄钟醉花阴〕忽听的摧林怪风鼓,更那堪瓮瀽盆倾骤雨。耽疼痛,捱程途,风雨相催,雨点儿何时住。眼见的折挫杀女娇姝,我在这空野荒郊,可着谁做主。

〔喜迁莺〕淋的我走投无路,知他这沙门岛是何处酆都。长吁气结成云雾,行行里着车辙把腿陷住,可又早闪了胯骨。怎当这头直上急籁籁雨打,脚底下滑擦擦泥淤。

在杨显之杂剧的一些具体描写中,还不时出现元代社会中比较重要的政治、社会现象,如《酷寒亭》第三折写酒店主张保是一个被掠作奴,沦落北方的南人[19],宾白中且有:"骂我蛮子前,蛮子后,我也有一爷二娘,三兄四弟,五子六孙,偏你是爷生娘长,我是石头缝里迸出来的。"这段看来与剧情无大关联的人物和宾白,反映出当时南人所受到的政治歧视。此外,剧中人物对白中"有新事,一贯钞买一个大烧饼,别的我不知道"之类,也是一种对当时交钞贬值的社会危机的抨击笔墨。

石君宝[20],平阳(今山西临汾)人,著有杂剧十种。今存《曲江池》、《秋胡戏妻》和《紫云亭》三种。《秋香怨》、《醢彭越》、《金钱记》、《红绡驿》、《哭周瑜》、《雪香亭》、《岁寒三友》已佚。

《紫云亭》今存元刊本,宾白不全,不易窥清全貌,参照《录鬼簿》著录,可知是写诸宫调女艺人韩楚兰和秀才灵春马的爱情故事,曲文甚佳。其中描写了诸宫调演出情况,保留着杂剧演出后的"打散"词(散场语),是珍贵的戏剧资料。

《秋胡戏妻》故事最早见于汉代刘向所撰《古列女传·鲁秋洁妇》,叙述秋胡新婚五日后,官于陈五年,归来时,途中遇妻子而不相识,却调戏她,妻子认为他"孝义并亡",遂投河自尽。晋人葛洪《西京杂记》记载了一个相同的故事,秋胡妻子赴沂水而死。这个故事在流传过程中又渗合了汉乐府民歌《相和歌辞·陌上桑》的内容,《陌上桑》写采桑女子罗敷,严肃、机智地拒绝一位"使君"的调戏、诱惑的故事,颇多传说色彩。《秋胡戏妻》杂剧本事源于上述两个故事,内容情节有所扩张和改变,女主角罗梅英(秋胡妻)的性格刻画尤为生动,她是一个性格坚强而有操守的庄户人家女子,丈夫当军十载,给她留下多病的婆婆,"生计萧疏,更值着没收成欠年时序",她采桑养蚕,为人担水,婆媳们"受饥寒,捱冻馁"、苦撑着这个家,等待秋胡归来。父母劝她改嫁,李大户以钱财引诱她,她抢白了父母,打了李大户,还骂他是"闹市云阳吃剑贼"。后来,当她发现自己苦盼了十年的丈夫就是桑园中调戏她的"沐猴冠冕、牛马襟裾"衣冠禽兽时,尽管她知道秋胡已经做了官,给她带来了霞帔金冠,但她也毫不让步,索取休书,要与秋胡一刀两断。她能忍受十年的艰辛和凄凉,却不能忍受欺骗和侮辱,表现了罗梅英对自己人格、情感和尊严的强烈意识。这是《古列女传》和《陌上桑》中没有的内容。秋胡戏妻故事进入俗文学当是自变文开始,元代这个故事颇为流行[21],石君宝剧中说"至今人过钜野,寻他故老,犹能说鲁秋胡调戏其妻",正是说明它的流行情况。

　　《曲江池》本于唐人传奇《李娃传》,二者相比,《曲江池》的内容有明显的改变。首先是《曲江池》中的李亚仙并未参与欺骗郑生的阴谋,在和郑生分别之后,她对郑生的感情也是始终如一的。这种改变使李亚仙的感情更纯洁、高尚,毫无狭邪女子的势利习气。她在郑元和身无分文,做了乞丐,并被父亲抛弃之后,毅然以金自赎,鼓励这个在别人看来是"一千年一万世不能勾发迹的穷乞儿"苦志攻书,终于使郑元和重新振作精神,步入正途,这同样也是表现了她思想感情的纯正。

　　李亚仙有自己独立的生活主见:忠于爱情,绝不自轻自贱,也要求对方忠贞不渝,在艰难困苦中信守自己的生活见解。这就是《曲江池》赋予李亚仙的新的思想光辉。

　　和杨显之一样,石君宝在揭露这些生活矛盾的时候,是比较敏锐、有力的。然而,在问题的解决上,也明显地表现了软弱无力。虽然罗梅英尽情地奚落了秋胡,并说要"整顿妻纲",但这个剧终究还是以罗梅英的妥协维持了"天下喜事无过子母完备,夫妇谐和"这一在作者看来最完满的结局。《曲江池》的结尾,在郑府尹前来认子时,郑元和夫妇曾有一段议论,这也是传奇《李娃传》中所没有的:

　　　〔末云〕:吾闻父子之亲出自天性:子虽不老,为父者未尝失其顾复之恩;父虽不慈,为子者岂敢废其晨昏之礼。是以虎狼至恶,不食其子,亦性然也。我元和当挽歌送殡之时,被父亲打死,这本自取其辱,有何仇恨。但已失手,岂无悔心? 也该着人照觑,希图再活。纵然死了,也该备些衣棺埋葬骸骨,岂可委之荒野,任凭暴露,全无一点休戚相关之意。嗨,何其忍也。我想元和此身,岂不是父亲生的,然父亲杀之矣! 从今以后皆记天地之蔽佑,仗夫人之余生,与父亲有何干属,而欲相认乎? 恩已断矣,义已绝矣,请夫人勿复再言。〔正旦云〕:相公,你当初在杏园吃打时节,妾本欲以死为谢,然而偷生至今者,为相公功名未就耳。今幸得一举登科,荣宗耀祖,妾亦叨享花诰为夫人县君,而使天下皆称郑元和有背父之名,犯逆天之罪,无不归咎于妾,使妾更何颜面可立人间……

这段议论反映了作者在解决这个问题时思想中的矛盾,即人情之常与纲常伦理之间的矛盾。从纲常观念出发,父为子纲,儿子当然不能记恨父亲。但按人情之常而论,郑氏父子之间确已恩断义绝,难以再维持团圆的结局。但是,最后郑、李受"亲莫亲父子周全,爱莫爱夫妇团圆"观念的支配,以宽和为本,对郑父、鸨母都采取了以德报怨的态度,借以维持了传统的以维护家族、血统关系为根本利益的大团圆结局。反映了当时普遍信守的道德观念和准则。

石君宝长于有层次有起伏地刻画人物。《秋胡戏妻》中的罗梅英,新婚刚过,丈夫就被勾去当军,她的唱词:"都则为一宵的恩爱,揣与我这满怀愁闷。他去了正身,只是俺婆妇们谁怜谁问。我回避了座上客,心间事着我一言难尽,不争他见我为着那人。耽着贫窭,揾着泪痕,休也着人道女孩儿家直恁般意亲。"把一个新婚女子伤别离,却又不敢在人前流露悲伤的心理描摹得较细腻。十年后,当她的父母要她改嫁给李大户时,她斥责李大户:"我道你有铜钱,则不如抱着铜钱睡",并且"劈头劈脸泼拳搥";她父亲说她"生忿忤逆",她反驳道:"倒骂我做生忿忤逆……爹爹也你可便只恁般下的。"一个温顺的少女,经过十年艰难生活的磨砺,变得坚强而泼辣,前后判若两人。但当她打走了李大户和骂走了父亲以后,在去采桑途中,却又自叹自怨,几致泪下:"自从我嫁的秋胡,入门来不成一个活路。莫不我五行中合见这鳏寡孤独,受饥寒,揣冻馁,又被我爹娘家欺负……"这种层次起伏的描写，使这一人物的思想性格显得活脱自然。

《曲江池》中李亚仙的性格刻画是在对比中显示和完成的。剧中描写李亚仙母亲"外相儿十分十分慈孝，就地里百般百般机变"，毫不留情地在郑元和金尽之后，逐他出门。而李亚仙却一直忠贞不渝，即使郑元和叫化街头，也不改初衷。郑元和父亲把儿子直要打死，还命人将"尸骸"丢在千人坑里。李亚仙却在郑元和昏死之际，"用手去满满的掬，口儿中款款噙，面皮上轻轻噀"，把他救活过来，并且决心"我和他埋时一处埋，生时一处生"，终于使郑元和恢复了正常人的生活。就这样，在势利和真诚，残酷和善良的对比中，李亚仙的性格十分自然地呈现出来。

石子章，名建中，《录鬼簿》记他为大都人，实是北京路兴中府（今属辽宁）人，与元好问、李庭、王旭和陈祐等有交往[22]。作杂剧二种，《竹窗雨》已佚，今存《竹坞听琴》。

《竹坞听琴》写道姑郑彩鸾与书生秦脩然的故事。剧中并没有写到对郑、秦婚姻的破坏力量，只是写了郑州尹梁公弼担心秦脩然由恋情而贻误功名，设下计策，谎称郑是鬼怪，迫使秦赴京赶考。同时梁公弼又设法保护郑彩鸾，最后秦脩然得官团圆，是一个喜剧故事。其中不免因循了元代爱情、婚姻剧陈套，但全剧意旨在于写"出家"与"尘情"的矛盾，同时对老道姑找到失散的丈夫后即刻还俗和小道姑不耐寂寞的描写，都表现了作者对于人的正常感情和正常生活要求的肯定。此外，剧中描写老道姑和郑彩鸾都是将宗教之门当作避难的处所，又反映出当时社会生活中人们走入空门的复杂情况。

《竹坞听琴》曲文明晓又不流于白俗，而且见出情韵，是元剧中的上乘之作。《词林摘艳》所收《竹窗雨》佚曲，也见俊畅。

张寿卿,东平(今属山东)人,至元二十二年后曾任江浙行省掾吏,《录鬼簿》只记录他作《红梨花》一种。此剧写赵汝州与谢金莲(洛阳歌伎)的爱情故事,作者在设置情节、安排悬念方面有所追求,剧中写赵汝州刚到洛阳,他的故友——洛阳太守刘辅说谢已嫁人,接着有王同知女儿与赵相见,赠以红梨花。之后,卖花的三婆又说王同知女儿早亡,只是鬼魂出现,吓走赵汝州。待赵得官,刘辅说清真相,原来谢女并未嫁人,王女是谢假扮,三婆由刘指使,这一切都出于怕赵汝州耽误功名。前人称赞此剧结构高超,实际上在元剧中这类结构自成格式,王实甫《破窑记》和石子章《竹坞听琴》在不同的程度上都采用了这种格式。

贾仲明为张寿卿所撰吊词中盛赞《红梨花》的第三折,有"花三婆独自胜"之言。本剧第三折卖花三婆形象颇显灵动,上场唱〔中吕·粉蝶儿〕曲云:"则为我年老也甘贫,携着个匾篮儿俨然厮趁,卖几朵及时花且度朝昏。则被这牡丹枝、蔷薇刺将我这袖梢儿抓尽……"接着唱〔醉春风〕曲云:"这蜂惹的满头香,蝶翻的两翅粉。原来是卖花人头上一枝春,把蜂蝶来引引,红杏芳芬,碧桃初绽,海棠开喷。"这类曲文属前人所说的"元剧俊语"。明人徐复祚编传奇《红梨记》,增饰关目,在内容、结构和文采上都超过了本剧,但在第二十三出《再错》中却基本上袭用了上引曲文。

〔1〕 元淮《金囷集》中有为王直卿所作诗,序中说到"己丑春……李寿卿公出溧阳……称颂尚书省掾王直卿父母在堂,齐年八十……"侯克中《艮斋诗集》有《王同知直卿父母均年八十五……李提举寿卿索赋》。元淮诗作于己丑,为至元二十六年。侯克中诗当作于至元三十一年,孙楷第《元曲家考略》谓此时李在江浙任提举。由此可知李寿卿和纪君祥的活动年代。

〔2〕　《左传》成公十八年纪事有晋悼公即位，魏绛为司马。剧中魏绛说"方今悼公在位"，可知写这第五折的人尚悉史事，却又忘记改动孤儿年龄，见出增补痕迹。

〔3〕　天一阁本《录鬼簿》载目十五种。曹本《录鬼簿》载目二十三种，但其中《曹伯明复勘赃》和《萧丞相复勘赃》实为一剧，实存目二十二种。又脉望馆抄校本《冤家债主》题郑廷玉作（《元曲选》此剧不著作者姓氏），总计二十三种。

〔4〕　天一阁本《录鬼簿》载李寿卿剧目中有《临歧柳》，题目正名作"风月独占出墙花，月明三度临歧柳"。今存《度柳翠》有《元曲选》本、《柳枝集》本和《古今杂剧选》本，均无撰人姓氏。《柳枝集》有孟称舜注语："此剧或传为王实甫作。"今据天一阁本著录，属李寿卿作。又《古今杂剧选》本题目正名作"风光独占出墙花，月明和尚度柳翠"，题目与天一阁本同，正名有异，疑是为求对仗而改。

〔5〕　《阳春白雪》收有李寿卿小令〔双调·寿阳曲〕："金刀利，锦鲤肥，更那堪玉葱纤细。添得醋来风韵美，试尝道甚生滋味。"此曲颇流行，《录鬼簿续编》记名姬刘婆媳筵间切脍，江西元帅兰楚芳随口歌此曲前三句，刘婆媳接唱后两句。

〔6〕　剧中第四折〔收尾〕曲云："常想赵盾捧车轮，也不似你个当今帝王狠。""当今帝王"指晋文公，而赵盾事发生在文公以后，当不符史实，却可见出此剧受《赵氏孤儿》的影响。

〔7〕　孙楷第《元曲家考略》云："《录鬼簿》康进之，疑于（康）晔为兄弟行"，并考康晔字显之，金末进士，元宪宗五年时曾在东平府学任儒林祭酒，与元好问交往，于王磐为前辈。今按：王磐生于 1202 年（《元史·王磐传》），康晔于王为前辈，其生年最迟应在 1182 左右，那末其弟康进之年龄即使小于兄长二十岁，也是前期杂剧作家白朴等人的前辈了。此可备一说。

〔8〕　天一阁本《录鬼簿》载有《老收心》和《杏花庄》二种，《杏花庄》题目正名为：杏花庄老王林告状，梁山泊黑旋风负荆。这里从《元曲选》目，简名作"李逵负荆"。

〔9〕　贾仲明为高文秀所作吊词有"早年卒，不得登科"语，元代正式实行科

举考试在延祐二年(1315),高文秀当卒于1315年之前,"早卒"若理解为最多不满四十岁,那么,高文秀生年可假定为1275左右。但"早卒"含意复杂,若再向前推20年,比关汉卿只晚一辈,即生于1255年左右,卒于1295前后,也可以说是"早年卒,不得登科"。与人称"小汉卿"也还相合。

〔10〕 诸本《录鬼簿》著录三十二种,《也是园书目》载《双献头武松大报仇》一种,脉望馆抄校本有《渑池会》一种,共三十四种。惟抄校本藏主赵琦美疑此剧即《廉颇负荆》(参见孙楷第《也是园古今杂剧考》),是只有三十三种。

〔11〕 此剧正名为《黑旋风敷演刘耍和》,刘耍和是元初教坊伶人。杜仁杰《庄家不识勾栏》散套中有"背后幺末敷演刘耍和",当释作刘耍和登场表演幺末。因疑"黑旋风敷演刘耍和"不是剧名,而是说刘是黑旋风扮演者。一说"黑旋风"三字为衍文,实是写刘耍和故事的杂剧。

〔12〕 现在流行的《水浒传》小说七十回以后,关于李逵的描写,有"乔捉鬼"、"乔坐衙",也是侧重描写他的智慧,和七十回前他的粗夯质鲁也不甚相同。

〔13〕 参照周德清《中原音韵》称赞马致远的套曲《秋思》押入声"险韵","万中无一"的说法,高文秀《双献头》第二折〔仙吕〕套诸曲用韵多为入声派作三声字,也当是所谓"险韵"。又,日本吉川幸次郎《元杂剧研究》中认为高文秀的作品好用险韵是作者诗文素养和"秀才家业"在作品中的"投影"。

〔14〕 天一阁本《录鬼簿》载十一种,曹本多载《燕青博鱼》一种。

〔15〕 "博鱼"一作"扑鱼"。宋元时代有"关扑游戏",又叫"扑卖"。宋孟元老《东京梦华录》记:"用瓦盆内掷头钱,关扑钱物。"金元好问《续夷坚志》载"博鱼"事:冯翊士人王献可,字君和。元丰中试京师待榜次。一日晨起,市人携新鱼至,掷骰钱博之,君和祝骰钱以卜前程,一掷得鱼。

〔16〕 《燕青博鱼》第一折燕青唱词有:"瘦的来我这身子儿,没个麻楷大。兀的不消磨了我刺绣的青黛和这硃砂。"《青楼集》载元代艺人平阳奴"四肢文绣,精于绿林杂剧"。

〔17〕 金院本名目,参见陶宗仪《南村辍耕录》。

〔18〕 天一阁本、曹本《录鬼簿》和《太和正音谱》都载目八种。《太和正音谱》于《酷寒亭》目下注明"旦末二本",孟本《录鬼簿》著录六种,但于《酷寒亭》

下也注明"旦末本"。曹本作《萧县君风雪酷寒亭》,惟今存《酷寒亭》中萧县君于第一折即已故去,没有到过酷寒亭,或疑曹本著录系另一本(旦本),而今存本则为末本,由此也可释通孟本和《太和正音谱》"旦末二本"之注。如此说成立,杨显之作剧应为九种。又,天一阁本著录杨显之《酷寒亭》题目正名为"孙君托梦秦川道,郑孔目风雪酷寒亭",或认为"孙"为"县"之讹误,"县君"之前缺一"萧"字,今存本并无"托梦"情节,因疑它非杨作。天一阁本还著录花李郎作《酷寒亭》,题目正名为"壮士宋兵遭失配,像生栾子酷寒亭",今存本正有宋彬发配情节,故推断它或系花李郎作。此问题有待进一步考索。

〔19〕　剧中张保云:"我道也不是回回人,也不是达达人,也不是汉儿人……我是个从良自在人。"回回即色目人,达达即蒙古人。言下之意他是"南人",且曾为奴。

〔20〕　孙楷第《元曲家考略》认为石君宝即王恽《秋涧集》所记盖州人石盏德玉,女真族,石盏德玉字君宝,元人于女真人每不称其姓,只取女真复姓中的一字作为姓氏。《秋涧集》中称"石盏德玉"为"石处士德玉",若称其字,即当为石君宝。王恽《洪崖老人石盏公墓碣铭》序中载石君宝卒于"丙子","年八十有五",那么,他的生年当在1192(金章宗明昌三年),比白朴早35年。此备一说,有待进一步研究。

〔21〕　赵孟頫有诗《题秋胡戏妻图》,诗云:"相逢桑下说黄金,料得秋胡用计深。不是别来浑未识,黄金聊试别来心",可见当时有人作秋胡戏妻图,并对这个故事有不同的理解。

〔22〕　陈祐有七律《落花寄石子章韵》,见《国朝风雅》集。据《元史·陈祐传》记载,陈祐卒于元世祖至元十四年,享年五十六。石子章主要活动年代或也在中统、至元间。

第九章　　元代前期其他杂剧作家（二）

本章叙述十四位前期剧作家,虽说其中有的作家如孔学诗到至正年间方去世,但其主要创作活动却在大德年前后。这些作家成就不一,却也各有特色。

尚仲贤的《柳毅传书》和李好古的《张生煮海》都写书生和龙女之间的爱情故事,从它们表现的主题和爱情理想上看,具有元人爱情剧的一般特点,但由于剧中的女主角是龙女,在具体描写上,作者又注意到龙宫奇异景色和神的世界的刻画,带有浓厚的神话色彩。吴昌龄的《辰勾月》也涉及人与神的爱情,并且和月蚀的传说有关,但剧作的主旨却在谴责这种爱情,这正好和尚仲贤、李好古的旨趣相互观照。

李潜夫、武汉臣、孟汉卿和王仲文都有公案戏传世,元剧中的公案戏除写包拯外,还写王翛然和张鼎,后者是"能吏"。孟汉卿的《魔合罗》就是写张鼎勘案故事的,特点是更着重铺叙侦破手段。王仲文的《不认尸》描写清官王翛然,侧重点却是宣扬贤母孝子。李潜夫的《灰栏记》所写二母夺子故事,近代一些学者从比较文学和民间故事的类型学的角度,作过不少研究[1]。剧中写包公断案利用母爱心理,颇有特色。武汉臣的《生金阁》写包拯断案时采用"权术",别是一格,可惜显得粗糙。

张国宾是一位艺人,《录鬼簿》上所载艺人剧作家还有教坊色长赵文敬(一作赵文殷)[2]、金代教坊色长刘耍和的两个女婿——花李郎和红字李二。但他们的剧作未见流传[3]。由于艺人地位卑微,他们的作品"虽绝佳者,不得并称乐府",甚至被叫作"倡夫之词",张国宾是艺人作家中有剧作行世的幸运者,他的《衣锦还乡》在写薛仁贵变泰发迹过程中表现的"养男防老"和"改换家门"的矛盾,体现出更深一层的社会意义,可以看到民间关于"孝"的另一种价值观念。

李直夫是一位女真族作家,他的《虎头牌》中采用女真乐曲,反映了一些女真风俗,颇有特色。

孔学诗《东窗事犯》以秦桧因害岳飞遭受恶报的民间传说入剧。贾仲明说它是"西湖旧本",当是说这个故事最初是在杭州一带流传的。剧中比较强调个人恩仇,对南宋时主和主战派这些历史事件几乎没有涉及。这或许同孔学诗自己从"天命所归"出发,主动归附元军有关。

王伯成和费唐臣各自写了历史上的著名文人——李白和苏轼被贬故事的杂剧,王作《贬夜郎》,费作《贬黄州》。这两个作品都流露了归隐思想,无疑是时代的一种折光。

史樟的《庄周梦》和刘唐卿的《降桑椹》在当行热闹这点上有共同点。以关目排场的纷繁热闹取胜,原是杂剧的一格,也形成一种评论标准,所谓"色目佳",就是从这种标准出发的。

第一节　尚仲贤　李好古　吴昌龄

尚仲贤,真定(今河北正定)人。作过江浙行省务官[4]。作杂剧十种,今存《柳毅传书》、《三夺槊》、《气英布》和《诸葛论功》四种[5]。《负桂英》、《归去来兮》、《越娘背灯》有佚曲分存于《太和正音谱》、《雍熙乐府》和《北词广正谱》中。仅存曲目者有《张生煮海》、《崔护谒浆》和《秉烛旦》。

《柳毅传书》本于唐人李朝威传奇小说《柳毅》,两者情节大体相同,但人物的性格却有了很大的变化。在传奇中,柳毅传书是出于见义勇为,拒绝钱塘君为他与龙女做媒是因为他认为不能"杀其婿而纳其妻",若应允婚事,有违自己"达君之冤余无及也"的初衷。他的拒婚动机虽然有些迂腐,但他的行为不失为仗义壮举。而在《柳毅传书》剧中,柳毅传书虽然也是出于"闻子之言,气血俱动"的路见不平拔刀相助的义气,但他后来拒婚却显得心口不一。他心里"想着那龙女三娘,在泾河岸上牧羊那等模样,憔悴不堪,我要他作什么",口里却堂而皇之地说:"尊神说的是什么话,我柳毅只为一点义气,涉险寄书,若杀其夫而夺其妻,岂足为义士?"后来见到龙女三娘盛装如天仙,却又后悔:"早知这等,我就许了那亲事也罢。"因此后来龙女三娘假作卢氏之女嫁给他时,他高兴地说:"谁想柳毅有今日也"。剧中写柳毅并不出于同情而爱上龙女,也不受钱塘君的威吓而答应亲事,只是发现了龙女的美貌才动心,明白地反映出一种郎才女貌的婚姻观点。

《柳毅传书》虽据唐人传奇《柳毅》改编,但也渗入了宋以来的有关龙女的传说,如将原著中的龙女称作"三娘"即是一例,宋庄绰《鸡肋编》曾记程正叔言:"又闻龙女有五十三庙,皆三娘子。"《柳毅传书》虽然有浓厚的神话色彩,实际上仍是社会生活、婚姻关系的反映。剧中软弱怕事的洞庭君、爽快暴烈的钱塘君,都是人格化了的龙神。而神龙世界中的诸如夫妇"琴瑟不和",公公对儿媳的专横,婢仆嬖妾搬弄是非等等情况,都反映出当时社会世俗人情的一斑。

《柳毅传书》的语言有很强的表现力,作者尤其擅长在曲词和宾白中刻画、传达人物心理。龙女三娘在泾河岸边牧羊时,回忆起在父母身边锦衣玉食的生活,而出嫁后却被丈夫凌虐,又无计可施,感情哀怨凄婉:

〔混江龙〕往常时凌波相助,则我这翠环高插水晶梳,到如今衣裳褴褛容貌焦枯。不学他萧史台边乘凤客,却做了武陵溪畔放羊奴。思往日,忆当初;成缱绻,效欢娱。他鹰指爪,蟒身躯;忒躁暴,太粗疏。但言语,便喧呼;这琴瑟,怎和睦。可曾有半点儿雨云期,敢只是一划的雷霆怒。则我也不恋您荣华富贵,情愿受鳏寡孤独。

〔油葫芦〕则我这头上风沙脸上土,洗面皮惟泪雨,鬓蓬松除是冷风梳。他不去那巫山庙里寻神女,可教我在泾河岸上学苏武。这些时坐又不安,行又不舒,猛回头凝望着家何处,只落得一度一嗟吁。

这些曲文将一个龙王娇女被迫放羊时自哀自怜的心理描绘得十分细腻。

这个剧从人物上看,文弱书生、美貌龙女、雷公电母、水卒鬼兵,几乎应有尽有;从场面上看,龙蛇变化、神龙大战、水宫华筵、洞房花烛,文戏武戏穿插、关目按行,情节热闹。

《气英布》写楚汉相争时,英布背楚投汉,择主而事的故事。事本《史记·黥布列传》,传载英布归汉时,刘邦"方踞床洗,召布入见,布大怒,悔来,欲自杀。出就舍,帐御饮食从官如汉王居,布又大喜过望"。本剧所谓"濯足气英布",本此而来。《史记正义》评说刘邦这番行动先是"故峻礼令布折服",接着美厚,"以悦其心",是所谓"权道"。剧中写刘邦善于牢络用人,他自言对臣子有"如养鹰一般"的

"制御枭将之术",揭示了封建社会君臣之间关系的某些实质。至于写他推轮捧毂,跪下劝酒,就带有民间传说的色彩了,其中含有讥刺的成分。本剧曲文当属上乘,如第四折写探子向张良报告战况军情,写来有声有色。

《诸葛论功》写宋太宗时建武庙,祀太公望(姜尚),李昉与张齐贤商议配飨之人,定下范蠡、张良、诸葛亮和韩信等十二人,但难以排定座次。玉帝差黄巾使者令姜尚和十二人自陈功业,决定座位,于是引出张齐贤在庙中梦十三人论功,其中韩信自言佐汉十大功,要求位居诸葛亮之上。诸葛与之争论,自言也有十大功,并说韩有十大罪,韩无言以对。其间还穿插有夏侯惇、张士贵也来争座,周瑜劝阻诸葛亮等情节。李昉、张齐贤在宋代实有其人,李是《太平广记》的编纂者,张齐贤撰有笔记小说。但本剧实为神怪戏,不过出场人物吐属,却也不为荒诞。这类剧目在演出中当以关目新颖、场面热闹取胜。

《三夺槊》今存元刊本,科白不全,难以详知剧情全貌。故事梗概为尉迟恭受太子建成和齐王元吉诬陷,刘文静为之辨白,向唐高祖陈说当年尉迟恭的武功。可能是为了驳斥刘文静和谋害尉迟恭,元吉要求和尉迟恭比武,反被尉迟恭打死。按《旧唐书·尉迟敬德传》记有尉迟与元吉比武夺槊事,又记元吉曾向高祖进谗诬陷尉迟,还记玄武门之变时,尉迟为救李世民,射杀元吉。尚仲贤写作本剧时将三件事捏合在一起并加以取舍,又对功臣不被信用加以渲染,所谓"你今日太平也不用俺旧将军","如今面南称尊便撇在三限里不瞅问","想我那撞阵冲军,百战功名百战身……划地信别人闲议论,将俺胡罗惹没淹润"。这种指责唐高祖的描写,如同《气英布》中暴露汉高祖的权术一样,是元杂剧中无禁忌无遮拦的描写特点之一。

李好古,东平(今属山东)人。[6]作杂剧三种,《劈华岳》和《镇凶宅》不传，今存《张生煮海》一种。

《张生煮海》写"神仙聘与秀才"，具有神话色彩，却也见出元代爱情剧的一般特点：男女相见倾心、私订终身的开端；父亲（龙王）不肯许婚，青年男女为争取婚姻的实现而进行斗争的过程；"普天下旷夫怨女便休教间阻，至诚的一个个皆如所欲"的结局；"意相投姻缘可配当，心厮爱夫妻谁比方"的婚姻理想；都没有越出元人爱情剧的范围。主角张羽性格中还带有俗气。如他与龙女定情时曾问："小生作贵宅女婿，就做了富贵之郎，不知可有人服侍么？"龙女讲述了龙宫的豪华之后，他又忙不迭地表示："有如此富贵，小生愿往。"剧中对所谓龙宫的描写，依凭的也不过是富贵人家的模式。剧中所写龙女对书生的才学、品德的看重、向往，在元代书生处境窘困的情况下，是下层知识分子理想的曲折表现。从这些描写中，可以看到元代社会的一个侧面。这个剧中的"煮海"情节或认为是受西晋竺法护所译《佛说堕珠者著海中经》影响。但剧中却又掺杂了若干神仙道化剧的情节和思想因素。如写张羽和龙女原是金童玉女，因为有思凡之心被罚往下方。及至得到团圆，要了却凤债时，却又为东华仙度脱而同归仙位。神仙道化的外壳，使这个爱情剧的思想意义受到削弱。

《张生煮海》的曲词清雅优美，如龙女听琴时的唱词：

　　〔寄生草〕他一字字情无限，一声声曲未终。恰便似颤巍巍金菊秋风动，香馥馥丹桂秋风送，响珊珊翠竹秋风弄。咿呀呀偏似那织金梭撺断锦机声，滴溜溜舒春纤乱撒珍珠迸。

　　〔六幺序〕表诉那弦中语，出落着指下功，胜檀槽慢拨轻拢。则见他正色端容，道貌仙丰。莫不是汉相如作客临邛，也待要动文君曲奏求凰凤，不由咱不引起情浓。你听这清风、明月琴三弄,端的个金徽汹涌,玉轸玲珑。

这两支曲既描绘出在万籁俱寂的夜半从僧房传出琴声所构成的优美境界,又传达出一个妙龄女子在琴声中产生的情绪感应,写出了听觉、视觉和内心感情的融和交流。

《张生煮海》中的"煮海"场面写来生动有趣,张羽在毛女仙姑帮助下,将海水烧得"滚沸","则见那锦鳞鱼活泼刺波心跳,银脚蟹乱扒沙在岸上藏",迫使龙王答允亲事。毛女仙姑给予张羽的三件煮海法宝是"银锅一只,金钱一文,铁杓一把",所谓"遇仙姑法宝通灵,端的有神机妙策"。类似这样的"借宝"、"斗法"关目,正是神话剧的一种描写和表演特色。

《张生煮海》是旦本,但《元曲选》本第三折写和尚奉龙王之命前往做媒,为正末唱。《柳枝集》本第三折写仙女(阆苑仙子)为媒,所以全剧都是正旦唱。孟称舜批语以为原本第三折应当是仙女为媒。《柳枝集》本第二折毛女仙姑和四仙女打渔鼓唱道情,《元曲选》本无此描写。疑《元曲选》本是伶人修改本。

吴昌龄,西京(今山西大同)人,延祐年间曾任徽州路婺源知州,作杂剧十二种,今存《辰勾月》、《东坡梦》两种,《西天取经》存有佚文,已散失的九种:《狄青扑马》、《抱石投江》、《货郎末泥》、《走昭君》、《探狐洞》、《眼睛记》、《赏黄花》、《揭钵记》和《沉西施》。

吴昌龄擅写神话剧,但道化气较浓。《辰勾月》写月蚀传说故事,古人天文观念有罗睺星犯计都星则月蚀的说法,本剧第一折描写的月中桂花仙子下凡报答书生陈世英的恩义,由此定情相爱,就是由月蚀之难而起,桂花仙子说:"今因八月十五日,有这罗睺、计都缠搅妾身,多亏下方陈世英一曲瑶琴,感动娄宿,救了我月宫一难……"

桂花仙子在封十八姨和桃花仙子伴送下,于夜色溶溶中下凡,"俺可便疾忙行动,怕的是五云楼畔日华东";天明分别时,"更怕的是五更钟,催别匆匆。且落的四眼相看泪珠涌"。这本是一个美丽动人的传说故事,只是作者从第二折开始就大写这种神人之间的爱情的不合法,先是姆姆以"既读孔圣书","必达周公礼"敦劝陈世英,遭到拒绝后,又搬出张天师来请神究治,把一切罪名归咎于桂花仙子不该思凡,所谓"你原是广寒宫婷婷仙桂,不合共陈世英暗成欢会",所谓"虽然为救月苦往报其恩","谁着你离天宫犯法违条"。

本剧在描写张天师请神时,还有风神(即封十八姨)、雪神(雪天王)和包括桃花仙子在内的诸多花神(荷花仙、菊花仙和梅花仙)出场,她(他)们几乎一概受到谴责,所以此剧又名《张天师断风花雪月》,"风花雪月"云云,象征着情爱。从本剧表现的谴责、扼杀情爱这点上说,它几无可取之处。但它在实际演出中又当是一个情节热闹的神仙剧,第三折写张天师作法,出现满台神仙,第四折又进一步写长眉仙发落诸神,对他们或"饶免",或"将功折罪",又是满台神仙。清人梁廷枏说本剧"布局排场,更能浓淡疏密,相间而出"(《曲话》),所谓"浓",当是指三、四折的繁华场面而言。吴昌龄的另一剧作《东坡梦》中写佛印禅师显示神通,遣"花间四友"(即桃、柳、竹、梅)引苏东坡入梦,松神又来追寻"四友","四友"躲藏,松神一再以笏击桌,搜寻驱赶,在热闹中透出胡闹。古时演剧,有此一格。贾仲明为吴昌龄所写吊词中说他的剧作"色目佳",可能就是针对这种情况说的。

吴昌龄的《西天取经》今存两折,见明止云居士编《万壑清音》[7],一折题作《诸侯饯别》,仙吕套,当是第一折,写尉迟恭等送三藏法师去西天取经。另一折题作《回回迎僧》,写一个回回人欢迎三藏过境,双调套,或是第三折。这两折曲文辞气浑朴,第一折又名

《十宰》,在近代还能清唱,属少量能唱的元杂剧遗响之一,很是珍贵。

第二节　李潜夫　武汉臣　孟汉卿　王仲文

李潜夫,字行甫,一字行道。绛州(今山西新绛)人。贾仲明吊词说他是"养素读书门镇掩"、"研架珠露周易点"的"高隐"。作有杂剧《灰栏记》,今存。

《灰栏记》写娼妓张海棠的不幸遭遇。张海棠是个善良而不幸的女子,她为赡养父母而沦为娼妓,内心怀着深深的痛苦。嫁与马员外为妾以后,她为"再不去卖笑追逐风月馆,再不去迎新送旧翠红乡"而感到满足。她没有太大奢望,只希望过一个普通人的正常生活。但是,不幸接踵而来,当马员外被妻子害死后,她的"这家私大小我都不要,单则容我领了孩儿去罢"的微薄要求也不能实现,反被诬为凶手,这时她对世事也还存在天真的想法,在"我原不曾药死亲夫,怕作甚么,情愿和你见官"的思想支持下,上了公堂。终于在"虽则居官,律令不晓,但要白银,官事便了"的贪酷的苏太守的板子下屈招"药杀了丈夫,强夺他孩儿,混赖家私"。在现实的教育下,她才认识到"则您那官吏每忒狠毒,将我这百姓每忒凌虐,葫芦提点纸将我罪名招"。幸运的是张海棠遇到了包待制,才未含冤九泉。《灰栏记》暴露了官府的昏庸、残忍,恶势力的猖獗、凶恶,对这个苦难深重善良无辜的下层女子,寄予了深切的同情。

《灰栏记》前三折描写的主要是张海棠曲折经历,包拯作为解决问题的关键人物在第四折才出现。不过,虽然刻画包拯的篇幅不多,但包拯形象是有特色的。和其他敷演包拯铁面无私的杂剧不同的是，这里主要表现了他的智慧。为了判断谁是孩子的母亲，他采取了一种"人情可推"的分析方法，即以母爱作为根据进行心理分析：他宣布谁能将孩子拉出灰栏，谁就是孩子的母亲，最后断定由于怕拉伤孩子而总拉不出孩子的张海棠是孩子的生母。

《灰栏记》是个在国际上较有影响的作品，从十九世纪下半期起，就不断有英译、德译、法译本流播海外，德国著名戏剧家布莱希特还改编为《高加索灰栏记》。

这类审判二母争夺一子的故事，在古代印度、希腊、罗马等国也有流传，《旧约全书》的《列王记》中就有类似的故事。不同的国家、民族有类似的故事，其间可能有相互影响、转变的关系，但也可能是巧合地出自各自的民间传说。或认为《灰栏记》直接受到《旧约全书》所记所罗门故事的影响[8]。但无确据。在《灰栏记》之前，汉代应劭《风俗通义》有妯娌争夺孩子的记载，已出现类似"灰栏"的情节。

武汉臣，济南（今属山东）人，作杂剧十二种，今存《生金阁》、《老生儿》和《玉壶春》三种。《三战吕布》一种尚存残曲，其余八种都已佚失，计为：《曹伯明》、《鲁义姑》、《天子班》、《挂甲朝天》、《关山怨》、《登坛拜将》、《提头鬼》和《玉堂春》。

《生金阁》在《录鬼簿》中未见著录，惟《元曲选》明署武汉臣作，它也是描写包拯的审案故事：庞衙内杀害郭成，夺走他的宝物生金阁，并强占其妻。包公装作讨好、结交庞衙内，骗取他的信任，赚出宝物，诱出口供，予以惩处。包公唱词中说："略使些小见识智赚出杀人贼。"这种"小见识"比起李潜夫《灰栏记》中包公使用母爱心理的方法，显得稚嫩简单。但清官假权术诱取口供，也写出了清官断案的一个侧面，因此也有代表性。本剧出现的包公日断阳，夜断阴的描写,是后代描写包公的作品中有关这类情节的滥觞。《生金阁》是元剧中少数打破旦本、末本惯例的剧作之一,一、三、四折由正末主唱,二折却为正旦主唱,正旦扮庞府的姆姆,她奉命去劝说郭成妻子改嫁,得知真相后,却同情郭妻而斥责主人,被投入井中溺死。论者有谓剧中插入的旦折,在结构、情节上不易索解。其实这正是剧情曲折之处,郭成夫妻遇祸后,剧情不是急转直下,立即出现清官破案,却插入一个善良的姆姆的惨死,情节显出有波澜,也更写出庞衙内的狠毒面目。

《老生儿》描写商人刘从善(元刊本作刘禹)家庭由财产继承问题引出的种种矛盾关系。女婿为争夺财产,排挤堂弟,陷害怀孕的姨娘,其间穿插着刘从善行善积德,侄子刘引孙孝顺伯父母的情节,还安排了刘女暗中照顾姨娘的悬念,使剧情显得波澜起伏。刘从善家资巨万,关于他经商致富的经过,第二折〔滚绣球〕曲中写道:"哎钱也,我为你呵,也曾痛杀杀将俺父母来离,也曾急煎煎将俺那妻子来抛。""哎钱也,我为你呵,那搭儿里不到,几曾惮半点勤劳。"写出了商人逐利的艰难。但剧中又写刘从善把自己无子归咎为"都是我好赇贪财",归咎为"也是我幼年间的亏心,今日老来报",却又对商人逐利作了否定。全剧还表现出较浓的封建宗法观念和因果报应思想。剧中描写刘从善最后把家财分作三分,其中一分给了女儿、女婿,或许可以看作是女子对财产继承的要求在本剧中的曲折反映。

孟汉卿,亳州(今属安徽)人,作杂剧《魔合罗》一种,描写张鼎破案故事。贾仲明为孟汉卿所作吊词中说:"魔合罗,一段提张鼎……喧燕赵,响玉音,广做多行",说明这个剧作颇为流行,今存版本也较多,计有五种。

现存元杂剧中,还有孙仲章《勘头巾》[9],也是描写张鼎破案的故事,关目结构、层次轮廓乃至于宾白描述,都与《魔合罗》有相近之处。根据两个剧的成就高下和作者时代先后判断,《勘头巾》有因袭之嫌。张鼎(字平叔)的名字还在《还牢末》杂剧和邓学可套数〔端正好〕中出现过,可能是民间传说中的人物〔10〕。

《魔合罗》故事梗概是:商人李德昌回家途中病倒在古庙,请一卖魔合罗的老汉高山送信回家,他的堂弟李文道闻讯抢先赶去,毒死李德昌,独吞钱物,反诬嫂嫂刘玉娘害夫。官府受贿,判刘死刑。六案都孔目张鼎重新查访,从老汉送信时留在李家的一个魔合罗找到线索,惩治了真正凶手。

《魔合罗》中写张鼎抓住此案的三点漏洞:带信人未提审、奸夫没找到、毒药来历不明,通过详细的盘问,从刘玉娘供词中审出带信人,从带信人高山提供的线索,又找到李文道,案情才得以断清。由于剧中的县令是“我做官人单爱钞,不问原被都只要,若是上司来刷卷,厅上打的鸡儿叫”的贪官,又是“整理”不清案情的昏官,而复审的女真人府尹又是只重口供,不看证据,刚愎自用的庸官,因此,张鼎的详察细问,据实判断,看重证据等最一般的审理程序就成为受歌颂的维护正义的举动,而张鼎所说的“人命事关天关地,非同小可……掌刑君子当以审求,赏罚国之大柄,喜怒人之常情,勿因喜而增赏,勿以怒而加刑”这些司法者应当遵循的普通原则和“平人无事罪人偿”这最一般的公理也成为追求的目标。剧中所反映出来的这种对公理、正义最低限度的要求和渴望,有助于人们对元代社会黑暗状况的认识和了解。

《魔合罗》剧描写了曲折的作案和破案的过程,在众多的不重情节曲折而重悲欢离合情感描绘的元剧中,《魔合罗》具有情节新奇的特点。与此相联系的是《魔合罗》的曲词具有明显的叙事性和动作性,如第一折写李德昌古庙避雨:

〔醉扶归〕我这里扭我这单布裤,晒我这湿衣服,我则怕盖
行李的油单有漏处,我与你须索从头觑。奇怪这两三番揿不干
我这额颅,可忘了将我这湿渌渌头巾去。

伴随曲文的演唱,当有一系列的表演动作相配合。这些曲词也显出
本色的特点。即使是那些刻画人物心情感受的曲文,也多是对心情
状态的直白叙写,如第二折写李德昌病倒古庙:

〔出队子〕似这般无颠无倒,越教人厮窨约,一会家阴阴的
腹痛似锥挑,一会家烘烘的发热似火烧,一会家散散的增寒似
水浇。

这类曲文在剧中很多,它们虽然是止于情状的描写,也有过直的
弱点,但与本剧的题材内容却很协调。又,本剧第四折用中吕调,共
用二十六个曲牌(古名家杂剧本为二十七个曲牌),其中〔白鹤子〕竟
连用六次,借宫现象也较多,不仅借用正宫,还借用越调曲牌。第二
折还采用一般不用的黄钟宫。凡此种种,都较特殊。却可说明这是
一本唱工十分吃重的戏。

王仲文,大都人。作杂剧十种,今仅存《不认尸》一种。《五丈
原》和《张良辞朝》有逸文存于《太和正音谱》、《博山堂北曲谱》、《北
词广正谱》和《雍熙乐府》中。《董宣强项》、《王祥卧冰》、《锦香亭》、
《王孙贾》、《韩信乞食》、《石守信》、《诸葛祭风》已佚。

《不认尸》也是一个公案剧,所描写的清官是王翛然,剧中先写
他以大兴府尹身份外出勾军,发现一杨姓军户家长李氏愿以亲生子

当军,而把庶出子留在家中,王翛然赞为贤孝,继而杨家长媳被拐,次子无端被按下欺嫂杀嫂罪名,王翛然为之断清官司。除歌颂清官外,剧中还揭露了官府草菅人命,同时歌颂了兄弟争着当军,贤母庇护庶子,叔嫂以礼相处,婆媳亲爱和睦的杨氏一家。剧中所歌颂的属于封建伦理道德范畴的"忠孝节义"观念,与下层人民善良、礼让、重然诺、共患难的优秀品质掺杂在一起,形成瑕瑜并存的复杂情况。本剧剧情结构较为严密,曲文本色流畅,属当行之作。剧中主角是李氏,为旦本,作者着力刻画她的贤慧和倔强性格,最动人的是她面对"糊突"官府所作的无情谴责和坚决反抗:"似这等含冤负屈。拚着个割舍了三文钱的泼命,更和这半百岁的微躯。你要我数说您大小诸官府,一划的木笏司糊突。并无聪明正直的心腹,展都是那绷扒吊拷的招伏。把囚人百般拴住,打的来登时命卒,哎哟,这便是您做下的个死工夫。"(〔满庭芳〕)

　　王翛然实有其人,名翛,金皇统二年(1142)进士。刘祁《归潜志》记"金朝士大夫以政事最著名者曰王翛然",并记他在咸平府和大兴府任职时,打击豪强,对抗贵戚,"其为吏之名,至今人云过宋包拯远甚。"《不认尸》杂剧中称王是"清耿耿的赛龙图",但所写故事当系民间传闻,犹如包拯实有其人,而杂剧中的包待制断案故事几乎都是传说一样。

第三节　张国宾　李直夫　孔学诗

　　张国宾,大都人,教坊管勾[11],作杂剧五种,包括《七里滩》、《汗衫记》、《高祖还乡》、《衣锦还乡》和《罗李郎》[12]。《高祖还乡》、《七里滩》已佚,其余三种今存。

《衣锦还乡》写庄农出身的薛仁贵靠枪棒武艺博取功名的故事。作品从薛仁贵投军写起，着重描绘他从军十载和衣锦荣归给他的家庭带来的悲欢以及由此引出的变化，从中反映出封建社会一种渴望变泰发迹的心理。剧中一方面肯定了薛仁贵"立身扬名，荣耀父母"改换门庭的要求，对他的始贫终富的经历，作了倾向明显的歌颂。另一方面，对他离家一去十年，给父母、妻子带来的艰难困苦也有细致的描写，第二折写他的父母和他在梦中相见，父母失去儿子的赡养，生计艰难，"每日家无米无柴"，"做娘的能力衰，做爹的发鬓白"，特别写到薛父去刘大公家祝贺招赘喜庆时，"小后生每"阻止新人对他跪拜："你休拜那老的，他则一个孩儿投军去了十年，未知死活，你拜了他呵，可是谁还咱家的礼。"实际上是说薛父可能会遭到"灭门绝户"断子绝孙的命运，这表现了民间对从军的另一种观念。剧中写薛父受到冷遇后，心情痛苦，甚至感到难以见人，也是富有生活气息的笔墨。

剧本开头写薛仁贵认为去追求功名，"立身扬名"，是孝之根本，而"晨昏奉养"、"生养死葬"乃"人子末节，不是为孝"。这种把尽忠看作是最大的尽孝，把"孝"纳入"忠"的轨道的认识，通常是属于最高统治阶级提倡的道德规范。但剧中第二折借梦境表现的薛仁贵对不能事亲的自谴，第三折写庄农乡亲伴哥、禾旦们对薛仁贵不孝行为的斥责，以及元刊本第四折表现的薛仁贵父母对儿子的责难，都是对包含了富有人情味的事奉双亲的孝道的肯定，它更符合中国民间传统的事亲之道，也符合维系家庭、亲属关系的愿望和习惯。

这两种对于"孝"的理解，原有矛盾，勤于王事，难免疏于事亲，而勉于事亲，又分不出身来敬事君主，这就是所谓"忠孝不能两全"。元代平话《薛仁贵征辽事略》中写薛仁贵投军时双亲已亡，妻子劝他"荣宗显祖"，这就不存在所谓"忠"和"孝"的矛盾问题；而《衣锦还乡》的作者突出描写了"养男防老"和"改换家门"之间的矛盾。这种矛盾体现出不同的价值观念的对立。庄稼汉投军发迹,有使父母"无靠无依"的风险,而且,这种对父母的失职,会引起人们的谴责,剧中写伴哥责骂薛仁贵"全不想养育的深恩义,可怜见一双父母年高力弱,无靠无依,那厮也少不的亡身短命,投坑落堑"。但《衣锦还乡》的结局是完美的:庄稼汉成了兵马大元帅,而且娶了宰相之女(元刊本中更写他被招为驸马),所谓"一个薛大公灵椿不老,一个薛大婆共荣萱堂,一个宰相女甘心做小,一个糟糠妇分外贤良。"这种结局也是古代民间流传的一些发迹变泰故事和小说、戏曲中常见的结局,一种古老的"理想"。《衣锦还乡》第三折写薛仁贵还乡途中,遇到少年朋友伴哥,他对昔日一起拾谷、爬树、偷瓜的伙伴趾高气昂的神态,引出了伴哥的感叹:"哎! 你看他马儿上簪簪的势,早忘和俺掏斑鸠争攀古树,摸虾蟆混入淤泥。"这种感叹透露出生活中的真理,一个农民成了"天下兵马大元帅",就不再是农民了。

《衣锦还乡》的元刊本和明刊本有较多差异,除了上述薛仁贵娶宰相女和招驸马的不同外,元刊本中无薛仁贵的原配妻子柳氏出场,又,明刊本于末折写薛父思想、性格,封建道德气息过浓,不如元刊本那样始终表现他的庄农本色。

《汗衫记》是劝善剧,剧中写解典铺主人张义积德行善,搭救了即将冻饿而死的陈虎,陈虎恩将仇报,害死张子,霸占张媳,店铺家财又被火焚,但经过了一番波折之后,终于父子夫妻得到完聚,恶人受到惩罚。张义所信仰的"种谷得谷,种麻的去收麻,咱是个积善之家,天网恢恢不漏揸"是本剧的主旨所在。其中"一饭莫忘怀,睚眦休成愤"、"学灵辄般报恩"、"休学那庞涓般雪恨",宣扬了一种记恩不记怨,报恩不雪恨的思想。张国宾是个艺人,他对市井生活比较熟悉,因此,他的作品中宣扬的那些生活观、道德观虽然已嫌陈旧,却并不仅仅是呆板的说教,全剧还具有浓厚的生活气息。在实际的社会生活和人们的性格中,本来就包含着复杂的因素,既有善良、忠厚、体恤人情的成分,又有隐忍、苟且的消极因素。

张国宾剧作的曲词直白通俗,如《衣锦还乡》第三折中庄稼汉伴哥唱:"俺两个也曾麦场上拾谷穗,也曾树梢上摘青梨,也曾倒骑牛背品腔笛,也曾偷他的那生瓜来连皮吃。"论者或以为平实无味,实则是符合人物性格的生动口语,体现了剧语的本色特点。

张国宾剧作的艺术手法也有别开生面之处,如《衣锦还乡》第二折作为梦境处理,写他回家探亲,却又被仇人张士贵捉拿,从心理方面说,把白天意识下的亲人和仇人在梦中活现,亲人受苦的梦境是真事的反映,仇人加害的梦境是经验的延伸,前者似幻是真,后者是幻非真,交叉恍惚,写来颇具特色。

李直夫,曹本《录鬼簿》载他是:"女真人,德兴府住,即蒲察李五。"金之德兴府属西京路,即今河北怀来。德兴府当是从他的先世起流寓寄居的地方。他应属女真蒲察氏,汉姓为李。一说他是至元延祐间人,曾任湖南肃政廉访使(见孙楷第《元曲家考略》)。作杂剧十二种,今存《虎头牌》一种,《伯道弃子》有佚曲存于《太和正音谱》和《北词广正谱》中,仅存剧目者有《念奴教乐府》、《谏庄公》、《怕媳妇》、《水淹蓝桥》、《错立身》、《劝丈夫》、《占断风光》、《坏尽风光》、《夕阳楼》、《火烧祅庙》十种。一说《怕媳妇》和《劝丈夫》实是同一个剧。

《虎头牌》描写女真元帅山寿马处罚违犯军纪的叔叔银住马的故事。这个故事的主旨在表彰忠、孝两全的山寿马对国事和家事、君和亲的公私分明的态度。山寿马既是"罚不择骨肉,赏不避仇雠"的赏罚分明的元帅,又是恪尽孝道的晚辈。银住马是千户,所谓虎头牌,象征着便宜行事的权力。山寿马对银住马说:"则俺那祖公是开国旧功臣,叔父你从小里一个敢战军,这金牌子与叔父带可也是本分",又说:"但愿你扶持今社稷,驱灭旧妖氛。常言道家贫显孝子,国难识忠臣。"及至银住马因纵酒失了守地,山寿马责备叔父:"咱须是关亲意,也索要顾兵机,官里着你户列簪缨,着你门排画戟,可怎生不交战,不迎敌,吃的个醉如泥。"尽管众官劝解,婶母和妻子茶茶求情,他还是毫不徇私地打了叔叔一百军杖。通过山寿马对国法、军纪的维护和他的不徇私、不枉法的行为的描写,表现了他于国之忠。另一方面,剧中又写山寿马与妻子携羊担酒,上门抚慰被他责打的叔叔,晓以大义,动以情感,并劝诫叔叔"既带了这素金牌,则合一心儿镇守夹山寨",申述了自己"我须是奉着官差,法令应该,岂不知你年华老迈,故意的打你这一百"的苦衷。这种入情入理的申述,终于使银住马释去怨恨。

　　这类"罚不择骨肉"的故事,容易酿出铁面无私的气氛,但《虎头牌》却从头至尾充满了人情味。第一折有山寿马对叔叔婶婶叙叔侄父子情分:"我自小里化了双亲,忒孤贫,谢叔叔婶子把我来似亲儿般训,演习的武和文。我如今镇边关为元帅,把隘口统三军,我当初成人不自在,我若是自在不成人,"从谈论家常中,描绘出山寿马对叔叔的特殊感情。第二折又有金住马和银住马叙兄弟手足之情。金住马所说:"我抹的这瓶口儿净,我斟的这盏面儿圆。待我望着那碧天边太阳浇奠,则俺这穷人家又不会别咒愿。则愿的俺兄弟每,可便早能勾相见。"表现了饱经沧桑的老人,对弟兄之间感情的珍惜和眷恋。第四折山寿马登门"谢罪",吩咐祗从:"疾去波到第宅,休道是镇南边统军元帅,则说是亲眷家将羊酒安排。休道迟,莫见责,省可里便大惊小怪。将宅门疾快忙开,报与俺那老提控叔叔先知道,则说我侄儿山寿马和茶茶暖痛来,莫得疑猜。"都表现得诚挚恳切、富于感情。山寿马对叔叔的尊敬和亲昵,热情款待和谆谆嘱咐,以至最后的耐心开导,鼓励宽慰,都使这个兵马大元帅带有更多的人情味。

《虎头牌》剧有若干女真风俗习惯的描写。男子尚武,以"打围猎射","飞鹰走犬,逐逝追奔"作为消遣,即使女子也"自小便能骑马"。敬酒之前要向太阳浇奠,军中责罚,可以别人"替吃"等等,从中可以窥见习俗的一斑。

《虎头牌》曲词质朴、自然,颇近口语。如第一折〔醉中天〕:

> 叔叔你鞍马上多劳困,婶子你程途上受艰辛。一自别来五六春,数载家无音信,则这个山寿马别无甚痛亲。我一言难尽,来探你这歹孩儿索是远路风尘。

第二折兄弟饮酒一场,多用女真曲调,明代何良俊《四友斋丛说》:"李直夫《虎头牌》杂剧十七换头……在双调中别是一调,排名如阿那忽、相公爱、也不罗、醉也摩挲、忽都白、唐兀歹之类,皆是胡语,此其证也。"周德清《中原音韵》中说:"且如女真风流体等乐章,皆以女真人音声歌之。"本剧金住马唱〔风流体〕曲云:

> 我到那春来时春来时和气暄,若到那夏时节夏时节薰风遍。我可便最怕的最怕的是秋暮天,更休题腊月里腊月里飞雪片。

这类曲子,以女真曲调歌唱,当有特殊风味。

孔学诗(1260—1341),字文卿,溧阳(今江苏溧阳)人[13]。据黄溍《溧阳孔君墓志铭》载,至元年间元军南下时,孔学诗"乃赞其父率众诣军门","主帅奇之,因挟以北上","恳辞得南还"。一生不仕。

作杂剧《东窗事犯》一种。写秦桧因害岳飞遭到报应。元无名氏《湖海新闻》前集载：世传岳飞为秦桧所害，系秦与其妻谋与东窗以成之。秦殁，方士见秦阴司受苦，令传语其妻："东窗事发矣。"贾仲明为孔文卿所作吊词中说："捻东窗事犯，是西湖旧本。"宋元南戏也有《秦太师东窗事犯》。可见这个故事在当时相当流传[14]。以因果报应的迷信观念来表达扶善惩恶思想，是民间故事中常见的现象，本剧当是采取传说，剧中第三折写岳飞死后，魂告皇帝："但行处怨雾凄迷，悲风乱吼。恰离枉死城中，早转到阴山背后"，"三魂儿消消洒洒，七魄儿怨怨哀哀，一灵儿荡荡悠悠"，在氛围上有所渲染。所作告述中一味诉说冤屈，几失英雄本色。第二折写地藏神化作呆行者，趁秦桧灵隐寺拜佛之际，当面拆穿东窗阴谋。他手执吹火筒，语涉双关，说它"吹一吹登时教人烟灭灰飞"。他一会儿出哑谜，一会儿说风景。疯僧行状，活脱活现。清叶堂《纳书楹曲谱》选收了本折，也即近代昆剧演唱的北曲《扫秦》。

第四节　王伯成　费唐臣　史樟　刘唐卿

　　王伯成，涿州(今属河北)人。贾仲明为《录鬼簿》补写的吊词中说："马致远，忘年友，张仁卿，莫逆交。"为王伯成的年龄当比马致远年轻一辈，王伯成活动年代当在至元、大德年间。

　　现知王伯成作杂剧三种，《贬夜郎》今存，《兴刘灭项》有佚文存于《九宫大成谱》中，《泛浮槎》已佚。

　　《贬夜郎》写李白故事，今只存元刊本，科白不全，从曲文看，全剧从李白在长安受宠写到他在采石矶落水身亡，其间穿插醉写"吓蛮书"、"写词"、识破杨贵妃和安禄山之间的"私情"等情节，糅合了关于李白的各种传说。仅从前三折曲文看,无贬夜郎事;第四折李白已从夜郎东返,在采石矶酒醉之后投江捉月身亡。此剧写李白醉态颇为传神,其间醉里上马、醉里签荔枝、高力士为他脱靴、杨贵妃为他捧砚,在表演时当是引人的情节。作者也写李白醉中有醒,所谓"我绕着利名场,佯做个风狂,指点银瓶索酒尝",写他预感到"咫尺舞破中原,祸起萧墙"。最后写李白入水之后,有水府龙王和众多水族上场,更是热闹的关目。

王伯成还作有《天宝遗事》诸宫调,贾仲名推崇为"世间无,天下少"的杰作。张可久有〔双调·折桂令〕《观天宝遗事》,元代或有刊本,今已佚,仅存五十四套曲和一些只曲,分见于《雍熙乐府》、《九宫大成谱》、《太和正音谱》和《北词广正谱》中,和《刘知远诸宫调》《董解元西厢记》比较,它所用曲调名目,甚至联套方式都和元杂剧、散曲相近似。《天宝遗事》内容较为芜杂,但从总的倾向上看,作者对唐明皇和杨贵妃的情缘故事持批判态度。这和《贬夜郎》中对杨贵妃的谴责态度是一致的。在艺术描写上,〔一枝花·长生殿庆七夕〕、〔胜葫芦·明皇击梧桐〕、〔村里迓鼓·明皇哀告陈玄礼〕这三套曲较富文采。但〔村里迓鼓〕等曲中的一些词句,与白朴《梧桐雨》极为相似。朱权《太和正音谱》评王伯成之词如"红鸳戏波",当是称誉其文采流荡,其实王作属本色一路,《天宝遗事》中的一些曲文甚至过于直白。

费唐臣,大都人,其父费君祥,与关汉卿交游,著有杂剧《菊花会》一种。费唐臣撰有杂剧三种:《贬黄州》、《斩邓通》和《韦贤篡金》。今存《贬黄州》一种,描写宋代苏轼贬为黄州团练副使的一段故事。本剧曲文俊美,是为最显著特点,如第一折苏轼出场所唱〔仙吕·点绛唇〕曲:

> 万顷潇湘,九天星象。长江浪,吸入诗肠,都变做豪气三
> 千丈。

第二折中写苏轼赴黄州,途中遇雪,所唱〔滚绣球〕曲云:

> 拨墨云垂四野,铸银河插半天。把人间番做了广寒宫殿,有
> 一千顷玉界琼田。这其间骚客迁,朝士贬,五云乡杳然不见,止
> 不过隔蓬莱弱水三千。不能够风吹章表随龙去,可做了雪拥蓝
> 关马不前,哽咽无言。

明人朱权称赞费唐臣之曲如"三峡波涛",在《太和正音谱·古
今群英乐府格势》中列为第六位,并说:"自是一般气象,前列何疑。"
本剧和吴昌龄《东坡梦》一样,都谴责王安石变法和排挤苏轼。
宋元时代的俗文学作品中,王安石成为抨击对象,似为风气。本剧出
自文人之手,剧中更有"王安石一心变乱成法"之说,并写苏轼自言
"则为不入虎狼群,躲离鲸鲵浪,直贬过淘淘大江","这里有当途虎
狼,那里有拍天风浪",直把王安石"新党"斥骂为"虎狼"了。但本剧
重点却又不在于写苏轼参加政治斗争,而是写他"紫袍金带无心恋,
雨笠烟蓑有意穿",所以第四折当他被宣召回京后,不仅宽恕了在黄
州对他多方窘辱的杨太守,而且不愿再为官,"倒不如农夫妇蠢,绕
流水孤村。听罢渔樵论,闭草户柴门,做一个清闲自在人"。这种描
写却又是元代知识分子中相当流行的一种归隐思想的反映。

史樟(1240?—1288?)[15],永清(今属河北)人,为元初名臣史
天泽之子,曾任真定、顺天新军万户。王恽《挽九万户》诗中说他"半

生稀古振长缨，隐隐心中富甲兵。"但这位武人却喜庄、列之学，常麻衣草履，以散仙自号，称史九散仙（一作史九敬先，或误），作杂剧《庄周梦》一种。本剧为神怪戏，写庄周本是大罗神仙，谪降尘世，迷恋花酒，后由太白金星等引他证果还元。内容荒诞而关目繁胜，剧中有太白金星、蓬壶仙和东华仙等诸多神仙出场，又先后穿插风、花、雪、月四仙女弹唱，莺、燕、蜂、蝶四仙女劝酒，春、夏、秋、冬四仙女炼丹，还有太白金星当场变相，表现栽花结果魔术，山中道士表现鹤舞，"骑鹤上升"等，热闹非凡，在演出中，观客当会感到眼花缭乱。

前人称赞本剧曲文多俊语，今例举第二折前楔子中所写山中道士所唱一支曲文如下：

〔仙吕·赏花时〕剩水残云四五塌，野杏夭桃无数花。淡隐隐卧残霞，疏林直下，掩映着茅舍两三家。

刘唐卿，《录鬼簿》记他为太原（今属山西）人，曾任"皮货所提举"，作杂剧《李三娘》和《摘椹养母》两种，前者已佚。按《元史·百官志》载中书工部所领有大都皮货所，设提领，而不是提举，至元二十九年置。《录鬼簿》还记他"在王彦博左丞席上赋博山铜细袅香风"。王彦博即王约，至大年间曾任河南行省右丞。《录鬼簿》所记"左丞"当作"右丞"。王约在至元三十一年还任过中书右司员外郎，右司管领兵、刑、工三房。皮货所提领所掌，与右司工房有关。"博山铜"云云，指散曲〔折桂令〕（又名〔蟾宫曲〕）。今引录于下：

博山铜细袅香风，两行纱笼，烛影摇红。翠袖殷勤捧金钟，半露春葱。唱好是会受用文章巨公，绮罗丛醉眼朦胧，夜宴将终，十二帘栊，月转梧桐。

据《辍耕录》载：大都著名歌女顺时秀曾在散散学士家筵集会上歌唱此曲，并说："一句而两韵，名曰短柱，极不易作。"

《摘椹养母》一作《降桑椹》，描写蔡顺孝行故事。《古今合璧事类备要》记东汉时蔡顺在山中拾桑椹，"以异器盛之"，赤眉军中人问他，他说："黑者味甘，奉母；赤者味酸，自食。"赤眉军中人很受感动，"以米肉贻之"。本剧敷演成篇，加进了蔡顺孝心感动上苍，诸神施法，一夜之间，使冬令变为春天，枯桑荣旺，椹子发生。

和《庄周梦》相似，本剧关目按行热闹。第三折写风伯、雪神、雨师、雷公、电母出场显耀威力，有声有色。第二折写福神请出"家宅六神"，不仅有门神、户尉、灶神、井神，还有所谓"厕神"，则近于闹剧了。第二折写蔡顺为母请医时，还插入了"双斗医"表演，是借用金院本中的节目。王实甫《西厢记》第三本第四折写崔母请太医为张生治病时，有"双斗医科范了"的交代，这"双斗医"如何表演，本剧中有充分的描写，是可贵的戏剧资料。

本剧科白繁多，家宅六神托梦，风雪雷电诸神作法和"双斗医"都以科白显示。或以为这都是伶工所增，或认为皆无关紧要，只是为按行热闹而增设，删除之后，反较紧凑。但本剧内容本甚枯燥，为吸引观客，伶工们作关目上的增饰，原是杂剧演出过程中出现的一个特点。本剧现存脉望馆钞校本，正是出自明代内府的演出本。

〔1〕　参见郑振铎《民间故事的巧合与转变》(《中国文学研究》)、赵景深《所罗门与包拯》(《中国小说丛考》)。

〔2〕　当作赵文敬，"文殷"为形近而讹。参见孙楷第《元曲家考略》。

〔3〕　据曹栋亭本《录鬼簿》记载，《黄粱梦》第三折为花李郎作，第四折为红字李二作。又花李郎的《勘吉平》和《钉一钉》留存残曲。但完整的剧作未见

流传。

〔4〕 天一阁本《录鬼簿》贾仲明吊词云:"四务提举江浙省。"据《元史》,至元二十二年(1285)调整江淮行省辖区,改称江浙行省。马致远也曾任江浙行省务官。尚与马或大致同时。所谓"四务提举"曾被认为"省务提举"之误,实际上无误,宋濂为杨维祯所撰《元故奉训大夫江西等处儒学提举杨君墓志铭》中说:"将荐之,又有沮之者,寻用常额提举杭之四务,四务为江南剧曹,素号难治,君日夜爬梳不暇。"

〔5〕 孙楷第《也是园目尚仲贤〈玉清殿诸葛论功〉戴善甫〈赵江梅诗酒玩江亭〉剧未佚说》考也是园藏"古今杂剧"中列入无名氏的《十样锦诸葛论功》即《录鬼簿》于尚仲贤名下著录的《诸葛论功》,今存。王季烈辑印《孤本元明杂剧》,收入此剧,仍属之无名氏。提要言及:"《录鬼簿》及《太和正音谱》均载有《武成庙诸葛论功》一本,元尚仲贤撰,以关目而论,当即是此本。惟此本曲文铺叙平妥,乏古拙之气,且曲文中'圣明君'字样屡见,疑为明人颂圣之作,是否尚仲贤笔墨,不敢遽定。孙氏以为应改入元剧,未必如此。"严敦易《元剧斟疑》驳王说,也倾向于尚仲贤作。这里从孙说。

〔6〕 天一阁本《录鬼簿》记李好古是"东平人"。曹本《录鬼簿》作"保定人,或云西平人"。许有壬《和原功钓台寄李好古韵》诗,见《至正集》,诗中有"可人幸遇吾乡彦"句,许有壬先世居颍,颍州和西平均属汝宁府。孙楷第《元曲家考略》据此断李好古为西平人。但许诗所写的李好古活动时间已晚,疑非杂剧作家。

〔7〕 又见清代宫廷大戏《升平宝筏》,较明本完整,科目俱全。又,吴昌龄的《西天取经》和杨景贤的《西游记》自明代起常被人缠夹,有关鉴别情况见孙楷第《吴昌龄与杂剧西游记》(《沧州集》)。又,清焦循《剧说》云:"元人吴昌龄《西游》词,与俗所传《西游记》小说小异。曹栋亭曰:吾作曲多效昌龄,比于临川之学董解元也。"

〔8〕 也有认为此剧受北魏慧觉所译《贤愚经·檀腻鞴品第四十六》记阿婆罗提目佉王审案故事影响。但也无确据。

〔9〕 天一阁本《录鬼簿》不载此目,《元曲选目》载孙仲章作。《录鬼簿续

编》、《太和正音谱》列为无名氏作。曹本《录鬼簿》陆登善名下也有《张鼎勘头巾》。

〔10〕　《元史·世祖本纪》记有张鼎,阿里海牙属吏出身,官至参知政事。又《张弘纲本传》记张弘纲次子名鼎,袭父职为江阴水军万户。清代焦循疑元剧中张鼎即《世祖本纪》所载之张鼎(《易余籥录》卷十七)。日本吉川幸次郎推测张鼎可能与王脩然一样为金人(《元杂剧研究》),但都无确证。

〔11〕　据《元史·百官志》载,教坊司下设的兴和署和祥和署中均有"管勾",《录鬼簿》作"勾管"。贾仲明吊词中有"教坊勾管喜时丰,斗米三钱大德中"句。可见张国宾活动于大德年间。另,曹本《录鬼簿》载:"张国宝,大都人,即喜时营教坊勾管",张国宝,即张国宾,"宝"(寶)、"宾"(賓)形似而误。或认为曹本所载应读作"张国宝,大都人,即喜时营,教坊勾管",喜时营为艺名。

〔12〕　诸本《录鬼簿》于张国宾名下无《罗李郎》剧目,脉望馆藏《古名家杂剧》和《元曲选》都有此剧,题张国宝作。按曹本《录鬼簿》中张国宾误作张国宝。但此剧是否即为张国宾作,尚有异说。

〔13〕　《录鬼簿》记孔文卿为平阳人。孙楷第《元曲家考略》考孔文卿名学诗,溧阳人。

〔14〕　元人张昱《咏何立事》诗的题注云:宋押衙官何立,恍惚引至阴司,见太师对岳飞事,令归告夫人,东窗事犯矣。

〔15〕　史樟生卒年据冯沅君《元曲家杂考三则》。

第十章 元代后期杂剧

第一节 杂剧的衰微

自蒙古王朝统一北方以后,杂剧一直蓬勃发展,作家辈出,作品众多,也涌现出一批优秀的演员。这样的情况持续到元贞(1295—1296)、大德(1297—1307)年间。大约自皇庆(1312—1313)、延祐(1314—1320)以后,随着杂剧中心逐渐从大都移至以杭州为中心的江、浙一带,演出虽还很盛行,但创作却就由盛而衰,泰定(1324—1327)以后,随着关汉卿、王实甫、白朴、马致远和一批著名或比较著名的作家去世,杂剧创作更进一步趋于衰微。

杂剧中心的南移,是有历史原因的。自从南宋偏安一隅,南方富庶的自然条件,促使经济有一定程度的发展,这就为文化艺术的发展提供了有利条件,因此以杭州为中心的江、浙一带文化发展水平较高。元灭宋后,南方的封建经济基本上也没有受到破坏。而在北方,由于金、元交替之际地主经济有所破坏;人口流失,田地荒芜,经济发展不能与南方相比。随着元朝统一全国,不少北方人(包括官吏和作家),纷纷南下,南方繁荣的经济、发达的文化、宜人的景色都吸引着他们，他们的作品中也热情地歌颂南方都会人物之盛，湖光山色之美。到了后期，杂剧作家南来的现象更为明显。当时杂剧作家以南方人和移居南方的北人为主，杭州一带便成为杂剧作家云集之处。如曾瑞，原大兴人，因"喜江浙人才之多，羡钱塘景物之盛，因而家焉"（《录鬼簿》）。又如大名宫天挺、平阳郑光祖、太原乔吉，都是原籍北方，或出仕或移家而久居江南。南方作家更多，如金仁杰、朱凯、王晔、沈和、范康、赵善庆、屈子敬和鲍天佑等。

由于戏剧活动与城市经济有着密切的关系，而当时南方如扬州、镇江、南京、苏州、杭州等城市，商业与手工业都很发达，比起北方城市来更为繁荣。北方的真定和东平是文化发达也是戏剧演出兴盛的地区，但据南宋遗民郑所南说："北地称真定府最为繁华富庶，有南人北游归而言曰：'曾不及吴城十之二一，他州城郭更荒凉不足取'，宜乎北人来南，遇有所见，率私欢喜嗟呀，意极睥睨。"（《心史·大义略叙》）他所说可能有夸张之处，然而南方都市的兴盛确乎是历史事实。随着南北统一，很多杂剧艺人也纷纷南下。当时南方甫定，受政治的影响，南戏受到贬抑，加之杂剧又以"新声"的面貌出现，这就使得杂剧一时胜过南方原有的南戏。于是在南方便集中了不少著名演员，形成了北方的戏剧在南方演出繁荣的局面。到了后期，杂剧中心南移，著录杂剧作家和剧目的《录鬼簿》，著录杂剧演员的《青楼集》，总结杂剧、散曲音韵、格律的《中原音韵》，都出自南方或定居南方的人士之手，今存元刊三十种杂剧中，标明刊刻之地的有十一种，其间有七种刻于"古杭"，这都在很大程度上成为杂剧中心南移的一种重要标志。

这里所说的后期杂剧作家，大致是指《录鬼簿》所记的"方今已死才人"与"方今才人"，以及《录鬼簿续编》中所记的部分作家。

《录鬼簿》于至顺元年（1330）成书，因此他们的年代应是至顺元年前一段时间约皇庆、延祐以后直到元末。然而这一时期的戏剧作家从数量来看已不如"前辈名公"众多，对后世有影响的作家仅郑光祖、宫天挺、乔吉、秦简夫等数人，而他们总的创作成就，都不能与前期名家相颉颃。

杂剧中心南移后，杂剧的创作思潮发生了变化。前期杂剧中的积极战斗精神逐渐消失，那种敢怒、敢骂、敢于无视封建纲常的叛逆精神很少见到了；代之而起的是对封建道德的妥协和宣扬。杂剧题材也较前狭窄，所反映的社会生活面远不如前期宽广。在前期杂剧中占相当数量的反映元代社会尖锐复杂的社会矛盾，反映下层人民生活和要求的作品，包括公案戏、水浒戏等，除了无名氏的作品中还存有几本外，文人的作品中就比较少见了。前期杂剧曾以生动鲜明的色彩，画出了丰富多彩的社会生活画卷，但到后期，画面渐为狭窄，色彩也渐渐苍白。

后期杂剧创作的衰落，更为深刻地表现在思想内容的变化上，题材的变化只反映了问题的一面，还不能充分说明问题的本质，因为如果对题材能开掘得深刻透辟，能够从一个角度深入反映社会现实，仍不失为成功的作品。譬如同是历史题材，在前期杂剧中也不少，但是它们却写得比较深沉。如关汉卿的《单刀会》，写关羽的英雄情怀是何等慷慨苍凉；纪君祥的《赵氏孤儿》写正义战胜邪恶又是何等激烈悲壮，等等。然而在后期杂剧中这样的历史剧几乎难以觅得，后期的历史剧常常借助历史故事，以古代圣君贤相、节士义妇的形象宣扬和美化愚忠愚孝等极为陈腐的封建道德，《霍光鬼谏》、《豫让吞炭》、《剪发待宾》、《焚儿救母》、《赵礼让肥》等都是这样的作品。元代后期阶级斗争尖锐复杂，农民起义此起彼伏，正以强大的声势威胁着统治阶级的政权，这些作品通过它们的形象描写所表达的思想却充满着霉烂的气息。

写爱情故事的杂剧,在元代后期杂剧中仍占重要地位,但反封建的色彩却有所减弱,像《西厢记》、《墙头马上》那样强烈地要求婚姻自主,要求挣脱封建礼教的枷锁的作品,已是凤毛麟角。多数是描写才子们的风流逸事的作品。虽然有的作品也在一定程度上客观地反映了封建婚姻制度的不合理性,以及娼妓制度对人的摧残,但是这种描绘又常常被浓厚的艳情色彩所掩盖。前期杂剧中那种为反对礼教、争取妇女自身合理权益的大胆抗争的声音,那种激越的调子,在后期作品中很少听到了。此外,在前期杂剧中反映的儒士悲愤绝望的心情,在后期作品中亦有所冲淡;而神仙道化剧则向更加荒谬的方向发展。

后期杂剧在艺术上的一个基本趋势是注重词藻音律,而相对忽略了戏剧艺术的特点和人物形象的塑造,即使在后期著名的杂剧家的创作中也在所难免。如郑光祖的《倩女离魂》,在戏剧冲突的处理、情节的安排和人物的塑造上来说,还是比较讲究的一部作品,但他的《王粲登楼》结构就较松散,情节也有生拉硬扯之弊。乔吉的《扬州梦》一剧,全剧场景都在酒席宴上,关目比较单调。他的《金钱记》虽然在艺术上比较谨严,写作技巧也较纯熟,并且词藻华美,但可以看出作者重形式胜于重内容。此外,后期作品由于戏剧矛盾不能很好地展开,在人物形象塑造上也嫌功力不足,不能像前期杂剧那样创造出一批多姿多彩的人物形象。还有些作品中的人物形象单薄苍白,千篇一律。有些作家所着意推敲、苦心经营的乃是文词的华丽,音律的和美,追求的是典雅蕴藉,忽视杂剧人物语言的本色当行的特点。因此,杂剧创作逐渐失去生气,失去强大的生命力。总之,就总体而言,后期杂剧已呈衰微局面。

第二节　杂剧衰微的原因

杂剧衰微的原因是复杂的，与元代社会政治经济的发展变化有密切关系，同时也是由杂剧艺术本身发展的规律所决定的。

金、元与宋、元之际，是一个改朝换代的大动荡时期，入主中原的蒙古贵族，由于尚处于奴隶制社会阶段，习俗与道德观念和封建伦礼并不完全一致，忠君、孝悌、贞节等观念都较薄弱，这对当时汉族传统的伦理观，无疑是一种冲击。这样的情况，客观上有利于人民群众中带有民主因素的反传统思想传播，也就使与人民生活和群众艺术有千丝万缕联系的杂剧，具有进步的思想倾向和强烈的战斗精神。元朝立国和统一中国以后，统治逐渐巩固，并且实行了一些限制掠夺和缓和民族关系的政策，使阶级矛盾与民族矛盾有一个相对缓和的阶段，社会经济也得到了复苏和发展。与此同时，统治阶级逐渐认识到传统的儒家思想体系，对于治理一个统一的封建帝国的重要性，在元世祖的时代，就已经开始重用儒臣，这些儒臣曾帮助世祖定朝仪，治礼乐，设学校，建官制，建立起封建统治的秩序。当蒙古贵族正处于奴隶主阶级向封建地主阶级转化的过程时，还不可能充分重视汉族封建地主阶级的那套道德规范和伦理思想体系，而且在实际上还常常受到来自蒙古贵族们的反对和抵制。到了大德以后，情况就不同了，封建的伦理纲常进一步被统治者所接受，尤其是皇庆、延祐年间，仁宗大力提倡儒家思想，进一步提倡程朱理学，对人民群众加强了思想统治，这不能不对杂剧的创作和发展产生巨大影响。

杂剧作家多数是地位较低的中、下层知识分子，他们虽然对黑暗的社会现实不满，但封建伦理道德在他们头脑中又是根深蒂固的。

所以在统治阶级大力倡导封建伦理的情况下,杂剧的道学味和头巾气渐渐地加重了,如元代后期的几个君主为维护封建纲常,很热衷于褒扬孝子贤妇,文宗在至顺二年就曾十二次旌扬孝子贤妇十三名,这自然会对杂剧创作有影响。《节妇牌》、《贤孝妇》、《孟宗哭竹》、《姜肱共被》和《郭巨埋儿》等剧目,可能就是在这种风气影响下的产物。

后期杂剧中还不难找到统治者的好恶与意志直接反映在创作中的例子,鲍天佑的《比干剖腹》以及他与汪勉之合写的《曹娥泣江》即是。比干是元代几个皇帝称赏的忠臣,皇庆二年(1313)仁宗"敕卫辉、昌平守臣修殷比干、唐狄仁杰祠"。后至元六年(1340)惠宗又加封比干为"仁显忠烈公"。曹娥也是被统治阶级赞扬的孝女,后至元五年,曾被加封为"慧感灵孝昭顺纯懿夫人"。这很可能是鲍天佑、汪勉之杂剧产生的背景。

元朝统治者爱好歌舞、戏曲,但他们一直对戏剧采取两种手法:一方面严禁"妄撰词曲",以防范异端思想;一方面则提倡维护封建礼教的作品。明周宪王朱有燉的《元宫词》就是证明:

> 《尸谏灵公》演传奇,一朝传到九重知。奉宣赍与中书省,诸路都教唱此词。

朱有燉在百首《元宫词》的序中说:"永乐元年,钦赐予家一老妪,年七十矣,乃元后之乳姆。女知元宫中事最悉,闲尝细访,一一备知其事,故予诗百篇,皆元宫中实事……"因此《元宫词》所记宫中听杂剧事当属实情。从序中"永乐元年""年七十矣"云云,又可知诸路"教唱"《尸谏灵公》事当发生在至正年间。《尸谏灵公》是鲍天佑的作品,今已不存,演春秋时卫国大夫史鱼谏灵公任用贤人的故事。可见统治阶级还曾以行政手段推广那些符合他们口味的作品,由于统治阶级对杂剧施加政治影响,企图把它纳入统治阶级的思想轨道,也就影响了杂剧的健康发展。

后期杂剧思想倾向的变化,还与统治阶级对儒士政策的改变有密切的关系。蒙古王朝统一北方后的一段时间内,儒士地位较低,甚至被掠为奴。随着一些北方著名文臣和儒士的进谏,这种情况逐渐改变。太宗九年(1237)还曾下诏诸路进行考试,录用士人,但主要由于一些蒙古贵族的反对,自这以后几十年未行科举之制,这就闭塞了知识分子的仕路。所以较之历代各王朝,元初知识分子更不容易踏上仕途。然而随着元朝统治的巩固,统治者对士人的态度进一步改变,尤其是仁宗皇庆二年下诏恢复科举制,为士人们重新开辟了仕进的道路,实际上也就起着诱使他们致力举业,为统治阶级服务的作用。仁宗以后,科举制时行时废,而且其中施行着民族歧视政策,给予蒙古、色目人以种种优惠的条件。但是比起元代前期来,士人地位提高了许多。所以虽然后期作家大多数也是落魄江湖或沉沦下僚的中下层知识分子,他们的生活和遭遇,使他们在作品中多少反映了一些现实生活中的矛盾与黑暗;但另一方面,却使他们对统治者存在幻想,对自己的政治前途寄予希望。如元代前期作家中,马致远比较多的反映了士人们的心理与遭遇,他的作品中常常表现出士人们对于前途的绝望情绪,这是因为元代"官不必士而徼幸出,怯薛以下,吏道多端"的混乱官制,使士人们无法把握自己的前途所产生的思想情绪。到了后期,杂剧作品所反映的常常是士人们反对权豪把持仕途,要求朝廷合理地起用贤士,如宫天挺的《范张鸡黍》所反映的那样。不是仕途无望,而是禄仕不公平,这就有了明显的区别。正是知识分子的地位有了变化,也影响到杂剧的进一步发展,热心举业的人多了,以杂剧为自己事业的人自然相应减少,而有些尚在从事杂剧创作的作家,也在与现实认同的前提下,安于现状,并且脱离了人民的生活,离开了富有生命力的艺术的土壤。

除此之外,还有一个不可忽视的因素。元初,中原大地历经战乱,蒙古贵族又加以掠夺蹂躏,北方地主经济遭到了严重破坏,士人们常常流落在外,生活无着,有的甚至沦为奴隶。政治、经济地位的低下,使他们能接近下层人民,作品中也比较多的反映了下层人民的生活和愿望。南方的情况就不同了,南宋王朝的迅速崩溃,以及元朝统治者出于经济的需要,也接受了刚统一北方时破坏地主经济带来的教训。南方地主经济没有受到大的破坏,后期作家多是南人或转居南方的北人,他们生活在比较优越乃至闲适的环境中,这种情况也制约着他们的创作,作品中也就少见反映下层人民的呼声了。

杂剧的衰微,还受杂剧艺术发展本身规律的制约。无疑,元杂剧是我国早期比较成熟的戏剧形式。它的体制要比宋杂剧、金院本更为完善,由于较早地就有文人参与创作,它的文学水平和艺术力量比当时流行于南方的南戏也显得高超。但元杂剧毕竟还是我国戏剧初期阶段的形式,是有局限性的。首先是一剧四折对内容的限制(虽然可以加一、两个楔子,不过只能作为一种有限的补充而已),要在短短的篇幅中把关目安排得集中紧凑而又错落有致,是不容易的,因此杂剧的结构往往起承转合,形成一定的框子,王国维说元杂剧的体制"而于曲折详尽,犹其所短也"(《宋元戏曲考》)。由于篇幅的限制使戏剧矛盾不能充分展开,戏剧冲突的最后解决也常常显得比较突兀,明臧懋循就曾指出:"……故一时名士虽马致远、乔孟符辈,至第四折往往强弩之末矣。"也正因为戏剧矛盾的展开受到限制,往往会出现一些固定的程式,内容相类的作品,更出现有相似的写法和雷同的结局,王国维批评元杂剧关目"故往往互相蹈袭,或草率为之",正是指这种相似和雷同现象。

杂剧的这一局限性在前期作品中已有所表现,然而不少"前辈名公"有丰富的生活积累,并且掌握了杂剧这个新兴的文学样式的表现手法,艺术手段比较高超,所以能在有限的篇幅中跌宕起伏地安排情节,成功地塑造人物,细针密线地结构布局。他们的才华常常能弥补形式的局限。到了后期,作家们脱离生活,缺乏艺术才华,片面地追求词藻的华美,而不讲究在这种戏剧形式中如何完美地安排关目、情节,使杂剧这一形式原有的局限愈益显著。

杂剧分旦本、末本,并且一般由一个角色——正旦或正末唱到底。它的好处是可以使主角尽情发挥,能比较充分地揭示人物的内心世界。然而从戏剧这一表演艺术来看,显然是有弊端的。不论从音乐上,还是舞台效果上,一人主唱气氛比较单调沉闷。更主要的是戏剧发展要求反映复杂的生活现象,剧中的角色势必渐渐增多,主要角色也不会只是一个。一人独唱影响其他角色发挥作用,也影响角色间的交流,不利于戏剧矛盾的展开和人物形象的塑造。所以随着戏剧艺术的发展,一人独唱的形式必不能与之相适应。

与一人主唱有密切关系的是音乐上采用北曲联套的形式。应该说,联套的采用和逐步完善,曾起过使戏剧音乐臻于成熟的作用。戏剧结构自有它的完整性、统一性,因此也要求音乐形式与它配合。联套既有一定的基调,曲牌的搭配上又富有变化,能与剧情和人物性格的发展协调地配合。但它的缺点是宫调限制严格,所以往往在音律上显得比较平板,不能有较大起伏,在情节发展的节奏较快时,在人物感情变化比较迅速时,音乐的变化常嫌不足。而且这样的形式也只适应一人主唱的表现方式,随着戏剧形式的发展,也将要求戏剧音乐更加活泼多变。后期曲家沈和使用南北联套就是对这种固定音乐形式的突破。

杂剧形式的局限,即使是在它的全盛期也已显露出来,因此有的作家已开始突破它的陈规。如《西厢记》采取增多本数的办法,《降桑椹》采取增多折数的办法,突破了一剧四折的规矩。又如《西厢记》在唱段的安排上也打破了全剧一人主唱的形式等等。但是后期杂剧家由于上述的种种原因,有较多的局限性,不能担负起进一步创新变革的历史任务,也就成为使杂剧不可避免地趋于衰微的一个因素。

这里还应该看到杂剧中心的南移对杂剧的发展所造成的不利条件。杂剧最初流行于北方,以大都为中心,遍布两河一带,有不同的声腔流派,魏良辅《南词引正》说杂剧基本上可分为中州调和冀州调两种声腔流派。它的音乐、语言及表现手法,都带有浓厚的地方色彩,甚至还带有北方少数民族的若干文化色彩,是为北方人民所喜闻乐见的戏剧形式。南北统一后,杂剧的影响曾遍及全国,然而在中国这么一个广大的国度里,语音各异,南北方文化生活习惯也相异,杂剧中心南移后,杂剧离开了它生长发育的土壤,这自然不利于它和其他戏剧的竞争,而这时南曲戏文却正得到发展,渐渐由粗到精,从思想内容到艺术形式两个方面渐趋成熟。它在戏剧形式上又比杂剧有更大的自由,如不限折数,剧中角色都能唱等等,可以容纳更多的内容,符合戏剧发展的客观规律。因此,到了明代,它越发显出优势,尽管明初还有不少作家继续一本四折的杂剧创作,但还是没有能够挽回衰微的趋向。南戏发展为传奇,终于取代了杂剧原来的地位,即戏剧的中心地位。

杂剧的演出在明代还延续了较长时间,顾起元《客座赘语》中说:"南都万历以前,公侯与缙绅及富家,凡有宴会,小集多用散乐,或三四人或多人唱大套北曲";"若大席,则用教坊打院本(按:"打院本"指演杂剧),乃北曲大四套者";"后乃变而尽用南唱……大会则用南戏"。但据何良俊《四友斋丛说》,在万历以前杂剧演唱已经罕见,他于嘉靖末年聘请精通北曲的老艺人顿仁教授女伶唱元杂剧;还记顿仁说:"此等词(按:指杂剧)并无人问及"。顾起元和何良俊所说当是指南方的情况,据主要活动在万历年间的宋林澄说,当时内庭演戏(即所谓"御戏")有"杂剧即金元人北九宫"(《九籥别集》)。近年山西潞城发现的《迎神赛社礼节传簿》记民间演出院本和杂剧,其中不少杂剧名称与《录鬼簿》、《太和正音谱》记载相同或相似,该《礼节传簿》为明万历二年写本,按常情推测,万历二年以后当也还有演出[1]。

综合各种文献记载来判断,杂剧演出在明代中叶以后趋向沉寂冷落,不如南曲传奇兴盛流行,是为事实。

到了清代乾隆末年,叶堂《纳书楹曲谱》所收的可唱的元人杂剧(包括元明之际的作品)计有十五种:关汉卿《单刀会》、孔文卿《东窗事犯》、尚仲贤《气英布》、李寿卿《红梨记》、吴昌龄《唐三藏》、乔梦符《两世姻缘》、金仁杰《追韩信》、朱士凯《昊天塔》、杨梓《不伏老》、罗贯中《风云会》、杨景言《西游记》、无名氏《货郎担》、《马陵道》、《连环计》、《渔樵记》。这十五种杂剧大抵每种只能唱一、二折,有的只能清唱,能够演出的更少。在能演出的折数中,以关汉卿的《单刀会》第三折(即"训子")和第四折(即"单刀")最为流行。虽然《纳书楹曲谱》所记录的十五种杂剧(单折)到近代还可演出或清唱,但戏曲史家认为《纳书楹曲谱》所记乐谱(工尺谱)已非元杂剧原来唱法,而是所谓"元曲昆唱"[2]。

杂剧与南戏曾共同流传于人民之中,它们虽互相竞争,却又互相影响、互相渗透。南戏的戏剧形式原来是比较粗糙的,如早期的南戏剧本《张协状元》,结构比较松散,语言比较芜杂,音乐缺乏整体感;而后来出现的作品如《琵琶记》等,不论从结构、人物形象、音乐等方面都比较成熟和完善,可以看出这是吸收杂剧的长处的缘故。明吕天成《曲品》中说:"无杂剧则孰开传奇之门,非传奇则未畅杂剧之趣也。"这里所说的杂剧与明传奇的关系,也适用于传奇的前身——南戏。杂剧对南戏的提高有很大影响——开传奇之门;南戏吸收了杂剧的长处,而又扬弃了它的短处——畅杂剧之趣。因此,杂剧虽然趋于衰微,乃至整体的演唱方法失传,它的某些特点却为南戏所吸收和保存。在这之后,它的优良传统还不断地为新的戏剧形式所继承发扬,仍然影响着后世戏剧的发展;它的不少优秀剧目,经过改编,至今还在舞台上放射出夺目的光彩。

〔1〕　此种民间演出,在南方也有类似情况,王穉登《吴社篇》记吴中民间迎神赛会,有演杂剧《虎牢关》、《曲江池》、《单刀会》、《游赤壁》和《三顾草庐》等节目。

〔2〕　近代曲家大都持此说。又,卒于清乾隆四十五年左右的徐大椿所著《乐府传声·源流》中说:"至明之中叶,昆腔盛行,至今守之不失。其偶唱北曲一二调,亦改为昆腔之北曲,非当时之北曲矣。"由此也可说明《纳书楹曲谱》所记乐谱已非元杂剧原来唱法。

第十一章　郑　光　祖

第一节　郑光祖的生平及其创作地位

郑光祖,字德辉,平阳襄陵(今属山西)人。钟嗣成《录鬼簿》记载他的生平事略说:"以儒补杭州路吏。为人方直,不妄与人交,故诸公多鄙之,久则见其情厚,而他人莫之及也。病卒,火葬于西湖之灵芝寺。诸公吊送,各有诗文。公之所作,不待备述。名香天下,声振闺阁,伶伦辈称郑老先生,皆知其为德辉也。惜乎所作贪于俳谐,未免多于斧凿,此又别论焉。"从这记载的行文语气看,郑光祖年岁当与钟嗣成相仿佛或略早,钟嗣成吊词中又有"占词场,老将伏输"(一作"词场老将伏输"),"老将"云云,当指前辈曲家,可见郑光祖年辈较关汉卿、白朴和马致远等为晚。钟嗣成约生于宋亡(至元十三年,即公元1276年)前后,郑光祖或生于至元初期,泰定元年时已去世(见周德清《中原音韵·序》)。

郑光祖所作杂剧可考见名目者十八种,今存八种:《伊尹扶汤》[1]、《周公摄政》、《无盐破连环》、《王粲登楼》、《三战吕布》[2]、《㑳梅香》、《倩女离魂》和《老君堂》[3];此外,《月夜闻筝》有佚曲存于《太和正音谱》、《雍熙乐府》、《北词广正谱》。已佚失的作品九种：《哭晏婴》、《指鹿道马》、《细柳营》、《哭孺子》、《后庭花》、《秦楼月》、《梨园乐府》、《紫云娘》、《采莲舟》。散曲今存六支小令，三个套曲。

郑光祖是元代著名的戏曲家，周德清在《中原音韵》中首次将他与关汉卿、白朴、马致远并列，后人多因其说，称他为元曲四大家之一。郑光祖的作品注重藻饰而不追求秾郁，文词秀丽流转，并且精于音律，《中原音韵》曾称赞《王粲登楼》第三折中的〔迎仙客〕曲说："〔迎仙客〕累百无此调也"，"美哉，德辉之才，名不虚传"。明人对郑光祖作品的激赏也往往从这方面着眼，如朱权《太和正音谱》说"其词出语不凡"，何良俊《四友斋丛说》称赞郑作多俊语，"真得词家三昧"，甚至以他为元曲四大家之首。近代王国维《宋元戏曲考》说"郑德辉清丽芊绵，自成馨逸，不失为第一流。"郑光祖作品的这种特点在后期作家中有一定代表性。至于钟嗣成批评所说"贪于俳谐"，在今所传郑剧中并不明显。明人王世贞《艺苑卮言》批评他的《㑇梅香》中多"陈腐措大语"，倒是抓住了郑作的明显弊病。所谓"陈腐措大语"具体指的是《㑇梅香》的人物道白中不时夹杂有"圣人云"、"夫子云"、"论语云"、"老子云"、"释氏云"，就郑光祖主观上说，正像他在有些剧中的宾白中设置大量的"诗云""词云"和"歌云"一样，有追求戏剧效果的用意，但用得太多，反而显得不自然不协调，钟嗣成说的"多所斧凿"，或者就是指这种现象。

郑光祖常与艺人歌伎往来接触，是当行的杂剧作家，又精通音律，在剧坛歌场名气较大，所以钟嗣成说他"声振闺阁，伶伦辈称郑老先生"。所谓"老先生"，系尊称，未必真的年耄。从这个角度看，郑光祖又当是继关汉卿、杨显之和马致远之后的梨园知名人物。

第二节 《倩女离魂》和《㑇梅香》

《倩女离魂》是郑光祖的代表作,它是根据唐代陈玄祐的传奇小说《离魂记》改编而成的。《离魂记》的故事在宋代即很流传,乃至成为禅宗"参话头"的内容,《五灯会元》卷十六记东京慧林怀深禅师向蒋山佛鉴懃禅师"请益","鉴举倩女离魂话,反复穷之"。此处"话"当指故事。

郑光祖此剧剧情梗概是:张倩女与王文举原是"指腹为亲"的未婚夫妻。王文举上京应试,途经张家,但张母却叫倩女以兄妹之礼相见。倩女唯恐婚姻发生变故,怨恨忧虑交加,病倒在床,灵魂却离开躯壳追赶上京应试的王文举,相随三年。王文举状元及第后,衣锦还乡,携妻到岳家请罪,倩女的灵魂与躯体翕然合为一体。

本剧改动了传奇小说的若干情节,如突出张母的门第观念——"三辈儿不招白衣秀士",使张倩女和王文举的婚姻得不到最后肯定。这是倩女忧虑的一个重要因素。但作者又细微地描写了倩女忧虑的第二种因素,她怕的是:"他得了官别就新婚,剥落呵羞归故里。"封建婚姻建筑在"门当户对"的基础上,嫌贫爱富的岳父母,比比皆是,而一旦高中,抛却糟糠的男子也不在少数。这使倩女忧思重重,心神不定,灵魂离开了躯体去追赶情人,表现了她对封建门阀观念的反抗和对婚姻自主的追求。

《离魂记》中的主要情节——离魂,表现了女主人公执着的性格。封建的伦理道德,扼杀不了她追求爱情、追求幸福婚姻的强烈愿望。这种愿望甚至能使灵魂摆脱受禁锢的躯壳而自由行动,精诚所至,超出人力所及的范围。类似"离魂"型的故事,《太平广记》中记有数则，但都没有《离魂记》写得出色。郑光祖的《倩女离魂》对这一情节加以充实发展，使故事更为生动，更具艺术力量。他把倩女的躯壳和灵魂，分别作了比较细致的描写：一方面，灵魂离体而去，追赶自己心爱的人，一个从未离过闺门的少女，经受了月夜追船的心惊胆颤的场面，经受了王文举对她的责难，始终不改初衷，坚持着"我本真情"，"做着不怕"，"我凝睇不归家"，终于遂了心愿；另一方面，肉体却卧病在床，恨绵绵，思切切，在封建礼教的禁锢下经受折磨。这样对比的描写也就增强了作品的艺术力量。由于作品对古代妇女追求自由幸福，而又摆脱不了礼教束缚的复杂心理，作了比较充分的描写，具有典型意义，使这个剧成为一种有独特艺术效果的爱情婚姻剧，它对于后世的小说和戏剧有着良好的影响。如在明代汤显祖的《牡丹亭》中，就可以看到这个剧影响的痕迹。

作者对王文举形象的刻画和《离魂记》中的男主人公王宙显得不同，在作者的笔下，王文举是一个"只为禹门浪暖催人去，因此匆匆未敢问桃夭"的热衷功名的措大，而且还是个封建礼教的维护者，一个恪守礼教的"君子"。当倩女不顾一切，月夜追来时，王文举板起面孔，斥责倩女"聘则为妻，奔则为妾"、"有玷风化"，不欲收留。只是在倩女再三表示："我敢似孟光般显贤达"、"举案齐眉傍书榻"，才允她同船上京。在第四折中，写王文举与倩女同回张家，发现真正的倩女即躯壳卧病在床时，王文举居然勃然变色，持剑要把倩女的离魂"一剑挥之两段"。在陈玄祐的《离魂记》中王宙却对倩娘满怀深情，他知道张父将倩娘许配他人后，"亦深恚恨"，他离开张家时"阴恨悲动"；倩娘追赶而来，王宙则"非意所望，欣跃特甚，遂匿倩娘于船，连夜遁去。"相比之下，杂剧《倩女离魂》中的王文举的形象大为逊色。前人曾说郑光祖的剧作既有因袭模仿之弊，也有"厌常喜新之病"，这里他把《离魂记》中的王宙性格予以改造，或许出自"厌常"，但他这样翻新的结果，虽然增加了倩女追求爱情的困难，丰富了戏剧矛盾，但同时显出她热恋着的却是情意淡薄之人，这也损害了作品艺术效果。当然，在元代爱情、婚姻剧中，女主角形象比男主角形象高大是一大特点，但王文举形象体现出来的较浓的封建道德色彩却又是作家思想弱处的反映。

《倩女离魂》对人物心理有比较细腻的描写。倩女身在深闺，对自己的终身大事作不了主，母亲的门第观念威胁着她的婚姻前途，而对王文举的为人又无法把握，因而她的思想感情是曲折委婉的。第一折写倩女与王文举分别时，她先是说："哥哥，你若得了官时，是必休别接了丝鞭者。"接着又说她的心间事"似长亭折柳赠柔条，哥哥，你休有上梢没下梢"。再接着又说"你是必休做了冥鸿惜羽毛，常言道好事不坚牢。你身去休教心去了，对郎君低告。"明人孟称舜于《柳枝集》中评论说："好事不坚牢，一虑生。'别接丝鞭'一言，已为生相思，恐致不测。情深文隐。"又评论说："再三嘱咐，总是多情多虑，所以不得不离魂也。"孟称舜是十分欣赏这个剧作的，他曾说："此剧，余所极喜。"他对第三折中描写倩女"身在魂不在"的情景也很激赏，说是"摹写的真"。这一折写倩女卧病在床，"一会家缥缈呵忘了魂灵，一会家精细呵使着躯壳，一会家混沌呵不知天地"，魂牵梦萦，愁肠百结的情况，确实生动。同时又插入了王文举送书信到家，造成了"别娶了新妻室"的误会，使剧情跌宕起伏，更能写出一个被封建礼教禁锢的少女的烦恼与痛苦的心情。

《倩女离魂》的曲文词藻秀美婉转，几乎每一折都有出色的文字。从这些曲词可以看出郑光祖注意化用诗词名句，并且运用诗词作品中锻炼字句的手法来熔铸意境，另一方面又注意发挥曲体的特点，文笔优美而又有醇厚的曲的意味。如第一折写倩女在折柳亭送别时唱的〔后庭花〕和〔柳叶儿〕：

〔后庭花〕我这里翠帘车先控着,他那里黄金镫懒去挑。我泪湿香罗袖,他鞭垂碧玉梢,望迢迢恨堆满西风古道。想急煎煎人多情人去了,和青湛湛天有情天亦老。俺气氲氲喟然声不定交,助疏剌剌动羁怀风乱扫,滴扑簌簌界残妆粉泪抛,洒细濛濛浥香尘暮雨飘。

〔柳叶儿〕见淅零零满江干楼阁,我各剌剌坐车儿懒过溪桥,他矻蹬蹬马蹄儿倦上皇州道。我一望望伤怀抱,他一步步待回镳,早一程程水远山遥。

这两支曲子写得凄恻缠绵,写出了依依惜别的情景。第二折是全剧的高潮,抒情气氛浓厚,在写"魂旦"追船时,恍惚飘渺的神态和焦急畏惧的心理,各种景物的声态动态,结合起来描写,情景交融,很有感染力:

〔小桃红〕我蓦听得马嘶人语闹喧哗,掩映在垂杨下,唬的我心头丕丕那惊怕。原来是响当当鸣榔板捕鱼虾。我这里顺西风悄悄听沉罢,趁着这厌厌露华,对着这澄澄月下,惊的那呀呀呀寒雁起平沙。

〔调笑令〕向沙堤款踏,莎草带霜滑。掠湿湘裙翡翠纱。抵多少苍苔露冷凌波袜。看江上晚来堪画,玩冰壶潋滟天上下,似一片碧玉无瑕。

〔圣药王〕近蓼洼,缆钓槎,有折蒲衰柳老兼葭。傍水凹,折藕芽,见烟笼寒水月笼沙,茅舍两三家。

这几支曲子写倩女魂私奔时,一路上渔船的榔板声,寒雁惊起呀呀的叫声,使倩女误以为是追赶她的马嘶人语声,心惊胆颤;月光下,沙堤上慌不择路地奔走,霜草使她步滑难行,还掠湿了她的裙袜。在惊惶状态中忽然看到江天一色,感到夜景原来是那么美好。有声音,有色彩,有物象,有意境,又倾注了感情,把倩女变化着的心情烘托得真切动人。郑光祖的语言继王实甫等前期以文采见长的作家的特点而又有变化,有不少质朴而又传神的语言,同时,好用诗词中名句加以变化出新,在遣词用句上很花功夫。对以上三支曲子,前人称赞为"清丽流便","绝妙好词"。

《㑳梅香》是郑光祖另一个爱情剧。剧情梗概是:裴度之女小蛮,自幼许婚白居易之弟白敏中。白敏中去裴家,老夫人绝口不提婚事,而使小蛮与白敏中以兄妹礼相见,致使白敏中相思致病。婢女樊素传书递简,使二人黄夜相会,却被老夫人撞见。白敏中羞愤之下入朝应试,及第为翰林,奉圣旨与小蛮完姻。这一作品模拟《西厢记》的痕迹明显。清梁廷枏说:"《㑳梅香》如一本小《西厢》。"并指出了《㑳梅香》与《西厢》有二十处相同。[4]

《㑳梅香》在一定程度上反映了封建家长对男女爱情的扼杀,有反礼教的意义。但是总的说来,它的成就远不如《西厢记》。首先,作品建筑在人为的戏剧矛盾之上。老夫人一直惦念白敏中与小蛮的婚事,而当白敏中到来时,却忽然让小蛮与敏中兄妹相称,显得突兀而没有根据。或许可以解释为老夫人故意设置障碍,以激励白敏中求取功名之心,——这是一些杂剧中常用的手法。但这种"障碍"同《西厢记》中写的封建婚姻制成为男女爱情的真正阻力,就很不相同,削弱了作品的反封建色彩。其次,剧中本写白敏中与小蛮相爱,且以香囊为信物,而当圣旨下来要小蛮与新科状元成亲时,作家却不顾及主题和人物性格的一贯性,安排了老夫人、小蛮、樊素并不知道新科状元就是白敏中的情节,洞房之中,樊素调侃小姐说:"则你那寄香囊故人安在?"小蛮却说:"这状元好才学哩。"似乎已经忘记了"故人"。这一作品是以"正旦"扮演"家生子"(即世代奴仆)樊素而作为剧中主角,这是受了红娘形象的启发。由于戏剧矛盾不够真实、尖锐,作为解决这一矛盾的关键人物——樊素的形象,必然受到限制。从具体描写来看,作者着力写樊素的聪明狡黠,但是却缺乏质朴正直的性格力量。尽管作者描写樊素出言吐语文雅大方,非同凡俗,但实际的戏剧效果却使人感到这一人物仍然没有超出古典戏剧中"小梅香"的类型,因为这一人物不具有更高的思想境界,和红娘形象相比就远为逊色。

本剧结构尚称允当,有些场景的描写生动而有巧趣,如第二折写樊素传书、第三折写白、裴相会时,樊素的机敏善对,白敏中的憨直迂腐,小蛮的装呆装傻,以及由此而发生的种种喜剧性冲突,写得生动传神,笔力酣畅。作品还以曲词秀丽而见赏于世,如第一折樊素的唱词:

　　〔寄生草幺篇〕他曲未终肠先断,俺耳才闻愁越增。一程程捱入相思境,一声声总是相思令,一星星尽诉相思病。不争向琴操中,单诉着你飘零,可不道窗儿外,更有个人孤另。

　　〔六幺序〕则管里泣孤凤琴中语,怨离鸾指下生。这公,他也不是个老实先生。疏剌剌竹弄寒声,扑簌簌花坠残英,忒楞楞宿鸟飞腾。听沉了半响空偰倖,静无人悄悄冥冥。不是我心娇怯,非是我疏狂性,恰才嗔的失笑,暗的吞声。

这两支曲子写樊素与小蛮偷听白敏中弹琴时的情景,写出樊素在听琴时对白敏中痴心的讪笑,也写她的机敏,生怕被人撞见,因而有听到风弄竹、花落英,宿鸟惊飞时的惊恐心理。

本剧语言风格与《倩女离魂》稍有不同,比较起来显得质朴本色一些。明蒋一葵《尧山堂外纪》评《㑳梅香》的曲词说:"止是寻常说话,略带讪语,然中间意趣无穷。"点出了这一杂剧的语言特色。但是樊素动辄引经据典,却是此剧语言的失败之处。总的看来,《㑳梅香》一剧,尚不失为后期杂剧中比较好的作品。

第三节　《王粲登楼》和其他作品

郑光祖另一有影响的作品是《王粲登楼》。王粲是建安七子之一,《三国志·魏志》有传,他的著名作品有《登楼赋》。本剧以蔡邕为王粲岳父,又安排曹植出场,扮演翁婿之间的斡旋人物。明人王世贞批评《王粲登楼》"事实可笑"似即指此。故事是说王粲恃才矜傲,蔡邕遣书邀他至京,又故意怠慢,挫其锐气,王粲愤而辞去。蔡邕又与曹植密议,修书令王粲投刘表。因刘表帐下蒯越、蔡瑁二将谗言中伤,又不得重用。滞留荆州期间,秋日登楼,思乡赋诗。后由曹植(实际是蔡邕)推荐,终于拜为"天下兵马大元帅"。清梁廷枏《曲话》说:"《王粲登楼》剧蔡邕之于王粲,《举案齐眉》剧孟从叔之于梁鸿,《冻苏秦》剧张仪之于苏秦,皆先故待以不情,而暗中假手他人以资助之,使其锐意进取,及至贵显,不肯相认,然后旁观者为说明就里。"在元杂剧中这是一种故辱穷交,逼使进取的类型故事。此类作品主要人物之间的矛盾虽然建筑在误会的基础上,却也往往在不同的程度上反映出当时人们普遍关注的社会现象和社会问题。本剧则反映了儒士怀才不遇的景况,第二折写王粲在荆州和刘表对话中说:"如今那有钱人没名的平登省台,那无钱人有名的终淹草莱,如今他可也不论文章只论财";第三折写王粲思念家乡,思念老母,没有川资登归途,仕途进取上又处处碰壁,才能不得施展,因而进退无路,感慨万千,写得慷慨悲愤,声情并茂。这在实际上都是元代社会现实的反映。此外,第一折写王粲自言"我与人秋毫无犯,则为气昂昂误得我这鬓斑斑",第三折中还写王粲不肯与蒯、蔡二人同列为官,表现出不能"与鸟兽同群、豺狼作伴,儿曹同辈"的骨气,这在一定程度上又是郑光祖的"为人方直,不妄与人交"性格的体现。郑光祖本人正是客寓他乡、沉抑下僚,终生不得志的儒士,因而,他写王粲登楼时感情极为深沉:

　　〔迎仙客〕雕檐外红日低,画栋畔彩云飞。十二栏杆,栏杆在天外倚。我这里望中原,思故里,不由我感叹酸嘶,越搅的我这一片乡心碎。

　　〔红绣鞋〕泪眼盼秋水长天远际,归心似落霞孤鹜齐飞。则我这襄阳倦客苦思归。我这里凭栏望,母亲那里倚门悲。怎奈我身贫归未得。

　　〔普天乐〕楚天秋山叠翠,对无穷景色,总是伤悲。好教我动旅怀难成醉,枉了也壮志如云英雄辈,都做助江天景物凄其。气呵做了江风淅淅,愁呵做了江声沥沥,泪呵弹做了江雨霏霏。

这几支曲子写得意象开阔高远,感情激越真挚,比起《倩女离魂》《㑇梅香》来,又是一番气象。论者有据此把本剧誉为郑光祖第一名作的。平心而论,以上三支曲文在意象的悲壮上并不比《登楼赋》逊色。因此,这一折戏的成功,补救了整个作品在艺术上的不足。由于王粲的怀才不遇的遭际,以及客居他乡,穷愁潦倒的境遇,在封建社会的士人中,有着典型意义,因此能在历来的失意文人中引起共鸣。这是这一作品一直受到赞赏、有较大影响的缘由。

郑光祖还有不少历史题材的作品,以数量而言,约占他现存剧目的一半。其中有写名臣贤相故事的,礼义纲常气息浓厚;也有一些写奸臣误国,以喻"兴亡"之理。《周公摄政》是写周公旦不畏流言,辅佐年幼的成王治理国家、讨伐叛逆的故事。作品结构散漫,满纸经史语,枯燥乏味,这是郑光祖喜欢袭用旧句的失败的例子。《三战吕布》当是根据当时流传的三国故事写成,写袁绍会合十八路诸侯与吕布相持于虎牢关,不能取胜,后由张飞出战,刘、关二人助阵,终于大获全胜[5]。此剧科白多,结构也较松散,但多战争武打场面,出场武将有三十人之多,在演出效果上,可能要强似《周公摄政》。《丑无盐破连环》一剧,当是根据《列女传》中钟离春故事以及《战国策》齐襄王后的故事改编而成,题材新颖,不落俗套。是写丑女钟离春以才智得为齐后,辅佐齐王破强秦威胁,安邦定国。剧中写她会列阵,能纵马举刀厮杀。是后世所说"刀马旦"的脚色。这样一个貌丑而智勇双全的巾帼英雄的形象,在我国戏曲史上很有特色。清代宫廷大戏《锋剑春秋》一剧,即据此故事撰写。

郑光祖还写过一些散曲,套曲〔双调·驻马听〕《秋闺》,可以代表他的风格,兹录两支如下:

> 〔驻马听〕败叶将残,雨霁风高摧木杪。江乡潇洒,数株衰柳罩平桥。露寒波冷翠荷凋,雾浓霜重丹枫老,暮云收,晴虹散,落霞飘。
> 〔幺〕雨过池塘肥水面,云归岩谷瘦山腰。横空几行塞鸿高,茂林千点昏鸦噪。日衔山,船艤岸,鸟寻巢。

这个套曲辞句华美,对仗工整,比较典型地表现出元后期散曲清丽派的风格特色。

〔1〕　《伊尹扶汤》今存脉望馆抄校内府本，题为《伊尹耕莘》，藏主赵琦美跋语说：“《太和正音》有《伊尹扶汤》，或即此。是后人改今名也，然词句亦通畅，虽不类德辉，要亦非俗品，姑置郑下，再考。”今人据曹本《录鬼簿》著录郑光祖撰《放太甲伊尹扶汤》，对照今存本中无“放太甲”情节，因断为非郑作。但天一阁本《录鬼簿》作《耕莘野伊尹扶汤》，却又同今存本无抵牾。细玩此剧内容，似为祝贺元世祖忽必烈称元或统一南北之作，是否郑撰，确有疑问。但在无确凿证据考定的情况下，不妨暂置郑光祖名下。

〔2〕　《录鬼簿》著录武汉臣和郑光祖都撰有《三战吕布》，曹本于武作下注“郑德辉次本”，又郑作下注“末旦头折次本”，孟本注“末旦头折”。今人把“末旦头折”释为第一折中有旦角出场，或释为第一折中末旦轮唱。今存脉望馆抄校本全剧无一旦色上场，因疑为武汉臣作。但《北词广正谱》录武汉臣《三战吕布》佚文，属〔黄钟〕宫，而今存本四折分别用〔仙吕〕、〔双调〕、〔中吕〕、〔正宫〕，并无〔黄钟〕，似又非为武作。按“末旦头折”诚为费解，有疑“旦”或指剧中有貂蝉出场，但此剧主唱正末扮张飞，非是吕布，似不相涉。或疑“末旦头折”是误书或错衍。以上种种疑窦，难以构成信说，这里姑从郑作说。

〔3〕　《老君堂》一剧，《录鬼簿》和《太和正音谱》皆未著录，脉望馆抄校内府本中有此剧，不著作者姓名。脉望馆所藏杂剧后归也是园收藏，《也是园书目》将此剧列入古今无名氏作品。惟现存脉望馆抄本卷尾有明人董其昌跋：“是集，余于内府阅过，乃系元人郑德辉笔。”是脉望馆主人赵琦美抄校内府本时，忽略著录作者名，或董其昌记忆有误。今人疑信不一。按《老君堂》写李世民故事，写来枝节旁生，先写李世民伐王世充时误入金镛地界，被程咬金活捉于老君堂，复被魏徵、徐世勣和秦琼放走；接着又写李世民伐萧铣，探子向李靖报战功；最后忽然又写程咬金请罪。且第一折中写李世民一见程咬金就纵马而逃，第二折却又写他英勇善战。刀劈萧铣，颇见疏漏、草率。但曲文尚佳，或是原系郑作，流传过程中被窜改，成为按行闹猛戏，也未可知。

〔4〕　梁廷枏《曲话》所说《㑳梅香》和《西厢记》的“二十同”，有蓄意夸张，强为罗织之处。如第一同是所谓“张生以白马解围而订婚姻，白生亦因挺身而

战而预联姻好",实际上郑作是写白生之父当年挺身而战,救出裴度,两人结为亲家。又如所谓"张生假馆于崔,而白亦借寓于裴,三同也",也不符剧情,白敏中是投亲于裴而非"借寓"。还有说两剧女主角都有信物相赠,男主角都衣锦荣归,则为似是而非,因为此类情节其他杂剧中也常出现。后人据梁廷枏言,指郑光祖为剽窃,更属强词。

〔5〕 杂剧《三战吕布》基本情节与《三分事略》所记大致相同。但平话中只说冀王袁绍会"天下诸侯",实际写到的又只有七路诸侯。杂剧中有"聚集十八路诸侯"之说,出场的有十七路(或许应加上曹操为十八路)。《三国志通俗演义》卷之一《曹操起兵伐董卓》和《虎牢关三战吕布》中也写到"十八路诸侯",实际上出场的也只有十七路(或许也应加上曹操方为十八路)。杂剧和演义中的十七路诸侯姓名多有不同,这说明杂剧中所写并非后人据演义所增,倒是说明元代三国故事流传中的此有彼无、有同有异和同中有异这种复杂情况。

第十二章　后期其他杂剧作家

第一节　乔吉

　　乔吉（1280？—1345），一作乔吉甫，字梦符，一作孟符，号笙鹤翁，又号惺惺道人。原籍山西太原，流寓杭州。他是元代后期重要的戏剧家和散曲作家。《录鬼簿》记他"美姿容，善辞章，以威严自饬，人敬畏之"。约略可见他的为人。他在〔折桂令〕《自述》中说"不应举江湖状元"，说明他从未出仕。钟嗣成吊词中说他"平生湖海少知音，几曲宫商大用心，百年光景还争甚？空赢得，雪鬓侵，跨仙禽，路绕云深。"可见他是一个身世飘零的戏曲家。

　　所作杂剧存目十一种，今存作品有《扬州梦》、《金钱记》、《两世姻缘》三种；已佚者有《认玉钗》、《黄金台》、《托妻寄子》、《勘风尘》、《荆公遣妾》、《节妇碑》、《九龙庙》、《贤孝妇》八种。散曲今存小令二百余首，套曲十一首。见于《太平乐府》、《乐府群玉》等集中；散曲集今有抄本《文湖州集词》一卷[1]，明刊本李开先编《乔梦符小令》及任讷《散曲丛刊》本《乔梦符散曲》。此外，清钱大昕《补元史艺文志》中著录有《惺惺老人乐府》一卷，惜已亡佚[2]。他的散曲在当时很有名,陶宗仪《辍耕录》中说:"乔孟符吉博学多能,以乐府(按:指散曲)称。尝云:作乐府亦有法,曰'凤头'、'猪肚'、'豹尾'六字是也。大概起要美丽,中要浩荡,结要响亮;尤贵在首尾贯串,意思清新。苟能若是,斯可以言乐府矣。"

乔吉现存的杂剧,都以婚姻爱情作为题材,创作风格与郑光祖相近,不同的是乔吉的语言色彩流丽光艳,不像郑光祖那样蕴藉工丽。以总体成就而论,乔作不如郑作。乔吉比较好的作品是《两世姻缘》。故事本于唐范摅《云溪友议》。写妓女韩玉箫与韦皋有情,韦皋上京应试,五载未回。玉箫思虑成病,恹恹而死。十八年后,玉箫已转世为荆襄节度使张延赏之义女,与韦皋再度相遇,终成姻缘。《云溪友议》中的玉箫原为婢女,本剧改为妓女,于是有描写她沦落青楼,身不由己的痛苦生活,以及她迫切希望从良的心理,虽是元剧中常见的笔法,却又是社会上普遍的人情。作者在情节的安排上力求曲折,如第三折写张延赏怪罪韦皋对玉箫不够庄重,在筵席上争执起来,几乎兵戎相见,使情节跌宕起伏,增加了戏剧气氛。曲文富有词采,尤以第二折为好,写玉箫思念韦皋,哀叹命运,哀婉凄恻:

〔商调·集贤宾〕隔纱窗日高花弄影,听何处唊流莺。虚飘飘半衾幽梦,困顿顿一枕春醒。趁着那游丝儿,恰飞过竹坞桃溪,随着这蝴蝶儿,又来到月榭风亭。觉来时倚着这翠云十二屏。恍惚似坠露飞萤。多咱是寸肠千万结,只落得长叹两三声。

〔上京马〕我觑不的雁行弦断卧瑶筝,凤觜声残冷玉笙,兽面香销闲翠鼎。门半掩,悄悄冥冥。断肠人和泪梦初醒。

男女钟情,却不能成为眷属,是天地间憾事,女子为此郁郁身亡,更属悲剧。但古时作家总要写他们团圆,于是,"还魂"、"转世"这类虚幻意识,转化成为艳情美谈,即使像本剧那样最后还出现"奉旨完婚"陈套,仍不失为是一种美好愿望的传达和反映。晚清杨恩寿是本剧的知音,他在《词余丛话》中说:"倩女离魂,古今钟情人艳称之,尝欲衍成院本。近见《两世姻缘》杂剧,先得我心,词亦骀宕生姿,鲰生当搁笔矣。"

《金钱记》是乔吉现存三部杂剧中艺术上比较成熟的作品,写京兆府尹王辅之女柳眉儿与才子韩翃的恋爱故事,以御赐金钱作为信物而贯串全剧。作品写男女爱情,以儿女私情始,以奉旨完姻终,还穿插了名诗人贺知章从中撮合,李白奉命宣旨,关目热闹,也表现出封建文人以"金榜题名"、"洞房花烛"为美事的趣味。作品情节自然,写柳眉儿在九龙池与韩翃相会,暗赠金钱,到韩翃追赶柳眉儿闯入王府;再写王府尹无意中看到金钱,发现私情,勃然大怒,直到最后奉旨完姻;结构紧凑,一环扣一环,富有戏剧性。曲词工丽,对韩翃这一风流才子形象的刻画也比较鲜明。前期杂剧作家石君宝曾作《柳眉儿金钱记》,今佚。可能与此同一题材。

《扬州梦》以唐代诗人杜牧《遣怀》诗"十年一觉扬州梦,赢得青楼薄倖名"命意,糅合了《太平广记》中关于杜牧与牛僧孺的故事,还采用了杜牧《张好好诗》的部分细节,虚构出杜牧与张好好的一段风流韵事。剧中对杜牧的纵情声色,加以渲染,作为美谈,实际上反映了旧时文人风流的习气[3]。这个作品,结构单调平板,曲词却绮丽活泼。此外,第一折〔混江龙〕一曲,对扬州这一商业城市的繁荣景象描绘得细致生动,对于研究元代的城市面貌,有一定的参考价值。

乔吉的散曲成就超过他的杂剧创作,历来都把他与张可久相提并论,明李开先曾把他与张可久比作"曲中李杜",这未必恰切,但是说明了他在元散曲作家中的重要地位。他的散曲大致可分为叹世、怀古、写景和言情四类。由于他浪迹江湖,身世飘零,时或有"床头金尽何人惜"的感叹。钟嗣成说他"平生湖海少知音",显然是指他从来不曾被上层人物所重视和提携。并说他"欲刊所作,竟无成事者"。他的身世使他对现实生活有所不满,因而他的叹世之作中便经常流露出愤世嫉俗的感情。如〔卖花声〕《悟世》:

> 肝肠百炼炉间铁,富贵三更枕上蝶,功名两字酒中蛇。尖风薄雪,残杯冷炙,掩清灯竹篱茅舍。

此外,〔山坡羊〕《寓兴》、《冬日写怀》等也有同样的感慨。他在〔雁儿落过得胜令〕《自适》中还写到"行"、"藏"都有难处:"行呵,官大忧愁大;藏呵,田多差役多。"对世情作了抨击。然而他的不满情绪,更多地表现在他的孤岸傲世和高蹈远引的作品之中。他在早年也并非没有进取之心,但是,生活的挫折使他"几年罢却青云兴"(〔满庭芳〕《渔父词》)。后来就一直以"烟霞状元"、"江湖醉仙"自居,并以此自傲。他对那些"愚眉肉眼"的名利客是鄙视的,甚至冷眼相向,"看别人搭套项推沉磨",被"名锁利缰"所拘钳。他在二十首《渔父词》中极力赞扬"雪蓬云棹"、"泛江湖无定处行窝"的隐居生活;这些作品表现了他不愿苟营功名富贵,不愿与俗世同浮沉的志向。

乔吉散曲中"怀古"作品不多,大抵感叹兴亡无定、繁华似烟,但有的写得极为黯淡凄苦,如〔折桂令〕《丙子游越怀古》:

> 蓬莱老树苍云。禾黍高低,狐兔纷纭。半折残碑,空余故址,总是黄尘。 东晋亡也再难寻个右军,西施去也绝不见甚佳人。海气长昏,啼鸩声干,天地无春。

他的写景之作也不时地表现出悲凉意境,如〔折桂令〕《风雨登虎丘》：

> 半天风雨如秋，怪石於菟，老树钩娄。苔绣禅阶，尘粘诗壁，
> 云湿经楼。　　琴调冷声闲虎丘，剑光寒影动龙湫。醉眼悠悠，
> 千古恩仇。浪卷胥魂，山锁吴愁。

这些作品所表达的思想感情同他的身世和遭遇都有明显的联系。但他的言情作品却又更多地反映出他的生活的另一面，即前人所说的"风流调笑"，其中不免也有咏睡鞋一类低俗之作。

乔吉与张可久在艺术风格上比较相近，同属于后期清丽派，他们都精于音律，勤于锻炼，也喜欢引用或融化前人诗句。但他们也有差异。张可久作品更为典雅蕴藉；乔吉的不少作品却较多地吸收了民歌的表现手法，不避俚俗，喜欢用日常生活中常见的事物作比喻，具有雅俗兼至的特色。如〔水仙子〕《咏雪》：

> 冷无香柳絮扑来，冻成片梨花拂不开。大灰泥漫了三千界。
> 银棱了东大海，探梅的心噤难挨。面瓮儿里袁安舍，盐堆儿里党
> 尉宅，粉缸儿里舞榭歌台。

以柳絮、梨花咏雪乃是老生常谈，但是"大灰泥漫了三千界"却是以通俗的比喻而立意新巧。面瓮、盐堆、粉缸是日常生活中常见、常用的物事，用它们的颜色以比喻白雪，表现了雅"俗"并用的特色。又如〔水仙子〕《为友人作》和《怨风情》：

> 搅柔肠离恨病相兼，重聚首佳期卦怎占？豫章城开了座相
> 思店，闷勾肆儿逐日添，愁行货顿塌在眉尖。税钱比茶船上欠，

斤两去等秤上掂,吃紧的历册般拘钤。

> 眼中花怎得接连枝?眉上锁新教配钥匙,描笔儿勾销了伤春事。闷葫芦绞断线儿。锦鸳鸯别对了个雄雌。野蜂儿难寻觅,蝎虎儿乾害死,蚕蛹儿毕罢了相思。

前首把害相思比喻成开相思店,把相思比作货物,并且用元代广为流传的双渐、苏小卿的爱情故事,暗示友人的恋情,也是用俗而立新的例子。后一首"眉上锁新教配钥匙"句,把"紧锁双眉"的"锁"字,从虚转为实,引伸出"配钥匙",最后三句则纯用当时人民口头流传的歇后语[4],以比喻毫无希望的爱情,别具一格,也可见到作者运用俚语进行创作的情况。

其次,乔吉之作比起张可久的作品,更为奇俊,想象丰富,往往出奇制胜。如〔水仙子〕《重观瀑布》:

> 天机织罢月梭闲,石壁高垂雪练寒。冰丝带雨悬霄汉,几千年晒未干,露华凉人怯衣单。似白虹饮涧,玉龙下山,晴雪飞滩。

作者驰骋丰富的想象,上至天,下入涧,以奇诡谲丽的语言描绘瀑布壮丽变幻的景象,使人耳目一新。他的咏物之作,如《咏竹衫》、《咏香茶》等,也都以奇丽清新见长,从艺术手法看是颇有特色的。又如他的套曲〔商调·集贤宾〕《咏柳忆别》,句句咏柳,描绘出依依杨柳在春风中摇荡,在秋雨中凋残的模样,却又处处寄托了绵绵的离情别意,写来也很新巧。《太和正音谱》评乔吉的作品说:"如神鳌鼓浪,若天吴跨神鳌,喷沫于大洋,波涛汹涌,截断众流之势。"这是说乔吉的风格奇丽雄健。明李开先则更进一步指出乔吉散曲不但雄健,而且"蕴藉包含,风流调笑,种种出奇而不失之怪,多多益善而不失之繁,句句用俗而不失之文"(《乔梦符小令》序)。清厉鹗尤激赏乔吉的小令:"仆尤好其小令,洒落俊生,如遇翁之风韵于红牙锦瑟间尔云。"(《乔梦符小令》跋)他们的评论虽多溢美之词,但在很大程度上确实抓住了乔吉散曲的若干特色。由于乔吉的散曲有雅俗并包的特点,因此也有人认为他的散曲比张可久更为本色当行,更能反映出散曲这一新的诗歌体裁的特点。的确,乔吉多少继承了前期散曲家通俗直率的传统,这是可取的;但是他也有些作品注重形式美,用词遣语更为工丽浓艳,比起前期作家来缺少质朴自然的气质。如"红粘绿惹泥风流,雨念云思何日休"(〔水仙子〕《忆情》),"风吹丝雨噀窗纱,苔和酥泥葬落花"(〔水仙子〕《暮春即事》),"石骨瘦金珠窟嵌,树身驼璎珞褴衫"(〔红绣鞋〕《泊皋亭山下》),"玉丝寒皱雪纱囊,金剪裁成冰等凉"(〔水仙子〕《楚仪所赠香囊》)等等,堆红砌绿,浓而不化,是那种极其貌以写物,穷才力而追新的作风,也有似浓却露的毛病。此外,在他的"风流调笑"作品中,有比较浓厚的俳优习气。总之,乔吉是后期重要散曲作家,虽与张可久同属"清丽"派,却又卓然自成一家,有他自己的艺术特色,并且在后期作家中很有影响。

第二节　宫天挺　秦简夫

宫天挺,字大用,大名(今属河北)人,历任学官,为钓台书院山长。生卒年不详,据《录鬼簿》记载,他是钟嗣成的父执。但他杂剧创作的年代可能在大德以后,也就是《录鬼簿》所说的"为权豪所中,事获辨明,亦不见用"之后,因从他现存杂剧可看出他遭打击一事对他的影响。《录鬼簿》又记他"卒于常州",他的卒年似应在《录鬼簿》写成之年(1330)以前。所写杂剧,今存《范张鸡黍》和《七里滩》两种,已佚者有《汲黯开仓》、《托公书》、《凤凰楼》、《越王尝胆》四种。

《范张鸡黍》根据《后汉书·范式传》改编,写国子监生范式、张劭愤恨诡佞盈盈,朝政黑暗,不愿仕进,同时辞归闾里。两年后,范式不辞千里奔波,按时赶赴张劭与他事先约定的"鸡黍会";后张劭死,范式又亲自奔丧,为他修坟,守墓百日。作品歌颂了范张二人生死不渝的友情和他们的信义行为,颇为感人。然而作品的意义不止于此,它虽然取材史书,却反映了元代社会的现实,剧中揭露和抨击的"宪台疏,乱滚滚当路豺狼;选法弊,絮叨叨请俸日月;禹门深,眼睁睁不辨龙蛇;纪纲败,缺炎炎汉火看看灭"的情况,显然是借古喻今,因而使这一杂剧的思想内容更为深刻。

作者托古寓今的意图,主要是通过对由净角扮演的王仲略的批判来完成的。这一人物本来与范、张二人的故事,没有必然的联系,只是从杂剧艺术的表演形式的要求出发,一个插科打诨的人物,常是必不可少的。而宫天挺选择王韬(字仲略)这样一个靠盗窃他人的文章钻营得官的卑鄙小人,充当这样的角色,又是别具匠心的。作者安排了范式在赴"鸡黍会"的途中巧遇前去上任的王韬的情节,借着二人讲论文章之机,对时政大加针砭:

〔天下乐〕你道是文章好立身,我道今人都为名利引。怪不着赤紧的翰林院,那伙老子每钱上紧。(王仲略云)怎见得他钱上紧?(正末云)有钱的无才学,有才学的却无钱。有钱的将着金帛干谒,那官人每暗暗的衙门中吩咐了,到举场中各自去省试、殿试,岂论那文才高低?(唱)他歪吟的几句诗,胡诌下一道文,都是些要人钱诡佞臣。

这正是元代社会的写照，元代卖官鬻爵的现象十分严重，到至正年间朝廷明令入粟补官后，有的地方竟至强迫巨室买官，"辄施拷掠，抑使承伏，即填空名告身授之"〔5〕。混乱之中，还有趁机"匿其奸罪而入粟得七品杂流者"〔6〕。

接着作者又把笔锋直指那些将"三座衙门""把持得水泄不通"的权豪势要：

〔那吒令〕国子监里助教的，尚书是他故人；秘书监里著作的，参政是他丈人；翰林院应举的，是左丞相的舍人。则《春秋》不知怎的发，《周礼》不知如何论，制诏诰是怎的行文。

〔寄生草〕将凤凰池拦了前路，麒麟阁顶杀后门。便有那汉相如献赋难求进；贾长沙痛哭谁俵问？董仲舒对策无公论。便有那公孙弘撞不开昭文馆内虎牢关，司马迁打不破编修院里长蛇阵。

〔六幺序〕您子父每轮替着当朝贵，倒班儿居要津。则欺瞒着帝子王孙，猛力如轮，诡计如神。谁识你那一伙害军民聚敛之臣？现如今那栋梁材平地上刚三寸，你说波怎支撑那万里乾坤？都是些装肥羊法酒人皮囤，一个个智无四两，肉重千斤。

这几支曲子暴露了当时黑暗的现实，对朝政的抨击十分尖锐，尤其是对权豪势要和聚敛之臣的斥责，更是淋漓尽致。权豪势要的横行，是元代社会的毒痈，一向是杂剧作品的重要题材，而宫天挺又从选官制的角度揭露了元代这一根深蒂固的社会问题。由于他亲身受到权豪的中伤和打击，使他对这一问题有深刻的认识，也有切身的感受，因此用词犀利，感情充沛，这样的文字，在杂剧作品中是不多见的。正因为《范张鸡黍》一剧中，有这样一些檄文式的优秀曲词，所以使这一作品烁然生辉。

宫天挺所处的时代，科举已开，因此他的作品偏重于揭露选官制的弊病，他心底深处，总还是希望能有机遇碰到个识贤才的贤相，能受到朝廷的重用。《范张鸡黍》中，吏部尚书第五伦终于奉圣命选贤才，把范式征聘入朝，并且连死去的张劭也得到封赠，这反映了当时一些中、下层知识分子的比较普遍的愿望。

宫天挺另一个剧作《七里滩》，是写东汉严光故事。严光曾是刘秀的朋友，刘秀称帝后，召他到京，要他做官，严光却辞不赴命，仍然回到七里滩，过着垂钓滩头的隐居生活。严光的故事，在元代十分流传，散曲作家们常常借用严光的事迹抒发他们不求仕进、向往归隐的志向。宫天挺曾为"钓台书院"山长，"钓台书院"正是当年严光垂钓的地方，容易受这一故事的触动。在这个杂剧中，也有激烈的语言，如"你也不是我的君，我也不是你的卿"，但总的看来，它所表现的思想感情，与《范张鸡黍》中愤激的情绪不同。剧中把在朝为官的祸福无常与辞朝退隐的悠然自得作对比，流露出浓厚的避世远祸的思想。这当是宫天挺在政治上受到打击后的另一种心情的反映，表面上的平静掩盖了心中的不平；生活中的挫折，使他逐渐消沉。钟嗣成写的"吊词"中说："豁然胸次扫尘埃，久矣声名播省台。先生志在乾坤外，敢嫌他天地窄。"这应是宫天挺晚年的状况，如依此推测，《七里滩》则是他晚年的作品。这一杂剧表现了不愿与统治者合作的洁身自好的思想，但也流露出消极气息。

《七里滩》仅存元刊本，关于作者归属，今有异说。诸本《录鬼簿》均记宫天挺作《钓鱼台》，天一阁本于张国宾名下记有《七里滩》，由于元刊本未署名，今人据天一阁本定为张国宾作，但明人张禄《词林摘艳》所录《七里滩》一套曲文，与元刊本相符，张禄署为"宫大用"。此处从张说。

宫天挺是元代后期重要作家,其地位仅次于郑光祖。从艺术表现手法来看,宫天挺近似马致远,经常在剧中抒发他个人的激愤的感情。他的曲词激越豪放,笔力遒劲。《太和正音谱》说"宫大用之词如西风雕鹗",并说:"其词锋颖犀利,神采烨然,若健翮摩空,下视林薮,使狐兔缩颈于蓬棘之势。"王国维《宋元戏曲考》中对宫天挺评价尤高,他说元代曲家均在关、白、马、郑"四宗范围内","唯宫大用瘦硬通神,独树一帜"。这个论点,足资参考。

秦简夫,大都人,生平不详。《录鬼簿》说他"见在都下擅名,近岁在杭"。知他是北方作家,在钟嗣成著《录鬼簿》时,在杭州居住。他有杂剧三种流传于世:《赵礼让肥》、《东堂老》和《剪发待宾》。已佚者二种:《邢台记》和《玉溪馆》。

他的流传至今的三种杂剧中,《东堂老》最具特色。作品是写扬州富商赵国器之子扬州奴,不务正业,日与无赖子弟厮混。赵国器恐家产被子败尽,临终时向东邻至友李实托子寄金。赵死后,扬州奴果然把田产荡尽,沦为乞丐。东堂老李实不负故友重托,对扬州奴屡加教诲,最后终于帮助他浪子回头,重振家业。作品着力颂扬了东堂老李实忠于朋友交谊,见财不昧,交还家产的义行和他诚恳、忠诚的品德。故事所表现的富家子弟不务正业,挥霍无度,败尽产业的现象,在旧社会里,具有普遍意义,因此本剧历来颇有影响。

元代由于交通的发达,商业、手工业的发展,使城市经济十分繁荣,工、商业者的队伍日益壮大。他们的生活,以及他们的道德观念,必定会在文学作品,尤其是小说、戏剧中得到反映。如郑廷玉的《看钱奴》、武汉臣的《老生儿》、张国宾的《汗衫记》等,都描写了商人悲欢离合的故事。这类作品的思想倾向比较复杂,有的宣扬因果报应、贫富前定的宿命论思想;有的也寓有财主悭吝、金钱万恶的讽喻。这些作品从一定的角度,反映了当时复杂缤纷的现实生活,是有社会意义的。在《东堂老》一剧中,作者却歌颂了一个商人的正面形象——李实,他在教育扬州奴时说:"我则理会有钱的是咱能,那无钱的非关命,咱人也须要个干运的经营",不能"稳坐的安然等"。剧中李实虽然也有"贫穷富贵生前定"观念,却更强调"肯向前,敢当赌,汤风冒雪,忍寒受冷"地苦心经营。他现身说法教育扬州奴:"我这般松宽的有,也是我万苦千辛积攒成。"这反映了当时日益活跃的商人和手工业主的人生观和道德观。因而这一杂剧还具有社会认识价值。后期杂剧作家,大多数撷取史书及野史逸闻的故事作为创作题材,秦简夫却能转向现实生活去汲取题材,而且在不少杂剧大抵谴责商人的陈旧气息中写出新意,这是很可贵的。

这一作品结构比较严谨,情节安排得近情近理,富有生活气息,并且善于用细节来刻画人物,因而人物形象比较鲜明生动。如扬州奴在两个无赖朋友怂恿下卖房产的情节,以及扬州奴贫穷后去找那两个朋友借钱反而受讹诈的情节,都从细微处着笔,勾画出这个浪荡公子愚蠢无知而又贪图享乐的性格。秦简夫比较多地继承了前期杂剧的表现手法,能够着眼于舞台演出,这与当时不少作家专门在文词上苦下功夫的情况有所不同。后期杂剧创作的中心在杭州,钟嗣成的《录鬼簿》对当时生活在北方的作家可能缺乏记载,然而在秦简夫的作品中,似可隐约见到北方杂剧依旧保持着初期杂剧本色当行的一些迹象。

秦简夫的另一个杂剧《剪发待宾》取材于《晋书·陶侃传》,传中记陶侃为县吏时,范逵往访,仓卒无以待宾,陶母湛氏截发得二髲,易酒肴待客,范逵感叹"非此母,不生此子",向庐江太守称美,陶侃遂被召为督邮领枞阳令。《世说新语》和《晋阳秋》里都有类似记载。

唐皇甫湜撰有《陶母碑》。杂剧继承着原故事的精神,宣传母贤子孝,但在情节上有不少改动,剧中写陶母卖发前,陶侃(太学生)书写"钱""信"二字,向韩夫人解典库质钱,由此引出陶母关于"信"比"钱"更重要的议论,并嘱陶侃赎回"信"字——以示不能出卖信义,富有传说色彩。剧中又写拥有"鸦飞不过的田土"和"油磨房、解曲库"的韩夫人要将女儿许配陶侃,为此和陶母发生争论,一个说:"我是个巨富的财主,倒陪奁房,将我个描不成画不就的女孩儿,与你儿子做媳妇,你倒不肯。"一个说:"休倚仗你铜斗儿家私","直等的俺孩儿金榜挂名时,那其间新婚燕尔"。韩夫人终于感慨地说:"好个古懒的婆婆","果然得治家之道"。她们之间的争论实际上以"封妻荫子"封建功名观念的胜利而结束。最后陶侃做了状元,韩夫人送女上门,学士范逵当现成媒人,陶母还说:"这的是贱媳妇,贵媒人。"这种观念和《东堂老》中反映的"我则理会有钱的是咱能"的商人哲学正好成为鲜明的对比。

　　秦简夫的又一个杂剧《赵礼让肥》实际上是《剪发待宾》的姐妹篇,都是着意宣扬古老的封建道德的作品。《赵礼让肥》是根据《后汉书·赵孝传》改编,写赵礼兄弟的孝悌行为,他们奉母逃荒,遭遇吃人心肝的强盗,兄弟争着去死,都说自己长得肥,以营救对方,母亲却也说"老身肥",要求"留着两个孩儿",两个儿子又一齐说"俺两个肥",要求放走老母。这种行动感动了强盗,使之弃暗就明,投军报国。作品不仅美化封建道德,并且强调封建道德的教化作用,使人物形象苍白而缺乏真实感人的艺术力量。然而第一折写汉季大乱,百姓流离失所,实际上正反映了元代末年连年灾荒,兵戈四起,人民生活无着的现实,写得颇为生动。剧中写赵家三口逃荒,一路上见到饥馑景况:

〔寄生草〕饿的这民饥色,看看的如蜡渣。他每都家家上树
把这槐芽掐,他每都村村沿道将榆皮剐,他每都人人绕户将粮食
化……

〔后庭花〕我则见他番穿着绵纳甲,斜披着一片破背褡。你
觑,他泥污的腌身分,风梢的黑鼻凹,他抱着个小娃娃。可是他
蓬松着头发,歪蔓笠头上搭,粗棍子手内拿,破麻鞋脚下趿,腰缠
着一绺儿麻,口咽着半块瓜……

这两支曲子全用口语,生动如画,是一幅形象栩栩的流民图,在元杂
剧中,这类笔墨正是本色家的一种长技。

第三节　金仁杰　杨梓　朱凯　王晔　范康

后期杂剧作家除郑光祖、乔吉、宫天挺、秦简夫四人外,据《录鬼
簿》、《录鬼簿续编》、《太和正音谱》等书记载,还有二十余人,他们大
多居住在南方,所作杂剧为数不少,但流传至今的却只有杨梓、金仁
杰、王晔、朱凯等人的十来部作品,其中有些作品究属何人所作,尚有
疑议。

金仁杰(? —1329),字志甫,杭州人。钟嗣成《录鬼簿》中说:
"余自幼时闻公之名";又说他们一见"如平生欢","交往二十年"。
"幼时"当指十九岁以前。金仁杰年龄或略大于钟嗣成。天历元年
(1328)授建康崇宁务官,次年卒。所作杂剧有《追韩信》、《东窗事
犯》、《鼎镬谏》、《抱子摄朝》、《西湖梦》、《韩太师》、《蔡琰还朝》七
种,今仅《追韩信》一种流传于世。

《追韩信》存元刊本,科白缺少,因而只能见其大略。剧写汉将

韩信故事,自胯下受辱、乞食漂母起,至登坛拜将、乌江灭项羽止。全剧布局尚称允当,以第二折月下追韩信为最好。第四折以正末扮吕马童,叙述霸王兵败,自刎乌江的情况,结尾过于仓促。作品虽然写秦汉间故事,也难免打上元代社会的印记。主要表现在作者着力描写韩信困厄的境遇,以及他怀才不遇的苦闷和彷徨;尤其是写他"烟波名利"两为难的思想,反映了元代不少知识分子徘徊在仕途与退隐之间的处境。在艺术上,这一作品表现了比较朴素的风格,曲文也是朴素无华,如第二折的两支曲:

> 〔新水令〕恨天涯流落客孤寒,叹英雄半生虚幻。坐下马枉踏遍山水雄,背上剑枉射得斗牛寒。恨塞于天地之间,云遮断玉砌雕栏,按不住浩然气透霄汉。
>
> 〔沉醉东风〕干功名千难万难,求身仕两次三番。前番离了楚国,今次又别炎汉,不觉得皓首苍颜。就月朗回头把剑看,忽然伤感默上心来,百忙里揾不干我英雄泪眼。

明代沈采《千金记》第二十二出大部分袭用这一折。钟嗣成评金仁杰的作品"所述虽不骈丽,而其大概,多有可取之处",虽不过于推崇,却也颇为中肯。

杨梓(? —1327)[7],《录鬼簿》失载,生平事迹见《元史·爪哇传》与元姚桐寿的《乐郊私语》。他是海盐澉川(今属浙江)人,世祖至元三十年(1293)征爪哇,任招谕宣慰司官,领五百人,先往招谕。爪哇降,以功封安抚总使,官至嘉议大夫,杭州路总管,致任卒。赠两浙都转运使、上轻车都尉、追封弘农郡侯、谥康惠。杨家为海盐大族,自杨梓父杨发领浙东西市舶总司事,筑室招商,世揽权利,成为当地巨商大贾,蓄僮奴以千数。杨梓喜好音乐,与贯云石交好,当时,贯云石所作散曲极为俊逸当行,付之以歌,响亮动听,而杨梓则能独得其传。杨氏家僮皆擅长南北歌调,杨家以能歌著名于浙右,产生很大影响,《乐郊私语》说:"海盐少年,多善歌乐府,皆出于澉川杨氏。"

杨梓所作杂剧,今存《敬德不伏老》、《霍光鬼谏》、《豫让吞炭》三种。此三种在《太和正音谱》中著录,但皆未题作者名。而根据《乐郊私语》中所说,乃是"康惠自制,以寓祖、父之意,第去其著作姓名耳"。此说可靠。看来杨梓的作品是属于钟嗣成《录鬼簿》中所说的"其或词藻虽工,而不欲出示……故有名而不录"一类,也可以解释为何杨梓的姓名、著作不曾见录于《录鬼簿》的原因。但一直到清末姚燮(1809—1864)《今乐考证》,似都未见《乐郊私语》,至王国维《曲录》才据姚桐寿说,定为杨作。

《敬德不伏老》写唐将尉迟恭因在功臣宴上殴打李道宗,被贬闲居。边境发生战争,对方单搦尉迟出战。这时尉迟年近古稀,接到宣召命后,因怨被贬事,装疯不出,徐世勣以计相激,最后毅然重上战场。此剧取材于《唐书》本传。但所写尉迟恭领兵征高丽事,乃属虚构。作品表现了为国报效不伏老的英雄精神,对尉迟恭粗犷直率、正直英武的性格,刻画得颇为鲜明动人。曲词质朴本色,符合人物的身份和性格。

《豫让吞炭》写的是战国故事。晋人豫让事智伯,智伯为赵襄子所灭,豫让为了报答智伯的知遇之恩,千方百计为他复仇,乃至"漆身为癞,吞炭为哑",以避人耳目,必欲刺杀赵襄子。作品宣传了"为主忘身"、"为臣尽忠"的思想。这一作品从结构来说是比较绵密的一部,但是智伯在剧中却是一个野心勃勃,背信弃义的形象,他的死可以说是罪有应得。豫让为智伯报仇,只是为了智伯对他"以国士待之",因而他就要"以国士报之",宣传了以个人恩怨为原则的、不顾是非曲直的"义"。由于作品赋予正面形象以出自个人恩怨的思想动机,使作品有难以调和的矛盾:一方面批判智伯;一方面又歌颂舍生忘死为智伯复仇的豫让。所以虽然这是一部悲剧,却不能给人以悲壮的美感。《霍光鬼谏》演汉代霍光生前反对他的儿子封官和女儿为妃;死后,向皇帝托梦告密他儿子造反,全剧明显地宣传愚忠思想,在艺术上又较《豫让吞炭》粗糙。今存元刊本。

在元代,名公大臣们写作散曲的为数不少,而编写杂剧的却为罕见。杨梓是朝廷的封疆大吏,却提笔撰写杂剧,这正是杂剧影响深入人心的结果。

朱凯,字士凯,籍贯与生卒年不详。自幼孑立不俗,与人寡合,曾任江浙行省掾吏,与钟嗣成友好。《录鬼簿》成书之时,朱凯为之作序,其中说:"文以纪传,曲以吊古,使往者复生,来者力学",充分肯定了此书的成就和作用。

朱凯所作杂剧,据曹楝亭本《录鬼簿》所记载,有《孟良盗骨殖》、《醉走黄鹤楼》两部。此外,他所作"小令极多",并曾编《升平乐府》,但他的散曲作品大多已佚失,唯有他与王晔共题的《双渐小卿问答》传世,形式别致,为时人称道,见存于《乐府群玉》。此外他还曾编集"万类"隐语,名曰《包罗天地》[8],并著有《谜韵》等书,皆由钟嗣成作序,都已佚。

《醉走黄鹤楼》一剧,写周瑜于赤壁之战后,设宴黄鹤楼,刘备赴宴被困,诸葛亮命关平送暖衣拂子,其中暗藏借东风时取得的令箭,又命姜维扮渔翁献鱼,手上写着"彼骄必褒,彼醉必逃"。刘备得令箭后,趁周瑜醉卧,下楼登舟遁逃。剧本所写故事情节与元甲午刊本《三分事略》有异。后来《三国志通俗演义》中未取这个故事,因而对于研究三国故事的演变,有参考价值。本剧情节曲折,但人物刻画较为浮泛。主要人物刘备、周瑜均非正末扮,正末依次扮演赵云、伴哥、姜维和张飞。第二折写关平赶路,向伴哥、村姑问信,引出伴哥演说江南风光,与剧情略显游离。本剧今存脉望馆抄校本,不署作者姓名。又《北词广正谱》所收题为"朱士凯撰醉走黄鹤楼"的一支〔南吕·一枝花〕曲文,今本不存,因此有认为朱凯此剧已佚,今所存者为无名氏作品。但《北词广正谱》所录曲文或出自明无名氏杂剧《碧莲会》,误题朱作。

《孟良盗骨殖》写杨家将故事,由杨令公向六郎杨景托梦写起,其间有孟良昊天塔盗骨情节,最后写到杨景五台山会兄。第二折写杨景智激孟良,第四折写五台会兄是全剧的精彩之处。关目按行,曲辞本色,结构也尚称整饬,是后期杂剧中较好的作品。本剧见于《元曲选》,但列为无名氏作品,而《录鬼簿续编》于"失载名氏"一类中著录《盗骨殖》一剧,因而今所存杂剧是否为朱凯所作,也有异说[9]。

王晔,字日华,一作日新,号南斋,杭州人[10],生卒未详。与朱凯交往甚密,共题散曲《双渐小卿问答》。作杂剧三种:《卧龙冈》、《双卖华》、《桃花女》,前二种已佚。又曾编《优语录》[11],也已佚。

《桃花女》故事是写洛阳周公善卜卦,但常为村民任定之女桃花女所破。周公怀恨在心,设计强纳桃花女为媳,本意却要害她。周公择黑道日迎娶,在举行婚礼的过程中,借凶神恶煞作祟陷害桃花女,但他的计谋被桃花女识破,一一以法禳除。最后周公不得不低头伏输。这一作品保存了古代婚礼的习俗,对于仪式和禁忌作了具体的描绘,是民俗学研究的难得资料。其中虽表现出宗教迷信色彩,却又曲折地反映了古人驱灾灭祸的朴素愿望。同时,桃花女聪明机智、善良的性格,也描写得比较生动。

曹本《录鬼簿》记《桃花女》杂剧为王晔作,但今存脉望馆抄本及

《元曲选》本,皆作无名氏作品。《太和正音谱》将此剧列在"古今无名氏"项内,《录鬼簿续编》"失载姓氏"项下也收此剧。故现存此剧是否为王晔所作,尚有异议。

范康,字子安,杭州(今属浙江)人。《录鬼簿》记他作杂剧《竹叶舟》和《杜甫游春》两种,并说他"明性理,善讲解,能词章,通音律。因王伯成有《李太白贬夜郎》,乃编《杜子美游曲江》,一下笔即新奇。盖天资卓异,人不可及也"。所云《杜子美游曲江》当即《杜甫游春》,已佚。《竹叶舟》今犹存,属度脱剧类。剧写陈季卿应举不第,暂借青龙寺安身,温习经史,等候再试。吕洞宾前来度脱他,话不投机,吕作法使他入梦,并以竹叶化舟,载他魂魄归家,途中遇见列御寇、张子房和葛仙翁,再三劝化,指点迷津。陈季卿魂魄回家探望父母、妻子后功名之念未绝,又搭舟赴试,恰遇狂风骤雨,翻舟坠水,惊醒过来,却是一梦,于是出家皈道。剧中写陈季卿是一个执着的"报官囚",但他最后决定出家的行为并非是对功名富贵有认识上的改变的结果,而只是发现使他入梦并能知道他梦中种种情状的吕洞宾是一位神仙,因此,竹叶化舟的情节虽呈新奇,人物性格的刻画却欠真实。剧中还有东华帝君出场,并有神仙唱道情小曲场面,人物众多,关目热闹。本剧曲文俊丽酣畅,第三折写风浪险境的曲子尤为出色。但《竹叶舟》似属文人涉猎剧坛之作,有为写戏而写戏之嫌,而非是作者真情实感驱使下的艺术产物,这种情况在元剧中或许也有一定代表性。

第四节　钟嗣成和《录鬼簿》

钟嗣成,生卒年未详[12],号丑斋,祖籍大梁(今河南开封),定居杭州[13]，为邓文原、曹鉴、刘濩的受业弟子[14]。邓文原于至元末年至大德初年，曾为杭州路儒学正，曹鉴大德初在杭，也为教授，因知钟嗣成在至元、大德间在杭州官学进学[15]。累以明经试于有司，未中式。"从吏则有司不能辟，亦不屑就"[16]，终不得见遇，于是杜门著书。所著《录鬼簿》一书，记录了元代重要戏曲与散曲作家的生平及著述情况，是研究元代戏曲、散曲的重要文献。又著杂剧七种：《章台柳》、《钱神论》、《蟠桃会》、《郑庄公》、《斩陈馀》、《诈游云梦》、《冯驩烧券》，皆不传。著有散曲，见存于《太平乐府》、《乐府群玉》、《乐府群珠》等集中，计有五十九首小令，一个散套。此外《录鬼簿续篇》还说他"善音律，德（德字或误）隐语，有文集若干卷藏于家"，但其文集也未见传世。

元杂剧的发展，到了元贞、大德年间，已形成了强大的声势，曲作家已是文坛的一支不可忽视的力量。关于戏曲的论著也必然会应运而生。钟嗣成生活在后期戏剧活动的中心——杭州。亲身参加了创作，并且结识了不少曲家。他编写《录鬼簿》得到他的朋友陆登善的很多帮助。此外，后期曲家陈无妄、李齐贤、刘宣子、屈子敬等是他同窗学友；宫天挺是他父亲的知交，生前他"常得侍坐"；比他年长的曾瑞，他也"尝接见音容，获闻言论"；与金仁杰"江浙一见，如平生交"；与廖毅会面"即叙平生欢"；与钱吉甫"谈论节要"，"得其良法"；与周文质"交二十年未尝跬步离也"。此类记载在《录鬼簿》中比比皆是。他耳闻目睹，间接直接地对元杂剧兴盛发展的状况，以及剧作家的生平事迹了解甚多，并且积累了大量材料，这为他著《录鬼簿》一书作了充分准备。他与大部分杂剧作家同样不得志，因此孤傲牢落之气，耿耿于心中。朱凯在《录鬼簿·后序》中说他"借此为喻，实为己而发之"，是有根据的。但他立志为正史不可能列传的杂剧作家立传，还另有目的在，他说："余因暇日，缅怀古人。门第卑微，职位不振。高才博艺，俱有可录。岁月弥久，湮没无闻。遂传其本末，吊以乐章。复以前乎此者，叙其姓名，述其所作。冀乎初学之士，刻意词章，使水寒乎冰，青胜于蓝，则有幸矣。"（曹本《录鬼簿·自序》）这就是钟嗣成著《录鬼簿》的宗旨之一，他要借为这些门第卑微而高才博艺的曲作家立传，来激励后来者，推动戏剧继续发展。

《录鬼簿》中表现的思想和观点，是与正统的儒家的文艺观点相径庭的。他把《录鬼簿》中所著录的作家，称为"已死、未死之鬼"，而实质上却把他们视作"不死之鬼"，"虽死而不鬼者"。他讽刺那些真正的"未死之鬼"，"酒罂饭囊，或醉或梦，块然泥土者，则其人虽生，与已死之鬼何异？此曹未略论也"。他又说："其或稍知义理，口发善言，而于学问之道，甘为自弃，临终之后，漠然无闻，则又不若块然之鬼之愈也。"他鄙视那些"酒罂饭囊"般的人物，同时也挪揄那些"甘为自弃"的浅薄之士。他还说："若以读书万卷，作三场文，占夺魏科，首登甲第者，世不乏人。或其甘心林岩，乐道守志者，亦多有之。但于学问之余，事务之暇，心机灵变，世法通疏，移宫换羽，搜奇索怪，而以文章为戏玩者，诚绝无而仅有者也。""以文章为戏玩"的意思，是指写文章并非是为了阐明"圣贤之道"，这在当时是带有离经叛道思想因素的。钟嗣成把文人分成登甲第为官者，乐贫守志者，以及移宫换羽的曲作家三类人，大致与元代士人的实际情况相符。而把第三类人看作是"绝无仅有者"，可以看出钟嗣成反传统的思想。看来，在科举进身道路上的失败对钟嗣成来说，并不只是不幸，倒是使他得到一种反思的机会，从而使他撰写了《录鬼簿》，成为戏曲史上第一个给予戏曲与散曲作家以崇高地位的人。

程、朱理学在元代成为官学，延祐年间正式开科举后，试题多出自朱熹经注。钟嗣成在当时就已料到，他作《录鬼簿》必然会受到那些尊奉"性理之学"人们的歧视与不满，因而他说："若夫高尚之士，性理之学,余有得罪于圣门者。吾党且嗷蛤蜊,别与知味者道。"明确地表示杂剧与宣传"性理之学"的作品不同,自有"蛤蜊"味。其独树一帜,以聚"知味者",与"性理之学"分庭抗礼之心,昭然纸上。自宋、金以来,随着城市经济的发展,戏剧、小说等新的文艺形式的兴盛发达,不断冲击着传统的文艺观点。但是还没有人把这些新的文艺形式提高到应有的位置上来,作比较系统的介绍与评论。元杂剧的兴盛为俗文学开创了新时代,记录元杂剧作家、作品并热情地为之欢呼的《录鬼簿》的出现,正是这一时势的必然。

《录鬼簿》成书于至顺元年(1330),不久,作者又对此书进行了修改。即今所知,至少修改了两次:一次在元统年间,另一次在至正年间。到了明初,戏曲家贾仲明又在钟嗣成原作上增补挽关汉卿等人的八十首吊词,对不少作家生平有所补充。《录鬼簿》全书上下两卷,上卷为:一、前辈已死名公有乐府行于世者;二、方今名公;三、前辈已死名公才人有传奇行于世者。据钟嗣成自己说明,这三类人的生平、著作情况是"余友陆君仲良,得之于克斋吴公",所以"未尽其详"。下卷分为:一,方今已亡名公才人余相知者,为之作传,以〔凌波曲〕吊之;二,已死才人不相知者;三,方今才人相知者,纪其姓名行实并所编;四,方今才人闻名而不相知者。共七类。(此据曹楝亭本。《说集》本与孟称舜本,分六类。天一阁本只分三类。)记录了一百五十二位杂剧、散曲作家,大略按年代先后排列;并著录剧目共四百余种。有元一代戏剧、散曲作家的里籍生平和著作情况,皆赖以传世。同时,在一些记载中还透露了元杂剧家的活动情况,杂剧作家之间的互相切磋,共同创作的情况,如马致远与李时中、红字李二、花李郎合著《黄粱梦》;鲍天祐与汪勉之合著《曹娥泣江》;关汉卿与杨显之共同切磋等等。在《录鬼簿》中还可以看到杂剧发展的某些线索,如杂剧作家的南迁,后期杂剧形式的变化,沈和甫创南北合套的形式等等。除此之外，在《录鬼簿》中还透露了其他通俗文艺的写作情况，如王伯成曾作《天宝遗事诸宫调》，屈彦英编《看钱奴》院本，萧德祥写南戏，陆显之写《好儿赵正》话本等，这些材料都十分宝贵。

《录鬼簿》不但保存了丰富的资料，而且还反映了钟嗣成的文艺观点。在他对一些作家的评论和介绍中，可以知道他认为作杂剧要使人"感动咏叹"，要有动人的故事情节；并且要"搜奇索古"、"翻腾古今"，提倡从古老的故事中翻出新鲜的东西，反对蹈袭，要求作家有独创精神。这就是他所说的"蛤蜊"味，是与经史家喋喋不休的枯燥的说教不相同的味道。但是由于他是后期作家，当然要受那一时期文艺风尚的影响，所以《录鬼簿》也不可避免地反映了后期作家的艺术观点，也讲究"工巧"、"新奇"，喜欢"骈俪之句"，讲究推敲苦吟。在他对陈以仁、鲍天祐、睢景臣、范康等人的评述中，这样的观点常常有所流露。不过他却并非一味地追求工丽，对于有些作家过于雕琢，他还提出了批评。如他认为郑光祖的作品"未免多于斧凿"。这又表明钟嗣成具有评论家的眼光，并不一味的被时尚所左右。

《录鬼簿》初稿原本已佚，今所流传版本可分为三个系统：一，明初《说集》本与孟称舜校刻本。此二种皆不分卷，作家分为六类，学者以为是据钟嗣成在元统二年（1334）的修订本。二，清初尤贞起抄本、暖红室汇刻传奇本、曹栋亭藏本。此三种分上下两卷，作家分为七类。学者以为此是据钟嗣成至正五年（1345）以后的修订本。三，天一阁藏明蓝格抄本。此是贾仲明增补本，有贾仲明所写自关汉卿至李邦杰的八十余位作家的吊词。全书分上下两卷，作家只分三类，即"前辈名公乐章传于世者"、"前辈才人有所编传奇行于世者"和"方今才人相知者"。或认为这是钟嗣成较早的写定本，但其中有元统二年改笔。[17]

钟嗣成散曲作品中的十九首〔双调·凌波仙〕，是为后期作家宫大用等人所作吊词,其余则是"咏情"、"咏景"等传统题材的散曲。值得注意的是他的三首〔正宫·醉太平〕和散套〔南吕·一枝花〕《丑斋自序》。前两首〔醉太平〕模拟串街走巷的卖艺人的口气,写出了地位同于乞丐的艺人的生涯。后一首反映了一个与艺人有密切联系的地位较低的文人的思想和生活:

> 风流贫最好,村沙富难交,拾灰泥补砌了旧砖窑。开一个教乞儿市学,裹一顶半新不旧乌纱帽,穿一领半长不短黄麻罩,系一条半联不断皂环绦,做一个穷风月训导。(〔正宫·醉太平〕《落魂》)

这三支小令以诙谐的、玩世不恭的笔调,写出贫穷散诞的生活方式,蔑视那些虽富却俗的财主;并且也反映了作者傲岸不群的处世态度。套曲〔南吕·一枝花〕《丑斋自序》,与这三首小令异曲同工,曲中夸大地描述了自己丑陋的容貌,讽刺了世俗的人们只重金钱名位,不重才学文章;以貌取人,以权势量人的风气:

> 〔哭皇天〕饶你有拿雾艺冲天计,诛龙局段打凤机,近来论世态,世态有高低。有钱的高贵,无钱的低微,那里问风流子弟。折末颜如灌口,貌赛神仙,洞宾出世,宋玉重生,设答了谩的,梦撒了寮丁,他采你也不见得,枉自论黄数黑,谈说是非。

这首散曲对以貌取人,以钱论人的社会现象所发泄的不平之气,与《录鬼簿》所表现的对现实不满的思想情绪是一致的。

〔醉太平〕三首和《丑斋自序》都用的是寓愤懑之情于诙谐嘲讽的手法,文字质白如口语,声口逼肖生动,自成一格。至于《太和正

音谱》所说的"钟继先之词如腾空宝气",那当是指他的另一部分以俊逸见长的作品而说的,如〔双调·水仙子〕:

> 灯前抚剑听鸡声,月下吹箫引凤鸣。功名两字原天命,学神仙又不成,叹吴侬何处归耕。日月闲中过,风波梦里惊,造物无情。

钟嗣成散曲作品虽然不多,但是比起大多数喜欢雕琢的后期作家来,自有特色。

〔1〕 《文湖州集词》收乔吉散曲五十八首,为何作此题署,难以考明。今存抄本有清人厉鹗读后记云:"作文湖州,不知何故?"今人任讷《曲谐》中说:"《文湖州集词》名称之误,自不待言,惟此五十八首又何人所辑? 据自何书? 可惜失考矣"。隋树森《全元散曲》谓明无名氏辑。今按:宋代文同曾出守湖州,人称文湖州,但与乔吉牵扯不上。如果此处"文湖州"系元、明人,那么,辑者当为文姓之人,"文湖州集词"云云,又当为另一人题署,实际应是文湖州集乔吉词(曲)。

〔2〕 《乐府群玉》录乔吉散曲一百多首,名字下注明号惺惺道人。有人以为书中所录的即是钱大昕所说的《惺惺老人乐府》中的作品。

〔3〕 乔吉散曲〔折桂令〕《会州判文从周自维扬来道楚仪李氏意》中曾自比杜牧:"文章杜牧风流,照夜花灯,载月兰舟。老我江湖,少年谈笑,薄倖名留……"是《扬州梦》中渲染杜牧风流韵事,或寄托着作者的感情。

〔4〕 此三句中第一句"觅"本应为"蜜",谐音双关转为"觅",第二句据《墨娥小录》卷十四《市语声嗽》,应是"蝎虎儿害瘵──乾害死"。第三句相思的"思",本应为"丝",谐音双关转为"相思"的意思。

〔5〕 陶宗仪《辍耕录》:"至正乙未春,中书省臣进奏,遣兵部员外郎刘谦来江南,募民补路、府、州、司、县官。自五品至九品,入粟有差,非旧例之职专茶监务场者比。虽功名逼人,无有愿之者。既而抵松江时,知府崔思诚惟知曲承使

命,不问民间有粟与否也,乃拘集属县巨室,点科十二名,众皆号泣告诉。曾弗之顾,辄施拷掠,仰使承伏,即填空名告身授之。"

〔6〕 见《元史·成遵传》。

〔7〕 杨梓生年不详。他与贯云石交好,贯云石生于至元二十三年(1286)。杨梓当较贯云石为年长,因他于至元三十年时已从军征爪哇,其时或为二十余岁。姑推断他生于1273年左右。

〔8〕 见明人郎瑛《七修类稿》卷五《千文虎序》。

〔9〕 《录鬼簿续编》作者似未见到钟嗣成至正年间增订的《录鬼簿》,因而也不知朱凯作有《盗骨殖》,而误以为无名氏作品。曹本《录鬼簿》即为增订本。又,以曹本所记此剧正名《放火孟良盗骨殖》对照《元曲选》本内容,可知即为朱剧。

〔10〕 陶宗仪《辍耕录》卷十一《写像秘诀序》载王晔子绎事云:"王思善绎,自号痴绝生,其先睦人,居杭之新门。"则知王晔祖籍睦州。

〔11〕 杨维祯《铁崖文集》卷十一《优语录序》:"钱塘王晔,集列代之优辞,有关于世道者,自楚国优孟而下,至金人玳瑁头,凡若干条。"

〔12〕 钟嗣成在至元末、大德初为路学生员,估计年龄在二十岁左右,则其生年似应在宋亡前后。关于他的卒年,《录鬼簿》"乔梦符"一条中,记载着乔吉卒于至正五年(1345)。这可能是钟嗣成在至正以后修改《录鬼簿》时补上的。因此可推知钟卒于至正五年之后。孙楷第《元曲家考略》推断他至顺元年时年约五十余,至正五年补书"乔梦符"条时,年约七十。

〔13〕 钟嗣成自称"古汴"人氏,但从《录鬼簿》所记,可以发现他长时间定居杭州。如"睢景臣"条:"大德七年公自维扬来杭州,余与之识。"又,"周文质"条:"其先建德人,后居杭州,因而家焉……余与之交二十年,未尝跬步离也。"他所记与他相知的名公才人,大多是杭州人或寓居杭州的作家,也都可以证明他定居杭州。此外他还曾到过吴江、姑苏、台州、庆元、慈溪等地。

〔14〕 《录鬼簿》"赵良弼"条记"总角时与余同里闬,同发蒙。同师邓善之、曹克明、刘声之三先生"。朱凯《录鬼簿·后序》也说:"继先乃善之邓祭酒、克明曹尚书之高弟。"

〔15〕　详见孙楷第《元曲家考略》。

〔16〕　《录鬼簿》"赵良弼"条中记钟嗣成与赵良弼"又于省府同笔砚",或据此认为钟曾为江浙行省掾吏。但朱凯《录鬼簿·后序》中却说他:"累试于有司,命不克遇,从吏则有司不能辟,亦不屑就"。"亦不屑就"云云,似指不愿为吏。如果释为他从吏后,不得辟召为官,似与句意难合。

〔17〕　编辑新补注:关于《录鬼簿》版本的情况,以及如何看待作品归属,如何统计作家作品数量,并关于元曲分期的思考,可参葛云波《〈录鬼簿〉修订过程、时间及版本新考》(《南京师大学报》2006 年第 4 期)。

第十三章　无名氏杂剧

　　由于各种原因,元杂剧中有一部分作品的作者姓氏早已佚失。因为剧作者的不可考,这些作品具体的写作时代也不易考定,最早著录这些作品的《太和正音谱》和《录鬼簿续编》又都成书于明初,所以,这些无名氏杂剧中混有明初人的作品是很有可能的。元代无名氏杂剧的数目,向无精确的统计,大约有五十种左右。现存剧作统计不一,有说是三十种,有说是三十一种,有说是三十四种[1]。其总数约占现存元杂剧的四分之一到三分之一,这是一个不可忽略的比例。

　　无名氏作品内容十分庞杂,思想和艺术成就也参差不齐。按照题材,可约略分为公案剧、历史剧和爱情剧三大类。

第一节　《陈州粜米》和其他公案剧

　　《陈州粜米》见于《元曲选》,但《录鬼簿续编》的“失载名氏”剧目中未见记载,《太和正音谱》和《元曲选》卷首的无名氏剧目也不见著录。后人大抵相信它是元人所作,是元代后期或元末作品[2]。

　　《陈州粜米》是元剧中描写包待制(包拯)断案故事的著名作品之一。从南宋起,包拯故事就在民间广泛流传,并被艺人改编为说唱和戏曲作品。包拯是北宋仁宗时人，《宋史》本传记载说："立朝刚毅，贵戚宦官为之敛手，闻者皆惮之"，"京师为之语曰：关节不到，有阎罗包老"，"拯性峭直，恶吏苛刻"，曾经"除天章阁待制"、"龙图阁学士"。元剧中敷演的包待制故事，《宋史》中都无记载，多为民间口头流传，带有传奇色彩。元剧中包待制的形象已经大大地离开了它的原型，成为民间传说色彩十分浓厚的形象。

《陈州粜米》写北宋时陈州府亢旱三年，六料不收，朝廷派去前往赈济的刘得中和杨金吾，私抬粮价，盘剥灾民，并打死平民张㧞古。之后，包拯前往赈灾除害。

包拯出场时，已是年近八十的老翁，他饱谙世事的坎坷，数经宦海的艰难。由于他一生不避权要，与他们结下了"山海也似冤仇"。他回顾前朝贤臣良将的悲惨下场，曾经产生了退居林下，致仕闲居的想法，决心"从今后不干己事休开口，我则索会尽人间只点头"。但当有人向他告状，他得知了刘、杨在陈州的劣迹以后，马上就激发起了他刚正不阿、嫉恶如仇的性子，决心"与那陈州百姓每分忧"，把"不干己事休开口"的想法，早已丢到脑后。这样，他的性格中的主要方面——嫉恶如仇——得到了很好的表现。剧中还写他在勘察过程中，装扮成庄家老儿，碰到了与刘、杨狎昵的私娼王粉莲，他替她牵驴，同她闲谈，了解到许多情况。剧中又写他前往陈州赈灾时，一路上只吃"落解粥"。就这样，作者赋予了这位专心为民除害的官吏以浓厚的民间传奇色彩[3]。

《陈州粜米》虽然写的是宋代故事，但实际上反映的却是元代的社会生活。元代灾害频仍，连年不断，统治者也发仓赈济，但往往"吏与富民因缘为奸，多不及民贫者"（《元史·世祖本纪》）。《陈州粜米》剧中刘得中等借"赈济"之机，大发灾难财，正是"因缘为奸"的形象刻画。《陈州粜米》中描写的在赈济过程中出现的"大秤称银，小斗量米",米中掺沙等作弊行为,在元人刘时中的散套《上高监司》中也可找到相似的描写[4]。

如果说《陈州粜米》描写的灾荒、赈济和贪官污吏不择手段中饱私囊等等,是反映了元代社会现实,那么,它所强调的"王法"又不同于元代的法律,实质上又是对元代法律的批判,是从另一个方面揭露了社会现实。元代的主要法规《至元新格》与历代刑法一样,都是为了维护封建统治秩序,所不同的是,它更多地维护蒙古贵族的利益,也体现了种族歧视,而且明文规定了"主"、"奴"在法律上的不平等。而《陈州粜米》中所宣扬的"无私王法",具有王子犯法与庶民同罪的理想色彩,与统治阶级的律令是相悖的。剧中甚至描写包拯命被害人之子小憨古用金锤打死被告刘得中,因为当初刘得中也曾用金锤打死张憨古,所谓"从来个人命事关连天大","须偿还你这亲爷债",这就更带有民间传说色彩了。因此,《陈州粜米》中宣扬的"王法"在很大的程度上又是民间"冤报冤"的观念的反映,实际上也正是人民群众中一种朴素的"平等"观念以及对人起码的生存权利要求的反映。

无名氏作品中的《延安府》也是描写清官故事:廉使李圭一再挫败葛监军的威胁和干扰,把杀人犯葛彪问斩,最后又把葛监军发配充军。按《陈州粜米》包拯唱词中有"曾把个葛监军下狱囚",关汉卿《蝴蝶梦》中也有葛彪,和《延安府》中的葛彪一样,都是为非作歹的权豪势要之人。可见这类故事都属民间传说,可以随便安在某个清官身上。《延安府》中的李圭和包拯一样秉正忠直,在权豪势要面前没有惧色。但支持李圭举良善、除奸恶的思想却是"为官的食君之禄,则要尽忠守节,侍銮舆,投至的封妻荫子,使婢驱奴","将我这正直的名姓播皇都","为臣尽节整纲常,报君恩敬于事上"。《陈州粜米》着重写清官为黎民除害,《延安府》则强调清官为天子分忧,因此,李圭的形象就更多地带有封建思想色彩,人物也缺乏个性,有概念化的缺点。

《留鞋记》也写包拯断案故事[5],不过较为特殊,剧中包拯竟支持一对曾经相约幽会的青年男女结为夫妇。剧写秀才郭华爱上胭脂铺女儿王月英,常以买脂粉为因由,前去调情;王月英也爱慕郭华,且相思成疾,决定约郭华元宵节在相国寺相会。是日,郭华因众朋友相请饮酒,到相国寺后醉倒在地,王月英三更时赶到,一直等到四更,郭犹不醒,于是将罗帕和绣鞋放在郭的怀中而去。郭醒来见到鞋、帕,十分后悔,吞帕自尽。郭的仆人到相国寺寻找主人,发现死尸,疑是僧人所害,到开封府控告。包拯命衙役张千扮做货郎,担上挂着绣鞋,沿街体察。王月英母亲说鞋是她女儿所有,由此追究到王月英,讯出真情。包拯又命王月英去寺内寻找罗帕,王从郭尸口中扯出罗帕,郭却由此复活,包拯断他们成为夫妇。本剧曲文秾丽,还有一些艳词,主要出自王月英之口,渲染出一个大胆追求情爱的市民女性形象。包拯"断词"中说王月英"不能够叙欢情共枕同眠,将罗帕和绣鞋留为表记",又说"今日个开封府判断明白,合着你夫和妇永远团圆"。包拯成为风流韵事的支持者,别开生面,这说明元杂剧中的包拯形象和他的思想、性格,并未定型,作者几乎可以任意塑造。本剧故事的最早母题当是南朝宋人刘义庆《幽明录·买粉儿》,直接来源是宋代皇都风月主人《绿窗新话》中的《郭华买脂慕女郎》,但把这个故事纳入公案剧则是杂剧作者首创。

《合同文字》、《盆儿鬼》、《神奴儿》、《冯玉兰》和《杀狗劝夫》也属公案剧[6],前三个作品中的清官也是包拯,后两个作品中的清官分别是金圭和王翛然。但这几个剧本不是从头至尾描写清官办案过程,他们往往在剧情临近结束时才出场,作为解决问题的契机。《神奴儿》、《合同文字》都是描写由财产的继承问题所引起的家庭纠纷,最后由清官出场判断。《冯玉兰》和《盆儿鬼》都写恶人图财害命,最后由清官为被害者申冤昭雪。通过这些作品的主要内容可以看到它们反映出来的元代社会生活的某些侧面:政治黑暗、司法腐败、道德堕落、人性沦丧,人民的生命财产毫无保障,不仅儒生、小商人,连身为知府的官员都无安全感。冯太守在上任的路上,就被兼事"剪径"的巡江官夺走妻子,害了性命(《冯玉兰》);小商人杨国用出外经商被图财害命,尸骨烧作瓦盆(《盆儿鬼》);为自己的私利争夺财产的王腊梅竟将侄子勒死,埋在水沟里(《神奴儿》);年荒时难之际,刘天瑞逃荒客死异乡,他儿子返回老家,伯父母竟拒绝相认(《合同文字》)。这些剧的作者在描写生活的时候,都是忠实于现实的。但是,从《神奴儿》和《合同文字》看来,它们的作者在认识社会问题的时候,把产生纷乱和倾轧的原因,归结到封建伦理道德的不振,主张用提倡"仁义"、"孝悌"、"忠信"等封建道德信条的办法来解决这些社会问题,因而把所谓"彰明天理"、"重整人伦"作为全剧的主旨。

这四个剧对清官审案过程中的勘察和侦破手段都描写得不充分甚至缺乏描写,《神奴儿》和《盆儿鬼》中过分渲染鬼魂的作用,不仅充满阴风鬼气,而且由鬼魂的启示导致破案,也就体现不出侦察作用了。但《盆儿鬼》故事情节比较曲折,见出长处;《神奴儿》的曲文紧凑,且与故事的展开和人物的行动结合密切,为这四个剧本之冠;《合同文字》则以生活气息浓厚见长。《冯玉兰》和《杀狗劝夫》却流于平庸乃至低劣。

第二节 《赚蒯通》和其他历史故事剧

无名氏杂剧中,取材于史书或历史传说故事的占了将近一半。

如写战国时代庞涓故事的《马陵道》和苏秦故事的《冻苏秦》；写汉代
蒯通故事的《赚蒯通》；写汉末三国时代各种人物故事的《连环记》、
《千里独行》、《隔江斗智》和《博望烧屯》。又如敷演唐代故事的《小
尉迟》、《飞刀对箭》。敷演宋朝杨家将故事的《谢金吾》，狄青故事的
《衣袄车》和宫闱故事的《抱妆盒》。

　　这些历史剧或历史传说故事剧，虽然都有所本，但是，作者都对
素材进行了程度不等的取舍和改造，有的作品基本上忠实于历史事
实或历史故事，从中突出史实和传说中包含的某些思想，给人以启
示，《马陵道》、《冻苏秦》即属此类。有的作品有意撷取历史及传说
之一端，加以润饰、扩充和改造，更多地表现作者主观的思想感情和
对某些问题的认识，《赚蒯通》即属此类。

　　《赚蒯通》是无名氏杂剧中的佳作。蒯通是汉初著名谋士，属
"纵横家"一流，他曾劝拥有兵权的韩信背叛刘邦而自立。本剧把蒯
通作为正面人物赞扬，而把批判矛头始终指向刘邦，剧中虽写谋杀韩
信的阴谋系由对韩信挟有私怨的萧何、樊哙私下策划，但剧的结尾圣
旨中有"朕以谬听人言，将为叛逆，遂令未央钟室冤血尚存"云云，明
言刘邦是同意杀害韩信的，"谬听"误信，当是委婉的曲笔。又如剧
中张良质问萧何："你起初时要他，便推轮捧毂。后来时怕他，慌封
侯蹑足。到今时忌他，便待杀身也那灭族。他立下十大功，合请受万
钟禄，怎将他百样装诬"。又写蒯通痛斥萧何："兀的不是狡兔死，走
狗烹，高鸟尽，劲弓藏"，实际也是针对刘邦的。"推轮捧毂"、"封侯"
和"杀身灭族"都不是丞相萧何一人所能为。因此，作者矛头所向是
十分明显的。

　　从此剧对史料的取舍上，也可以看出作者的良苦用心。《赚蒯
通》取材于《史记·淮阴侯列传》，主要人物和事件与史书记载大致
相符，有的具体情节却是为突出上述主旨而作了添增和改动。例如：

《史记》载吕后与萧何是在韩信反迹已明的情况下,共谋诛杀韩信的,刘邦征伐与韩信同谋的陈豨回来以后,虽然"见信死,且喜且怜之",却仍未忘记清洗余党。他下令逮捕了蒯通,而蒯通则以"跖之狗吠尧,尧非不仁,狗固吠非其主"为自己开脱,得以保全性命,如此而已。剧中却写韩信一直忠于刘邦,纯属无辜被杀,而且第三折写韩信奉召回朝时,蒯通已察觉"多凶少吉"端倪,但这一次他并未劝韩作反,而是建议"弃官"隐居,"落的个远害全身",这就将韩信完全置于受害者的地位。第四折写蒯通面临"通同谋反"的灭族之祸时全然不顾,大义凛然,慷慨陈词,为韩信之死鸣冤叫屈。这种改动,也对描绘最高统治者的不义起了强化作用。

从宋代理学产生以后,适应着封建专制政治的需要,统治者总是强调臣下要绝对服从君主。不仅春秋、战国时代臣子可以择主而事的观点不再被承认,历来开明政治家所主张的君主要明哲,否则就有"覆舟"的危险也不再被宣扬,就连孔子主张的"君仁、臣忠"实际上也不再被提倡,代之而起的是提倡"愚忠"的纲常伦理,甚至君主昏庸也归咎于臣下蒙蔽圣聪,服从君主成了臣下的天职。《赚蒯通》敢于对封建统治者杀戮功臣的行为以及他们的虚伪和冷酷作抨击和责难,应当说作者是颇有胆识的。

《赚蒯通》塑造了一个有胆、有识的辩士的形象,作者着重描写蒯通对事变的正确分析和为申张正义临危不惧这两个方面。首先蒯通对汉室内部的权力之争以及刘邦的面目有着比较清醒的认识和估计。在韩信与他商议要不要应诏入朝时,他就以"勇略震主者身危,功盖天下者不赏"劝阻韩信,他认为韩信所自恃的"盖世""不赏"之功,正是取祸的根本。他提醒韩信:"当初你假镇三齐,他拜真王也非实意",又指出韩信所握重权以及他过去曾为争"三齐王"与刘邦有隙,都是埋伏着的危机,足以招致杀身灭族之祸。这种认识和韩信自以为"圣人岂有负了我的"的迂腐之见相比,反衬出蒯通作为一个谋士的卓识远见。

其次,蒯通又是富于智慧和临危不惧的。在蒯通被拘到相府以后,见到萧何等人,并不喊冤,也不求救,当萧何问他为什么"现有汉天子在上,你不肯辅佐,倒去顺那韩信"时,蒯通答道:"丞相你岂不知,桀犬吠尧,尧非不仁,犬固吠非其主也,当那一日我蒯彻则知有韩信,不知有什么汉天子,吾受韩信衣食,岂不要知恩报恩乎?"这段说词有三层意思:一是自己站在韩信一边,并非因为刘邦"不仁";二是自己身为谋士,只知忠于主人;三是自己对韩信无非因为衣食关系"知恩报恩",为自己找道德根据。这都显出巧言善辩的谋士本色。接着他故意说韩信该斩,且说他有十大罪状,从而有机会陈述韩信驱兵领将,披坚执锐,战胜攻取的十大功劳。又借说韩信"三愚",有力地批驳了萧何对韩信罗织的"谋反"之罪。未说韩信一字"冤屈",而冤屈之情自现;未斥刘邦、萧何一字"诬陷",而诬陷之状自显。说到韩信征战沙场、出生入死,立下汗马功劳,而今却是落得斩首的下场时,使曾与韩信一同扶汉灭楚的萧何、樊哙也"伤感"起来。在这个辩士的身上,作者除了刻画他的唇枪舌剑的才能外,还赋予他坚持正义的品德,就使这一形象产生了感人的力量。

《抱妆盒》写宋真宗宫闱故事。无子的刘皇后闻李美人生子,阴谋陷害,宫人寇承御和内史陈琳合计救出小太子,这小太子后来即位为仁宗。此剧为后世流传的狸猫换太子故事的第一代作品。自明代起这个故事又与包公故事发生关系(见百则本《包公案》)。但《抱妆盒》剧并非公案戏。这个故事虽然于史无征,但当是南宋时即已流行的传说。后妃之间倾轧斗争、阴谋陷害这种历史上常见的宫闱内部的矛盾,实际上是统治集团内部权力斗争的延伸。综观本剧,作者对这种宫闱矛盾虽有揭露,但主旨却在褒扬陈琳、寇承御的"忠臣不怕死"的品德。剧末写仁宗虽知"刘太后怀嫉妒心肠,做这等逆天悖理的勾当",但不究前事,"怕伤损我先帝盛德,如今姑置不理"。这虽合皇帝的身份和情理,却与后来《包公案》小说中包公把刘娘娘绞死的描写相距很远。本来,这个故事在流传过程中是越来越添增传说色彩的,《包公案》中还写李娘娘沦落桑林镇,住破窑,两眼也瞎了。清代小说《后续大宋杨家将文武曲星包公狄青初传》中又增添了狸猫换太子情节,后来就把这个宫闱故事称作狸猫换太子故事。

从关目上看,本剧第二折写得最有戏剧性,陈琳巧妙地应付刘皇后的盘问,外表安详,内心紧张,刻画得丝丝入扣。曲文也本色生动,如陈琳唱〔牧羊关〕:"我抱定这妆盒子,便是揣着个愁布袋,我未到宫门早忧的我这头白。盒子里藏的是储君,我肚皮里怀的是鬼胎。虽不见公庭上遭横祸,赤紧的盒子里隐飞灾。"直白通俗,与元代后期作家秦简夫作品的风格相似。

无名氏的三国故事戏较多,成就不一,但在思想内容上有一个共同点:拥刘备反曹操贬孙权。刘备被写得宽厚仁德、礼贤下士,辅佐他的诸葛亮、关羽、张飞、赵云都是精明高强的人物。曹操、孙权和他们的文臣武将,总是败在刘备、诸葛亮手下。大致上说,这种尊刘倾向体现了行仁政、举贤能和讲义气的思想,其间也包含着民间善良的愿望或幻想。

这些以三国故事为题材的杂剧中,《隔江斗智》和《千里独行》都是旦本,前者正旦扮孙安,后者正旦扮甘夫人。孙安是孙权之妹,围绕着她与刘备缔婚的事件,双方的军师——诸葛亮和周瑜展开了智斗,这个流传的"赔了夫人又折兵"的故事的主角本应是诸葛亮或周瑜;《千里独行》的主角也本应是关羽,之所以写成旦本,或许是服从于为演员写戏这个习惯。比较而言,《隔江斗智》刻画孙安性格较生动,《千里独行》中的甘夫人则缺乏性格,主唱的正旦完全成了陪衬人物。孙安在接受她哥哥的委托，以结亲为由夺取荆州、刺杀刘备时，并未持异议，促使她后来改变态度的主观因素有两条：一是到了荆州，见到刘备长相有"帝王仪表"，见到"刘玄德重兴汉室，却原来有这班儿文武扶持"；二是不愿意刺杀刘备后，使自己"守寡一世"，所谓"也是我妇人家自为终身计"。如果说第一个因素中有作者强加的成分，第二个因素就显得真实而自然。但孙安终究又是置身于政治斗争旋涡的人物，当她的个人利益战胜了"明为嫁送，暗夺城池"的政治谋划后，最终又决定"着他两下里干戈再不起"，还是回到政治考虑上去，使孙、刘两家永远和好。就这样，这个人物性格的真实性被展示出来了。

《隔江斗智》既为旦本，剧中诸葛亮和周瑜形象全仗科白塑造而成，剧中宾白简练而富于个性，周瑜的自信、气盛、心胸狭窄，诸葛亮的沉稳、果断、稳操胜券的信心，都从对话中体现出来。

三国故事中卷入政治斗争的又一著名女性是貂蝉，无名氏的《连环记》即写她的故事，但此剧却为末本，着重刻画王允，有关貂蝉（任红昌）的描写不多。本剧的描写技巧在元剧中堪属上乘，对王允形象的刻画尤其成功，在王允利用吕布铲除董卓的过程中，剧中写他恭维吕布"愿温侯皇盖飞头上，愿温侯朱衣列马前"；又写他逢迎董卓"愿太师暮登天子堂"，"愿太师福寿无疆"，辞卑色恭，左右逢源。但内心却又痛苦，直到董卓被除，他才开颜道："方信道天网自恢恢，孽重祸自随，他认做威福长堪假，怎知道江山不可移。"将王允这个"则为这汉家宇宙"而心机用尽的忠臣形象刻画得颇为活脱。

《博望烧屯》也是无名氏三国戏中写得较好的作品，它通过三顾茅庐和博望交战事件的描写，同时完成了运筹帷幄的军师诸葛亮和鲁莽直率的武将张飞的刻画。张飞的形象尤其生动，诸葛亮初次用兵，张飞本来就对他不信任，偏偏诸葛亮排兵布阵时派遣赵云、刘封、糜竺、糜芳和关羽,就是不用张飞,而在对赵云等所下命令中,又有"不要你赢,只要你输","一人一个簸箕","播土扬尘"等内容,张飞不解这种看来悖理的安排中有诱敌深入、迫敌就范的更深用意,因此,更加认为"这村夫不会行兵"。他四次请战,四次不用,自然地引出了在第五次请战中赌头立军令状的赌气行为,也引出最后伏输、请罪,连呼"好军师,好军师"的坦荡性格。由于他和诸葛亮的矛盾穿插其中,使这个描写曹、刘交兵的热闹戏多添一种波澜,加强了戏剧性。犹如李逵在元代水浒戏中的重要地位一样,张飞在元代三国戏中也占有显著地位,性格粗豪而可爱的"莽张飞"形象,在不少杂剧中都曾出现。

从今存的三国故事杂剧中,可发现它们与元刊《三分事略》平话中的有关故事大致相同,上述几个无名氏作品的剧情,就同《三分事略》的"王允连环计"、"关公千里独行"、"孔明下山"、"孔明班师入荆州"、"吴夫人回面"的故事间架类似,但内容细节比平话丰富。这些剧作中一些人物的性格特征,如诸葛亮的大智迫妖、张飞的莽撞直率、刘备的仁厚、关羽的义烈,也较平话更为细致。在《三分事略》到《三国志演义》的发展过程中,元代三国故事剧显然发生过影响。有的情节与《三分事略》、《三国志演义》不同,又显示了三国故事在流传过程中的丰富性。

第三节　爱情剧及其他

前人曾把元人爱情剧的内容分作两种类型。一种写妓女、书生、商人间的三角关系,如《青衫泪》、《贩茶船》之类;一种写才子佳人相恋,克服阻碍终成眷属,如《西厢记》、《㑇梅香》、《墙头马上》之类。

其实还有第三类，是一种"误会"型的故事，即男女爱情、婚姻之间的障碍的设置者原是出自好意，如《破窑记》写的岳父为了激励女婿而故设障碍即是。这三种类型虽然不能包括元代爱情剧的全部，但就无名氏爱情剧来说，按情节内容大致可归入上述三种范围。如《云窗梦》、《百花亭》未出《青衫泪》、《贩茶船》的故事范围。《符金锭》则有《西厢记》的影子，只不过小关目有所不同罢了。《渔樵记》和《孟光举案》类似《破窑记》，就更为明显。

这些剧中，《鸳鸯被》较有特色，从人物设置和故事结局看，这个剧当属于前面所述第一类，但它却并不雷同于《贩茶船》之属。《鸳鸯被》写书生张瑞卿、官宦小姐李玉英和解典库刘员外之间的婚姻纠葛。按照元剧中对商人一贯采取的贬抑态度，在刘道姑替刘员外向李玉英说媒时，李玉英当是不会应允的，可是，《鸳鸯被》中所写的这位祖上三辈为参政的李玉英却亲口答应了婚事，而且抱了被子去赴约幽会。初看起来，这不符合元剧描写的惯常情况，但事实上，她的决定却又是在情理之内的。李玉英虽然出身高贵，但家境贫寒，以至于要去借高利贷。父亲被弹劾，递京问罪，数年不归，她既失去了门第的优势，也没有了依靠的力量，更有无力偿还高利贷和生计困难等原因，因此，尽管她也曾盼望与门当户对的诗礼之家联姻，梦想过"琴心一曲临邛氏"，但这种希望已很渺茫。所以，她的许婚乃是一种出于实际考虑的结果。只是由于偶然的原因，刘员外未能赴约，她误把张瑞卿当作刘员外，私会以后，才知道张是一位秀才，于是又唤起了她原有的婚姻理想。这个剧比起《青衫泪》、《贩茶船》之类来，确乎有点奇特，女主人公一度愿意嫁给庸俗的财主，世俗观念代替了"理想"——佳人配才子。但这种"奇特"却又正是在于它反映了一种真实平淡的社会现象，反映出在实际生活中婚姻观念并不是一成不变的。

无名氏杂剧中还有一些表现中下层市民生活的作品。其中约有半数是"以善恶因果劝人"为主旨的。如《小张屠焚儿救母》宣扬孝行,《刘弘嫁婢》、《替杀妻》提倡对朋友的义举,《九世同居》褒扬慈爱宽仁的修身齐家之道,《村乐堂》推重不分是非曲直的"回护姻亲"等等。

这些剧中所表现的道德规范、伦理观念,都并非元代社会所独有,而是长期封建社会所形成的。这正如有的元杂剧中反映的社会生活和人们的思想方式、风俗习惯也大多并非属于元代社会所特有的一样。因为中国封建社会意识形态的形成有它的联贯性。然而,透过封建思想的表面,也可以从这些剧中看到一些社会生活的影子,如从《碟砂担》中可看到元代小商人岌岌可危的社会地位。从《刘弘嫁婢》中可以了解元代专放高利贷的"解典库"坑害人的种种手段。但是,这部分剧所反映的元代社会生活又远不够深刻,其根本原因是:它们的作者都不是从描写当时的社会生活出发,却是从演述某一封建思想出发,为此而采撷社会生活和构撰剧情的。

在这类剧作中,惟有《货郎旦》在反映社会生活方面较有特色。它描写解典库员外李彦和因娶妓女张玉娥为妾,妻子被气死,房屋被烧光,财宝被盗去,自己也被张玉娥的旧相好推入江中险些丧命。某些情节与杨显之《酷寒亭》有相似之处。剧中描写的由一夫多妻制造成的家庭悲剧,以及社会上恶势力的猖獗,有一定的典型性。但是《货郎旦》的作者对这种社会悲剧的理解比较浮浅,作者虽然揭露了张玉娥、魏邦彦图财害命的狠毒,同时却又把这个悲剧简单地归结为李彦和误娶匪妓所致。也缺乏对善恶的鲜明爱憎态度,使这个剧缺乏强烈的道德力量。

《货郎旦》曲词本色,灵动传神,第四折结尾的一套夹叙夹唱的"九转货郎儿"曲子,尤为出色。货郎儿本是宋元时的一种说唱技艺,本剧采用这种曲调,或有改造,但也为后世研究起源于宋元的说唱艺术提供了可贵的资料。

无名氏杂剧中还有一些度脱剧,《野猿听经》演佛家度人故事,《蓝采和》演道祖度人故事。这些剧作都不同程度地涉及了荒诞不经的宿命论和六道轮回,只是在局部描写中表现的当时社会生活和风俗习惯,具有认识价值。如《野猿听经》中有佛家升堂说法,禅理问答的场面描绘,可见元代佛教活动情况一斑。《蓝采和》中载有元代剧场结构、剧团人员构成、演员角色分工等,具有史料价值。

〔1〕 无名氏剧作数目统计之所以不一致,主要有两个原因,一是属元属明,区别不易;二是作家归属,看法不一,如《鲁斋郎》属关汉卿还是无名氏,《桃花女》属王晔抑或无名氏,《黄鹤楼》属朱凯抑或无名氏,即为此类。

〔2〕 剧中包拯自述"曾把个鲁斋郎斩市曹,曾把个葛监军下狱囚",由此或可断《陈州粜米》剧成于《鲁斋郎》之后,而《鲁斋郎》中张圭唱词又有"这郑孔目拿定了肖娥胡做,知他那里去了赛娘僧住",用杨显之《酷寒亭》事,那么,《陈州粜米》的写作时间当比较靠后。也有意见以为此种推断方法不可靠,因为曲词中涉及的人和事,也许出自民间的传说故事,并非指杂剧的内容。另有一说,认为《陈州粜米》即是曹栋亭本《录鬼簿》卷下所载陆登善的《开仓粜米》。陆登善为元代后期作家。按陆剧"籴"当为"粜"之误。但两者未必是一剧。

〔3〕 1967年上海嘉定出土明代成化刊本"说唱词话"十二种,其中有《新刊全相说唱包龙图陈州粜米记》,情节与《陈州粜米》杂剧出入较大。

〔4〕 元人刘时中散套《上高监司》中有"十分料钞加三倒,一斗粗粮折四量"、"谷中添粃屑,米内插粗糠"、"那近日劝粜到江乡,按户口给月粮,富户都用钱买放,无实惠尽是虚椿",正与《陈州粜米》剧中所描绘的相类。

〔5〕 《元曲选》选录此剧,署名曾瑞。按《录鬼簿》著录曾瑞作有《误元宵》,《录鬼簿续编》著录佚名作品有《留鞋记》,《太和正音谱》于曾瑞名下录有《误元宵》,同时著录佚名作者的《留鞋记》,说明《误元宵》、《留鞋记》是两个作

品。《元曲选》编者误认为一剧异名,不从。

〔6〕 《杀狗劝夫》的作者归属问题,难以遽定。曹本《录鬼簿》列萧德祥（名天瑞）名下。天一阁本萧德祥名下无此作。《录鬼簿续编》记《杀狗劝夫》作者"失载名氏"。学人看法不一。今暂定为无名氏作品。

第十四章　元代散曲(一)

第一节　散曲的兴起与发展

　　散曲是元代新的韵文体裁,它继承了我国古典诗歌的传统,与唐诗、宋词一脉相承,而又有所变革,有所发展。同时还吸收俚歌俗谣,以及宋元时蓬勃发展起来的说唱、戏曲等形式的丰富养料,形成独特的诗歌形式。

　　有人把散曲称做"词余",如果解释为词的剩义或余绪,那就并不恰当,因为散曲有自己独特的体制和与词不同的风格特色。不过散曲与词也确实有一定的渊源关系。首先,它与词一样,是长短句的诗歌形式,这种形式顺应诗歌发展更趋语体化的倾向,也符合诗歌合乐的要求。而曲与词相比,则更能尽长短之变,尤其是曲有衬字,使句法变化更为丰富,其次,曲与词都是倚声填辞的诗歌形式,从音乐上可以找到词与曲的渊源关系。据《中原音韵》所记,曲有十二宫三百三十五个曲调[1]。其中出自大曲的十一调,出自唐宋词调的七十五调,出自诸宫调的二十八调[2]。然而出自唐宋词调的七十五调有不同的情况,大致可分为三类:曲牌与词牌全同,如〔人月圆〕、〔黑漆弩〕；曲牌与词牌名虽同，实际形式不同，如〔六幺令〕、〔醉太平〕；此外，还有一种情况，即曲牌虽与词牌名称不同，然而形式却相同，如〔双鸳鸯〕即词之〔合欢曲〕，〔阅金经〕即词之〔梅边〕等等。这些都可以看到曲从词演化而来的痕迹[3]。

散曲兴起的时代，由于文献缺乏，已难以确切考定，但从有关材料可以知道，曲牌中的〔中吕·叫声〕，就是宋仁宗至和、嘉祐年间根据叫卖声衍生的市井俚歌[4]，〔仙吕·太平令〕是北宋末、南宋初时的曲调，民间艺人张五牛还据此撰为"赚曲"[5]；〔仙吕·拨不断〕也是宋时俚曲[6]。此外如〔货郎儿〕、〔豆叶黄〕、〔采茶歌〕等等虽不可考其时代和来源，但大致可以判断它们是来自城市和农村的民间俚曲。这些民间的俗谣俚曲在不断流传，不断产生，同时也在不断的提高之中。从我国古代诗歌发展来看，民歌俗谣对诗歌的内容和形式的影响是十分巨大的，在宋、金、元时代也可以看到这种影响明显的痕迹，这一时期在北方大量涌现了具有地方色彩的俗谣俚曲，并且结合了进入中原的少数民族的音乐，而具有新的特色，同时，词的曲调在民间传唱时也发生了变化，芝庵《唱论》说："凡唱曲有地所，东平唱〔木兰花慢〕，大名唱〔摸鱼子〕，南京唱〔生查子〕，彰德唱〔木斛沙〕，陕西唱〔阳关三叠〕、〔黑漆弩〕。"这些词调在流传过程中，既有地域性，无疑也会带有地方色彩，从而发生若干变化，这也正是与曲牌同名的词调在音乐上发生变化的原因之一。人们在旧的歌曲形式中求变化、出新意，并且不断产生新的歌谣形式，使曲调越来越丰富。此外，在宋代已经产生的说唱形式——诸宫调、唱赚等对散曲也有影响。尤其是诸宫调，它对散曲格律的逐步严整，特别是对套曲形式的逐渐完备，有着重要影响。因此，可以说宋金之际是散曲的萌芽、成长时期。

到了金代后期，散曲已很盛行，元好问《闻歌怀京师旧游》诗中写他曾在金的都城和麻革、李献甫一起听人唱散曲;《杜生绝艺》诗则写一位杜生弹奏散曲。由于散曲盛行,使得有些文人开始承认它是一种新兴的诗歌样式,并且称赞它有"真情"。刘祁《归潜志》记载,金末哀宗时代,刘祁和王青雄论诗,说到"今之诗在俗间俚曲也,如所谓〔沉土令〕之类",又说到"今人之诗""虽得人口称,而动人心者绝少,不若俗谣俚曲之见其真情而反能荡人血气也"。

随着散曲的盛行,大致也是在金末,元好问等作家开始创作散曲[7],到了元代,文人写作散曲就成为相当普遍的现象。这样,散曲就由"俗谣俚曲"正式成为文坛上被实际承认了的一种新的诗歌样式。

散曲的兴起和繁盛并不偶然。首先,从我国诗歌传统中的合乐歌唱功能来说,在整个社会生活中,歌唱几乎是民间须臾不可缺少的文化娱乐活动,而这种文娱活动总是不断有所变化和发展,求新逐异正是这种变化、发展的一个重要的特点,民间歌唱又还要求具有通俗的特点。在这方面,词在发展中出现的一些弱点也就成了促使曲体发展的一个因素。词与曲一样,起于民间,但历经五代、两宋,在文人手中,体制日益严密,音律日益讲究,修辞日求其雅,从形式(这里主要指格律)到内容,越来越细腻精骛,同时也就越来越失去通俗性,成为比较典雅的也就是在更高层次上表现出它的文学意义的诗歌。于是,散曲的通俗性就成了它的长处,随着也就成为歌儿、艺人们普遍演唱的流行歌曲,最后,又使文人觅得了一种新的诗歌形式。

其次,从我国诗歌形式本身的发展规律来看,语言的发展(如语音的变化引起韵尾的变化,语词中双音词、虚词的发展等要求诗歌形式随之变化),音乐的变化(如少数民族音乐的羼入而使乐调激越慷慨),也是构成诗歌形式发展变化的内在因素。正因为曲和词一样,是以诗入乐的形式,与音乐有密不可分的关系,音乐的变化,势必影响诗体的变革,金、元两代是一个音乐大变化,大融合的时代,从雅乐来看,金代出现了将北宋雅乐与女真族的音乐相结合而逐渐加以完善的情况。《金史·乐志》说:"金初得宋,始有金石之乐,然而未尽其美也。及乎大定、明昌之际,日修月葺,粲然大备。"并说:"有本国旧音,世宗尝写其意度为雅曲"。元代又怎样呢?《元史·礼乐志》说:"若其为乐,则自太祖征用旧乐于西夏,太宗征金太常遗乐于燕京",这是元初的情况。至南宋亡,又征南宋雅乐:"(至元)十九年,王积翁奏请征亡宋雅乐器至京师,置于八作司。"可见金元两代与宋相比,即便宫廷雅乐也发生了很大变化。一般认为这种变化表现为雅乐也不再一味地沉缓和美,而羼入了刚劲豪健之音。元世祖曾命伶人硕德闾作大曲〔白翎雀〕,风行一时,元末人陶宗仪却嫌此曲"始甚雍容和缓,终则急躁繁促"。其实"繁促"正是北方民族音乐的一种特点。明代王世贞《艺苑卮言》说:"自金元入主中国,所用胡乐,嘈杂凄紧,缓急之间,词不能按,乃更为新声以媚之。"由于女真、蒙古族长期生活在北方边远的草原、山林之中,以狩猎、放牧为生,他们的生活条件在很大的程度上决定了诗歌和音乐是那种"壮伟狠戾,武夫马上之歌"[8],这给中原的音乐输送了新鲜的血液。当时冗长沉缓的二片、四片慢词,不能适应新的音乐,必须有所改变,于是就迫切需要代替词的"新声"。

北方少数民族的音乐对中原音乐的影响,并非金、元两朝才出现,早在北宋末年,一些曲调就很流行。曾敏行《独醒杂志》载:"先君尝言,宣和末,客京师,街巷鄙人,多歌蕃曲,名曰〔异国朝〕、〔四国朝〕、〔六国朝〕、〔蛮牌序〕、〔蓬蓬花〕等。其言至俚,一时士大夫亦皆歌之。"北曲中〔六国朝〕属大石调,可见其渊源甚早。至金、元时,少数民族的音乐影响更大。女真族的〔风流体〕[9],回族的〔回回曲〕,还有〔黄钟·者剌古〕、〔双调·阿纳忽〕、〔越调·拙鲁速〕、〔商调·浪里来〕等也都是少数民族的曲调[10],为北曲所吸收,成为其中的曲牌。但是其影响不仅仅是某些曲调被吸收到散曲中,更重要的还在于它对中原音乐风格的影响。历来我国南北音乐风格就有比较明显的差别,南音较为流丽而婉转,北音则较为质朴而慷慨。自南宋偏安一隅,南北相隔,北方音乐又受少数民族音乐的影响,南北音乐的差异就更为显著,这是民族文化交流的必然结果。同时,又由于蒙古族是一个爱好音乐舞蹈的民族,蒙古贵族入主中原以后,由于统治阶级爱好的影响,音乐风格的变化更为显著。这一变化无疑促进了散曲形式的发展与成熟。

散曲的兴起发展与当时文学发展的新情况也有联系。随着城市经济的发展,为适应人口日益增长的城市商人、小贩、手工业者以及其他城市居民的喜好和要求,在宋时就已蓬勃兴起的戏剧、小说和曲艺等体裁,得到比较充分的发展,冲击着正统的文艺观,逐渐改变诗文独占文坛的局面。这些文学形式开始时还只是艺人们的创作,后来就出现了专业作家——这是一种文学体裁成熟的重要标志。在元代因为有适宜的历史条件,合适的艺术土壤,戏剧、小说和曲艺等文学形式,有了进一步的发展。这些被正统的文人轻视的文学形式,对于正在流行发展的散曲,却有着深刻的影响,这种影响在很大程度上使散曲在题材、内容、风格等方面与诗词显得不同。又因为散曲作家大多数是中、下层文人,比较接近人民,他们之中有不少还是著名的戏剧家,经常出入歌台舞榭,有这方面的艺术经验,因此当他们创作时,总会自觉不自觉地反映出人民喜闻乐见的通俗文学形式的特点来。

散曲的题材和所反映生活内容比较宽泛,不仅有诗、词中传统吟诵的内容,如政事得失,忧国伤民,以及骚人墨客触景生情,抒写怀抱等内容;也有里巷细民、贩夫走卒的喜怒哀乐和悲欢离合等通常在"通俗"的文学形式中才得到反映的生活内容。虽然散曲有时失之太"杂"、太"散",然而总的说来,这种题材内容的雅俗并包,是对诗歌题材的开拓。

散曲的风格特征比起诗、词来,更为平易通俗,更为直率自然。所谓"俗",从语言上是多用口语,大量的使用口头语,这在诗、词中不大可能做到,然而散曲能"方言常语,沓而成章"[11]。如关汉卿的《不伏老》套曲,马致远的《借马》套曲,睢景臣的《高祖还乡》套曲等,都大量使用口语、俗语,并加以不着痕迹的锤炼,形成散曲特殊的活泼生动的语言风格。这类作品还能达到"口之欲宣,纵横出入,无之无不可也"[12]的境地,更加自然地、充分地表达人们的思想感情。

在形象的描绘、意境的铸造上,散曲也有特点,即它善于采用白描手法将常见的事物,化入诗境,很少堆叠故实。黄周星说:"曲之体无他,不过八字尽之,曰少引圣籍,多发自然而已"[13]。这样的概括说明,不无一定道理。如白贲的〔黑漆弩〕:

> 侬家鹦鹉洲边住,是个不识字渔父。浪花中一叶扁舟,睡煞江南烟雨。觉来时满眼青山,抖擞着绿蓑归去。算从前错怨天公,甚也有安排我处。

作品借景写情,用本色语铸造了高远疏阔的意境,读来毫不费力,比起有些堆垛饾饤的作品,显得明快而自然。在表现手法上,散曲有它的特点,诗歌多用比兴的办法,以比喻、烘托来抒情写景,因此能造成含蓄蕴藉的意境;散曲则多用"赋"的手法,在抒情写怀时比较真率直露,好像冲口而发而一泻无遗,是真性的自然流露。不仅长套能笔调酣畅淋漓,即小令也常给人以一吐为快的感觉。

散曲的这种语言通俗本色,意境清新自然的特色,与杂剧、诸宫调的艺术风格十分相似。因此散曲虽然承继了我国古曲诗歌的传统,在成熟的过程中,吸取了唐宋诗词的丰富养料,这可以说是历史的、传统的影响。但是由于它产生和盛行的时代,是新兴的文学体裁,即戏剧、说唱盛行的时代,这种情况也决定了散曲必定带着时代的特色来开创一代诗风。

第二节 散曲的体裁和形式上的特点

散曲在元时称作"乐府"或"今乐府"[14]。散曲之名始见于明初朱有燉的《诚斋乐府》,专指小令,相对于套数而言。由于散曲与元杂剧中剧曲的句式、用韵以及音乐形式相同,而剧曲都为套数,所以朱有燉"散曲"之说已包含有区别于剧曲的因素。明末张楚叔、张旭初《吴骚合编》中又有"清曲"之说,也是相对于剧曲而言[15],所以散曲又名"清曲"。到了近代,散曲就已演变为相对于剧曲的概念,不属剧曲的套数,也称为散曲。这样,散曲的体裁就大致可分为两大类:小令[16]和套曲。小令又被称为"叶儿"[17],是单只曲子,应是散曲中最早产生的体制,是由民间小唱发展而来,也有不少是从唐、宋词、大曲、诸宫调演化而来的。它的体制与唐、宋诗、词最为接近,与盛唐的一些绝句,五代、北宋早期的小词相比,确有不少相似之处。如无名氏〔寄生草〕:

> 有几句知心话,本待要诉与他。对神前剪下青丝发,背爷娘暗约在湖山下,冷清清湿透凌波袜。恰相逢和我意儿差,不剌,你不来时还我香罗帕。

这首小令语言本色,清新活泼,可以看到散曲脱胎于民间俚歌的痕迹。小令由于形式短小,语言精练,适合于抒情写景,历来为散曲作家看重,而且在散曲中无论就质和量来说,都居主要地位。

小令中还有带过曲与重头小令。带过曲是三个以下的单只曲子的联合。作家在创作散曲时,作一支小令如果意犹未尽,可以再续一曲,叫作带过曲。但必须同一宫调,并且音律需衔接[18],最多不可超过三调,不然可作套曲。带过曲还必须一韵到底,不可换韵。一说有的带过曲中的曲牌不能单独用作小令,但此说无确证。常用的带过曲,两调的如〔正宫·脱布衫带小凉州〕、〔双调·雁儿落带得胜令〕、〔双调·沽美酒带太平令〕、〔中吕·快活年过朝天子〕。三调的如〔南吕·骂玉郎带感皇恩采茶歌〕,都是常用曲牌。

今举一例如下:

> 花开人正欢,花落春如醉。春醉有时醒,人老欢难会。一江春水流,万点杨花坠。谁道是杨花,点点离人泪。　　回首有情(清)风万里,渺渺天无际。愁共海潮来,潮去愁难退。更那堪晚来风又急。

这是薛昂夫的〔双调·楚天遥过清江引〕,前八句为〔楚天遥〕,后五句为〔清江引〕,同属双调,一韵到底。从这一例子可以看到带过曲的基本体制。

重头小令是由同题同调、内容相联、首尾句法相同的数支小令组成的。支数不限。与带过曲不同的是,重头小令每首各押一韵,而且各曲可以单独成立。如张可久的〔中吕·卖花声〕《四时乐兴》:

春

> 冬冬箫鼓东风暖,是处园林景物妍,一春常费卖花钱。东郊游玩,西湖筵赏(当为赏筵),乐陶陶满斟频劝。

夏

澄澄碧照添波浪，青杏园林煮酒香，浮瓜沉李雪冰凉。纱厨藤簟，旋筘新酿，乐陶陶浅斟低唱。

秋

萧萧鞍马秋云冷，一带西山锦画屏，功名两字几飘零。东篱潇洒，渊明归去，乐陶陶故园三径。

冬

阴风四野彤云密，缭绕长空瑞雪飞，销金帐里笑相偎。毡帘低放，满斟琼液，乐陶陶醉了还醉。

四首小令中首句句法相同，尾句句法相同，意义近似，甚至用词都大同小异。尾句有一共同的格式，这种情况在不少重头小令中都能见到。但是四首韵脚不同，因此内容虽相近却可相对独立。

套曲的体制主要有三个特征：一，由同宫调的两个以上只曲组成。异宫调的曲牌如管色相同，可以借宫。二，一般说来每套末应有尾声，如以带过曲作结，尾声可省略。三，全套必须同押一韵。套曲体制有它的发展渊源，最早可以追溯到一词多遍相联的唐宋大曲，以后的鼓子词、传踏等则是一、两个词调的反复吟唱以叙述一个故事，至宋、金时的诸宫调与唱赚，已具联套规模，到了元代才形成这种具有严整格式的套曲。受南方音乐的影响，元末又出现了南北合套，更丰富了套曲的形式。套曲是为适应复杂的内容，合数支曲所组成的格式，在散套中既可抒情，又可叙事，可以包容比较广泛的内容，不过它的使用范围仍然与诗、词一样以抒情为主。由于散套的形式与剧套以及诸宫调等说唱形式相似,所以与小令相比,就语言与意境而论,更明显地带有戏剧、说唱等文学形式的影响。

散曲既继承了古典诗歌的传统,又吸取了俚曲及戏曲等文艺形式的养料,因此它具有与诗词不同的特色。首先,它的长短句形式更显得变异活跃,有一字句至九字句的参差变化,更接近口语。像一字句,在诗歌中很少见,词中只有少数几个词调使用,但在曲中,则在不少常用曲调中都有。由于曲能使用衬字[19],使句法更为多变,所以曲虽与词一样按谱填字,受句式的限制,但因曲有衬字,有的曲调字句可以增删,就另辟了一条在整体稳定中求得局部变异的蹊径。如白朴的〔寄生草〕:

> 长醉后方何碍,不醒时有甚思!糟醃两个功名字,醅渰千古兴亡事,麴埋万丈虹霓志。不达时皆笑屈原非,但知音尽说陶潜是。

其中"长醉后"、"不醒时"、"不"、"但"都是衬字,然而已经作为句中意义不可分割的部分,说明曲家可以运用衬字突破曲律的束缚,抒发自己的思想感情。同时,衬字还可以使曲文更有表现力,带有更浓厚的生活气息,形成散曲的特殊风格。如关汉卿〔南吕·一枝花〕散套中的"我是个蒸不烂煮不熟捶不扁炒不爆响珰珰一粒铜豌豆",按格律此句应是十一字句,以"蒸不烂"四个短语作衬,形容铜豌豆,纯用口语,语势很强,富有感情色彩,入乐必定急促有力,铿锵动听。因此散曲中衬字的运用,要比诗、词整而不化的句式更符合诗歌语体化,即诗歌语言接近口语的趋向。在衬字的运用中,我们也可以看出戏剧、小说对散曲的影响,尤其是杂剧,因为是代言体,为了肖似人物的口气,必定大量使用口语,就必须突破句式的束缚,衬字既可符合人物口吻，又不影响音律，是一种较好的方式。

衬字并非没有规律，它只能加在句首和句中，不能加在句尾，以免破坏原有的基本句法。一般说来，衬字以不超过三字为好，所加文字也以形容词、代词、虚词等为多。比较起来，在散曲中，套曲加衬字比小令要多，小令毕竟字数少，要求凝练，不宜多用衬字。同时在北曲中由于板式不定，是所谓的"死腔活板"，比起南曲来，加衬的限制较少。

其次，曲韵与诗、词不同，用的是当时北方话的音韵。宋、金时代人写诗，大都遵照宋朝官修的《广韵》和平水人刘渊编刊的《壬子新刊礼部韵略》（即所谓"平水韵"），但它们对韵部的规定多少已脱离了语言发展的实际。元好问说写诗的人不能像琵琶娘（说唱艺人）那样"人""魂"通押，正好从一个侧面说明传统诗韵已不合语言实际。元代曲学家周德清总结了当时中原一带语音的变化，写出《中原音韵》一书，共分十九个韵部，四个声调。平声分阴阳，上、去声不分阴阳，入声派入平、上、去三声。《中原音韵》对声韵的梳理和论述，也是对曲作实践的归纳，同时又是规范化的总结，虽然早期曲家的作品未必完全合乎《中原音韵》的准则，但它基本上符合曲韵的实际。明代王骥德在《曲律》中攻击周德清是"浅士"，"非真有晰于五声七音之旨"，但也承认《中原音韵》为后来的"作北曲者守之，兢兢无敢出入"，也就是说，历来北曲押韵都以此书作为准则。

较之诗词，散曲协韵的方法也有变化。首先，曲韵宜密。不少曲牌是每句韵，有的甚至一句六字押三韵，不能转韵，即使是多支曲联缀而成的长套，也只能押一韵。其次，曲韵可以平、上、去通协[20]，由于入声派入平、上、去三声，所以实际上是四声通协，而且韵脚字可以复用。另外，曲家对于末句特别看重，有"诗头曲尾"之说，末句声调规定较严，以什么声调作煞尤关至要。如〔醉扶归〕末句必用去声韵,〔一半儿〕末句宜上煞,也可平煞,不可去煞等等,都有明确规定,不可舛误。

曲韵是比较繁密的,韵密能使声调和美,具有整体感。但是由于一韵到底,韵脚的选择余地较窄,若不是才情富赡,比较容易捉襟见肘。其补救办法是四声通协和韵脚复用。就这一点来说,却又比诗、词放宽了限制,可以说是一次对传统诗韵的改革[21]。协韵的变化是为了适应诗歌形式的变化,从音乐来看,北曲声调繁促,韵密则富音乐感,而平仄通协又能使音调低昂婉转,一韵到底也很必要,再三换韵,在曼声长歌中可能会显得曲折回荡,但在北曲音乐中却会有碍繁促的音乐风格。韵密有一泻无遗的气势,更能体现散曲的豪辣坦直的特点。

第三,散曲对仗形式比较丰富,据《中原音韵》所说,有"扇面对"、"重叠对"、"救尾对"等。朱权《太和正音谱》有"合璧对"、"连璧对"和"鼎足对"等说法(参见第二章第二节)。现在看来,大致有以下几种形式:两句对,即"合璧对",这是最常见的形式。四句对,即连璧对,如周德清〔塞鸿秋〕:"长江万里白如练,淮山数点青如淀,江帆几片疾如箭,山泉千尺飞如电"。三句对,即"鼎足对",又称"三枪",这种形式在散曲中亦很普遍,如张可久〔人月圆〕《子昂学士小景》:"粼粼浅水,丝丝老柳,点点盟鸥。"联珠对即通篇基本上都作对仗,如上文引白朴〔寄生草〕,头两句对,中三句对,末两句也对。隔句对,即《正音谱》所谓"长短句对",也似周德清所说的"扇面对"。〔驻马听〕曲牌起首四句句法为四七、四七,即可作扇面对。又如关汉卿的〔碧玉箫〕:"膝上琴横,哀怨动离情;指下风生,潇洒弄清声。"即为隔句对。

多种形式的对偶,使散曲这种长短句的诗歌形式,在句法参差多变中具有端饰严谨的意致,防止和避免了散文化的弊病。

　　以上是散曲的主要特点,此外像"务头"、"俳体"等,这里不作赘述。散曲是有严格格律的诗歌形式,它与音乐的关系十分密切,作家不但要分清四声、讲求平仄,而且要深通音律,这些方面,与词有类似之处,但在另外一些格律要求上,又有比词更为繁复之处。

　　在中国诗歌发展过程中,从诗到词到曲,它们在结构形式上各有特点和某种优势,在这方面彼此不能代替和抵消,它们的盛衰也并不纯粹决定于结构形式上的优势。但散曲结构形式上的特点和优势是它成为元代十分流行的诗歌样式的重要原因之一。

第三节　散曲的内容、分期和流派

　　据不完全统计,现存元代散曲小令三千八百多首,套数四百七十余套[22]。散曲作家约二百余人。与杂剧、诗文一样,散曲反映了元代社会生活的若干特征。其题材和内容主要有以下几个方面:

　　一,元代社会的黑暗,使很多散曲作家产生了愤世嫉俗的感情,大量的在散曲中发出了反邪恶的呼声。如张养浩的《潼关怀古》,通过咏史怀古寄托了对人民苦难的同情;马致远的《秋思》套曲抨击了名利场上的丑恶现象;张可久的〔醉太平〕、张鸣善的《讥时》,对于那些蝇营狗苟的钻营者的面目与朝廷昏庸腐朽现象作了揭露。睢景臣的《高祖还乡》表面上写汉代的事,其实反映了元代社会的一个侧面。他还以辛辣的讽刺,嘲笑衣锦还乡的皇帝,是对君权思想的大胆挑战。刘时中的《上高监司》前后套,深刻地暴露了元代政治经济制度的腐败。无名氏的〔醉太平〕,矛头直接指向"奸佞专权"、"官法滥、刑法重"的"大元"统治。这些作品从不同角度反映了社会黑暗,不同程度地表达了人民的心愿。

二,慨叹世情险恶,向往归隐田园的作品,是元散曲中数量较多、占有重要地位的部分。通过对"挂冠"、"归隐"、"恬退"、"山居"以至于"道情"的咏唱,从另一角度反映了元代社会的黑暗。作品中表达了作家们对现实不满和不愿与世沉浮的洁身自好的心愿。不少作品中故作旷达的言词其实包含着点点血泪。当然这些作品同时也在不同程度上宣扬了消极避世的悲观情绪。

三,歌咏爱情和写闺怨的作品数量也较多,所占地位可与叹世归隐之作相提并论。这类作品往往以通俗的语言,生动的比喻,丰富的想象,逼真生动地描写儿女恋情和少妇的闺思哀怨,不少作品富有民间歌谣的特色。有的作品还写得十分直率和大胆,对封建礼教发出挑战,但其中也有一些庸俗、浮艳的成分。

四,写景的作品是元散曲中又一重要部分。有的以豪迈的笔调写出山川江河的雄伟气势;有的则明快简练地描绘了山林、花溪、渔村、茅舍的秀丽风貌。还有一类作品则像风俗画卷,彩绘出城市都会的景象。写景之作又往往与咏史怀古、叹世归隐的题材密切关联;在流连山水之际,常常流露出作者高蹈远引之情;在凭吊古迹之时,往往勾引起沧桑变幻之感。这是散曲写景之作在思想内容上的一个特点。

此外,元散曲中还有一些连缀多首小令用以咏唱一个历史故事或历史传说的作品,如关汉卿的十六首〔中吕·普天乐〕《崔张十六事》,王晔、朱凯合题的十六首小令《双渐小卿问答》等等。

上述元散曲题材内容的归纳,仅只是就全部作品的基本状况而言,若落实到每一具体作家,则无论题材选择,还是思想倾向,又往往因社会地位和生活经历的不同而有所差异。元代的散曲作家大致由三个部分组成,一类是身居高位的达官显宦,一类是屈沉下僚的府曹小吏,一类是终身不仕的文人。达官显宦作家有杨果、刘秉忠、王恽、姚燧、卢挚、张养浩、胡祇遹等人,他们不屑于经营被视为倡优所为的杂剧创作,而于散曲却有相当的兴趣,这可能同他们把散曲看作与传统诗词相去不远的"新乐府"有关。这些作家多以写景、咏史为题材,内容大抵是流连风景及感叹兴亡。他们的作品中也抒写避世归隐的思想情绪,这或者由于仕途出现坎坷、畏祸忧谗;或者是属于附庸风雅的无病呻吟。处于为吏地位的作家也曾写过很多题为写景、咏史的作品,但和达官显宦们的同题作品相较,抒写个人情怀的印记要明显浓重得多。由于这些作家处于为吏的地位,因此,他们的作品往往抒发出对于昏暗世情的强烈愤慨,流露出生不逢时、沉抑下僚的满腹牢骚,以及由此而生的悲观厌世、慕隐乐道的消极情绪。这类作家以马致远和张可久为代表。和上述两类作家不同,第三类作家虽然也常写一些写景、咏史、抒怀之作,但是他们的生活经历,使他们对包括歌儿妓女在内的妇女心理有较为深刻细致的了解,同时他们的作品也有专为供歌女们的歌唱写作的,所以他们的兴趣较多地倾注到男女恋情、思妇忧怨以及与艺妓酬答唱和等题材上,表现出鲜明的讴歌爱情、同情妇女命运、以及风流调笑的思想情趣;而他们的遣怀之作,也往往具有不拘礼法、玩世不恭、放荡不羁的思想特色。在这类作家中,乔吉最为典型。

总的说来,元代的散曲创作虽然在内容上有所开拓,但和传统的五、七言诗歌相比,它的内容还属狭窄,这可能同它更多地继承着词境的传统有关。而大量存在的放荡不羁和避世求隐这两种消极情绪,虽然不是散曲所特有,但也总是它思想内容上的重大弱点。

元代散曲作品,风格各异、流派繁多,对此,元人即已有所论及。贯云石的《阳春白雪·序》说:"比来徐子芳滑雅,杨西庵平熟,已有知者。近代卢疏斋媚妩,如仙女寻春,自然笑傲;冯海粟豪辣灏烂,不断古今,心事又与疏翁不可同舌共谈;关汉卿、庾吉甫造语妖娇,却如少美临杯,使人不忍对觞。"这里虽未对作家流派作出归纳,但已涉及散曲艺术风格多样化的问题。他既说"比来徐子芳滑雅,杨西庵平熟,已有知者",可见这并非他个人的意见,而是当时人普遍的看法。明初朱权作《太和正音谱》,对各曲家的艺术特色也有过简单的评语,如说"马东篱如朝阳鸣凤","张小山如瑶天笙鹤"和"白仁甫如鹏抟九霄"等等,虽然内中不乏硬凑和空泛之处,不甚中肯,因而受到王骥德《曲律》的讥评,但是,它对近百位作家所下的评语,却也勾勒出元散曲艺术风格千姿百态的壮观景象,对后人认识元曲还是有启发意义的。清人刘熙载《艺概》归纳朱权的评语,认为"《太和正音谱》诸评,约只清深、豪旷、婉丽三品"。这不仅是对《正音谱》诸评的概括,也可看作是他对元散曲风格、流派的分类。近人任讷《散曲概论》则将散曲分为豪放、端谨、清丽三派,而又承认端谨一派艺术特色不甚分明,这实际上就是认为豪放、清丽大致可概括元散曲的一般情况。按此划分以衡作者,人们一般认为,豪放派以马致远称首,包括冯子振、张养浩、贯云石、杨朝英、钟嗣成等人;清丽派以张可久为魁,包括白朴、卢挚、乔吉、徐再思等人。

把元散曲分为豪放、清丽两大主要风格、流派,虽然不像明人把词分为豪放和婉约两大类那样流行,但已为不少治曲家所采用,这不仅因为此种划分的概括力较强,而且二者的特点也异常分明。就境界来说,豪放派超逸隽爽,清丽派雅丽和婉;就修辞而言,豪放派多用口语、本色语,少用典实,而清丽派则重炼字炼句,喜用故实,讲究含蓄蕴藉;二者的差异较易于辨识。例如:

　　〔四块玉〕酒旋沽,鱼新买。满眼云山画图开,清风明月还诗债。本是个懒散人,又无甚经济才,归去来。(马致远)

　　〔一半儿〕柳梢香露点荷衣,树杪斜阳明翠微,竹外浅沙涵

钓矶。乐忘归,一半儿青山一半儿水。(张可久)

同是写隐居生活,马致远写得气爽清空,洋溢着豪放情致,而张可久的小令却对仗工整,文字于清通中求雅丽,极富清丽的特色,两曲风格迥然有异。

但是,这种划分也自然有所局限。一方面,就作品而言,它尚不足以囊括所有风格的作品,例如端谨一格,用来说明某一作家可能勉强,但是这类作品却并非不曾存在,张养浩的《潼关怀古》就写得端谨沉郁,仅以豪放二字概之未免笼统。又如杜仁杰的《庄家不识勾栏》和《喻情》,王和卿的《咏大蝴蝶》,马致远的《借马》,睢景臣的《高祖还乡》诸曲,写来诙谐滑稽,风趣佻达,若就语辞的本色、口语化来说,还能符合豪放的条件,如用豪放的境界衡之,就显出明显的不合,可见诙谐滑稽也是可以单立一格的。另一方面,就作家而言,以豪放、清丽来区分流派也有概括不全的缺陷。首先,像杜仁杰、王和卿等专以诙谐滑稽为创作特色的作家,非豪放、清丽两派所能包容;其次,对于一些创作风格比较复杂的作家也很难确切分类,例如关汉卿,贯云石的《阳春白雪·序》说他的作品"如少美临杯",应属清丽派,他与艳情的曲子也的确尖新婉丽,可是他的最为著名的《不伏老》套曲却豪放灏烂,气势非凡;他的抒写恬退归隐的作品又是那样疏淡豁达,像这样的作家到底应归入豪放派,抑或清丽派,往往会遇到困难,难以定论。由此可见,以豪放、清丽来概括元散曲的风格流派也只能是一种大致的区分。

在文学史的叙述中,对某一类文学作品作艺术风格、流派的区分,常常只能是就大致情况而言,因此也就不可能把一个个作家都恰如其分地纳入这种区分中,有的作家的作品表现出多种艺术风格,也是常见的现象。正如豪放派词人也有婉约之作一样,散曲作家中也有类似现象。艺术上的风格和流派是有密切联系的,但两者未必一定要作同样的区分,按元代散曲的实际,艺术流派的细分较多困难,不妨从豪放、清丽说。但在艺术风格的概括上,在豪放、清丽和端谨这三格之外,还应加上诙谐这一格。这样,或许更能反映出元散曲艺术风格丰富多彩的面貌。

和杂剧、诗文一样,元散曲的创作也可分为前后两期,大致以元仁宗延祐年间为界。

前期作家活动的中心在大都。这个时期,散曲从民间转到文人手中,走向全面繁荣。此时从事散曲创作的主要是杨果、卢挚等兼作诗文和关汉卿、白朴、马致远等兼写杂剧的作家,专攻散曲的情况还不多见。作品的题材较之后期也偏于狭窄,最初多写男女恋情,歌咏四季风光,带有刚从民歌俚曲脱胎出来的明显印记,同时也出现了以诗词绳曲的现象。卢挚、张养浩、盍西村、冯子振诸人,以散曲写景怀古,扩大了散曲的表现内容,马致远的作品更以强烈的主观抒情性大大地强化了散曲言志遣怀的功能。但是,此一时期正面反映社会现实的作品却较为罕见。从作品的思想情调看,由于这个时期正值战争动乱、政权更迭之余,不少作家或者流寓都市、沉抑下僚,多有感愤不平之气;或者怀念往昔,不乏故国之思;故而很多作家的作品往往具有凄怆怨愤的情致,如关汉卿、马致远等人的一些作品,虽然表面看来或则狂放不羁,玩世不恭,或则超逸闲远,疏散旷达,然而稍加品味,其中的愤激之意还是明晰可见的。在艺术上,前期作品更多地带有民间文艺那种自然通俗的特点,虽然王恽、杨果等显宦在初试散曲的阶段,尚以词法绳曲,未能脱出诗词窠臼,但是刘秉忠、姚燧等却能"量体裁衣",注意学习和模仿民歌作法;而在卢挚、张养浩和冯子振等人的作品中,可以看出散曲这种民间歌曲的写作技巧已经基本上被他们掌握了。至于关汉卿、白朴和马致远等兼写杂剧的作家,他们的作品所显示的民间文艺通俗平易的特色和质朴自然的意趣,就更其明显了。

元仁宗皇庆、延祐年间前后,散曲作家活动的中心逐渐南移至杭州。随着散曲创作的繁盛和发展,这一领域发生了明显的变化。概括起来主要有三个方面:一是出现了张可久、贯云石、徐再思、杨朝英等一大批几乎专攻散曲的作家。二是散曲创作出现了诗词化、规范化的倾向,这一倾向在作品的题材、思想情调以及艺术表现等方面都有体现。首先在题材上,前期的写景、怀古、描写艳情、吟咏性情等四大主要题材开始被突破,出现了刘时中《上高监司》套曲这样深刻暴露元后期社会现实的作品,进一步扩大了散曲的表现领域。当然,这种作品在后期的创作中也只是凤毛麟角,较为罕见,但是由此仍可看出散曲创作向着无事不可言的诗的境界靠拢的迹象。在思想情调上,后期创作在一定程度上失去了前期作品那种慷慨愤激之气,一般写来比较平缓,更接近温柔敦厚的诗教和缠绵婉约的词训,例如张可久的作品,虽然也像马致远一样时时发泄失意落拓的牢骚,但是给人的感受却是哀婉蕴藉、怨而不怒。最为显著的变化还是在艺术表现方面。这时期的作家不满足前期作品那种朴素质直的艺术风格,对形式美有更多的追求。他们一方面讲究韵律平仄的规范化,另一方面,又有意识地吸收借鉴诗词的表现手段,注重字句的锤炼,对仗的工整,典故的运用,甚至直接搬用诗词句法,融入诗词名句,使散曲创作步入雅正典丽的艺术境界,逐渐失去了原有的本色质朴的风貌。泰定年间,周德清的《中原音韵》问世,篇尾所附《作词十法》提出"知韵、造语、用事、用字、入声作平声、阴阳、务头、对偶、末句、定格"等作曲规则,这既是对当时创作的一种规范化的总结,同时又是对以后创作的一种规范化的指导。这样,元后期的散曲创作,无论在理论上,还是在实践上,都具有了鲜明的规范化、诗词化的倾向。

元散曲创作的大繁荣,唤起了人们对它的重视,同时,客观上也提出了对这一盛况进行总结的要求,于是,在元后期,相继出现了一大批理论著作和散曲总集,形成了这个时期第三个特点。理论方面,除了周德清的《中原音韵》对北曲的用韵及作法做出总结规范外,芝庵的《唱论》归纳论述了北曲的歌唱方法和声乐特点,钟嗣成的《录鬼簿》对杂剧、散曲作家的生平、创作情况作了著录和评论,此外,贯云石的《阳春白雪·序》,杨维桢为周月湖、吴兴沈子厚、松江吴生等人写的"今乐府"序言,也涉及散曲作家艺术风格的评论及创作理论的阐述。这个时期,除了散曲别集外,散曲总集纷然问世,流传至今的即有杨朝英的《乐府新编阳春白雪》、《朝野新声太平乐府》;无名氏的《类聚名贤乐府群玉》、《梨园按试乐府新声》四种,其中尤以杨朝英的两种最有影响,人称"杨氏二选"。另据《录鬼簿》所记,胡正臣之子胡存善曾编《群玉》、《丛珠》等曲集,吴弘道也曾编《曲海丛珠》(这些作品集有的已佚失,有的虽有同名作品存世,却不能考其是否即系元人之编)。[23]这些理论著作和散曲别集、总集的问世,在一定程度上真实地反映了百余年来散曲创作繁荣、成熟的实际状况。

〔1〕 李玉《北词广正谱》载有四百四十七调。

〔2〕 详见王国维《宋元戏曲考》第八章。

〔3〕 王骥德《曲律》:"然词之与曲实分两途,间有采入南北二曲者。北则于金而小令如〔醉落魄〕、〔点绛唇〕类;长调如〔满江红〕、〔沁园春〕类,皆仍其调而易其声。于元而小令如〔青玉案〕、〔捣练子〕类,长调如〔瑞鹤仙〕、〔贺新郎〕、〔满庭芳〕、〔念奴娇〕类,或稍易字句,或止用其名而尽变其调。"他当时已看到了曲对于词在音乐上又承继又变化的现象。

〔4〕 《事物纪原》"吟叫"条:"嘉祐末,仁宗上仙,四海遏密,故市井初有叫果子之戏……京师凡卖一物必有声韵,其吟哦俱不同,故市人采其声调,间以词章,以为戏乐也。今盛行于世,又谓之吟哦也。"

〔5〕　《梦粱录》载"绍兴年间，有张五牛大夫，因听动鼓板中有〔太平令〕或赚鼓板，即今拍板大节抑扬处是也，遂撰为赚"。

〔6〕　《武林旧事》载"唱〔拨不断〕"有"张胡子、黄三二人"。

〔7〕　元杨朝英编的《太平乐府》收有元好问的五首散曲，其中〔中吕·喜春来〕可能是金代作品。元钟嗣成《录鬼簿》于"前辈名公乐章传于世者"首列金章宗时人董解元。近人郑振铎认为董解元也属写散曲的"前辈名公"，参见《中国俗文学史》。

〔8〕　徐渭《南词叙录》："今之北曲，盖辽、金北鄙杀伐之音，壮伟狠戾，武夫马上之歌，流入中原，遂为民间之日用。宋词既不可被弦管，南人亦遂尚此……"

〔9〕　周德清《中原音韵》："女真〔风流体〕等乐章，皆以女真人音声歌之。虽字有舛讹，不伤于音律者，不为害也。"

〔10〕　详见王国维《宋元戏曲考》。

〔11〕　凌濛初《谭曲杂札》推崇元曲，以为"方言常语，沓而成章，着不得一毫故实"，正是元曲的长处。

〔12〕　王骥德《曲律·杂论》："诗与词不得以谐语方言入，而曲则惟吾意之欲至，口之欲宣，纵横出入，无之无不可也。故谓：快人情者，要毋过于曲也。"

〔13〕　见《制曲枝语》。黄周星为明末清初人。

〔14〕　乐府原本是合乐诗歌的总称，元人常用以指散曲，如《朝野新声太平乐府》、《乐府新声》、《乐府群珠》、以及《小山乐府》、《月湖今乐府》、《沈氏今乐府》等都是散曲的选本和别集。

〔15〕　明张楚叔、张旭初所编《吴骚合编》又称散曲为"清曲"。近人任讷《散曲概论》："清曲，为散曲之别名。因唱散曲合用清唱之法，故名。清唱之清，乃不用锣鼓之谓，清曲之清，乃合用清唱而又无宾白之谓。"吴梅《顾曲麈谈》有"论作剧法"和"论作清曲法"，并有"清曲作法，与作剧曲大同小异"云云。

〔16〕　小令：一种说法是指街市小令。芝庵《唱论》中有"街市小令，唱尖新情意"之说。周德清《中原音韵》中说"乐府小令两途，乐府语可入小令，小令语不可入乐府。"他也把小令当作街市俚歌。王骥德《曲律·论小令》中辩正说："周氏谓乐府小令两途，乐府语可入小令，小令语不可入乐府，未必其然，渠所谓

小令,盖市井所唱小曲也。"按词的短小者,也称小令,词中小令、中调、长调之分是以字数多少而论的,一般说来五十八字以下者称为小令。

〔17〕 芝庵《唱论》"时行小令唤叶儿"。任讷《散曲概论》:"叶儿即小令。小令在元时风行之调,又别名叶儿,其称叶儿乐府者,始于清朱彝尊,实不妥"。

〔18〕 两调连唱时,在音乐上要有过搭。何良俊说:"弦索中大和弦是慢板,至花和弦则紧板矣。北曲如〔中吕〕至〔快活三〕临了一句,放慢来接唱〔朝天子〕。"(《四友斋丛说》)

〔19〕 有人认为词中已用衬字,词牌中不少变体,都是使用衬字的结果。况周颐在《蕙风词话》中说:"两宋人词,间亦有用衬字者。王晋卿云:'烛影摇红向夜阑,乍酒醒,心情懒。''向'字、'乍'字是衬字。"

〔20〕 平仄通协在近体诗中不采用,在词中却已开始使用。《词律·发凡》说:"凡调用平仄通协者颇多"。王国维《人间词话》也说辛弃疾〔贺新郎〕、〔定风波〕词"已开北曲四声通协之祖"。可见曲韵的变化也并非突然。

〔21〕 曲韵不同于词韵,犹如词韵不同于诗韵一样,俱向宽的方向发展。但元人写诗,还是拘守所谓"平水韵"的规定,虽然出现侯克中的"偕音格"律诗(见《艮斋诗集》),向词韵乃至曲韵靠近,但只是个别现象。

〔22〕 近人隋树森编《全元散曲》所收小令为三千八百五十三首,套数四百五十七套。另据明抄残存六卷本《阳春白雪》,比其他版本多二十多个套曲,《全元散曲》未收。此外陆续有零星元曲被发现,还有人对《全元散曲》作过增补工作,则现存元人散曲当超过《全元散曲》所辑之数。

〔23〕 编辑新补注:吴弘道不曾编《曲海丛珠》,此书乃胡存善编刊。详参葛云波《〈乐府群玉〉选编者为胡存善臆考》(《苏州大学学报》2007 年第 2 期)。

第十五章　元代散曲（二）

　　元代前期散曲作家中有不少海内名士乃至达官贵人，他们在写作诗文之余，对于散曲这一新兴的文体也发生了兴趣，像刘秉忠、姚燧和王恽都作过散曲（参见第十八章），卢挚、张养浩的作品尤多。此外，还有杨果、商挺、杜仁杰、王和卿、胡祗遹、冯子振、陈英和刘致等。

　　杨果和商挺都是由金入元的作家，杨果作品表现出明显的以词绳曲的现象。商挺的作品却有两种色调——诗词意境和时曲情调，这都有某种代表性。卢挚和张养浩的作品流存较多，且形成显著风格，卢挚以清丽为主，张养浩以豪放为主，从作品的数量质量看，他们无疑是早期的重要散曲作家。杜仁杰和王和卿也是这时期的著名散曲作家，他们的风格以诙谐、滑稽为主。胡祗遹、冯子振、陈英和刘致也颇有名声，钟嗣成《录鬼簿》把他们和卢挚、王和卿都列为"皆高才重名，亦于乐府用心"的"前辈公卿大夫"，从今存作品看，除胡祗遹偶有佳作外，大抵不及卢、张等人的成就。

　　前期散曲作家中还有马致远、关汉卿和白朴等，因他们又是著名的杂剧家，另有专章叙述。

第一节　杨果　商挺　卢挚　张养浩

杨果（1197—1269）[1]，字正卿，号西庵，祁州蒲阴（今河北安国）人。金正大元年进士，入元后历任北京宣抚使、参知政事、怀孟路总管等职。他是王恽的父辈[2]，与元好问交好[3]。《元史》本传记他"性聪敏，美风姿，工文章，尤长于乐府"。曾著《西庵集》，已佚，清顾嗣立《元诗选》收其诗十一首。词存三首。散曲存小令〔小桃红〕十一首，都以采莲女为题材，另有五个套曲。今引小令一首如下：

> 满城烟水月微茫，人倚兰舟唱，常记相逢若耶上。隔三湘，碧云望断空惆怅。美人笑道，莲花相似，情短藕丝长。

采莲曲这类民歌，在民间比较流行，但杨果写来却削弱了民歌味，他的另一首〔小桃红〕中由采莲歌引出"伤心莫唱，南朝旧曲，司马泪痕多"，更有词的情调，但所寄托的怀恋金朝的感情，倒是和他的《洛阳怀古》、《登北邙山》和《羽林行》诗作的内容相一致。这都说明散曲这种形式一到文人手中，情调和意境就会发生变化。明李开先欣赏杨果的短套《春情》，这个套曲写一位少妇在远行的丈夫归来后的欢快心情，笔法细腻，但也显出以词绳曲痕迹。

商挺（1209—1288），字孟卿，一作梦卿，自号左山，曹州济阴（今属山东）人。由金入元，曾任东平行台幕官、陕西行省参知政事、枢密院副使等职。著有《左山集》，《元史》本传记他"有诗千余篇"，俱已失传。散曲今存小令〔潘妃曲〕十九首。

商挺散曲表现出两种情调,一种是基本上沿袭诗、词传统意境,一种是模仿流行时曲的情调,今举两首对比如下:

> 闷向危楼凝眸望,翠盖红莲放。夏日长,萱草榴花竟芬芳。碧纱窗,堪画在帏屏上。

> 带月披星担惊怕,独立在花阴下。等待他,撒撒地鞋尖将地皮踏。我只道是劣冤家,却原来是风摆动荼蘼架。

同一作家写的作品,情调不同,这在元代散曲创作中并不乏见,但商挺作为曾为元世祖忽必烈"密赞大计"和帮助忽必烈学习经学的重臣,填写流行时曲,倒是显得比较突出。

卢挚(约 1241 至 1245 之间—1315 至 1318 之间)[4],字处道,一字莘老,号疏斋。前人都说他是涿郡(今属河北)人。其实涿郡是他的族望,他的籍贯为河南颍川。他于二十岁左右出仕,他自己说:"年及弱冠,疵贱姓名,已登仕版"[5],曾"事先皇帝(按:指元世祖)为亲臣三十年"[6],至元二十五年(1288)左右为江东道提刑按察副使[7]。后为陕西提刑按察使(见《秋冈先生集·送卢处道提刑陕西》)。自秦移洛,为河南路总管[8]。元贞二年(1296)任满后入京为集贤学士[9]。约于大德三年,以集贤学士出任岭北、湖南道肃政廉访使。复入为翰林学士[10]。官至翰林承旨。又苏天爵《滋溪文稿·元故尚医窦君墓铭》中说:"集贤学士卢公挚时方贰宪燕南",是卢挚又曾任燕南按察副使或廉访副使,时间不明。卢挚在元初是一位著名作家,世称文与姚燧比肩,诗与刘因齐名。他在诗文方面主张复古,著有《文章宗旨》(见陶宗仪《辍耕录》卷九)。在当时文坛颇有影响(参见第十七章和第十八章)。他的《卢疏斋集》、《疏斋后集》已经不传。依靠有关总集存世的诗文作品也较少,计诗五十首左右,文十七篇,词十五首[11]。散曲作品传存较多,计有小令一百首左右,见于《朝野新声太平乐府》、《乐府新编阳春白雪》等集中。

他的散曲以"怀古"题材为多,如《洛阳怀古》、《夷门怀古》等,吐露了他对兴衰变幻的感慨,这在当时散曲作品中也是有代表性的题材。他一生为显官,性情却比较淡泊,有不少向往闲适的隐居生活以及描写质朴自然的田园风光的作品。此外,他还有不少应酬之作,如《席间戏作》、《肃政黎公庚戌除夜得孙翌日见招所作以贺》等等。

贯云石说:"疏斋媚妩如仙女寻春,自然笑傲。"这大致概括了卢挚散曲明媚而自然的风格。如以流派而论,卢挚属清丽派。今举两例如下:

> 春云巧似山翁帽,古柳横为独木桥。风微尘软落红飘,沙岸好,草色上罗袍。(〔喜春来〕《和则明韵》)
> 挂绝壁松梢倒敧,落残霞孤鹜齐飞。四围不尽山,一望无穷水,散西风满天秋意。夜静云帆月影低,载我在潇湘画里。(〔沉醉东风〕《秋景》)

这两首小令字秀句丽,对仗工整,意境清新,而又略见蕴藉。同时也可以看出,作者还习惯以写诗、词的手法练字造句。他的〔湘妃怨〕《西湖》四首,以雅丽和美的语言,化用苏轼"欲把西湖比西子,淡妆浓抹总相宜"的诗意,把四季西湖风光比作西施的性格的各个方面,显出把自然风光性格化的特色。马致远同调《和卢疏斋西湖》四首也采用了这种手法,足堪并美。卢挚还有一些写恋情的散曲,在明晓自然中见出委婉情致。如:

窗间月,檐外铁,这凄凉对谁说。剔银灯欲将心事写,长吁气把灯吹灭。(〔落梅风〕《夜忆》)

作品情深而意远,语言朴素又真挚。

卢挚作品的主导风格是清丽,文词略有藻饰,但也还有些语词浅白、意致自然的作品。如:

沙三伴歌来嗏!两腿青泥,只为捞虾。太公庄上,杨柳荫中,磕破西瓜。小二哥昔涎刺塔,碌轴上渰着个琵琶。看荞麦开花,绿豆生芽,无是无非,快活煞庄家。(〔蟾宫曲〕)

以活泼生动的语言,勾画出一幅盛夏农村闲适景象。庄户人家纯朴的生活,农村少年顽皮的面貌,历历如在眼前。又如:

酒杯浓,一葫芦春色醉山翁,一葫芦酒压花梢重。葫芦干,兴不穷,谁人共?一带青山送。乘风列子,列子乘风。(〔殿前欢〕)

这一首又具有疏放旷达的风格。作者陶醉在一片春色之中,几乎飘飘欲飞。这些不同风格的作品,形成了卢挚散曲多姿多彩的特色。

卢挚在元初以诗名闻世,由于诗集失传,后人常以曲家论他。他的诗以五言为佳,今据《元诗选》引五古一首如下,也可略见他古诗宗汉魏的倾向:

秦中幽胜地,乃在终南山。盘石负磊磊,清泉散潺潺,侃侃古君子,矗矗泉石间。图史纷座隅,衡门昼长关。种菊餐落英,袭芳佩秋兰。道腴德充符,怡然有余欢。鸣鹤时一来,似爱孤云闲。孤云不能飞,鸣鹤遂空还。溅溅桃李艳,郁郁松柏寒。羲和驶春仵,岁晏霜露繁。感物有深儆,怀哉邈难攀。(《寄博士萧征君维斗》)

张养浩(1270—1329),字希孟,号云庄,济南历城(今属山东)人。他幼有义行,好读书,为官也敢直谏,武宗时,他任监察御史,曾因上疏议论时政,大违当政者意,结果被构罪罢官,他怕再遭不测灾祸,即变姓名逃去。仁宗时复出,曾任礼部尚书。英宗时又曾谏内庭张灯为鳌山事,轰动一时。英宗至治元年,因父老辞官奉养,屡召不赴。文宗天历二年,关中大旱,特拜陕西行台中丞,前往救灾。到任四月,以劳疾不起,卒于任上。

张养浩有散曲集《云庄休居自适小乐府》,存小令一六一首,套数二首。他的散曲多是在他辞官退隐以后所写。他的身世使他对宦海风波、世态炎凉有深切的认识,对此也作了揭露。如在〔红绣鞋〕《警世》中把仕途比作深坑,把做官的威风看作是害人的根苗。他还在〔双调·沽美酒兼太平令〕中写道:"在官时只说闲,得闲也又思官,直到教人做样看。从前的试观,那一个不遇灾难。"这是他几经沉浮得到的沉痛教训。因此他在隐退以后便盛赞那平静淡泊的田园生活:

挂冠,弃官,偷走下连云栈。湖山佳处屋两间,掩映垂杨岸。满地白云,东风吹散,却遮了一半山。严子陵钓滩,韩元帅将坛,那一个无忧患?(〔朝天子〕)

这首散曲表达了他辞官以后轻松自如的心情。这时期,他心旷神怡,与鸥鹭为朋,与云山为友,写下了不少咏吟山水的优秀篇章,如〔殿前欢〕《登会波楼》、〔庆东原〕《鹤立花边玉》等。

在张养浩的散曲中,可以看到他对人民疾苦的关怀,这种关怀的出发点是儒家的经世济民思想,这在传统的五七言诗歌中本为常见,但在元代散曲中却是难得的,如:

> 峰峦如聚,波涛如怒。山河表里潼关路。望西都,意踌躇,伤心秦汉经行处,宫阙万间都做了土。兴,百姓苦;亡,百姓苦。
> (〔山坡羊〕《潼关怀古》)

这首小令的结尾两句堪称元代散曲名句。这首小令写于作者去陕西救灾途中。元人散曲中怀古的作品较多的是感叹世运兴衰无定,祸福变化莫测。而张养浩却能进一步想到百姓在兴亡之际所付出的沉重代价,确实要高出一筹。此外像小令〔得胜令〕《四月一日喜雨》和套曲〔一枝花〕《咏喜雨》,也是他在陕西救灾时所作。这些作品表达了他在久旱遇雨时的欣喜,并且反映了灾区的现实和人民的疾苦。他辞官退隐多年,朝廷多次征聘而不肯出山,他的〔南吕·西番经〕小令四首,就反映了他不肯复官的心情。但是当陕西遇旱灾,他却能一命即起,最后因劳瘁终于任上。因此他对灾民的同情与关心是出自真情实感的。这种感情在他的《哀流民操》和《长安孝子贾海》等诗中也有所流露。

张养浩的散曲风格与卢挚不同,偏于豪放、清逸,有的作品写来真朴沉郁。以上所引的《潼关怀古》就显沉郁。他的清逸之作如:

> 云来山更佳,云去山如画。山因云晦明,云共山高下。倚仗

立云沙,回首见山家。野鹿眠山草,山猿戏野花。云霞,我爱山
无价。看时行踏,云山也爱咱。(〔雁儿落过得胜令〕)

上曲写云与山相映衬的变幻多姿;下曲写主人公陶醉在云山之中,云
山似乎也对他脉脉含情。行文自然朴实而意境清俊疏放,写来一气
呵成。然而正如卢挚以清丽为主,间有疏放的作品一样,张养浩除了
豪放、清逸的作品外,也有一些近于明丽的散曲:

　　一江烟水照晴岚,两岸人家接画檐,芰荷丛一段秋光淡。看
沙鸥舞再三,卷香风十里珠帘。画船儿天边至,酒旗儿风外飐,
爱杀江南。(〔水仙子〕《咏江南》)
　　前日彩云飞上天,又向深秋见。翠淡遥山眉,红惨春风面,
恨燕莺期天样远。(〔清江引〕《咏秋日海棠》)

这两首小令从境界到熔字炼句,其艺术特色都与卢挚清丽的作品
相似。

　　张养浩著有诗文集《归田类稿》(一名《云庄类稿》),字术鲁翀
序中说他文风近姚燧,又说:"其文渊奥昭朗,豪宕妥帖,辞必己出,
凛有生气。"张养浩和姚燧、元明善相友善,姚、元以文章古奥著称。
字术鲁翀也是追随姚燧文风的作家。但从张养浩的文章看,并不如
姚燧那样古奥豪刚。他的诗风潇洒疏淡,不少诗的内容同他的一些
写闲适生活的散曲有相似之处。现引录《黄州道中》一首,以资观照
参阅:

　　濯足常思万里流,几年尘迹意悠悠。闲云一片不成雨,黄叶
满城都是秋。落日断鸿天外路,西风长笛水边楼。梦回已悟人

间世,犹向邯郸话旧游。

第二节 胡祗遹 冯子振 陈英 刘致

胡祗遹(1227—1295)[12],字绍闻(一作开)[13],号紫山,磁州武安(今属河北)人。曾任应奉翰林文字兼太常博士、山东东西道提刑按察使、江南浙西道提刑按察使等职。《元史》本传记他放任外官时颇有政绩。他和王恽、卢挚、姚燧一样,都是元世祖忽必烈即位初时起用的青年文士,且都是较有影响的人物。但他的诗文创作成就赶不上姚、卢,文风上和当时的宗唐复古风气也相异,清代四库馆臣评论说:"诗文自抒胸臆,无所依仿,亦无所雕饰,惟以理明词达为主。"著有《紫山大全集》。

胡祗遹的散曲今存小令十一首,当以〔快活三过朝天子〕《赏春》最有特色。它描写一个嗜酒的山翁骑驴赏春,最后醉意朦胧地回家。曲中描写了风光,也描写了人物,醉春和醉酒交织在一起。最后又写既不会赏春、也不知饮酒的村童,对着"醉模糊归去"的山翁发笑,像是一幅美妙的图画,曲文如下:

> 梨花白雪飘,杏艳紫霞消。柳丝舞困小蛮腰,显得东风恶。　野桥,路迢,一弄儿春光闹。夜来微雨洒芳郊,绿遍江南草。蹇驴山翁,轻衫乌帽,醉模糊归去好。杖藜头酒挑,花梢上月高,任拍手儿童笑。

胡祗遹的〔阳春曲〕《春景》三首,有清俊逸丽之姿,第二首较为流传:

> 残花酝酿蜂儿蜜,细雨调和燕子泥。绿窗春睡觉来迟,谁唤起?窗外晓莺啼。

这首散曲曾受到《中原音韵》的作者周德清的称赞,起首对句也曾被关汉卿和其他作家在杂剧中引用,可见当时颇为流传。

胡祗遹爱好戏曲,他在《赠宋氏序》、《优伶赵文益诗序》和《黄氏诗卷序》中对杂剧和说唱艺术发表了不少看法,特别是在《黄氏诗卷序》中提出的"九美既具,当独步同流"的观点更具有系统性和理论色彩,涉及艺人的形体气质、文化素养和表演技巧等各个方面:

> 女乐之百伎,唯唱说焉。一,姿质浓粹,光彩动人;二,举止闲雅,无尘俗态;三,心思聪慧,洞达事物之情状;四,语言辨利,字真句明;五,歌喉清和圆转,累累然如贯珠;六,分付顾盼,使人解悟;七,一唱一说,轻重疾徐,中节合度,虽记诵娴熟,非如老僧之诵经;八,发明古人哀乐、忧悲愉快、言行功业,使观听者如在目前,谛听忘倦,惟恐不得闻;九,温故知新,关键词藻时出新奇,使人不能测度,为之限量。九美既具,当独步同流。

冯子振(1257—1337?)[14],字海粟,自号怪怪道人,又号瀛洲客,攸州(今湖南攸县)人。曾官承事郎、集贤待制。与赵孟頫、陈孚交好[15]。性格豪俊,富有才情,在当时很有名声。明蒋一葵说:"时谓天下有名冯海粟。"(《尧山堂外纪》)宋濂说他:"以博学英词名于时,当时酒酣气豪,横厉奋发,一挥万余言,少亦不下数千,真一世之雄哉。"(转引自顾嗣立《元诗选》)诗文集失传,《元诗选》收录了七十三首,题为《海粟集》。散曲现存四十四首小令[16],其中〔鹦鹉曲〕占绝大多数。〔鹦鹉曲〕原有白贲名作[17]，因拘于韵度，几无续作者，冯子振奋续四十二首，这同他写《梅花百咏》[18]诗一样，都是他"一挥万余言"才情的表露，同时也带来由于贪多急就而良莠不齐的弱点。宋玄僖《文章作法绪论》说"冯海粟如苻坚总师，以多而败"。他的散曲风格豪放，如：

> 嵯峨峰顶移家住，是个不唧嵧樵父。烂柯时树老无花，叶叶枝枝风雨。(幺)故人曾唤我归来，却道不如休去。指门前万叠云山，是不费青蚨买处。(《山亭逸兴》)
>
> 澶河西北征鞍住，古道上不见耕父。白茫茫细草平沙，日日金莲川雨。(幺)李陵台往事休休，万里汉长城去。趁燕南落叶归来，怕迤逦飞狐冷处。(《至上京》)

以上两首〔鹦鹉曲〕，前者虽写樵夫，实际上写出了作者的胸怀，有豪迈之气。后者写作者由大都去上京途中触景生情，也有若干意境。贯云石评冯子振散曲说："海粟之词豪辣灏烂，不断古今。"冯子振散曲当有佚失，即使从今存作品看，也确有豪放之风。

陈英，一作陈士英，号草庵，生卒年不详。大德七年曾任江西宣抚使，延祐元年以中书左丞往河南经理钱粮，后任河南行省左丞。《录鬼簿》称"陈草庵中丞"，列为"前辈名公"。散曲今存小令〔中吕·山坡羊〕《叹世》二十六首，集中地表达了对世事沧桑的虚无情绪和对功名富贵的厌倦心态，以一位曾掌"二品银印"的高官，如此强烈地表露出消极之感，在当时历史环境下却具有某种代表性。兹引录一首，以见一斑：

晨鸡初叫,昏鸦争噪,那个不去红尘闹。路遥遥,水迢迢,功名尽在长安道,今日少年明日老。山,依旧好;人,憔悴了。

刘致,字时中,号逋斋,石州宁乡(今山西平阳)人,父彦文为广州怀集令,死后殡于长沙,刘致遂流寓湘中。大德二年(1298)姚燧游长沙,刘致请求他为其父撰写墓志铭,并呈上文章请教。姚燧赞赏其文"为辞清拔宏丽,为之不已,可进乎古人之域"。刘致颇有文名。钱惟善曾以白居易和苏轼比他,评价甚高。历任永新州判、翰林待制、太常博士、江浙行省都事等职,后流寓杭州,卒。刘致虽是名士,但晚境萧条,陶宗仪《辍耕录》记他死后"贫无以葬",由道士王寿衍"周其遗孤,举其柩葬于德清县"。诗今存八首,见于《元诗选》,题为《时中集》。

刘致的散曲,流传至今的有小令七十余首,其中不少作品描写"识破休被功名赚"的达观心理,却又往往流入随遇而安的情趣,有时还表露出浅显的说教,如〔中吕·山坡羊〕《燕城述怀》、〔南吕·四块玉〕《叹世》等。〔双调·折桂令〕《闲居自适》写闲居生活中忽然产生难忘红尘的霎那间的心情,于闲适中表现出一点落寞,在同类散曲中略有特色,全曲如下:

饱春晴、小小篮舆,聊唤茅柴,试买溪鱼。村北村南,山花山鸟,尽意相娱。　与农父恋形尔汝,醉归来不记谁扶。早赋归欤,却恨红尘,不到吾庐。

刘致的作品大抵写得清丽整饬,但也有一些通俗自然的作品,像〔双调·殿前欢〕:

醉颜酡，太翁庄上走如梭。门前几个官人坐，有虎皮驮驮。呼王留，唤伴哥，无一个，空叫得喉咙破。人踏了瓜果。马践了田禾。

这样的作品较多地保留了散曲活泼自然的特色。

第三节　杜仁杰　王和卿

杜仁杰（1205？—1285？），字仲梁，号止轩；原名元之，字善夫，济南长清（今属山东）人。《录鬼簿》列他为"前辈已死名公"。金朝正大年间，元好问为内乡令，杜仁杰与麻革、张澄前往依之。元好问赠诗有"半山亭前浙江水，只可与君消百忧"之句（见《半山亭招仲梁饮》）。平生与李献能（钦敬）、冀禹锡（京父）最为友善，多诗文酬答。蒙古王朝统一北方后，归居山东。屡被征召，皆表谢不起，未曾入仕[19]。享年或在八十岁以上，胡祗遹《挽杜止轩》诗云："八十康强谈笑了，一襟收我泪沾巾。"卒后，因子贵，赠翰林学士承旨、资善大夫。

杜仁杰身遭亡国之痛，后在山东依附严实父子，又遭受过冷遇，因此诗中时有悲愤之音，如《无题》中写道："老泪河源竭，忧端泰华齐。苦吟知有恨，细写却无题。事与孤鸿北，身携片影西。催归烟树外，不用向人啼。"他不愿仕元是为坚持"名节"，《读前史偶书》中写道："杨彪不著鹿皮冠，元亮还书甲子年。此去乱离何日定，向来名节几人全。"但他的基本处世态度是达观、闲适，他的《自遣》诗就是他晚年闲适生活的写照："少日襟怀悔自豪，暮年志节讵须高。敢将议论轻疑孟，闲得工夫细和陶。酒尽枯肠还磊磊，诗成白发转刁骚。皇天汲汲诚何意，也共人生一体劳。"杜仁杰才学宏博，豪宕滑稽，尤以"善谑"著称,元代著名文人程钜夫、王恽和虞集都说到他"善谑"的性格特点[20]。《永乐大典戏文三种》之一《宦门子弟错立身》有云:"你课牙比不得杜善甫",足见他的诙谐个性已为时人盛传。他与歌伎艺人有交往[21],熟知勾栏演戏情况。他的诗文作品大都佚失,清孙德谦辑有《善夫先生集》一卷。散曲今存套数三首,小令一首,见于《太平乐府》、《盛世新声》、《雍熙乐府》等集中。

杜仁杰的散曲虽然传世不多,却颇具特色。《庄家不识勾栏》套曲写一个庄家汉秋收后进城看戏的情景,通过他的眼中所见,真实地再现了金末元初勾栏演戏时场座、戏台、道具、乐队、化妆、角色等种种情况,是研究戏曲表演及戏曲史的重要资料。作品中抓住这个庄家汉少见世面的特点,以夸张突出的笔法,把他初入勾栏的那种新鲜和"不识"的感受描摹得淋漓尽致。如:

〔五煞〕要了二百钱放过咱,入得门上个木坡,见层层叠叠团围坐。抬头觑是个钟楼模样,往下觑却是人旋窝。见几个妇女向台儿上坐,又不是迎神赛社,不住的擂鼓筛锣。

〔四煞〕一个女孩儿转了几遭,不多时引出一伙。中间里一个央人货,裹着枚皂头巾顶门上插一管笔,满脸石灰更着些黑道儿抹。知他待是如何过,浑身上下,则穿领花布直裰。

描摹人物场景,十分逼真,纯用口语,声气灵动。使人读来谐趣益然。作者对庄家汉虽有善意的嘲弄,却无恶意的丑化。

杜仁杰的另一首套曲《喻情》,内容虽无可取,但通篇用歇后语写成,如:"蓼儿洼里太庙——干不济","相扑汉卖药——干陪了擂","唐三藏立墓铭——空费了碑"等等,也同样谐谑逗人,体现了他"善谑"的性格;且对于了解元代口语甚有价值。后期曲家乔吉也有这类作品。

　　王和卿,大名(今属河北)人,生卒年未详,《辍耕录》记他与关汉卿交往颇密,且相讥谑,早于关氏去世。可知他是关汉卿同辈人。《辍耕录》还记他"滑稽佻达,传播四方。中统初,燕市有一蝴蝶,其大异常,王赋〔醉中天〕云……由是其名益著"。王恽《中堂事记》曾记中统元年,燕京行中书省有架阁库官太原人王和卿,时间相合而籍贯不合。天一阁本《录鬼簿》称他为"学士",孟称舜本却作"散人"。从他的作品来看,可能并非仕途中人。他的散曲今存十一首小令和一个套曲,另有两个残套。他的"滑稽佻达"的性格在他的散曲作品中也有所反映:

　　　　弹破庄周梦,两翅架东风,三百座名园一采一个空。难道风流种? 唬杀寻芳的蜜蜂。轻轻的飞动,把买花人扇过桥东。(〔醉中天〕《咏大蝴蝶》)
　　　　胜神鳌,夯风涛,脊梁上轻负着蓬莱岛。万里夕阳锦背高,翻身犹恨东洋小,太公怎钓? (〔拨不断〕《大鱼》)

这两支小令以夸张的手法咏大蝴蝶和大鱼,语言通俗,诙谐有趣。元史樟《庄周梦》杂剧第一折中引用了《咏大蝴蝶》曲,说明它当时十分流行。明徐𤊹《笔精》和王骥德《曲律》对这首小令评价颇高,王骥德说:"咏物毋得骂题,却要开口便见是何物。不贵说体,只贵说用。佛家所谓不即不离,是相非相……元人王和卿咏大蝴蝶……只起一句,便知是大蝴蝶,下文势如破竹,却无一句不是俊语。"或认为〔醉中天〕《咏大蝴蝶》是为当时任意掠夺民妇的权豪势要画相,〔拨不断〕写大鱼是寄托有非凡抱负的人不为利禄引诱。可备一说。

王和卿的写男女恋情的作品比较秾丽明艳,也还善于采用生动的口语。如:

> 鸦翎般水鬓似刀裁,小颗颗芙蓉花额儿窄。待不梳妆怕娘
> 左猜,不免插金钗,一半儿鬅松一半歪。(〔一半儿〕《题情》)

可以看到,同是明丽的风格,王和卿与卢挚等人不同,他的作品具有民歌俗谣的色彩。总的看来,王和卿的散曲,有一种活泼乐观、诙谐幽默的情调。然而也有些作品如《咏秃》、《胖妓》等,未免堕入恶趣。文人散曲中的俳优庸俗习气,最早似可溯源于王和卿。

〔1〕 苏天爵《国朝名臣事略》记杨果"至元六年(1269)出为怀孟路总管,其年薨,年七十三"。《析津志·名宦传》记载相同(见北京图书馆善本组辑《析津志辑佚》),可知杨果生于1197年。《元史·杨果传》载:"至元六年(1269),出为怀孟路总管,大修学庙。以前尝为中书执政官,移文申部,特不署名。以老致政,卒于家,年七十五。""以老致政"云云,未明言卒于至元六年,但明言享年七十五。《新元史》从《元史》。疑均误。按《析津志》曾记梁有言,王鹿庵(磐)曾为杨果撰写墓志,商左山(挺)书。《国朝名臣事略》、《析津志》所记当据墓志,苏天爵又为元代著名史家,应属可靠。清四库馆臣云:"《元史》列传亦皆与是书(指《名臣事略》)相出入,足知其不失为信史矣。"清顾嗣立《元诗选·杨果小传》也取《名臣事略》所记。

〔2〕 见王恽《秋涧集·碑阴先友记》。

〔3〕 元好问有《寄杨弟正卿》诗:"马迹车尘漫白头,苍生初不待君忧。且从少傅论中隐,尽要元规拥上流。东阁官梅动诗兴,洞庭春色入新笞。归程未觉西庵远,夜夜清伊绕石楼。"

〔4〕 卢挚《移岭北湖南道肃政廉访司乞致仕牒》:"当职年虽未及六十,其衰悴癃老之状虽年逾七十者未必至此。"又,卢挚大德四年(1300)冬《为潭学聘

姚江村书》中说：“居无何，挚以不习风土，得疾在告，濒于危殆者屡矣，移疴归田之章，至于数四，竟未得请，迨秋冬之交，方稍稍向平。”故可知上述牒文约写于大德四年，其时卢挚未及六十岁。又牒文中说“扬历中外垂四十年”，那么年岁当在五十五岁以上。以此上推，其生年应在1241年之后，1245年之前。再联系牒文中所说的“年及弱冠”“已登仕版”，生于1242或1243年的可能性较大。至于他的卒年，他有散曲小令〔蟾宫曲〕《辛亥正月十日游胡仲勉家园》二首，辛亥为至大四年（1311），他是年尚在世。又有〔沉醉东风〕《举子》一首，写举子上京会考时的盛况。据《元史》所载，仁宗皇庆二年（1313）冬十一月下诏行科举；次年（延祐元年）各郡县推举贤能；延祐二年（1315）会试，三月廷试，四月赐进士恩荣宴于翰林院。因为这是元代立国后数十年未行科举后的第一次会试，所以特别“开恩”，赐会试下第举人七十以上从七品流官致仕，六十以上府州教授山长、学正等职。卢挚在〔沉醉东风〕中所写的“脱布衣，披罗绶，跳龙门独占鳌头”，正是当年盛况。虞集《李仲渊诗稿序》谓李仲渊（名源道）“来朝廷为学士，而卢公（指卢挚）去世已久”。虞集《送李仲渊云南廉访使序》云：“延祐五年六月，翰林直学士李公仲渊，除云南肃政廉访使，十二月二十有八日，乘驿骑五，出国门西去。”按李源道入京先为集贤直学士，后为翰林直学士，两职皆为从三品，本等流转当不限于期满，惟廉访使为正三品，属升迁，按元制在朝官三十个月迁转，是李源道当在延祐二年末或三年初入京任职，但虞集却说此时距卢挚去世已久。或《举子》曲非卢挚之作，却又无据。今暂定卢卒于1315—1318间，容进一步考索。

〔5〕　卢挚《移岭北湖南道肃政廉访司乞致仕牒》中说：“挚在稚幼，特蒙世祖皇帝天地大造，教育作成，年及弱冠，疵贱姓名，已登仕版。”

〔6〕　见吴澄《吴文正公集》卷三《送卢廉使还朝为翰林学士序》。

〔7〕　顾嗣立《元诗选》中《疏斋集》所收《游茅山五首》、《茅山作》等诗，当作于至元二十五至二十六年，是作为江东道提刑按察副使两次巡行郡邑而到茅山。柳贯《婺源州重建晦庵书院记》云：“江东按察副使卢公挚行部次县，恶焉愧之，方议经始书院。”也可参证。

〔8〕　《天下同文前甲集》卷五，有《皇帝遣使代祀中岳记》，文中说：“于是

近侍臣仆兰蹊、臣亚韩……以至元三十一年夏五月十九日传遽自京师至祝……喻旨少中大夫、河南府路总管臣挚等,上咸秩山川,昭事神祇之意,其敕其思,所以副称。"按是年四月成宗已即帝位,说明至元三十一年成宗登位时卢挚任河南路总管。

〔9〕《天下同文前甲集》卷五,卢挚《皇帝遣使代祀中岳记》中,记三次祭祀中岳事,第三次祭祀在元贞二年(1296)二月,当时卢挚已秩满,但尚寓河南。《华阴清华观碑》中说:"元贞丙申,予满河南,即移家登封。"《元史·成宗本纪》载大德二年正月,"以翰林王恽、阎复……集贤王颙、宋渤、卢挚……皆耆德旧臣,清贫守职,特赐钞二千一百余锭"。卢挚当在元贞二年或大德元年为集贤学士。王圭《寄贺卢疏斋拜集贤》云:"洛下秋来传近作,日边使至报除书。乍归北阙多新贵,垂直西垣识旧庐。"

〔10〕 吴澄《送卢廉使还朝为翰林学士序》中说:"卢公由集贤出持宪湖南,由湖南复入为翰林学士。"又"序"中还说"公事先皇帝为亲臣三十年","先皇帝"指元世祖忽必烈,知《序文》必写于成宗朝而非武宗朝,故卢挚入朝为翰林学士必在大德十一年(1307)之前。

〔11〕 分见于《元文类》、《天下同文集》、《永乐大典》和《元诗选》等总集。参见《卢疏斋集辑存》,今人李修生辑笺。

〔12〕《元史·胡祇遹传》记:"(至元)三十年,卒,年六十七。"孙楷第《关汉卿行年考》中据王恽《紫山先生易直解序》、《丁亥元日门帖子》和《紫山胡公挽诗卷小序》,并据陈俨《秋涧王公哀挽诗序》,考定胡祇遹卒于元贞元年(1295),享年六十九岁。此处从孙说。

〔13〕《元史·胡祇遹传》记"胡祇遹字绍开",《四库全书总目》于《紫山大全集》条云:"《元史》本传载其字曰绍开。然'今民将在祇遹及文考,绍闻衣德言',实《周书·康诰》之文。核其名义,疑绍开当作绍闻,《元史》乃传刻之伪也。"今中华书局标点本《元史》已改"开"为"闻",并云:"道光本与《紫山大全集》刘赓序合,从改。"今按,《析津志·名宦传》也作"绍闻",当以"绍闻"为是。惟白朴送胡祇遹、王恽赴任所作〔木兰花慢〕词中却也作"胡绍开",是否系后人所改,待考。

〔14〕 冯子振《书居庸关赋卷》中自言"大德壬寅,年四十六"。又于泰定四年《书赠朱君璧诗卷》中自言"时年七十一"。据此推算,其生年为宋宝祐五年（1257）。孙楷第《元曲家考略》尚仲贤条中云:"元有尚从善……著《本草元命苞》九卷。其书有自序,后署为顺改元之明年,书于上都惠民司寓居之正已斋。有后至元三年常熟州知州班惟志序。有冯子振序,不纪年。"据班序,尚从善"挈家维扬"以后,医名大振,达于朝,辟为太医,后赴上都,任惠民司提点,三年后南归,任江浙医学提举。班序即写于尚氏南归之日。其时冯子振已寓居维扬。且按常情,冯序当不会早于尚氏自序,如与班序写作时间相同,则可知冯子振享年八十以上。又,近年发现的清光绪年间刊本《山田冯氏续修族谱》记冯子振生于宋宝祐元年,卒于元至正八年,享年九十六岁。暂不从。

〔15〕 《元史·儒学传》记陈孚时附记冯子振,说"其豪俊与孚略同,孚极敬畏之,自以为不可及"。同书《世祖本纪》却记至元二十九年中书省臣言:"妄人冯子振尝为诗誉桑哥,且涉大言,及桑哥败,即告词臣撰碑引谕失当,国史院编修官陈孚发其奸状,乞免所坐遣还家。"

〔16〕 据《全元散曲》。又《辍耕录》卷五记冯子振题《杨妃病齿图》云:"华清宫,一齿痛。马嵬坡,一身痛。渔阳鼙鼓动地来,天下痛。"明清人续有称引。近人吴梅《顾曲麈谈》第四章《谈曲》中也予以述及,似把它看作散曲小令。

〔17〕 见第十四章。冯子振〔鹦鹉曲〕序中说:"白无咎有〔鹦鹉曲〕云……余壬寅岁留上京,有北京伶妇御园秀之属,相从风雪中,恨此曲无续之者。且谓前后亲炙士大夫,拘于韵度,如第一个'父'字,便难下语;又'甚也有安排我处','甚'字必须去声字,'我'字必须上声字,音律始谐,不然不可歌,此一节又难下语。诸公举酒,索余和之……"

〔18〕 《元诗选》选录三十六首。释明本(号中峰)有《梅花百咏和冯学士海粟作》,《元诗选·明本小传》记:"初子昂与中峰为友,海粟甚轻之。一日,子昂偕中峰往访,海粟出示梅花百韵诗,中峰一览,走笔和之,复出所作九字梅花歌以示,海粟竦然,遂与定交。"

〔19〕 元蒋正子《山房随笔》记:"杜善甫,山东名士,工诗文。不屑仕进,游严相之门……有荐之于朝,遂召之,表谢不赴,中二联云:'俾献言于乞言之际,

敢尽其忠;若求仕于致仕之年,恐无此理。不能为白居易谩法香山居士之名;惟愿学陆龟蒙拜赐江湖散人之号。'""游严相之门"云云,当指杜仁杰在山东时曾依附严实父子。又《灵岩志》卷二载:"元世祖闻其贤,与大臣议,以翰林承旨授公,累征不就。"

〔20〕　参见程钜夫《雪楼集》中《故平阳路提举学校官陈先生墓碑》、王恽《秋涧集》中《紫溪岭》诗注和虞集《田氏先友翰墨序》。

〔21〕　元好问《送杜子》诗中有"北渚晓晴山入座,东原春好妓成围"。

第十六章 元代散曲(三)

本章介绍后期散曲作家和作品。和前期散曲相比,后期散曲以清丽典雅为主要特点,曲风转变比较明显,代表作家是张可久。明人朱权《太和正音谱·古今群英乐府格势》中把他列为第二位,仅次于马致远,并且称他是"词林之宗匠"。自前期散曲创作中出现以词绳曲现象后,发展到张可久,最终到达了词、曲难分的境地,散曲诗词化和词作散曲化这两种现象最集中地表现在张可久的作品中,他的词风、曲风几乎难以区别。《录鬼簿》记屈子敬和曹德,分别说他们的作品"乐章华丽,不亚于小山","华丽自然,不在小山之下",可见张可久曲风在当时几成典型。

后期散曲作家中的贯云石、薛昂夫都是维吾尔族人,他们文采风流,多才多艺,所写散曲大抵豪宕疏放,为人所称。他们出现在散曲作家中,犹如萨都剌出现在诗词作家中一样,是元代西域作家为文坛注入新鲜气息,为文学作出贡献的最有代表性的例子。

后期散曲作家中的睢景臣和刘时中,各以叙事套曲著名,前者有《高祖还乡》,后者有《上高监司》。他们都注意发挥套曲能容纳广阔生活题材的长处。这两个作品的曲文纯朴本色,保持着早期散曲的语言特点,而同当时的清丽典雅的倾向迥然不同。在这个意义上,可以说散曲同杂剧一样,一直存在着"本色"和"文采"两种色调和风格。

散曲中也有不少无名氏作品,由于难以一一判断它们的写作时间,姑且放在本章叙述。无名氏作品不到两百首,有特色的作品不多,这里介绍的也难以称作佳作,但其中也有当时十分流行的,如揭露和抨击元末政治腐败、时世混乱的〔醉太平〕,便是此类作品。

第一节 张可久 曾瑞 任昱 曹德

张可久(1274 至 1280—1348 之后),庆元(今浙江宁波)人。他是元代重要散曲作家,也是后期散曲的代表作家。在当时,他的散曲作品已汇编成册,这在《录鬼簿》里就有所记录:"有《今乐府》盛行于世,又有《吴盐》、《苏堤渔唱》。"《录鬼簿》还记胡正臣之子胡存善曾编《小山乐府》。他的散曲今存小令八五五首,套曲九首。[1]

张可久的名、字历来有不同说法。现存各版本的《录鬼簿》中,大都作名可久,字小山,唯独明《说集》本《录鬼簿》中作"张小山,名久可"。此外蒋一葵《尧山堂外纪》、朱彝尊《词综》及沈辰垣《历代诗余词人姓氏》等书,都以为名可久,字伯远,号小山;而《四库全书总目》却说张可久字仲远,号小山。又元人郑玉《师山先生文集》中曾有"四明张久可可久监税松源"之语。天一阁旧藏影抄本《小山乐府》中有作者写于至正七年(1347)短跋,署名为"张久可"。综此可以认为,张氏很可能名久可,字可久,号小山(或又字小山)。

张可久生卒年不可详考,《录鬼簿》把他列为"方今才人相知者",而张可久称马致远为"先辈",所以知他年代要比马致远等前期曲家为晚。据元人李祁《云阳集》记载,李祁在至正四年(1344)曾会见过张可久,并说他"时年七十余,匿其年数,为昆山幕僚"[2]。以此上推,则生年应在 1274 年左右。又,天一阁旧藏影抄本《小山乐府》中,有贯云石延祐己未(1319)所作序文,说:"小山以儒家读书万卷,四十犹未遇。"则是年张可久年约四十左右,生年当在 1280 年左右。李祁与贯云石所说张可久年岁,皆为约数,因而大致相符,张可久约生于 1274——1280 年之间。至于卒年,按郑玉《师山先生文集》所记,至正八年,张氏尚"监税松源"〔3〕,知其卒年应在至正八年(1348)以后。

张可久一生沉抑下僚,生活在辛劳窘迫中。他的仕历,《录鬼簿》只有简单的记述:"以路吏转首领官。"据明李开先说首领官"即所谓民务官,如今之税课大使"〔4〕。此外还可以知道他"为昆山幕僚","监税松源",并任过桐庐典史等职〔5〕。从他的散曲中可以看到,他一生大半奔波于江、浙一带,足迹遍及江苏、安徽、浙江、湖南等地,真是"功名半纸,风雪千山"(〔殿前欢〕《客中》),直到致仕之年,仍不得不"匿其年数",出仕小吏,强颜事人。可见家境困窘,有不得已的苦衷〔6〕。这在他的〔沉醉东风〕《钓台》中也透露出这样的信息:

> 貂裘敝谁怜倦客?锦笺寒难写秋怀?野水边,闲云外,尽教他鸥鹭惊猜。溪上良田得数顷来,也敢上严陵钓台。

张可久沉沦下僚的遭遇,对他的创作有很大影响。生活的窘困,不免使他抑郁而感伤。他的〔庆东原〕《和马致远先辈韵》九首,几乎写尽了穷通无定、世态炎凉的感慨。其中一首云:

> 诗情放,剑气豪,英雄不把穷通较。江中斩蛟,云间射雕,席上挥毫。他得志笑闲人,他失脚闲人笑。

生活的不如意,使他在感叹世事、凭吊古迹时,总会想起民间疾苦和儒士悲哀:"伤心秦汉,生民涂炭,读书人一声长叹。"(〔卖花声〕《怀古》)甚至在吟咏景物时也不免要发牢骚。"绝顶峰攒雪剑,悬崖水挂冰帘。倚树哀猿弄云尖。血华啼杜宇,阴洞吼飞廉,比人心山未险。"(〔红绣鞋〕《天台瀑布寺》)最突出的是他的〔醉太平〕《感怀》:

> 人皆嫌命窘,谁不见钱亲?水晶环入面糊盆,才沾粘便滚。文章糊成了盛钱囤,门庭改做迷魂阵,清廉贬入睡馄饨,葫芦倒提稳。

这些作品,是他对生活的深深的感受。感情是很沉痛的,写作风格同他曲作的整体风格也不同。

张可久散曲更多的是向往归隐和描写归隐生活的悠闲作品,以及写景之作。"归隐"本来是历代文人尤其是元代散曲家十分喜爱吟咏的题目,然而张可久的此类作品却有着与众不同的思想内涵。他一生奔波于宦海,又很不得志,所以常常思念家乡,渴望清闲的田园生活,他很可能是时隐时仕,往往迫于生计,不得不出来做小吏。因此他以"归兴"、"旅思"、"道中"命名的篇章常常表现出悲凉的、渴望田园生活而不得的感情:

> 二十五点秋更鼓声,千三百里水馆邮程。青山去路长,红树西风冷,百年人半纸虚名。得似璚源阁上僧,午睡足梅窗日影。(〔沉醉东风〕《秋夜旅思》)

此外如"兴不到名利场,将息他四十韶光"(〔水仙子〕《山庄即事》);"紫绶黄金印,不如草庵春睡稳"(〔清江引〕《草庵午睡》);"劳心又懒,干名不惯,归伴野云闲"(〔小桃红〕《山中》);"炼霞成大丹,袖云归故乡"(〔凭栏人〕《和白玉真人》)等,都是他的真实之言。同时也反映了元代知识分子往往沉抑下僚的生活现实。正因为渴望归田,在他笔下隐逸生活被表现得深婉恬静,疏放优美。他的经历丰富,历遍江南名胜,所以写景之作甚多,且有较高的艺术成就。

　　然而张可久的生活经历又决定了他所接触的大都是上层官员和文人,这就使他在交往应酬中,写了不少唱和之作,有的固然是知心朋友间流露的肺腑之言,却也难免有不少奉承附和、劝酒助兴之作,像《崔元帅席上》、《梅元帅席上》、《胡使君席上》等,这也是他屈居下僚生活中难以避免的。另一方面,他的经历也决定了他的生活态度比较驯顺,与关汉卿等经常与书会才人往来比较接近下层人民的戏剧家不同,他没有强烈的反抗精神,甚至不能痛快淋漓地抒发自己的愤懑和不平,因此,"怨而不怒"是他作品的又一特色。在艺术风格上表现为典丽雅正。

　　正由于张可久散曲有雅正的艺术特点,他的作品一直受历代文人的欣赏与重视。明初,宋濂、方孝孺为他的曲集校正、镂版行世。明朱权说"张小山之词如瑶天笙鹤。其词清而且丽,华而不艳,有不食烟火食气,真可谓不羁之材",又誉之为"词林之宗匠"。明李开先把张可久与乔吉二人比作"曲中李杜"。《四库全书总目》编者从轻视曲作的观点出发,认为关汉卿、马致远等人的作品只是"小道可观",但称赞《张可久小令》云:"今观所作,遣词命意,实能脱其尘蹊。"《张可久小令》在《四库全书总目》中独蒙青睐,当也同其雅正典丽特点有关。

　　张可久散曲的雅正典丽具体表现为以下特色:第一,讲究曲律和音韵,元初曲家于音律平仄并不很拘泥,字句皆可增损,平仄亦可通融,有时还可把两个曲调融合在一起。如关汉卿《不伏老》套曲的

〔尾〕,是由〔收尾〕与〔尾声〕两调合成。〔梁州〕曲中的七字句写成十五或十六个字,衬字比句字还多。但到了后期作家如张可久,便对于格律十分讲究了。如:

> 叹孔子尝闻俎豆,羡严陵不事王侯。百尺云帆洞庭秋。醉呼元亮酒,懒上仲宣楼。功名不挂口。(〔红绣鞋〕《隐士》)

张可久这首小令被周德清评为"对偶、音律、语句、平仄俱好……知音杰作也。"可见张可久对于音律的勤于推敲。

第二,他的散曲着力于炼字炼句,对仗工整。他运用散曲对偶方式多样的特点,使他的作品整饬而雅丽,如合璧对:"出岫白云笑,入山明月愁","玉笙吹老碧桃花,石鼎烹来紫笋芽";鼎足对:"一品茶,五色瓜,四季花","青泥小剑关,红叶溢江岸,白草连云栈";连璧对:"金风雕杨柳衰,玉露养芙蓉艳,竹轻摇苍凤尾,松密映老龙潜"等。张可久对于曲的形式美十分注意,也确实有不少佳句,但有些作品失之于雕琢。

第三,他的散曲运用诗词句法,讲究蕴藉骚雅,且多熔炼诗词名句,形成典雅工丽的特色:

> 蔷薇径,芍药栏,莺燕语间关。小雨红芳绽,新晴紫陌干。日长绣窗闲,人立秋千画板。(〔梧叶儿〕《春日书所见》)

在这一工丽细巧的小令中,可以看到张可久热衷于学习词的表现手法,在程度上已超过前期作家中杨果等人的以词绳曲。张可久也写词,今存六十余首,但其中有些作品是曲是词,已难区分。这不仅是由于〔人月圆〕和〔太常引〕等调,词曲全同,也由于张可久的词风、曲风几乎近于一致。清人《词综》曾选他的〔风入松〕《九日》，按词调〔风入松〕分上下阕，曲调〔风入松〕只有单阕，在李开先编的《张小山小令》中，却早已把《九日》视作两支小令了。

最能代表张可久艺术风格的是《湖上晚归》：

> 〔南吕·一枝花〕长天落彩霞。远水涵秋镜。花如人面红，山似佛头青。生色围屏。翠冷松云径，嫣然眉黛横。但携将旖旎浓香，何必赋横斜瘦影。
>
> 〔梁州〕挽玉手留连锦茵，据胡床指点银瓶。素娥不嫁伤孤另。想当年小小，问何处卿卿？东坡才调，西子娉婷，总相宜千古留名。吾二人此地私行，六一泉亭上诗成，三五夜花前月明，十四弦指下风生。可憎，有情，捧红牙合〔伊州令〕。万籁寂，四山静，幽咽泉流水下声。鹤怨猿惊。
>
> 〔尾〕岩阿禅窟鸣金磬，波底龙宫漾水晶。夜气清，酒力醒。宝篆销，玉漏鸣。笑归来仿佛二更，煞强似踏雪寻梅灞桥冷。

这一套曲对仗工整，词俊语隽，勾画出湖上恬雅秀丽的景色，并且熔铸了前人名句，竭力另翻新意，形成清劲的风格。被李开先誉为"古今绝唱"，并且说它"清劲"之格已到了"瘦至骨立而血肉销化俱尽，乃孙悟空炼成万转金铁躯矣"的地步。

张可久虽然有不少注重形式，入于诗、词意境的作品，但也有不少作品富有自然简淡的意趣，还有一些作品有流宕疏放之风。这些作品往往比那些典重的作品更好地发挥了散曲的长处。这些作品中的写景之作，往往有独到的功夫，细致的描写，新鲜的感受，使人耳目一新。

  云冉冉,草纤纤,谁家隐居山半崦?水烟寒,溪路险,半幅青帘,五里桃花店。(〔迎仙客〕《括山道中》)

  山头老树起秋声,沙咀残潮荡月明。倚栏不尽登临兴,骨毛寒、环珮轻。 桂香飘两袖风生。携手乘鸾去,吹箫作凤鸣,回首江城。(〔水仙子〕《吴山秋夜》)

像这些结构精致、诗句秀美自然的小令,写出了江南明媚的风光,富有诗情画意。

  张可久创作多,艺术上又很有成就,他还是一代曲风转掖的关键人物。和前期散曲相比,后期散曲以清丽雅正为其主要特色,张可久按其生活时代,正当曲风转变之时,他以自己的创作实践起了推波助澜的作用。

  与张可久年代相仿的作家还有曾瑞(?—1330年前)[7],字瑞卿,自号褐夫,大兴(今属北京)人[8],不仕。因喜江浙人才风物而移家南方。曾以诗文向林景熙请教,林称赞他说:"挹其貌,冰悬雪峙,莹然而清也;聆其论,蛟腾虎跃,轩然而异也。"《录鬼簿》记他"临终之日,诣门吊者以千数",可知他在当时的声誉。曾瑞是一个"志不屈物"因而不愿仕进的文人,生活拮据潦倒,依靠"江淮之达者,岁时馈送不绝,遂得以徜徉卒岁",因而他的不少散曲作品中流露了牢落不平的愤懑。他还有一些讽世的作品感慨也很深,如《酷吏》、《叹世》等。

  曾瑞的"情词"色彩明丽。而写隐逸山水则清放平实,在曲中不避俚俗语言,继承了早期散曲通俗本色的传统。今举一首闺情曲如下:

　　无情杜宇闲淘气,头直上耳根底,声声聒得人心碎。你怎知,我就里,愁无际?　　帘幕低垂,重门深闭。曲栏边,雕檐外,画楼西。把春醒唤起,将晓梦惊回。无明夜,闲聒噪,厮禁持。　　我几曾离,这绣罗帏,没来由劝我道不如归。狂客江南正着迷,这声儿好去对俺那人啼。(〔骂玉郎过感皇恩采茶歌〕《闺中闻杜鹃》)

曾瑞有《诗酒余音》[9]行于当时,现已佚。今存小令九十余首,套数约十七首。

　　任昱,字则明。与张可久同是庆元人,生平不详,约与张可久同时。今存散曲小令五十首,套数一首。他以散曲形式写宫词,是当时散曲日益诗、词化的另一种表现。

　　鸬鹚层楼夜永,芙蓉小苑秋晴。金掌凉,银汉莹。按霓裳何处新声。懒下瑶阶独自行,怕羞见团团桂影。(〔沉醉东风〕《宫词》)

　　任昱年轻时常出入歌榭青楼,他的曲作在歌伎中间很是流行,从今存的作品看,那些明显是为歌伎们写的时曲也趋向工雅,这也是后期散曲摆脱俚谣色调的一种特点。任昱的散曲也讲究工对,对"槐市歌阑酒散,枫桥雨霁秋残","芳草岸能言鸭睡,荻花洲供馔鲈肥","锦江滨,红尘外;王孙去后,仙子归来",等等。这些方面,都显出他与张可久有相同之处。

　　曹德,字明善。《录鬼簿》记载:"明善,衢州路吏,甘于自适。今在都下……即赋长门柳二词者。"所谓"赋长门柳",《辍耕录》有记载:"太师伯颜擅权之日,剡王彻彻都、高昌王帖木儿不花,皆以无罪杀。山东宪吏曹明善,时在都下,作〔岷江绿〕二曲以风之,大书揭于五门之上。伯颜怒,令左右暗察得实,肖形捕之。明善出避吴中一僧舍,居数年,伯颜事败,方再入京。"据《元史》,伯颜被贬和病死事都发生在至元六年(1340),次年即改元至正。《录鬼簿》说曹明善"今在都下",当是至正年间。《辍耕录》所说〔岷江绿〕即〔清江引〕,今引录第二首如下:

> 长门柳丝千万缕,总是伤心树。行人折嫩条,燕子衔轻絮,都不由凤城作主。

分明是讥讽权臣当道,皇帝无权,却用委婉蕴藉的手法来表现,而且写来比较工雅,看来这同曹德散曲的风格有关,他和他的朋友任昱一样,散曲格调都和张可久相似,十分讲究音律、对仗。在他今存的约十八首小令中,〔折桂令〕《江头即事》颇有代表性,引录如下:

> 问城南春事何如?细草如烟,小雨如酥。不驾巾车,不拖竹杖,不上篮舆。 著二日将息蹇驴,索三杯分付奚奴。竹里行厨,花下提壶。共友联诗,临水观鱼。

第二节 睢景臣 刘时中

睢景臣,生卒年不详[10],一作睢舜臣,字景贤,一作嘉贤,扬州人。自幼心性聪明,勤奋读书。曾写过《屈原投江》、《牡丹记》、《千里投人》三个杂剧;《嘉庆扬州府志》著录《睢景臣词》一卷,惜皆不传。现只存三首套曲,残曲四句。

他的代表作是〔般涉调·哨遍〕《高祖还乡》套曲。《录鬼簿》说:"维扬诸公,俱作《高祖还乡》套数,公〔哨遍〕制作新奇,诸公皆出其下。"可知这一套曲当时已负盛名。据史书所载,刘邦做皇帝后,曾经衣锦还乡,在沛地设宴招饮父老子弟,酒酣之际,亲自击筑唱《大风歌》,并教沛中儿童一齐习唱。这一故事题材在元代很流行,白朴有杂剧《高祖归庄》,张国宾也有杂剧《高祖还乡》,皆不传。睢景臣套曲"新奇"之处是在于没有正面描写刘邦"威加海内兮归故乡"的荣耀,也没有写他的踌躇满志的得意情态,却通过一个曾与刘邦有瓜葛的乡民的所见所闻,以诙谐嘲谑的口吻勾画了刘邦装腔作势的面目。

作者在前四支曲中描写了乡民们被迫应差纳贡,乡绅们为接驾而兴奋忙乱的情况。在一片骚扰中,迎来了御驾:

〔哨遍〕社长排门告示,但有的差使无推故。这差使不寻俗,一壁厢纳草也(一作除)根,一边又要差夫,索应付。又言是车驾,却说是銮舆,今日还乡故。王乡老执定瓦台盘,赵忙郎抱着酒葫芦。新刷来的头巾,恰糨来的绸衫,畅好是装幺大户。

〔耍孩儿〕瞎王留引定伙乔男女,胡踢蹬吹笛擂鼓。见一彪人马到庄门,匹头里几面旗舒。一面旗白胡阑套住个迎霜兔,一面旗红曲连打着个毕月乌,一面旗鸡学舞,一面旗狗生双翅,一面旗蛇缠葫芦。

〔五煞〕红漆了叉,银铮了斧,甜瓜苦瓜黄金镀。明晃晃马鞍枪尖上挑,白雪雪鹅毛扇上铺。这几个乔人物,拿着些不曾见的器仗,穿着些大作怪衣服。

作者借乡民的眼光,写出社长与乡绅可笑的忙乱,而盛大的仪仗舆服,本来为了显示皇帝的威风,在乡民的眼中,却不过是一堆千奇百怪、莫名其妙的东西,所谓"大作怪"的衣服,正好表现出人民与统治者的隔阂和对立。后四支曲是写一位乡民在咫尺天威之下,猛一抬头,认出了还乡的皇帝原来是他熟识的刘邦。

〔三煞〕那大汉下的车,众人施礼数。那大汉觑得人如无物。众乡老屈脚舒腰拜,那大汉挪身着手扶。猛可里抬头觑,觑多时认得,险气破我胸脯。

〔二煞〕你须身姓刘,你妻须姓吕,把你两家儿根脚从头数。你本身做亭长耽几盏酒,你丈人教村学读几卷书。曾在俺庄东住,也曾与我喂牛切草,拽耙扶锄。

〔一煞〕春采了桑,冬借了俺粟,零支了米麦无重数。换田契强称了麻三秤,还酒债偷量了豆几斛。有甚胡突处,明标着册历,见放着文书。

〔尾〕少我的钱,差发内旋拨还,欠我的粟,税粮中私准除。只道刘三,谁肯把你揪捽住,白甚么改了姓,更了名,唤做汉高祖。

正在刘邦接受乡老跪拜,"觑得人如无物",洋洋得意的时候,这位乡民给他兜头泼来一盆凉水,作出了一连串责骂揭露。这番描写实际上撕下了封建社会最高统治者神圣的面目。正如民间流传的孟姜女故事只是选择一个角度来谴责秦始皇一样,《高祖还乡》也是从一个角度来揭露汉高祖,而且带着民间传说色彩。套曲的可贵处在于直接把矛头指向封建统治者千方百计维护的君权。在作者嘲讽揶揄下,统治者显得那样渺小虚弱。另一方面,套曲写的是汉代的事,其实反映的却是元代的社会生活。作者很好地把历史意义与现实内容结合在一起，作品中反映的农村村社组织，排门告示催索差使，以至于銮舆仪仗的情况都能在元代史籍中得到印证。元代后期社会日益动荡，阶级和民族矛盾日趋尖锐，人民对统治者也日益不满，作品是在这样的动荡不安的社会条件下产生的，不论作者的经历和思想状况如何，实际上他在作品中反映了当时人民对统治阶级的不满和愤慨。

这一作品在艺术描写上颇有特点。首先，作品比较充分地发挥了散套能包容广阔生活题材的长处。它像一篇讽刺小品，像一幕短剧，像一幅漫画。这样的题材和内容，也只有用散套的形式才能完成，同时，也可以说，这一作品又为散曲开拓了题材范围。其次，作品构思巧妙，从一个乡民的角度描述"衣锦还乡"的隆重场面，描写了乡民对此事的不屑的态度，定下了嬉笑怒骂的基调，辛辣的讽刺，无情的揭露，既痛快又使人忍俊不住。作品形象鲜明，刘邦还乡时趾高气扬、目空一切的模样和昔日种种无赖的行径，都生动毕露。这种富贵与贫贱时的对比描写，有强烈的艺术效果。乡民的正直、幽默的性格也跃然纸上。套曲结构严谨，从乡绅忙乱的准备接驾到仪仗的出现，刘邦的露面，写得层次分明，最后乡民认出了刘邦，把他的根底从头数，达到了高潮。第三，作品语言通俗本色，乡民的口吻是那样的真切逼肖，生动活泼。无论从思想内容，还是从艺术上讲，这一套曲在元代散曲中都是难得的作品。

刘时中，古洪（今江西南昌）人，生平事迹不详，可能是一潦倒文人或沉抑小吏[11]。作品今存套曲四首，分别见于《阳春白雪》、《盛世新声》和《雍熙乐府》等集中。他的散曲，以〔正宫·端正好〕《上高监司》两套最负盛名，因此奠定了他在元代散曲史上的地位。由于另一散曲家刘致,字时中。近代以来,有的研究者认为这两首套曲均是刘致所作,但缺乏充分证据。最早辑录这两首套曲的是杨朝英的《乐府新编阳春白雪》,后集卷三此题上,明署"古洪刘时中",而于前集卷二刘致作〔湘妃怨〕曲后,注有"时中,号逋斋,翰林学士"字样。残元本《阳春白雪》所附"古今姓氏表"中又以"刘时中"、"刘逋斋"二名重见。明初朱权的《太和正音谱》亦同。《录鬼簿》著录"刘时中待制",而《录鬼簿续编》著录"刘时中",当为二人,因"待制"云云,应指刘致。可见,在元、明人著录中,刘致与"古洪刘时中"确为二人,而《上高监司》套曲则为"古洪刘时中"所作。此外,这两首套曲与刘致现存的七十余首小令,在艺术风格上也有明显差异,当非出于一人之手。

刘时中的《上高监司》套曲的前套系由十五支曲组成,反映了江西大旱灾的惨状;后套由三十四支曲组成,陈述了元代钞法的积弊,建议整顿钞法和库藏。在内容上直接反映了当时的社会现实,涉及了元代社会在政治上、经济上的种种流弊。这样的内容,在元散曲以描写风情、感叹身世、向往归隐等题材为主的情况下,可算得是凤毛麟角。

两套之中,又以前套的成就为高。作者真实细致地描写了灾区饥民的水深火热的生活:

> 〔滚绣球〕甑生尘老弱饥,米如珠少壮荒。有金银那里每典当,尽枵腹高卧斜阳。剥榆树餐,挑野菜尝。吃黄不老胜如熊掌,蕨根粉以代糇粮。鹅肠苦菜连根煮,荻笋芦莴带叶咙,则留下杞柳株樟。
>
> 〔倘秀才〕或是捶麻柘稠调豆浆,或是煮麦麸稀和细糠。他每早合掌擎拳谢上苍。一个个黄如经纸,一个个瘦似豺狼,填街卧巷。

〔滚绣球〕偷宰了些阔角牛，盗砍了些大叶桑。遭时疫无棺活葬，贱买了些家业田庄。嫡亲儿共女，等闲参与商。痛分离是何情况！乳哺儿没人要撇入长江。哪里取厨中剩饭杯中酒，看了些河里孩儿岸上娘，不由我不哽咽悲伤。

作者对这种悲惨的景象充满着同情，以饱含血泪的笔墨具体而微地描绘了一幅幅饥民图。元代灾荒频仍，兵燹兼之水涝旱灾，饥荒更益疫疠，人民鬻妻女易食，死者相枕藉。这种情况即史书也屡有所录，而这一套曲更为形象地反映了元代社会的这一侧面。同时作者还指出，这虽然是天灾，却还加之以人祸。那些殷实户、私牙子，趁灾荒施展歹伎俩，"谷中添秕屑，米内插粗糠"，更加重了灾民的苦难。官吏与富户狼狈为奸，为非作歹，所谓"义仓"只不过是他们盘剥人民、中饱私囊的摇钱树。因此虽属灾区，贫穷的家破人亡，豪门吏胥却乘机发家致富。曲中写道：

〔倘秀才〕私牙子船湾外港，行过河中宵月朗。则发迹了些无徒米麦行。牙钱加倍解，卖面处两般装，昏钞早先除了四两。

〔滚绣球〕江乡前，有义仓，积年系税户掌。借贷数补搭得十分停当，都侵用过将官府行唐。那近日劝粜到江乡，按户口给月粮。富户都用钱买放，无实惠尽是虚桩。充饥画饼诚堪笑，印信凭由却是谎，快活了些社长知房。

〔叨叨令〕有钱的贩米谷置田庄添生放，无钱的少过活分骨肉无承望。有钱的纳宠妾买人口偏兴旺，无钱的受饥馁填沟壑遭灾障。小民好苦也么哥，小民好苦也么哥，便秋收鬻妻卖子家私丧。

作者以愤怒的心情,控诉这些欺人瞒天的豪富官吏,展现了元代社会严酷的阶级对立与阶级压榨的情景。这不禁使人想起无名氏杂剧《陈州粜米》,一是散曲,一是杂剧,却有异曲同工之妙。

后套叙述元代钞法的弊端。元代交通运输及商业的发展,促使了货币制度的改革。元统治者仿唐代飞钱、宋代交子、会子、金代交钞,而造楮币。世祖中统元年,造交钞,以丝为本,每银五十两易丝钞一千两,其他物价,均从丝例。从货币发展史来看,纸币的发行与流通有利于经济发展,是一种进步。但是元代钞法施行日久,中间甚多变更,中统钞行久,物重钞轻,物价腾贵,便更造至元钞,至武宗又行钱法,每一变更,吃亏的总是老百姓,而破坏钞法,为首的便是皇帝自己。统治阶级为了自己的挥霍,滥支冒领,致使帑廪空虚。如《元史·成宗本纪》:"(大德三年)正月,中书省臣言:'比年公帑所费动辄钜万,岁入之数,不支半岁,自余皆借及钞本,臣恐理财失宜,钞法亦坏。'"既然动及钞本,必定货币贬值,通货膨胀。上行则下效,钞法之弊已难以整顿,直至作者写作时[12],早就弊坏得无可收拾了。这一套曲描述元代钞法弊端,详细地描写了库藏的积弊,吏役们与奸商沆瀣一气,藏奸弄滑的情状:

〔倘秀才〕都结义过如手足,但聚会分张耳目。探听司县何人可共处。那问他无根脚,只要肯出头颅,扛扶着便补。

〔滚绣球〕三二百锭费本钱,七八下里去干取。诈捏作曾编卷假如名目,偷俸钱表里相符。这一个图小倒,那一个苟俸禄。把官钱视同己物,更狠如盗跖之徒。官攒库子均摊着要,弓手门军那一个无,试说这厮每贪污。

同时作者还写到了货币制度本身的很多漏洞,如开库兑钱、解钞赴

省、烧昏钞等等,这都能让贪吏们钻空子,贪污钱钞:

　　〔滚绣球〕赴解时弊更多,作下人就做夫。检块数几曾详数,止不过得南新吏贴相符。那问他料不齐,数不足……

　　〔倘秀才〕比及烧昏钞先行摆布,散夫钱僻静处俵与。暗号儿在烧饼中间觑有无。一名夫半锭,社长总收贮,烧得过便吹笛擂鼓。

这一套曲具体地、形象地揭露了元代钞法的弊病,以及官吏的贪赃枉法。也揭示了元代经济走向崩溃、元王朝即将灭亡的若干历史迹象,是很有认识价值的。

　　刘时中在套曲中反映了元代社会的重大事件,这样的题材,势必要在散曲形式上作一些突破。如后套以"说贴"式的陈言献策扩大了散曲的应用范围;又如前套以十五曲、后套以三十四曲的长套组织,打破了散曲的篇幅限制,从此可以看到散曲章法变化的适应性、可以比较自由地反映社会生活的特点。这两套散曲的语言直白纯朴,而且充满着激情,务求真实地反映现实,这与后期不少散曲清丽典雅的倾向很不相同。

　　由于这两个套曲以上书方式展开描述,前套就有不少篇幅歌颂高监司的清正廉明,溢美之词过多。后套虽然反映了当时政治、经济的腐朽,但对当时的农民起义采取了不正确态度。从艺术上来讲,后套显得冗长纷沓,文字虽然通俗,有时也失之于粗糙,欠缺必要的锤炼。

第三节　贯云石　薛昂夫　徐再思　杨朝英　刘庭信

　　贯云石(1286—1324),回鹘人,原名小云石海涯,因父名贯只哥,就以贯为姓。字浮岑,号疏仙、酸斋、芦花道人。他出身于维吾尔贵族,祖父阿里海牙曾随元世祖征战有功,官至湖广行省左丞相;父亲官至江西行省平章政事。他的家庭是个武官家庭,他在少年时就神采秀异,膂力惊人,善骑射。后来折节读书,吐辞为文,皆出人意表。因父荫,袭为两淮万户府达鲁花赤,不久让爵位于弟,北上从姚燧学,深得姚燧器重。仁宗皇庆二年,拜翰林学士,其时他才二十八岁,故人称"小翰林"。不久称疾辞官还江南,在杭州过着隐居生活。泰定元年卒,年仅三十九岁。

贯云石深受汉族文化影响,受佛道影响更深,虽然以贵胄之子袭位,仕途也很顺利,却抛弃功名,醉心辞章,有飘然出世的志向。他富于才情,善作散曲,深通音律,诗文、书法亦佳。而且,他还是最早的散曲评论家,曾为《阳春白雪》、《小山乐府》作序,在散曲领域中,他是个很活跃、有影响的作家。元人孔齐《至正直记》记他"善今乐府,清新俊逸,为时所称",并说他"盖一时之捷才,亦气运所至,人物孕灵如此"。今存小令八十首左右,套曲八首。贯云石生前曾编有诗文集,程钜夫《跋酸斋诗文》中说他的"五七言诗,长短句,情景沦至"。元末戴良在《丁鹤年诗集序》中说到西北诸民族中"以诗名世"的作家时,列贯云石为首,并说他的诗"似长吉"。欧阳玄《贯公神道碑》则说他"诗亦冲淡简远"。看来他们是从不同诗体着眼的。可惜贯云石的诗文集已佚,今只能见到佚诗四十首左右。

贯云石为人疏放旷达,有一次过梁山泊,见渔父用芦花织被,他想以绸换被。渔父见他以贵易贱,甚为诧异,佯说:"君欲吾被,当更赋诗。"他立即赋诗一首,终于得到了芦花被。当时,这件事被当作文坛佳话。《芦花被》诗广为流传,这首诗写得很清放:"采得芦花不浣尘,翠蓑聊复藉为茵。西风刮梦秋无际,夜月生香雪满身。毛骨已随天地老,声名不让古今贫。青绫莫为鸳鸯妒,欸乃声中别有春。"

他的散曲风格也显得飘逸清俊,《太和正音谱》说他的作品如"天马脱羁"。当时散曲创作中已出现崇尚和追求清丽雅正的风气,贯云石却以豪宕疏放著称,这与他出身于西域武官家庭有密切关系。也可以说是气质使然。但是,他喜爱南方山水田园,也接受了南方文化的影响,所以他的作品也染上了南方娟秀的色彩,这又与前期豪放派有所不同。

他的散曲内容主要是写"隐逸"与"恋情"。写恋情的作品清新而警切,并且善于学习俗谣俚曲的长处,今举两例如下:

> 挨着靠着云窗同坐,偎着抱着月枕双歌。听着数着愁着怕着早四更过,四更过情未足,情未足夜如梭。天哪,更闰一更儿妨甚么。(〔红绣鞋〕)

> 若还与他相见时,道个真传示:不是不修书,不是无才思。绕清江买不得天样纸。(〔清江引〕《惜别》)

世有闰年闰月,却无闰更,只因感情绸缪难分,才有这种分外的愿望。后一首写别情,然而通篇只是解释她为什么不修书,"绕清江买不得天样纸",只一句就把相思之深点了出来,语虽尽而情无限,从这两首小令可以看到他情词的特点。

他虽然出身显贵,也没有遇到过大挫折,但却也有些感叹仕途险恶的作品,这大概与元代朝廷中"昨日玉堂臣,今日遭残祸"(〔清江引〕)的现象较为常见的情况有关。贯云石的祖父阿里海牙虽官居高位,但在复杂的政治斗争中,终于自尽身死。所以他的这种感叹,并非没有原因。因为看到仕途险恶,他在弃官以后,日子过得很轻松自如:

　　　　弃微名去来心快哉！一笑白云外。知音三五人，痛饮何妨
碍？醉袍袖舞嫌天地窄。（〔清江引〕）

　　　　畅幽哉，春风无处不楼台。一时怀抱俱无奈，总对天
开。　　　就渊明归去来，怕鹤怨山禽怪，问甚功名在？酸斋是
我。我是酸斋。（〔殿前欢〕）

　　可能是因为他既没有"壮志未酬"的牢骚，又没有"床头金尽"的顾
虑，所以他"归隐"的作品，显得悠游自得，如闲云野鹤。这与同属豪
放风格的马致远、张养浩等人深于感叹的作品又有所不同。内容不
同，风格也有差异。

　　贯云石不仅善于写曲，而且善于唱曲，歌声高引，可彻云汉；他不
仅精于北曲，还精于南曲，曾和杨梓一起改进海盐腔（参见第二十四
章第一节）。《北宫词纪》收有贯云石作南北合套《西湖游赏》，原刊
本《词林摘艳》也收此套，题为"元贯石屏"作。或谓"石屏"是贯云
石别号，那末在泰定元年以前就出现了南北合套。《录鬼簿》曾记
"以南北调合腔"始自沈和，又可知沈和"合腔"时间当更早。

　　与贯云石情况相似的另一维吾尔作家是薛昂夫，名超吾，号九
皋，贵胄之后，先世迁居怀孟路。汉姓为马，又称马昂夫、马九皋。生
卒年未详。据赵孟𫗪《薛昂夫诗集序》，知他曾执弟子礼于刘辰翁。
刘辰翁为宋遗民，卒于大德元年（1297）。薛昂夫或在至元末列刘门
下。约略可推知他生于至元十年（1273）前后。皇庆、延祐间为江西
行省令史。后入京，为秘书监郎官、金典瑞院事，出为西南某路总管，
迁太平路总管，元统年间为衢州路总管。至正十年犹在世。[13]

　　薛昂夫文采风流，虞集《寄三衢守马九皋》诗中说他"诗成花覆
帽，酒列锦成围"。著有《九皋诗集》（当即赵孟𫗪所说的《薛昂夫诗

集》），刘辰翁之子刘将孙亦为撰序。今佚。萨都剌《寄马昂夫总管》诗中说："人传绝句工唐体"，可窥知他诗作的风格。散曲集《扣舷余韵》也已佚失。今存小令六十余首，套数三首。他的散曲风格与马致远作品相似，以疏放豪宕为主。有人称为"二马"。但其作品在豪放中又见华美，就这个特点而言，又与贯云石之作相近。作品以傲物叹世、乐隐怀古为主。兹录二则：

> 凌歊台畔黄山铺，是三千歌舞亡家处。望夫山下乌江渡，是八千子弟思乡去。江东日暮云，渭北春天树，青山太白坟如故。（〔塞鸿秋〕《凌歊台怀古》）
>
> 惊人学业，掀天势业，是英雄成败残杯炙。鬓堪嗟，雪难遮，晚来览镜中肠热，问著苍天无话说。东，沉醉也；西，沉醉也。（〔山坡羊〕）

徐再思，字德可，浙江嘉兴人。为人聪敏秀丽。因喜甜食，故号甜斋。曾任嘉兴路吏。生平不可详考，约与张可久、贯云石同时。他与贯云石的散曲，世称"酸甜乐府"[14]。今存小令百余首。

他的散曲也以"恋情"、"归隐"以及"写景"等题材为主。他虽与贯云石齐名，作品风格二人却不相同。他的作品以清丽为主。正如贯云石也有一些清丽的作品，徐再思也有豪放的曲篇。若以写作技巧而言，徐似乎比贯更讲究锻炼之功；而以才情而论，则徐不如贯；从气质来说，徐比较纤弱平和，不如贯豪宕超逸。

徐再思的情词颇受曲家称赞，如：

> 平生不会相思，才会相思，便害相思。身似浮云，心如飞絮，气若游丝。 空一缕余香在此，盼千金游子何之。症候来时，

正是何时？灯半昏时,月半明时。(〔蟾宫曲〕《春情》)

一自多才间阔,几时盼得成合？今日个猛见他门前过,待唤着怕人瞧科。我这里高唱当时〔水调歌〕,要识得声音是我。(〔沉醉东风〕《春情》)

前一首写一个女子初害相思,情思绵绵,情态逼真。采用连环句、排句等形式,加强了感情色彩。押韵方式则利用曲可以韵字重复的特点,前三句同押一韵字,最后四句也同押一韵字,这样唱起来更显缠绵。后一首用白描手法,写这一女子想情人而又怕别人知道的细腻感情。徐再思还有些写景的作品和写羁旅之情的作品,如:

水深水浅东西涧,云来云去远近山,征风征掉钓鱼滩。烟树晚,茅舍两三间。(〔喜春来〕《皇亭晚泊》)

一声梧叶一声秋,一点芭蕉一点愁,三更归梦三更后。落灯花棋未收,叹新丰孤馆人留。枕上十年事,江南二老忧,都到心头。(〔水仙子〕《夜雨》)

从这些小令可以看到他工于炼字造句,在艺术上比较下功夫的特点。

徐再思还有些赠答、咏物之作反映了他流连于酒楼歌榭的声色生活,多有丽句华词,但掩盖不住贫乏无聊的内容。

杨朝英,号澹斋[15],青城人。(青城县有二,一在今山东,一在今四川,一般认为他是山东青城人。)生卒年未详。平生与贯云石相契,邓子晋《太平乐府·序》说:“昔酸斋公(即贯云石)与澹斋游,曰:‘我酸则子当澹。’遂以号之。常相评今日词手。”贯云石曾为他辑的《阳春白雪》写过序言。杨朝英辑录元人散曲颇有功绩,所辑《乐府新编阳春白雪》、《朝野新声太平乐府》二集，搜罗赡富，元人散曲多赖以传世，是研究元散曲的重要资料。周德清和他的朋友萧存存、罗宗信曾讥弹杨朝英"不知"曲律和"妄乱编集板行"，属片面之言。

杨朝英的散曲今存小令二十七首，多以描摹恋情、歌咏隐逸为内容，关于他作品的风格，《太和正音谱》曾评为"如碧海珊瑚"，似为清丽之意。杨维桢《周月湖今乐府序》说："士大夫以今乐府鸣者，奇巧莫如关汉卿、庾吉甫、杨澹斋、卢疏斋。"（《东维子集》卷十一）从所列举的庾吉甫、卢疏斋等人看，"奇巧"云云，也当偏于清丽，这固能概括杨朝英散曲的某些特点，却不全面。总的看来，杨朝英的有些作品虽具有俊逸秀丽的风采，但主导风格却更近于豪放，风格略与马致远相近。如〔双调·殿前欢〕《和阿里西瑛韵》：

> 白云窝，天边乌兔似飞梭。安贫守己窝中坐，尽自磨
> 陀。　　教顽童做过活，到大来无灾祸。园中瓜果，门外田禾。

写得豪爽洒脱，用语浅白流畅，有豪放派的情致。但是杨朝英的成就却远不能和马致远、关汉卿、卢疏斋等人相提并论。

后期作家中还有吴弘道、赵善庆、吴西逸、刘庭信等人。他们大抵属清丽派。吴弘道，字仁卿，号克斋，蒲阴（今河北安国市）人。大德年间任江西行省检校掾史，在《录鬼簿》成书之年（1330）已致仕。生卒不详。他曾编《中州启札》。今存。撰有杂剧五种及曲集《金缕新声》，今佚。现存小令三十余首，套曲四首。赵善庆，一作孟庆，字文宝，一作文贤，饶州乐平（今江西乐平）人。善卜术，曾任阴阳学正。著杂剧八种，已佚。今存小令三十首左右。吴西逸，生平不详，今存小令四十多首。他们的作品都以秀雅工丽为长：

> 泛浮槎,寄生涯,长江万里秋风驾。稚子和烟煮嫩茶,老妻
> 带月包新鲜,醉时闲话。(吴弘道〔拨不断〕《闲乐》)
>
> 稻粱肥,蒹葭秀。黄添篱落,绿淡汀洲。木叶空,山容瘦。
> 沙鸟翻风知潮候,望烟江万顷沉秋。半竿落日,一声过雁,几处
> 危楼。(赵善庆〔普天乐〕《江头秋行》)
>
> 翰墨空题鸾凤笺,云水虚劳鱼雁传。此情铁石坚,铁石知几
> 年。(吴西逸〔凭栏人〕《题情》)

这些作品都表现了比较精细的写作技巧。

刘庭信,原名廷玉,因为他身长而黑,排行第五,人称黑刘五。他
是南台御史刘廷翰(至正八年为南台御史)族弟,或系女真人。作品
今存小令四十首左右,套曲七首,以写闺情为主。《录鬼簿续编》说
他的〔双调·新水令〕《春恨》套曲"和者甚众,莫能出其右";又有
〔南吕·一枝花〕《秋景怨别》、《春日送别》两套"作语极俊丽,举世
歌之"。他的作品虽然很俊美,但与吴弘道等人不同,常以俗语入于
曲中,变用新奇,受俚曲与戏曲的影响较深。但是过于奇巧,杨维祯
评他的曲作太过恣情[16],兹录小令一首,以见其风格。

> 想人生最苦离别,三个字细细分开,凄凄凉凉无了无歇。别
> 字儿半晌痴呆,离字儿一时拆散,苦字儿两下里堆叠。他那里鞍
> 儿马儿身子儿劣怯,我这里眉儿眼儿脸脑儿乜斜。侧着头叫一
> 身"行者",阁着泪说一句"听者",得官时先报期程,丢丢抹抹远
> 远的迎接。(〔双调·折桂令〕《忆别》)

从刘庭信的作品可以看出,后期清丽派的不少作品在词藻丰赡,勤于

刻镂的同时，也力图出新。但是就内容来说却也令人感到缺乏生气勃勃的精神。

在元代散曲中还有数量众多的无名氏作品。由于散曲在当时还没有被视作雅正的诗歌形式，很多作者并无传世之想，所以随作随弃，遗落者甚多，而有些作品虽然在那时传唱很盛，却往往不知作者属谁。从这些作品来看，有一部分文辞丽则，袭用诗、词表现手法，化用诗、词名句，可以断定是出自文人学士之手。如：

> 泪溅端溪砚，情写锦花笺。日暮帘笼生暖烟，睡煞梁间燕。人比青山更远，梨花庭院，月明闲却秋千。（〔醉中天〕）

他们所吟咏的也无非是"闺情"、"乐隐"等题材。还有一部分，则是低层人民群众，包括沦落的下层知识分子的作品。这是无名氏散曲中更有价值的部分。如：

> 堂堂大元，奸佞专权。开河变钞祸根源，惹红巾万千。官法滥，刑法重，黎民怨。人吃人，钞买钞，何曾见？贼做官，官做贼，混贤愚，哀哉可怜。（〔醉太平〕）

这首小令也可能出自里巷细民之口，《辍耕录》说它"自京师以至江南，人人都能道之。古人多取里巷人之歌谣者，以其有益世教矣"。可见它流行之广，影响之深，它揭示了元末政治的腐败混乱，富有战斗性。又如：

> 夺泥燕口，削铁针头。刮金佛面细搜求，无中觅有。鹌鹑嗉里寻豌豆，鹭鸶腿上劈精肉，蚊子腹内刳脂油，亏老先生下手。

（〔醉太平〕《讥贪小利者》）

作品用民间谚语中常有的极为夸张的手法，尖锐地讽刺了剥削者贪得无厌的本性。又如〔朝天子〕《志感》二首，揭露那种"智和能都不及鹅青钞"的官吏，以及"老天不肯辨清浊"，"贤和愚无分辨"的黑暗的世道。这些都反映了元代尖锐的社会矛盾。此外还有像《嘲谎人》、《叹子弟》、《贪》、《刺鸨母》等作品反映了下层人民群众的道德观念与是非标准，也有一定的社会意义。

无名氏散曲中，还有相当一部分作品出自青楼妓女以及教坊艺人之手。这些作品中有一些反映了这些被侮辱，被蹂躏的妇女的痛苦，如〔双调·夜行船〕"院宇深沉人静悄"套曲，写一妓女想从良，而又怕"今世里离散买休多"的矛盾心理。然而也有不少是内容浮浅的艳情作品。还有一些狎客们的轻薄无聊之作，更属一无可取的糟粕。

无名氏散曲的艺术表现手法比较多样，从它们可以看到散曲在民间流传的一般情况，也可以看到散曲受民间语言、民间歌谣影响的情况。

〔1〕 根据隋树森《全元散曲》所辑数。张可久散曲集今有天一阁旧藏本《小山乐府》（不分卷），影元钞本《北曲联乐府》，李开先辑嘉靖本《张小山小令》二卷，徐渭辑《小山乐府》六卷，夏煜辑《张小山小令选》六卷以及任讷《散曲丛刊》本《小山乐府》等。还散见于《太平乐府》、《阳春白雪》、《乐府群玉》、《乐府新声》、《雍熙乐府》、《盛世新声》等曲集之中。

〔2〕 李祁《云阳集·跋贺元忠遗墨卷后》："卷中所书陈文卿文一篇，全述张小山词。因记余在浙省时，领省檄督事昆山。坐驿舍中。张率数吏来谒。一见问姓名，乃知其为小山也。时年已七十余，匿其年数，为昆山幕僚。遂与坐谈笑。仍数数来驿中语，数日乃别。别时，复书其新诗十余首来。"据孙楷第《元曲家考略》，李祁于至正四年（1344）任江浙儒学副提举，与张可久相识当在此时。

〔3〕　郑玉《师山文集·修复任公祠记》："新安城之北四十里有寺曰任公寺者，梁太宗任公彦升之祠在焉。祠废已久……乃图兴复……里人许绍德子华身任其事。四明张久可可久监税松源。力赞其成。"此文作于至正八年（1348）。

〔4〕　孙楷第《元曲家考略》对李开先的解释有不同看法，他说："按：务官与首领官不同。务官掌收税，即宋、金所谓监当官。首领官之称，宋金已有之，如都事、经历、知事等。掌省署文牍，元人谓之佐幕。以其控辖属曹，故谓之首领官。开先以谓务官即首领官，其言殊不清晰。"

〔5〕　钱惟善《江月松风集》有《送张小山之桐庐典史》诗可证。另徐舫有《张卜山捐俸重修桐君祠》诗。桐君祠在桐庐，诗中有"芙蓉日静文书暇，杖履春来啸咏迟"之言。"卜山"疑是"小山"之误。

〔6〕　张雨《贞居先生集》有《次韵倪元镇赠小山张掾史》诗："为爱髯张亦痴绝，簿领尘埃多强颜。何如膝上王文度，转忆江南庚子山。绿树四邻悬榻在，青山千仞荷锄还。风流词客凋零尽，莫怪参军语带蛮。"透露出张可久膝下尚有爱子，家境窘迫，不得不屡屡出仕，强颜事人的情形。

〔7〕　孙楷第《元曲家考略》推断曾瑞生于中统初，"至至顺元年钟嗣成撰《录鬼簿》时，年已逾七十，于嗣成犹为前辈"。

〔8〕　林景熙《霁山先生集·孤竹斋记》记曾瑞自述："吾家世平州，祖父皆学而仕，吾未乳而徙于燕也。"林景熙称他"燕人曾君瑞卿"。与《录鬼簿》所载"大兴人"相合。

〔9〕　《录鬼簿》曾瑞卿条记"有《诗酒余音》行于世"，胡正臣条又记胡存善编"瑞卿《诗酒余音》"，当是曾作散曲别集。惟明李开先《张小山小令后序》中说："小山词载在《乐府群珠》、《诗酒余音》者，仅有数十曲。"是又应是散曲总集。此处姑从《录鬼簿》所记。

〔10〕　曹本《录鬼簿》："大德七年（1303），公自维扬来杭州，余与之识。"从口气看，似于钟嗣成为同辈。钟嗣成并作有吊词，睢景臣或卒于至顺元年以前。

〔11〕　刘时中《代马诉冤》写一匹好马不能驰骋千里，"失陷在污泥"，实际是以马喻人。可能同作者境遇有关。从作者在《上高监司》套曲中对衙门黑暗揭露的细致程度看，他又可能是一小吏。

　　〔12〕　《上高监司》套曲的写作年代,研究者说法不一。曲中云:"已自六十秋楮币行",又云:"这红巾合命殂。"元末红巾军起义始于至正十一年(1351)。据《元史·食货志》,中统钞和至元钞,"终元之世,盖常行焉"。至元钞始于至元二十四年(1237),自次年起到至大二年(1309),大抵只印制至元钞。皇庆元年(1312)以后,每年都印制两种钞券,但至元钞印数通常多于中统钞十倍、二十倍。至元钞每一贯文当中统钞五贯文,实际上是中统钞贬值后实行的新币,民间大量流行的是至元钞。因此,"已自六十秋楮币行"的"币"指至元钞也可释通。自至钞秒初行到红巾起义,为六十五年,"六十秋"云云,举成数而言,同样可释通。因此,或可判断这作品作于至正十一年或略后。

　　〔13〕　胡翰《胡仲子集·王子智墓志铭》,记龙游县典史王临卒于元统二年(1334),文中说到:"龙游,衢属邑。衢守马昂夫召诸邑令议均赋役,而龙游之役,独署典史(指王临)莅之。寻感疾卒。"可知薛昂夫于元统年间为衢州总管。清人萨龙光为萨都剌《雁门集》作注,于《和马昂夫赏心亭怀古》诗注中说,萨都剌在至正六年任江南行台侍御史,马昂夫此时由衢州调为太平路总管。但萨龙光又把首句为"衢州太守文章伯"的《寄马昂夫总管》列入至正八年诗中,似以为马两任衢州,疑不可信。另,危素《说学斋稿·望番禺赋》有"得今衢州路总管薛超吾为江西行中书省令史时所赋诗",《望番禺赋》写于至正十年(1350),是薛昂夫该年犹在世。

　　〔14〕　酸甜乐府并称,最早见于蒋一葵《尧山堂外纪》:"贯云石,畏吾人,阿里海涯孙也。父名贯只哥,遂以贯为氏。名小云石海涯,自号酸斋。同时有徐甜斋,失其名,并以乐府擅称,世谓'酸甜乐府'。"

　　〔15〕　元人杨英甫也号澹斋,张之翰《西岩集》有咏杨英甫诗:"贤哉吾英甫,学古亦已至。以澹名其斋,涉世良有为,灭除是非心,消落忧喜意……老天未相容,正坐才具累。前年作郡守,今年署郎位。迹居喧扰中,兴在潇洒地。琴闲鹤长饥,竹瘦梅欲悴。待君早归来,享此无尽味。"孙楷第《元曲家考略》以为张诗所咏"杨英甫郎中澹斋"即杨朝英,英甫为字。孙著又据《辍耕录》,考张之翰卒于元贞二年,此诗当作于这年以前。但贯云石于元贞二年才十一岁,与邓子晋《太平乐府》序中所说杨朝英和贯云石相契之情难以契合。按张之翰与卢挚、王

博文等有交往,至元二十一年前在大都御史台任职,二十三年后为翰林学士,二十八年除授松江知府,是年五十余岁。他的"作郡守"和"署郎位"的朋友杨英甫是否即散曲家杨朝英,尚存疑问,待考。

〔16〕　杨维桢《东维子集》卷十一《沈生乐府序》谓:"自疏斋、酸斋以后,小山局于方,黑刘纵于园。局于方,扬才之过也;纵于园,恣情之过也。"黑刘即指刘庭信。

第十七章　元代诗文概况

第一节　元诗"宗唐得古"风气的形成及其特点

元代诗歌总数,目前尚难以作统计。元代诗家,向来也无确切统计,清代康熙四十八年(1709)张豫章等奉旨编次的《御定四朝诗》的元诗部分,共收作者近二千人。康熙三十三年(1694)开始刊刻的顾嗣立所编《元诗选》选录三百四十家,其后由席世臣、顾果庭续编的《元诗选·癸集》选录二千三百多家,合计二千六百多人。和当时新兴的文艺样式——杂剧和散曲相比,元代诗歌的成就相对来说显得逊色,但在历来所谓的"正统文学"诗、词、文这个范畴内,元诗较之元词和元文却又显得比较地有生气,在中国诗歌史上也有一定的地位。

在元诗的发展过程中,宗唐得古(即古体宗汉魏两晋、近体宗唐)成为潮流和风气,其间经历了对前朝诗风的反思和批判,经历了南北复古诗风的汇合,这是元诗的一个最显著的特点。

蒙古王朝灭金以后,与南宋王朝对峙的时间有四十多年,这时北方诗坛主要受金代诗风的影响。王恽在《西岩赵君文集序》中说:

"逮壬辰北渡,斯文命脉,不绝如线,赖元、李、杜、曹、麻、刘诸公为之主张,学者知所适从。"[1]袁桷在《乐侍郎诗集序》中说:"金之亡,一时儒先犹秉旧闻于感慨穷困之际,不改其度,出语若一,故中统、至元间皆昔时之绪余。"王恽是北儒,袁桷是南士,他们说法中所寓褒贬不同,但却都承认一个事实:自蒙古王朝统一北方后的一个时期内,诗坛承继的是金诗传统。金代诗风也有一个变化过程,但主要受宋代苏轼、黄庭坚的影响,虽然前有尹拓嗤学苏、黄为"卑猥",后有王若虚斥黄诗"穿凿"和"太好异",但他们是少数派。金王朝南迁以前,以继承苏、黄传统自任的著名人物是王庭筠,他的学生赵秉文早年继其衣钵,晚年却稍变其法,提倡学唐,至被人认为与老师"争名"。赵秉文的学生元好问挫笼参会唐宋名家,终于自己也成为名家。追随赵秉文的还有李汾和麻九畴。与赵、元抗衡的则有李纯甫和他的弟子雷渊等,他们依旧宗苏、黄,并且喜欢追求新巧,甚至好作险句怪语。

这样,金代后期实际上有两个诗派对立,彼此在诗歌见解上常有龃龉,但他们争论的焦点集中在对黄庭坚诗的褒贬上,在学苏这点上却是一致的。元好问在金亡后编金诗总集,名《中州集》,他在《自题〈中州集〉后》诗中说:"北人不拾江西唾,未要曾郎借齿牙。"这只说出了一部分事实,而把李纯甫和他的弟子崇尚尖新、奇特这一现象完全抹煞了。他在去世前四年为赵秉文草书诗稿所写的题跋中说的"百年以来,诗人多学坡、谷",却道出了历时一百多年的金代诗坛的一个基本事实。

元好问在金亡后虽未出仕蒙古王朝,但他对当时文坛影响很大。他的尚壮美、重豪迈之旨几乎成为文坛的指导思想。从蒙古王朝统一北方后涌现出来的著名文士如刘秉忠、郝经、许衡和王恽等人所写的诗作,可以看出他们大抵都不崇华丽、险怪,而追求豪迈清放。刘秉忠在《读遗山诗》中说:"自古文章贵辞达,苏黄意不在新奇。"王恽还欣赏白居易诗的"通俗近人情"。由于他们欠缺诗人的才情,一般地说,他们的诗作流于平实乃至平庸,因而他们追求豪迈、清放的结果,往往又呈现粗砺的缺点。成宗大德年间和以后活跃起来的作家如虞集、苏天爵和傅若金等却又把这些作家的缺点归结为"金人余习"。

王恽曾师事元好问,他把宗唐主张说成是整个金末诗坛的风尚。他说:"金自南渡后,诗学为盛,其格律精严,辞语清壮,度越前宋,直以唐人为指归。"(《西岩赵君文集序》)按照王恽所说,既然南渡后的金诗以唐人为归,那么与金代斯文一脉相承的蒙古王朝和元初诗坛,也就是归于唐音了。王恽实际上主张宗唐,却以金代就是一片唐音这种观点来表达,这可能同他要维护由金至元的北方文统有关。不过这个说法确也传递了一个信息,即元初诗坛出现了宗唐呼声。王恽是在忽必烈即位后大量起用文人之际入朝的,是第一批"翰林公"中人,有一定影响,因此他发出的宗唐消息也就显得比较重要。同样是在忽必烈继帝位初始入朝的卢挚,是真正转变北方诗风的先导人物之一,苏天爵《书吴子高诗稿后》一文中说:"国朝平定中原,士踵金宋余习,率皆笨豪衰苶,涿郡卢公始以清新飘逸为之倡。"卢挚主要以五言古诗见长,吴澄说他"所作古诗类魏晋清言"(《盛子渊撷稿序》)。虞集说:"五言之道,近世几绝,几十年来人称涿郡卢公。"(《李仲渊诗稿序》)卢挚诗集到清代即已佚失,流传下来的诗歌很少,但从中也可约略窥见其诗风特点。他无疑是元初北方诗坛上开古诗宗汉魏两晋先声的重要诗人。

由于卢挚诗集不传,就今天留存的元诗而言,在元初北方诗坛上脱颖而出,以创作业绩来打破平庸局面的当数刘因,前人甚至认为在金末元初诗坛上,他是仅次于元好问的诗家。他和卢挚是好友,他的诗歌见解虽不执"复古"之见,但他的近体佳作沉郁顿挫,大有唐风,歌行、古乐府又深受李贺诗风的影响,他青少年时代还以人称他"刘昌谷"而自豪。到了晚年,却又极力学陶(潜),他的和陶诗中的若干作品几乎可以乱真。这样,从王恽传递的消息到卢挚、刘因的创作实践,诗歌宗汉魏晋唐的风气就在北方文坛上出现并形成了。

刘因和卢挚都是在蒙古王朝时期开始他们的创作活动的,他们经历了元王朝统一中国这个历史性的大转折。根据有关材料,大致和他们同时,南方诗坛也出现了新的动向。

南宋时代,苏轼、黄庭坚成为许多诗人学习的对象,而被认为"本朝诗家宗祖"的黄庭坚和江西诗派影响尤大。特别是南宋初期,江西派在诗坛几乎一统天下。后来张戒对苏、黄提出批评,说"子瞻以议论作诗,鲁直又专以补缀奇字",甚至说"诗妙于子建,成于李、杜,而坏于苏、黄",但无大影响。到南宋末年,四灵诗派崛起,以宗"晚唐"诗歌(实际是宗贾岛、姚合)来反江西派。紧接着出现的江湖派诗人大多也反江西诗派,并且也宗晚唐诗歌。这时严羽提出了"以汉、魏、晋、盛唐为师,不作开元、天宝以下人物"的主张,也提出了"诗者吟咏情性"、"诗有别趣,非关理也"的著名论点。正是在这种背景下,由宋入元的戴表元、仇远、白珽和赵孟頫等人以他们的诗论和创作实践,批评江西派和四灵、江湖派,批评理学对文艺的消极影响,同时也涉及对整个南宋诗坛的反思。戴表元提倡宗唐得古。仇远说:"近体吾主唐,古体吾主选",所谓"选"指《文选》中的古诗,实际就是宗汉魏。白珽推崇杜甫,戴表元将他比作南宋初期以学杜著名的陈与义。赵孟頫较戴、仇、白年轻,但他们在宋亡后成为声气相通的文友,赵孟頫又是杰出的书画家,他在画论方面也是刻意学唐,提倡"复古"。戴表元、仇远和白珽在元代都任过地方上的儒官,没有到京城任职。赵孟頫在宋亡十多年后被召至京师,受到世祖忽必烈的重视,他的才华使他名动京师,在文坛上的影响也较戴、仇等人为大。大德年间,袁桷和虞集先后到京。袁桷是戴表元的学生,继承了他老师宗唐得古的主张,虞集较戴表元、赵孟頫也为后辈,他的论诗见解在不少方面和他们一致,他批评鄙薄文辞的宋末"说理者",也批评宋时科举法带来的文风的颓弊。显得不同的是他比较通达,更多地采取转益多师的态度。但他论诗的主要倾向是尊陶渊明、柳宗元和韦应物,实际上也适应了宗汉魏两晋和宗唐的复古思潮。虞集在大德、至大年间的京华文士中属后起之秀,卢挚、赵孟頫和另一位著名散文家姚燧曾同他一起论文,在座的还有一位"元老"程钜夫,他们对这位后辈十分激赏。虞集活跃于诗坛并且成为"盟主"是在延祐年间,那时在京师出现了"四家"之说,"四家"指虞集、杨载、范梈和揭傒斯,后世称为"元诗四大家"。范梈是在大德末年到京的,揭傒斯在皇庆年间入京,杨载在延祐二年中进士。这一年是元代文化史上具有里程碑性质的一年,早在蒙古王朝时期曾试行过一次进士考试,那基本上是沿袭金代科举而举行的,元王朝制定了自己的科举法后进行的第一次进士考试是在延祐二年。除杨载外,马祖常和黄溍等也在这年中进士第,他们都是元代的著名文士和作家。如果说赵孟頫和袁桷先后进京,代表着南方的"宗唐得古"诗风传入北方,从而和北方的复古诗风汇合,那么,到了延祐年间,这种汇合的复古诗风就成为席卷诗坛的汹涌澎湃的潮流。关于两种复古诗风的汇合,虞集《使还新稿序》中略有说明:"国初,中州袭赵礼部(按:指赵秉文)、元裕之之遗风,崇尚眉山之体,至涿郡卢公稍变其法,始以诗名。东南宋季衰陋之气,亦已销尽。大德中,文章辈出……"关于汇合后的情况,欧阳玄《罗舜美诗序》也有所叙述:"我元延祐以来,弥文日盛,京师诸名公,咸宗魏晋唐","江西士之京师者,其诗亦尽弃其旧习焉"。这里"旧习"指江西诗派之习。

因此,元诗的发展以仁宗延祐年间为界,可分作前后两期,延祐以前宗唐得古诗风由兴起到旺盛,延祐以后宗唐得古潮流继续发展,在很大的程度上,后期的成就超过了前期,这表现在三个方面:第一,出现了更多的名作家,除了"四大家"以外,还有杨维祯、萨都剌和张翥等;第二,在诗歌体貌上有"新变",如"古乐府"、竹枝词等;第三,诗歌风格更趋多样,打破了宋人诗词在题材情调上判然有别的格局,出现了不少爱情诗和艳体诗。

如果就局部而言,元代的作家中,也有继续坚持江西诗派的创作之风的,也有主张兼学唐宋的,但就整体而言,宗唐得古成为支配有元一代诗坛的潮流,因此元末有人有"举世宗唐"之说。[2]

虽然宋末严羽《沧浪诗话》中提出诗宗盛唐之说和把唐诗划分为"盛唐"、"大历以还"和"晚唐"等不同的时期,但元人宗唐却并不专宗盛唐,清人王士禛发现了这个特点,他说元人论诗,不甚分初盛中晚。因此,元人学唐的结果,使元诗也像唐诗那样万木千花。以当时著名或比较著名的作家而言,张翥、傅若金以李白、杜甫为楷模,虞集、倪瓒则以韦应物为榜样,姚燧、吴莱以学韩愈出名,朱德润、迺贤又以学白居易新乐府见长。至于学李贺之风,北方刘因开其端,南方的吾丘衍也有这种倾向。到了元末,杨维祯和他的"铁崖派",还有一批浙东诗人如陈樵、项姛和李序等,掀起一股"贺体"旋风。明代胡应麟说:"元末诸人,竞学长吉。"一时间,秋坟燐火,此闪彼烁,仙人烛树,纷至沓来。如果说文学史上有"李贺时代",那并不在中唐而在元末。刘禹锡仿民歌而写的竹枝词,在元末也大放异彩,竞写竹枝词成为一时风尚,或叫"西湖竹枝词",或叫"海乡竹枝歌",不一而足。

元人论诗,虽不专宗盛唐,但大体上说,早期的作家并不推崇甚至排斥中唐以后的诗家,刘因论诗就排斥温庭筠、李商隐;郝经论诗批评"李贺之奇"、"卢仝之怪"、"杜牧之惊"和"元稹之艳";方回则说:"姚合以下,君子不取焉"。但稍后袁桷、马祖常就赞美玉溪诗,虞集偶尔涉猎"无题"诗体或许有某种寄托,被他称之为"最长于情"的萨都剌的一部分诗作则明显的受李商隐诗的影响。元末"睦州诗派"中人的一些诗更显出学李商隐诗的痕迹。唐末写"宫词"的高手是王建,元代写"宫词"成风大致在延祐以后,最著称的还是萨都剌,由此引出的酬和作品中以杨维桢之作为最佳。在杨维桢看来,"宫词"是"诗家之大香奁也",他终于又写起香奁诗来,其"越轨""出格"程度超过了唐末的韩偓。

对元代诗坛的宗唐得古潮流及其造成的结果,后人评价不太一致。除去清人王夫之从民族偏见出发,把蒙古贵族统治下的有元一代所产生的诗歌一笔抹煞这种无理看法可以不论外,大致说来,明清人中间存在着褒多于贬和贬多于褒两种看法。清代朱彝尊、王士禛和翁方纲属前者,明代李东阳、王世贞和都穆属后者。比较特殊的是明人胡应麟,他的评论几乎是褒贬参半。但他们立论的角度往往不同,或把元诗和宋诗相较,或把元诗和明诗来比;他们的具体说法也颇为相异,同是批评元诗缺点,有的说元诗学唐而不脱"粗豪""风沙气",有的却又嫌元诗学唐而过"秾"过"巧"。真是仁智各见,莫能一是。

自明至清,批评元诗缺点的有代表性的看法是李东阳和胡应麟的评论,后人或承袭或贩售,成为最流行的看法。李东阳曾说:"宋诗深,却去唐远;元诗浅,去唐却近。顾元不可为法,所谓取法乎中,反得其下耳。"(见《怀麓堂诗话》)胡应麟说:"宋人调甚驳,而材具纵横,浩瀚过于元;元人调颇纯,而材具局促,卑陬劣于宋。然宋之远于诗者,材累之;元之近于诗,亦材使之也。"又论元五言古诗说:"盖宋之失,过于创撰,创撰之内,又失之太深;元之失,过于临模,临模之中,又失之太浅。"(见《诗薮》)总之,他们都认为元诗学唐而"浅"。李东阳还说过:"诗太拙则近于文,太巧则近于词。宋之拙者,皆文也;元之巧者,皆词也。"胡应麟说:"元人诗如缕金错采,雕绘满眼。"又说元代近体诗"其词太绮缛而厌老苍"。

平心而论,李东阳、胡应麟在不同程度上对元诗是有研究的,他们不像清代有的人那样信口开河[3],他们的见解自有可取之处,但同我国传统的诗话著作中普遍存在的用语缺乏分寸感的弊病一样,他们的这些诗话式的评论是不够科学的,再加上他们把唐诗看成一种绝对的标准,也就更加显得有片面性。而到了清代人的一些评论中,"纤弱"或"秾缛"成了"元风"的全部,"纤词"也就几乎成了元诗的同义语了[4]。

如果按照传统的关于诗风"秾缛"的概念来衡量,元诗中诚有这种现象,那大抵是在天历以后,如萨都剌和杨维桢的一部分作品和一些浙东诗人的作品便有这种倾向。但不是元末诗歌的全部,当时张翥、傅若金、王冕、陈基、戴良的诗歌,几乎与"秾缛"无缘。而在延祐年间和延祐以前,无论是"四大家"还是刘因、赵孟𫖯的诗作,更不存在这种倾向。元末出现的"秾缛"诗风很自然地会对明初一些作家发生影响,朝代的更迭不能截然割断文艺风气上的联系,何况有些明初作家还是由元入明的。李东阳批评明初杨基的《春草》诗中"六朝旧恨斜阳外,南浦新愁细雨中"、"平川十里人归晚,无数牛羊一笛风"为所谓"元诗气习",也就把"秾缛"的界限扩展得太宽了。

在我国传统的诗歌见解中,实际上存在着一种矛盾的现象,用"秾缛"或"绮丽"之说来评论一种诗风通常含有贬意,但具有这种诗风或者在不同程度上具有这种特点的作家却常常代表着某种成就。如果要在元末诗坛上找出"秾缛"诗风中的有代表性的作家,无疑是杨维祯和萨都剌,但对这两位作家,自明至清的评论家,对他们却又大抵持肯定的态度。清代四库馆臣总论元诗说:"有元一代,作者云兴,虞、杨、范、揭以下,指不胜屈。而末叶争趋绮丽,乃类小词。杨维祯负其才气,破崖岸而为之,风气一新,然讫不能返诸古也。"(《四库全书总目·御定四朝诗》)所论虽有公允处,但把杨维祯和"末叶争趋绮丽"截然分开,却又显得矛盾而不能自圆其说,因为要说元末绮丽之作,杨维祯的某些作品恰恰是颇有代表性的。

因此,跳出传统的偏见,不笼统地把前人所说的元末"绮丽""秾缛"诗风看作是一种注定要受到贬抑的消极现象,而从具体作家、作品出发,分析它们各自在思想、艺术上的成败得失,才是比较公允的做法。

同样,跳出前人学唐、学宋的门户之见,对于元代诗坛的"宗唐"潮流,也不笼统地作出褒贬,而作具体分析,才是比较公允的做法。

对于一个诗人来说,所谓"学唐",当是指他在诗歌的体裁、格律和旨趣、风格上对唐代某个或某些作家乃或是某个流派的学习和继承,"学"的目的是为了自己的创作,为了表达自己的思想感情和表现自己的艺术风格。在这点上,"学唐"或"学宋"不是判断一位作家诗歌优劣的标准,也就是说,"学"的本身无可非议,但学的结果却各有不同:一、学后有创造;二、学后虽无创造,但能写出较好的作品;三、只是停留于模仿乃至生吞活剥。就元代诗人的基本情况而言,第一类是少数,第二类是大多数,第三类也属少数。而且这三类的情况也并非只是元代诗人所特有。因此,胡应麟认为元诗在全体上表现为"过于临模"的说法也是片面而不符合实际情况的。

元诗的宗唐得古当可视作是一种"复古"潮流。对文学史上的复古潮流,不能一概而论,有的常常打着"复古"的旗号,实际上是以复古为革新,或者说是对古代传统的继承和创新。这样的复古通常有三个主要标志或者说是三个主要内容：一，内容上有所提倡和要求；二，形式上也有所革新和创造；三，推动一代文学的繁荣。但文学史上的以复古为通变的潮流也并不都千篇一律地包含着这三个内容，不少"通变"、"新变"主张大抵只限于文辞体貌的翻新，在思想内容上没有提出新的观点，而且往往强调师承古人。元代的宗唐得古潮流既然主要针对的是宋诗的弊病，也是为了纠正宋代理学家鄙薄诗艺的偏颇，因此也就具有以复古为"新变"的性质，而不是消极意义上的拟古。

如果只限于文辞体貌的翻新，面对着唐宋以来几乎齐备的诗的各种形式和格调，元人也不是没有局部的创新，杨维桢的"古乐府"多少在体貌上有若干变化（详见第二十二章），延祐以后出现的竹枝词也呈现出一些新貌，更具有"风俗画"的特点，进一步丰富了文人诗的内容，而且一直影响到清末。在近体诗方面的六言绝句，元人企图复兴，前期作家赵孟頫和后期作家倪瓒多有写作，但这种形式显得呆板，未能流传开来。

总的来说，元诗宗唐的结果，不仅使它本身有一个相对繁荣的局面，同时也使它在中国诗歌史上占有一定的地位，这主要表现在两个方面：一，它在整体上完成了自宋代就已出现的批判宋诗中存在的违反形象思维规律积弊的历史任务，并在实践上宣告和这种积弊决裂；黄庭坚和江西诗派乃至苏轼的诗，自元代到明中叶一般地说都不受重视，正是同这一点相联系着的。二，它在宗唐实践中所表现出来的成败得失也给后代诗家带来了经验和教训。明代前后七子倡导复古，提出所谓"诗必盛唐"，不仅针对着宋诗，同时也是针对着元诗，因为在他们看来，元诗全面学唐的结果，也就包括着学中晚唐而带来"纤弱"的弊病。清代诗坛宗唐宗宋之风迭见，在各立门户，相互辩难过程中，对元诗的评价也不时成为命题之一，宗宋的人一般不讳言学唐,却往往要贬抑元诗;宗唐的人却又往往要为元诗辩护。这恰又反过来说明,元诗在中国诗歌史上自有它不可忽视的地位。

第二节　元词继承前代传统和走向衰微的基本情况

据不完全统计,元词流传下来的有三千七百多首,作家二百多人。[5]上继宋、金传统,元词在词风上大致可分为两种倾向:宗苏(轼)、辛(弃疾)和宗周(邦彦)、姜(夔)。如果按照明人张綖始倡、后人相沿成习的分宋人词为"婉约"派和"豪放"派的两分法,也可以说元词大致存在这两种词派的余风。

元代前期(包括蒙古王朝时期)的北方词人,直接继承着金代词坛的传统,大抵宗苏、辛;前期南方词人的主要特点是宗周、姜。这两种现象十分明显。

金代早期著名词人是吴激和蔡松年,有"吴蔡体"之说,其风格近苏词。金室南迁前后,宗苏之风更盛,乃至把苏词推为"古今第一",王若虚说:"陈后山谓子瞻以诗为词,大是妄论,而世皆信之。独茅荆产辨其不然,谓公词为古今第一。今翰林赵公亦云:'此与人意暗同'。"(见《滹南遗老集·诗话》)文中所说"翰林赵公",指赵秉文。赵秉文的门生元好问也是写词能手,他在《遗山自题乐府引》中说:"乐府以来,东坡第一,以后便到辛稼轩,此论亦然。"又在为张胜予所撰的《新轩乐府引》中说:"坡以来,山谷、晁元咎、陈去非、辛幼安诸公,俱以歌词取称,吟咏情性,留连光景,清壮顿挫,能起人妙思。"他从苏轼一直论到辛弃疾,却不及周邦彦,足见他的倾向。所以元人徐世隆在《遗山先生文集序》中说元好问于"东坡稼轩而下不论也"。

　　元初的北方词人如刘秉忠、王旭、姚燧、王恽、白朴、刘因、刘敏中、张之翰、曹伯启等大抵受元好问影响,刘敏中甚至把元好问和苏、辛相匹配,他说:"(词)逮宋而大盛,其最擅名者东坡苏氏,辛稼轩次之,近世元遗山又次之。三家体裁各殊,然并传而不相悖。"[6](《中庵集·长短句乐府引》)在这些作家中,刘因词作数量虽不多,但佳作较多,因此有人尊他为元代的苏轼。[7]刘秉忠和王恽也都是元好问的崇拜者,他们各自的词作数量都较刘因为多,但成就却不及刘因。

　　白朴也是元代初期的著名词家,他在元好问教养下成长,耳濡目染,受到影响,加之他本人的才能,他的词作成就从整体上说超过了刘秉忠和王恽。金代的王若虚曾一概斥柳永、田不伐的词为"纤艳淫媟"的"末作",白朴却不同,他在音律方面颇注意学习北宋"大晟府"作者,他称赞田不伐"妙于音"。清代四库馆臣说白朴词"意惬韵谐,可与张炎玉田词相匹",可能就是从白词音律颇精颇严着眼的,但就词风的总体来看,白词还是源出苏辛的。[8]

　　在前期北方词人中,刘敏中(1243—1318)流传下来的词作较多,他是济南章丘(今属山东)人,字端甫,他主张"诗不求奇","率意讴吟信手书",词作的特点也是明白晓畅,不加雕饰。他的有些作品在白描中显得清简有致。但大部分作品写来平淡无味。学苏、辛而缺少苏、辛词的豪壮意境,正是刘敏中词的最大弱点。在很大程度上,这种弱点也是元代宗苏、辛词风的作者的共同弱点。

　　元词中的宗周、姜词风的倾向,大抵始于由宋入元的词人。南宋后期,"远祧清真,近师白石",或者"历梦窗以窥清真",成为词坛的主要风尚。宋元之际,刘辰翁、邓剡和王奕等从理论到实践都宗法苏、辛,张炎、王沂孙和周密等则谨持周、姜衣钵。周邦彦和姜夔既是著名词人,又是著名乐律家。南宋末年又出现了一位乐律家杨缵,他论乐、论词,都以周邦彦、姜夔为宗。他的学生有周密和张炎,后者于入元后作《词源》(《词源》写成于大德年间),为周、姜这一派词学作了总结。张炎论词一主雅正,二主清空,而清空实际上又是比雅正更高的标准。在张炎看来,因"曲俗"而早已受人讥弹的柳永固然"为风月所使",失去"雅正之音",而辛弃疾、刘过的"豪气词"也非"雅词",对苏轼的词,他只肯定"清丽舒徐"和"清空中有趣"之作。对周邦彦的词,他在称赞其"浑厚和雅"的前提下,也认为有失之"软媚"处。因此,后人说《词源》虽宗周、姜,实际上主尊姜夔。在由宋入元的词人中,王沂孙和蒋捷也都是宗法周、姜词风的著名人物。他们和张炎、周密等人在杭州结社唱和,对元初的南方词坛起着很大影响。这里不作详述。[9]

跟张炎、周密和王沂孙等人的论词意旨及词风相同或相近的元初南方词人有仇远、袁易、陆文圭、赵孟頫、詹正、彭元逊、段弘章、刘天迪和陆行直等。[10]其中陆行直还是张炎的学生。仇远为张炎的词集《山中白云》所撰序文中说:"《山中白云》词,意度超玄,律吕协洽,方之古人,当与白石老仙相鼓吹。"陆文圭为张炎《词源》所写跋文中则说:"览君词卷,抚几三叹。"陆行直作《词旨》,在自序中说:"予从乐笑翁游,深得奥旨制度之法。""乐笑翁"即张炎。所以胡之仪在《词旨畅言序》中说《词旨》一书"皆述叔夏论词之旨,与叔夏《词源》同条共异。"陆行直的词今虽仅存一首,却可看出柔婉之风。仇远、袁易和陆文圭的词作风格同样也偏于蕴藉婉丽。其中陆文圭的词又以写艳情的为多,他的〔点绛唇〕《情景四首》其一所写"玉体纤柔,照人滴滴娇波溜。填词未就,迟却窗前绣",被后人称赞为"情景之佳,殆无逾此"的婉约之作(见《蕙风词话》)。

至元间出仕的詹正,也是由宋入元的南方词人,他的词作流传下来只有九首,其中有三首寄寓兴亡之感,它们的风格颇有代表性,如

〔齐天乐〕《赠童瓮天兵后归杭》,通篇追忆作者和朋友们先前在杭州的"吹香弄碧"的游乐生涯,末二句"如此湖山,忍教人更说",才显出悲凉的兴亡之感,也即所谓"曲终奏雅"。明代杨慎却产生了误会,他批评这词"绝无黍离之感,桑梓之悲,止以游乐为言"(见《词品》)。元初一些南方词人从他们遵循的艺术宗旨出发,即使是寄托故国之思的作品,也常常写得含蓄隐晦和掩抑低回。詹正这首词也正具有这种特点。

关于宋末元初南北词风迥然不同的情况,当时人赵文有所描述,他在《吴山房乐府序》中说:"(宋)渡江后,康伯可未离宣和间一种风气,君子以是知宋之不能复中原也。近世辛幼安跌宕磊落,犹有中原豪杰之气。而江南言词者宗美成,中州言词者宗元遗山。词之优劣未暇论,而风气之异,遂为南北强弱之占,可感已!《玉树后庭花》盛,陈亡;《花间》丽情盛,唐亡;清真盛,宋亡。可畏哉!"赵文曾经跟随文天祥在闽中坚持抗元斗争,失败后遁归江西故里,后仕元为学官。他把文坛风气和政治上的强或弱联系起来立论,虽是沿袭一种传统观点,却也是有感而发的。但他所说"词之优劣未暇论",又为自己的论点留了后路,因为按一般情况而言,词的艺术风格的不同并不决定作品的优劣。赵文的词作流传较少,但大致可看出他与刘辰翁、刘将孙等一样,是由宋入元作家中尊崇苏、辛词风的少数派。同时也可发现,他们和同是宗苏、辛的北方作家比较,在词风上多少有些相异,同是豪放,前者偏于柔,后者偏于刚。

如果说以赵文对周、姜词风的激烈批评和刘敏中尊苏、辛为词人正宗的观点为代表,以张炎《词源》和陆辅之《词旨》为代表,显示了元代延祐年间以前词坛上继续着宋、金以来的词派、词体和词风的争议和对立,那末,延祐以后,尽管在词人的作品中还可看出风格、情调的相异,但针锋相对的词论上的对立和议论却趋向淡漠。即以《词源》中的论词主张来说,到了清代,由于以朱彝尊为首的"浙派"(一称"浙西派")词人的推崇宣扬,出现了所谓"家白石而户玉田"的盛况,但在它产生的元代,却并没有大放光芒。

元代延祐以后的作家中以写词著称的有张翥、萨都剌、虞集、宋褧、周权、许有壬、张埜、张雨、倪瓒、谢应芳和李孝光等。

张翥是仇远的学生,他的词注重细腻感情的抒写,善于通过意象来揭示思想感情。清代的汪森很推崇他,把他看作是姜夔一派的传人,列在张炎之后。(见《词综序》)清人梁廷枏对张翥的评价也很高,说他的词"出南宋而兼诸公之长"(见《莲子居词话》),清末陈廷焯甚至说"词至张仲举后,数百年来渺无嗣声"(《白雨斋词话》)。这些评论虽大都是从尊周、姜词为"正声"观点出发,但张翥作品的成就确也使他成为元代的重要词人。

虞集和萨都剌的词数量较少,但都有著名的佳作。两人词风不同,虞集偏于柔婉,萨都剌偏于豪放。许有壬、张埜和周权流传作品较多,但他们的成就远逊于张翥。

这时候出现了一种值得注意的现象,即两种词风相互渗透的现象更趋明显。如张翥词风虽以婉约蕴藉为主,有一些词却有伉爽清疏之气。张埜、许有壬的词风以豪壮清放为主,有一些作品却也有婉约秀丽之风。自从南宋姜夔仿效江西诗派论诗高谈斧斤法度而倡始讲习与传授词法后,词坛本已存在的词风"正""变"之界限,越发严格,但从元代后期作家的创作实践看,传词法如传家法这种南宋后期词派特有的现象却逐渐消失了,两种词风的相互渗透现象逐渐明显了。

元代后期词作中又一个明显的现象是所谓"散曲化"。散曲原是本于"俗谣俚曲"的文体,到了文人手中,便受到诗词的影响,在以白描、质朴为特点的"本色"之外,也出现了注重词采、讲究蕴藉的作品。但散曲的"本色"特点却也影响到词。首先是语言"近俗"的现象，也即所谓以"曲语"入词。词体原也来自民间，但经过唐、宋文人长久经营，已逐渐"高雅"，因而"近俗"早已不是词的优长。元词的语言"近俗"，主要是指作品中时常插入一些与其他部分不相协调的白俗语言的情况。一些元词作者不从统一的艺术追求出发，探索"词语"和"曲语"这两种不同的用语趋向在什么程度上才能结合，这样就不可避免地出现不谐调的现象。其次是表现手法上比较直露，这在散曲中往往能表现一种活泼灵动的情调，但用于写词，却会造成意境松淡乃至轻浅的弊病。清代陈廷焯所说"元代尚曲，曲愈工而词愈晦"（《白雨斋词话》），可能他也看出了词受曲影响而带来的弊病。

在词的发展历史上，明清以来有"词衰于元"的说法，这个说法通常有一个前提，即把张炎、周密、王沂孙、蒋捷、刘辰翁和汪元量等由宋入元的作家归入宋代词人之列。持这种说法的人中也有的是出于轻视苏、辛词风的艺术偏见。但即使排除以上两个因素，这个说法也大致符合元词实际。首先，词在经历了宋代的极盛之后，已经取得了与唐诗前后辉映的巨大成就，出现了有很高艺术造诣的名家，出现了很多佳作。从整个元词的发展趋向看，却是盛况难继，逐渐走向下坡路。前期北方作家中刘因虽有出色佳作，但所作太少，显不出大家规模。白朴被清人看作是元词"双美"之一[11]，他的词虽有一定规模，在整体上却构不成鲜明的艺术风格。元词发展到后期（延祐以后），既没较高成就的作家群，也没有引人注意的流派。继承着周、姜词风的张翥和继承着苏、辛风格的萨都剌有如鹤立鸡群。张翥可称得上是元词中的大家，萨都剌词作数量很少，和前期的刘因情况相似，难以构成大家气派。虞集虽有佳作，但所作寥寥，规模未定。其次，就元代文学范围内作横向对比，诗歌方面因为对前代弊端有过一番反思,有继承有扬弃,因此比较有生气,词作方面却更多地表现为对前代作品的因袭模仿,几无反思和开创精神,不少作者常在化用前人词意和诗词名句上用功夫,在全局上却缺乏思想艺术活力。此外,现存元词中有五百余首道士词,约占元词总数的七分之一。其中多数作品或鼓吹烧炼丹药以得道飞升,或偏重于玄机妙理的清淡,或歌颂避世隐居的方外生活。大抵枯燥乏味,没有艺术意趣。再加上文人词中祝寿、贺喜这类作品的增多和益发陷入俗套,这些因素便使元词衰落的现象更加明显了。近代词学家也大抵认为,词到元代趋向衰落,直到清代,才出现"中兴"气象。

第三节　元代散文发展的主要特点

元代散文的发展有二个基本特点:一,由于经历了唐代韩愈、柳宗元倡导的"古文运动"和宋代以欧阳修为领袖的"古文运动",骈文和散文之争在宋代基本上已成定局,文坛以散文为正宗为主体的局面早已确立,只是在散文家内部,不时出现文风的相异和争论。到了元代,就演变为宗唐(实际是宗韩愈)和宗宋(实际是宗欧阳修)的不同倾向。同时出现要超越唐宋文,直追秦汉文的观点。这种观点主要出现在元初的北方士人中,影响不甚大。宗唐、宗宋倾向又有一个演变过程,最后趋向于唐宋并尊。二,宋代理学盛行后,曾出现轻文废文的言论以及与此有关的谈理派和论文派的分歧。这两种现象在元代散文领域中也都有所反映和表现。但占主导地位的是对谈理派和论文派的调和主张,其直接结果是使元文重经世致用。元代散文的总的成就不及唐宋,但在它发展过程中提出的直追秦汉和唐宋并尊观点对明代散文产生过影响。

　　唐代古文运动改变了自东汉以来逐渐形成的骈体文对文坛的主导和统治地位，是一次主要体现在文风、文体和文学语言方面的改革运动，这样，文风上的奇难和平易也就自然地成为这个运动中十分注意的重要问题。韩愈在这方面的主张包含着矛盾，他的写作实践中偏重于奇崛雄健。宋代欧阳修领导的古文运动承继了唐代古文运动的精神和采用了韩愈等创立的新型"古文"形式，但在文风上注意建立平易流畅的风格，他的散文具有行云流水、舒卷自如的特点。苏轼也主张自然畅达，虽然他的论说文带有汪洋恣肆的色彩，但同唐代韩愈、柳宗元的一些峭刻劲急的文字相比还是大异其趣的。

　　唐宋古文的不同风貌影响到金代散文，出现了宗唐文和宗宋文的不同倾向，金室南迁后出现的雷希颜和王若虚论文的对立，即为有代表性的例子[12]。还出现了要跨越唐、宋，直追先秦散文的主张，其代表人物是雷希颜的老师李纯甫。刘祁《归潜志》记李纯甫"为文法庄周、左氏，故其词雄奇简古"，"后进宗之，文风为之一变"[13]。

　　受金代散文家宗唐和返古观点的影响，元初北方散文家中最著名的姚燧和卢挚以及稍后的元明善，在不同的程度上也都具有这种倾向。姚燧曾自言他学文是从学韩愈文开始的，他的一部分文章有雄刚古邃之风。对他的这类文章，当时有"读而能句，句而得其意者，犹寡"的说法。但姚燧并没有轻视宋文的言论[14]。卢挚则不同，他在《文章宗旨》中说："宋文章家尤多，老欧之雅粹，老苏之苍劲，长苏之神俊，而古作甚不多见。"他还认为，韩、柳虽为大家，"然古文亦有数"。他朋友吴澄说他"古文出入盘诰中，字字土盆瓦釜，而倏有三代虎蜼瑚琏之器，见者能不为之改观乎。"[15]元明善为文主张"若雷霆之震惊，鬼神之灵变"，《元史》记他"早以文章自豪，出入秦、汉间，晚益精诣"。

　　元初以姚、卢为代表的宗唐和返古文风，在当时北方文坛曾经成为引人注目的现象,这是因为金代文坛宗欧阳修、苏轼之风本占主导地位,被视为文坛盟主的赵秉文,元人称他"金源一代一坡仙"。自蒙古王朝统一北方后,赵秉文的门生元好问在北方文人中影响很大,几被视为传授斯文命脉的宗主,而姚、卢论文倾向却与赵、元相异。只是姚、卢的文风并没有构成巨大声势,更没有起到左右文坛的作用,与他们同时的一些著名的北方作家如刘因、王恽等还是谨持金代王若虚、元好问宗宋文的传统。

这种古文家内部的宗唐、尊宋的倾向,在元初的南方作家中也存在,如张伯淳、任士林的文章就是源出韩愈,有峭健之风,而邓文原、刘将孙的文章则宗欧阳修,偏于温醇。但就主要情况而言,元初南方作家大抵在承认以韩、柳为代表的唐文和以欧阳修、苏轼等为代表的宋文为同一传统的前提下,倾向于尊依宋文传统,无论是以吴澄为首的江右派和以戴表元为首的浙东派[16],在这点上并无差别。在对宋文传统的反思中,元初有的南方作家更倾向于欣赏欧阳修的文章风格,对待苏轼之文多少有些冷淡。这同苏轼的文章在南宋曾一度风行,出现"家有眉山之书"的盛况,有所不同。

到了元代后期,在散文方面宗唐宗宋的不同倾向不像前期那样明显,甚得虞集欣赏的陈旅是后期有名的文章家之一,《元史》记他"自先秦以来,至唐、宋诸大家,无所不究"。另一位作家王祎在《上苏大参书》中说:"国朝之文,惟柳城姚公,清河元公,蜀郡虞公,金华黄公,以及执事之文,固海内学者士大夫所取法。"王祎文中说的"执事"即"苏大参",也即苏天爵,他的文章明洁而粹温,谨严而敷畅,具有宋文的特点。另外说到的虞集和黄溍,也是谨持宋文衣钵的作家,但他所说的"柳城姚公"(姚燧)和"清河元公"(元明善)却是师事韩愈的。王祎是元末明初人,他在入明后写的《文评》中还说:"有元一代之文,其亦可谓盛矣。当至元、大德之间,时则柳城姚文公之文振其始，及至正以后，时则庐陵欧阳文公之文殿其终。即两公之文而观之，则一代文章之盛概可见矣。"欧阳文公即欧阳玄，他以他的同宗先辈欧阳修为楷模。如果说，在延祐年间虞集和元明善还为文风的平易或遒刚而争论得"不能相下"[17]，那么，到了元末王祎，对欧阳修的"平易"和韩愈的"遒刚"已是一视同仁，他的评论中已无金末元初那样的尊唐、宗宋的界限了。和王祎同时的朱右、宋濂和戴良论文都主张唐宋并宗，在戴良看来，虞集、黄溍和柳贯等人都是主张唐、宋并尊的。朱右为文更不矫语秦、汉，惟以唐、宋为宗，他编选韩愈、柳宗元、欧阳修、曾巩、王安石、苏洵、苏轼、苏辙的文章为《八先生文集》(今无传)[18]，在实际上可以看作是有元一代宗唐尊宋两种不同倾向的调和结局。如果说，金末元初出现的以李纯甫、卢挚为代表轻视唐、宋古文，而主张返回秦、汉的观点，为明代前后七子的"文必秦汉"主张开了先河，那么，元末朱右等人惟以唐、宋为宗的主张，实际上也开了明代"唐宋派"先声，"唐宋派"的得名也就是由于他们推崇唐、宋散文，并且有意识地把它们当作典范来学习。其代表人物之一唐顺之选《文编》，在唐宋部分专选八家，与朱右《八先生文集》所选八家完全相同。另一位代表人物茅坤根据《文编》又编成《唐宋八大家文抄》。自明至清，一直到近代，"唐宋八大家"之说一直流传了下来。

　　元人批判、扬弃了宋代理学家否定和轻视文辞的观点，承继了理学与文章"融会"的观点，进一步提出了理学、古文合一的主张。

　　自北宋理学家周敦颐提出"文以载道"口号后，到了程颐就变本加厉地认为"作文害道"，后来朱熹也说"文是文，道是道"，"若以文贯道，却是把本为末，以末为本，可乎？"南宋后期，朱熹再传弟子真德秀把文章分为"鸣道之文"和"文人之文"，并且对以"事出于沈思，义归乎翰藻"为宗旨的《文选》，发出"果皆得源流之正乎"的疑问，实际是说《文选》所选作品是"文人之文",而不是"正宗"。他选编《文章正宗》,在序言中说:"以明理义切世用为主,其体本乎古,其旨近乎经者,然后取焉,否则辞虽工而不录"。对以真德秀为代表的这种主张,世称"论理派"。与真德秀年辈相仿的楼昉编《崇古文诀》,继承着他老师吕祖谦所编《古文关键》的宗旨,着重讲文章作法,世称"论文派"。吕祖谦是和朱熹、张栻齐名的人物,但他比较重视词章,吴子良《笋窗集续集序》中说:"自元祐后,谈理者祖程,论文者宗苏,而理与文分为二。吕公病其然,思融会之。"北宋理学对金代有影响,但金人大抵不接受理学家论文偏激的主张,刘祁为王青雄所撰小传中记王"故尝欲为文,取韩、柳之辞,程、张之理,合而为一,方尽天下之妙",在很大程度上具有代表性。元初南方作家刘将孙也有类似的主张,"以欧、苏之发越,造伊、洛之精微"(《赵青山先生墓表》)。一取韩、柳,一取欧、苏,虽有差别,但在主张古文理学合一这一点上却是一致的。无庸说,这种主张也就具有调和论理、论文派的色彩。这种主张同吕祖谦"融合"说也很相似。

元初的戴表元和赵孟頫对理学家轻视文章都表示不满,他们倾向于推崇欧阳修的重道又重文的主张。赵孟頫所谓文章以理为本,以经为法,实际上就是用"以经为法"来回答理学家的作文害道的观点。嗣后,虞集就更明确地批评了"宋末说理者鄙薄文辞之丧志"(《刘桂隐存稿序》)的谬误。

元代虽也有严守程、朱理学家法,攻击"文人之文"的理学家,如程端礼[19],但无甚影响。理学家中影响较大的"金华学派"中的人物如许谦,却和程端礼不同,他古文根柢很深,时人将他和宋代吕祖谦相比。《四库全书总目》称他"文亦醇古","犹讲学家之兼擅文章者也"。许谦是宋末号为得朱熹之传的金履祥的学生,金履祥的另一位学生柳贯也是元代著名的散文家。所以清人有"金华学派"中人"文显而道薄"的说法。北方的理学家郝经论文,在"理为文之本"这点上和南方赵孟頫等推崇古文的人的观点无差别,在"法为文之末"这点上却多少显出轻视文章之道的色彩,不过他这种观点的最终落脚点是强调作家的主体精神,要求为文不"规规乎乎求人之法",而要"自立其法",因此不仅同"作文害道"的观点有区别,而且同攻击"文人之文"的论理派的主张也相异。因此,宋代出现的理学家鄙薄文辞的极端言论,到了元代,不仅已失去了势头,而且遭到了批判和扬弃。这也是元代散文发展中的一个明显的特点。由元入明的宋濂、王祎等,于明初奉命编《元史》,《儒学传》前冠有说明,其中说:"前代史传,皆以儒学之士,分而为二;以经艺颛门者为儒林,以文章名家者为文苑。然儒之为学一也,《六经》者斯道之所在,而文则所载夫道者也。故经非文则无以发明其旨趣;而文不本于六艺,又乌足谓之文哉。由是而言,经艺文章,不可分而为二也明矣。"在元代文人中,实际上还是存在侧重以经艺专门和以文章名家的人,因此,这个说明不能概括元代文人的实际情况,但这个说明与宋濂在其他文章中表达的义理、事功和文辞三者统一的观点是相一致的。在一定程度上也可视作是对元代一些文人观点的总结。不过,虞集等提出的不把经学文章判为两途,是为了纠正理学家的轻文倾向,而宋濂这种观点则与上述刘将孙的调和主张相似,所以古文学和理学家都较容易接受。

　　就唐、宋"古文运动"这一系统而言,自韩愈提出"文以明道"后,在"文"与"道"的关系上就带来了一些矛盾,如果过于强调"明道",不仅会限制创作内容,而且还会忽视艺术形式,如果绝对化地说"约六经之旨以成文",那更是颠倒了文学与现实生活的关系。同时,自韩愈文论中就已出现的把文学与著述相混淆的偏向,易于导致不重视散文的文学特征。但宋代理学家却还是不满于韩愈的"以文明道"，他们愿意保存韩愈讲道的传统，却要抛弃韩愈讲文的传统。元人的论文主张从总的倾向看，都是要维护韩愈以来的古文家讲文的传统的，在这点上，元人是有功绩的。如果考虑到程、朱理学在元代成为显学乃至成为官学这一事实，元人的这一功绩更应受到肯定。至于韩愈开始就存在的"文""道"关系上另一方面的矛盾和偏向，即易于导致不重视散文的文学特征的偏向，元人没能够提出新的观点。因此，元人无论论文还是写作实践，经世致用就几乎成为唯一宗旨。在这方面，也存在着传统影响的因素。当宋代理学家强调文以载道，乃至重道而废文之际，有一些著名人物如王安石和李觏等，强调文以经世，提倡为文要应用于社会政治。这种观点和古文家"明道"观点并不相悖，却和理学家轻文废文的观点相异。但由于理学家中有些人并不一般地反对文以经世，像南宋真德秀那样还主张"以明理义切世用为主"，所以元人强调文章要经世致用，也同样具有调和"论文""论理"派的色彩。文以经世的主张，易于导致重实用而轻文采的结果。加上元代延祐年间恢复科举取士时规定"试艺则以经术为先，词章次之。浮华过实，朕所不取"（程钜夫为仁宗所写《科举诏》）。程钜夫等又一再建议改革隋、唐以来取士主尚词赋，士习浮华之弊。这样，也影响到元文的面貌，偏于经世实用，而乏抒发情性；偏于纪事明道，而乏绘句摘章。到了元末，杨维祯提出写个人性情，也只限于在诗歌方面。一直要到明代公安派，"文以明道"的观念才在实际上得以打破。

元代散文的总集有《国朝文类》（即《元文类》），所录文章起自元初下讫延祐年间，其中也收有部分诗歌，编者苏天爵。据明人叶盛《水东日记》记载，元人文集到明代成化年间已经不甚行于世，叶盛连著名文章家姚燧、元明善和欧阳玄的文集也无法见到，他甚至以为它们已"无传"。所以他对《元文类》评价甚高。此外，元人周南瑞编有《天下同文集》，其间收录了一些《元文类》未收的文章。

对元文成就的估价，明清时人褒贬不一。明王世贞说"元无文"；清黄宗羲于元代散文推许姚燧、虞集两家，并且认为他们的文章胜过所有明文。受黄宗羲说法的影响，晚近文学史著作中就有元代散文两大家之说。其实，王、黄之说各有片面性。从整体上说，元代没有出现像唐、宋时代那样的文章大家，也没有脍炙人口的名篇，元文宗唐尊宋的结果，未能青出于蓝而胜于蓝。如果在"正统文体"内作横向比较，元文也较元诗逊色[20]。但这并不是说元代散文没有一些较好的作品。如果要在元代作家中选择散文名家，也不止姚、虞二人。元末宋玄僖《文章作法绪论》论"国朝之文"时列举自赵复到危素共十八家，说他们"皆以文而知名者也"[21]，虽宽而未备，也是因宽而难备。倒是前面提到的王祎所举的六家，即姚燧、元明善、虞集、欧阳玄、黄溍和苏天爵，足堪并列。看来，元文六家之说，较之黄宗羲的元文二家之说更为稳妥而恰当。

〔1〕　蒙古军队攻破金朝都城南京（今河南开封）时在壬辰年（1232），此处"壬辰北渡"意为元好问等人北渡黄河，回到山西、河北一带，"元、李、杜、曹、麻、刘诸公"当指元好问、李俊民、杜仁杰、曹子谦、麻革、刘祁。

〔2〕　瞿佑（1341—1427）于"少时"（元亡时瞿佑二十八岁，"少时"当尚未入明）编《鼓吹续音》，在自题诗中感慨地说："举世宗唐恐未公。"

〔3〕　如薛雪《一瓢诗话》中竟把李东阳"元诗巧者，皆词也"的说法引申成为"元诗似词"。

〔4〕　《元诗别裁集·序》中曾针对这种评论，反驳说："人谓元诗纤弱逊宋，此未究元人大全，遽为一方之论也。"

〔5〕　唐圭璋所编《全金元词》中收录了元代二百十二位词作家的三千七百二十一首词。由于金元之际、宋元之际和元明之际作家的时代归属，常有不同看法等原因，词作统计也就不同，所以说是不完全统计。

〔6〕　近代况周颐《蕙风词话》中也说:"知人论世,以谓遗山即金之坡公,何遽有愧色耶?"

〔7〕　《蕙风词话》中云:"余遍阅元人词,最服膺刘文靖,以谓元之苏文忠可也。"

〔8〕　朱彝尊《天籁集后序》中说白朴词:"源出苏辛而绝无叫嚣之气,自是名家。"

〔9〕　按照传统习惯,张炎、王沂孙、蒋捷和周密这几位作家归入宋代文学中。

〔10〕　这些作家中有些人归宋还是属元,有不同看法。这里从《词综》的归属法。

〔11〕　朱彝尊《天籁集后序》中说白朴"当与蜕庵称双美"。"蜕庵"即张翥。

〔12〕　王若虚认为"散文至宋人始是真文字,诗则反是矣"(《滹南遗老集·文辨》)。而又特别称赞苏轼是"雄文大手"、"文中龙也"(《滹南遗老集·诗话》)。刘祁《归潜志》记王若虚和"为文章长法韩昌黎"的雷希颜同时参与纂修《宣宗实录》时,"二公数体不同,多纷争,盖王平日好平淡纪实,雷尚奇峭造语也。"雷希颜甚至说:"请将吾二人所作令天下文士定其是非。"除了雷希颜外,金代为文主张学唐的还有李经、王青雄和李俣等。此外,刘仲严更是以"法六经、尚奇语"为作文宗旨(见赵衍《重刊李长吉诗集序》)。

〔13〕　刘祁《归潜志》中还记载李纯甫"为文下笔便喜左氏、庄周,故能一扫辽、宋余习。而雷希颜、宋飞卿诸人,皆作古文,故复往往相法,不作浅弱语"。

〔14〕　姚燧也很崇拜欧阳修,他的一部分文章虽呈雄刚古奥,但还有不少文章也显得平和温醇。因此,姚燧的写作实践中也有唐、宋并举的因素。或者,他的早期文章偏于学韩,后期文章偏于学欧。但因对姚文编年难以确切的断定,前后期文风不同之说也难遽下结论。

〔15〕　见《盛子渊撷稿序》。卢挚文集无传,从留存的《华阴清华观碑》和《翰林侍读学士国信使郝公神道碑铭》等文看,确有古奥之风,但并不比宗韩愈的姚燧之文更古奥。元后期文人论元文时,通常只举姚文而都不例举卢挚之文,

看来姚的实际影响较卢为大。

〔16〕　吴澄、虞集、欧阳玄和揭傒斯等为江右派；戴表元、袁桷、黄溍和柳贯等为浙东派。

〔17〕　《元史·元明善传》记虞集批评元明善说："凡为文辞，得所欲言而止，必如明善云'若雷霆之震惊，鬼神之灵变'，然后可，非性情之正也。"又记元明善对吴全节说："伯生（即虞集）见吾文，必有讥弹，吾所欲知。"他们二人"初相得甚欢"，后来"乃复不能相下"。董士选为此而进行调解，后来"欢好如初"。

〔18〕　朱右于元末曾入起义军方国珍幕下，明洪武九年卒，入明只有九年，当视为元人。

〔19〕　程端礼《送牟景阳序》中说："蜀文再变于魏了翁，了翁学程朱学，故未尝有意为文人之文，而文自妙。"清代四库馆臣批评程端礼说："其全集宗旨，不出于是。夫朱子为讲学之宗，诚无异议。至于文章一道，则源流正变，其说甚长。必以晦庵一集律天下万世……此一家之私言，非千古之通论也。"

〔20〕　杨维桢《玩斋集序》云："本朝古文，殊逊前代，而诗则过之。"在元文成就逊于元诗这点上，杨氏见解诚为可取。

〔21〕　转引自明代叶盛《水东日记》，所列元文十八家为：赵江汉（复）、刘静修（因）、姚牧庵（燧）、程雪楼（钜夫）、元清河（明善）、冯海粟（子振）、虞邵庵（集）、黄金华（溍）、揭豫章（傒斯）、马石田（祖常）、柳待制（贯）、李五峰（孝光）、袁清容（桷）、欧阳圭斋（玄）、陈莆田（旅）、程黔南（疑指程文）、贡宣城（师泰）、危太朴（素）。又，《水东日记》所记李性学《古今文章精义》，今有元刻本。《四库全书总目》著录永乐大典本《文章精义》一卷，馆臣云："是书世无传本，诸家书目亦皆不载，惟《永乐大典》有之。但题曰李耆卿撰，而不著时代，亦不知耆卿何许人。考焦竑《经籍志》有李涂《文章精义》二卷，书名及李姓皆与此本相合，则耆卿或李涂之字欤？"今按，李涂、李耆卿、李性学实即一人，"涂"为"淦"之误。参见程钜夫《故国子助教李性学墓碑》。

第十八章　元代前期诗文作家（一）

元代诗歌创作趋向活跃大致是在忽必烈称帝以后，其间经历了灭宋战争，中国归于统一；再经元贞、大德时代，到了延祐年间，形成繁荣局面。嗣后，又有变化和发展，因此，延祐年以前，可视为前期，这个时期的上限可追溯到忽必烈称帝以前的蒙古王朝时代。本章叙述前期的几个主要的北方作家。

蒙古王朝的第一位著名诗人是耶律楚材，元人王邻为耶律楚材的《湛然居士集》所写序文中说他继承了"贾（谊）马（司马相如）"、"李（白）杜（甫）"、"苏（轼）黄（庭坚）"和"吴（激）蔡（松年）"的传统。吴激、蔡松年是金代词人，金人尊他们是金词的开宗者。王邻这种赞美之词既表现了一种在文学上元继金统的观点，实际上又是尊耶律楚材为元诗的开宗者。

耶律楚材去世之时，蒙古王朝已灭金，统一了中国北方，这时，有一批金代作家留在北方，继续他们的创作活动，其中著名或比较著名的有元好问、李俊民和被称为"河汾诗派"的麻革、张宇、陈赓、房皞、段克己、段成己、曹之谦等。元好问本是金末杰出作家，金亡后还写出了不少作品。前人有把这些诗家列入元诗范围的，为了叙述的方便，现在拟归入金代文学部分，这里就不重复叙述了。

蒙古王朝统一北方后，忽必烈比较重视儒士的作用，他在没有接位以前,就召集一批儒士在他周围组成一个幕僚集团,其中的刘秉忠和郝经也是诗家,郝经还在文论方面发表过较有系统的见解,其特点是强调作家主观的"内游"。忽必烈接位后任用的年轻文臣中以诗文出名的则有王恽、姚燧和卢挚。姚燧以散文见称。卢挚的诗文在当时被人推重,誉为"陶谢风流莲白社,应刘文字盛黄初",但可惜集子无传(参见第十五章)。一度出仕、但不久即归田的刘因以优秀的创作业绩在北方诗坛上放射出夺目光辉,从而也就使他成为元代的诗歌名家之一。

第一节 耶律楚材 刘秉忠 郝经 王恽

耶律楚材(1190—1244),字晋卿,契丹族,辽东丹王突欲八世孙。其父仕金,他也为金臣。公元1214年金宣宗迁都至南京(今河南开封),耶律楚材留在中都(今北京)任左右司员外郎。次年成吉思汗进占中都,录用他为近臣,曾随军西征。窝阔台继位时任中书令。他对蒙古国家政治制度的建立,卓著功勋。他倡议设立燕京编修所,结集了部分文士,对保存和发扬文化,也有贡献。著有《湛然居士文集》。

耶律楚材的诗今存六百多首,比较而言,近体胜于古体。他的写景绝句颇有神韵。如《过济源登裴公亭》:

> 山接青霄水浸空,山光滟滟水溶溶。风回一镜揉兰浅,雨过千峰泼黛浓。

耶律楚材描写边塞风光和西域景物的诗作更有特色。如《西域河中十咏》描写当地人民(乌兹别克)的生活疾苦和民间风情:"冲风磨旧麦,悬碓杵新粳。""食饭秤斤卖,金银用麦分。""六月常无雨,三冬却有雷。""避兵开邃穴,防水筑高台"。颇似一幅幅生动的风俗画。七律更佳,如《过夏国新安县》和《阴山》:

> 昔年今日渡松关,车马崎岖行路难。瀚海潮喷千浪白,天山风吼万林丹。气当霜降十分爽,月比中秋一倍寒。回首三秋如一梦,梦中不觉到新安。(《过夏国新安县》)
>
> 八月阴山雪满沙,清光凝目眩生花。插天绝壁喷晴月,擎海层峦吸翠霞。松桧丛中疏畎亩,藤萝深处有人家。横空千里雄西域,江左名山不足夸。(《阴山》)

这两首诗都写得雄奇豪壮,而另一首《过闾居河》却又显出悲凉之情,其中写道:"乍远南州如梦蝶,暂游北海若飞鹏","试暂停鞭望西北,迎风羸马不堪乘。"耶律楚材从西域回来后,曾随军南下到过开封。他回到燕京时写的《还燕京题披云楼和诸大夫韵》也有悲凉之情:

> 闲上披云第一重,离离禾黍汉家宫。窗开青琐招晴色,帘卷银钩揖晓风。好梦安排诗句里,闲愁分付酒杯中。静思二十年间事,聚散悲欢一梦同。

耶律楚材本辽皇族后代而仕于金,燕京陷没,又降服蒙古,有"离离禾黍"之叹,所以说是"二十年间",悲欢聚散,如同一梦。此外,蒙古王朝中的政治倾轧也常使他苦恼,他在《冬夜弹琴颇有所得,乱道拙语三十韵以遗犹子兰》诗中说:"我本嗜疏懒,富贵如桎楛。"又在《和张敏之诗》七十韵中说："避祸宜缄口，当言肯括囊。遭谗心欲剖，涉苦胆先尝。"

耶律楚材曾从行秀禅师受"显诀"（即大乘佛法），法名从源，又称湛然居士。他主张"以儒治国，以佛治心"。他曾自言他的"涵养之力"来自"狂洋法海"。但他最后却还是淹没在政治激流之中。据郝经《立政议》说："耶律楚材为相，定税赋，立造作，榷宣课，分郡县，籍户口，理狱讼，别军民，设科举，推恩肆赦，方有志于天下，而一二不逞之人，投隙抵巇，相与排摈，百计攻讦，乘宫闱违豫之际，恣为矫诬，卒使楚材愤悒以死。"耶律楚材有一首《和邦瑞韵送行》诗说："而今跃入惊人浪，珍重风涛过禹门。"在风涛险恶的政治激流中，他竟不能平安渡过。

至元三十年王邻和孟攀鳞为《湛然居士文集》所写序文中都称赞耶律楚材诗作，王邻说："其温雅平淡文以润金石"，"其飘逸雄拔又以薄云天"。当属溢美。清《四库全书总目提要》说："今观其诗语，皆本色，惟意所如，不以研炼为工"，比较符合实际。在蒙古王朝时代初期，耶律楚材几乎是在朝的独秀一枝的诗人，因此清顾嗣立《元诗选·耶律楚材小传》誉为"一代词臣"。以诗作的成就而论，耶律楚材显然不如他的同龄人元好问，因此忽必烈时期涌现的一些同样在文学上持元继金统观点的文人，在崇拜元好问同时，很少提到耶律楚材。

刘秉忠（1216—1274），初名侃，字仲晦，顺德邢台（今属河北）人。曾祖仕金，金室南迁后，其父在蒙古王朝任官。刘秉忠十七岁时补邢台节度府令史，不久弃去，隐武安山中。后从浮屠禅师海云游，法名子聪。忽必烈未即帝位时，即注意物色人材。刘秉忠与海云禅师一起入见，留赞大计。忽必烈即皇帝位，一时规模制作，皆由他草定。至元元年拜光禄大夫太保参领中书省事,改名秉忠。至元八年,他奏议建国号为"大元"。至元十一年卒。刘秉忠随忽必烈转战南北,位极人臣,但《元史》记他"斋居蔬食,终日澹然","每以吟咏自适,其诗萧散闲淡,类其为人"。著有《藏春集》。

刘秉忠景仰元好问,他有《读遗山诗》十首,其中有两句说:"自古文章贵辞达,苏黄意不在新奇。"明白晓畅而不追求新奇,这也是刘秉忠的诗的特点。但同时也带来平实而缺乏诗味的缺点,有时还给人以诗句粗砺之感。后来袁桷、虞集和苏天爵等人批评中统、至元年间诗歌有粗疏笨砺之病,当是针对包括刘秉忠在内的一些作家而言的。今举其两首近体诗为例:

军中无酒慰飘零,辜负沙头双玉瓶。鞍马几年南北路,关河千古短长亭。好风到枕客愁破,残月入帘归梦醒。梦断故山人不见,晓来江山数峰青。(《江上寄别》)

悠悠离阔感中年,我辈情钟岂不然。好景与时浑易过,可人和月只难圆。五更残梦鸡声里,千里归心雁影前。漠北云南空浪走,今春又负杏花天。(《寄友人》)

刘秉忠诗歌中经常表现出出仕和归隐的矛盾心情,如"归鸦一片投林去,自笑劳生未解休。"(《秋日途中》)"三径就荒松菊在,人生底事不能闲。"(《寓桓州》)"对客倦谈当世事,向人难悉未归情。"(《睡起》)"蜗舍虽微足容尔,画梁争得几多高。"(《留燕》)这种思想感情,在当时士人中有一定的代表性。

刘秉忠还写了不少词,今存八十余首。他的词和他的诗情调相同,表现的粗疏之病,也大致相似。引录一首如下:

同是天涯流落客，君还先到襄城。云南关险梦犹惊，曾记明月底，高枕远江声。　　年去年来人渐老，不堪苦思功名。倾开怀抱酒多情，几时同一醉，挥手谢公卿。（〔临江仙〕）

从以上这首词也可以发现刘秉忠词偏于直露，宗豪放派却无豪放派的艺术魅力。这也是元代早期词作存在的普遍性弱点之一。清末王鹏运为刘秉忠《藏春乐府》所写跋文中说刘词"雄廓而不失之伧楚，蕴藉而不流于侧媚"。实为溢美之言。因此，如果孤立地按诗词的创作成就说，刘秉忠在元代诗坛无甚地位，但从元代诗词的发展轨迹着眼，他的作品却有一定代表性。

钟嗣成《录鬼簿》中把刘秉忠列为"前辈名公乐章传于世者"。他也是早期的散曲作家，今存有小令八首，大抵保留着初期散曲具有的民歌风味，如〔南吕·干荷叶〕：

干荷叶，色苍苍，老柄风摇荡。减了清香，越添黄。都因昨夜一场霜，寂寞在秋江上。

郝经（1223—1275），字伯常，泽州陵川（今山西晋城）人。他一生积极从政，又是元初最早接受和信奉朱熹学说的北方儒者之一。当时南方儒者赵复被俘到北方，以所记程、朱撰著的诸经传注，录以付姚枢，但不愿为官。郝经致书赵复，要他改变华夷之别的观念，做到"达乎天下，由常以达变"，不应独善其身。郝经还请求赵复将"六经之义，圣人之道"，"衍正脉于异域"，"大放于北方"（《送汉上赵先生序》）。这同时也显示了他自己拥护北方政权，但又希望这个政权实行"汉法"的政治态度和主张。

郝经由忽必烈招致，先入忽必烈王府，当时对宋战争进入相持状态,郝经建议议和,再图进取。所建议各项策略颇具识见,因此甚受信赖;忽必烈继位后,他以翰林学士充任国信使使宋议和。因贾似道谎报战功,害怕郝经到临安后泄露他的伎俩,遂把他羁留于仪真。于至元十二年(1275)才得释北还,不久就病死。他的著作有《郝文忠公集》。

郝经生活在蒙古王朝生气勃勃、四处征伐的兴盛时期,而本人又愿意施展宏图,因而其思想的特点是积极有为。他的诗文理论也折光地反映着这种思想,有一种自信力。他在《养说》中认为:"至大至刚,养而无害,浩然塞于天地间,此孟子所以养其气也。由此观之,圣之所以为圣,贤之所以为贤,大之所以为大,皆养之使然也。"这种高扬主体、强调主体修养重要作用的思想,自然促使郝经不重视"外游",而重视"内游"。他在《内游》篇中说:"故欲学迁之游,而求助于外者,曷亦内游乎? 身不离于衽席之上,而游于六合之外,生乎千古之下,而游于千古之上,岂区区于足迹之余、观览之末者所能也? 持心御气,明正精一,游于内而不滞于内,应于外而不逐于外。常止而行,常动而静,常诚而不妄,常和而不悖。知止水,众止不能易;如明镜,众形不能逃;如平衡之权,轻重在我:无偏无倚,无污无滞,无挠无荡,每寓于物而游焉……太极出形,面目于世,万化万象,张皇其中,而游茫洞豁,崎岖充溢;因吾之心,是天地鬼神之心;因吾之游,是天地鬼神之游……既游矣,既得矣,而后洗心斋戒,退藏于密,视当其可者,时时而出之;可以动则动,可以止则止,可以久则久,可以速则速。蕴而为德行,行而为事业,固不以文辞而已也。如是则吾之卓尔之道,浩然之气,巍乎与天地一,固不待于山川之助也。"郝经所说的"内游",就是培养"浩然之气",明识"卓尔之道",做到"轻重在我",以至于"众止不能易","众形不能逃"。这种重视主体的精神是郝经诗文理论的出发点。

　　郝经认为，一旦经过"内游"而学养提高后，就能自明其理，能自明其理，就能自立为法，进行独特的创作，成为有独特个性的"名家"。他在《答友人论文法书》中说："故先秦之文，则称左氏、国语、战国策，庄、荀、屈、宋；二汉之文，则称贾谊、董仲舒、司马迁、刘向、扬雄、班固、蔡邕；唐之文则称韩、柳；宋之文则称欧、苏；中间千有余年，不啻数千百人，皆弗称也。骚赋之法，则本屈、宋；作史之法，则本马迁；著述之法，则本班、扬；金石之法，则本蔡邕；古文之法，则本韩、柳；论议之法，则本欧、苏，中间千有余年，不啻数千百文，皆弗法也。何者？皆自得理而立法耳，故能名家而为人之法。苟志于人之法而为之，何以能名家乎？"正因为如此，郝经强调为文者应明理后自立为法："故今之为文者，不必求人之法以为法，明夫理而已矣。精穷天下之理，而造化在我，以是理，为是辞，作是文，成是法，皆自我作……则法亦不可胜用，我亦古之作者，亦可为百世师矣。岂规规子子求人之法，而后为之乎？"那种"不必求人之法以为法"，而要"造化在我"、"皆自我作"的创新精神，是郝经诗文理论的落脚点和最后归宿。这条从"内游"式主体修养出发，经过明理后，达到自立为法的思维模式，无疑有唯心倾向，因为他太不重视"外游"即生活实践的作用，他不懂得"外游"是提高"内游"修养的现实基础。但是，他强调在创作过程中的个性特征，无疑是其诗文理论的精华所在。

　　郝经一生中最大的事件就是被南宋贾似道羁留在仪真十多年。仪真"馆"中形如"囚徒"的生活，往往使他感慨万端、忧思满胸："星麾重霜露，落月窥弊裘。久病心易伤，况乃逢暮秋。谁知楚江边，即是穷海头。赤子解虎斗，先拼十二牛。太阿授楚柄，涛涂竟拘囚。昊天有肃杀，未肯休戈矛。书生本迂阔，国计无身谋。俯仰但不愧，万事从悠悠。"（《秋思》之一）他有时是"明朝且轰饮"，饮酒浇愁。有时是"日绕歌幽兰"，歌唱抒怀。即使是在一些咏物诗中，也每每抒发自己的悲愤情怀："屡上刳肠书,无地沥血诉!"(《野蓼》)"对花泪盈目,坐起不觉暝。"(《牵牛》)这些诗是郝经诗歌中抒情性最浓的作品。

后代论者认为郝经诗风奇崛。他有一部分诗往往好用入声韵,给人以桀骜奇崛之感:"愤叱一气转,大呼天地窄。扫来长城隍,卷起黑山碛。云飞月缩艳,日落天失色。长歌叶落柯,笑掷千金璧。"(《北风》)

王恽(1227—1304),字仲谋,号秋涧,卫州汲县(今属河南)人。中统元年,姚枢宣慰东平,录用他为评议官。后被召入朝。中统二年,初设翰林院于上都,同时建国史院,王恽被授为翰林修撰,同知制诰,兼国史院编修官。元世祖时代早期的一些诏制辞令,皆出他手。至元五年,初建御史台,又出任监察御史。鉴于当时"无法可守,取人无路",他上书建议讲法制、设科举。在任期间,弹劾官吏,正直敢言。后历任平阳、河南、燕南、山东、福建等处地方官。至元二十七年北归,官至翰林学士,加通议大夫、知制诰同修国史。大德八年卒。有《秋涧先生大全文集》。

王恽于金亡时才八岁,十八岁时从当时北方著名儒者王磐学习,后又得到元好问指点。他为人方正,富有才干,在元世祖初期即出任要职,很有名声。据说他死后,为他送葬的有一万余人(见《秋涧集》附录《王公神道碑铭》)。统观他的全集,虽见学识广博之处,但诗文作品却较为平庸。清代四库馆臣对王恽作品下的评语是:"恽文章源出元好问,故其波澜意度,皆不失前人矩矱。诗篇笔力坚浑,亦能嗣响其师。论事诸作,有关时政者尤为疏畅详明,了如指掌。史称恽有才干,殆非虚语。"这个评语字斟句酌,主要肯定他的翰林文字,实际上也还是从名臣角度肯定他。至于把他的诗文和元好问联系起来,总觉勉强[1]。从王恽的《玉堂嘉话》,可知他常和他老师王磐论文,王磐主张"文章以自得不蹈袭前人一言为贵",王恽嗣子王公儒说他父亲"作为文章不蹈袭前人","以自得有用为主",还说他主张兼收并蓄,"古今体制,间见叠出"。年辈晚于王恽,但曾同王恽一起在国史院纂修《世祖实录》的陈俨,说他幼时(约在中统前后)读王恽文时,就发现王文"不窘近世绳尺",这里所说"近世",当指金末到蒙古王朝统一北方后的一段时间,实际上主要是指金末,因蒙古王朝统一北方期间,文风主要受金末影响。金末文风有两派,一以王若虚为代表,尚平和,崇宋文(实际上崇苏轼);一以雷希颜为代表,尚奇峭,崇韩愈。大概王磐、王恽认为这两派各执一端,所以主张不窘步相仍。但实际上王恽论文还是有倾向的,像元代许多文人一样,他推崇韩愈、欧阳修。由于他不甚欣赏奇险,所以他更多地推许欧阳修,他所理解的欧文的特点是在"尊经尚体"的前提下,"于中和中做精神"。他在《遗安郭先生文集引》中说:"浮艳陈烂是去,方能造乎中和醇正之城。"他的文章大致上实践着他的主张,这就使他在文风上同至元年间以姚燧、卢挚的一部分简约古奥文章为代表的风尚有所区别,与后来大德、延祐年间由南方文人虞集、揭傒斯等人进入翰林而带来的欧阳修文风传统的大盛,起了前后呼应的作用。不过他的散文成就远不如虞集。

在《遗安郭先生文集引》一文中,王恽主张写诗也要"温醇典雅",要"平淡而有涵蓄,雍容而不迫切"。他认为元好问诗歌之有成就就在于宗唐。他在《偶书》诗中十分向往唐诗盛事:"唐到开元极盛年,见人说似即欣然。时时梦里长安路,驴背诗成雪满肩。"他说元好问宗唐显然失之片面,但他的见解所体现的审美观点,恰好也和后起的虞集、扬载、范梈和揭傒斯的观点大致吻合,即在宗唐前提下推崇平淡温醇的王、孟诗风。元人论元诗,常说元贞、大德以后,宗唐之风大盛。王恽作为元代早期文人,他的诗作虽然并不出色,但他的论诗见解确也在宗唐诗风兴起过程中起着一定的先驱作用。

如果要例举王恽诗篇,也许还是那些能够体现他的诗歌见解的作品较好。如七律《卜筑》、《许昌道中》和《过沙沟店》等,《过沙沟店》中写道:

> 高柳长途送客吟,暗惊时序变鸣禽。清风破暑连三日,好雨依时抵万金。远岭抱村围野色,行云随马弄轻阴。摇鞭喜入肥城界,桑柘荫浓麦浪深。

但这样的作品在王恽诗作中占的分量太少,顾嗣立在《元诗选》王恽小传中说:"《秋涧集》合为一百卷……然所存过多,颇少持择,必痛加芟削,则精彩愈见。"这其实就是平庸之作占多数的委婉的说法。

王恽词作的成就超过他诗文的成就。清代况周颐《蕙风词话》中称赞王词"清浑超逸,近两宋风格",所举例子是〔鹧鸪天〕《赠驭说高秀英》:

> 短短罗衫淡淡妆,拂开红袖便当场。掩翻歌扇珠成串,吹落淡霏玉有香。　由汉魏,到隋唐。谁教若辈管兴亡。百年总是逢场戏,拍板门锤未易当。

其实王恽的词风也有蕴藉风流的一面,如〔水龙吟〕《赋秋日红梨花》和〔喜迁莺〕《祁阳官舍早春闻莺》即属此类。和王恽同辈的北方词人中,白朴比较著名,王恽的部分词作并不比白词逊色,可惜的是他的词缺乏意境的率意之作过多,因而总的成就又比白词逊色。

王恽也写散曲，但他对当时流行的散曲有所不满，说是"纵使有成，未免笔墨劝淫为狭耳"，所以他的散曲不写艳情，著名的有〔越调·平湖乐〕十首，因此调可曲可词，朱彝尊《词综》中收了四首，但次序有所颠倒。现引其四如下："秋风袅袅白云飞，人在平湖醉。云影湖光淡无际，锦屏围。故人远在千山外。百年心事，一樽浊酒，长使此心违。"但这类散曲曲味不足。

第二节　刘因

刘因（1249—1293），字梦吉，号静修，保定容城（今河北徐水）人。初名骃，字梦骥。六七岁时就能诗文，才华出众。家贫，年二十即以教授生徒为业。因慕诸葛亮"静以修身"一语，题所居室为"静修"，学者因称他为静修先生。至元十九年应召入朝，为承德郎、右赞善大夫，不久借口母病，辞官回家。至元二十八年元世祖忽必烈再度遣使召刘因为集贤学士、嘉议大夫，辞不赴任。至元三十年卒于家，年四十五。曾自选诗集《丁亥集》，今已佚；至正十九年元政府曾牒令刊行他的三十卷诗文集，明代有重刊本；现通行的是至顺年间刊本《静修先生文集》二十二卷本（收入《四部丛刊》）和清光绪年间刊行的《静修先生文集》二十卷本（收入《丛书集成》）。

刘因是元代前期的重要作家，又是一位著名的儒者。他早年学习经学章句，后转向程、朱理学，但并不拘守程、朱门户。虞集推许他说："以予观乎国朝混一之初，北方之学者，高明坚勇孰有过于静修者哉！"（《安敬仲文集序》）清人全祖望推他和许衡为"元北方两大儒"。但他的政治态度和许衡不同，许衡仕元并积极建议实行"汉法"（实即儒家治国之道），刘因却采取与元王朝不合作态度。陶宗仪《辍耕录》中记许衡于中统元年应召赴都时，刘因问他："公一聘而起，毋乃太速乎？"许衡回答："不如此，则道不行。"至元年间，刘因两次辞官，有人问他为什么？他说："不如此，则道不尊。"张养浩《挽刘梦吉先生》诗中含蓄地说："一生怀抱谁能识，他日休猜作逸民。"欧阳玄却试图解开刘因的怀抱，他在《静修先生画像赞》中以"两生"、"四皓"来比他，并说："则其志不欲遗世而独往也明矣，亦将从周公、孔子之后，为往圣继绝学，为万世开太平者邪！"明初编纂《元史》的史臣宋濂同意欧阳玄的看法，并且说："论者以为知言。"但明代中叶的邵宝却认为，"两生"、"四皓"只是责汉以德，责汉以礼，"而不谓其世之不可也"，元代"大异于汉"，刘因能够"眇焉独存，再征再逊"，实是"深于道者"的贤人，所以他赞同尊奉刘因"从祀孔庙"的建议（见邵宝《重刊静修先生文集序》）。另外一位明人马平泉又认为元初"大纲不立"，"奸匿横恣"，忽必烈虽有图治之心，却"酷烈嗜杀"，使刘因感到他不像"大有为之主"，所以"决去不顾耳"（《宋元学案补遗》）。马平泉的看法实际是在为刘因自己说的辞官不起是因为"道不尊"作解释，而邵宝是偏于从传统的"夷夏之防"来作发挥。清人全祖望则认为刘因与元王朝不合作是出自悲宋、金之亡，"故南悲临安，北怅蔡州，集贤虽勉受命，终敝履去之"（《宋元学案》）。这种种解释都有一定根据，却只各自说到了某个方面，有的显然还渗有主观臆测成分。

刘因自己在《书画像自警》中说："所以承先世之统者，如是其孤。"他出身于一个世代业儒的家庭，祖父刘秉善在金贞祐年间随金室南迁。金亡之际，他父亲刘述举家北归，金亡之后，刘述"刻意问学，邃性理之说"，一度被征辟任武邑令，以疾辞归，是个不忘金室的遗民，他有一部记载贞祐以后在战争中致死的"武臣战卒"和"闾巷草野之人"的文集，刘因读后"惭恧若不自容"、"感激为之泣下"和

"毛骨悚然"，并"有所振励"，刘因要承继的"先世之统"，就是讲气节和忠于金室。这在他的作品中有所反映，如《七月九日往雄州》诗中写到："洒落规模余显德，承平文物记金源。生存华屋今焦土，忠孝遗风自一门。"又在《金太子允恭墨竹》诗中写道："天人与竹皆真龙，墨竹以来万马空……文采不随焦土尽，风物直与幽兰崇。"在《翟节妇诗》、《陈氏庄》和《孝子田君墓表》等诗文中也流露出恋金的感情。《陈氏庄》中写道：

> 陈氏园林千户封，晴楼水阁围春风。翠华当年此驻跸，太平天子长杨宫。浮云南去繁华歇，回首梁园亦灰灭。渊明乱后独归来，欲传龙山想愁绝。今我独行寻故基，前日家僮白发垂。相看不用吞声哭，试赋宗周黍离离。

诗后有注文："陈氏，先父之外家也。金章宗每游猎，必宿其家。渊明谓先父。龙山，指孟嘉事。"刘因生于金亡之后十五年，称不上遗民，但这首诗表达的十足是"遗老"的感情。看来他之所以辞官不仕，确同他说的继"先世之统"有关。

在对待宋王朝的态度上，刘因有一个变化的过程。他二十三岁时，蒙古王朝改国号为"大元"，二十八岁时元军破临安，再过三年，南宋王朝在广东的最后一个流亡小朝廷覆灭。苏天爵《滋溪文稿》卷八《静修先生刘公墓表》说："王师伐宋，先生作《渡江赋》以哀之。"此说不确。按《渡江赋》写于至元六年，距元兵大举伐宋尚有五年，赋中以郝经使宋被扣押，九年不还，元朝将兴兵问罪为由头，以"北燕处士"和"淮南剑客"辩论的形式，说明宋室必亡。其中"北燕处士"说："蠢尔蛮荆，何痴而狂，自取征伐，孰容尔强。今乃提天纲，顿地统，竭冀北之马，会天下之兵，衔枚疾走，摄号而南行……哀哉宋君,可怜也。"郝经和刘因相知交,刘因另有《忆郝伯常》诗可能作于同时,诗中将郝经比作苏武,诗的尾联写道:"飞书寄与平南将,早放楼船下益州"。其时刘因才二十一岁。他对"中国将合"即蒙古王朝将统一中国持肯定态度。在这之前,他十五岁左右写的诗歌中还表现了建功立业的意愿:"岂不志功名,功名来未迟"(《拟古》)。甚至还有"整顿乾坤了,千秋功名立"的壮志(见《秋夕感怀》)。但到他三十一岁时,已经决定不出仕,他在一篇文章里这样说:"某早躁狂,若将有志,中实脆屈,未立已颓……顾念初心,恍焉如失,今此辟馆,惟我之求,讲学有徒,进修有地。"这篇被虞集赞为"静修道德之所至"的"告先圣文"写于至元十六年,也即元兵攻下临安后的第三年。他对宋室的灭亡有过很多感慨,如被后人赞为"诗之斧钺"的《书事五首》之二中写道:"卧榻而今又属谁?江南回首见旌旗。路人遥指降王道,好似周家七岁儿。"这诗当写于南宋小皇帝赵㬎北上之后。此外,他在《登武遂城》、《塞翁行》、《白雁行》、《武当野老歌》、《渡白沟》、《感事》和其他一些诗文中都流露出对宋亡的叹息。他追溯宋朝开国初期对辽国一贯妥协退让,终于造成丧失北部领土的沉痛教训。《渡白沟》(七古)诗中写道:"一声霜雁界河秋,感慨孤怀几千古","当时一失榆州路,便觉燕云非我土"。在《白沟》诗中写道:"白沟移向江淮去,止罪宣和恐未公。"而移向江淮的界线并未能保住南宋的江山,"一声白雁已成擒,回望丹梯泪满襟。"(《武当野老歌》)南宋也终于亡国了。

纵观刘因的叹息宋亡的作品,可以看出他由拥护元王朝统一中国变而为对汉族政权(宋)和蒙族政权(元)表现出明显的亲疏感情。作为由中国传统文化熏陶教养的一位儒者,他认为他的故国是遵行儒家之道的,他所说的不辞去元朝的征召就是"道不尊",正说明他认为元王朝统治者不可能实行"儒学汉法"。上述亲疏之感可能同这有关。除了这些原因外，他的不出仕还有他个人性格因素的原因。

刘因早年本是一个有抱负的人。他在《秋夕感怀》诗中写他"对酒露肝胆"，希图"致身青云间，高飞举六翮"，想做一番事业。十五岁时写的一首《拟古》诗中又表明他十分厌恶"奴颜与婢膝，附势同奔驰。吮痈与舐痔，百媚无不为"。这是他宁可饿死，也不肯做的。他在这时已经感到彷徨："世态尽伥鬼，吾将谁与归。"他出仕元朝不到一年即辞归，他的容不得"纷然生谤议"、"人事如冰霜"(《呈保定诸公》)的性格无疑是一种因素。欧阳玄说他高亢峻绝，"士亲炙者寡"(《安先生祠堂记》)；张养浩说他"才名暗折世间寿，气节伟高天下人"。的确，刘因是一个有骨气的人。他写了七十多首《和陶诗》，他的人格也和陶渊明一样清高傲岸。"天风泠泠清入肌，醉抱明月人间归。"(《西山》)这是他的自画像。

刘因论诗，于《诗经》以下尊曹、刘、陶、谢；于唐宋尊李、杜、韩和欧、苏、黄。对晚唐诗风予以排斥，说："而乃效晚唐之萎荼，学温、李之尖新，拟卢仝之怪诞，非所以为诗也。"(《叙学》)刘因也很崇拜元好问，他在《跋遗山墨迹》中写道："晚生恨不识遗山，每诵歌诗必慨然。"元好问在金亡后对北方诗人影响仍很大，刘因的论诗见解基本上继承了元好问的论诗主张，实际上是提倡诗要有风骨，要高古，要富有沉郁悲壮和清刚劲健之气。在唐代诗人中，刘因还推许李贺，他早年曾以"呼我刘昌谷"自豪(见《呈保定诸公》)，他在《李贺醉吟图》诗中对李贺评价很高。论者以为刘因古体诗受韩愈影响，这是事实，但兼受李贺影响也是事实，何况刘因把韩愈赏识李贺诗一事说成是"太平瑞物不易得，昌黎仙人掌中珍"。事实上，元初北方诗人中刘因是最早推崇李贺的。刘因追求奇特想象和浓厚色彩的诗不少，如《登镇州隆兴寺阁》便是一例，节引如下：

太行鳞甲摇晴空,层楼一夕蟠白虹。天光物色惊改观,少微
今在青云中。初疑平地立梯蹬,清风西北天门通。又疑三山浮
海至,载我欲去扶桑东。雯华宝树忽当眼,拍肩爱此金仙翁。金
仙一梦一千载,腾掷变化天无功。万象绕口沄喷吐,坐令四海皆
盲聋。千池万沼尽明月,长天一碧无遗踪……

诗写太行形胜,却匪夷所思,写它是三神山西移而来,又载作者
东行,见到神通广大的金仙。像这样诗风奇异的作品,大致是他早年
之作。辞官以后,刘因诗风趋于清雅。这十年间他写了大量和陶诗,
如《和拟古九首》其一:

郁郁岁寒松,濯濯春风柳。与君定交心,金石不坚久。君衰
我不改,重是平生友。相期久自醉,中情有醇酒。义在同一家,
何地分胜负。彼此无百年,几许相爱厚。持刀断流水,纤瑕固
无有。

清代人王灏评刘因诗"气骨超迈,意境深远",也包括这类诗歌在内。

在刘因的各体诗中,七律具有沉郁劲健之气,如著名的《渡白
沟》:

蓟门霜落水天愁,匹马冲寒渡白沟。燕赵山河分上镇,辽金
风物异中州。黄云古戍孤城晚,落日西风一雁秋。四海知名半
凋落,天涯孤剑独谁投。

刘因有些诗在描写中常有议论,如《寒食道中》说:"簪花楚楚归宁
女,荷插纷纷上冢人。万古人心生意在,又随桃李一番新。"人生世

上有生也有死,花开花落,一年胜似一年,"万古人心生意在",实际是说,历史总是不断地前进,有一点哲理意味。此外,他还有一些小诗描绘自然景物和生活情趣,语言清新而生动。如《偶成》:"梦回闻雨声,忽觉是风叶。问予何以知,仰见梁间月。"刘因还有些写景诗想象丰富,很是优美,结尾处构思奇特,往往出人意外,曲终奏雅。如《泛舟西溪》:"万山倒沧浪,一叶凌嵯峨。嵯峨为心舞,翠影如婆娑。轻阴散雨足,净绿生园波。人间碧海幻,老眼青铜磨。风云几千古,办此雨一蓑。溪南有幽人,鼓棹前山阿。烟深渺无处,月色浮松萝。"诗的开头写西溪的壮美,接着写秀丽景色,结尾却出来一位幽人,以清淡和朦胧色彩作结。再如《经古城》诗的开头写古城的险要和作者遥想当年这里是豪杰相争之地,结尾却写:"薪人过我傍,一笑如相怜。指城前问予。考古今几年? 沉思未能答,行歌入苍烟。"以开为收,如另辟一境界,形象传神,韵味无穷。还有一首古诗《明妃曲》,前十八句和前代很多"昭君怨""明妃曲"一样,未脱愁恨哀怨,结尾却转入高昂:"君王要听新声谱,为谱高皇猛士歌。"

刘因有不少题画咏物诗,大多寄托了他的感慨和抱负,如《采菊图》中写道:"庙堂衮衮宋元勋,争信东篱有晋臣。南山果识悠然处,不惜寒香持赠君。"在《仲诚家藏张蔡公石女窻制香奁绝巧持以求予诗》中,却由香奁写到了民瘼:"东家健妇把锄犁,西家处女负薪归。哀哀正念诛求苦,对此无言空泪垂。"刘因还有一些描写民生疾苦的诗,如《豳风图》、《送人官浙西》、《杂诗五首》、《有客》、《里社图》等,他有一首《对菊》诗云:"画本流民今复见,诗家逃屋为谁留。黄茅安得千间厦,白布空歌万里裘。"

总之,刘因诗作各体皆备,色彩不一,尽管在数量上不是很多,却显得丰富多姿,是元代诗歌的重要组成部分。

刘因论文,以为六经之文"不可企及",但先秦古文和汉代贾谊、司马迁和班固等人的文章,都"可学",唐宋自陈子昂、韩愈等到欧阳修、苏轼等的古文也"可学",不过他强调取诸家之长,不蹈袭麇束,强调写经世致用之文。(见《叙学》)他的文章不趋古奥,颇多议论,看来宋人散文对他影响较大。他的散文写景记游之作较少,即有个别篇什,也喜发议论。如《游高氏园记》,全文三百余字,却用二百余字来发表"天地之理,生生不息"的见解,实际成了一篇谈论自然与社会的新陈代谢的哲学文章。刘因还有一些散文记述世乱时难直言不讳,如《武遂杨翁遗事》和《孝子田君墓表》中记贞祐元年十二月保定屠城,乱离浩劫,惨绝人寰。

刘因的词风格接近苏、辛,也受到元好问的影响。但他在豪放中却趋于恬淡,如〔鹊桥仙〕中写:

> 悠悠万古,茫茫天宇,自笑平生豪举。元龙尽意卧床高,浑占得、乾坤几许。 公家租赋、私家鸡黍,学种东皋烟雨。有时抱膝看青山,却不是、长吟梁甫。

又如〔玉漏迟〕《泛舟东溪》:

> 故园平似掌。人生何必,武陵溪上。三尺蓑衣,遮断红尘千丈。不学东山高卧,也不似、鹿门长往。君试望。远山翠处,白云无恙。 自唱一曲渔歌,觉无复当年,缺壶悲壮。老境羲皇,换尽平生豪爽。天设四时佳兴,要留待、幽人清赏。花又放。满意一篙春浪。

分明心中有块垒,而外表却呈和平宁静。

近人况周颐激赏刘因词作,并把刘因看作是元代的苏轼,说他的作品"寓骚雅于冲夷,足秾郁于平淡,读之如饮醇醪,如鉴古锦。涵咏而玩索之,于性灵怀抱,胥有裨益。备录之,不觉其赘也"(《蕙风词话》)。此评虽然见出偏爱,但确也捕捉住刘因词的冲夷、恬淡风格的特点。在元人词作中,刘因的作品当属上乘,只是数量较少,难成规模。

第三节　姚燧

姚燧(1238—1313),字端甫,号牧庵,洛阳人,祖籍营州柳城(今辽宁朝阳)。三岁时丧父(父名格),由伯父姚枢鞠育成人。姚枢在窝阔台(太宗)灭金后出仕蒙古王朝,成为这个王朝统一北方初期的著名文臣。当时赵复将朱熹的著作传入北方,姚枢和许衡在北方最早从事朱学的研究和传播。姚燧十八岁时受学于许衡,忽必烈(世祖)将蒙古王朝改称大元的次年(1272),许衡任国子祭酒,召姚燧至京。后被推荐任秦王(忽必烈第三子忙哥剌)府文学。历任陕西、四川、中兴等路儒学提举、陕西汉中道提刑按察司副使和翰林学士等职。元贞、大德年间任江东廉访使、江西行省参知政事。至大年间任太子宾客、翰林学士承旨。至大四年告归(时已移家郓城),皇庆二年七十六岁时去世。

《元史》记姚燧为学"有得于许衡,由穷理致和,反躬实践,为世名儒"。许衡的"践履为行"主张着重"治生",这同宋代理学家将心性与事功分为二途有区别。这种主张相对来说重视"六艺",在文化上则强调经世致用。姚燧在政治上也追随姚枢和许衡,积极效忠于元王朝。所以尽管他先世为金人,他对金末政治却持批判态度,他认为"金之叔世"已是"必亡之国"。为此,他在《冯松庵挽诗序》中驳斥元好问认为冯璧"不遇"于金的看法。元好问曾问学于冯璧,冯璧死后,他撰写神道碑铭,感叹冯在金末不遇。姚燧却认为"惟有如秦和之于晋侯,不发药而委去"。姚燧是后辈,且与冯家有亲,却攻击元碑,并对元好问颇有讥刺,这里除了政治上的原因(元好问金亡后不出仕)外,也与姚燧"恃才"自傲的性格有关,《元史》记他"颇恃才,轻视赵孟頫、元明善辈"。姚燧著有《牧庵文集》五十卷,诗文词赋共六百八十九篇。元刊本已佚。今存《牧庵集》三十六卷,系清代四库馆臣辑录编次,较元刊本篇目为少。姚燧门人刘致编有姚燧年谱,记载了他平生大致事迹。

姚燧以散文见称,当时极负盛名。吴澄《送卢廉使还期为翰林学士序》中说:"众推能文辞有风致者,曰姚曰卢。"卢即卢挚。清代黄宗羲论文,于元代推崇姚燧和虞集两家,遂有元文两大家之说。现存姚文大部分是碑铭诏诰等应用文,抒情写景之作很少。他的文章于刚劲雄豪中略见古奥,于严谨简约中求得生动。一些神道碑和墓志铭中对人物的生平行事,思想性格,大抵都有清晰的描写和刻画,形象较为生动。

《中书左丞姚文献公神道碑》最能见出姚燧的古奥文风,文中记姚枢和赵复见面时的一段文字如下:

> 乙未,诏二太子南征,俾公从相中书,即军中求儒道释医卜酒工乐人。会破枣阳,并公所招,将尽坑之。大将幕竹林间,公前辩析明诏,如此,他日将何以复命。乃匿数人逃入竹中,潜归其营,匿严侯军中,才脱死数十人。继拔德安,得江汉先生赵复仁甫,见公,公戎服而髯,不以华人遇之,至帐中,见陈琴书,骇曰:"西域人知事此乎?"公为一莞,与之言,信奇士,出所为文数十篇。以九族歼残,不欲北,与公诀,蕲死,公留宿帐中。既觉,

月洁而盈,惟寝衣存,乃鞍马号积尸间,求至水裔,脱履被发,仰
天而号,欲投溺而未入也。公晓以徒死无益,汝存,则子孙或可
传绪百世,吾保而北,无他也。遂还。

　　这段文字在叙事中有形象,有性格,言简意约,古色古香。但如
果把这段文字和他的《序江汉先生事实》中记同一事件的文字相对
照,就可以看出这种古奥文风是他精心雕琢所致。

　　姚燧的文章在记叙生动中还变化多姿,如《巩昌路同知总管府
事李公神道碑》中写李节在金亡降蒙后,"功超金兵马都总管府事,
俄权同知,兼便宜同知",忽然文笔一转,既不交代他迁官过程中是
否遇到打击挫折,也不交代他主观上的弃官意念,却紧接着写他"方
年六十,忽不仕,而乐砾石山水,为墅其间,号蛰窟老人。不践城府,
绝口官事。树桑及他可材之木,若干千章,奇花珍果埒是;惟树松二
十四,不多益也"。这段叙述实际上向读者提出了一种"悬念"——
李节缘何在植桑树等数千株的同时,却只种松二十四株?作者接着
写李节的性格:"疏泉列石,幽蹊危榭;人之至者,瞻眺忘归,如在物
表。时与老佛之徒,研思丹方奥典,如不足日。故旧或过,必烹羊击
豕,剧谈纵饮,厌醉而罢。来者共席,不贱耕樵。"接着越过一段时间
空间,写他"年八十三,聪明轻矫,不衰壮时,登楼上马,不藉扶掖,几
杖非不御,不设也"。接着又写他得病,病中嘱咐他的次子李庭筠
说:"汝兄以丧来,其以为言,奴婢数十家,吾食其力久矣,其民之。"
释奴婢为平民,这是当时的德义之举。作者不泛写李节临终时的其
他遗嘱,只突出写释奴为民一事,用来结束他对李节的歌颂,同时也
突出了李节的思想性格。继而又写:"以至元甲戌冬十二月三日,为
诗而卒。计始为墅,实二十四年。或曰:二十四松,盖前计所止年
也。"这时才回溯当年李节植二十四株松事,似在回答前面的"悬

念",但用"或曰"二字,却又好像没有真正的答案。这种描写,在起伏变化中见出摇曳生姿。文中"几杖非不御,不设也"又是古文家所欣赏的所谓跌宕句法。

他的一篇著名的传记文《太华真隐褚君传》写得比较质朴平实,它记叙弃儒业道的全真教道士褚志通在华山的隐居生活,艰难清苦而又怡然自得,写来十分传神。其中写华山之险和牛心谷之景,直可与唐、宋时代的著名散文媲美。引录两段如下:

> 云台,华岳也,为山盖奇,上方又天下之绝险。自趾望之,石壁切云霄,峻峭正矗。非恃铁纟亘,不得缘坠上下。又不知铁纟亘成于何代何人,意者古能险之圣也。将至其颠,下临壑谷,深数里,盲烟幕翳其中,非神完气劲,鲜不视眩而魄震。

> 谷南直,中方入行二里许,深林奇石,泉濺濺鸣。其下垦地盈亩,构室延袤不足寻丈,环莳佳花美箭。人之来者,始则爱其萧爽,不自知置身尘埃之外;居不戾暮,既已欠伸弛然,而思去矣。

姚燧在《送畅肃政纯甫序》中说他"冠首时未尝学文","年二十四始取韩文读之",可见他是从学韩愈的文章入手的。他论文强调"气","夫人之言为声,声原于气"(《冯氏三世遗文序》),"大抵体根于气,气根于识,识正而气正,气正而体正"(《卢威仲文集序》),这些观点都是从韩愈的"气盛"说而来。他的"一以经史为师"的观点也和韩愈的穷究经传史记百家之说大致相同。而比当时只主张以"六经"为师的见解通达。姚燧为文,写人状物都很重视形象的鲜明,颇多性格刻画,并善于选择典型事件而突出人物性格,叙述也有跌宕起伏。确是受到韩文的影响。但姚文缺少韩文那种在客观叙述中寄寓强烈的爱憎感情的特点。

姚燧的散文也有少数颇有情趣的作品,如《序牡丹》写他在洛阳、西安、燕京、邓州等地所见牡丹,品种繁多,千叶状元红、左紫、寿安红、玉板白、鹤翎红、衡山紫等等,作者细致地写它们株茎高低不同,花朵单复互异。文字生动活泼,花木的千姿百态跃然纸上。

当时人对姚燧散文颇多赞美之词,张养浩说是"雄刚古邃",尊他为"皇元"第一人。柳贯在姚燧谥文中说:"公之文章,蔚为宗匠。典册之雅奥,诏令之深醇,固已抉去浮靡,一返古辙。而铭志箴颂之雄伟光洁,凡镂金刻石,昭德丽功者,又将等先秦两汉而上之。"元末明初的宋濂也说他的文辞"闳肆豪刚,有西汉风"。这些评语,当然既有溢美之辞,也有片面性。姚文并不只是具有刚劲壮美风格,也不只是古色古香。至正六年郑大和《祭翰林柳待制先生文》中提到姚燧时,说姚的文章"上追韩柳",比起"西汉风"云云,降了一些调子,但他们还都没有说到姚燧的散文在不少方面还受到宋代欧阳修的影响,倒是张养浩曾将他和韩、欧并论。事实上,姚燧很推崇欧阳修,不仅不止一次尊他为"一代文宗",而且还说他"去圣贤也有级而不远"。纵观姚燧散文,不少文章并不过于追求艰深古奥,也不刻意选择富于色泽的词藻,而更多地是在明白晓畅中见出变化,在平实中表现多姿,足以见出宋代散文对他的影响。元人之所以好说姚文是宗汉的范本,姚燧是振古的宗匠,除了姚文确有古奥的一面外,还有一个原因:当时北方文风受金代影响,而金时从赵秉文、王若虚到元好问,大抵不主师古,其中尤以王若虚最为激烈,甚至说"散文至宋人,始是真文字"。因此,像姚燧部分文章中出现的学《左传》、《史记》的古邃之风,当时已为罕见。他的影响所及,以古为雅,甚至以读者不能句读为深奥,成为一种时尚。

姚燧除散文外,也写诗、词和散曲,但数量较少,由于他以散文著称,诗、词相对地不为人们所注意。他的各体诗歌中,古体较佳,《清明日陪诗僧悟柳山登落星寺》写来颇有气势,可见出他在诗作上也受到韩愈的影响,全诗如下:

> 抵掌女娲前功捐,炼石力尽还陨天。怒飞十有八万里,掷陷彭蠡三重渊。藏山于泽信所力,愚公欲移重莫肩。州民讹谓恒山路,漫向麟史求何年。安知自尔牛斗躔,天穴上当匡庐巅。银河一决不复塞,至今飞流挂长川。我来正逢槐火节,艤矶矴系东吴船。相携诗僧上佛阁,箕踞对酒谈其然。渠闻舌挢若自失,子辩乃出邹衍前。何书太古何所得,为言乌有先生传。

姚燧的词现存四十余首,词风偏于豪放,〔贺新郎〕(失题)最能见其风格,下阕云:"胡为不叩天阍裂。枉人间丁宁控诉,欲求谁雪。蜀道思归诚何有,便隔云山千叠。一再举,犹横绝。苦趣东君行不早,到千红万紫飞时节。呼谢豹,慎扪舌。"虽写杜宇,但似有寄托。他的散曲,现存小令二十九首,套曲一套。周德清《中原音韵》曾把他的〔普天乐〕《别友》作为"定格"之列。最为人熟悉的小令是〔凭栏人〕《寄征衣》云:"欲寄君衣君不还,不寄君衣君又寒。寄与不寄间,妾身千万难。"这首小令刻画女性思念远方的丈夫的心情矛盾和情感的波动,十分亲切生动。

〔1〕 王恽《追挽元遗山先生》诗中注文:"余年廿许,以时文贽于先生,公喜甚,亲为删海,且有文笔重于相权,泰山微尘之说。即欲挈之西行,以所传畀。余以事不克,至今有遗恨云。"因此,四库馆臣"源出元好问","嗣响其师"云云,不仅根据不足,且有想当然之嫌。

第十九章　元代前期诗文作家（二）

本章叙述元代前期几个主要的南方作家。

元世祖至元十三年，元兵进攻南宋都城临安，宋室投降。在这次政治大变动之后，由宋入元的南方作家作品的一个主要内容是抒发怀念南宋故国的爱国思想和民族意识，有的慷慨激烈，凝结血泪而成；有的悲壮苍凉，直是长歌当哭；有的眷怀麦秀，见出寄托遥深；还有的则是哀哀以思，悲哽国破家亡。这些作家中有的为抗元捐躯，更多的隐居田园或浪迹江湖，以此表现他们与元王朝不妥协、不合作的态度。他们结成诗社唱和，诗歌中不时吐露故国之思和沧桑变幻之感，当时有名的月泉吟社就是一些遗老逸民结成的诗社。随着元王朝统治的稳定和歧视"南士"政策的变化，至元、大德间，这些诗人中陆续出仕的也有不少。为了避免与《宋代文学史》的叙述重复，对这些作家中著名或比较著名的如文天祥、汪元量、谢翱、林景熙、谢枋得、郑思肖、刘辰翁、王沂孙、蒋捷、张炎等，此处从略。

关于"南北混一之初"的诗风，元代人有一种看法，欧阳玄《周此山诗集序》中曾说到："宋金之季诗人，宋之习近骫骳，金之习尚号呼。南北混一之初，犹或守其故习。"所谓"骫骳"意为屈曲，这里当指江西诗派的弊端，可能也含有指四灵派追求尖新、险怪之病。但事实上从南宋末年开始，就已出现了批评"四灵"、"江湖"流弊的倾向，这在由宋入元的方回、戴表元的著作中表现得最为明显。也是由宋入元的仇远和白珽则以学汉魏、盛唐为宗旨,实际上也是反对"四灵"、"江湖"的流弊[1]。稍后,赵孟𫖯的诗歌实践更是一扫骩骳余习,从而成为这时期的重要诗人。赵孟𫖯同时的一位南方诗人陈孚,则是以表现简淡之风的五言古诗见称,同这时北方诗人提出的古诗宗汉、魏的主张相呼应。更晚一些的袁桷,追随他的老师戴表元的宗唐得古主张,入朝后,在京师诗坛颇为活跃,清代四库馆臣说他是大德、延祐间"承先启后"、"遂为虞、杨、范、揭等先路之导"的人物。元初著名理学家吴澄,被人看作是南方的理学宗师,他重才艺,能诗文,这里也略作介绍。

第一节　方回　戴表元

方回(1227—1307),字万里,号虚谷居士。徽州歙县(今安徽歙县)人。宋理宗景定三年进士。初提领池阳茶盐,累迁严州知州。元兵南下,他开城迎降。降元后官建德路总管,至元十八年离任,后徜徉于杭州、歙县之间,傲睨自高,不修边幅,肆意于诗。著有《桐江集》和《桐江续集》。并选唐宋近体诗,加以评论,名为《瀛奎律髓》。

《瀛奎律髓》是方回的诗论著作,但方回的诗论并不全体现在这一著作中。《瀛奎律髓》中提出的"一祖(杜甫)三宗(黄庭坚、陈师道、陈与义)"说,是企图以推崇江西诗派来矫正宋末四灵和江湖诗派的弊病。他推崇江西诗派并非是亦步亦趋,而有他自己的一些论诗主张,这是方回诗论中应注意之点。此外,他批评四灵、江湖派是一贯的,"一祖三宗"说到后来有所变化,这也是他诗论中值得注意的地方。

方回针对四灵诗派诗境狭窄、斗饤粉绘的毛病,对感时伤世、恢张悲壮的诗歌较为推崇,这也正是他为何将江西诗派溯源到杜甫、确立杜甫不可动摇的宗祖地位的内在根据。他批评四灵诗派时指出:

> 予谓诗家有大判断,有小结裹。姚(指姚合)之诗专在小结裹,故四灵学之,五言八句,皆得其趣,七言律及古体则衰落不振。又所用料,不过花竹鹤僧琴药茶酒,于此几物,一步不可离,而气象小矣。

> 许用晦诗出于元白之后,体格太卑,对偶太切,近世(指四灵诗派等)晚进争由此入,所以卑之又卑也。(《瀛奎律髓》)

> 近世为诗者七言律宗许浑,五言律宗姚合,自谓足以符水心、四灵之好而斗饤粉绘,率皆死语呕语。(《滕元秀诗集序》)

他认为要克服这种"体格太卑"、"衰落不振"、"斗饤粉绘"、"死语呕语"的现象,必须懂得诗歌应该有感而发。他在《重阳吟序》中说:

> 兴有不同而皆极天下之感,君子以之冥心焉。陶渊明曰"闲居爱重九"之句,此闲寂之极感也;苏长翁曰"菊花开时即重阳",此旷达之极感也;潘邠老曰"满城风雨近重阳",此衰谢之极感也;吕居仁曰"乱心深处过重阳",此羁旅之极感也。予不肖,何足以跂前人,尝有诗曰:"干戈丛里见重阳",此亦乱极之感也。世人徒赏邠老之句,窃意其未必得斯句之意,姑随声附和耳。

在当时条件下,他对"乱极之感"的诗篇较为重视,正是对诗歌应有真情实感的提倡。他说:"世不常治,于是有麦秀黍离之咏焉"(《瀛奎律髓·忠愤类》小序)，"有仁心者,必为世道计,故不能自默于斯焉"(《瀛奎律髓·怀古类》小序),对粉饰太平、毫无真情之作颇为不满。他还批评唐代贾至、杜甫、王维和岑参四人唱和《早朝大明宫》之作,认为在"京师喋血之后,疮痍未复,四人虽夸美朝仪,不已泰乎!"(《瀛奎律髓·朝省类》中的批语)

方回还要求诗歌必须"格高":"诗先看格高而意又到、语又工为上;意到语工而格不高,次之;无格无意又无语,下矣。"何谓"格高"?从方回对一祖三宗的赞扬中,可概其意旨。他认为:"善学老杜而才格特高,则当属之山谷、后山、简斋。"又说:"独是格高,可及子美。""去非格调高胜,举一世莫之能及。"显然他认为杜诗是格高的典范,其表现就是"莫不顿挫悲壮,剥浮落华",并能"恢张悲壮者"。这种"格高"的观点也是与他倡导诗歌要有现实性、要有真情是一致和相通的。

由于方回艺术鉴赏的偏颇,他在强调格高时又崇尚"瘦硬枯劲",强调"绣与画之迹俱泯"。江西派的诗作一向有声画枯涩之讥,这本是江西诗派的弊病,但方回还为此辩护,认为:"读后山诗,若以色见,以声音求,是行邪道,不见如来。全是骨,全是味,不可与拈花簇叶者相较量也。"(《瀛奎律髓》)这实际上是为诗歌创作缺乏情韵和文彩辩护。另外,他步江西诗派之后尘,大讲"句法"、"字眼",不仅毫无新意和建树,而且有时议论近于酸腐。清代冯班批评他"执己见以绳缚古人,以古人无碍之才、圆变之学曲合于拘方板腐之辈"。纪昀批评他"矫语古淡"、"标题句眼"和"好尚生新"。这都颇为准确地指出了方回论诗的弱点。由此可见,尽管方回诗论有与江西诗派相异之处,但他受江西诗派的影响也不可忽视。

方回晚年所撰的《〈唐三体诗〉序》中,依旧批评四灵、江湖,但原先所持的狭窄的"一祖三宗"说已有变化,比较地转益多师了。他说:"唐诗前以李杜,后以韩柳为最,姚合而下,君子不取焉。宋诗以欧苏黄陈为第一，渡江以后，放翁石湖诸贤诗，皆当深玩熟观，体认变化。"元末明初的瞿佑在《归田诗话》中对方回这一序文评价甚高。

方回诗歌中有一些感时伤世、同情人民的作品。他在一首《秋大热上七里滩》诗中写道："吾生所未见，自古恐亦无。秋半不肯凉，赫日炎洪炉。沸湍七里滩，触热乘畏途。坐船汗如浆，况彼牵挽夫。一樯合众力，至数十辈俱。踏竿气欲绝，沙立僵且枯。西瓜足解渴，割裂青瑶肤。焉得大冰盘，沾丐及此徒。侥幸据势位，极意求所娱。愿回君子仁，略念小人躯。"他的《种稗叹》描写由于天灾，致使稗子也价昂于米，这种现象，不仅反映着人民生活困难，也使诗人倾吐出寓意更深一层的"焉得世间无稗人"的愤懑。

南宋灭亡后，江南各地人民奋起反抗元朝统治，此起彼伏，延续将近二十余年。方回目睹耳闻，诗中有所描写。方回更多的诗作还是自我情怀的倾吐。这里有仕、隐矛盾的心态，有人生变故的叹喟，有富穷变化的感慨。他罢官家居后，以遗民自比，在《有感》和《九日有感再书》里都有这种表示，他说："渐惊老旧遗民尽，欲问承平往事难。""萍梗江湖今故国，干戈天地几遗民。"他所作的《涌金门城望》三首之一中写道："萧条垂柳映枯荷，金碧楼空水鸟过。略剩繁华犹好在，细看冷淡奈愁何。遥指堤上游人少，渐觉城中空地多。回首太平三百载，钱王纳土免干戈。"在方回的各体诗歌中，比较而言，当以七绝和五律为佳，今各举一例如下：

　　夜寒如觉有猿吟，积翠重苍万壑深。下水轻舟弦脱箭，盘山细路线穿针。（《夜行青溪道中入歙》）
　　汹涌风如战，萧骚雨欲残。遥峰应有雪，半夜不胜寒。吾道孤灯在，人寰几枕安。何当眩银海，清晓倚楼看。（《雨夜雪意》）

方回在宋时曾以《梅花百咏》向贾似道献媚,贾势败后,他又上疏论贾有十条可斩之罪;元兵南下时,他以州官身份开城迎降,后来却又以遗民自居;加上他人品卑污,时论对他颇多抨击和嘲笑,周密《癸辛杂识》对他攻击尤力。清代纪昀也说"文人无行,至方虚谷而极矣",但由于纪昀论文不因人废文,所以对方回还有较客观的评价,《四库全书总目提要》评方回《桐江续集》云:"其诗专主江西,平生宗旨,悉见所编《瀛奎律髓》中,虽不免以粗率生硬为老境,而当其合作,实出宋末诸家上,更不能以其人废矣。"

戴表元(1244—1310),字帅初,一字曾伯,庆元奉化(今属浙江)人。七岁能作文,聪明早熟。宋度宗咸淳七年中进士,任建康府教授。德祐元年迁临安府教授,不就。后转都督掾,行户部掌故亦未到任。次年元兵攻临安,宋室投降,他自此隐居家乡,悉意学问文章。元大德八年,被人推荐为信州教授,这时他已六十一岁。再调婺州,终以疾辞。至大三年卒于家,年六十七。著有《剡源集》。

袁桷《戴先生墓志铭》记戴表元"力言后宋百五十余年理学兴而文艺绝;永嘉之学志非不勤也,挈之而不至,其失也萎;江西诸贤,力肆于辞,断章近语,杂然陈列,体益新而变,日多故言,浩漫者荡而倔极,援证者广而类俳谐之词"。可见他对理学家排斥文艺的不满,也见出他对江西和四灵诗派的不满。此外,他还认为宋末科举之弊,殃及诗歌,他说:"余犹记与陈晦父昆弟为儿童时,持笔囊出里门,所见名卿大夫,十有八九出于场屋科举,其得之之道,非明经则词赋,固无有以诗进者。间有一二以诗进,谓之杂流,人不齿录。"(《陈晦父诗序》)他认为宋诗之弊在于一些作者只知学当时诗坛宗主而不知学唐音,所以他主张宗唐得古,其《洪潜甫诗序》云:

始时（按：指宋初）汴梁诸公言诗，绝无唐风，其博赡者谓之义山，豁达者谓之乐天而已矣。宣城梅圣俞出，一变为冲淡，冲淡之至者可唐，而天下之诗于是非圣俞不为，然及其久也，人知为圣俞，而不知为唐。豫章黄鲁直出，又一变而为雄厚，雄厚之至者尤可唐，而天下之诗于是非鲁直不发，然及其久也，人又知为鲁直而不知为唐。非圣俞、鲁直之不使人为唐也，安于圣俞、鲁直而不自暇为唐也。迩来百年间，圣俞、鲁直之学皆厌，永嘉叶正则倡四灵之目，一变而为清园，清园之至者亦可唐，而凡桎中捷口之徒，皆能托于四灵，而益不暇为唐。唐且不暇为，尚安得古！余自有知识以来，日夜以此自愧。

戴表元与赵孟頫为知交[2]，大德二年，戴表元为《松雪斋诗文集》所撰序文中说："吴兴赵子昂，与余交十五年，凡五见，每见必以诗文相振激。"又说："故古之相知者，必若韩孟、欧梅，同声一迹，绸缪倾吐，而后为遇。"从赵孟頫的论诗观点可知他们确也持有相似或一致的看法。但由于戴表元未曾入朝任职，更未臻显位，所以他诗歌主张的实际影响并没有赵孟頫和稍后的虞集那样大。《元史》编纂者宋濂受他老师黄溍推许戴表元的影响[3]，在《戴表元传》中说："闵宋季文章气萎苶而辞骫骳，骫弊已甚，慨然以振起斯文为己任。""至元、大德间，东南以文章大家名重一时者，唯表元而已。""唯表元"云云，未免溢美，但说他在东南"名重一时"，尚符事实。至于后人认为他启明代前后七子的先声，也失之于夸大。清代王士禛《香祖笔记》中曾说："宋元论唐诗，不甚分初盛中晚。"从戴表元《洪潜甫诗序》也可看出他所说的"唐风"泛指唐代诗风，并不像明代前后七子中有些人那样专宗盛唐。他认为唐人家数甚多，学诗者应当像山蜂酿蜜那样"杂采众草木之芳腴"，"酿诗如酿蜜，酿诗法如酿蜜法"，

"若偏主一卉,人得咀嚼其所从来,则不为蜜矣"(《蜜谕赠李元忠秀才》)。他又反对诗歌创作中的刻板规模,他认为江西诗派"规模音节"的学诗法"岂不甚似似而伤于似矣"。他在《张仲实诗序》中说的"是能为唐而不为唐者也",也就是不铸形宿模唐人之意。更重要的是戴表元提倡"欲学诗乎则先学游,游成诗当自异于时"(《刘仲宽诗序》),这本是他少年时请教得来的"学诗法",强调"游",实际上包含有强调生活实感的意思。因此,他的宗唐主张,并不是驱使作家去摹仿古人,更不是去作古人的"奴隶"。

在很大程度上,戴表元的诗作成就和他的诗论成就不相称,这也是文学史上常见的现象。顾嗣立《元诗选》评其诗云:"剡源诗律雅秀,力变宋季余习。"并列举了他律诗中的好多佳句,但佳句多而佳作少正是戴表元律诗的弱处。倒是他的绝句具有于清新淡雅中见出神韵的特点,如《蝴蝶》:

> 春山处处客思家,淡日村烟酒旆斜。蝴蝶不知人事别,绕墙闲弄紫藤花。

又如《感旧歌者》:

> 牡丹红豆艳春天,檀板朱丝锦色笺。头白江南一尊酒,无人知是李龟年。

此诗作于杭州,田汝成《西湖游览志余》中说它有故国之思。从诗中用杜甫江南逢李龟年的故事,田汝成的话当可信。从戴表元的《通谢张可与参政书》、《二歌者传》、《梦觉》和《同陈养晦兵后过邑》等诗文看来,他对宋王朝颇为眷念。他于宋亡后乡居二十多年,本无出仕之念。《赤泥岭行》中写道："献书觅举真下策，年少奔驰头已白。君不见燕山万里客，更难赤泥岭上春风寒。"他后来出仕元王朝本为勉强，晚年在《读书有感》中写道："鲁女悲嗟起夜深，当年枉却泪沾襟。如今已免乡人笑，老大知无欲嫁心。"这实际是他的自我表白。前人说戴表元诗歌内容的主要特点是多伤时闵乱、悲忧感愤之辞。这主要指那些流露故国之思的作品，以及那些感慨疮痍，同情民生疾苦的诗篇，如《剡民饥》、《采藤行》、《邻峰》、《行妇怨》、《江行杂书》、《南山下行》等等。其中《行妇怨》和《南山下行》揭露军队暴行："旁山死者何姓氏，累累骸骨横林皋。鸟喧犬噪沙草白，酸风十里吹腥臊……不知婴触为何罪，但惜贵贱同所遭。妻来抱尸诸子哭，魂气灭没埋蓬蒿。"

戴表元的散文写得清深雅洁，《送张叔夏西游序》、《敷山记》、《寒光亭记》和《清峙轩记》等记叙文写人叙事都较生动，可明显地看出受欧阳修散文风格的影响，但看不出宋濂所说的"文章大家"的特点。

第二节　仇远　白珽　袁易

仇远（1247—1328），字仁近，一字仁父，钱塘（今属浙江）人。宋咸淳年间以诗名与白珽并称于吴下，人谓之"仇白"。入元以后，曾以逸民自居，与周密、张炎和方凤等常相唱和。后被迫出任溧阳州儒学教授，转宝庆路教授，不赴，改将仕郎、杭州路总管府知事。晚年谢事，就家钱塘，乐于湖山泉石间，常与方士游，表现出静退闲适的处世态度。著有《金渊集》，原作散佚，清人从《永乐大典》中辑出。另有《山村遗集》，是清项梦昶所编，残缺不全。方回在至元二十四年时说,"予友武林仇仁近早工为诗,有稿二千余篇。"其时仇远方为中年,可见他的作品至今散失甚多。仇远也能写词,有词集《无弦琴谱》。另有笔记小说《稗史》。方凤在《仇仁近诗序》中说仇远作诗,近体主于唐,古体主于《选》。他的一位方外朋友释弘道赠诗中说:"吾爱山村友,诗工字亦工。波澜唐句法,潇洒晋贤风。"仇远的诗歌主张和戴表元"宗唐得古"主张相一致,他是宋末元初以学唐姿态出现的著名诗家。他的诗歌主张和他生当乱世的遭遇,又使他于宋代诗人中独尊陈与义,他在《读陈去非集》中说:"简斋吟册是吾师,句法能参杜拾遗","穷途劫劫谁怜汝,遗恨茫茫不在诗"。

仇远诗中不时流露出对国家兴亡,人事变迁的感慨,如《和两山》、《和范爱竹》、《题赵松雪迷禽竹石图》、《题三忠堂》、《挽陆右丞秀夫》、《钱塘怀古》、《和韵胡希圣湖上》、《朝天门城角》等。还有不少诗歌是抒写他不愿富贵而志在田园情怀的,如《卜居白龟池上》、《书与士瞻上人》、《题高房山写山村图卷》和《闲居十咏》等,现选择两首,列举如下:

> 连作湖山五日游,沙鸥惯识木兰舟。清明寒食荒城晚,燕子梨花细雨愁。赐火恩荣皆旧梦,禁烟风景似初秋。凤丝龙竹繁华意,犹为西林落日留。(《和韵胡希圣湖上》)
>
> 一琴一鹤小生涯,陋巷深居几步华。为爱西湖来卜隐,却怜东野又移家。荒城雨滑难骑马,小市天明已卖花。阿母抱孙闲指点,疏林尽处是栖霞。(《卜居白龟池上》)

以上这两首诗中表现的思想感情基本上代表了仇远现存诗歌的基调,也大体上代表着他的诗风。

清人王士禛在并未看到《永乐大典》所收仇远作品的情况下,判断他的诗作"格调靡靡,远在赵孟𫖯之下"(见《居易录》),"靡靡"之说显然不符实际,但从整体上看,仇远诗成就不及赵孟𫖯,却是事实。

仇远的词多为写景咏物之作。他的咏物词的手法大致是受姜夔词的影响,往往通过暗喻和联想赋予他所吟咏事物以种种情态,把咏物和抒情结合起来。仇远的朋友张炎是推崇姜夔词的清空,而不赞成吴文英词的晦涩的,从仇远词风看来,不过分追求浓丽绵密,属婉约派而偏于"清空",和张炎的主张趋向一致。

白珽(1248—1328),字廷玉,自号湛渊,钱塘(今属浙江)人。自幼聪明颖悟。二十余岁时即有诗名,与仇远并称。宋亡后,以授馆为业,无意仕进,曾谢辞伯颜、程钜夫的推荐,后出任太平路儒学正、常州路儒学教授和江浙等处儒学副提举等职,以兰溪州判官致仕,晚年归老栖霞。长子白贲(无咎)为散曲家。白珽著有《湛渊集》,已散佚,今存本为清人所辑,有他人作品羼入。

戴表元为白珽集所写序文中说白诗"甚似渡江陈去非",但从今存六十多首白诗看,难以和戴表元之说印证,这当是作品大量佚失的缘故。陈与义(去非)有一部分诗歌常常在写景咏物中注入爱国怀乡的感情,这或许对白珽有影响(白珽先世为北方人,随宋室南渡),如《游天竺寺》中写道:

> 山转龙泓一径深,岚烟吹润扑衣巾。松萝掩映似无路,猿鸟往来如有人。讲石尚存天宝字,御梅尝识建炎春。城中遮日空西望,自与长安隔两尘。

这首诗当作于宋末,他入元以后的作品,倒是甚少抒写故国之思,同仇远作品大为相异,这情况或许也是大量诗作散佚而造成的。

但也可能是他的诗歌这方面内容本来就少,这可从他的《春日田园杂兴》见出端倪。

《四库全书总目提要·湛渊集》条中说:"又月泉吟社第十八名唐楚友者,即珽之寓名,谢翱、方凤等亦评其格调甚高。"这里谢、方评语云云,即指对白珽的《春日田园杂兴》的评论。宋亡后,一些遗老立月泉吟社,主持者是吴渭[4]。至元二十三年、二十四年之间,这个诗社征赋春日田园杂兴诗,白珽和仇远都应征作诗,白作列第十八名,诗文如下:

> 雨后散幽步,村村社鼓鸣。阴晴虽不定,天地自分明。柳处风无力,蛙时水有声。几朝寒食近,吾事及躬耕。

当时谢翱、方凤等为评阅人,他们评此诗说:"前联不束于题,'柳处''花时'一联题意俱足,格调甚高。结亦不浮。"前联指"阴晴""天地"两句,所谓"不束于题",实际上可能是说这一联含有某种寓意。月泉吟社这次所征集的诗,大抵都表现了遁世之意,微弱地、隐约地流露出遗老、逸民的心情。白珽这首诗的基调自有其代表性。

在月泉吟社的征诗活动中,仇远的诗被列为第四十四名,清代王士禛为之不平,他在《池北偶谈》中重排名次,将仇诗上升为第十三名。平心而论,以律句形式抒写田园情趣或类似题材的诗作,白珽确实比仇远出色,如被后人称赞的《余杭四月》,在仇远集中是难以找到的。其诗如下:

> 四月余杭道,一晴生意繁。朱樱青豆酒,绿草白鹅村。水满船头滑,风轻袖影翻。几家蚕事动,寂寂昼门关。

此诗不把农村风光来适应作家隐逸情趣,而写得生机盎然,可以看出他是接受了南宋范成大田园诗的一些影响。

　　袁易(1262—1306),字通甫,平江长洲(今江苏苏州)人。宋亡时,他十八岁,入元后,不求仕进,曾谢绝部使者的推荐,后行中书省委署他为徽州路石洞书院山长,不久即罢归(一说未赴任),退居吴淞江畔,聚书万卷,手自校雠。不时驾小舟泛游,扣舷高歌,被人视为"世外人"。赵孟𫖯曾作《卧雪图》以赠,并称他和龚璛、郭麟孙为"吴中三君子"。著有《静春堂集》。此外,明钞本《四朝名贤词》收录他的词作三十首。

　　袁易和著名词人张炎为至交,词风也相近。词作内容大抵为咏景写心、应酬赠答,有的作品隐约流露出对沧桑变幻的哀愁感,如〔八声甘州〕:

　　　　正丹枫乱叶舞诗情,惊鸿起汀洲。对苍茫独立,江山如此,羁思悠悠。尚忆幽坊小槛,笑语月侵楼。谁遣楼心月,来照行舟。　　波影□云如镜,向沧浪唤酒,空阔呼鸥。纵并刀堪剪,还解剪离愁。待归来,轻讴浅醉,想旧时、张绪转风流。却说与、虹桥今夕,一片清秋。

这首词系作者思念他的朋友张炎、汤弥昌等人而作,词的下阕所写"想旧时、张绪转风流"云云,正指张炎,昔时为王公后代、风流才子,如今江湖漂泊,难解离愁,隐含着人世变幻之感。

　　袁易描绘自然景物的词,常常在构成优美意境的同时,衬托出人物的感情,使人觉得作者心境与自然环境的息息相通,如〔烛阳摇红〕《春日雨中》和〔台城路〕《和师言送春》等,都是这样的作品。

袁易也有诗名,他的朋友龚璛将他比作王安石。清代宗宋诗的厉鹗却又把他比作黄庭坚、陈师道。四库馆臣则认为袁易诗和王安石诗不相类,与黄庭坚、陈师道诗也是门径各别,《提要》认为与陈与义为近,亦未尽然。大致说来,袁易诗歌具有诗句明净和音调响亮的特点,同时较少用典。清代《元诗别裁集》选袁易七律三首,即《与师言客钱唐凡三月余,师言归后,作诗奉寄》和《春雨漫兴二首》(按原作应为三首),编者是从"唐音"标准着眼的。翻检袁易诗作,应当说这三首诗确是他的佳品,于此也可见袁易诗作和"江西诗派"有所区别,也与"四灵"、"江湖"派无缘,与其像厉鹗那样把袁易作品生拉硬扯为黄、陈后尘,无宁说他和他的朋友戴表元、赵孟頫相似,撇开江西派,而直以唐诗为宗。这里选引《秋夜怀友二首》之一,以见袁易诗风之一斑:

> 平生故旧谁知我?潦倒襟期子略同。纵酒只判千日醉,读书少忍十年穷。岁华晼晚欺霜鬓,物色凄凉入井桐。未用相看叹摇落,古来江汉有秋风。

袁易的古诗流于平实,缺乏豪雄之气。绝句中的佳作当数《杭州道中书怀》、《重午客中》和《寄吴中诸友》,后者写到他的几位朋友汤师言和赵明仲等,此诗曾为鲜于枢所激赏,赞为"命意闲远,下语清丽"。鲜于枢是袁易的朋友,可能碍于某种原因,他未能指出这些诗中也有不少对世事的感慨,如"君怀同弃屣,吾道叹如丝"(《汤师言》)、"即拟同吴咏,焉知效楚囚"(《赵明仲》)和"烦君毋割席,漂转暂埃尘"(《钱德钧》)。这是当时一位汉族士子由不愿出仕到出仕,最终却又感到不被重用而发出的感叹。

第三节　赵孟頫

赵孟頫(1254—1322),字子昂,号松雪道人,一号水精宫道人。他是宋太祖赵匡胤之子秦王赵德芳的后裔,他的五世祖是南宋第二朝皇帝孝宗赵昚的父亲,因赐第定居湖州(今属浙江),遂为湖州人。赵孟頫年十四以父荫补官,曾任真州司户参军。宋亡后,曾经有人荐举他任翰林国史院编修官,不就。至元二十三年经程钜夫荐举出仕,初为兵部郎中,后官至翰林学士承旨,死后追封魏公国。他的仕途经历元世祖到英宗共五朝。由于他以宋宗室子孙的身份出仕元朝,就受到了两个方面的非议,一方面是他的亲友,他的侄子还为此和他断绝往来。另一方面是元王朝中的一些大臣。元世祖很赏识他,他也力求报效,但行事小心,不敢接受要职。元世祖曾要他赋诗讥刺以宋臣降元的留梦炎,他写诗说:"往事已非那可说,且将忠直报皇元。"又问他宋太祖作为"英主"的行事,他谨慎地回答说:"臣不能知。"在这以后,他力求离京外任,至元二十九年去济南任职。成宗朝他两次奉召至京,但两次请归。到仁宗朝,皇帝又召他进京,恩宠有加,将他比作李白、苏轼,对他称字而不呼名。但他还是因宋王孙身份招致人忌。延祐六年求得南归,再召他时,称疾不赴,三年后(至治二年)去世。

按诸史实,元世祖至元十五年发生了杨琏真加发掘宋陵、弃骨于野事件,接着杨琏真加又奉敕令拆毁宋宁宗宫和郊天台兴建寺庙,"以为皇上、东宫祈寿"。就在赵孟頫被召那年,杨琏真加奉命遣宋宗戚谢仪孙、全允坚、赵沂和赵太一入质。赵孟頫入京后三年,元世祖接受建议,要将散居江南的宋室赵氏族人全部迁徙北方,虽然这个打算后来并未实施,但可见元世祖对赵氏家族还是严密提防的,但在这之前,这位皇帝却曾把一位建议他不要任用"宋宗室子"赵孟頫的要臣立即驱逐出朝廷。因此,赵孟頫被器重一事在当时无疑是一个较为特殊的行动,也是朝野瞩目的事件,实际上又是这位皇帝起用"江南遗佚"政策的一种体现。正是在以赵孟頫为"首选"的二十余位南士被起用后,江南有更多的人纷纷出仕,并且不断北上,这在一定程度上对缓和民族矛盾,巩固元王朝的统治,起了比较重要的作用。

后人评论赵孟頫,或指责他变节仕元,或同情他后有追悔之情,大都是从民族矛盾甚至"家天下"的观点出发的。还有的人批评他不能拒绝征聘是由于性格的软弱动摇。实际上赵孟頫最初出仕元朝,既非被迫,也谈不上软弱,而且他一直推尊荐引他的程钜夫为恩人。从政治上说,他认为"大元之兴实始于北方,北方之气将王,故北方之神先降,事为之兆,天既告之矣"(《玄武启圣记序》),也就是认为元之代宋,是出于天意。他又多少有一种在"舆地久以裂,车书会当同"的一统观念指导下期望有所作为的动机;他在宋亡十年后,得出了"况兹太平世","干戈久已戢","努力勤艺树","毋为问迷津"(见《题桃源图》)的结论。从生活上说,不耐家境贫穷,也是导致他出仕的一个因素,他在出仕后回顾自己当年生活是"向非亲友赠,蔬食常不饱",他在《题归去来图》中写得更坦率:"弃官亦易耳,忍穷北窗眠。"他刚到大都时,心情还很兴奋,《初至都下即事》中写道:"半生落魄江湖上,今日钧天一梦同。"在他出仕过程中,曾经力求有所作为,但几乎一开始就遇到倾轧排挤等官场风波,他的宋宗室子孙的印记更是一直使他招致人忌的重要原因,使他常有如履薄冰之感。他第一次请求外任后,曾转道回乡一行,他写诗说:"空有丹心依魏阙,又携十口过齐州。闲身却慕沙头鹭,飞去飞来百自由。"他的"在

山为远志,出山为小草"(《罪出》)的遭遇又唤起了他曾在很大程度
上已经割断过的故国之思。这时,他由批评学陶渊明的人"效颦惑
蛀妍"(《题归去来图》),变而为自己在诗歌中向往处士生涯:"他年
从杖屦,养寿向岩阿"(《酬卫处士见赠》)。可见出处之间的矛盾也
在困扰着他,一直到他晚年,他的宋王孙身份和仕于敌朝的经历还是
折磨着他,不过这时他主要是出自害怕后人对他"失节"的行为不予
原谅,他在《自警》诗中写道:"齿豁童头六十三,一生事事总堪惭。
唯余笔砚情犹在,留与人间作笑谈。"

他的外甥陶宗仪在《辍耕录》中录了他的一首《岳鄂王墓》,并且
赞为最脍炙人口的吊岳飞墓诗之一,这首诗写道:

> 鄂王坟上草离离,秋日荒凉石兽危。南渡君臣轻社稷,中原
> 父老望旌旗。英雄已死嗟何及,天下中分遂不支。莫向西湖歌
> 此曲,水光山色不胜悲。[5]

陶宗仪还把世称虞、杨、范、揭四诗家,改说为虞、赵、杨、范、揭五
家。他似乎忘记了杨载是赵孟頫的学生。当然,这首诗有着真实的
情感,写法上也情景交融,寓议论于抒情之中,对偶也很工整,是七律
佳作。明人诗话中常称赞它。类似这样的作品还有《钱塘怀古》:

> 东南都会帝王州,三月烟花非旧游。故国金人泣辞汉,当年
> 玉马去朝周。湖山靡靡今犹在,江山悠悠只自流。自古兴亡尽
> 如此,春风麦秀使人愁。

这类作品,哀音离黍,故国凄凉,缠绵于声韵之中。但后人也有
专为寻找赵作中的故国之思而流于牵强附会的,如《词苑丛谈》卷八

说:"赵孟𫖯在李叔固席间,赠歌者(岳)贵贵〔浣溪沙〕词云:'满捧金卮低唱词,尊前再拜索新诗,老人惭愧鬓成丝。'其词不无麦秀狡童之感。"实际上,这词仅是一般的应酬,"惭愧"云云也未必有什么深意。

赵孟𫖯各体诗作中,以七律最胜,但他的七言绝句也颇有佳品,如《宋李唐长江雨霁卷》:"烟雨楼台掩映间,画图浑是澶江山。中原板荡谁回首,只有春随雁北边。"有些"即事""偶成"绝句也清新可读。他的七言古诗流于平实,几无豪雄之势。五言古诗风格高古,如《咏怀六首》之二:"美人涉江来,遗我云和琴。朱丝缠玉轸,古意一何深。长歌和清弹,三叹有遗音。逸响随风发,高高不可寻。奈何俚俗耳,折杨悦哀淫。此道弃捐久,沉吟独伤心。"

赵孟𫖯的词作流传下来的不多,其内容或表现冶游闲情,或寄寓兴亡之感,前者大抵为早年之作,如〔南乡子〕:

> 云拥髻鬟愁,好在张家燕子楼。稀翠疏红春欲透,温柔。多少闲情不自由。　歌罢锦缠头,山下晴波左右流。曲里吴音娇未改,障羞。一朵芙蓉满扇秋。

后者如〔浪淘沙〕:

> 今古几齐州,华屋山丘。杖藜徐步立芳洲。无主桃花开又落,空使人愁。　波上往来舟,万事悠悠。春风曾见昔人游。惟有石桥桥下水,依旧东流。

戴表元评赵诗说:"古诗沉涵鲍、谢,自余诸作,犹傲视高适、李翱云。"(《松雪斋诗文集序》)实际是说赵孟𫖯古诗宗汉魏晋,近体宗唐,散文也宗唐。清人比较推崇赵孟𫖯的七律。王士禛在谈论唐人七律"以李东川、王右丞为正宗,杜工部为大家",贬宋代欧、苏、王时,于元代只提到了赵孟𫖯,说:"元如赵松雪,雅意复古,而有俗气。"实际是说赵孟𫖯七律有唐风,"俗气"云云,大概是说赵诗毕竟还有浅露之处。《元诗别裁集》的选编者张景星等主张宗唐,他们于七律中选赵诗计十首之多。

赵孟𫖯的论诗论文见解和他的朋友戴表元同中有异,他论诗的一个主要观点是"今之诗犹古之诗"〔6〕。他在《薛昂夫诗集序》中说:"词章之于世,不为无所益。今之诗犹如古之诗也。苟为无补,则圣人何取焉!"又在《南山樵吟序》中进一步说:"诗在天地间视他文最为难工,盖今之诗虽非古之诗,而六义则不能尽废,由是推之,则今之诗犹古之诗也。"这实际上是针对理学家轻视乃至否定词章的观点而说的。他又说:"又况由古及今,各自名家,或以清澹称,或以雄深著,或尚古怪,或贵丽密,或舂容乎大篇,或收敛于短韵,不可悉举。而人之好恶不同,欲以一人之为,求合于众,岂不诚难工哉!必得其才于天,又充其学于己,然后能尽其道耳。"承认古今多种风格,因人个性而异,实际上又是一种兼收并蓄的主张,有别于学唐模宋的门户之见。但他是倾向于欣赏唐诗的,因此他对当时人"清新华婉""有唐人之余风"的诗作也比较偏爱。从他自己的诗风中也可见出受唐诗的影响,而于近体诗最为明显。

赵孟𫖯论文,主张"一以经为法,一以理为本"。所谓"理为本","文者所以明理也";所谓"经为法","为文者皆当以六经为师"。而"六经"本是明理的,所以"舍六经无师矣"。他批评"后世作文者"的"夸诩以为富,剽疾以为快,诙诡以为戏,刻画以为工"。这种观点与唐宋以来古文家的若干文论主张并无大异,或者还可说是从宋代欧阳修的重道又重文、先道后文的主张而来的。所以从他的文章实践来看,所谓"以经为法"并不是要一味趋向古奥,他写的碑铭一类文章讲求辞严义密;记序文字则追求流畅清新,如《大雄诗佛阁记》中的一段:"按长兴为陈高祖故里,寺,其宅也。有桧在廷直殿之西偏,邑长老言:'当时故物也。'苍皮赤文,破裂奇诡,而茂悦之色千载不渝。余故每至辄盘桓其下而不能去。及登斯阁,为之四顾,山川寂寥,万象苍茫,古人遗迹皆已湮没无余矣。而此树婆娑,独以浮屠氏故得全。是岂偶然也哉! 则又为之咨嗟叹息而不能已。"

赵孟𫖯是富有才艺的人,他和戴表元一样,认为宋代科举于文有害,他在《第一山人文集序》中说:"宋以科举取士,士之欲见用于世者,不得不繇科举进,故父之诏子,兄之教弟,自幼至长,非程文不习,凡以求合于有司而已。宋之末年,文体大坏,治经者不以背于经旨为非,而以立说奇险为工;作赋者不以破碎纤靡为异,而以缀缉新巧为得;以是取士,以是应程文之变,至此尽矣。狃于科举之习者则曰:'钜公如欧、苏,大儒如程、朱,皆以是显,士舍此,将焉学?'是不然,欧、苏、程、朱,其进以是矣,其名世传后岂在是哉!"这里虽然肯定了程、朱之名传世,但所说宋末文体大坏,实则包含有抨击性理之学害文的意思。如果对照周密《癸辛杂识》所说,更可明了,周密说:"淳祐甲辰,徐霖以书学魁南省,全尚性理,时竞趋之,即可以钓致科第功名。自此非《四书》、《东西铭》、《太极图》、《通书》、《语录》不复道矣。"

赵孟𫖯的书画都很出色。据何贞立为赵孟𫖯文集所写序文,元代末年,已经出现只知赵孟𫖯"书法妙绝当世",而不知他"词章之盛"的现象。何贞立从书法是"游艺之末"的偏见出发,感叹"不得为知公"。事实上,赵孟𫖯作为书法家和画家的声名和成就确实超过他作为诗人的成就,但也因为他是诗人,就使他能够把绘画、题诗、书法三者结合在一起,这样的人物在中国文学艺术史上并不多见,所以他也就能够享有只有少数人能享受到的盛名。他写了许多题画诗和题画文,他的题画诗和题画文所起的作用往往不同,题画文,基本上是对画面的解说,而题画诗却是对画面的补充。这又是他作为画家兼诗人的一个重要特点。元末明初曾出现一些题赵孟𫖯书画的诗,以他"失节"为由,或嘲讽,或攻击,显然是一种偏见[7]。

元代散曲盛行,但赵孟𫖯集中有词无曲,后人把他的〔人月圆〕"一枝仙桂香生玉"和〔后庭花〕"清溪一叶舟"看作是曲,从而冠上"黄钟"、"仙吕"调名,但也有人认为只有〔后庭花〕才算是曲。此曲无特色。倒是世传赵孟𫖯的妻子管道昇写的一首《泥人词》向为俗文学家称道,词中写道:"把一块泥,捻一个尔,塑一个我,将咱两个一齐打破,用水调和,再捻一个尔,再塑一个我,我泥中有尔,尔泥中有我。"这首小词流传很广。

第四节　吴澄　陈孚　袁桷

吴澄(1249—1333),字幼清,晚称伯清,程钜夫曾题其居室为"草庐",故人称草庐先生。抚州崇仁(今属江西)人,宋末举进士不第,入元后,经人推荐出仕,曾任国子司业、国史院编修和集贤学士等职。著有《吴文正集》。《元史·吴澄传》记他著书甚勤,"于《易》、《春秋》、《礼记》,各有纂言,尽破传注穿凿,以发其蕴,条归纪叙,精明简洁,卓然成一家言"。

吴澄是著名理学家,揭傒斯《吴澄神道碑》中说:"皇元受命,天降真儒;北有许衡,南有吴澄。"清人顾嗣立《元诗选·吴澄小传》中说:"先是许文正公(按:指许衡)倡教(按:指理学)于北,而先生崛起于南。道统渊源,互相提唱。又不系乎词章之工拙也。"在推崇吴澄理学成就同时,似不甚重视他的文学作品。事实上,在元代著名理学家中,吴澄比较讲究词章文采。明人徐㷓《笔精》中说:"吴草庐专志理学,而诗亦多巧思";清代四库馆臣也说吴澄的文章"词华典雅,往往斐然可观"。徐㷓"巧思"云云,主要指吴澄的一些七律诗,如《立春日寓北方赋雪》:

> 腊转洪钧岁已残,东风剪水下天坛。剩添吴楚千江水,压倒秦淮万里山。风竹婆娑银凤舞,云松偃蹇玉龙寒。不知天上谁横笛,吹落琼花满世间。

徐㷓称赞这首诗"超脱理学蹊径",当是从一位理学家竟然写作纤巧诗歌着眼。但这样趋于纤巧的诗明显地表现出斧凿痕迹,难称佳作。吴澄的诗作实以五言为佳,如《送富州尹刘秉彝如京》:

> 六载心如一,今朝船欲东。我来期数数,公去忽匆匆。别意万里外,交情片语中。自怜栖病鹤,不得逐长风。

这首五言拗律风格雅淡,情意深浓,笔法也颇老苍,在很大的程度上可代表吴澄的诗格。从吴澄的《盛子渊撷稿序》和《太虚集序》看,他推崇魏晋诗歌,注重冲澹诗风。在元初诗人中,他很看重卢挚,他说卢挚"古诗皆类魏晋清言","见者能不为之改观乎"。他的这种见解与元初诗坛出现的古体宗汉魏,近体学唐的风气相合。按照理学的师承关系,吴澄是朱熹的三传弟子,可以说是直承朱门,而且是当时的理学宗师之一,但他不像有的理学家那样死抱着"朱子之学不在乎诗"的成见,而能重视才艺,他的诗作虽然不能和元代的诗家名流的作品争短长,但自有它的意义在。

陈孚（1240—1303，一说为 1259—1309），字刚中，号笏斋，台州临海（今属浙江）人。至元年间，他以布衣身份上《大一统赋》，署上蔡书院山长，后任翰林待制兼国史院编修官，摄礼部郎中。至元三十年与梁曾一起出使安南。返朝后，元世祖忽必烈打算重用他，"而廷臣以孚南人，且尚气，颇嫉忌之"（《元史·陈孚传》），遂放外任，先后在衢州、台州任官。陈孚为人正直，较能体察民间疾苦。大德七年，因救灾事劳瘁而卒，年六十四。其著作今通行的有《陈刚中诗集》。

《元史》记陈孚作诗为文，"大抵任意即成，不事雕斫"。瞿佑《归田诗话》标举的《白门》诗即属此类："布死城南未足悲，老瞒可是算无遗。不知别有三分者，只在当时大耳儿。"但陈孚的佳作并不在于这类作品，他的五言古诗有简淡之风，如《烟寺晚钟》：

> 山深不见寺，藤阴锁修竹。忽闻疏钟声，白云满空谷。老僧汲水归，松露堕衣绿。钟残寺门掩，山鸟自争宿。

他的七律整丽匀和，如《鄂渚晚眺》：

> 黄鹤楼前木叶黄，白云飞尽雁茫茫。橹声摇月归巫峡，灯影随潮过汉阳。庾令有尘污简册，祢生无土盖文章。栏干只有当年柳，留与行人记武昌。

明代胡应麟对颔联最为激赏。陈孚的七律佳作还有《题金山寺》、《凤凰山》、《永州》和《真定怀古》等，这些诗在捕捉形象，遣字用语上，都很经心。他的七言古诗中也不乏佳作，如《河间府》和《居庸叠翠》等，其中"城外平波青黛光，大鱼跳波一尺长。牧童吹笛枫叶里，疲牛倦马眠夕阳"（《河间府》），"寒沙茫茫出关道，骆驼夜吼黄云老"(《居庸叠翠》)都属诗画之笔。

袁桷(1266—1327),字伯长,庆元鄞县(今浙江宁波)人。至元年间,起为丽泽书院山长。大德初,由阎复、程文海等人推荐,充任翰林国史院检阅官。秩满,升应奉翰林文字,兼国史院编修官。后迁翰林直学士。至治元年又拜侍讲学士。泰定初辞归,四年卒,年六十二。著有《清容居士集》。

袁桷少年时代从戴表元、王应麟和舒岳祥等人学文章、诗赋,群览古籍,学识渊博。大德初,由程文海等荐入翰林国史院。他到京任职后,于大德六年,就郊祀典礼上十议,厘正自先秦典籍到宋代记载中关于郊祀的伪杂之说,旁征博引,斟酌古今,由此而名振。他论诗斥江西诗派,但推崇黄庭坚。他说:"豫章之诗,夫岂惟江西哉","夫别江西之宗者,是不至太史(按:指黄庭坚)之堂者也"(《书黄彦章诗编后》)。他主张写诗要有一定古法,但要广博以求,不固守某种"私说":"夫不自是其是,必有则于古。守其私说,不能以自广,将固且隘。博以求之,精以思之,日迁而岁异,当于是乎!"(《曹邦衡教授诗文序》)袁桷推崇程、朱理学,但批评"唯理是言,诗实病焉"和"以模写宛曲为非道"的迂腐观点。

袁桷的诗歌见解受他老师戴表元的影响,同赵孟頫和虞集等人的见解也大致相同。他晚于赵孟頫、早于虞集入朝,是大德、延祐之间艺林的重要人物。大致从延祐年间开始,他又和虞集、揭傒斯、马祖常等人相互唱和,成为京城诗坛很活跃并且一时瞩目的人物。前人论元诗,尝把他和赵孟頫、虞集等并称。清代四库馆臣对他评价尤高,说他是虞集等人的"先路之导",说他"诗格俊迈高华,造语亦多工炼,卓然能自成一家"。但袁桷诗作的成就比不上赵孟頫、虞集。他的诗作很多,大部分是写景抒怀,往来赠答之作,少量诗歌吊古伤今,流露了沧桑之感。大抵他的近体胜古体,绝句胜律诗。他写诗宗唐,在《仲章诗律大进道中论诗亦颇相合》和《仲章诗律已入唐人风调次韵》中强调"格律论诗要有归","有归"即归唐。他的近体诗中的佳作也确有唐风,如七绝《晚访仲章不遇》:

> 小院春浓落照闲,碧篁相对乳禽还。晚风阵歇游丝尽,留得归云在屋山。

袁桷颇欣赏李商隐,认为去其奇哀俚艳,是为"警丽",并且认为李商隐诗还有命意深切,用事精远的优点。但他效仿李的"无题"作品和李作相差甚远,只是有些律诗在色泽,形象上表现出李诗的一些影响。清人大概发现了这个特点,《元诗别裁集》选袁桷两首律诗都有这种特点。如《寄史允叟》:"故国王孙佩碧兰,春云凉月倚朱栏。玉箫曲趁莺声转,金鼎香随蝶梦残。碧沚波清堪把钓,黄尘风急倦弹冠。外家文采惟君在,笑我冰髭跨晓鞍。"

袁桷论文宗欧阳修、王安石和曾巩。他的文章都为应用文字,且多"朝廷制册,勋臣碑铭",文风于平正中求宏丽,行文喜引经训,又显得精博,颇得当时文人赞赏。他的有些题跋序记,篇章短小,文字简炼,情趣生动,如《出山佛像》、《王生鬼戏图》和《题赤壁图》等。再如《赠鄱阳笔工童生》、《跋朱文公与辛稼轩手书》和《书汤西楼诗后》、《书郑潜庵李商隐诗选》等,这些文章,议事论人,似若谈心,器识高亮,见解新颖。

〔1〕　由宋入元的作家中仍然有沿着江湖派习气的,如黄庚、杨公远和王义山等,但他们无甚名气。被欧阳玄推重的刘诜的一部分诗歌有"四灵"气,但也无甚影响。由宋入元的作家中写出不少佳作,同时又在诗风上受江湖派影响的

则有汪元量。

〔2〕 戴表元《招子昂饮歌》中写道:"与君相逢难草草,与君相逢苦不早。"有相见恨晚之感。后赵孟𫖯入朝,时人颇多谴责,戴表元《书叹七首》之三为赵孟𫖯辩护,诗中写道:"英英天上星,碌碌涧中石。升沉虽不同,精爽或相激。我有知名友,四海邯郸璧。遭逢不相闳,颇为谈者惜。谈者自不知,斯人宁易得。"

〔3〕 宋濂为《剡源集》所写序文中说:"濂尝学文于黄文献公,公于宋季辞章之士乐道之而弗已者,惟剡源戴先生为然。"

〔4〕 吴渭,字清翁,号潜斋。宋时曾任义乌令,入元后退居吴溪,立月泉吟社。今存《月泉吟社》一卷,载七十四首诗。清四库馆臣认为此书非完本。明李东阳《怀麓堂诗话》谓《月泉吟社》所收春日田园杂兴诗都"以和平温厚为主"。清四库馆臣说"其人大抵宋之遗老,故多寓遁世之意"。

〔5〕 《松雪斋诗文集》中此诗第三句作"南渡衣冠轻社稷"。但虞集在《跋宋高宗亲札赠岳飞》一文中引用时作"君臣",并且还为此提出异议。虞、赵曾同朝为官,且有交往。虞文当为可信。此外,《辍耕录》《归田诗话》均作"君臣"。可能"衣冠"为后人所改。

〔6〕 南宋理学家张栻分诗为今人之诗和古人之诗,以为后者"道当时实事",前者"多爱装造语言",见盛如梓《庶斋老学丛谈》。赵孟𫖯"今之诗犹古之诗"或许针对这种言论而发。

〔7〕 如《归田诗话》载有一位和尚题赵孟𫖯所书《归去来辞》:"翰林学士宋公子,好事多应醉里书。"《南濠诗话》还载有以"题子昂画马"为名对赵作人身攻击的诗。

第二十章　元代后期诗文作家（一）

　　和杂剧的发展情况不同,元代仁宗延祐以后是诗文进一步繁荣、发展的时期。被称作"元诗四家"的虞集、杨载和范梈、揭傒斯是当时京师文坛的著名人物。虞集的诗作成就总的说来并没有超过前期的刘因,但他在当时的名声、影响都很大,而且他的诗、文数量也很多,同时他还在诗文方面发表了不少见解。在程、朱理学被定为元代官学的情况下,他又是一位比较通达的理学家,具有比较宽容的气度,又能提掖后进。这便决定着他成为元代文学中的重要人物。明清时代也有不少著名人物推重他。

　　稍后于"四家"入京的欧阳玄是有名的散文家。这时期以散文见称的还有黄溍和柳贯,世称"黄、柳"。但他们的诗风却很不同,黄溍以风格淡雅的五言古诗见长。柳贯却受宋代江西诗派影响,诗风古硬奇逸。年辈较黄、柳为晚的吴莱,因为和黄、柳先后同受业于方凤,且三人俱为婺州人,后人也常把他们相提并论。吴莱的有些散文略呈古硬,他的诗歌更是学韩愈"横空盘硬"的风格。

　　和以上人物相比,这时期的另一位作家朱德润名声虽不大,但他的诗歌好发议论,有宋诗传统;著名的方外作家张雨在当时很有名声,他的诗歌却并不出色,但所写拗体绝句被人认为有宋代"坡谷遗风",故都略作介绍。还有一位作家许有壬是元代的多产词人之一,在政治上则是出名的"诤臣",所写作品中却颇多身世荣枯之感。

第一节　虞集

　　虞集(1272—1348),字伯生,因以书室名邵庵为号,世称邵庵先生。祖籍仁寿(今属四川)。宋丞相虞允文五世孙,父汲,官黄冈尉,宋亡侨居临川崇仁(今属江西),与吴澄为友,吴澄治性理之学,后人称他为元代三大理学家之一,虞集以"契家子"从吴澄学,受他影响较大。成宗大德初年虞集至京,任大都路儒学教授。仁宗时任集贤修撰,泰定时升任翰林直学士兼国子祭酒,文宗时任奎章阁侍书学士,参加《经世大典》的编写工作。惠宗即位,他谢病回乡。至正八年卒,年七十七岁。著有《道园学古录》,内收诗、文、词作。天一阁本《录鬼簿》记他有"乐章"(散曲)传世,但今只存小令〔广寒秋〕一首,见《辍耕录》。

　　虞集尊奉程朱理学,他曾为经学的纯正实际是专尊宋代理学而作过努力,他向仁宗皇帝建议,要由"经明行修成德"的人或者是操履近正,确守经义师说,而不敢妄为奇论的人担任学官。他尊朱熹"继先圣之绝学,成诸儒之遗言",当然更拥护程、朱之学在元代"定为国是",也即成为官学。但虞集却又不完全拘守程朱门户,他曾追随老师吴澄在朱学中吸收陆学的若干成分的主张和实践。他甚至对主"功利之说"的薛季宣和叶适也有所肯定,他说:"永嘉诸贤,若季宣之奇博而有得于经,正则之明丽而不失其正。"叶适是永嘉学派中主张"实事实功"的中坚人物,薛季宣则是永嘉之学由承绪二程统纪发展到以事功之学与伊洛之学对立这一过程中的重要人物。朱熹是反对事功即功利之学的,他说过:"若功利,学者习之便可见效,此意甚可忧。"但虞集却抛开门户之见,肯定功利派之文:"彼功利之说,驰骋纵横其间者,其锋亦未易婴也。"

虞集论诗,可概括为三点:一,坚持儒家正统观念,主张"情性之正"。他说:"近世诗人,深于怨者多工,长于情者多美;善感慨者不能知所归,极放浪者不能有所反,是皆非得情性之正。"(《胡师远诗集序》)他还说:"古之人以其涵煦和顺之积而发于咏歌,故其声气明畅而温柔,渊静而光泽",至于有"放臣、出子、斥妇、囚奴之达其情于辞者",乃是一种变体。因此,他批评"后之论者乃以为和平之辞难美,忧愤之言易工"(《李景山诗集序》)。这种主张实即传统的"温柔敦厚"说,并无新鲜之处,但却可视为实际上是适应着巩固元王朝政权的需要。二,肯定"诗之为学",盛于汉魏,备于"诸谢",唐代大盛,李杜为正宗,宋不逮唐,所以提倡宗唐宗古(见《使还新稿序》)。三,在诗风上,他主要推崇"嗜欲淡泊,思虑安静","舒迟而澹泊,阖然而成章"。从这出发,他于前人特别欣赏陶渊明、王维、韦应物和柳宗元四家。他甚至说:柳宗元"精思于窜谪之夕,然后世虑销歇,得发其过人之才、高世之趣于宽闲寂寞之地,盖有惩创困绝而后至于斯也"(以上见《杨叔能诗序》)。同他在其他问题上持明达态度一样,他对"变体"诗歌不取排斥态度,他对屈原的《远游》作了很高的评价。在对杜甫的评价上,囿于他的审美见解,他着重从政治上作肯定,说"唐杜子美之诗,或谓之诗史者,盖可以观时政而论治道也。"

虞集诗歌中表现叹老嗟卑和退隐归田情感的作品占有相当数量,这同他在朝时受到排挤、打击有关。据《元史》记载,仁宗时吴澄任国子司业,被人指责有"异论",尊陆学而非朱学,吴澄为此辞职。虞集受牵连,"亦以病免"。文宗时期,虞集感到"入侍燕间,无益时政,且娼嫉者多",要求辞职,未准。随后,"患其知遇日隆"的人不断中伤、陷害他,其中有蒙古贵近、世家子孙。有一次,御史中丞赵世安又以虞集病目为由,拟使他外任,文宗皇帝说:"一虞伯生,汝辈不容耶!"元王室在继承人问题上的争夺也牵连到他,他曾奉命草诏说妥欢帖睦尔非明帝子,后妥欢帖睦尔即位为惠宗,有人借此一次又一次构陷他,幸得惠宗说:"此吾家事,岂由彼书生耶!"才免于论罪。他在朝时写的一首《无题》诗隐晦地表现了他受打击后的心情:"夏簟琅玕冷于水,绿篝烹鱼手操匕。西风归燕杏梁深,恨不身先贵人死。"《腊日偶题》之二写道:"归时燕子尾鬖鬖,重觅新巢冷未堪。为报道人归去也,杏花春雨在江南。"他的一首著名的〔风入松〕词和这首诗大概写于同时,结尾用句相同,但表达上更加明朗,词中写道:

> 画堂红袖倚清酣。华发不胜簪。几回晚直金銮殿,东风软、花里停骖。书诏许传宫烛,香罗初翦朝衫。　　御沟冰泮水挼蓝。飞燕又呢喃。重重帘幕寒犹在,凭谁寄,银字泥缄。为报先生归也,杏花春雨江南。

"杏花春雨"用陆游诗意而加以翻新。这首词是寄给柯敬仲的张翥〔摸鱼儿〕词序中说柯敬仲"以虞学士书〔风入松〕于罗帕作轴",后流传开来,诗人陈旅、张起岩都很欣赏[1]。这首词透露了作者在宫内制诰生活中的矛盾心情。

虞集在仁宗皇帝去世后,曾一度回到南方,英宗即位后,拜住为相,遣使到蜀中召他,他不在,到江西召他,又不在,最后方知他省墓吴中。就在他这次省墓过程中,他以补足他亡兄的遗句为名,写了一首同他作为元臣的身份不相称的诗:"我因国破家何在,君为唇亡齿亦寒。南渡岂殊唐社稷,中原不改汉衣冠。温温雨气吞残壁,泯泯江湖击坏栏。万里不归天浩荡,沧波随意把渔竿。"诗无题名,前有小序说:"从兄德观父与集同出荣州府,宋亡隐居不仕而殁。集来吴门省墓，从外亲临邛韩氏得兄遗迹，云：'我因国破家何在，君为唇亡齿亦寒'，不知为谁作也？抚诵不觉流涕，因足成一章，并发其幽潜之意云。"这显然是假托之词。虞集还有一首《送家兄孟修还江南》诗说："我家蜀西忠孝门，无田无宅惟书存。"这里"忠孝门"主要是指他的祖先虞允文忠于南宋。虞集的朋友杨拱辰，有一次到建康祭扫抗金而亡的先祖庙墓，虞集赠诗说："一襟寒碧忠臣血，二百余年翳草莱。故国丘墟遗庙在，荒城霜露远孙来。黄鹂碧草无时尽，白日青天后死哀。亦有先祠临采石，每曾挥泪棹船回。"（《送杨拱辰序》）元兵攻破临安时，虞集才五岁，他出仕元朝不存在被人议论为一臣事二朝的问题，但"忠孝门风"对他总有影响，加上他在朝中感受到的歧视，这才是他在流涕中写出"君为唇亡齿亦寒"这样诗歌的真正原因。但这首诗的结语也还只是表示要做一个"沧波渔竿"的隐士而已。他归田后写的一首《无题》诗则表现了他不再留恋朝中生活的决心："贝阙珠宫夜不眠，露华浩浩月娟娟。不应又作人间梦，窈窕吹箫度碧烟。"《家茶》诗又进一步表达了他在野的心情，他以孤高洁净自许："万木老空山，花开绿萼间。素妆风雪里，不作少年颜。"

　　由"舒迟而淡泊"的审美观所决定，虞集的诗歌中缺乏广阔的社会生活的内容。在诗风上，律诗显得雅淡，声律圆熟。如《代祀西岳至成都作》、《送袁伯常扈从上京》、《舟次湖口》和《己卯腊八日雪为魏伯良赋》等，五律如《雪岩楼观》、《寄丁卯进士萨都剌天锡》、《寄阿鲁翚学士》和《送鲁子翚廉使之汉中》等，都能代表其风格。世传《送袁伯长扈从上京》是他的名作：

　　　　日色苍凉映紫袍，时巡毋乃圣躬劳。天连阁道晨留辇，星散周庐夜属橐。白马绵鞯来窈窕，紫驼银瓮出蒲萄。从官车骑多如雨，只有扬雄赋最高。

《辍耕录》记赵孟頫称赞此诗之"美",并建议第二联中改"山连"为"天连","野散"为"星散"。这个"论诗"佳话传到清代,王士禛又把它作为"炼字"的范例来称道。但这样讲究工炼的诗歌在虞集诗中甚少。他的绝句倒是更多地表现出一种挥洒自如的风格。如:"雨浥轻尘道半干,朝回随处借花看。墙东千树垂杨柳,飞絮时来近马鞍。"(《访杜弘道长史不值道中偶成》)

虞集诗歌在当时和后世都颇有声名。瞿佑记他少时从王叔载学诗时,王曾标举虞集诗作范例,其中就有上引绝句。王叔载还说:范、杨、虞、揭并称,但"光芒变化,诸体咸备,当推道园",并把虞集比作"如宋朝之有坡公也"(见《归田诗话》)。明代李东阳肯定虞集在"去唐却近"的元诗中的名家地位。他欣赏虞集的"藏锋敛锷","如珠之走盘"的诗风(见《怀麓堂诗话》),于盛唐诗人中尊王维、孟浩然为正统,说杜甫是"大家"的清代王士禛,他于元代诗人首推虞集,更同他们之间持有相似的审美观点有关。

虞集论文,批评宋末"说理者鄙薄文辞之丧志",也批评了宋时科举使文风颓弊,他认为这种现象浸淫日久,直至宋亡。这是他在《庐陵刘桂隐存稿序》一文中所说的。这篇序文是他有代表性的论文之作,从中还可以看到他坚持的是以"上接孟(轲)、韩(愈)"的欧阳修为代表的宋文传统,也即古文家的传统,而不是理学家的论文传统。《元史》曾记他"评议文章,不折之于至当者不止,其诡于经者,文虽善,不与也"。这同他论文观点并不矛盾。因为从韩愈到欧阳修,他们都主张"明道"、"师经",从欧阳修的散文写作实践看,他实际上是既重师经,也重为文。在这方面,虞集的观点也很明确。他就挑选学官问题向仁宗上言时还说到,落第的人中,"其议论文艺犹足以耸动其人,非若泛泛莫知根柢者",也可充任学官。所说"根柢"当是明经之义。也就是说,只要有明经的前提,即使偏于"文艺"也是可取的人才。

虞集各类散文很多,《元史》记他"平生为文万篇,稿存者十二三"。现流存的《道园学古录》共五十卷,其中散文占三十八卷,多数为朝廷官场应用文字,所谓"宗庙朝廷之典册,公卿大夫之碑版"也有书信传记、题跋序录,内容芜杂,良莠不齐。

虞集有一些散文表现了他对社会人情物理的体会。《海樵说》写一个人取名海樵,自言:"人樵于山,我樵于海。山有木,樵则取之;海无木,而我樵之者,俟于海滨,有浮槎断梗至乎吾前者取之,不至乎吾前者,吾漠然与之相忘也。"文章说这种"不几于迂乎"的行为却说明了"有者未必皆得,无者未必不可得"的道理,并且说樵而得薪,"大烹以养贤,樵之使天下皆得其养,孰非樵之事乎?"《克礼堂记》叙述一个好猎的人,后来决心不打猎了。十几年后,一天在路上碰到一位猎人而心有喜色,可见打猎的心情压下去还会再出现。作者想用这个人的实例,说明贪欲支配人的活动,屏除物欲很难。他的这些散文都不是信手拈来之作,而是有所针对和寄托的。

虞集有不少文章赞扬为人要具有独立的政治怀抱和道德风貌。在《友松记》中,他赞扬宋云举"屹乎独立不为势利之所移"。宋云举以松为友,虞集颂扬他说:"公友松乎?松友公乎?""贯四时而不改,亢金石而不渝,公其松乎!"《小孤山新修一柱峰亭记》记他于延祐五年奉命劝说吴澄出仕,舟过小孤山,见山势雄峙险壮,乘兴攀登,浩然兴怀,见上有一亭,日就圮毁。虞集友人安庆府判李维肃加以修复,并且题上"一柱"字样,虞集解释说:所谓"一柱"者,"将以卓然独立,无所偏倚,而震凌冲激,八面交至,终不为之动摇。使排天沃日之势,虽极天下骄悍,皆将靡然委顺,听令其下而去,非兹峰其就足以当之也耶!"李维肃据虞集介绍,其人"有高才,以直道刚气自持,颇为时辈所忌。"虞集说:"观其命亭之意,亦足以少见其为人矣。"这里既是赞扬李维肃,而暗中也指吴澄。吴澄是虞集所崇敬的人。在《吴、张高风图序》中,虞集描写了这样一个故事,张真人孤高傲世,吴澄带领门生等前往谒见,及门,真人使童子辞曰:主人深居不见客,吴澄只好回车。后来真人忽然去见吴澄,"著芒屩,戴台笠,策木杖,布褐短才至膝,从弟子一人",来到吴澄住处,守门的人看到真人这种打扮,不为通报。吴澄的儿子这时偶然出门,见真人曰:"真人何来?"真人以杖画地作诚字,说:"还语若翁,吾来报谒。"等吴澄出来,真人又走了。使人追之,至丽正门南三里的地方,见真人长歌徐行,追者不敢致辞而返。这里描述两个高士,一谦一傲,既赞赏张真人,又颂扬吴澄。真是相得益彰,使人读来颇有兴味。

虞集有些墓志铭文,写出了形象和性格,很像传记。如《张隐君墓志铭》写张隐君忠厚性格,颇为奇特。当时"盗贼"甚多,隐君家产富裕,乃聚财物于庭,任盗掠取。一日"有十男子求见,君察其非常,挥从奴散去,独与之语。已而偕行,度甚远乃独还,入室中,少时又独去,如是者再四,妻孥莫知其所为"。过了十年,他才说明这回事。原来十个男子是强盗,向他索取金银,他让盗待于野,独归家取金。金重一次拿不动,故来回搬运再四。而盗呢,只取其半以去,并且说:"特试君耳,无用许也。"他当时恐家人泄露,又恐怕家中使人掩袭捕盗,所以一直没有说出那回事来。虞集称赞张隐君是位奇士,的确,事情很奇,但通过这奇特的描写却渲染出张隐君罕见的忠厚性格。

欧阳玄在《雍虞公文序》中说:"公之临文,随事酬酢,造次天成,初无一豪尚人之心,亦无拘拘然步趋古人之意。机用自熟,境趣自生,左右逢源,各识其职。"赵汸的《邵庵先生虞公行状》则说他为文"蔼然庆历、乾、淳风烈"。庆历是北宋仁宗年号,是欧阳修倡古文的时期;乾(道)、淳(熙)是南宋孝宗年号,是所谓"文运中兴"之时。

如果就虞集的文章风格基本上受宋文影响这点而言,这种评价或还恰当。如果不拘于"高古"的偏见,欧阳玄的评论也不能不说是抓住了虞集文章的一个特点。受宋文影响而又"机用自熟",这比较符合虞集文章的实际。清代黄宗羲尊姚燧和虞集为元文两家之一,并认为胜过所有明文。自元至清,这是最高的评价了。如果说,从姚燧的某些散文可见出他几乎一板一眼地遵循着韩愈、欧阳修古文的路子,虞集则不然,他固然有家法俨然的古文家文章,却也有禅学味颇浓的碑版传记,后者最有代表性的是《铁牛禅师塔铭》,在这篇文章中,作者大讲"禅学",这是正统古文家所不屑为的。但虞集对写这样的文字是认真的,他说:"集于湖海间方外之士其学有所不能尽知,而来求者,随分赞叹,使天下后世有以观夫一时人材品节之盛也。"他赞叹铁牛禅师"用工之实勤,见地之实到"和"践履经行之真实"。这倒又说明,虞集为文"左右逢源,各识其职",不仅仅是为了"随事酬酢",这也同他在思想、学术上所持的比较通达的态度有关。元孔齐《至正直记》记虞集"尝论一代之兴,必有一代之绝艺足称于后世者,汉之文章,唐之律诗,宋之道学,国朝之今乐府,亦开于气数、音律之盛。其所谓杂剧者,虽曰本于梨园之戏,中间多以古史编成,包含讽谏,无中生有,有深意焉,是亦不失为美刺之一端也"。这些议论不见于今传《道园学古录》,但与虞集在思想、学术上所持的通达态度却也相符。

第二节　杨载　范梈　揭傒斯

　　杨载(1271—1323),字仲弘,建宁浦城(今属福建)人,徙居杭州。四十岁后以布衣召为国史院编修官。延祐二年登进士第,官至宁国路总管府推官。至治三年卒,年五十三。他的诗文得到赵孟頫的赞扬,由此出名。他著有《诗法家数》,提倡写诗学汉、魏、盛唐:"须先将汉、魏、盛唐诸诗,日夕沉潜讽咏,熟其词,究其旨,则又访诸善诗之士,以讲明之。若今人之治经,日就月将,而自然有得,则取之左右逢其源。苟为不然,我见其能诗者鲜矣。"《元史·杨载传》中说:"自其诗出,一洗宋季之陋。"虽然失之夸张,但如果说他提倡汉、魏、盛唐是不满于宋末"江湖"、"四灵"诗风,确是事实,在这点上,他和他的老师赵孟頫是一致的。《元史》还说:"其文章一以气为主,博而敏,直而不肆,自成一家言。"杨载的作品今存《杨仲弘诗》八卷,而文则丧失殆尽。

杨载以《宗阳宫望月分韵得声字》诗,名重当时。宗阳宫本宋德寿宫的后花园所在地,有老君台。这是他参加杜道坚于中秋在老君堂举行的宴会上写的。当时大家玩月赋诗,他的诗被与会者推为首唱。这首诗写得很清空,声律圆润,风格的确像唐诗:

老君台上凉如水,坐看冰轮转二更。大地山河微有影,九天风露寂无声。蛟龙并起承金榜,鸾凤双飞载玉笙。不信弱流三万里,此身今夕到蓬瀛。

"大地山河微有影"用《酉阳杂俎》月中有地影、水影的说法,加深了全诗的灵动飘忽意境。

杨载的一些比较好的绝句写来蕴藉含蓄,如《客中即事》:"渐觉星星两鬓皤,推愁不去奈愁何! 客中忘却春光度,惊见前林嫩竹多。"但这样的作品在他诗集中并不多见。瞿佑《归田诗话》称赞他的七律,并以"风雨五更鸡乱叫,江湖千里雁相呼","窗间夜雨消银烛,城上春云压彩旗"等诗句为例,说它们"沉雄典实"。前两句见

《留别京师》,后两句见《赠同院诸公》,但这两首诗在整体上却有欠缺。诗有佳句而非完整好诗,正是杨载律诗的通病。《归田诗话》还说杨载的古诗《古墙行》和《梅梁歌》"亦皆为时所推许"。《梅梁歌》写天灾时乡农愚昧迷信,"淫祀欲求福";《古墙行》写诗人游南宋循王园宅,感叹"华堂寂寞","乔木惨淡",充满沧桑之感。但在描写"王孙欲言泪如雨"的同时,又写诗人劝慰他"人生富贵当自取",却又显得平庸。倒是他五古中的《雪轩》和《桶底图》等诗描写对神仙世界的向往,颇有特色。《雪轩》中写他和朋友们在雪轩击鼓衔杯,笑声如雷之后,在醉意朦胧中,"举头望长空,高兴惊冥鸿。仙人五六辈,飞下白云中。粲粲明珠袍,相从万玉童。问君何所事,未就丹鼎功。翩然却携手,共入蓬莱宫。"使人读来有空灵之感。

　　和元代的大部分诗人一样,杨载诗歌中送赠、怀古和写景、题画之作占多数。他自己期待"应有声名达帝前",所以他的送别诗中大抵有希望别人"云霄千万里"和"经纶须展布"的内容。同这相联系,他又为怀才不遇者和遭受打击而弃官的人抱不平,如《怀钱唐故人简应中父》、《寄维扬贾侯》和《送屠存博》等。他为官并不显赫,晚年自勉"不归宫阙充梁栋,也作龙舟济大川"。和他早先的《石间松为丁师善作》中所写"得此栋梁材,持以献天阙",在思想上虽然前后相通,但在调门上多少显得不同了。

　　杨载作诗,在炼字造句上颇下功夫,瞿佑在《归田诗话》中说他见到过杨载的草稿,"字画端谨,而前后点窜几尽,盖不苟作如是"。这同他在《诗法家数》中重视炼句琢对、起承转合是一致的。虞集说杨载的诗如"百战健儿",可能也是指他重视诗法,犹如老兵重视战法一样。但清代四库馆臣却认为《诗法家数》一书非出自杨载,而是书贾伪撰。此说还有待考实。

范梈(1272—1330),字亨父,一字德机,临江清江(今属江西)人。年三十六辞家北游,卖卜燕市,御史中丞董士选延之家塾。后被荐为左卫教授,迁翰林院编修官,又先后在海北、江西、闽海三道廉访司任职。因病回乡,徙家新喻。至顺元年卒,年五十九。今存《范德机诗集》七卷。范梈散文今不多见,据说他的文章有秦汉风。另有《木天禁语》和《诗学禁脔》,世传为范梈所作。清人疑为伪作。两书专谈诗法,同范梈诗作中表达的见解在总的方面大致吻合。《木天禁语·内篇》说:"外则用之以观古人之作,万不漏一;内则用之以运自己之机,闻一悟十。若夫动天地,感鬼神,神而明之,则又存乎其人也。"强调作者学古要"悟",要"运"个人之"机"。他的《赠答杨显民四方采诗》中写道:"今人论学古人诗,事皆天者非人为。文章由来贵尔雅,但顾有法何妨奇。"同样强调不能一味模仿古人,死守陈法。这是范梈论诗见解超过他的朋友杨载论诗的地方。

揭傒斯曾为范梈诗集作序,序中说范梈"尤好为歌行",今存诗集中歌行体约占四分之一,呈现出多种情调和色彩,有的奔放(如《凌云篇》);有的含蓄(如《辘轳怨》);有的怪诞(如《十一月一日飓风后奉和廉访使》);有的愤懑(如《掘冢歌》)。清人张景星等选《元诗别裁集》收范梈七古三首,固然是着眼于"弗坠唐音",却也甚有见地,其中《题李白郎官湖》一首,于范梈的诗歌创作见解和实践都有代表性,全诗如下:

> 当时郎官奉使出咸京,仙人千里来相迎。画船吹笛弄绿水,何意芳洲遗旧名。唐祠芜没知何代?惟有东流水长在。黎侯独起梁栋之,仿佛云中昔轩盖。南飞越鸟北飞鸿,今古悠悠去住同。富贵何如一杯酒,愁来无地醉西风。大别山高几千尺,隔城正与祠相值。青猿夜抱月光啼,挂在东湖之石壁。黎侯本在斗

南家,枕戈犹自忆烟霞。只拟将身报天子,不负胸中书五车。昨者相逢玉阙下,别来几日秋潇洒。黄叶当头乱打人,门前系着青骢马。君今归去钓晴湖,我亦明年辞帝都。若过湖边定相见,为问仙人安稳无?

这首诗之所以有代表性,在于它写景和抒情的结合等方面,体现了作者的诗法主张。起头写古人,中间写今人,结尾又照应到古人,即所谓"归题乃篇末一二句缴上起句,又谓之顾首。"写景写情立义重叠,即所谓"陡顿便说他事"和"反覆有情"。全诗也体现了他的"不迫促"、"甚有从容"、"极精神好诵"的"七言长古篇法"。范梈论七言长古宗李白、杜甫和岑参,但他的诗缺乏唐人气势,而只在片段上表现出他才思的闪光,如这首诗中写的"青猿夜抱月光啼,挂在东湖之石壁"和"黄叶当头乱打人,门前系着青骢马",都有局部的悲凉意境。

揭傒斯说范梈的诗"如秋空行云,晴雷卷雨,纵横变化,出入无朕。又如空山道者,辟谷学仙,疲骨峻嶒,神气自若。又如豪鹰掠野,独鹤叫群,四顾无人,一碧万里,差可仿佛耳"。显属夸张之辞,但能指出范诗的风格多样,却也有一定道理。

除长篇歌行以外,范梈还擅长五古。他曾说过:"五言在王国,安所雕琢工"(《咏古》),他称赞汉、魏,学习颜、谢,批评"组绘丽群巧"的诗风。他的《苍山感秋》五古曾受到不少人的称赞,据说有一个秋夜,他和危素一起散步山林中,得句"雨止修竹闲,流莺夜深至",非常高兴,后来补足成为《苍山感秋》诗。那两句诗得到许多人的好评,清人王士禛尤为激赏,但全诗实难构成佳作。他的《明月几回满》和《酬申屠子迪》、《看东亭新笋》等诗可代表他的素淡的五古诗风。他的五言绝句《看东亭新笋》写得自然而有新意:

问竹何年有？亲曾共岁寒。昨传新笋发,扶杖绕林看。

范梈诗大多写日常生活和朋友间来往应酬,少量诗歌的内容稍微广泛一些。《闽州歌》写闽州少年男女大都从事刺绣工艺,制作精美,因此元朝政府设立文绣局,集中绣工日夜操作。地主官吏乘机勒索。对绣工时加鞭打,工匠困苦不堪。《西黎歌》写黎族社会风俗,"手扶长弓架钩箭,白马日似雪花片";《己未行》写京城地震,"大家夜卧张穹庐,小家露坐瞻星落"。都有若干逼真而生动的形象。范梈有些小诗写得颇有情趣,如《赵金宪旧居》诗:"闲门付与东风扫,独客残春思远道。日午不见蝴蝶飞,细看儿童弄芳草。"此诗虽是暗用《招隐士》"王孙兮不归,春草兮萋萋"。然而看儿童戏弄芳草,着一"细"字,情致闲雅。

揭傒斯(1274—1344),字曼硕,龙兴富州(今江西丰城)人。大德间出游湘汉,程钜夫很欣赏他的才华。皇庆年间,随程钜夫进京,因娶程的从妹为妻,时人尊为"程公佳客"。延祐初年荐授翰林国史院编修,官至翰林侍讲学士。元统间为艺文监丞,寓居大都双桥,距奎章阁十余里,每入直无马,步行以往,晴雨必到,人皆以长厚老成称之。至正初参加编修辽、宋、金三史,卒年七十一。著有《揭文安公全集》十四卷,补遗一卷。但其中诗作参差不齐,且有稚嫩、草率之作,有的诗还异名重出,看来他的门生编集时既未挑选,也未精校。

揭傒斯擅长五古。大德七年,他在武昌和卢挚相见时,呈诗致意,题序中说:"湖南宪使卢学士移病归颖,舟次武昌,辱问不肖姓名,先奉寄三首。"这三首诗即为五古,其中写道:"我本耕牧竖,结庐章江浰。微生属休明,世尚犹典礼。惊飚卷飞辙,寥落从此始。三年江汉春,万事随流水。"据虞集《李仲渊诗稿序》,当时卢挚最长"五言之道","数十年来人称涿郡卢公"。看来揭傒斯呈诗,当有自荐之意。但他的五言古诗趋向高雅,也为事实。欧阳玄说揭傒斯,"作诗长于古乐府、选体,律诗、长句伟然有盛唐风。""选体"云云,主要也是指五古。杨载说揭傒斯还善于"五言短古":"五言短古,众贤皆不知来处。乃只是'选诗'结尾四句,所以含蓄无限,自然悠长。此论惟赵松雪承旨深得之,次则豫章三日新妇晓得"。"选诗"指《文选》中的古诗。"三日新妇"指揭傒斯,虞集曾说揭诗如"三日新妇"。现存揭诗中五言短古(四句)约三十余首,其中佳作确有自然悠长的特点,如《题风烟雪月四梅图》之二:

> 高花开几点,澹霭拂成衣。遥瞻应不见,相对尚依稀。

王祎说"揭公之诗典雅而敦实"。典雅指诗风,敦实指内容。在元诗四家中,揭傒斯诗歌的内容较虞集、杨载和范梈的诗作远为丰富。他的《临川女》、《长风沙夜泊》、《去妇词》、《雨述三首》、《燕氏救兄诗》、《渔父》、《高邮城》、《杨柳青谣》、《祖生诗》和《李官人琵琶引》等诗,都在一定程度上揭露了现实生活中的矛盾和不合理现象,对劳动人民和不幸者寄予同情。其中有些诗歌富有民歌风味,如《杨柳青谣》:

> 杨柳青青河水黄,河流两岸苇蓠长。河东女嫁河西郎,河西烧烛河东光。日日相迎苇檐下,朝朝相送苇蓠傍。河边病叟长回首,送儿北去还南走。昨日临清卖苇回,今日贩鱼桃花口。连年水旱更无蚕,丁力夫徭百不堪。惟有河边守坟墓,数株高树晓相参。

揭傒斯的这类诗歌,在艺术上未必完整,但他自己比较欣赏,他和友人何得之相对饮酒,常朗诵《高邮城》数遍。旧时文人写乐府、歌谣体诗歌,往往要约定俗成地写民生疾苦,但区别在于浮泛还是敦实,是"附庸风雅"式的同情还是出自内心的感受。揭傒斯的这类诗是属于后者。欧阳玄《豫章揭公墓志铭》中记他"对大臣言,其辞不及他,第言某处灾伤未赈,某政弊未除"。他在《送也速答儿赤序》中批评元王朝统一中国六十多年,"教化不兴,风俗日坏,奸宄屡作"。他的《送刘旌德》诗中写道:"郡县无良材,平人婴祸罗。"《送刘旌德序》中还列数导致"天下政烦教弛"的四个原因:一,"以仁义道德为虚说,以孝悌忠信为曲行,特窃其言以取禄位";二,"猜贤忌能者尚多,怀奸挟诈者益众,附之则安富尊荣,违之则贫贱忧辱,虽儒者亦委而从之";三,"琐琐州县,上回大府,震以不仁之威,压以非理之势,虽欲自竭,有所不能,虽能,有所不容";四,"任小者不可以谋大,任轻者不可以图重。"这样尖锐地指责时政,在元代朝官中,实为罕见。"任轻者不可以图重"实际上又批评了当时的民族歧视政策。因此,关于他写诗讥刺"色目北人"的传说,也当可信,《至正直记》记:"揭曼硕题雁,盖讥色目北人来江南者,贫可富,无可有,而犹毁辱骂南方不绝,自以为右族身贵,视南方如奴隶,然南人亦视北人加轻一等,所以往往有此诮。"《山居新话》也说:"此诗大有寄托。"《题芦雁》之四写道:"寒就江南暖,饥就江南饱。莫道江南恶,须道江南好。"元代歧视南人的观念,从元初到元中叶,在实际政治生活中有所变化,揭傒斯作为南士出仕,他也没有虞集那样的遭遇,但他抗争的声音却很强烈。元代至元以来,诗歌中的尊唐主张越来越盛,但一些著名人物如卢挚、赵孟頫和虞集,更多地推崇韦应物的疏淡诗风,这里除了审美观点外,也有政治原因。揭傒斯也是肯定韦应物诗的,但他的创作实践,又明显地受杜甫、岑参和元结诗的影响。这也使他在元代四诗家中更显得独有特色。

第三节　欧阳玄　黄溍　柳贯　吴莱

欧阳玄（1283—1357），字原功，号圭斋，祖籍庐陵，迁居潭州浏阳（今属湖南）。他十六岁时已有文名，二十岁后闭门治经史。当时任岭北湖南道廉访使的卢挚颇器重他，但他拒绝卢的推荐，不当"宪吏"。延祐元年，元政府下诏恢复科举，他以攻读《尚书》被推荐，二年，赐同进士出身，授岳州路江州同知。泰定元年入朝。危素《圭斋先生欧阳公行状》中说他"历官四十馀年，在朝之日，居四之三。三任成均，两为祭酒，六入翰林，而三拜承旨"。"凡宗庙朝廷雄文大册，播告万方，国所用制诰，多出公手"。他参与了辽、金、宋三史的修纂工作，其中论赞大都是他撰写的。至正十七年十二月卒于大都。著有《圭斋集》，原本四十四卷，宋濂作序时尚有二十四卷，今只存十六卷。

欧阳玄与欧阳修为庐陵同族，他曾以此自豪："吾江右文章名四方也久矣，以吾六一公倡为古也。"他在《族兄南翁文集序》中以"羽翼吾欧阳公之学"和族兄相勉。他推崇欧阳修"舒徐和易"的文风，但他不主张死学前人，他有一句名言："规矩蔑一定之用，文章怀无穷之巧。"他在《刘桂隐先生文集序》中说："今余读刘先生之文，温柔敦厚，欧也；明辩闳隽，苏也。至论其妙，初岂扬师也哉，又岂不扬师也哉。"实际上就是说既学前人文章，又要有自己的风格。他论诗强调"性情"："诗得于性情者为上，得之于学问者次之；不期工者为工，求工而得工者次之。"他自己以散文闻名，宋濂说他"为文意雄而辞赡，如黑云回头，雷电恍惚，雨雹飒然交下，可怖可愕。及其云散雨止，长空万里，一碧如洗。可谓奇伟不凡者矣"。这种评论与今存《圭斋集》所收的文章不甚相合。大抵他的文风是于廉静中求深醇，一些议论文开头几句遣辞命意乃一篇警策所在,过后即趋平易。如《逊斋记》中劈头就用发问句:"有一言而可终身行之者乎?圣门高弟固尝有如是问矣。"然后说:"盖人之一生,苟有得于一言而合于道,则其生平精神心术,凡见诸行事者,莫不于此取则焉。"接下去再称赞他的学生吴礼逊"愿仍逊以自号",称"逊斋"。这样的议论文,篇幅短小,却具波澜。欧阳玄的这类散文中写得较好的还有《奇峰说》、《芳林记》和《听雨堂记》等。《奇峰说》云:"水之奇以冲激而见,人之奇以感发而见,皆因动而见奇者也。"山虽不动而静,但其峰有"孤复之姿,腾踔之势"。所以也奇,这是一种"自然之奇",实际上是说山峰的姿势能引起人们的一种动的感觉。他在一首题雨诗中说:"动静之间毫发微,要于微处动天机。"(《山间山水手卷》)由此可以看出作者的审美情趣。《芳林记》写一个人只要清白自守,声名自然远扬,正如兰生深林,芳香之气必然外流。强调个人修养,这也正是他生平所力行的。他在有些散文中还发表创作见解,如《听雨堂记》以苏轼送弟诗中"夜雨何时听萧瑟"句,引出议论,说"雨注于霤,其声鞺鞳;滴于阶,其声淅沥;驰于竹松,其声屑窣"。但"春而听之,有发生之意","秋而听之,有寂静之容";于是前者就用来形容"兄弟之和气怡愉",后者用来形容"兄弟之神凝虑远"。这实际上是说自然界客观存在的雨声,在不同的条件下,引出作家主体上的不同感觉,表现于文艺作品中,就有不同的感情。

欧阳玄的诗歌大抵是题画、赠答之作,流畅自然,题画诗中常表达作家一时一地的感受,颇有情趣。有的诗也有新意,如《墨荔枝》中写荔枝却有"萧然"之风:"向来千里骑尘红,生色罗襦湿翠浓。颜色似嫌妃子涴,萧然犹有墨君风。"他的《渔家傲南词》描写大都城从一月到十二月的各种风光,颇有风俗画的特色。

黄溍(1277—1357),字晋卿,婺州义乌(今属浙江)人,世称金华先生。少从方凤学,壮岁隐居不仕。延祐二年县吏强迫参加考试,中进士,授台州宁海县丞。后升侍讲学士、知制诰同修国史,同知经筵事。晚年上书辞官,南还故乡,从此又过着乡居生活,至正十七年逝世,年八十一。《元史》记他著有《日损斋稿》三十三卷,《义乌志》七卷,《笔记》一卷。今存《黄学士文集》四十三卷。其中初编三卷是他未中进士前作,危素所编。续编四十卷是他的学生王生和宋生所编。另有《黄文献集》十卷,乃明人张俭删选。

《元史·黄溍传》记黄溍为学甚博,他剖析经史疑难,"多先儒所未发";还说他的文章"文辞布置谨严,援据精切,俯仰雍容,不大声色"。这大致符合黄文实际。他的散文大多是应用文,不以闳肆豪刚取胜,而以流畅清峻见长。

黄溍为人正直孤洁,有些文章颇能见出他的个性。他的《上宪使书》约写于大德七年,其时他以布衣上书,文章表现出一种介立不阿的性格。《柳立夫传》颂扬一位光明正直,不计酬劳,尽心竭力救死扶伤的医生。《贾论》("论"一作"谕")则颂美商界的真诚美德,它描述商贾活动场所,百货丛聚,山珍海宝,应有尽有,货物力求精良,索价不怕昂贵。"其货诚千金也,人且以千金至矣。"只要货真,就肯出高价,买卖双方,都诚实相待,彼此谁也不欺骗谁。黄溍文章中又曾写到那些"饰虚怀柈",以取得高官厚禄,不讲信义道德的士大夫。因此,商贾被士大夫所贱视,实在是一种不公平的事。在重本抑末思想长期占统治地位的封建社会中,这种观点十分罕见,也显得十分可贵。《说水赠春卿》以水喻人,设想奇妙,"持涓滴以助波澜,只强颜耳"。说一个人大材被小用,虽然"强颜",但总算付出了一点自己的力量,实际上都寄托了他自己的心声,也表现了他自己的性格。

黄溍和虞集、揭傒斯、柳贯,被人称为"儒林四杰"。他和柳贯是同乡文友,所以又有"黄柳"之称。他尊奉程朱理学,对当时重佛轻儒现象,颇多感慨。他有一首《蠹简》诗中写道:"六籍寒灰久,名山余旧藏。漆痕微有字,芸草寂无香。后死嗟犹及,斯文岂遽亡。世方珍贝叶,掩卷一凄凉。"但是他和虞集、柳贯一样,对佛学并不绝然排斥,杨维祯说他"晚年喜为浮屠,亦极研其闲荡之说"。他还认为佛门传世制度,"率以义合,必择焉而得其人",比世俗传子往往不才不贤为好,前者"往往至于千数万岁而不坠",后者却有可能连世业也不得其传(见《净胜院庄园记》)。这种思想同他的兴亡之感有关。他的朋友柳贯曾在龚开所画"江矶图"的题跋中对南宋遗民身后萧条发出叹息,他则在《跋放翁诗草》中对这位爱国诗人家道衰落深表感慨:"予往来山阴道中,此诗所谓横林野水红草绿荷,皆故无恙,而翁之家衰落久矣。叩其人亦无能道先世事者,偶阅此卷,太息而已。"黄溍的老师方凤是南宋遗民,黄溍还接触过不少其他遗老,受到他们的思想感染,这在他的《过谢翱墓》、《有感》、《凤凰山》、《宣和画木石》诗里都有所表现。黄溍早年有一首《览元次山春陵行有感近事追和其韵以寓鄙怀》诗,描写饥饿中的人民在官吏逼交租税的鞭打下,卖儿鬻女的惨状,十分动人。最后写道:"吾贱不及议,为君陈苦辞。"以耿介之心为民请命。晚年诗作《赠月江术士》中写道:"千江一月无分照,枝北枝南影自偏。"社会上的不平就像月亮照着树枝,南北两面明暗不同一样。同样也以耿介之心表达对社会人情物理的感受,思想趋向深沉。

黄溍有不少风格淡雅的旅游诗作,五古尤多,如《西岘峰》、《题清华亭》和《晓行湖上》、《宿灵隐西庵》等。为黄溍写墓志铭的杨维祯,于黄溍诗歌中独尊这类作品,他说黄溍"遇住山水,竟日忘去,形于篇什,多冲淡简远之情"。这类诗歌实际上又表现了黄溍性格的另一方面。如《宿灵隐西庵》：

> 薄游厌人境，振策穷幽躅。理公所开凿，遗迹在岩麓。秋杪霜叶丹，石面寒泉绿。仰窥条上猿，攀萝去相逐。物情一何适，人事有羁束。却过猊峰回，遥望松林曲。前山夜来雨，湿云涨崖谷。缥缈辨朱甍，禅房带修竹。故人丹丘彦，抱被能同宿。名篇聊一咏，异书欣共读。蹉跎未闻道，黾勉尚干禄。夙有丘壑期，吾居几时卜。

全诗写出一种幽深的意境，而诗中所写"秋杪霜叶"和"石面寒泉"，恰又能象征作者的为人。

柳贯(1270—1342)，字道传，婺州浦江(今属浙江)人。少从金履祥学性理之学。从方凤、谢翱等学古文、诗。后在杭州与宋代遗老宿儒来往颇多，与方回、仇远和戴表元等交游，在当时南方文坛上颇有名气。他早年无仕进之意。大德四年出任江山县教谕，时已三十一岁。晚年官至翰林待制兼国史院编修，但仅任七个月而卒，终年七十三。余阙在《柳待制文集序》中说："惜其未显而已老，欲用之而已殁也。"著有《柳待制文集》二十卷，由其门人宋濂、戴良编次。宋濂在编后记中说尚有别集二十卷未刻，今未见流传。

向来认为柳贯以散文著称，但他诗作很多，晚年更为高产，"一年稿卷盈一束"。现存五百多首。已知确为散佚的有九百多首。他论诗推崇杜甫和李白，他说："唐诗辞之盛，至杜子美兼合比兴，驰突骚雅，前无与让，然方驾齐轨，独以予李太白。"但他的诗风实受江西诗派影响，古硬奇险，黄溍说柳贯"少作尤古硬奇逸"。如《次韵黄晋卿、吴正传和张子长北山纪游》其七《山桥》写道：

言寻磊磊亭,蹑云随下上。洞回泫微流,山空答遥响。我已后斯人,寥哉得真赏。

又如《浦阳十咏》之三《龙峰孤塔》写道:

两环日月似飞梭,鳌背稜稜窣堵坡。朱鸟前头森顈顈,苍龙左角见嵯峨。玉函舍利朝光现,珠斗阑干午影过。浩劫浮云开万象,宝华杂沓散芬陁。

延祐年后的在朝诗,依然有奇佚之气,如《同杨仲礼和袁集贤上都诗》之四:"水草方方善,弓弧户户便。合围连妇女,从戍到曾玄。雪毳千家帐,冰瓢百眼泉。浚稽山更北,长望斗光悬。"他写有不少七古长篇,遣词命意都很奇特,也常发议论。如《出北城独上秋屏阁望西山烟霭中漠无所见》写他骑马去秋屏阁:"风鬓披披鞍兀兀,去马浮曦正相逆。入门平步得高层,身与危栏争几尺。"接着写钩帘望山,因云烟霭霭,漠无所见。"我疑玉女畏迎将,且惧词锋恣弹射。豹藏惜此管中斑,黛点羞渠眉上碧。不然洪崖仙者过,雾幰烟轓罗什百。讵容左右觎昌丰,只许依微揽芳泽。"再接着就发一通"青天白日岂尝无,好怀转眼难寻绎"的议论。他的七古题画诗也常出现奇特的想象。但有的七言古诗却又像是任意而出,自然高雅。如《对菊醉歌》中写"菊花高株高一丈,葩萼垂盂叶承掌。搀先节物作重九,乱点秋光入屏幌。黄黄白白斗新品,大朵如擎小如仰。或矜红紫当独秀,讵识幽娴无竞爽"。

柳贯为人刚直清正,《元史》记他"器局凝定,端严若神"。但从他的诗作看来,他和大多数元代诗人一样,在反映社会生活方面显得苍白无力。他的一些纪行诗虽然在若干形式上有模仿杜诗之处,但并无深沉的苍生之念,而只有刻意的写景之笔,或者夹杂有泛泛的人生出处之感。他的咏史诗写得感情浮泛。倒是他的几首描写海滨盐民生活的诗,写到"即今黔首为生蹇"(《偶题》),"鞭血淋淋地亦腥"(《过宿长芦所感》),对于苦难中的人民寄予了同情。作为一个诗人,柳贯在延祐以后的诗坛上,之所以显出一些特色,并不由于他的诗歌内容,而是由于他的诗风。但这种明显地受江西诗派影响的诗风,在当时已不成为"时尚"。江西诗派在宋末早已失去势头,在元初更无影响,元初的一些在朝文士还都予以排斥。这或许也就是柳贯诗歌较少有人谈及,他的诗名被文名掩盖的一个重要原因。

柳贯的散文多为墓铭碑表和兴学、修桥记等,抒写情性思想者不多。他的《方先生(凤)墓志铭并序》、《题江矶图卷后》、《上京纪行诗序》、《开元宫图后记》等于记事之外,微露家国兴亡的感慨,这或许同他早年受南宋故老的思想影响有关。《答临川危太朴手书》一文,明白晓畅,信笔而书,如同谈心,情真意切。他有一些题跋文字,短小自然,比起他的碑铭文字,活泼多了。他在《自题钟陵稿后》中说他写这类文字是"不求悦人惊俗","每情至景会,往往托咏吟讽"。其中《题江矶图卷后》记图的作者龚开的容貌、性格,写图的收藏者周密身后萧条,"子孙尽弃其所藏",叹息"钱塘故都,未及百年,风流文物,扫地尽矣",真可算得是一篇精彩的小品文。

黄溍评柳贯的文章为"涵肆演迤,春容纡余";余阙评其为文"缜而不繁,工而不镂"。大抵柳贯散文写来层次复叠多姿,思路有条不紊,文字于平实中略求古奥,而不趋向华丽。此外,如同危素序其文集所说的,柳文也"长于议论"。但有的议论流于一般,有的议论却兴会生动。如《横山龙神庙记》开头写衢水有龙,有声有色:"婺、衢二水,会于兰阴,合流而下为兰溪。沿城占水之东而直,其西南有山横障衢水之冲者,横山也。水方湍悍而岩崖扼之,泓渟湾洄,汇为深渊。宜有龙神潜于其中,出光景,腾云气,蓄泄雷雨而润泽群物。"接着叙述州判官敬神求雨,果然"玄阴四塞,甘澍滂流四境"。颂神美政,写得文笔娓娓。但忽然笔锋一转,说龙窟于洞之说"未可的",不过是"以心感心,以神格神","则所谓神智变化,而为灵者无在不在"。如果真的有龙,"蓄之宫沼",虽可豢养,却会扰人,因而最重要的是州判官的出自"宜人之政"的"闵旱之诚"。这篇文章被苏天爵收入《元文类》,改名为《横山龙洞记》。又,世传柳贯作有《王魁传》,见《古今图书集成·闺媛典》,但《柳待制文集》中无此文,疑不可信。

吴莱(1297—1340),字立夫,婺州浦阳(今属浙江)人。十八岁时,就有志于政事,二十四岁时被举于乡,但考进士不第,时为仁宗时期。到了惠宗时代,有人荐他任饶州路长芗书院山长,因病未赴。后至元六年去世,终年四十四岁。他的学生宋濂等私谥他为渊颖先生,并为他编定文集,名《渊颖吴先生文集》。

吴莱和黄溍、柳贯同受业于方凤,但年辈后于黄、柳。《元史·吴莱传》记载黄溍晚年曾称赞吴莱文章"崭绝雄深,类秦汉间人所作,实非今世之士也"。清代四库馆臣却说这种评论"未免溢美"。《渊颖集》所收吴莱文章多为学术论著,富辩论色彩。少量传记和游记文章于简约中略呈古硬,如《甬东山水古迹记》中写:

> 前至浃口,怪石嵌险离立。南曰金鸡,北曰虎蹲。又前,则为蛟门。峡束浪激,或大如五石斗瓮,跃入空中,却堕下,碎为雾雨;或远如雪山冰岸,挟风力作声,势崩拥舟,荡与上下。一僧云:此特其小小者耳。秋风一作,海水又壮,排空触岸,杳不辨舟

楫所在,独帆樯上指。潮东上,风西来,水相斗,舟不能尺咫。一
撞礁石,且靡解不可支持。

从吴莱的诗作《题姚文公草书杜少棱诗手轴》和《观姚文公集记
赵江汉旧事》,可知他激赏元初姚燧的刚古文风。此外,吴莱还写有
不少篇赋,其中《海东洲磐陀石上观日赋》和《大游赋》直逼汉人,尤
为力作,所以黄潜之论,多少也有根据。

吴莱青年时代从黄景昌学诗法,黄偏爱古乐府,贬抑近体诗。吴
莱受其影响,认为唐代近体诗大量出现的结果是"欲求如汉魏之古
辞者少矣"(见《乐府类编后序》)。他自己也很少写律绝,多写古体,
歌行尤多。清代王士禛对此颇为推崇,他的论诗绝句中写道:"铁崖
乐府气淋漓,渊源歌行格尽奇。耳食纷纷说开宝,几人眼见宋元
诗。"但王士禛又把吴莱比作苏轼,却不太贴切。吴莱的长篇歌行奇
特处主要在于险怪,看来是学韩愈所谓的"横空盘硬语,妥帖力排
奡",甚至对韩诗好用古怪字眼也加以模仿,如《观孙太古周天二十
八宿星君像图》、《观陈彦正观景挂杖歌》、《观秦丞相斯刻石墨本碑》
和《观齐谢玄卿五泄山遏仙记》等诗中,难字、怪字层出不穷。此外,
《问五脏》和《观三山林霆致日经作》等诗近于押韵的散文,也见出韩
诗的影响。《时傩》写驱疫习俗,《北方巫者降神歌》写女巫请神,更
有模仿韩愈《遣疟鬼》一类诗的痕迹。吴莱在《早秋偶然作寄宋景
濂》中自言"自来闲作诗,瘦岛与穷郊",可见他确以宗唐代的韩、孟
诗派自居。明代胡应麟曾指出吴莱五古长篇"气骨可观,而多奇辟
字",但他说"吴立夫学杜",则根据不足。

吴莱也有雄俊而不艰涩的作品,当以《风雨渡扬子江》为代表:

　　大江西来自巴蜀,直下万里浇吴楚。我从扬子指蒜山,旧读

《水经》今始睹。平生壮志此最奇,一叶轻舟傲烟雨。怒风鼓浪
屹于城,沧海输潮开水府。凄迷滟滪恍如见,漭泱扶桑杳何所?
须臾草树皆动摇,稍稍鼋鼍欲掀舞。黑云鲸涨颇心掉,明月冗宫
终色悔。吟倚金山有暮钟,望穷采石无朝橹。谁欤敲齿咒能神,
或有伛身言莫吐。向来天堑如有限,日夜军书费传羽。三楚畸
民类鱼鳖,两淮大将犹熊虎。锦帆十里徒映空,铁锁千寻竟然
炬。桑麻夹岸收战尘,芦苇成林出渔户。宁知造物总儿戏,且揽
长川入尊俎。悲哉险阻惟白波,往矣英雄几黄土。独思万载疏
凿功,吾欲持觥酹神禹。

元人宗唐成风,但择师不一,吴莱专宗韩愈,使他在元诗家中几
乎独树一帜。遗憾的是他也未能摆脱当时普遍存在的创造少而模仿
多之病。

第四节　周权　朱德润　许有壬　张雨

周权,字衡之,别号此山,处州松阳(今属浙江)人。生卒年不
详。著有《周此山先生集》。周权早年自负俊才磊落,于延祐六年
(1319)进京,以所写诗词送呈袁桷,袁桷说他的诗"意度简远,议论
雄深。法苏、黄之准绳。达《骚》、《选》之旨趣。"曾推荐他充任馆职,
未被采纳。至正五年(1345)柳贯为《此山诗集》写跋时,遗恨"不获
与之周旋上下"。不过他的诗却为人爱好。陈旅挑选他的最佳作
品,题名《周此山诗集》,欧阳玄等人见到大加称赏。陈旅认为周权
的诗,"简淡和平而语多奇隽",大致符合事实,《晚望》、《野趣》、《楮
涧月》、《村居》、《溪之滨》、《村行》、《访陈子高》、《郭外》等诗都有

这种特点。如《溪之滨》诗：

> 小雨净川绿，玩心鸥鸟群。拂藓憩幽磴，松花点衣巾。禅扃杳何处，疏磬时远闻。青烟湿山道，牛羊下斜曛。

他的七律也有类似特点，如《晚春》：

> 轻车繁吹尚纷纭，袅袅香浮紫陌尘。杜宇青山三月暮，桃花流水一溪云。东风旗旆亭中酒，小雨栏干柳外人。何许数声牛背笛，天涯芳草正斜曛。

周权也有关心民瘼之作，他在《田家辞》中写道：

> 生长畎亩中，稼穑少已谙。即壮忽复老，支羸谢锄芟。小舟代断沟，鸡鸣松树檐。农闲子于茅，春至妇亦蚕。出门无远途，一室常团圞。所期年岁登，更愿长官廉。官污岁复歉，我突何由黔。

作者以一位老农的口气叙述农民的生活与愿望，以及愿望的破灭，留给农民的只能是挨饥受冻而已。他的另一首《悯蔬》诗一开头就说："富人厌粱肉，贫士怀齑盐。"对社会的贫富不均现象表示愤慨。因为他一生未曾做官，他在晚年更以清高自许，在《信题》诗中写道："已识浮云似世情，岁寒老砚是心朋。平生不贷监河粟，自撷香芹煮涧冰。"他在〔蝶恋花〕《夜酌荷亭》中写道："数亩宽闲吾老圃。著个茅亭，斗大无多子。水槛水花明楚楚。洒然不受人间暑。　　夜悄虚阶初过雨。酒浅香深，风味清如许。沁薄吟襟时挹芷。多情凉月还窥户。"如果说这里"凉月窥户"句还是像一些处士通常说的"明月共我"那样既清高,又孤独,那末他的一首〔清平乐〕却写出了更美好的境界,希望明月中的桂树能够散给人间清香。这首词写他梦游"清虚府",下阕中写道:"桂花枝上秋光。翠云影里疏黄。殿冷姮娥不闭,人间散与清香。"周权现存词三十余首,像以上两首都是他的佳作。从他的词风看,他宗法的是苏轼。袁桷说他"法苏黄之准绳",可能是说他词宗苏轼,诗宗黄庭坚,不过后者似乎不符周诗实际。

清代四库馆臣于周权诗集中发现赵孟𫖯、虞集、揭傒斯、欧阳玄、马祖常与周权都有唱酬,引出一段议论:"是时文章耆宿,不过此数人,而数人无不酬答,似权亦声气干谒之流。然孟𫖯等并以儒雅风流照映一世,其宏奖后进,迥异于南宋末叶分朋标榜之私……盖文字之相知,固未可以依门傍户论也。"这确实是元代前期诗坛的特点之一。

朱德润(1294—1365),字泽民,世居睢阳(今河南商丘),其先祖于金泰和年间南渡,居平江,后迁湖州长兴。延祐六年,赵孟𫖯推荐他出任应奉翰林文字兼国史院编修官,后为镇东行中书省儒学提举。至正年间还任过江浙行省照磨官和代理湖州郡守。虞集说他的"文章典雅,而理致甚明,独惜以画事掩其名"。

朱德润擅长画山水人物,他的诗文成就逊于他的书画成就。散文中写得较好的是一些游记,如《游灵岩天平山记》和《游江阴三山记》等,文风受柳宗元、欧阳修影响,善于写自然风光。近体诗中七绝较佳,清人几种元诗选本都选录了他的《沙湖晚归》:

山野低回落雁斜,炊烟茅屋起平沙。橹声归去浪痕浅,摇动一滩红蓼花。

这首诗表现出一幅美的画面。第三、四句以听觉化出动作，再引出视觉中晃动着的景物，画面具有动感。作者曾在一首诗里这样写道："人间今古谁能赏，诗思不如图画真"，这两句诗实际是说，诗的意境不见得不如"图画真"。但他的诗歌中像这样的作品不多，更多的诗作中好发议论。这除了受宋诗影响以外，同他的论诗观点也有关，他虽然认为"诗者志之所之也，然非触于情之所感不能见其志"，但十分强调"得天理民彝之正者为美"（《书黄竹村漫稿后》）。他有一组仿白居易新乐府而写的诗歌：《德政碑》、《无禄员》、《外宅妇》、《富家邻》、《官买田》、《水深围》、《前妻子》等，它们通过对当时一些社会现象的揭露，触及到阶级压迫和社会政治黑暗的某些方面。《无禄员》是写当时政府安置一批有职无俸的人员。这些人员"三年月日无俸钱"，"家有妻儿徒四壁"，于是"宁将贪污受赃私，不忍守廉家菜色"，而且"贪心一萌何所止，转作机关生巧抵"。《外宅妇》是写僧人娶妻，"寺傍买地作外宅，别有旁门通巷陌。朱楼四面管弦声，黄金剩买娇姝色"。作者在诗中写一个把女儿嫁给和尚的人说："老子平生有三女，一女嫁与张家郎，自从嫁去减容光。产业既微差役重，官差日夕守空床。一女嫁与县小吏，小吏得钱供日费。上司前日有公差，事力单微无所恃。小女嫁僧今两秋，金珠翠玉堆满头。又有肥羜充口腹，我家破屋改作楼。"作者描写的元代僧人已经不像佛门子弟，而是地地道道的大地主了。《水深围》是写水涝成灾，租粮不减，以至人民无法生活，"东南民力日渐穷，不愿为农愿为盗。人生盗贼岂愿为，天生衣食官逼之"。这里明确地指出了官逼民反的道理。在元代诗人中，他和迺贤都是以宗白居易新乐府见长的作者。

许有壬(1287—1364),字可用,先世居颍州,后迁彰德汤阴(今属河南)。青年时即有才名。大德十年,当时任翰林侍读学士的畅师文曾推荐他入翰林,未果。延祐二年中进士,甚得赵世延和赵孟頫的欣赏。他前后历官七朝,近五十年,官至集贤殿大学士。《元史·许有壬传》说他"遇国家大事,无不尽言","当权臣恣睢之时,稍忤意,辄诛窜随之,有壬绝不为巧避计,事有不便,明辨力净,不知有死生利害"。实际上许有壬在宦海风波中也曾几次称病告归,不过他一生对元王朝忠心耿耿,即使在涉及王室内部争权斗争这样的重大政治事件时,也不避开漩涡,则为事实。

儒家传统观念中的民本思想,大抵也就是许有壬思想中的积极因素。泰定元年,他任中书左司员外郎,京畿发生饥荒,他主张放粮赈灾,有人反对说:"子言固善,其如亏国何?"他回答说:"民,本也,不亏民,顾岂亏国邪!"这次他的主张得到了实现。正是从民本思想出发,他的诗歌中有一些同情民生疾苦的作品。《哀弃儿》写一对夫妇在寒风裂肌,又饥又疲的时刻,无可奈何弃儿于道,孩子啼哭着追赶父母。作者沉痛地写道:"哭声已远犹依稀。"这是一幅令人辛酸的图画。在另一首《书所见》中,他写道:"田园卖尽及儿孙,少壮流移老病存。一段升平好图画,人间惟欠郑监门。"郑监门即宋代郑侠,曾绘过一幅著名的流民图。在许有壬晚年,各种反政府武装纷起,他看到了元王朝将士"贪掠子女玉帛而无斗志",他先后提出了"备御之策"和"招降之策"。他又是朝臣中第一个识破张士诚"假投降"策略的人。但就是这么一个元王朝的忠臣,在他写的诗词中却也颇多身世荣枯之感,颇多向往田园淡泊生涯的心声。这再次说明,元代各类作品中大量存在的"恬淡"之作确实是这个时代文学内容的一大特点。现存许有壬词作有一百六十多首,是元代词人中的多产作者之一。他词学苏、辛,但不少词过于直率,缺少形象和意境。

比较起来，他在经历宦场风波后暂时过着"跳出尘寰"，"难得是清闲"生活时写的作品有一定情韵，如〔满庭芳〕《偕詧士安马明初登荀和叔广思楼》："沙路无泥，柳风如水，嫩凉偏入吟鞍。广思楼上，雨后看西山。回首炎氛千丈，便长啸，跳出尘寰。青天外，斜阳澹澹，倦鸟正飞还。　　郊原秋色里，望穷霄壤，倚遍栏干。问神仙何处，独占高寒。楼下悠悠洹水，为底事、不暂休闲。吾衰矣，休将旧手，遮日上长安。"又如〔江城子〕《次韵》下阕："西风真解酿羁愁。试登楼。望南州。黄叶疏云，摇荡一川秋。更被谁家多事笛，吹不尽，思悠悠。"这样的作品，在元词中也是属于较好的作品。

许有壬的散文不少，但无特色，大致是宗宋文传统，写来切事不华，自然流畅。他的诗歌佳作较少。清代道光时期出现的一册不很流行的塾本《宋元明诗三百首》却选了他的一首艺术上较好的五律，可谓知音。这首五律题为《荻渚早行》：

　　　水国宜秋晚，羁愁感岁华。清霜醉枫叶，淡月隐芦花。涨落高低路，川平远近沙。炊烟青不断，山崦有人家。

许有壬的著作有《至正集》和《圭塘小稿》。

张雨（1277—1348?）[2]，字伯雨，一名天雨，号贞居。杭州钱塘（今属浙江）人。年二十弃家为道士。因居茅山，自号句曲外史。与当时文士如虞集、袁桷、黄溍、杨维桢、萨都剌、张翥、薛昂夫、倪瓒、李孝光等均有唱和往来，早年还得识仇远、赵孟頫。他曾进京朝觐，后又表示不希荣进。是当时所谓托迹黄冠，实位置于文士之列的著名人物。著有《句曲外史集》。

张雨在当时很有声名，但诗作无显著特色。明人胡应麟说："元方外鲜能诗者，道则句曲张雨，释则来复见心。张以雅游，故声称藉藉，其诗实不如复，然复入本朝（指明朝）矣。"（《诗薮》）对张雨评价甚低，只说他"能诗"。清人王士禛却欣赏张雨的拗体绝句，他在《香祖笔记》中举了《三香图》、《万壑松涛》和《黄子久画》三题作例，其中《万壑松涛》似更有特点：

> 弁山南下幽人宅，万个长松水一瓢。月到三层楼上梦，鲤鱼风起驾春潮。

王士禛认为这类诗"颇有坡谷遗风"。但清代《元诗别裁集》的编者却看中张雨的一首七律，题为《范以善云林清远馆》：

> 华阳范监居幽眇，不到元窗未易逢。山气半为湖外雨，松声遥答岭头钟。常闻神女骑龙过，亦有仙人控鹤从。安用乘流三万里，小天元在积金峰。

综观张雨诗作，可以发现它们大致具有俊逸清淡的特点，不少诗都写他的隐居情怀。他的《湖州竹枝词》于清淡之中显出野趣。但有的作品颇有感慨，如《避暑图》："雪藕冰盘斫鲙厨，波光帘影带风蒲。苍生病渴无人问，赤日黄埃尽畏途"，写出了社会的不平，百姓的痛苦。

张雨现存词五十一首，多是唱和赠答之作。他与世俗朋友的唱和词作，如〔木兰花慢〕《和黄一峰闻筝》、〔石州慢〕《和黄一峰秋兴》等，表现了流年易逝的多愁善感。他的有些即兴之作，如〔朝中措〕《早春书易玄九曲新居壁》写出了山居的恬淡情趣："行厨竹里园官菜，把野老山杯。说与定巢新燕，杏花开了重来"。又如〔忆秦娥〕：

"兰舟小,一篷也便容身了。容身了。几番烟雨,几番昏晓。"

张雨还有一些描写他半是道士、半为儒生、半隐半俗的生活情景,以及"难留锦瑟华年"一类的闲情和清愁的词,表现了他托迹黄冠的特点。他还有一些咏物词,极意摹写情态,但有拘泥局促的痕迹。他的一些词着意摹仿宋词婉约派,有的词又常作豪语,个人风格不很明显。朱彝尊《词综》着重挑选张雨的有婉约之风的咏物词,今举〔宴山亭〕《赋杨梅》一首如下:

> 鹤顶珠圆,丰肌粟聚,宝叶揉蓝初洗。亲剪翠柯,远赠筠笼,脉脉红泉流齿。骨换丹砂,笑尚带儒酸风味。谁记? 曾问谱西泠,绿阴青子。　　君家几度樽前,摘天上繁星,伴人同醉。纤手素盘,历乱殷红,浮沉半壶脂水。珍果同时,惟醉写来禽青李。争似,为越女吴姬染指。

但在艺术上这样的咏物词较之宋代姜夔、吴文英的咏物词,它们之间的距离真不可以道里计了。

〔1〕 瞿佑《归田诗话》中记"曾见机坊以词织成帕,为时所贵重如此"。

〔2〕 据刘基撰张雨墓志铭,张生于宋端宗景炎二年(1277),卒于元至正六年(1346),享年七十。姚绶《句曲外史小传》却记张雨至正八年犹在,时为七十六岁,但未记其卒年。清人萨龙光于张雨集中发现有至正七年和八年诗,考其卒于八年,生年则取刘基说。这里姑从萨龙光说,参见《雁门集》中《梦张天雨》诗后案语。又,一说生于前至元二十年,卒于至正十年。

第二十一章　元代后期诗文作家（二）

清人顾嗣立说："有元之兴，西北子弟尽为横经。涵养既深，异才并出。云石海涯、马伯庸以绮丽清新之派振起于前，而天锡继之……于是雅正卿、达兼善、迺贤易之、余廷心诸人，各逞才华，标奇竞秀，亦可谓极一时之盛者欤。"（《元诗选》）顾嗣立所说"西北子弟"都为少数民族作家。本章叙述的几个少数民族诗人萨都剌、马祖常、迺贤、余阙和丁鹤年，他们的先世都为西域人，故也称西域作家。

萨都剌诗词俱佳，是元代诗词名家之一。马祖常活动年代稍早于萨都剌，他和虞集、欧阳玄等同是仁宗朝中的文坛活跃人物。迺贤和余阙同时，并有交往。迺贤的诗名少亚萨都剌，但也有把他们并称的，徐燉《元人十种诗序》中就以"流商刻羽，含英咀华"来并论他们的诗作。丁鹤年入明后永乐年间犹在世，被后人视为元代西域作家的"后劲"。

以上五位作家都有诗集流传。还有一些西域作家在当时也有诗名，但诗集已经失传，如贯云石、薛昂夫、辛文房、雅正卿、沐仲易等。其中贯云石、薛昂夫，在本书散曲章节有专门叙述。

第一节　萨都剌

　　萨都剌(1272—?)[1],字天锡,号直斋。西域答失蛮氏[2]。祖父思兰不花、父亲阿鲁赤均为武臣,受知于元世祖。后以世勋镇守云、代。萨都剌生于代州(今山西代县),代州古称雁门,遂为雁门人。他的诗集名为《雁门集》,元本已失传,现存以清嘉庆十二年萨龙光编定的十四卷本最为完备,不过其中有他人诗作羼入。

　　萨都剌出身将门,但年少时家道中落,曾以经商侍亲。凌迪知《万姓统谱》和《明一统志》都记他幼时侨寓孝感,所谓“幼时”,一般指十九岁以前。萨龙光认为萨都剌侨寓孝感之日,就是奔走吴楚经商之时(见《雁门集·崔镇阻风有感》诗案语)。他经商时间有多长,已难考定。泰定四年考中进士,授镇江录事司达鲁花赤,秩满,入翰林国史院(官职不明),出为江南诸道行御史台掾,又除燕南河北道廉访司照磨,改任福建闽海道廉访司知事,除燕南河北道廉访司经历。他的同年进士杨维祯记他卒于燕南经历任上[3]。但据萨龙光考订,萨都剌并未赴燕南经历任,而是改除河南江北道经历,擢翰林国史院应奉文字,复改江南诸道行台侍御史,以弹劾权贵,左迁淮西江北道廉访司经历。晚年致仕,寓居杭州,以战乱曾避走绍兴、安庆等地,不知所终。[4]

　　萨都剌一生写了大量作品,清人顾嗣立说他的诗“清而不佻,丽而不缛,真能于袁、赵、虞、杨之外,别开生面者也”(《元诗选》)。其实萨都剌的诗风远不能以“清”、“丽”而不“佻”、“缛”来概括。大致说来,他的古体诗有雄浑之气,近体诗中的律诗趋向沉郁,绝句偏于清丽。就其捕捉形象的思力和熔铸诗歌语言的才力来说,又有深细新巧和色泽浓烈的特点,这主要是受唐代李贺、李商隐的影响。如果就其内容来说,确是别开生面,除了和同时代人一样,写过不少记游写景诗外,他的《宫词》使他的"座主"虞集"失惊",他的政治诗又使明、清时人感到惊讶。当时人大抵只在散曲中写艳情,他却是以散曲的艳情内容写入诗歌的少数作家之一;他的同情民生疾苦的诗作中以宫中的奢侈生活来和民间的苦难世道对比,虽说有前代诗歌作借鉴,但在同时代人的作品中却是罕见。萨都剌的诗歌确实具有题材多样、风格多样的特色。而且诗歌佳作极多,他实是元代诗坛的重要人物。

　　萨都剌泰定四年中进士以前的诗流传下来甚少。他有一首《述怀》诗说:"青春背我堂堂去,黄叶无情片片飞。"大抵表露了他这个时期的心情。事业无成,叹息时光白白流逝。后来他出外经商时,南国风光,触动了他的诗兴,写下了一些篇章。如在《清明日偕曹克明登北固楼》诗中说:"东风吹绿扬子江,滟滟江波泻春酒。"又如《清明游鹤林寺》诗云:"潮声卷浪落松顶,骑鹤少年酒初醒。"都是江南景物反映在他作品中的想象奇特的诗句。他初次出仕到镇江,这里是他旧游之地,所不同的只是前回是经商,这次是做官。但他所企求的是做一个诗人。他愿过"吟诗思苦家人骂"的生活(《病中夜坐》),却盼望"俗吏莫相过"(《病中书怀》)。他做官时不忘诗人的"清气":"苍茫迥野冻云低,马上遥山玉田围。自是诗人有清气,出门千树雪花飞。"(《寄金坛元鲁宣差(使)行(竹)操二年兄》)他在镇江任官时喜和一些诗朋酒友来往,一同饮酒赋诗。"山中酒熟黄鸡肥,闭门索句何瑰奇。"(《复次前韵柬龙江上人》)"明朝晴色好,应是寄新吟。"(《用韵寄龙江》)由于他每到一地,总爱寻幽访胜,他结交的"上人""长老"较多。他在一首《休上人见访》诗中写道:"何如与子谈诗夜,雪冻空林落旧柯",正是这时生活的写照。虞集《寄丁卯进士萨都剌天锡》诗说:"江上新诗好,亦知公事闲。投壶深竹里,系马古松间。夜月多临海,秋风或在山。玉堂萧爽地,思尔珊珊珊。"前六句说的是萨都剌的生活,后两句乃虞集自况。萨都剌《和学士伯生虞先生寄韵》诗中写道:"白鬓眉山老,玉堂清昼闲。声名满天下,翰墨落人间。才俊贾太傅,行高元鲁山。独怜江海客,尊酒夜阑珊。"同样,前六句说的是虞集的事情,后二句才谈到萨都剌自己。从这两首赠答诗中也可以看出萨都剌的生活,与其说他是官吏,还不如说他是诗人。这在另一首《次韵答奎章虞阁老伯生见寄》中表现得更清楚。他说自己是"江波属我闲"、"宦情鱼鸟畔"。从这时开始,他写了许多写景记游的好诗,如:"青杨吹白华,银鱼跳碧藻。落日江船上,三月淮南道。渺渺春水涯,悠悠云树杪。安得快剪刀,江头剪芳草。"(《送吴寅甫之扬州》)"船头夜静天如水,渡口潮平月在江。灯影摇波风不定,老龙吹浪湿篷窗。"(《夜发龙潭》)"水底霞天鱼尾赤,春波绿占白鸥汀。越船一叶兰谿上,载得金华一半青。"(《兰谿舟中》)"夕阳欲下行人少,落叶萧萧路不分。修竹万竿秋影乱,山风吹作满山云。"(《过赞善庵》)

镇江任满后,他进京任职,在翰林国史院过着"日纂修"的生活,依然喜欢诗酒生涯,他在《京城访揭曼硕秘书》诗中感慨"城中车马多如云,载酒问字无一人"。这时他开始写应制诗,他的著名的宫词可能也是应制之作,同时还写了一些丽情乐府。杨维祯《宫词序》说:"宫词,诗家之大香奁也……天历间,余同年萨天锡善为宫词。且索余和什,通知二十章,今存十二章。"杨维祯和章均为七绝体,萨都剌原唱今只存四首。另有七律体《四时宫词》四首,都写宫中女性生活,也即传统的"宫怨"之类,大抵寓长恨于景物之中,写来细腻华丽。七绝体宫词中著名的有《秋词》:"清夜宫车出建章,紫衣小队两三行。石栏干畔银灯过,照见芙蓉叶上霜。"杨瑀《山居新话》说"紫衣小队"这种描写,不符合当时宫廷规章。萨都剌未必熟悉宫中生活,但这类诗歌原非完全纪实,有夸张和美化。当时虞集读了这类诗歌后,赠诗说:"当年荐士多材俊,忽见新诗实失惊"。虞集后来在为傅若金诗集写的序文中说萨都剌"最长于情",就是指这类诗歌而言。杨维祯也很欣赏萨都剌的《宫词》,他说:"天锡诗风流俊爽,修本朝家范,《宫词》及《芙蓉曲》,虽王建、张籍无以过矣。"事实上,萨都剌的《宫词》远不如《芙蓉曲》那样的乐府诗写得情真意切。《芙蓉曲》全诗如下:

> 秋江渺渺芙蓉芳,秋江女儿将断肠。绛袍春浅护云暖,翠袖日暮迎风凉。鲤鱼吹浪江波白,霜落洞庭飞木叶。荡舟何处采莲人,爱惜芙蓉好颜色。

这首诗情致雅淡,意象逼人。似无情而有情,有所思而不怨,含而不露,辞婉意清。"鲤鱼吹浪江波白,霜落洞庭飞木叶",使秋江女儿断肠,虽从李贺的"鲤鱼风起芙蓉老"化出,但自有一种异样的抒情味。这首诗可能写于后至元四年,在这之后写的《西湖竹枝词》和《游西湖六首》也是被人推崇的和《芙蓉曲》大率相类的作品,田汝成《西湖游览志余》选了《游西湖六首》,大加称赞说:"天锡《西湖六绝句》天然逸致,不堕纤尖一路。"实际上这是艳情诗,不过写得含蓄罢了,如第四首:"惜春曾向湖船宿,酒渴吴姬夜破橙。蓦听郎君呼小字,转头含笑背银灯。"

前人评论萨都剌,往往着眼于《宫词》、《竹枝词》一类,这多少失之于偏。他还有少量诗歌涉及当时的重大政治事件。最早注意到这点的是元末明初的瞿佑,他在《归田诗话》中说:

　　萨天锡以宫词得名,其诗清新绮丽……惟《纪事》一首,直言时事不讳。诗云:"当年铁马游沙漠,万里归来会二龙。周氏君臣空守信,汉家兄弟不相容。只知奉玺传三让,岂料游魂隔九重。天上武皇亦洒泪,世界骨肉可相逢。"盖泰定帝崩于上都,文宗自江陵入据大都,而兄周王远在沙漠,乃权摄位。而遣使迎之。下诏四方云:"谨俟大兄之至,以遂固让之心。"及周王至,迎见于上都,欢宴一夕,暴卒。复下诏曰:"夫何相见之顷,宫车弗驾,加谥明宗。"文宗遂即真,皆武宗子也。故天锡末句云然。

　　瞿佑此说可信。事实上,在所谓"周王暴卒"(实是文宗弑兄)以前,还发生过文宗和泰定皇帝的儿子(在上都即位)之间的争夺,大都和上都两个政权间还发生了战争,遍及辽东、河南和陕西等地。萨都剌是在天历元年(即至和元年)七月到镇江莅任的,泰定皇帝正是死于是年七月,接着就发生内战。他的其他诗中对此也有所反映,如《秋夜京口》诗中写"塞北将军犹索战,江南游子苦思归"。《漫兴》诗中写"去年干戈险,今年蝗旱忧。关西归战马,海内卖耕牛"。《过居庸关》诗中写得更为沉痛:"前年又复铁作门,巍巍万灶如云屯。生者有功挂玉印,死者谁复招孤魂。居庸关,何峥嵘!上天胡不呼六丁,驱之海外消甲兵,男耕女织天下平,千古万古无战争!"

　　旧时史家称文宗当政期间,文治蔚然可观。萨都剌入为京官也是文宗时期,他对文宗的崇文尊儒持肯定态度。文宗死后,他在《鼎湖哀》诗中追述这位皇帝在内战中奠定帝位的经过时虽有批评,同时又歌颂他"修文偃武法古道,天阁万丈奎光垂",还对燕铁木儿不遵遗诏,不立明宗子,而两次请立文宗子,表示担忧。诗中说:"汉家一线系九鼎,安有半路生狐疑。孤儿寡妇前日事,况复将军亲见之,况复将军亲见之!"燕铁木儿曾扶立文宗,见过泰定帝的孤儿寡妇"前日事",诗中重复两句"亲见之",意味深长。清人顾嗣立说:"观此及《纪事》一诗,得古人诗史之意矣。"萨都剌这两首诗在艺术上并不属于佳作,但它们所写的内容在元人诗中实为罕见。

萨都剌在任福建闽海道廉访司知事期间,有些诗作写得很凄苦,如《枯荷》、《夜兴》和《寄王御史》等。著名的《越台怀古》也作于此时,诗中写道:

> 越王故国四围山,云气犹屯虎豹关。铜兽暗随秋露泣,海鸦多背夕阳还。一时人物风尘外,千古英雄草莽间。日暮鹧鸪啼更急,荒台丛竹雨斑斑。

诗中所表现的悲凉凄苦的情调,和他在镇江任官时写的《春日登北固多景楼》中表现的怀古情调很是不同,那时虽写"登临不尽古今愁",但无凄苦之情。这种凄苦情调实际上反映出他对那个时代的绝望,或者说是他政治上的绝望情绪在诗歌中的曲折表现。他有一首《鬻女谣》,前人编集时以为是他中进士后不久写的作品,但是也有可能是写在他两任京官以后,诗中写道:

> 道逢鬻女弃如土,惨淡悲风起天宇。荒村白日逢野狐,破屋黄昏闻啸虎。闭门爱惜冰雪肤,春风绣出花六株。人夸颜色重金璧,今日饥饿啼长途。悲啼泪尽黄河干,县官县官何尔颜!金带紫衣郡太守,醉饱不问民食艰。传闻关陕尤可忧,旱荒不独东南州。枯鱼吐沫泽雁叫,嗷嗷待食何时休!汉宫有女出天然,青鸟飞下神书传。芙蓉帐暖春云晓,玉楼梳洗银鱼悬。承恩又上

紫云车,那知孀女长欷歔。

这诗的特点不仅在于谴责"醉饱不问民食艰"的"太守"和县官,而且还和宫中生活对比。"汉宫有女"云云,正指元宫。元世祖时代的名臣程钜夫等人就是以"汉"称"元"的。萨都剌还有一首《汉宫早春曲》,被认为最有李贺诗风:

> 女夷鼓吹招摇东,羲和驭日骑苍龙。金环宝胜晓翠浓,梅花飞入寿阳宫。寿阳宫中锁香雾,满面春风吹不去。鞭却灵鳌驾五山,芙蓉夜暖光阑干。鸡人一唱晓星起,四野天开春万里。

诗意不甚明朗,但使人感觉到有所为而发,至于针对什么,则难以确切知道了。

萨都剌的词,今存十余首,都写得很出色,尤以〔满江红〕《金陵怀古》最为脍炙人口:

> 六代繁华春去也,更无消息。空怅望山川形胜,已非畴昔。王谢堂前双燕子,乌衣巷口曾相识。听夜深寂寞打孤城,春潮急。 思往事,愁如织。怀故国,空陈迹。但荒烟衰草,乱鸦斜日。玉树歌残秋露冷,胭脂井坏寒螀泣。到如今只有蒋山青,秦淮碧。

古往今来,人事代谢,苍凉豪迈,感慨万端,但青山永在,绿水长存。怀古正是伤今。这首作品于写景之中抒发了磊落旷达的怀抱,感染力很强。

第二节 马祖常 迺贤 余阙 丁鹤年

马祖常(1279—1338),字伯庸,先世为西域聂思脱里贵族,即有基督教背景的家族,在元代也名也里可温。辽道宗咸雍年间(1065—1074)其家族迁居临洮狄道(今属甘肃),东迁后的第二代帖穆尔越歌出仕辽朝,曾任马步军指挥使,人称"马元帅",遂以马为姓氏。《元史·马祖常传》所载"世为雍古部,居靖州天山",应指入金以后事[5]。曾祖月合乃从元世祖忽必烈征宋,累官礼部尚书。父润,曾在光州、漳州任职,徙家于光州定城(今属河南)。马祖常于延祐二年(1315)廷试第二,授应奉翰林文字承事郎同知制诰兼国史院编修官,后升监察御史。为人正直,以弹劾权相铁木迭儿得罪被贬,降为开平县尹,复退居光州。后铁木迭儿死,复官,历任翰林待制、礼部尚书、御史中丞、枢密副使等职,后至元四年卒,年六十。著有《石田文集》十六卷。他和虞集、袁桷、萨都剌等人常有唱和,是延祐、天历年间都中诗坛的活跃人物,当时就享有盛名。

从马祖常的《壮游八十韵》,可知他游历过黄河流域和长江流域的一些地区,足迹所到有今甘肃、宁夏、内蒙古、河北、河南、福建、浙江、江苏、安徽、湖北等省区。他的诗题材比较多样。由于他推崇李商隐,自己也写绮丽诗作,从虞集开始,大抵着重推许他"金盘承露最多情"的诗风,袁桷也说他的诗"珠玕明玉海,宝鉴挹金波",戴良《丁鹤年诗集序》中说"论者以马公之诗似商隐"。到了清代,顾嗣立也说马的诗风"绮丽清新"。确实,马祖常的某些作品,如《宫词十首》诚为绮丽之作。有些诗句如"钗头烬坠玉虫初,盆里丝缫银茧乍","灵河七夕巧云稠,坠露声清夜得秋"也常被人视作纤巧尖新。

但这不能概括他的整个诗风。明人胡应麟于马祖常作品中独举七律《驾发》为例，苏天爵《国朝文类》也选了这首诗：

> 苍龙对阙夹天阍，秋驾凌晨出国门。十万貔貅骑骠裹，一双日月绣旗幡。讲搜猎较黄羊圈，锡宴恩沾白兽尊。赫奕汉家人物盛，马卿有赋在文园。

这首诗比较圆熟匀和，略有斧凿痕，却并不纤巧。

马祖常的描写各地风土人情和写民生疾苦的作品也有特色。前者如《河湟书事》、《丁卯上京四绝》、《上京翰苑书怀》、《河西歌效长吉体》、《灵州》等，后者有《宿迁县》、《缲丝行》、《踏水车行》、《录囚大兴府公厅书事》、《六月七日至昌平赋养马户》、《室妇叹》等。这些诗歌赞扬了劳动人民的勤劳淳朴，谴责了统治者的残暴和丑恶。

《灵州》诗云："乍入西河地，归心见梦余。蒲萄怜酒美，苜蓿趁田居。少妇能骑马，高年未识书。清明重农谷，稍稍把犁锄。"灵州，元代属甘肃行省宁夏府路（今宁夏灵武），为少数民族居留地，"少妇能骑马，高年未识书"，正是当年灵州地区人民的粗豪生活习俗的写照。这个地区的人民生活，另一首《河西歌效李长吉体》中写得更清晰，此诗恰似一幅风俗画："贺兰山下河西地，女郎十八梳高髻。茜根染衣光如霞，却召瞿昙作夫婿。紫驼载锦凉州西，换得黄金铸马蹄。沙羊冰脂蜜脾白，个中饮酒声澌澌。"穿着红霞般的服装的少女，招赘僧侣作丈夫，习俗已经异样，"黄金铸马蹄"，何等豪富，而"饮酒声澌澌"又是表现得十分粗犷。又如《河湟书事二首》："阴山铁骑角弓长，闲日原头射白狼。青海无波春雁下，草生碛里见牛羊。""波斯老贾度流沙，夜听驼铃识破赊。采玉河边青石子，收来东国易桑麻。"自然景色，边塞风光，民情习俗，逼真如画。

马祖常同情民生疾苦,揭露官吏凶残的作品写来也颇动人。《马户》诗写:"日午炊烟起,人家半是农。卖田当保马,无褐过三冬。"马是当时的重要交通工具,马户为官家养马,要保证把马养得又肥又壮,乃至卖田保马。在《六月七日至昌平赋养马户》诗中,马祖常描写一个养马户的寡妇,卖尽了田地房屋,衣不蔽体,食不充饥,"塞下藜苋小,空釜煮水泣。"马养得不壮,还要受官吏的鞭挞,承担沉重的压迫。统治阶级对人民的压迫和剥削是严重而普遍的,北方边境如此,南方又何曾异样。有一首《宿迁县》诗云:"河伯朝宗日,黄尘出岸高。蛟龙分窟穴,舟楫用波涛。使者修堤急,田农弃屋逃。无钱谁贳汝,岁晚更嗷嗷。"《踏水车行》云:"松槽长长栎木轴,龙骨翻翻声陆续。父老踏车足生茧,日中无饭依车哭⋯⋯识字农夫年四十,脚欲踏车脚失力。宛转长谣卧陇间,谁能听此无凄恻。"

在天灾人祸的折磨中,农民四处逃亡、嗷嗷求食,这就是当时历史的真实。与此同时,马祖常还写了大商人的生活,《湖北驿中偶成》写道:"罗衣熏香钱满箧,身是扬州贩盐客。明年载米入长安,妻封县君身有官。"元代政府规定,纳粟可以买官,而且封赠及妻子,即所谓"妻封县君身有官"。《绝句七首》其七写甬东贾客"买得吴船载吴女,都门日日醉春醪",另一首《绝句》云:"西江画舸贩盐郎,白纻轻衫两袖长。不肯一钱遗贫士,却将双玉买歌娼。"而在《送胡古愚还越》中写道:"客子布衣风又急,世间无用是才名。"元代杂剧中常有写商人的势利和鄙视士子,而在诗歌中作这种描写,却为少见。

《元史·马祖常传》记马祖常为文"专以先秦两汉为法"。王士禛《带经堂诗话》中也引《元史》来评论马祖常文,实际上《元史》所言同他的主张和实践稍有差异。他在《周刚善文稿序》中,自六经之文到司马迁、韩愈、柳宗元、欧阳修、王安石、曾巩,都予推崇。但他排斥苏轼之文。他欣赏先秦散文的朴质,他说:"先秦古文,虽淳驳庞杂,时戾于圣人,然亦浑噩弗雕,无后世诞诡骫骳不经之辞。"他还说:"华之大艳者必不实,器之过饰者必不良。"(《卧雪斋文集序》)所以他并非专崇秦汉,而是崇尚朴实。他称赞元代的姚燧和元明善的文章,也是从"质实而不窘,藻丽而不华"着眼的。但元明善却批评马祖常的散文"修辞几于古矣,然于质实则过之,于藻丽则乏矣"。这个批评大致符合马文的特点,他的文章确实朴实无华,简洁明了,条理清晰。他的《记河外事》就写得文字简短,有条有理。全文采用答问体。全篇主旨在揭明"菽日益贵,民日益病,而有司索赋之日益急也"。指出当时马政之弊。所谓"百姓无糠,救旦夕命",而"马食岁征","算民之口而廪食之"。这是当时游牧习气未除,保马不保人,拿来和他的《马户》诗对照着看,就知道这是一个有现实意义的问题。马祖常的一些游记文也偏于质实。如《小石山记》多半是叙述,很少描写,用意是颂扬"寸尺之功",最后发议论说:"世咸欲捷淇竹以塞河决,炼五色以补天漏,则予斯石也。其能无尺寸之功欤?"这里也是质而不华,实而不空的。《息氓传》写息州一个农民"善播种事,致殷厥家"。要替儿子找个媳妇,却受了媒婆的骗,娶了一个"陋妇",终于"积怨交恶,稔祸室家",很像一篇传奇小说。但同样是细节描写少。文贵"简约",这是历代很多文章家所提倡的主张,但如果把它绝对化,由"质而不华"导致缺乏动人笔墨,显然是不当的。

迺贤(1309—1368),字易之,别号河朔外史,本突厥葛逻禄氏,葛逻禄译成汉语,意为马,故又名马易之[6]。世居金山(今新疆北部阿勒泰山)之西,祖上内迁南阳(今属河南),故迺贤自称南阳人。他早年时,随父迁居明州。至正五年时,曾至京师,同往的有善书画的韩与玉和善古文的王子充,人称"江南三绝"。迺贤这次在大都逗留时间虽较长,但未获官职。他自比京城燕,"主家帘幕重重垂,衔芹却向檐间飞"。在《三月十日得小安童书》中写道:"贾生空抱忧时策,季子难求负郭田。但得南归茅屋底,尽将书册教灯前。"他还在《京城杂言》其六中写道:"千金筑高台,远致天下士。郭生去千载,闻者尚兴起。或亦慷慨人,投笔弃田里。平生十万言,抱之献天子。九关虎豹严,抚卷发长喟。"至正十五年,他回到家乡。不久,辟为东湖书院山长。二十三年,又北上,复又代祀南海。他曾被授国史院编修,朱右有《送葛逻禄易之赴国史编修官序》。他先后居大都时,与名士们都有交往。翰林院"元老"欧阳玄和揭傒斯欣赏他的才华,为他的诗集写序作跋。张起岩《题金台集四首》中说:"爱君谈辩似悬河,更喜交情古意多。"著名诗人张翥在《答马易之编修病中作》诗中有"饭颗任嘲诗骨瘦"之言,对他的诗作也颇赞许。在京期间,他与危素、梁有和王冕等一起游览唱酬,与危素尤为交好。至正二十四年,他出参桑哥失里军幕,时桑哥失里率军驻大都之东蓟州。朱元璋军队北伐时,迺贤死于军幕中,时为洪武元年(1368)也即至正二十八年。著有《金台集》。另有舆地著作《河朔访古记》。

欧阳玄为《金台集》写的序文中说迺贤的诗"清新俊逸而有温润缜栗之容"。似乎概括得不全面。迺贤的诗作中古体和律诗都有佳什。七古有豪气,五古则有冲淡之音。律诗工整而有唐风。现引一首七律《秋夜有怀明州张子渊》如下:

> 云表铜盘挹露华,高城凉冷咽清笳。弓刀夜月三千骑,灯火秋风十万家。梦断佳人弹锦瑟,酒醒童子汲冰花。起看归路银河近,愿借张骞八月槎。

至于欧阳玄所说的"温润缜栗之容",确也是迺贤一部分诗作的特色。如《塞上曲》之三:"双鬟小女玉娟娟,自卷毡帘出帐前。忽见一枝长十八,折来簪在帽檐边。"(诗原注:长十八,草花名)。《塞上曲》是他去上都时的作品。

迺贤还有些作品颇有白居易新乐府的遗风,如《新堤谣》、《颍州老翁歌》、《卖盐妇》和《新乡媪》等,甚得时人称赞。《新乡媪》中写道:"蓬头赤脚新乡媪,青裙百结村中老。日间炊黍饷夫耕,夜纺棉花到天晓。棉花织布供军钱,供人辗谷输公田。县里公人要借给,布衫剥去遭笞鞭。两儿不归又三月,只愁冻饿衣裳裂。大儿运木起官府,小儿担土填河决。茅楣雨雪灯半昏,豪家索债频敲门。囊中无钱瓮无粟,眼前只有扶床孙。明朝领孙入城卖,可怜索价旁人怪。骨肉分离岂足论,且图偿却门前债。数来三日当大年,阿婆坟上无纸钱。凉浆浇湿坟前草,低头痛哭声连天。恨身不作三韩女,车载金珠争夺取。银铛烧酒玉杯饮,丝竹高堂夜歌舞。黄金络臂珠满头,翠云绣出鸳鸯褥。醉呼阉奴解罗幔,御前爇火添香篝。"元朝皇帝曾选取三韩女子入宫。因此这里不是虚说,而是实写。当时盖苗评论说"其词质而婉,丰而不浮,其旨盖将归于讽谏云尔"。迺贤生当元王朝由盛而衰之时,他看到大大小小的统治者荒淫昏聩,十分不满。而对于农民起来造反,也不赞成,乃至谴责,这在《颍川老翁歌》中就有流露。杨彝为《金台集》所写跋文中说迺贤的这类诗歌皆为"抚事感怀"之作。迺贤当年居住明州时,张士诚义军已占领吴中,方国珍义军占据浙东,他的朋友朱右、刘仁本都入了方国珍幕,他却写诗对元军将领杨完者寄以希望:"终图全璧奉朝廷"。

明代徐𤊻在《元人十种诗序》中把迺贤和萨都剌并提,极赞他们的才情。清代四库馆臣也将他们并论,说:"其名少亚萨都拉,核其所作,视萨都拉无不及也。"但如果把"核其所作"改为"核其佳作",可能更符实际。

余阙(1303—1358),字廷心,一字天心,因曾读书青阳山中,人称青阳先生,党项人(唐兀氏),世居武威,其父沙剌臧卜于庐州为官,遂定居庐州。余阙元统元年中进士,曾任监察御史、礼部员外郎和翰林待制等职,至正十二年出任淮东都元帅副使、都元帅,驻守安庆,与红巾军作战多年,至正十七年任淮南行省左丞,次年正月,天完红巾军陈友谅部攻下安庆,余阙战败自刭。《元史》本传记载了他忠于元王朝的事迹,并说:"议者谓自兵兴以来,死节之臣阙与褚不华为第一云。"

戴良《丁鹤年诗集序》论西域作家时说:"至其以诗名世,则贯公云石、马公伯庸、萨公天锡、余公廷心其人也","而余公之诗则与阴铿、何逊齐驱而并驾"。明胡应麟《诗薮》说:"惟余廷心古诗近体,咸规仿六朝,清新明丽,颇自足赏。"从余阙现存诗歌看来,大抵诗风素淡,以五言见长,如《吕公亭》:

> 鄂渚江汉会,兹亭宅其幽。我来窥石镜,兼得眺芳洲。远岫云中没,春江雨外流。何如乘白鹤,吹笛过南楼。

由于元王朝实行民族歧视政策和长期不实行科举制,导致南北士人之间的矛盾,余阙清醒地看到了这一点,他在《杨君显民诗集序》中说:"及其久也,则南北之士亦自町畦以相訾,甚若晋之与秦不可与同中国。"他以色目人身份在中进士和任官职方面受到优待,但他和其他一些西域作家一样,和南士友好相处,他为杨显民的《水北小房集》写序,不仅感慨士之"有幸有不幸者",同时对"甘自没溺于山林之间","而又终不肯一出以干时取誉"的南士杨显民持一种理解态度:"是其中必有所负而然也","是盖有道之士也"。余阙死后,不少南士作诗哀悼,除了从封建正统观念出发颂扬"死节之臣"这个因素外,他和南士之间的友情也是一个原因。余阙有《青阳集》传世。

丁鹤年(1335—1424?),以字行,一字永庚,西域回回人。曾祖阿老瓦丁和曾叔祖乌马儿是巨商,因以资财捐助忽必烈军队,有大功。乌马儿累官甘肃行中书省左丞。丁鹤年父亲职马禄丁以世荫为武昌县达鲁花赤,丁鹤年为庶出,全家定居鄂中。至正十二年,刘福通起义军攻打武昌,丁鹤年奉嫡母东行至镇江。不久,镇江成为朱元璋和张士诚义军之间对垒之地,他又避地浙东,这时他嫡母已亡。他长期流亡,元亡后十二年,才回到武昌,敛葬其生母冯氏。晚年屏绝酒肉,学佛法,庐于父墓,以终其身。

丁鹤年工近体诗。他生当元末乱世,又以家世仕元,忠于元室,所以诗作内容颇多国亡家破的感叹,他的朋友戴良甚至说他一篇一句"皆寓忧君爱国之心"。如《自咏五首》之二写道:"一夜西风到海滨,楼船东出海扬尘。坐惭黄歇三千客,死慕田横五百人。纪岁自应书甲子,朝元谁共守庚申。悲歌抚罢龙泉剑,独立苍茫望北辰。"诗中"庚申"指"庚申君",也即元代最后一个皇帝惠宗。元亡后,他还写有题惠宗手迹的诗:"神龙归卧北溟波,愁绝阴山敕勒歌,惟有遗珠光夺目,万年留得照山河。"此外,从他在追悼因抗击义军而阵亡的余阙诗中所写的"愿为执鞭生不遂,临风三酹重沾缨"等诗句,也可看出他忠于元室,仇视义军的思想感情。

瞿佑《归田诗话》中曾说丁鹤年的《题凤浦方氏梧竹轩》诗为他的名作:"凤鸟曾闻此地过,至今梧竹满丘阿。政怀剪叶书周史,却恨翻枝入楚歌。金井月明秋影薄,石坛风细晚凉多。中郎去后知音少,共负奇才奈老何。"此诗虽有工巧之处,却也有堆砌之病。倒是他晚年隐居武昌时写的一些五律流畅自然,颇见神韵,如《武昌南湖度夏》：

> 南浦幽栖地，当门匽画开。青山入云去，白雨渡湖来。石润
> 生龙气，川光媚蚌胎。芙蕖三百顷，何处着炎埃？

元代西域作家，异才并出，各逞英华，顾嗣立选《元诗选》时，把丁鹤年诗作看作是极一时之盛的"西北子弟"标奇竞秀的"后劲"，当是有识见的评论。

〔1〕 据萨都剌裔孙萨龙光（清代乾、嘉时人）《雁门集系年考证》，萨都剌生年为至元九年（1272），泰定四年（1327）中进士时已五十六岁。元末干文传《雁门集序》说萨都剌"逾弱冠，登丁卯（按即泰定四年）进士第"。"逾弱冠"云云，和五十六岁不相合。因此今人推断他二十六七岁中进士，约生于1301左右。但据萨龙光引萨氏家谱，萨都剌之胞弟之子萨仲礼为元统元年（1333）进士，和萨都剌中进士时间只差六年。如萨都剌生于1301，他弟弟如生于1302，到1333为三十二岁，这时已有中进士的儿子，于常情难合。又，蒋易有《送萨仲礼之武夷序》，可参看。但萨龙光说的论据较薄弱，也有疑点。按萨都剌于天历、至顺间入翰林国史院，虞集赠诗说："今日玉堂须骑马，几时上苑共听莺。贾生谁谓年犹少，庾信空惭老更成。"虞集自比庾信，而以贾谊比萨都剌，虽合他作为座主的身份，但萨都剌如生于1272，实和虞集同岁，虞却用贾生典故，似也不甚相合。《元诗选》和《新元史》记萨都剌"弱冠成泰定四年进士"，实沿干文传说，"弱冠"云云，未必实指二十岁，但也可能是误读干序所致。吴修《续疑年录》谓萨都剌生于至大元年，把"逾弱冠"释为二十岁，当误。陈垣《萨都剌的疑年》中说："故萨都剌的确生卒年无考，只可推测"，"今余推此序（按：指干序）作于至正七年丁亥，时干年七十二，萨年六十左右"。众说纷纭。此处暂从萨龙光说，待考。

〔2〕 《至顺镇江志》载萨都剌是"回回人"。陶宗仪《南村辍耕录》记他为"回纥人"。杨维桢《西湖竹枝词》和邵远平《续弘简录》记他"本答失蛮民"。孔

齐《至正直记》和蒋一葵《尧山堂外记》则说萨都剌本为汉族人。清代《四库全书总目提要·雁门集》条下驳汉族人说无据,但却又说他"实蒙古人也"。萨龙光在《雁门集倡和录》按语中辩明萨都剌未曾入方国珍幕时说:"况《明史·文苑传》及瞿宗吉《诗话》(按:指《归田诗话》)载:丁鹤年,回回人,方国珍据浙东,最忌色目人,鹤年转涉逃匿……公亦色目人,其为方氏所忌,又不待言。"萨龙光是萨都剌的裔孙,他说"公亦色目人",实际上就是驳汉族和蒙古族说。他又在《雁门集别录》按语中引钱大昕《元史考异》关于答失蛮是"回回之修行者"的考订。陈垣《元代西域人华化考》中考定答失蛮为回回。现又有萨都剌为维吾尔族人的新说。也是众说纷纭。

〔3〕　杨维祯《西湖竹枝集·萨都剌小传》记:"萨都剌,泰定丁卯阿察赤榜及第,官至燕南宪司经历,卒"。该集辑成于至正八年(1348)。又虞集为傅若金《使还新稿》所撰序文中说:"而进士萨天锡者,最长于情。流丽清婉。作者皆爱之,而与前之诸公先后沦逝,识者然后知其不可复得也。"虞序写于至正辛巳即至正元年(1341)。合杨、虞二说,萨都剌当在至正元年之前去世。杨是萨都剌同年进士,虞是萨都剌考进士时的座主之一,但他们所言与《雁门集》中若干诗作和千文传序殊为抵牾。萨龙光为《雁门集》编年时,认为萨都剌至正十五年犹在世。萨说未必可靠。此一问题更见复杂,存疑待考。

〔4〕　此据萨龙光考说。关于萨都剌生平仕履,前人说法有差异,今人考辨,更增纷绪,难以一致。萨龙光说见《雁门集》中《溪行中秋玩月》诗后案语。又,钱谦益《列朝诗集小传》记萨都剌曾为方国珍招致幕下,见该书"刘左司仁本"和"方参政行"条。此说未悉根据,疑信参半。但萨龙光据《归田诗话》记方国珍忌色目人,丁鹤年由此转涉逃匿,断定萨都剌不可能入方幕,也属推论。且丁鹤年与方国珍之子友善,《归田诗话》所说未必可靠。

〔5〕　马祖常的同年进士黄溍曾应马祖常之请撰《马氏世谱》,其中记载:"帖穆尔越歌生伯索麻也里束,年十四而辽亡,失母所在,为金兵所掠,迁之辽东,久乃放还,居静州之天山"。"雍古"又作"汪古",金以前无此称呼。又,中华书局点校本《元史·马祖常传》中"靖州"改作"净州",《太祖本记》中"静州"也改作"净州",校勘记云:"据《金史》卷二四《地理志》、本书卷五八《地理志》及今

内蒙古四子王旗城卜子村净州故址元碑改。按本书'净'又作'静'或'靖',今统改作'净',以别于辽阳行省、甘肃行省之静州及湖广行省之靖州"。按净州设置于金大定十八年(1178),治所在天山,为交通要镇。据《元史·地理志》,净州路直属中书省统辖,即所谓"腹里",净州路领县天山,治所也在天山(今属内蒙古自治区)。

〔6〕 迺贤文中常自称"南阳迺贤"。他的朋友诗文中称他时或作"马易之",或作"葛逻禄易之",或作"迺贤易之"。或作"合鲁易之"。迺贤称他的同宗祖先时,作"合鲁"。《盖清堂诗序》中说:"闽海宪使合鲁恒穆公归休嵩山之下……其燕处之堂曰'爱莲'。公没,堂池遂废,其孙国子生张间伯高,谦恭好学,思继先志,乃复增葺而新之……伯高谓余曰:'与君世寓南阳,不可无作'。因赋律诗十有四韵……"诗中有"吾宗多秀发,公子独清修"。可见"合鲁"即"葛逻禄"。但清人也有称他"迺易之"的,如沈德潜《说诗晬语》中即作此称。

第二十二章　元代后期诗文作家（三）

在元代后期诗文作家中，杨维祯是一位在当时和后代毁誉不一的人物，但他的作品富有特色，他的古乐府诗在体格上有所创造、变化，竹枝词也写得婉丽动人，被明清人视为唐代刘禹锡之后第一人。他推崇和学习李贺，但反对模拟，实际上是对元初以来的学唐风气中的一种模拟倾向的反思和批评。他主张写个人性情，区别于从儒家正统观念出发的所谓"性情之正"，他的这些观点实际上又是开了明代的"性灵"说的先河。

当时与杨维祯并称的作家是李孝光，但从他的现存作品看，对"李杨"并称这个现象已难以理解，他们不仅在成就上明显有高低之分，诗风也有所不同。只是从李孝光现存的古乐府作品，大致还能窥知他们成为亲密同道的缘由。

这个时期学李贺之风空前大盛，大写"贺体"诗歌的杨维祯引陈樵为同道，认为他学李贺诗的"势"，而不是袭其词。此外，张宪、李裕、项炯和李序也都是擅写"贺体"的诗人。

这个时期有"睦州诗派"之说，实际上还有一批浙东诗人，他们的诗风大抵受李贺、李商隐影响，但他们中间并无名家，这里都略作介绍。

第一节　杨维桢

　　杨维桢(1296—1370),字廉夫,号铁崖,一号铁笛道人,绍兴会稽(今属浙江)人。泰定丁卯四年进士,署天台尹,改钱清场盐司令,十年不调。至正初,元政府决定修辽、金、宋三史,杨维桢作《正统辩》,论说元继宋为正统,辽、金不得列为正统。建议修史时要"挈大宋之编年,包辽金之记载"。在尊奉元朝同时,实有卫护南宋正统之意。未被采纳,但得到总裁官欧阳玄的赏识,拟推荐他,未果。后调任江浙行省四务提举,转建德路推官。再调江西等处儒学提举时,因兵乱未到任,避地富春山,徙钱塘。张士诚占领平江后,召他,他往而不留[1]。后又因事违忤坐镇杭州的江浙行省左丞达识帖睦尔,徙松江。因行为放荡,颇为时人所讥。明洪武二年朱元璋召他修礼乐书,他也往而不留,说:"岂有八十老妇人,就木不远而再理嫁者耶!"因放回[2]。卒于洪武三年。所著诗文甚多,今传有《东维子集》、《铁崖古乐府》、《复古诗集》、《铁崖文集》。据宋濂所作墓志载,杨维桢诗文与其他著作共五百余卷,和今存著作相较,则其作品散失颇多。

　　杨维桢的诗论和创作都明显地表现出排斥律诗而提倡古乐府的倾向,他认为:"诗至律,诗家之一厄也",他欣赏唐代崔颢、杜甫的有些诗歌,也是因为它们"虽律而有不为律缚者",他的学生释安编元人律诗选时,选了他的十余首"矻硬排纂"的"放律"诗,他说:"是宜所取,雅合余所讲者"(以上均见《蕉窗律选序》)他自己写的近体诗"不令人传",甚至说:"律诗不古,不作可也。"(《铁雅先生拗律序》),对他潜心写作的古乐府,则十分自许,他的学生也以此宣扬他为"一代诗宗"(见章琬《辑铁雅先生复古诗集序》)。他的这种"复古"主要是为了运用较少束缚的体裁来更好地抒写作者的性情[3]，所以他同时反对亦步亦趋的拟古，他在《吴复诗录序》中说："后之人执笔呻吟，摹朱拟白以为诗，尚为有诗也哉！故摹拟愈逼，而去古愈远。"所以他认为不能只凭师学，而要凭借自己的"资"，《李仲虞诗序》中说："诗得于师，固不若得于资之为优也。人各有情性，则人各有诗也，得于师者，其得为吾自家之诗哉！"他在《郯韶诗序》中说"诗不可以学为也"，因为"诗本情性"，"未有不依情而出也"；又说："虽然不可学，诗之所出者，不可以无学也"，实际上也是说：诗人的"资""性情"是主要的，师法是次要的。

元代大德、延祐以来，宗唐之风盛极一时，随之而来出现一种弊病，即只在模仿词句上下功夫。杨维桢的诗论观点在一定程度上即是针对这种弊端而发的。诗写性情，本非新见，元代一些著名诗人如赵孟頫、虞集，也都有这种说法。问题的关键在于对"性情"的解释，虞集囿于"情性之正"（实即传统的"温柔敦厚"说），因此提倡淡泊、安静的诗风。从杨维桢的创作实践看，他在写作"闵时病俗，陈善闭邪"的诗歌的同时，又醉心于写作艳情、游宴诗歌，后者影响很大，甚至被认为是他"平生性格所好"，乃至是他的"诗格"[4]。因此，他的"性情"说和传统的"情性之正"观点显得不同。不妨这么说，杨维桢的"诗本情性"、"人各有情性，则人各有诗"的观点正是明中叶后兴起的尊情抑理观点的先声。

杨维桢诗歌中最著名的是古乐府，此外竹枝词、宫词和香奁诗也很著名。杨维桢的朋友张雨在《铁崖先生古乐府序》中说："三百篇而下，不失比兴之旨，惟古乐府为近。今代善用吴才老韵书，以古语驾御之，李季和（按：即李孝光）、杨廉夫遂称作者。廉夫又纵横其间，上法汉、魏，而出入于少陵、二李（按：指李白、李贺）之间，故其所作古乐府辞，隐然有旷世金石声，人之望而畏者，又时出龙鬼蛇神以眩荡一世之耳目,斯亦奇矣。"所谓"善用吴才老韵书",指用古韵[5],所以说是"以古语驾御之"。这是杨维桢古乐府的第一个特点。第二个特点是多数题目是新创,少数沿用乐府古题而自制新辞,实际上又像是古体诗。这些诗有的学汉魏,有的学六朝。第三个特点是题材好用历史故事,但不是客观叙述,而常以作者之意来"翻新",寄寓他的评价。同时也注意描写当时的社会"世故",反映民间疾苦。第四个特点是在诗风上耽嗜瑰奇,沉沦绮藻。

在杨维桢古乐府中,《鸿门会》是他的得意之作,此诗写道:

> 天迷关,地迷户,东龙白日西龙雨。撞钟饮酒愁海翻,碧火吹巢双鸒獝。照天万古无二乌,残星破月开天余。座中有客天子气,左股七十二子连明珠。军声十万振屋瓦,拔剑当人面如赭。将军下马力排山,气卷黄河酒中泻。剑光上天寒彗残,明朝画地分河山。将军呼龙将客走,石破青天撞玉斗。[6]

他的学生吴复曾说杨维桢"酒酣时常自歌是诗,此诗本用贺体而气则过之"。"贺",指李贺。李贺有《公莫舞歌》,写鸿门宴上项伯保护刘邦,颂美刘邦是天命有归的"真人"。杨诗在辞句上稍有变化,夸张描写更多。这是体现杨维桢的学李观点的,他曾说:"故袭贺者贵袭势,不袭其词也。袭势者,虽蹴贺可也;袭词者,其去贺日远矣。今诗人袭贺者多矣,类袭词耳。"(《大数谣》吴复注语)元代诗坛学李贺之风颇盛,但真正能不停留于色泽、词句而能掌握李贺诗作艺术上的若干特点的,杨维桢是少数作者之一。由于他和他的弟子及追随者实际上形成一个诗派,加上他们在很大程度上恢复了南宋诗坛盛行的标宗立派的门户作法,自我标榜,相互炫耀,所以声名很大。

和李贺的不少诗歌一样,杨维桢的古乐府往往缺少连贯的理路,

而呈现跳跃的诗思方式,如《五湖游》:

> 鸱夷湖上水仙舟,舟中仙人十二楼。桃花春水连天浮,七十
> 二黛吹落天外如青沤。道人谪世三千秋,手把一枝青玉虬。东
> 扶海日红桑樛,海风约住吴王洲。吴王洲前校水战,水犀十万如
> 浮沤。水声一夜入台沼,麋鹿已无台上游。歌吴歈,舞吴钩,招
> 鸱夷兮狎阳侯。楼船不须到蓬丘,西施郑旦坐两头。道人卧舟
> 吹铁笛,仰看青天天倒流。商老人,橘几弈;东方生,桃几偷。精
> 卫塞海成瓯窭,海荡邛山漂髑髅,胡为不饮成春愁。

　　诗的开头写太湖风光和湖上仙景,接着出现一位谪世仙道,他由
东海到了吴王洲。接下去写水战,战后吴宫一片荒凉。再接着却又
写这位仙道畅游五湖,还招范蠡和水神(阳侯)一起戏狎游玩,并有
美女西施和郑旦作伴。但忽然这位仙道卧舟看天,感叹流光如驶,沧
海桑田,感到“胡为不饮成春愁”,又不像是一位谪世三千年的仙骨
道人了。从杨维桢其他诗作和有关材料看,诗中卧舟吹笛观天的道
人为诗人自况,而诗中所写的那位“谪世三千秋”的道人也像是诗人
自况,诗中一会儿写仙境,一会儿写尘世,一会儿写战争,一会儿写游
乐,古今人事交杂相处,时间空间随意转换,但整首诗却又构成一个
总体形象,这个总体形象所体现的诗人情思也大致可见。
　　吴复评论《五湖游》时说:“先生此诗雄伟奇丽,逸气飘飘然在万
物之表,真天仙之语也。如‘海荡邛山漂髑髅’之句,使长吉复生,不
能过也。”这种评论带有炫耀门户的色彩,而着重欣赏“漂髑髅”句,
又说明杨维桢和他的弟子对李贺诗风多少存在片面理解,他们过于
注重同时也刻意追求李贺的所谓“诗鬼”特点,杨维桢曾说:“天仙快
语为大李(按:指李白),鬼仙吃语为小李(按:指李贺)”,所以他的诗

歌中就不仅"时出龙鬼蛇神",眩人耳目,而且还不时用"海荡邛山漂髑髅"或者是"黄金无方铸髑髅"这类句子来显示其特色。

据杨维桢的学生章琬为《复古诗集》所写识语,杨维桢曾说:他的七言绝句体咏史诗,"人易到,吾门章木能之";古乐府体咏史诗"不易到,吾门张宪能之";古乐府小绝句体咏史诗,"惟吾能之"。后者也称"小乐府",实际是五言四句体,句法颇像五言绝句,只不过不按近体的平仄规律而已(个别篇平仄格律一如五绝)。这些诗一般写得比较含蓄。如《苏台曲》:"吴王张高宴,台下阅犀兵。高台三百里,不见越王城。"此诗讽吴王欢饮忘敌。黄潜评后二句说"十字贬意无尽",未免溢美。其实杨维桢的这类小乐府,特色不多,有些作品还较晦涩,甚至不知其所咏对象究为历史上的何人何事。

吴复于至正六年编辑《铁崖先生古乐府》,卷十收有《西湖竹枝歌》、《吴下竹枝歌》和《海乡竹枝歌》共二十首。章琬于至正二十四年编辑《复古诗集》,收有《宫词》十二首和香奁八题。两集还都收录了《小游仙》和《春侠杂词》等所谓"杂体"诗。香奁体等诗不属于"古乐府"范围,所以章琬没有沿用吴复所编集名。但这些诗歌也是杨维桢和他的弟子们认为"非一时流辈之所能班"的得意之作。明代杨士奇和胡应麟等人对这些诗歌颇为欣赏,胡应麟说:"梦得'竹枝',长吉'锦囊',飞卿'金荃',致光'香奁',唐人各擅。至老铁(按:指杨维桢)乃奄四家有之。"[7]胡应麟尤其激赏以下四首作品:

> 劝郎莫上南高峰,劝侬莫上北高峰。南高峰云北高雨,云雨相催愁杀侬。(《西湖竹枝歌》之四)
>
> 麻姑今夜过青丘,玉醴催斟白玉舟。莫向外人矜指爪,酒酣为我擘箜篌。(《小游仙二十首》之五)
>
> 美人遗我昆溪竹,未写雌雄双凤曲。爱惜长竿系钓丝,钓得

西江双比目。（《春侠词》）

　　齐云楼外红络索，是谁飞下云中仙？刚风吹起望不极，一对金莲倒插天。（《秋千曲》）

"劝郎莫上南高峰"，无疑是杨维桢《竹枝歌》中的最佳篇什，其他诸例也属有代表性的作品。但胡应麟分别予以评价时，所说"其婉丽梦得靡加"、"其瑰崛长吉莫过"、"无论温、韩，即子建、太白挥毫，未知孰胜"云云，却未免过于偏爱。

　　清代王士禛和翁方纲等人也很激赏杨维桢的竹枝词，王士禛《渔洋诗话》中曾有"竹枝古称刘梦得、杨廉夫"的说法。翁方纲《石洲诗话》中说："廉夫自负五言小乐府在七言绝句之上。然七言竹枝诸篇，当与小乐府俱为绝唱。刘梦得以后，罕有伦比。而竹枝尤妙。"但翁方纲同时认为杨维桢的竹枝词"以浮艳得之"，这个评论又失之于偏。唐代刘禹锡竹枝词本是民歌体小诗，在形象、音调、表现手法上都具有民歌特点，其中也有描写爱情的作品。杨维桢竹枝词大抵也有这种特点。其缺点在于有些描写过于文雅，例如《吴下竹枝歌》之三所写"莫令错送回文锦，不答鸳鸯字半封"之类。当然，有一二处确也有以浮艳之笔来写民间女子，如"臂上守宫无日销"之类，显得很不协调。

　　按照旧时诗家的传统观点，香奁体被认为是道地的艳体诗，唐代韩偓香奁诗主要表现为以华艳的词藻来形容妇女的服饰和体态，杨维桢的香奁体也有这种特点，如《梳发》："铜仙盘满添香露，玉女盆倾拾翠钿。拢得云鬟高一尺，紫冠新上玉台前。"对这类作品，胡应麟评为"精工刻骨，古今绮辞之极"。本来，自词兴起后，写妇女服饰、体态之作已不为稀罕，只是杨维桢的香奁诗中还有描写男女之事的，未免堕入恶趣。杨维桢的香奁诗或"续奁"诗大抵作于他的晚年,这时反元义军已经纷起,苏、杭一带实际上已处在张士诚政权控制之下。他"耽好声色"的行为也在这时最趋放荡[8]。他周围还有一批朋友和学生,所谓"无日无宾,亦无日不沉醉"。这种情况,同晚唐时代一些文人在沉溺于"醇酒妇人"同时,写作红香翠软的浮艳诗词的现象在一定程度上有相似之处。

杨维桢的诗歌被称为"铁雅诗"或"铁体"[9],在当时影响很大,"由来海内夸长句"(谢应芳《奉寄杨铁崖先生》),"小娃唱得新番曲"(张简《次韵寄铁崖》)。抨击他最力的王彝也说:"浙之西言文者必曰杨先生。"王彝是元末人,他攻击杨维桢"以淫词谲语裂仁义,反名实,浊乱先圣之道","予故曰:会稽杨维桢之文,狐也,文妖也。"(《王征士集·文妖篇》)这种攻击流于谩骂,为后人所不取。[10]明代胡应麟对杨维桢在称赞的同时又惜其"大器小成"。明末清初钱谦益则贬多于褒,稍后朱彝尊和王士禛等评论杨氏则又褒多于贬。《四库全书总目·铁崖古乐府条》中说:"元之季年,多效温庭筠体,柔媚旖旎,全类小词。维桢以横绝一世之才,乘其弊而力矫之,根柢于青莲、昌谷,纵横排奡,自阚町畦,其高者或突过古人,其下者亦多堕入魔趣。故文采照映一时,而弹射者亦复四起。"自元至清,这种评论无疑较为客观公允。

第二节　李孝光　张宪

李孝光(1285—1350),字季和,温州乐清(今属浙江)人。因曾隐居雁荡山五峰下,故号"五峰狂客"。和杨维桢、萨都剌、张雨等为好友,来往唱和诗很多。著有《五峰集》二十卷,今存十一卷。

李孝光六十岁以前没有出仕,至正四年,被召入京,任秘书监著作郎,至正七年任文林郎、秘书监丞,至正十年南归,途中去世。他的诗中颇有牢骚不平,《莲叶何田田》中写:"贫贱贫贱交,富贵富贵友。花生满洲渚,不复叶田田。持身许人易,持心许人难。"《匡济》中云:"匡济宁无术,栖迟敢自名。"《寄同别峰》中云:"平生不解求人识,惭愧黄金铸子期。"都有言外之意,寄托个人怀抱和遭遇。《衡门有一士》则明白地写他的怀抱:"衡门有一士,闭门恒苦饥。俯仰良自惜,日晏空弦歌。小人未足畏,君子或见之。宁为兰玉摧,不为萧艾滋。"但当作者以隐士被招入京,情况就变了,《九日登应天塔》中写道:"宝林寺里应天塔,老子题诗最上头。九日登高望南北,青天咫尺是神州。"他感到天地辽阔,精神振奋。他还在〔满江红〕词中写道:"百万苍生正辛苦,到头苏息悬吾手。"他想做一番事业,不过官卑职小,无所作为,在都城之中,产生了不能称心如意的心情。《偶书所感》中说:"钟鼎山林易地难,丈夫出处正相关。绣鞍大马都门道,却忆西楼看碧山。"这首诗正说明了他心情的矛盾。《过钓台》诗中说:"入觐匆匆谋去就,当时犹悔见机迟。"和《偶书所感》的情调也是一致的。他就在这种心情下告别了人世。

章琬在《辑铁雅先生复古诗集序》中说:"天历以来,会稽杨先生与五峰李先生,始相唱和,为古乐府辞",又说杨维桢在李孝光死后,感叹"和者寡矣",还说杨维桢曾命吴复抄录他在李孝光死后所写的几首古乐府,到李墓前"焚白之"。当时还有"李杨"并称之说。但今存《五峰集》中古乐府并不很多,佳作也罕见。为杨维桢激赏的《太乙真人歌题莲舟图》倒保存了下来,全诗如下:

银河跨四海,秋至天为白。一片玉芙蓉,洗出明月魄。太乙真人挟两龙,脱巾大笑眠其中。凤麟洲西与天通,扶桑乃在碧海东。手把白云有两童,掣擘二鸟开金笼。

　　宋代名画家李龙眠绘有《太乙真人图》，宋人韩驹和金人元好问等都有题诗。所谓太乙真人，当是传说中的承事天皇大帝的星神，李孝光诗中写他睡在莲舟中，手挟两龙，畅游银河，西望凤麟洲，东望扶桑。凤麟洲和扶桑，都是《十洲记》所写的奇境。末两句写太乙真人的二童举着金笼戏鸟。杨维桢却说"二鸟作日月看"。总之，这诗无非要点染出若干"仙气"，没有任何深意。如果说杨维桢的类似这样的作品还表现出他的才情，李孝光在这方面似乎也有欠缺。清人顾嗣立可能觉察到这一点，他在《元诗选·李孝光小传》中避开了"李杨"并称之说，只引用张雨赠李诗中所说的"孰与言诗李髯叟"，"载闻新作过黄初"。这主要是说李孝光的古诗风格接近汉、魏，这方面当以他的《古诗七首》为代表。但这类诗模拟痕迹过于明显。顾嗣立还欣赏李孝光的近体诗，当为有识。但如果要精选李作，还应数他的竹枝词或类似这样的作品最为精彩，例如他的《柳桥渔唱》："杨柳桥头杨柳青，西边即是越王城。城中大官听艳曲，半是美人肠断声。"艳曲成为肠断声，不是听的人肠断，而是唱的人肠断。这里作者是说那些口唱艳曲的美人，为了生活，只得供那些大官富商寻欢取乐，强颜事人，她们内心是很痛苦的。"半是美人肠断声"指出了被侮辱和被损害者的精神创伤。欢在脸上，苦在心里。

　　李孝光今存词二十二首，大部分抒写隐居情趣，其中多涉及对出处行藏、人生荣辱的看法，直抒胸臆，大多有真切的思想感情。描写农村田园风光的词淳朴自然。他的词风豪放，但有些作品流于直率而缺乏动人的艺术意境。

　　张宪（1320？—1373？），字思廉，号玉笥生，绍兴山阴（今属浙江）人。曾师事杨维桢，负才不羁，薄游四方。至正年间曾到京师，与人纵论天下大事，使人惊骇，视为狂生。从他在京写的诗作看，可知他对朝政不满,并有整顿乾坤的雄心壮志:"天怒不终朝,王纲有时裂。何能尧吾君,调理继稷契。先事诛权奸,以次及群孽。假尔霹雳车,为吾左黄钺。普天新号令,坐使万国悦。煌煌世祖业,中道复光烈。"(《冬夜闻雷有感》)大概在入京以前,他在《送陈惟允》诗中写道:"抱剑入帝都,未知何所求","欲销天下难,先断佞臣头"。可见他和他的朋友的侠胆豪气。他在京不遇,回浙入富春山中,常和道士为伍。张士诚占领吴中后,约在至正十六年到十七年间,招致张宪为太尉府参谋,后迁枢密院都事。他的一首《枕上感兴》诗中写:"拓疆良在念,择木讵忘靦。嘉猷固久抱,忠愤欲谁展。"后人据此说他依附张氏,非出本愿,不过是贫贱衔恩,不能自拔而已。但他在张士诚政权败亡后,却表示了忠于这个政权的态度,他改变姓名,走杭州,寄食寺院以终。有《玉笥集》传世。

清人顾嗣立在《元诗选》的张宪小传中说:"明成化初安成刘钎序其集曰……当元季扰攘,志不获伸,才不克售,伤时感物,而泄其悲愤于诗,此可谓思廉之知己也已。"这确是抓住了张宪诗歌内容的主要特点。他的伤时之作很多,如《怯薛行》写大都城中白天为官、夜间为盗的贵人子弟的恶行;《戏赠乍浦税使歌》写官吏只知诛求百姓,临难却又逃却的丑态;《富阳行》写战争的残酷和人民的痛苦。

从张宪的诗歌,还可看出他对元王朝从期望到绝望的思想过程。《烛龙行》借咏神话传说中的烛龙期望元王朝君臣能够振作:"胡不张尔鬣,奋尔翼,磨牙砺爪起图南,遍吐神光照南极。"《天狼谣》中期望"谁为补天手,为洗日重光"。但在《白翎雀》诗中却已表示绝望:"白翎雀,乐极哀。节妇死,忠臣摧。八十一年生草莱,鼎湖龙去何时回。"《白翎雀》诗开首写"真人一统开正朔",又有"八十一年"云云,可能作于至正十六年,距至元十三年元兵攻陷临安,统一中国,正好八十一年。白翎雀曲象征着元世祖的开基功业,元代的名流诗人几乎都有作品咏及,唱尽赞歌。张宪的《白翎雀》诗却是一首哀歌。他写这首诗时已入张士诚幕。

张宪写诗长于乐府体和歌行体,杨维桢尤其欣赏他的乐府体诗(惜已散失殆尽)。清代四库馆臣则说他的感时怀古诗"磊落肮脏,豪气坌涌"。戴良《玉笥集序》中说张宪诗风"固以兼取二李诸人之所长","二李"当指李贺和李商隐,但从张宪现存作品看,他的诗风主要受李贺影响,色彩浓烈,形象奇特。如《二月八日游皇城西华门外观嘉孥弟走马歌》中描写走马场面:"潜蛟双绾玉抱肚,朱鬣分光散红雾。金龙五爪蟠彩袍,满背真珠撒秋露。生猿俊健双臂长,左脚拨镫右蹴韁。铜铙四扇绕十指,玉声珠碎金琅珰。黄蛇下饮电擎地,锦鹰打兔起复坠。袖云突兀鞍面空,银瓮驼囊两边缉。"他的《题黑神庙》和《神弦十一曲》写来光怪陆离,《神弦十一曲》之一的《湖龙姑》中写道:"洞庭八月明月寒,湖龙捧出玻璃盘。湖风忽来浪如山,银城雪屋相飞翻。白鼋树尾月中泣,倒卷君山轻一粒。浪花拍碎回仙楼,万斛龙骧半天立。雨师骑羊轰昼雷,红旗照波水路开。青娥鬈发红蓝腮,紫丝络头垂黄能,神弦调急龙姑来。"他的律诗遣词用语也常显得尖新纤巧,像是宋末四灵诗人的遗响。如"树声呼出月,石角碍回云"(《灯下有怀》),"天黑月堕地,水寒星在溪"(《取青楼夜饮》)和"粉香迷醉袖,草色妒行轮"(《大都即事》)等,都属此类。

第三节　睦州诗派和浙东诗派

元代中叶到末期,东南地区出现"睦州诗派"之称,指马莹、徐舫和何景福等诗人。先是柳贯在《马仲珍墓志铭并序》中说:"睦州诗在唐中季有章协律、方处士、李建州,在宋渡江后有高师鲁、滕元秀,皆清峻简远,各自名家。仲珍袭其芳华,沐其膏润。"马仲珍(1280—1334)名莹,诗颇多产,但诗集无传。元末宋濂又把徐舫和"睦州诗派"联系起来,他在《故诗人徐方舟墓铭》中说:"先是睦多诗人,唐有皇甫湜、方干、徐凝、李频、施肩吾,宋有高师鲁、滕元秀,世号为睦州诗派。"并说徐舫"悉取而讽咏之,积之既久,圆熟璀璨,明珠走盘而玉色交映也。"宋濂隐约地把徐舫说成是睦州诗派的后继者。清人朱彝尊《静志居诗话》说"明初浙东有徐舫诗派"。"明初""浙东"云云,均误,因徐舫并未入明,且非浙东人。顾嗣立《元诗选·何景福小传》中说:"介夫诗甚奇伟,其咏《柳絮》云:'绣床渐觉香球满,鱼艇初疑雪片多',极体物之妙……亦铮铮皎皎者。睦州诗派,论之如此。"

柳贯、宋濂所说的"睦州诗"或"睦州诗派"泛指自唐至元的睦州诗人。顾嗣立似专指元代的睦州(元时为建德路,属江南浙西道)诗人。朱彝尊所言似指元末一批诗风相近的浙东诗人,但顾、朱都语焉不详。

由于马莹诗集不传,徐舫、何景福诗作流传下来极少,难以确切说明这个诗派的特点,但约略可以看出他们的诗风受李商隐的影响。

大致在这同时,东阳人陈樵、李裕、李序和临海人项诇倒是具有共同的特点,他们都学李贺,与以"贺体"为号召的杨维桢相互呼应,但成就不一,有的流入近人所谓的"模拟主义",几乎以亦步亦趋为能事。东阳和临海在元时属浙东海右道,上述朱彝尊的说法虽误,但"浙东""诗派"云云,确有一定根据,因略加引申和归纳,称之为浙东诗派。

陈樵(1278—1365)是浙东诗派中的代表人物,字居采,婺州东阳(今属浙江)人。隐居不仕,李裕赠诗说:"空山明月定谁好,野水闲云亦自秋。"陈樵喜欢身披鹿皮,因自号鹿皮子。杨维祯《鹿皮子文集序》说陈樵著书二百余卷。但今天所能见到的只有四卷。有两个刻本:一是杜储所编,前有大德丙寅庞龙序(按:大德朝无丙寅年,此序待考);一是卢联所编,末一卷多出诗三十七首。陈樵的诗,属对工巧、想象奇特。如:"野鹿避人悬树宿,溪鱼乘水上山来。""近从月里种花去,遥见鼎湖飞叶来。"顾嗣立认为陈樵诗的这种特点可"步武西昆"。陈樵的名作是《虞美人草词》:

美人不愿颜如花,愿为霜草逢春华。汉壁楚歌连夜起,雅不逝兮奈尔何。鸿门剑戟帐下舞,美人忍泪听楚歌。楚歌入汉美人死,不见宫中有人彘。

这里诗思是跳跃式的,"汉壁楚歌"和"鸿门剑戟"时序是颠倒的,鸿门舞剑和美人听歌、"美人死"和"有人彘",人既不相干,事又不衔接,在时间上也没有连续性。形象与形象之间需要填补许多浮想,才能成为一个整体。

当然,陈樵的诗不都是跳跃性这样强,有些也平易通达,如他的《题建炎遗诏》诗:"解下涂金膝上衣,匆匆命将墨淋漓。图中吴楚无端拆,月里山河一半亏。银汉经天都是泪,杜鹃入洛不如归。黄衣传诏三军泣,不是班师诏岳飞。"这首诗批评北宋君臣逃跑政策的错误,诗意明畅,手法却较含蓄,他的《白鹦鹉》诗写唐开元间宫中的白鹦鹉听惯了胡语,结尾说:"莫把宫中事,偷归外国传。"也颇蕴藉。他的好些诗都似乎有所寄托,如《巴雨洞》:"却笑当年补天手,炼成五色竟无功。"《紫薇岩》:"紫薇莫入丝纶阁,且伴山中白发翁。"《石》:"也知好事无真见,不看真山看假山。"透过表面的字句,当有深藏着的真情实意。陈樵是一位苦吟诗人,他写诗常常精心构思,锤炼辞句。他有一首叙述自己创作的艰辛过程的诗,叫做《诗林亭》,开头说他潜心觅句,花开花谢,日日夜夜不罢休。有时诗写成了,夜深月光没有了,雨把衣服都淋湿了,身上感到寒冷,才拖着瘦削而疲倦的身躯回家。但是结局是他写出了无人道过的诗境,却"投老抛书衣鹿皮"。他的诗确有特色,杨维祯十分欣赏,认为他学李贺诗的"势",而不是袭其词。但陈樵诗也有过于雕琢的缺点。

李裕(1294—1338),字公饶,婺州东阳人。至治间(1321—1323)到大都上《圣德颂》,受到英宗的召见,补国子生。至顺元年(1330)考中进士,授陈州同知转道州推官。所著《中行斋稿》,全集失传,今存诗三十五首。有与陈樵等人唱和之作。

流传下来的李裕诗作多属乐府体,也有一些律诗。前人说他的作品出入于二李(李贺、李商隐)之间。咏荆轲故事的《阳台引》最能见出他学李贺的诗风,诗中写燕太子丹奉酒,荆轲悲歌,"酒阑拂剑凭凌起,当筵直立相睥睨。髑髅青血凝冷光,西入咸阳五千里。白虹贯日日不死,祖龙犹是秦天子。人间遗恨独荒凉,袅袅哀声流易水。"李裕还写有艳情诗,如《次宋编修显夫南陌诗四十韵》,诗写男女恋情,字句极绮丽,但情意却浅露。倒是他的一些短诗如《古意》、《定情篇》、《青青洪园竹》、《采莲曲》和《相逢曲》等,富于生活气息和情趣。《采莲曲》中写:"长歌短棹满前溪,溪上鸳鸯对对飞。莫向中流荡双桨,长波容易湿人衣。"文笔活脱,有民歌情调。

李裕律诗中较好的作品有《送赵鹏举之西台掾》:"掾曹骑马赴西台,迢递关河几日回。秋草自随人去远,夕阳长共雁飞来。乱云荒驿迷秦树,落叶残碑有汉苔。最忆年年寒食节,华筵谁向曲江开?"人往西去,一路所见,均是秋草,却说秋草随人远去;夕阳西下,北雁南飞,都勾起送友人的凄凉心情,所以说是"长共"。这样的诗句并不雕琢，而是工巧自然。

项词（1278—1338）和李序都以学李贺诗著名。项词，字可立，台州临海（今属浙江）人。黄溍《项可立墓志铭》记他弱冠时持诗谒陈孚，陈孚称赞他"善学李长吉"。后居吴中时，与顾瑛、杨维祯等有交往。杨维祯激赏他的《公莫舞》和《吴宫怨》诗，后者全文如下：

> 绣楣洒黄粉，椒壁涨红青。倚檐树如鬼，深草蛇夜鸣。髑髅已无泪，古恨埋石扃。

这首诗诗意凄凉，诗风怪诞。杨维祯说："髑髅无泪，尤胜无语。"项词《江南弄》诗中还写"鬼雄骑鼋潮际上，暗藤如山走漆镫"。直以追求怪奇为能事。

李序，字仲伦，婺州东阳（今属浙江）人，十七岁时追和李贺乐府，晚年与陈樵日相吟咏。清人顾嗣立认为他的《武皇仙露曲》、《嗽金鸟行》和《铜雀台砖砚歌》诸作，"杂诸昌谷集中，亦咄咄逼真也"。《武皇仙露曲》全诗如下：

> 甘泉照月如钧天，千门万户生碧烟。碧天无云露盘出，明河夜拂金童仙。栖鸦起啼曲城晓，大官步进青龙道。昆山玉尽武皇老，茂陵春风吹绿草。魏人车马东方来，一朝秋磷飞空台。天荒地老骨亦摧，三川白日闻春雷。蕙花兰叶参差起，微月斜明光泥泥，仙人之泪犹泚泚。

把这首诗与李贺的《金铜仙人辞汉歌》相对照，不仅模拟痕迹十分明显,且有剿窃之嫌。这样的诗歌的出现,倒是昭示着元人学李贺已走入穷途。

徐舫(1299—1366),字方舟,建德桐庐(今属浙江)人。少学剑,有侠气。稍长,从师受章句,治进士业。旋弃而习古歌诗,吟咏性情。出游江汉淮上等地,与名士相切磋诗艺。高明赠诗说:"丈夫壮游有如此,人生清事能几何。想见题诗搜景物,夜深风雨泣湘娥。"(《送徐方舟之岳阳》)江浙行省参政苏天爵拟推荐他,他说:"吾诗人尔,其可縻以章绂邪!"刘基曾邀他一起投朱元璋义军,他也拒绝了。他常苦吟于云烟山水之间,自号沧江散人。著有《沧江》、《瑶林》二集,今皆散失,仅存《沧江散人集》一卷,诗十五首。这些诗中所写的大半是山水景物,艺术技巧很精炼。如《尖山》诗形容山色说:"丹青色淡笼晴日,水墨光浓罩翠烟。"给人以一种朦胧的感受。他的《月色》诗:

> 误踏瑶阶一片霜,侵鞋不湿映衣凉。照来云母屏无迹,穿入水晶帘有光。雪影半窗能共白,梅花千树只多香。故人疑似见颜面,残夜分明在屋梁。

诗中熔铸前人诗句,点化极工。风格纤巧,语言圆熟,形象鲜明。前人说他受李商隐、姚合影响,当指这类诗而言。

何景福,字介夫,建德淳安(今属浙江)人。他是宋代何梦桂的族孙,自号铁牛子。生卒年不详。诗作中有《水石为陈太初赋》,陈太初为元中叶以后人。又有〔虞美人〕《别鲁道源》词,鲁为至正进士,入明犹在。又顾嗣立《元诗选·何景福小传》记他"以所遇非其时,累辟不赴。晚年避地武林,兵定后始归乡里,诗酒自娱,以终其身"。著有《铁牛翁诗》,多散失。《元诗选》录有《铁牛翁遗稿》。《词综》记他"至正末遭乱不仕,有《介夫文集》四卷,词附"。

何景福的诗风较为奇僻,如《山水阁为黄子久题》:"石齿邻邻水,云衣麤麤山。天风吹客梦,何日抹鱼颁。"此外如《和李鹤飞紫童歌韵》:

> 紫童劲直过眉长,饱谙风雪含苍凉。老眼乳节似有夺朱色,响落爪甲四座闻铿锵。余将南游苍梧叫虞舜,又欲西谒王母求玄霜。扶颠持危用舍在我尔,讵知穷途阮子空猖狂。童乎,童乎,毋乃梓潼遣汝来吾傍,未易役汝去荷奚奴囊。

这首诗把紫竹杖拟人化,乍看似觉风趣,细玩则觉诗风显得奇特。

何景福的诗常带悲凉之音,如:"雷火烧鳞悲跃鲤,雪泥印迹叹飞鸿。"(《重到比原与茂卿同宿偶成》)"英雄不并青山在,时事还随红日生。"(《桐江怀古》)"人歌人哭几生死,潮去潮来无古今。"(《武林春望》)"春风入髓红颜晕,世事萦心白发生。"(《童尧夫招饮回途偶成》)这些诗句也体现了何景福诗风奇巧的特点。

〔1〕 杨维祯在张士诚占领三吴时不接受官职一事,曾得持封建正统观念的明清文人的称赞。实际上他对张士诚政权所持态度前后不一,他曾写"五论"(《驭将论》、《人心论》、《总制论》、《求才论》和《守城论》)为张士诚谋划。他的得意门生张宪应张士诚政权之召出仕,他赠诗送行。但张士诚失败后,他又写《铜将军》、《周铁星》和《蔡叶行》等诗予以诋骂,"伪吴兄弟"、"妖蔓祸根"云云,切齿之声可闻。

〔2〕　杨维桢应朱元璋召到南京,作《老客妇谣》（一名《针线谣》）,诗中说:"少年嫁夫甚分明,夫死犹存旧箕帚。南山阿妹北山姨,劝我再嫁我力辞。"意为自己曾为元臣,不再出仕新朝。但他又作《大明铙歌鼓吹曲》,颂美明朝,非刺元朝。清代四库馆臣说他"反颜吠主",同时又说:"或者惧明祖之羁留,故以逊词脱祸欤。"前者指斥过分,后者或合事实。

〔3〕　吴复《辑录铁崖先生古乐府序》中所说"君子论诗,先情性而后体格",也含有诗人要找到一种适合表现个人性情的体格之意。

〔4〕　见瞿佑《归田诗话》。

〔5〕　吴才老即吴棫,宋人,他著有《韵补》。清代四库馆臣说:"自宋以来,著一书以明古音者,实自棫始。"又说:"棫书虽牴牾百端,而后来言古音者皆从此而推阐加密。"又《挥麈录》纪吴棫作《毛诗叶韵》。

〔6〕　此诗"碧火"、"残星"句较费解。吴复注"碧火"句说:"照（一作暗）言范增、项庄";注"残星"句说:"此言沛公当独王天下,羽不得分也。"

〔7〕　见《诗数》。所引《秋千曲》疑为应张士诚游宴之作。

〔8〕　瞿佑《归田诗话》记:"杨廉夫晚年居松江,有四妾:竹枝、柳枝、桃花、杏花,皆能声乐。乘大画舫,恣意所之。豪门巨室,争相迎致。"又记:"尝以《香奁八题》见示,予依其体,作八诗以呈……廉夫加称赏,谓叔祖云:'此君家千里驹也。'因以'鞋杯'命题,予制〔沁园春〕以呈。"所谓"鞋杯",也即"金莲杯。"陶宗仪《辍耕录》记:"杨铁崖耽好声色,每于筵间见歌儿舞女有缠足纤小者,则脱其鞋载盏以行酒,谓之金莲杯"。这种放荡行为在当时和后世都受到抨击。近人则以变态的"足恋"心理来解释。

〔9〕　钱谦益《列朝诗集小传》中说:"余观廉夫,问学渊博,才力横轶,掉鞅词坛,牢笼当代。古乐府以其自负,以为前无古人……承学之徒,流传沿袭,槎牙钩棘,号为铁体,靡靡成风,久而未艾。"《明史·杨维桢传》中则有"铁崖体"之说。又,朱彝尊《静志居诗话》中有"铁崖流派"之说。杨维桢自己有"吾铁崖派"之说,见《一沤集序》。又在《冷斋诗集序》中说张雨、李孝光推许他的诗为"铁崖诗",并说:"今年过祁,上人出《冷斋全集》求余评,内有和余古乐府题,其辞多警策,余益奇之,嘻,可与震、报同列吾派矣。"可见"铁崖诗"指他的古乐府,

并以此成派。

〔10〕 清代王士禛在《香祖笔记》中以"即以其人之道还治其人之身"的方法诋王彝诗作"堕入恶道"。朱彝尊《静志居诗话》中称王彝"文妖"之言,"可谓独立不惧者矣",但同时又说他的一些诗"尚沿铁崖流派"。四库馆臣虽然对杨维桢有指责,却也认为王彝"文妖"之说"其言矫枉过直,而诟厉亦复伤雅"。今按:王彝攻击杨维桢当不仅从诗作着眼。杨维桢在强调人贵自然,人各有性情时,曾在《自然铭序》中说:"故尧、舜与许由虽异,其得于自然一也。"这类话也可成为攻击者的把柄。

第二十三章　元代后期诗文作家(四)

　　本章叙述张翥、傅若金、王冕、贡性之、倪瓒、顾瑛、陈基、戴良、王逢诸作家。这些作家身处元末乱世,政治态度颇见不同。张翥是元朝大臣,忠心耿耿,至死不渝,他的诗作内容在很大程度上可以看作是为元王朝所唱的挽歌。王冕以狂士之态表现了愤世嫉俗的人生态度,他一生尽爱白雪和梅花,可见他的高洁之志,他预感到元朝将亡,居处山林,独善其身,也拒绝和起义军合作。倪瓒和顾瑛则是属于以享山林泉石之乐来逃避乱世现实的"高士",在这点上和王冕有共同之处,但他们生活在富贵之家,因此常常沉溺于诗酒生活之中。陈基却是起义军首领张士诚幕下的"第一文人"。戴良也曾依附张士诚,但他实际上忠于元室,入明后,他终于自尽身亡。王逢是一"布衣",从未出仕,但他竭诚忠于元室,元亡后,坚持遗民立场,这在他的诗歌中都有反映。

　　明人胡应麟论元代近体诗时激赏张翥和傅若金,按张翥现存诗词作品看,他不愧为名家。张、傅两人都宗唐。王冕诗歌却不拘门户,前人说他天才纵逸,不拘常格。明、清人对他诗的评论颇见冷落,今人评价却又偏高。戴良的作品中当以散文更为见长。

第一节 张翥 傅若金

张翥(1287—1368),字仲举,号蜕庵,晋宁襄陵[1](今属山西)人。其父在元朝灭宋时随军南下,先后在饶州、杭州等地任职。张翥生长在南方。少年时好蹴鞠,喜音乐,自负才隽,豪放不羁。后发愤读书,先后从李存、仇远学。李以儒学著名,仇以诗词见称。至顺初,柯敬仲曾向文宗推荐张翥,未果。张翥任官较晚,五十岁以后方由傅岩起推荐,入京为国子助教。在这之前,他游历各处,以诗文知名一时,曾寓居扬州,慕名前来从他学习的人很多。他任国子助教大约是在至正元年,不久改任集庆路儒学训导,因得罪上司而退居淮东。至正三年,应召入京为翰林国史院编修官,参与辽、金、宋三史的修纂工作。后任太常博士、国子祭酒等职,其间曾为刊行《宋史》出使江浙。以翰林学士承旨致仕。又加河南行省平章政事。至正二十八年(也即明洪武元年)三月卒于大都,终年八十二岁。因无后,他的方外朋友大杼禅师为他经纪葬事。平生所作诗文甚多,今存《蜕庵诗集》和《蜕岩词》[2]。

张翥的朋友释来复在《潞国公张蜕庵诗集序》中说张翥论诗主张发乎性情,出于自然,不假雕琢工巧。张翥还主张学而有变,要有作者自己的"风度"。他在《午溪集序》中说:"然亦师承作者,以博乎见闻;游历四方,以熟乎世故。必使事物情景,融液混圆,乃为窥诗家室堂。盖有变若极而无穷,神若离而相异,意到语尽而有遗音。则夫抑扬起伏、缓急浓淡,力于刻画点缀,而一种风度自然,虽使古人复生,亦止乎是而已矣。"同这种学而有变的主张相联系,张翥对前人诗作,持有兼收并蓄的观点:"《诗》三百篇外,汉魏、六朝、唐宋诸作,毋虑千余家,殆不可一一论。五七言、古今律、乐府歌行,意虽人殊,而各有至处,非用心精诣,未知其所得也。"这种观点较之当时只是宗唐的主张有所不同。但从张翥写作实践看来,他基本上是受唐诗影响,词风则偏于婉约。

明代胡应麟《诗薮》[3]、清代王士禛《居易录》和《四库全书总目》对张翥诗歌评价都甚高。其中允当之说,可归纳为三点:一,张翥诗作的艺术成就并不在赵孟頫、虞集之下。二,张翥作品中,"近体长短句尤工",近体诗中又以律诗最为出色。三,诗歌内容的一个主要特点是"多忧时伤乱之作"。

胡应麟《诗薮》论元人五言律诗,认为它们不及宋诗,"多草草无复深造",但却推许张翥和傅若金,说:"新喻、晋陵二子,稍自振拔。雄浑悲壮,老杜遗风。有出四家上者。""晋陵"即指张翥,"四家"指虞、杨、范、揭。胡应麟对张翥的七言律如《登吞海亭》、《赋小瀛洲》、《郡城晚望览临武台故基》等也很欣赏。胡氏见解有失偏处,"雄浑悲壮"之说并不能概括张翥的全部五律,他较多的写景之作倒是表现出冲澹或清峭。张翥生平好交方外朋友,他有不少送僧人和题佛寺的五律诗还于清空中表现出一点"禅气"。而且总的说来,张翥的五律并不如七律那样出色。胡氏《诗薮》中标举的张翥的七律大抵都是佳作,如《郡城晚望览临武台故基》:

> 全晋山川气象开,满城烟树拥楼台。土风旧有尧时俗,人物今无楚国材。千嶂晚云原上合,两河秋色雁边来。昔时胜赏空陈迹,落日登临画角哀。

又如《登六和塔》:

江上浮图快一登,望中烟岸是西兴。日生沧海横流外,人立
青冥最上层。潮落远沙群下雁,树敧高壁独巢鹰。百年等是豪
华尽,怕听兴亡懒问僧。

这些诗歌在意象和气势方面较虞集等"四家"的同体之作都略胜一
筹。胡应麟"雄浑悲壮"云云,实际上涉及张翥诗歌的内容特点问
题,胡氏之后,清代四库馆臣说张翥"一身历元之盛衰,故其诗多忧
时伤乱之作"。张翥的这类作品中有不少实际上是在为元王朝唱挽
歌。这些诗篇大抵贯注着他的感情,有的诗作还有一定的艺术感染
力量。如《忆维扬》:"蜀冈东畔竹西楼,十五年前烂漫游。岂意繁华
今劫火,空怀歌吹古扬州。亲朋未报何人在,战伐宁知几日休!惟有
满襟狼藉泪,何时归洒大江流?"这是《七忆》诗中的一首,《七忆》未
必写于一时,这首诗是在张士诚起义军攻打扬州后写的。这无疑是
一首充满着悲凉感情的诗篇。在这之前,张士诚军队攻占泰州和高
邮,张翥的两位朋友(一为参政,一为知府)先后战死,他在《高沙失
守哭知府李齐公卒》诗中写道:"高邮自昔号铜城,一旦东门委贼兵。
杀气苍黄迷野色,怨魂呜咽泣江声。广陵琼树春仍在,瓘社珠光夜不
明。白首故人悲赵李,临风唯有泪纵横。"此外,《寄成居竹》、《授钺》
和《大军下济南》等都属此类作品。《元史》本传记"翥尝集兵兴以来
死节之人为书,曰《忠义录》,识者韪之"。《忠义录》今不存,但张翥
忠于元王朝的坚定立场,却可以从他的一些诗歌中看出来。元末社
会十分动乱,各种反政府的武装力量纷起(有的是地主武装),元王
朝的将领之间也不断发生"内战",在朱元璋军队攻入大都前一个
月,这种"内战"犹未停止[4]。因此,元王朝的灭亡在当时已经不可
逆转。这时张翥的思想中也存在着矛盾,主要是避世归隐还是坚守
臣节的矛盾。元兵一度收复扬州后,他知道亲朋无恙,于一首五言长

律中,在写出欢快庆幸心情的同时,还写道:"自顾形骸累,仍嗟岁月侵。怀归畏吏议,承乏念官箴。"他在《寄成居竹黄舜臣》中写道:"一见君诗倍黯然,蓟南吴北各风烟。故人渐似星将晓,尘世真成海变田。桂在谩吟招隐曲,鹤归还记去家年。虎丘山水知无恙,有待先期置酒泉。"实际上他已预感到要有一场"沧海桑田"的尘世大变革。他的《潦农叹》、《书所见》和《偕鄢元止善东门视田》等诗中都描写了民生极度凋敝的现实,他的其他一些诗中也写到了"民生已涂炭"、"行途多哭声",他也看到了"东南何处不红巾"、"中原郡县半旌旗"的活生生的事实。因此,他虽然一方面在哭友诗中写出"死当为厉鬼,生不负皇家"这类句子(见《闻董孟起副枢乃弟鄂霄院判凶讣哭之》),但同时把自己又比作为冬天的苍蝇:"归隐山林叹未能,强支世故力难胜。少狂欲作追风骠,老退还如被冻蝇"(《成居竹有诗见寄》)。在去世前一年,他在《病起偶题》诗中写道:"野散未归鸣泽雁,水烦徒唅在渊鱼。"他在《自悼》诗中依旧依恋他生活了五十年的吴楚江南:"魂不归来悲楚些,梦还惊觉厌秋声。"他去世后不到半年,明兵攻入大都,元王朝灭亡。他的"白头一觉湖山梦,谁料繁华有劫灰"(《醉中感怀》)的诗句,正好可用来当作入主中原一百年左右、并且曾经十分强大的元王朝的挽歌。

　　《元史》的编纂者宋濂、王祎等人,为张翥写传,肯定他为人正直和勤于诱掖后进,同时也赞扬了他的诗作,说:"翥长于诗,其近体、长短句尤工。"并说他随仇远学诗时,尽得"音律之奥"。从张翥所写的怀念仇远的诗作看,他不仅对仇远十分尊敬,而且以能有这样一位老师而自豪。仇远自言其律诗宗唐,但从今存仇远诗看来,唐诗风味不足,张翥在这方面却胜过他的老师,青出于蓝而胜于蓝。《元史张翥传》所说张翥尽得仇远"音律之奥",主要是指词的创作说的。仇远词风接近周邦彦、姜夔,属通常说的婉约派。张翥受其影响。清代四库馆臣说张词"婉丽风流"。梁廷枏《莲子居词话》说他"出南宋而兼诸公之长"。陈廷焯《白雨斋词话》在贬抑元词的前提下，独推张翥："仲举词树骨甚高，寓意亦远，元词之不亡者，赖有仲举耳。"还说："张仲举规抚南宋，为一代正声，高者在草窗、西麓之间，而真气稍逊。"张翥的〔绮罗香〕《雨中舟次洹上》是被认为直逼姜夔词风的，其词如下：

> 燕子梁深，秋千院冷，半湿垂杨烟缕。怯试春衫，长恨踏青期阻。梅子后、余润留寒，藕花外、嫩凉消暑。渐惊他、秋老梧桐，萧萧金井断蛩暮。　　薰篝须待被暖，催雪新词未稳，重寻笙谱。水阁云窗，总是惯曾听处。曾信有、客里关河，又怎禁、夜深风雨。一声声，滴在疏篷，做成情味苦。

类似这样的作品还有〔石州慢〕《题玉笙手卷》、〔水龙吟〕《广陵送客》和〔桂枝香〕《赏桂杨氏山园》等。张翥词作中也有若干仿辛派词风的作品，如〔水调歌头〕《御河舟中》、〔洞仙歌〕《辛巳岁燕城初度》和〔鹊桥仙〕《丙子岁予年五十酒边戏作》等。但这类作品中并无慷慨苍凉之调，实际上是学的辛词中旷达乃至消极的一面，如〔鹊桥仙〕中写道："功名一饷，风波千丈。已与闲居认状，平生一步一崎岖，也趱到、盘山顶上。　　梅花解笑，青禽能唱，容我尊前疏放。从今甘老醉乡侯，算不是、麒麟画像。"

综观张翥的诗词作品，他无疑是元代的一位有艺术才华的名家。至正初年，傅若金在《赠魏仲章论诗序》中感慨虞集、马祖常等先后辞朝或去世，历数当时在朝的"藉藉有时誉"的诗家，最后一名就是张翥，这是因为张入朝较晚的缘故。傅若金本人于至正四年去世，而且他并没有像张翥那样官至显位。既是朝中显官，并且官至从一品，进封国公,又是有艺术才华的著名诗人,前数赵孟頫,后数张翥。如果说,赵孟頫在元代大都诗坛曾起着先行者的作用,那末,同样是朝中显官和著名诗人的张翥则是元代京师诗坛的一位殿军。

　　傅若金(1304—1343),字与砺,临江新喻(今属江西)人。幼时家境贫穷,发愤求学,受业于范梈。至顺年间到大都,虞集、宋褧见到他的诗作,大为欣赏,以"异材"推荐。元统三年七月,佐使赴安南,次年归朝。后出仕广州路儒学教授。至正四年卒。有诗集多种,合刻为《清江集》,刊于元代。明代又有文集刊行。今流传有《傅与砺诗文集》。

　　傅若金是"四大家"的追随者,被虞集、揭傒斯视为后起之秀。相传他的成名之作是《奉题仇工部壁间古松图歌》,虞集读后称赞说:"绝妙! 绝妙! 吾人! 吾人! 新来第一手。"(见傅集中本诗诗注)由此名动京师。按傅若金到京时,他的老师范梈已去世,虞集对傅的提掖含有爱护亡友学生的感情。同样,揭傒斯在为傅若金诗集所写序文中说他每谈傅诗,如复见范梈的风格和神情,也含有与虞集相似的感情。傅若金原字汝砺,揭傒斯为他改字与砺,视若自己的学生。傅若金集中存一首《题栖碧山为淦龚舜咨赋》,诗后附有"揭文安公云",当是傅若金之弟编集时所加,也是情见乎词的:"予欲赋栖碧久矣,兴无由起。一日,临江傅与砺来,开卷同赋之。予诗未成,与砺已就。非不可更作,念无以过与砺也,遂易结语而已。"这首诗的最后两句是"京华日日多尘土,终拟投簪话夙心"。看来就是揭傒斯所改定的。虞、杨、范、揭四诗家,名重一时,俨然是一个诗派。杨载和范梈先后去世后,虞集、揭傒斯见到"四家"后起有人,在加以爱护和扶持的同时,未免有所溢美。如虞集所称赞为"绝妙"的《奉题古松图歌》实际上并不是傅若金的力作。揭傒斯于傅若金诗歌中尤为赞赏"五言古律"也未必允当。所谓"五言古律"当指汉、魏人的五言八句体,这原是揭傒斯和范梈最欣赏的诗体,也是"四大家"力追古作的一种表现。虞集说元代早期北方诗人开始摆脱金末以来的粗疏之气始于卢挚,也就因为卢挚的五言诗宗汉魏。傅若金发表诗歌见解时,论调几乎和虞集等人一样,他也说过"五言诗莫尚乎汉魏",他的"五言古律"在一定程度上也有疏淡之风,但他的佳作还应是近体律诗。

清代王士禛于元诗人中也颇肯定傅若金,他从朱彝尊处借得宋元人集十几种,读到傅若金诗的时候,他说:"如行黄茅白苇间,忽逢嘉树美箭。"同时又说傅的"歌行颇得子美一鳞片甲,七律亦有格调,视南宋俚俗之体相去远甚"(《居易录》)。四库馆臣发现王说和揭说有"小异",就说"当以士禛之说为然"。其实明代胡应麟《诗薮》对傅若金的评论倒是比较周到。胡氏认为傅若金的五古"步趋工部",五律是元人之冠,又说他的排律在宋元人的同体作品中也属突出之列,并举《寿陈景让都事四十韵》为例,誉为"风骨苍然,多得老杜句格"。此外,还称赞他的歌行《混沌石行》和七律《登南岳》、《次早朝》等作品。胡应麟指出傅若金的排律佳作是有见地的,此类长律颇见工力,看来也是他在京师驰骋才情,博得名声的力作。至于他的歌行倒可能是他各体诗中最弱的一类,除了《混沌石行》外,大抵缺少豪雄之势。四库馆臣盲目信从王士禛说,其论也就难免有失。

胡应麟和王士禛一致肯定傅若金的七律,胡氏还为此感叹"诗流"不识傅诗之可悲。《元诗别裁集》的编选者也很激赏傅若金的七律,他们按各种诗体选诗时,一般一个作家不超过十首,惟独于七律体却选了两个作家十首以上的作品,傅若金占首位,计十三首,其次是赵孟頫,计选十首。所选傅作大抵是佳作,如《沛公亭》:

遥山寂寂对危亭,坏础欹沙柳自青。四海久非刘社稷,千秋犹有汉精灵。丰西水散烟沉浦,砀北云来雨入庭。坐想酒酣思猛士,歌风台下晚冥冥。

未被《元诗别裁集》入选的傅若金的七律佳作至少还有十余首,如《送杜德常御史赴西台》之二:"绣衣此别近如何,骢马西行处处过。驿树苍茫连灞浐,江花浩荡过岷峨。三秦久诉诛求尽,六诏仍闻警急多。早听封章切肝胆,为怜编户困干戈。"《元诗别裁集》所选《正月十七日丽正门观迎接口号》一首,表面看来,也是工整之作,但联系史实来究其内容,写的是迎接十三岁的妥欢贴睦尔(即惠宗)由广西回到大都,准备接位,这是元王室内部在经过一番明争暗斗后的结果,诗中"父老多流去日泪"云云,实在不能感人。同样,他的《秋兴五首》其三中写的"东都日望金舆发",则是盼望在上都正式即位的懦弱的惠宗皇帝早日回到大都。这类诗歌所表达的感情即使不是虚假的,也是廉价的。"秋兴"云云,严格地说,只是"效颦"之作而已。这也是这位有才华的诗人作品中的最大缺陷。

第二节 王冕 贡性之 倪瓒 顾瑛

王冕(?—1359),字元章,号煮石山农。绍兴诸暨(今属浙江)人。出身农家,幼时牧牛,常潜入村塾听人诵书,听后默记。后离家依僧寺,夜间映长明灯自学,通宵达旦。当时居住在绍兴的著名儒者韩性闻知他好学,收他为弟子。他曾试进士举,不第,绝意仕进,王艮、李孝光推荐他,他都予以拒绝。[5]为人狂放不羁,钱谦益《列朝诗集小传》记他"一试进士举,不第,即焚所为文。读古兵法,着高檐帽,被绿蓑衣,履长齿木屐,击木剑,或骑黄牛,持《汉书》以读。人咸以为狂生"。至正年间,他到大都,曾任绍兴路总管的泰不花当时正在京任职,又拟推荐他,他说:"公诚愚人哉! 不满十年,此间狐兔游矣,何以禄仕为?"[6]他在大都期间写的《即事》中说:"诸郎不解风尘恶,争指红门入建章","风景凄凉只如此,人情嚣薄复何论"。《都城暮春》中说:"天上柳花随处衮,人间春色已无多。"都表明他预感到元王朝即将没落、衰亡。王冕善画梅花、竹石,他在京时,寓所壁间张挂一幅梅花图,题诗中有"疏花个个团冰雪,羌笛吹他不下来"。被人视为讥刺时政,欲逮捕他,他即日遁归,在九里山隐居,题所居茅屋为"梅花屋",又称"竹斋"。他南归时,方国珍义军已在浙东起事。泰不花旋又任职江浙,至正十二年在同方国珍军作战时死去。至正十六年张士诚义军占领苏、杭一带。和大多数文人一样,王冕对这些义军怀有偏见,在诗中诋为"妖氛"、"盗贼"。在《谩兴五首》中还对元王朝的招抚政策表示不满:"朝廷政宽大,应笑井中蛙。"至正十九年,朱元璋部队攻越,统军将领胡大海待王冕以礼,他却拒绝"请事",旋一病不起[7]。著有《竹斋诗集》。

在元末的东南诗坛上,杨维桢成为盟主,"铁崖诗"风靡一时。王冕的诗风却趋向朴直豪放。《四库全书总目提要·竹斋集》条中说:"冕天才纵逸,其诗多排奡遒劲之气,不可拘以常格。然高视阔步,落落独行,无杨维桢等诡俊纤仄之习,在元明之间要为作者。"这种评论本有标新之意,因为自明初至清初,一些著名诗家在评论元诗时,王冕作品常遭冷遇。今人引申四库馆臣之说,认为王冕诗歌成就超过杨维桢。但两人诗风不同,影响殊异,颇难相较,如果片面立论,褒此贬彼,便不是公允之论了。

大致说来,王冕诗歌中较有特色的有两类:一是伤时愤世,感慨疮痍之作;二是表现他蔑视功名利禄和抒写隐逸闲适之情的作品。

前者如《悲苦行》、《秋夜雨》、《伤亭户》、《冀州道中》、《江南民》、《江南妇》等,这些诗描绘了劳动人民的悲惨生活,多方面反映了当时的社会矛盾。如《江南妇》:"江南妇,何辛苦! 敝衣零落裙断腰,赤脚蓬头面如土。日间力田随夫郎,夜间绩麻不上床。绩麻成布抵官税,力田得米归官仓。官输未了忧郁腹,门外又闻私债促。大家揭帖出陈帐,生谷十年还未足。大儿五岁方离手,小女三周未能走。社长呼名散户田,下季官粮添两口。舅姑老病毛骨枯,忍冻忍饥蹲破庐。残年无物做慈孝,对面冷泪如流珠。赵燕女儿颜如玉,能拨琵琶调新曲。珠翠满头金满臂,日日春风嫌酒肉。五侯七贵争取怜,一笑可博十万钱。归来重藉锦绣眠,不信江南妇人单被穿。"

这首诗朴实无华,通俗明晓,四句一换韵,平仄相互迭,在风格上近于白居易的"新乐府"。但像《伤亭户》、《冀州道中》在风格上却又显出受杜甫五言长篇的影响,如《冀州道中》写道:"……程程望烟火,道旁少人居。小米无得买,浊醪无得沽。土房桑树根,仿佛似酒垆。徘徊问野老,可否借我厨? 野老欣笑迎,近前挽我裾。热水湿我手,火炕暖我躯……"此外,他的《劲草行》和《剑歌行》显出追求气势和字句新奇的倾向,《金陵行》和《大醉歌》又有模仿李白诗风的痕迹,有些题画绝句写来比较直白,有些律诗常常不严守格律。难怪四库馆臣要说"不可拘以常格"了。

王冕较多的诗歌写他不愿随俗浮沉,甘于隐居闲适,追求清雅高洁的情怀。他对官场的腐败现象深恶痛绝。《痛哭行》写官场是"纷纷红紫已乱朱,古时妾妇今丈夫。有耳何曾听《韶》《武》,有舌不喜论诗书"。他自己要"脱身傲万乘,泰华轻鸿毛"(《寓意次敬助韵》)。"且自草衣同牧竖,不须骢马列官曹"(《秋夜偶成》)。他自题所居梅花屋诗中写道:"荒苔丛篠路萦回,绕涧新栽百树梅。花落不随流水去,鹤归常带白云来。"《墨梅》中写道:"不要人夸好颜色,只留清气满乾坤。"这都表现了他的清高傲世思想。他的咏梅诗大抵是自题画诗[8]，其中佳构当数《梅花六首》，今引其三如下：

> 三月东风吹雪消，湖南山色翠如浇。一声羌管无人见，无数梅花落野桥。

清代翁方纲说王冕的题画诗"如冷泉漱石，自成湍激"（《石洲诗话》），主要就是指他这类题梅诗而言的。王冕自言："平生爱梅颇成癖。"（《题月下梅花》）他爱梅、植梅、画梅、咏梅，梅花伴着他度过了一生。他的名字在当时也常和梅花相伴，从元末不少作家的诗集中，几乎都可找到题王冕画梅诗。他又爱雪，"冲寒不畏朔风吹"，"踏雪行穿一双屐"（《题月下梅花》）。宋濂曾记他目睹王冕在大雪天赤足上潜岳峰，四顾大呼："遍天地间皆白玉合成，使人心胆澄澈，便欲仙去。"这种"狂士"行为，也正好表明了他的愤世嫉俗、清雅高洁的性格特点。

贡性之（1317？—1379？），字友初（一作有初），宁国宣城（今属安徽）人。元末曾任簿尉、理官，入明不仕，改名为"悦"，隐居绍兴，人称"南湖先生"。著有《南湖集》。

贡性之与王冕齐名，在元末杭州一带名声很高。王冕善画梅花，人们争求其画，凡得王画者又必请贡性之题诗，不如此则不贵重。贡性之的一首《题画梅》诗中说："王郎胸次亦清奇，写尽孤山雪后枝。老我江南无俗事，为渠日日赋新诗。"在另一首《题画梅》诗中还有"向我题诗如索债"之言。因此他的诗集中多咏梅之作。但也因为出于应酬而作诗，他的题梅诗几成千篇一律，明代田汝成批评贡诗"乏骨"，不无道理。今举贡性之题梅诗中较好的一首七绝《题梅》

如下：

> 平生心事许谁知，不是梅花不赋诗。莫向西湖踏残雪，东风多在向阳枝。

这首诗寓有自甘贫寒之意，见出高士之气。清代四库馆臣解释贡性之的诗之所以被人重视因而纷纷索取这一现象时说："盖(贡)人品既高，故得其题词则缣素为之增价，有不全系乎诗者。"在推重贡性之的高士品性同时，对他的题梅诗作了有保留的评价，"有不全系乎诗者"云云，实际上又是一种评价不高的委婉说法。

贡性之的《吴山游女》诗表现出另外一种风格，全诗如下：

> 十八姑儿浅淡妆，春衣初试柳芽黄。三三五五东风里，去上吴山答愿香。

这实际是一首属竹枝词一类的诗歌，据作者的友人瞿佑说，贡性之自己颇欣赏这诗，瞿佑也赞为"新嫩奇巧"(见《归田诗话》)。但田汝成《西湖游览志余》批评它"纤秾"，却嫌苛刻。

贡性之的名作当数《湖上春归》(一作《涌金门见柳》)，全诗如下：

> 涌金门外柳垂金，三日不来成绿阴。折取一枝入城去，使人知道已春深。

这首名作也是元诗中的传诵之篇，明清时代不少人都提到它，只是从明嘉靖年间俞弁《逸老堂诗话》开始，已不知它的作者是贡性之,俞弁说它"隽逸可诵",但只知是"元诗",并说:"惜元诗遗其名氏。"钱谦益《列朝诗集》中竟说此诗是明时"日本贡使"驻泊杭州时所作。这种越说越离谱的现象倒可说明这首诗流传得很广远[9]。

倪瓒(1306—1374?)[10],字元镇,常州无锡(今属江苏)人。其先世广有钱财,是吴中有名的富户。关于他幼时情况,他在《述怀》诗中有所记述:"嗟余幼失怙,教养自大兄。厉志务为学,守义思居贞。闭户读书史,出门求友生。放笔作词赋,览时多论评。白眼视俗物,清言屈时英。富贵乌足道,所思垂令名。"他的大兄倪文光,元贞初曾任学道书院山长,后为道士,赐"真人"称号,天历元年去世。此后倪瓒的生活发生了一些变化,一方面继续过着诗酒生活,如同王冕《送杨义甫访云林》诗中所写:"牙签曜日书充屋,彩笔凌烟画满楼。既是有樽开北海,岂云无榻下南州。"一方面又要经营田亩之事。在收租缴税过程中,他接触到了"纷攘人事":"输租膏血尽,役官忧病婴","磬折拜胥吏,戴星候公庭"。他在《余不溪词序》中回顾他二十余岁时的游山玩水之乐后,感慨地说:"余既为农畎亩,身依稼穑;复迍政繁,奔走州里,欲为昔游,其可得乎……若夫超踪混浊,逍遥玄迈,盖深志于是矣,览而咏言,能无动悲慨乎?"至正十五年,他写的《素衣》诗序中说:"《素衣》内自省也,督输官租,羁縻忧愤,思弃田庐,敛裳宵遁焉。"诗中写道:"彼苛者虎,胡恤尔氓。视氓如豝,宁辟尤诟。礼以自持,省焉内疚。虽曰先业,念毋荡失。守而不迁,致此幽郁……吁嗟民生,实罹百患。先师遗训,岂或敢忘。箪瓢称贤,乐道无殃。予独何为,凄其悲伤……修我初服,息焉优游。"可能就在这一年,他变卖田产,出外漫游,次年,张士诚义军渡江。稍后,他谢绝了张士诚的召聘,继续浪迹江湖。明洪武七年,他回到家乡,寄居姻戚邹惟高家,不久死去,身后凄凉。他的著作今传有《清閟阁集》

和《倪云林诗集》。

倪瓒在《谢仲野诗序》中说："《诗》亡而为《骚》，至汉为五言。吟咏得性情之正者，其惟渊明乎？韦、柳冲淡萧散，皆得陶之旨趣。下此则王摩诘矣。何则？富丽穷苦之词易工，幽深闲远之语难造。"他称赞谢仲野"居乱世而有怡愉之色"，"家无瓶粟，歌诗不为愁苦之言；染翰吐词，必以陶、韦为准则"。称赞他诗风近陶渊明、韦应物，实际上这也正是倪瓒自己作品的特点。在他之前，虞集是十分推崇陶、韦的，但由于两人生活道路不同，虞集在朝位居显官近二十年，倪瓒却不屑出仕，并匿迹田野二十多年，所以倪瓒诗作的清隽淡雅之气胜过虞诗。元代不少诗家往往在不同体裁中显出不同诗风，五古学汉魏，歌行却要宗李贺，这自非缺点，但倪瓒的各体诗歌在诗风上却较一致。明人钱溥评论说："予谓其清新典雅，迥无一点尘俗气，固已类其为人，然置之陶、韦、岑、刘间，又孰古而孰今也耶！"虽然未免溢美，但倪瓒诗作确有素淡无华的特点，今举例如下：

> 题诗石壁上，把酒长松间。远水白云度，晴天孤鹤还。虚亭映苔竹，聊此息跻攀。坐久日已夕，春鸟声关关。（《对酒》）
> 在山无事入城中，每问归樵得信通。松室夜镫禅影瘦，石潭秋水道心空。幽扉独掩林间雨，疏磬遥传谷口风。几度行吟欲相觅，乱流深涧隔西东。（《寄熙本明》）

倪瓒写有不少四言古诗和六言绝句。后者不仅讲究平仄粘连，还讲究对仗，如《田舍》：

> 映水五株杨柳，当窗一树樱桃。洒扫石间梦月，吟哦琴里松涛。

倪瓒还善画,以山水小景最为有名。他自言作画"不求神似,聊以自娱",实际是"尚意"。所画以天真幽淡为宗,淡远简古,不同流俗,脱尽画工院气。他的诗集中有不少题画诗,大抵为绝句,诗风也属雅淡,不时借以寓意和明志。清代翁方纲《石洲诗话》中说倪瓒题画之作"最有清韵,而尚不能剔去金粉"。指责之词与倪作不相符合。

顾瑛(1310—1369),一名阿瑛,又名德辉,字仲瑛,平江昆山(今属江苏)人。家业豪富,轻财结客。曾筑玉山草堂,园池亭榭有三十六处,常聚四方名士,诗酒唱和,名闻东南。张士诚义军占领吴中后,顾瑛一度避开,未久,因母丧归里。他两次拒绝张士诚的招聘,削发为在家僧,自称金粟道人,但依旧过着诗酒生活。尝自题小像说:"儒衣僧帽道人鞋,天下青山骨可埋。若说向时豪杰处,五陵鞍马洛阳街。"明洪武二年去世。生前自营墓穴,名"金粟冢",有《金粟冢中秋日燕集》诗,诗中写道:"肉血溃臭腐,不朽唯骷髅","暖穴竞蝼蚁,凉风灭蜉蝣","美人化黄壤,燕子巢空楼",表现了浓厚的颓废思想。著有《玉山璞稿》、《玉山逸稿》。编有《玉山名胜集》和《草堂雅集》,所收都为唱和之作。

顾瑛的生活道路决定着他诗歌的主要情调是闲适恬淡,《玉山佳处以"爱汝玉山草堂静"分韵得"静"字》诗,最足以代表他的诗格,其诗如下:

> 兰风荡丛薄,高宇日色静。林迥发春声,帘疏散清影。蹇裳石萝古,濯缨水花冷。于焉奉华觞,聊以娱昼永。

在顾瑛的各体诗中，有些绝句写得颇有情韵，如《发阊门》：

> 阊门西去是阳关，叠叠秋风叠叠山。便是早春相别处，如今杨柳不堪攀。

分明是诗人自己在秋天离开苏州，带有离别愁意，却用早春时送别朋友的离愁来反衬。淡淡哀愁，却颇缠绵。但这样的佳作不多。

顾瑛在当时和后世闻名，主要不是因为他的诗歌成就，而是因为他是玉山草堂的主人。元末不少文人诗中写到玉山草堂时，总是那么令人神往和留恋，柯九思《寓题寄玉山》写道：“溪行何处是仙家，谷口逢君日未斜。隔岸云深相借问，青松望极有桃花。”于立《玉山佳处》中写道：“草肥青野鹿呦呦，花下残棋暮不收。邻家野老长携酒，溪上渔郎或舣舟。幽人读书忘世虑，结屋山中最佳处。世上红尘空白头，束书我欲山中去。”这是一个文人雅集的胜地，也是逃避现实的场所。熊自得于至正十二年秋由楚州南渡入吴，当时长江南北义军起事，“道途梗阻，虽近郡不相往来”，他却只用六天时间赶回吴中，他的朋友们莫不惊讶他“迁而捷”。他一到玉山，虽然“相与议论时务，凡可惊可愕可忧可虑者不少”，但一旦诗酒为乐，顿觉尽脱尘俗。据熊自得为该次文会所作序文中描写，先是主人手执玉麈，一声长啸，意气自如。接着张筵设席，女乐杂沓。主人操琴，客人吹箫，丝竹歌声，相为表里。酒后赋诗，诗后作画。真是“一时之胜”。诚如熊自得自己所说：“于是时能以诗酒为乐，傲睨物表者几人？能不以汲汲皇皇于世故者又几人？”

玉山草堂文酒之会的黄金时期是至正八年到十四年，其中尤以至正十年前后为最盛。至正十四年十二月二十二日的文酒会上产生了《可诗斋夜集联句》诗，秦约诗序中说：“酒半，诸君咸曰：今四郊多垒,膺厚禄者则当奋身报效,吾辈无与于世,得从文酒之乐,岂非幸哉!"这似乎是一个世外小桃源,但终究被时代的风雨冲破了。张士诚义军渡江,不久就据有了杭、嘉、湖这块当时最富饶的太湖三角地区。玉山草堂的雅集一度中断,后来再兴,却就难有往日盛况了,但无论主客,对此却也更加珍惜了。至正十六年冬,海虞山人缪叔正到玉山看望已经断发的顾瑛,顾瑛感到"兵后朋旧星散,得一顷相见,旷如隔世",邀了几位朋友,又作诗文之会,却又伤感"今夕之会,诚不易得,况后会无期乎!"谢应芳有一首《中秋日玉山记仲瑛邀饮金粟冢上》诗,玉山桃源已被称作金粟坟场,但他们依旧饮乐,所谓"烽烟犹眯目,惨淡千里外。卓哉山中人,旷达谁与俦?"充分显示了这些文人的颓唐、没落感情和心态。

由于顾瑛的儿子顾元臣曾为元官,明洪武元年,被勒令迁徙到临濠,顾瑛也随同前往,卒于该处,玉山草堂这个充满着季世之感的文士"胜地"终于冷寂没落了。后人访寻玉山遗址,有人感叹为诗家"千载一佳话"(《元诗选》引李一初言),但玉山草堂又正好是元末一部分文人逃避现实的见证之一。

第三节　陈基　戴良　王逢

陈基(1314—1370),字敬初,台州临海(今属浙江)人。至正元年,随老师黄溍进京,任经筵检讨。因建议一位御史上书谏"并后为致乱之本"(按:元朝皇帝有"第二皇后")几乎获罪,引避南归[11]。后在吴中教授诸生,颇有声名。至正十六年,江浙行省设行枢密府于杭州,起为都事,转江浙行中书省员外郎,升郎中。这时张士诚起义部队已占领平江路(今苏州)。至正十七年,张士诚归顺元王朝,授太尉。实际上是割据一方。至元十九年,张士诚弟士信以江浙行省平章政事兼同知行枢密事,镇守杭州。陈基自此辅佐张氏[12]。大致是在至正二十一年到二十二年间,他由杭到吴,入张士诚"太尉府"戎幕,后为学士院学士,书檄起草,多出他手。张士诚政权灭亡后,朱元璋宽容他,并召他修《元史》,洪武三年卒。著作有《夷白斋稿》。

陈基有不少描写他从军生活的诗歌,其中"王师""官军"云云,常不易为人分辨,但除了《彦文点兵余杭富阳新城道上赋诗见示因次其韵》四首外,其他大部分都可确定在张士诚戎幕作,"王师""官军"实指张士诚部队。钱谦益《列朝诗集小传》记:"敬初在藩府(按:张士诚曾为吴王,故称藩府),飞书走檄,皆出其手,敌国分争,语多指斥……太祖之容敬初,何啻魏武之不杀陈琳。"大凡细检《夷白斋稿》,并联系史实,可发现陈基作品中称朱元璋起义军为"妖"为"寇"。但如果孤立地看某个作品,而不联系史实,就可能不知"妖寇"何所指。这又是阅读陈基作品时需注意考察和分辨的问题。

陈基的五言古诗《发吴门》、《大江》、《狼山》、《通州》、《如皋县》、《海安》、《泰州》、《上乐》、《令丁镇》、《务子角》、《高邮》、《宝应县》、《述老妪语》、《淮安》等,七言律诗《癸卯二月十一日官军发吴门》、《二十二日狼山口观兵》、《高邮湖夜行天明过宝应》、《二十六日自通州赴淮安》等,都是从军诗,虽然每首诗的写作时间难以确切判断,但大致可以考定它们作于至正二十一年到二十三年间。陈基自己很重视这些诗歌,他曾把它们缮写成卷,并请友人写序。这些诗热情地歌颂张士诚的部队:"官军渡淮海,父老迓旌旗"(《务子角》);"征人还旧乡,下马问亲戚"(《泰州》);"来往卖鱼虾,出入官军里"、"买物不论钱,仆仆更拜起"(《上乐》);"杼轴万家供馈饷,旌旗千里亘江湖"、"淮海父兄争鼓舞,将军恐是汉金吾"(《二十二日狼山口观兵》)。此外在《新城行》中还写"将军爱民如爱子,将军令严鸡犬宁"。这些诗中描述张士诚的军队和人民的关系很和谐,保持着农民军的本色。但考诸史实,这时张士诚军队的作战目标却是其他起义部队。从《癸卯二月十一日官军发吴门》诗联系有关史料,还可判断那次的军事活动是开赴淮西讨伐韩林儿和刘福通起义队伍。

这些诗歌中对敌方几乎无具体描写,只是出现"鲸鲵"、"犬羊"和"妖氛"一类词语。但他的文章《精忠碑记》中却把朱元璋部队描写得十恶不赦:"妖寇犯杭"、"寇百方攻城"……这也就是钱谦益所说的"指斥之词,俨然胪列"。从这种"指斥"固然可以看出陈基的封建正统立场,以接受不接受元朝政府的招安来区别"官"与"寇"。但也有其他因素。张士诚表面上归顺元王朝,实际是割据一方,又是所谓"僭王越礼"的草莽人物,这对陈基来说本是洞若观火,不过他拥护张氏政权,他的诗作中还流露出对张氏兄弟的亲密之情:"顾余麋鹿姿,辱参罴虎群","驱驰宠辱途,俯仰愧君亲"(《发吴门》);"迹忝枢机近,恩沾雨露偏"(《送谢参军十八韵》)。张士诚之弟张士德在常熟城西的遭遇战中被朱元璋军队俘获,不屈而死,据钱谦益考订,陈基的《舟中望虞山有感》即为"张士德被擒而作",诗中写道:"一望虞山一怅然,楚公曾此将楼船。间关百战捐躯地,慷慨孤忠骂寇年。填海欲衔精卫石,驱狼愿假祖龙鞭。至今父老犹垂泪,花落春城泣杜鹃。"钱谦益说诗中"孤忠骂寇,亦指斥之词也"。从这诗也可见到陈基忠于张氏政权的感情。戴良在《哭陈夷白》诗中说:"藩国奇才独数君。"确实,从陈基的地位和实际作用看,他可称是张氏政权的"第一文人"。

陈基的乐府体诗歌并不一味模仿前人体制,写来颇有民歌风味,如《白头公词》、《新城行》、《见月行》和《裁衣曲》等。所写内容大抵也都与战争有关。《裁衣曲》在白描中见细腻,并有层次地写出人物的起伏变化的心情,是元代最好的乐府体诗作之一:

殷勤织纨绮,寸寸成文理。裁作远人衣,缝缝不敢迟。裁衣不怕剪刀寒,寄远唯忧行路难。临裁更忆身长短,只恐边城衣带缓。银灯照壁忽垂花,万一衣成人到家。

至正二十五年,戴良为《夷白斋集》所写序文中,推崇陈基为文有"雍容纡余","驰骋操纵"和"音节曲折"的特点,并且说陈文深得虞集、揭傒斯和黄溍散文之"律"。这在很大程度上是属朋友间应酬中的推许,而非贴切之论。戴良又说陈基文章继承了宋人的传统,却是对的。大凡他的较好的文章,如《五山名胜集序》、《春晖楼记》和《存存斋记》等,追求平实流畅、写景不忘说理,这都是学习宋文带来的特点。

戴良(1317—1383),字叔能,号九灵山人,婺州浦江(今属浙江)人。曾先后受业于黄溍、柳贯、吴莱和余阙,通经史、百家、医卜、释、老之学。至正十八年,朱元璋军队攻下金华后,曾起用他为学正(一说为月泉书院山长)。后弃官逸去。至正二十一年元朝政府任命他为淮南江北等处行中书省儒学提举,其时该行中书省所辖地区实是降元的张士诚部队割据地域。后又任职吴中,实是依附张士诚。他在诗中自言"终期事驰翰,日晏不遑食"(《始发吴门》),"平生昧陈力,末暮忝为郎"(《至杭宿钱塘驿》),据此则知他似又曾任郎中一类官职。至正二十五年写的《岁暮留别二首》中说:"从宦不得意,岁阑聊良归。"次年,张士诚军节节失利,朱元璋军队进围平江时,他从浙东泛海至山东,原想投奔元军扩廓帖木儿部,因当时镇守昌乐的行军镇抚蒲察文政的挽留,寓居昌乐。明洪武六年南还,变换姓名,隐居四明山中。洪武十五年被召至京师,迫使任官,他托病固辞,"忤旨待罪",次年自杀身亡。著有《九灵山房文集》。

前人评论戴良,多重其诗,其实他的文比诗更好。他于当代文章家中尊虞集、揭傒斯和柳贯、黄溍,他的散文风格一本宋文传统,有些记叙文如《六柳庄记》、《小丹丘记》和《剡源记》等写得有起伏而又议论风生。《小丹丘记》作于平江,写陈基以"小丹丘"为斋名。作者先是假托有人提出非议:以为昔人作《天台赋》,有曰:仍羽人于丹丘。"则丹丘者,因临海之名山而亦神仙家之所栖息焉者也",陈基是"国之文儒","居乎玉堂之署",真是人间仙宅,缘何还慕丹丘之息?接着作者写他"闻而笑曰:是盖烛乎其外而暗乎其内者言"。他紧紧扣住陈基当时"将归老于家而有所未能"的心情,扣住真正的丹丘山正是陈基故里的特点,风趣横生地发挥议论:"而日放情肆志于其间,悠悠然与颢气俱,栩栩然与造物游。方是时,固不知是山之在吴也抑在越也;山之在吴与越且不知,又岂知是身之为儒耶为仙耶……"在很大的程度上,戴良的这类散文开了明代小品文的先声,或者说是它们的滥觞。

此外,《黄氏归田记》写一个望族家庭的愚呆子弟废尽家业,其间还为人捉弄,"至以百金产仅易一醉饱,富豪之家争为巧计图之,而族人之无赖者又从而鼓扇其间,以故田凡八百余亩,屋凡二百余楹"不到一年,统统都被人骗去。一位新到任的州官,把买产者全都召来,以仁厚之化,义礼之信开导他们,同时自己"反躬念过,至于泣下",又点烛焚香,"对天誓众","于是冒取者偿其业,低直者益其金"。这颇似民间传闻,也像小说故事。

戴良的传记文善于描绘人物性格,也多细节描写。最为奇特的是记名医吕复事迹的《沧洲翁传》,文长七千多字,后半篇抄录吕复的医学著作,前半篇写他医术的高明,极富传奇色彩。如写一女婴嗜眠不醒,三四个小儿科医生诊断为"慢惊风",吕复却认为女婴无病,只是醉酒,从而判断乳母必嗜酒,酒后哺乳所致。检查乳母卧室,果然发现"有数空罂榻下",原来她掌管着酒库钥匙。戴良的这类传记文在结构、布局上并不精心,却以情节动人见长。

戴良为王秉彝所作的《乐善堂记》,文笔也颇见起伏,其中所发议论却很严肃,代表他的思想。主要有两点:一是不赞成"乐乎在己之善"的说法,而赞成"以天下之善而乐之";二是认为富贵毒人,"富贵之毒人也,甚于鸩。惟其乐之深,故其毒愈深。猩猩之乐于酒,鱼之乐于饵,彼岂知其为亡身之具哉"。把富贵视为"亡身之具",并非新见。在元末农民起义的烽火中,江浙一带地主阶级的知识分子常有这种心理。有些人散尽家财,也是出于这种心理。只是戴良的富贵亡身观点是和乐天下之善联系在一起,因而显得格高拔俗。戴良一生以道学、清高自许,他在元朝未任要职,但他始终坚持忠于元王朝的立场,晚年以遗民自居。他在《蒋彦章来访别后怀之》诗中写道:"功名久已成渐尽,节操由来与世存。久说首阳薇可采,为歌遗事却消魂。"他还在《怀宋庸庵》诗中写道:"麦秀歌残已白头,逢人犹是说东周。风尘颟洞遗黎老,草木凋伤故国秋。祖逖念时空击楫,仲宣多难但登楼。何当去逐骑鲸客,披发同为汗漫游。"实际上,当他的朋友宋濂和刘基已是明王朝的大臣时,他还曾跋涉道路,从事反明活动,因事无成就,甘作逸民,他的朋友丁鹤年赠诗说:"挟海怀山谒紫宸,拟将忠孝报君亲。忽从华表闻辽鹤,却抱遗经泣鲁鳞。丧乱行藏心似铁,蹉跎勋业鬓如银。万言椽笔今无用,闲向林泉纪逸民。"(《奉寄九灵先生》)戴良最后以自尽表示他忠于元室的坚定立场,这种行为即使在元遗民中也属罕见。

王逢(1319—1388),字元吉,号席帽山人、梧溪子和最闲园丁,江阴(今属江苏)人。平生不仕,以布衣终身。在元末文人中,有一批竭诚忠于元室的人物,王逢即是其中之一。至正年间,元王朝岌岌可危,他却作《河清颂》,歌颂元王朝。张士诚义军占领苏州后,他不仅拒不受聘,还通过友人王晟向张士诚之弟张士德劝说,希望张氏兄弟降元。张士诚降元为太尉,他即写诗颂扬。他对元王朝的将领、大臣与义军的作战行动也不时写诗歌颂,对他们的阵亡又不禁哀伤。元王朝覆灭后,他写了不少丧乱之作,还讥讽朱元璋称帝是"孺子成名",直到他临死之年(其时入明已二十年),还称朱元璋是"南朝天子",自称"平生气节诗千首,才非元亚甘刘后"。"元"指元好问,"刘"指刘因,实际是以忠于金室的元好问、刘因自喻。这些思想反映在诗作中,常常情见乎辞,十分强烈。如《无题》诗中写道:

> 廿载群雄百战疲,金城万雉自汤池。地分玉册盟俱在,露仄铜盘影不支。中夜马群风北向,当年车辙日南驰。独怜石鼓眠秋草,犹是宣王颂美辞。(《无题五首》之五)
>
> 吐蕃回纥使何如,冯翊扶风守太疏。范蠡不辞句践难,乐生何忍惠王书。银河珠斗低沙幕,乳酒黄羊减拂庐。北陆渐寒冰雪早,六龙好扈五云车。(《后无题五首》之二)

钱谦益《列朝诗集小传》中说王逢"前后《无题》十三首,伤庚申(按:指元惠宗)之北遁,哀皇孙之见俘,故国归君之思,可谓至于此极矣"。[13]钱谦益还把王逢比作宋末元初著名遗民谢翱,说:"呜呼,皋羽之于宋也,原吉之于元也,其于遗民一也。"顾嗣立《元诗选》中批评钱谦益的相喻"抑何其不相类乎",但也无法否认王逢"志在乎元"。钱谦益曾说王逢在《寄桃浦诸故知即事》诗中写出"愿从汉士碑有道,梦逢秦鬼歌无衣"之句是"真所谓倔强犹昔",还批评他称朱元璋"孺子成名"是"狂而比于悖"。事实上,王逢的"倔强"正是表现出传统的封建正统思想的"倔强"。元亡后,有一批能文善诗的作家以遗民自居,如张昱、钱惟善、舒頔、李存等,而王逢和戴良又是"遗民作家"中有代表性的人物。

王逢的诗作用典较多,陈敏政《梧溪集后序》说王逢"尝自标题其微词奥义及人名地里之难晓者于各诗之首",实际上同他多用典事之习有关,这种现象在元末诗坛显得比较特殊。他的竹枝词风格素淡,几无纤浓之笔,在当时诸多竹枝词中也显得比较特殊。他的整体诗风既与当时流行的杨维桢"铁崖体"不同,也与王冕、贡性之等人的明畅诗风有别。看来他是在追求一种诗家们常说的沉郁诗格。杨维桢为《梧溪集》所写序文中称赞王逢的古体歌行,但着重从"诗史"着眼,所谓"皆为他日国史起本,亦杜诗之流欤",即是此意。就诗论诗,王逢的长篇歌行所表现出的豪雄之势,正是杨维桢的歌行所缺乏的,或者说正可观照而见出异趣,如《帖侯歌》写昌国州达鲁花赤高昌帖木儿的阵亡:"帖侯亲骑大宛马,快剑跃出苍龙双。须张眥裂赫如虎,杀气雄风助虓武。髑髅掷地血飞雨,短兵未接寇偃鼓。天南孤矢夜掩光,狼角赭赤云玄黄。洪涛鲸鲵去咫尺,再战身与城存亡。"王逢所处的时代,终究是元王朝没落的时代,他的诗歌也不免流露出悲凉的气息。他虽用夸张的笔墨描写高昌帖木儿的阵亡,结句却又感到"落日荒山"的凄凉:"鸿飞冥冥我何及,落日荒山泪横臆。"至正十八年,他在《奉陪神保大王宴朱将军第闻弹白翎雀引》中讴歌元世祖忽必烈命伶官硕德闾制《白翎雀》曲时的"大朴之气","帝皇赫然太阳若,八表晃荡氛尽却",但结尾却发出悲叹:"吁嗟《白翎》将焉托,有客泪下甘丘壑。"他晚年隐居沪渎,在《重游三殿山》中写道:"因之怀故国,游雁落清哀。"这种种悲凉情绪正是同他忠于元王朝的强烈感情同时存在的,不妨说,既"倔强",又悲凉,正是像王逢这样与没落的元王朝同命运的文人的整个心态。

〔1〕 《元史·张翥传》作"晋宁人",晋宁在元代为路名。《新元史》作"晋宁襄陵人",襄陵为晋宁路所属县。证之以张翥《拜襄陵祖茔》诗,《新元史》记载是正确的。

〔2〕 《元史·张翥传》记张翥"所为诗文甚多,无丈夫子,及死,国遂亡,以故其遗稿不传。其传者,有律诗、乐府,仅三卷"。所说"无丈夫子",指其无儿,也即无后。至于"三卷"云云,或是指史臣见到的某一种抄本。据明刊本《张蜕庵诗集》释来复序,至正二十六年春,张翥的朋友释大杼打算以张翥手稿"选次而刊行之",是时张翥还未去世。但据释宗泐后序,当时大杼只是编集而未刊行,后序中说张翥"于元季多故之际,薨于燕都,由其无后,北山(按:即大杼)为之经纪葬事,未几,天兵(按:指明朱元璋军队)北伐,燕都不守。北山取其遗稿归江南,凡选得九百首,将刊报以行于世"。宗泐后序写于洪武十年冬,较《明史》修成为晚,《明史》的编纂者当不知张翥遗稿在北山手中,故说"遗稿不传"。今存明刊四卷本只有五百九十四首诗。又王士禛《居易录》著录《蜕庵集》也为四卷本,说是"衡山释大杼北山编集,洪武三年锡山郎成抄本"。当为无宗泐后序之本。又《四库全书总目提要》著录"浙江巡抚采进本",实为朱彝尊所藏大杼手抄本,系五卷,经张元济检校文澜阁藏本,只较明刊本多出七十五首,合计六百六十九首。四库馆臣却说"今实诗七百六十七首,合以词一百三十三首,仍足九百之数"。所举词数合乎实际,诗数云云,则不可解。但四库馆臣认为大杼所编张集包括诗和词,"特传写者或附诗集,或析出别行耳",这看法是对的。张元济一定要找九百首"诗"的"原稿",则过于拘泥。

〔3〕 胡应麟《诗薮》内篇卷二称张翥为元代"名家"之一,外篇卷六却又说他"不甚知名"。但胡应麟对他评价甚高。按胡氏"不甚知名"说是错误的。元末傅若金、张昱和瞿佑等人诗文中都说到张翥名扬一时。

〔4〕 元末发生的元室将领间的内讧当以扩廓帖木儿和孛罗帖木儿以及他们的拥护者之间的战争延续时间最长,他们对皇室的顺逆关系也有数度变化。至正二十八年八月明兵攻入大都。闰七月,元朝扩廓帖木儿军和孛百高、关保军之间尚有战事。张翥的诗歌中对这类战争常表痛心,对孛罗帖木儿更深恶痛绝。

《元史·张翥传》记孛罗帖木儿入京后，"命翥草诏，削夺扩廓帖木儿官爵，且发兵讨之，翥毅然不从。左右或劝之，翥曰：'吾臂可断，笔不能操也。'……及孛罗帖木儿被诛，诏乃以翥为河南行省平章政事，仍翰林学士承旨致仕，给全俸终其身"。

〔5〕　张辰《王冕传》记王冕的同乡王艮任江浙行省检校官时，"冕往谒，履弊不完，足指践地。艮遗草履一两，讽使就吏禄。冕笑不言，置其履而去"。据黄溍《淮东道宣慰副使王公墓志铭》，王艮卒于至正八年，任检校官时间约在至正六、七年。又宋濂《王冕传》载"著作郎李孝光欲荐之为府史"，王冕骂道："吾有田可耕，有书可读，肯朝夕抱案立庭下，备奴使哉？"据陈德永《李五峰行状》，李孝光于至正四年至京师，授著作郎。

〔6〕　宋濂《王冕传》记王冕在京时"馆秘书卿泰不花家"。据《元史》，泰不花幼时居台州，师事李孝光，至正元年任绍兴路总管，三年召入国史馆，参与辽、宋、金三史编纂工作，"三史"修成后，他授秘书卿。"三史"修成于至正五年十月，至正九年泰不花除江东廉访使，王冕"馆"于他家当在至正六年到九年之间。

〔7〕　元徐显《稗传》记至正十九年朱元璋部队至越，王冕拒绝"请事"，不久得病而亡。清高兆《续高士传》和朱彝尊《王冕传》都记他未任朱元璋所授官职而卒。宋濂《王冕传》、《明史·王冕传》和钱谦益《列朝诗集小传》却记他接受了朱元璋授予的谘议参军之职。钱传还引《保越录》："冕见太祖于军门，陈攻取方略，上大悦，命军前谘议。大军用冕计，有石堰之败，颇咎冕，以此疏之。"按徐显为绍兴人，元末寓居平江，《稗传》中称朱元璋部队为"寇"，称张士诚军为"外兵"。清四库馆臣疑此书作于张士诚未败亡时，也即至正二十六年前。四库馆臣此说可信。顾嗣立《元诗选》王冕小传中说："秀水朱检讨彝尊曰：冕为元季逸民。自宋文宪传出，世皆以参军目之。冕亦何尝一日参军事哉！读徐显《稗史》集传，冕盖不降其志以死者也。向来选本俱编元章入明诗，兹特援朱检讨之言以正之，使后之君子得以考焉。"此处姑从徐显说，待细考。

〔8〕　张辰《王冕传》："君善写梅花竹石，士大夫皆争走馆下，缣素山积，君援笔立挥，千花万蕊，成于俄顷。每画竟，则自题其上，皆假图以见志云。"但《竹斋诗集》中古风体《梅花三首》疑非题画诗。

〔9〕　钱锺书《宋诗选注》注文中曾将周密《西塍秋日即事》诗和贡性之《涌金门见柳》作比较。并说："贡性之的诗见顾嗣立《元诗选》二集辛集里《南湖集》；徐𤊻《笔精》卷五、钱谦益《列朝诗集》闰集卷六引作日本人诗，袁枚《随园诗话》卷九引作李金娥诗，也许都因为这首诗流传得很广很远，险的回不来老家了。"

〔10〕　倪瓒有《乙未岁，余年适五十。幼志于学，皓首无成，因诵昔人知非之言，慨然永叹，谩赋长句》诗，据此可推知他生于大德十年（1306）。《明史》记倪瓒洪武七年（1374）卒，年七十四。"洪武七年"和"七十四"两者必有一误。

〔11〕　陈基引避事据尤义《陈基传》。陈基诗中自述似涉及更复杂的因素，但又较含混："御史不容丞相忌，司隶侧目宫臣谗。脱身党籍走吴楚，托迹丘园求孔聃。"（《谢从义参军自京师还言中书危参政见问且讶无书因述诗寄谢》）

〔12〕　陈基何时开始辅佐张士诚政权，无明文记载。这里所说至正十九年是据尤义《陈基传》和陈基的《精忠碑记》所作的推断。

〔13〕　钱谦益所说"前后《无题》十三首"包括《前无题五首》、《后无题五首》和《书无题后凡三首偶感燕太子丹事》。

第二十四章　元代南戏（一）

第一节　元代南戏的发展

元代是北曲杂剧的黄金时代。北杂剧风行南北，成为一代文学的骄傲。但是，南宋时在东南沿海各地已经十分盛行的南曲戏文并没有因此而销声匿迹。它在南方民间仍很活跃。

据周密《癸辛杂识》别集"祖杰"条载，元初在浙江发生过以戏文演实事、迫使统治者把罪大恶极的僧人祖杰正法的事。可见，宋亡以后，戏文继续在演出。成书于泰定甲子（1324）的周德清《中原音韵》，也曾说到戏文："……悉如今之搬演南宋戏文唱念声腔。"钟嗣成《录鬼簿》记萧德祥作有"南曲戏文"。元末夏庭芝《青楼集》记有专工南戏的演员："龙楼景、丹墀秀，皆金门高之女也。俱有姿色，专工南戏。"

以上这些材料说明，无论是元初、抑或元末，南戏在南方民间流行未辍。徐渭《南词叙录》称："元初，北方杂剧流入南徼，一时靡然向风，宋词遂绝，而南戏亦衰。顺帝朝，忽又亲南而疏北，作者猬兴……"叶子奇《草木子》则说："元朝南戏尚盛行，及当乱，北院本

(指杂剧)特盛,南戏遂绝。"一曰元初曾衰,元末复兴,一谓元代尚盛行,元末才"绝"。二人说法虽异,但认为南戏在元代曾经衰落则是共同的。有关元代南戏资料的被陆续发现,证明了这两种说法都不完全符合元代的实际。如果和杂剧的繁荣景象相比,南戏显得逊色或不振,但如果就南戏本身的发展看,它仍有流行,更没有"绝"。现知宋元南戏二百多个剧目中大多为元代作品,足以证明这个事实。

南戏在元代不仅继有创作和演出,艺术上也获得了发展。例如,南曲四大声腔之一的海盐腔滥觞于南宋中叶,明李日华《紫桃轩杂缀》记张镃居海盐,"令歌儿衍曲,务为新声,所谓海盐腔也"[1]。在元代又得到丰富和发展。元姚桐寿《乐郊私语》说:

> 州(海盐)少年多善乐府,其传出于澉川杨氏。当康惠公存时,节侠风流,善音律,与武林阿里海涯之子(应作孙)云石交。云石翩翩公子,无论所制乐府、散套,骏逸为当行之冠,即歌声高引,可彻云汉。而康惠独得其传……其后长公国材、次公少中复与鲜于去矜交好,去矜亦乐府擅场。以故杨氏家童千指,无有不善南北歌调者。由是州人往往得其家法,以能歌名于浙右云。

姚桐寿文中"康惠公"指杨梓,作有《霍光鬼谏》和《豫让吞炭》等杂剧,"云石"即散曲作家贯云石。清人据此认为海盐腔为贯云石所创。[2]但南宋时既已有海盐腔,元代贯云石和杨梓当是加以改进,溶入北曲养分,使之丰富,成为革新的海盐腔。

元灭南宋,大批杂剧作者由各种原因南移,其中不少人流寓江南。如果说贯云石以北人来研究、改进南曲声腔,那么以北人制作南戏的也有人在。张大复《寒山堂新定九宫十三摄南曲谱》记载《牧羊记》为杂剧作者大都马致远在南方任提举时所作,《金鼠银猫李宝闲花记》为"大都邓聚德著"。《古人传奇总目》也记《牧羊记》为马致远作。其中马致远是否真作过南戏，未有定说，尚待考证，但大都邓聚德曾撰戏文，至今尚未有人表示过怀疑。而《寒山堂曲谱》记邓聚德所作《三十六琐骨》戏文为"隆福寺刻本"，更表明了元代不仅有北人制南曲，并且北京的书坊也刻印戏文。或谓"隆福寺"一名明代始见，又有隆福寺刻书为官刻本之说，都有待进一步研究。

南戏在元代仍然流行，并且有所发展，这是因为它植根于南方人民群众之中，受到他们的喜爱与欢迎。我国各种戏曲样式具有总的民族特点，也都有地方色彩。在灭宋过程中，元世祖忽必烈的政策措施和当初蒙古王朝灭金时的政策有所不同，南方经济较少受到破坏，在这种情况下，南戏得以在民间继续流传，是很自然的。

不过，元代南戏无论就其数量、质量，或流布地域，繁荣景象来看，均大不如杂剧。《青楼集》记南北歌舞艺妓大都擅长北曲，专记戏曲作家的《录鬼簿》中绝大多数为杂剧作者。可见当时在全国占压倒优势的还是北曲杂剧。

元代南戏在全局上不能和杂剧相颉颃，有多种因素，在这方面前人说法也不太一致，甚至相互抵牾，但有一个十分明显的重要原因，如徐渭所说，南戏在宋代就不被文人重视，"名家未肯留心"，"故士大夫罕有留意者"，到了元代，又"不若北之有名人题咏也"。杂剧的繁荣昌盛的重要原因之一是有很多"高才博学"的文人作家参与这个事业，他们创作了大量剧本，提高了杂剧的素质，推广了杂剧的流行。而南戏却相对地缺少文人的关注和青睐，甚至受到鄙视。到了元末，随着杂剧趋向衰微，以著名文士高明创作的、被后人誉为"南曲之宗"的《琵琶记》出现了，以此为标志，南戏的发展又出现一个新的局面。

南戏和杂剧有明显的相异之处，但它们也互有影响。南戏在形式上与杂剧的不同表现在以下几个主要方面：

一，篇幅长短自由，视剧情需要而定。篇幅较一本四折的元杂剧为长。《永乐大典》所收戏文，一般一册一种；而所收杂剧则多数一册六七种。可见戏文多为数倍于杂剧之长篇。这有利于表现比较复杂，完整的故事情节。

二，用南方语言、南方曲调。南方语音有四声，北音仅平上去三声，无入声。南方曲调由于多采自里巷歌谣，虽也有的来自古词曲，但韵律、宫调均无严格规定，不像北曲杂剧，一折一套，一套通押一韵，限用同一宫调的曲牌，曲牌组织又有严格限制。

三，有独唱、对唱、轮唱、合唱，歌唱形式灵活多样，不似元杂剧全本都由正末或正旦一人唱到底。歌唱形式的多样不仅有利于调节演员表演的劳逸，调度场上气氛的冷热，而且为表现各种人物角色不同的思想感情、刻画多种人物性格提供了方便。

四，乐器伴奏，南以鼓板为主，北以弦索为主。明魏良辅《曲律》（或作《南词引正》）曾提纲挈领地说："北曲之弦索，南曲之鼓板，犹方圆之必资于规矩，其归重一也。"

五，南曲清柔婉转，相对来说更适合于演唱情意缠绵、脂粉气较重的故事；北曲高亢劲切，相对地说尤宜于表现威武豪放的气概。《南词叙录》说："听北曲使人神气鹰扬，毛发洒淅，足以作人勇往之志……南曲则纡徐绵眇，流丽婉转，使人飘飘然丧其所守而不自觉，信南方之柔媚也。"王世贞《艺苑卮言》中说："北宜和歌，南宜独奏，北气易粗，南气易弱。"

以上仅从南戏、杂剧的篇幅、曲调、唱法、乐器、风格等主要方面加以粗略比较，其他在细微末节上还有许多差别，如南戏"题目"在首，开场由副末用词两阕或一阕表明作者立意和报告戏情大意，"生"为男主角，演员动作谓"介"，而杂剧"题目正名"在全本之尾，往往以"楔子"开场，男主角称"正末"，演员动作谓"科"等等。

南戏、杂剧在形式上各有特点，但就其渊源、发展来看，相互间仍有着一定的联系。戏文《张协状元》中有与北曲相同的曲名五十五种，其中见于古词曲者四十三，可见都是承袭古词曲而来的。戏文中角色的名称与分工，与北曲也多共同之处，彼此由古剧相沿而来，例如宋杂剧的"装旦"发展为南戏、北剧的"旦"，"末泥色"发展为南戏的"生"、北曲杂剧的"正末"等。南戏和杂剧中还有许多剧目内容相同，也是与各自取材于相同的传说故事、话本小说和前代作品有关。由此可见，南戏、杂剧都是在前代的文学艺术的基础上结合南北两地不同的民间文学、民间艺术而建立起来的。它们在发展过程中也曾互相影响、互相吸收，杂剧中间用南曲，发展到以南北调合腔，戏文中出现南北曲联用、合套（《宦门子弟错立身》和《小孙屠》中已有），以及杂剧改编为戏文，或者杂剧剧本写作受戏文故事影响等，即是明显的相互影响的例证。

南戏在形式上比杂剧灵活、自由，元代后期杂剧逐渐衰落，南戏却出现新的局面，到明代，在宋元南戏基础上发展起来的传奇戏曲竟取代了杂剧统御剧坛的地位。这一历史现象的发生，固然有其多方面的原因，但南戏形式的优点也是不可忽视的一个因素。

第二节　元代南戏作品概述

明人徐渭《南词叙录》著录南戏作品，只区分"宋元旧篇"和"本朝"作品，近人也常混称"宋元南戏"或"宋元戏文"。但从现存南戏剧目中能确知宋人作品的却很少。现知宋元南戏剧目二百三十八种，其中传存全本的十九种，仅存佚曲的一百三十三种，全佚的八十六种[3]。这些剧目中确知为宋人作的有《赵贞女蔡二郎》、《王魁负桂英》、《风流王焕贺怜怜》、《韫玉传奇》、《乐昌公主破镜重圆》以及《张协状元》等六种。其余大多为元代作品，也有一些元末明初的作品。在传存本中，《张协状元》、《宦门子弟错立身》、《小孙屠》、清陆贻典抄本《琵琶记》和明成化本《白兔记》基本保持了戏文的原来面目，其余存本都经明人修改，有的甚至几经改动，已面目全非了。

尽管南戏作品多已失传，但我们从遗存的少数剧本、佚曲和有关记载中，却可看到它们注重描写的题材和内容。

南戏中大量的是以爱情、婚姻故事为主要内容的。宋代的《赵贞女蔡二郎》、《王魁负桂英》和《张协状元》都是写男子负心的故事。元代南戏中的《李勉》、《三负心陈叔文》、《崔君瑞江天暮雪》和《张琼莲》等也是写这类故事的。剧中的男主角多因身登龙门而抛弃恩深义重的糟糠之妻或山盟海誓的患难情侣，这些"文质彬彬"的书生还表现了惊人的残忍：李勉鞭死韩氏，陈叔文把兰英推入江心，崔君瑞诬陷月娘为逃婢，令她戴锁披枷归故里。这些作品描写的结局显得不同，一类是写神灵有应、鬼魂报仇，使负心人受到惩处，如同宋代作品中写蔡二郎被暴雷震死，王魁被桂英"活捉"，《三负心》中写陈叔文被兰英主婢鬼魂处死。这种因果报应的虚幻形式实际上寄寓着强烈的疾恶如仇的思想感情，也表现了不妥协的斗争精神。还有一类是以女主角幸遇贵人或有权势的亲人提携、相救而得以夫妻团圆。看来作者同情女主角的不幸遭遇，不愿或不忍表现弃妇的悲惨结局，同时又不能摆脱女子"从一而终"的封建思想的束缚，于是就安排了这样一个让女主角委曲求全，负心汉不受惩罚，与曾被抛弃的妻子共享荣华富贵的结尾，如《崔君瑞江天暮雪》即属此类，这和宋代作品《张协状元》的结尾有类似之处。

以爱情、婚姻为题材的戏文中更多的是那些热情赞颂青年男女无视封建婚姻制度，突破门阀观念，挣脱礼教束缚，热烈、大胆地追求爱情的作品。《宦门子弟错立身》中的宦门子弟完颜寿马违抗父命，追求女伶王金榜。他鄙弃功名前程，抛弃富贵荣华，跟随王金榜"冲州撞府"，流动演出，成为所谓"路歧"，终于使他父亲屈从子意，同意婚事。《赛金莲》中的女主角怨恨母亲"拆散鸾凤侣"，把被选入宫中"受荣贵"看成是"误落在王宫深坑殿里"。另如《裴少俊墙头马上》、《朱文太平线》、《韩寿窃香记》、《张浩》、《罗惜惜》等等都是属于这一类的作品。

　　还有一些作品描写风尘女子的悲惨命运和她们为获得称心的爱情婚姻所表现的勇气和斗争。《李亚仙》中女主角诉说"最苦是今日迎新，明朝辞旧，终朝无暇日"，"最苦是身若杨花，随风高下，终身无所倚"，悲叹"绿鬓朱颜得几时"，"有多少衷肠事告诉谁"。这些都道出了烟花女子深沉的苦闷。她不肯嫁"宝钞如山"的财主，定要觅"知心的"终身伴侣，又表现了青楼女子的婚姻理想。《杨实锦香囊》和《苏小卿月夜泛茶船》都描写了妓女觅得知音后，又被拆散，但她们依然深深地眷恋、思念着情人，并且坚定不移地争取和情人重新团圆。此外，《吴舜英》中赞美张赛赛帮助孤女成就美满姻缘的忘我的高尚品质。这些作品表现的对风尘女子人格品质的赞美，与宋以来的小说、戏曲等作品中呈现的民主性思想是相通的。而与"娼妓门庭无中有，只使虚脾弄甜口"的世俗观念大相径庭。

　　元代南戏中还有一些反映战乱、社会黑暗、政治腐败给人民带来深重苦难的作品。其中有的题材虽取自古代传说故事，却蕴涵着生活在这个黑暗、动乱时代作者的切身感受和爱憎感情。《王仙客》和《柳颖》等剧中男女主人公在爱情上遭到的波折与痛苦，正是战争动乱所造成的。《陈光蕊江流和尚》、《洪和尚错下书》、《何推官错认尸》、《林招得》、《小孙屠》等等，则控诉了豪强横行、官吏昏聩的黑暗社会。《小孙屠》今有传本,题作"古杭书会编撰",剧中写执法的司吏朱邦杰与已从良的妓女李琼梅私通,并陷害李的丈夫一家,造成冤案。此剧篇幅不长,但剧情颇见曲折,如写朱邦杰先害李夫孙必达,又害孙弟必贵,孙必贵被盆吊而死,弃尸狱外,恰逢大雨,又苏醒过来,以后又兄弟相逢,一同在外飘流,冤家路窄,又碰见了李琼梅。在戏剧效果上使人感到跌宕起伏。剧的最后写鬼神相助,包公明断,才使冤狱得到昭雪,表现了作者的一种善良的愿望。元代南戏还有以时事入剧的情况,周密《癸辛杂识》别集"祖杰"条记载:

> 温州乐清县僧祖杰,自号斗崖,杨髡之党也。无义之财极丰……有富民俞生,充里正,不堪科役,投之为僧,名如思。有三子,其二亦为僧于雁荡。本州总管者,与之至密,托其访寻美人。杰既得之,以其有色,遂留而蓄之。未几,有孕。众口藉藉。遂令如思之长子在家者娶之为妻。然亦时往寻盟。俞生者,不堪邻人嘲诮,遂挈其妻往玉环以避之。杰闻之,大怒,遂俾人伐其坟木以寻衅。俞讼于官,反受杖,遂诉之廉司。杰又遣人以弓刀置其家,而首其藏军器。俞又受杖,遂诉之行省。杰复行赂,押下本县,遂得甘心焉。复受杖,意将往北求直。杰知之,遣悍仆数十,擒其一家以来,二子为僧者,亦不免。用舟载之僻处,尽溺之。至刳妇女之孕以观男女。于是其家无遗焉。雁荡主首真藏叟者不平,越境擒二僧杀之。遂发其事于官。州县皆受其赂,莫敢谁何……其事虽得其情,已行申省,而受其赂者,尚玩忽不忍行,旁观不平,惟恐其漏网也,乃撰为戏文以广其事。后众言难掩,遂毙之于狱。越五日而赦至。

文中所说的"杨髡"指至元年间在江南作恶多端的杨琏真加。这段记载生动地反映了当时实际是大地主大官僚的僧侣的横行霸道、无恶不作，各级官吏贪赃枉法、包庇坏人，平民百姓备受欺凌、无处伸冤的残酷、黑暗的现实。戏文作者自觉地以戏文为武器，为受迫害者鸣冤叫屈，愤怒揭露统治阶级的滔天罪行。从周密的记载看，这个戏的演出造成一种舆论压力，实际也是发挥了戏文的战斗作用。可惜这部戏文不仅没有传本，连剧名也未留下[4]。

戏文中还有一类是描写忠奸斗争的作品，大抵以歌颂忠君爱国的抗战将领、忠臣义士和批判祸国殃民、卖国求荣的奸臣贼子为主题。《苏武牧羊记》比较充分地描写了具有坚定的民族气节的苏武形象。他出使匈奴，不受利诱，不畏威逼，美女不能动其志，饥寒不能移其节，十九年"餐毡啮雪，持节守羝羊"，表现了凛然不可侵犯的浩然正气。戏文在赞美苏武的同时，对投敌的卫律作了无情的嘲讽。《岳飞破房东窗记》在颂扬赤胆忠心的将领岳飞和揭露陷害忠良的秦桧等人的同时，借剧中人之口，发出了"功高也是空，名多也是空"，"全忠全孝不全尸"的感慨，抒发了作者怨愤不平的感情。《赵氏孤儿记》与同名杂剧情节大致相同，都是写奸臣屠岸贾残害忠直之臣赵盾一家的故事。《贾似道木棉庵记》描写曾经权倾天下的南宋误国奸臣贾似道的可耻下场。这一类戏文的出现，与当时民族矛盾尖锐有直接关系；它表达的尽铲奸邪、重用忠良、抗御侵略的强烈愿望也同当时的现实有关。

戏文题材或取自现实生活、或来自民间传说，或根据前代作品，但大都在不同程度上反映了当时的社会现实，即使写古事，也有着现实社会的影子。它们表达了被压迫人民的思想感情、道德观念、反抗斗争和美好愿望，给予黑暗势力、封建统治阶级以有力的抨击。但也有一些思想内容落后、迂腐的作品，例如纯属颂扬封建道德的《王祥卧冰》和《黄孝子寻亲》等。至于在一些具有进步内容和民主思想的作品中同时也出现封建说教,宣传因果报应,那就更普遍了。

如同上述,今存全本的十九种南戏中大抵都经后人修改,艺术上有不同程度的加工,因此,要比较符合实际地说明南戏原有的艺术上的若干特点就只能以一般认为"未经明人妄改"的《张协状元》、《宦门子弟错立身》和《小孙屠》等少数作品为例。《张协状元》虽可断为宋代作品,但为了说明问题的方便,这里一并叙述。

从这几个作品可以看到南戏的作者在结合着演出的创作实践中,已经初步积累了一些经验。

首先是在塑造人物形象时,着意人物各自不同的性格特点和性格发展的刻画。这种情况在宋代作品《张协状元》中就已出现,作品中写张协负情前已有多处言行暴露了他的丑恶灵魂。有了这些铺垫,后来他得中状元不认贫贱之妻,竟至剑劈妻子,观众便不感到突然。因为,这一行为是这个名利熏心、无情无义之徒性格发展的必然。《宦门子弟错立身》中完颜同知在儿子出逃后,"心下镇日长忧虑,两眼长是泪相垂",因此在他乡重见爱子时,才会屈从子意,同意儿子与女伶的婚事。父子之情战胜了门阀观念,这是老同知这样的既重封建等级制度,又恋父子骨肉之情的封建家长,不同于宁愿打死儿子也不许辱没家门的郑元和那样的父亲之处。在刻画人物上,戏文作者还利用戏文演唱形式灵活多变的特点,比较细腻地描写人物心理活动。例如《张协状元》中胜花小姐在张协不接丝鞭后,有一专场写她因"含羞忍耻"而恹恹终日。临终之前,她与父母和婢女又有一番轮唱,每一曲完时都有胜花低声说:"被人笑嫁不得一状元郎",而后众人合唱此句。如此多次反复歌咏,生动地表现了她在精神受刺激后,脑海中反复出现的意念。正是这一意念致她于死命,从而突出了这个官府千金心高气傲的性格特点。

其次,在内容安排上,戏文已能做到突出主要矛盾。《张协状元》中有大大小小多组矛盾冲突，其中张协抛弃妻子贫女是全剧的主要矛盾，其余冲突均处从属地位，就连张协与枢密使王德用（胜花之父）的冲突也是为解决主要矛盾而设。剧中运用双线对比的写法：一线写张协与贫女的结合、分离；一线写王德用选婿，丧女。后者是为张协和贫女的复合而设。王德用丧女后，见到贫女和自己女儿胜花长得相像，才有认义女之事，才有以义女许配张协之事。这种写法，使古庙破衣之后，出现华屋丽服，一贫一富，对比鲜明；使场上忽冷忽热，忽暗忽明，观众情绪在变换中得到调剂。这正符合面向观众宜于场上搬演的戏剧艺术的特点。同时，这样对比写来，也使脉络清楚，头绪分明。《小孙屠》中也有两条线索：一写李琼梅与孙必达婚后，又与朱邦杰私通，杀婢陷夫；一写孙必贵为兄捉奸，陪母还愿，替兄受刑，一恶一善，对比清晰。戏文的双线结构正是一种匠心的表现。

　　戏文曲文宾白的突出特点在于"句句是本色语"（《南词叙录》）。净丑等角色所唱的曲文固然俚俗浅近，乃至粗鄙，就是王侯显宦、儒雅学者、风流才子、绝代佳人说的、唱的也都是不事雕饰、明白如话的本色语。如《楚昭王》写楚昭王遇难时"一肚闷如痴，两眼垂双泪。万苦千愁，搅乱心中无计"[5]，完颜同知自诩他宦名播西京时说："但一心中政（即"正"）煞公平，清如水，明如镜，亮如冰"。这些都是老妪能解的质直浅近的口语。这种语言特点与杂剧的本色特点十分相似。这也是戏曲能在民间广为流传的重要原因之一。

　　戏文是我国较早形成的比较完整、成熟的戏曲艺术，对后来的戏剧创作也有过较大的影响。但是，宋元存篇却屈指可数，其失传原因在哪里呢？

　　据记载，戏文从它的摇篮时期起，就不断遭到攻击，斥之为"诲淫"或"淫哇"，还受到封建统治阶级的打击与禁止。祝允明《猥谈》

记最早的戏文《赵贞女蔡二郎》等曾被赵闳夫"榜禁";道光《漳州府志》记理学家朱熹曾在南戏流行地区福建漳州禁戏,致当地优人敛迹。朱熹离漳后,其门生陈淳又上书傅寺丞论禁"淫戏"[6]。叶子奇《草木子》记载,由于戏文始于永嘉,引出了"若见永嘉人作相,国当亡"的攻击。元灭宋后,戏文更被说成是"亡国搬戏"和"亡国之音"(《中原音韵》)。随着杂剧作者不断南下,其中有些人也执笔写作南戏,但文人制南曲者终是寥寥。由于文人耻于染指,在很长的一个时期内,戏文名目也无专门著录。明初永乐六年(1408)修成的《永乐大典》中收了三十多种戏文作品,隔了一百多年,到嘉靖三十八年(1559),著名作家徐渭还有感于戏文"无人选集,亦无表其名目者",才作《南词叙录》,著录了部分戏文名目。此外,明代传奇戏曲盛行,由于传奇在形式上与戏文有直接的继承关系,因此传奇作者常喜翻改戏文,这些传奇的流传,又往往使它们据以改编的戏文湮没无闻。

以上是宋元戏文作品大多失传的主要原因。戏文的这种失传情况曾导致明清以来不少曲家和论者无视宋元戏文在中国戏曲史上的意义。但明清时代也有一些曲家编纂的曲谱、曲选中保存了大量戏文的曲词。近世有一些学者注意搜求藏本,悉心钩沉辑录,对宋元戏文的汇集和研究作了大量有益的工作。

〔1〕 《紫桃轩杂缀》记海盐腔由来的全文为:"张镃,字功甫,循王之孙(案应为循王张俊之曾孙),豪侈而有清尚,尝来吾郡海盐,作园亭自恣,令歌儿衍曲,务为新声,所谓海盐腔也。"张镃生于宋绍兴二十三年(1153),卒于宋嘉定四年(1211)或稍后。他的主要活动年代在南宋中叶。但也有人认为张镃歌儿们所唱是慢词而非戏文。

〔2〕 清王士禛《香祖笔记》据《乐郊私语》所记,断定"今世俗所谓海盐腔

者,实发于贯酸斋"。

〔3〕　详见钱南扬《戏文概论》。钱著谓二百三十八本中,存全本者十八,存佚曲者一百三十四,全佚者八十六。1975 年广东潮安出土《刘希必金钗记》戏文,即传有佚曲的《刘文龙菱花镜》的演出改编本,故于"存全本者"中增一种,"存佚曲者"中减一种。

〔4〕　薛钟斗《东瓯寄草》卷一谓:"在光、宣年间,温州的同福班演《对金牌》一剧,即《癸辛杂识》称祖杰事,但未知据何脚本。"可见此剧至清尚在搬演,唯不知元时剧名是否也为《对金牌》。

〔5〕　此剧已佚,引文见《宋元戏文辑佚》。

〔6〕　明何乔远《闽书》曾引陈淳《上傅寺丞论淫戏书》文,其中云:"谨具申闻,欲望台判按榜市曹,明示约束,并帖四县,各依指挥,散榜诸乡保甲,严禁止绝。"

第二十五章　　元代南戏（二）

元代南戏中的《荆》(《荆钗记》)、《刘》(《白兔记》)、《拜》(《拜月亭》)、《杀》(《杀狗记》)，是除《琵琶记》外，最负盛名的四部作品，世称"四大传奇"[1]。

第一节　《拜月亭》

《拜月亭》全名《王瑞兰闺怨拜月亭》(《永乐大典》目录)，或《蒋世隆拜月亭》(《南词叙录》)。又名《月亭记》(明世德堂刊本)、《幽闺记》(容与堂本、汲古阁本)。

关于《拜月亭》的作者，明人何良俊、王世贞和臧懋循等都以为是元人施君美。但吕天成《曲品》中说："云此记出施君美笔，亦无的据。"关于施君美，有过几种不同的说法：一，钟嗣成《录鬼簿》谓其名惠，杭州人，以坐贾为业，著有《古今砌话》。钟嗣成与施惠为"相知者"，却未言施惠曾作南戏。王国维认为《录鬼簿》虽"但录杂剧，不录南戏，然其人苟有南戏或院本，亦必及之"，故认为《拜月》是否出君美手，尚属疑问"。二，张大复《寒山堂新定九宫十三摄南曲谱》说施惠是"吴门医隐"。这位苏州医生与杭州"以坐贾为业"的施惠，当为二人。三，清代无名氏《传奇汇考标目》（宝敦楼抄本）记《拜月亭》为施耐庵作，并说施耐庵"名惠，字君承，杭州人"。其中"承"当为"美"字之误。又清程穆衡《水浒传注略》曾疑施耐庵即《录鬼簿》所载杭州施惠。据此，则《拜月亭》、《水浒传》作者与《录鬼簿》所录施惠是为一人。以上诸说，目前都难以成为定说，尚待进一步考证。

南戏《拜月亭》脱胎于关汉卿的杂剧《闺怨佳人拜月亭》。它保留、吸收了关作的基本情节和精彩曲文。并进行再创作，使内容更加丰富，人物性格更为鲜明突出。

今存《拜月亭》各种版本，均为入明以后改本。其中明万历年间世德堂刊本《新刊重订出相附释标注月亭记》比较接近古本原貌。凌濛初《南音三籁》曾录古本《拜月亭》逸曲一套并二引子，注明"时本所无"。凌延喜校刊本《幽闺记》所附录的"时本轶落谱中所载诸曲"中也有这个套曲。套曲内容中有蒋世隆与王瑞兰在团圆时互责违盟，一个说"久别你前夫是谁过您，早忘了当初嘱咐言"；一个说"（你）方才及第，如何便接了丝鞭？"世德堂本保留了此套佚曲中的多支曲子（有的稍作改动），情节也同古本。其他版本同属容与堂《幽闺记》系统，没有这个套曲，且"拜月"之后情节也不同，都写蒋世隆坚决不受丝鞭。世德堂本的曲文也较他本古朴。不过，其结尾有"书府番誉，燕都旧本"之语，全剧分出，并加出目，可见也非原本，仍为明代改本。

这部作品头绪较多，但主线是写王瑞兰与蒋世隆的爱情婚姻故事。在这个婚姻故事的基本格局和所体现的主要思想倾向方面，虽然未能突破关汉卿的同名杂剧，但南戏的作者更加展开地着力描写王、蒋二人在患难中建立起来的纯洁、坚贞的爱情和他们挣脱封建束缚，大胆追求自主婚姻，不屈于封建压力的反抗精神。在这方面，人物性格也有所丰富，如写蒋世隆初逢王瑞兰时，对她已生爱慕之情，但在数月以夫妻名义相随而行的过程中,他一直尊重王瑞兰的感情和意志,实际上又是表现了对她的个性和人格的尊重。这自然使王瑞兰产生了感激、敬爱之情。二人在同患难、共生死的经历中建立了深厚、纯真的爱情。只因王瑞兰自幼受到严格的封建教育,她对蒋世隆虽有千恩万爱,却不敢稍有流露。直至战事停息,蒋世隆执意相求,又得店主善意相帮,她才挣脱封建束缚,迈出违抗封建礼教的关键性的一步——自主与世隆成婚。从此之后,她变得大胆、主动起来,她与父亲王镇相遇时,王镇责她自作主张,并鄙弃世隆"穷形状",她敢于直言顶撞:"人在乱离时节,怎选高门厮对相当?"她被"倒拽横拖"离开重病的蒋世隆,这种痛苦的别离,更坚定了她反抗的意志。因此,当王镇秉承圣命招赘状元之时,她"宁可一命丧泉世",也决不从命。后来,弄清状元即蒋世隆,才与他团圆。王瑞兰从一个"不解愁滋味",依偎于父母身边的娇贵小姐变为坚定的反抗封建礼教和封建婚姻制度的叛逆者,是颠沛流离的生活和残酷现实教育的结果。蒋世隆与王瑞兰共经"十生九死",结为夫妻,却被她的"恶父"棒分两地,他怨恨王镇,对王瑞兰仍一往情深、思念不已。这是一个有着高尚品德、又是一往情深的书生。古本写他中状元后,在不知王尚书之女即瑞兰的情况下接了"丝鞭",自有另一种意义[2]。《幽闺记》系统的本子却对此情节作了改动:写蒋世隆中状元后,坚决不肯另结姻缘。他表示:"纵有胡阳公主,那宋弘啊,怎做得亏心汉。""石可转,吾心到底坚。"这一改动突出了蒋世隆的深情,突出了他对爱情的忠贞不二的情操。

　　和关汉卿的同名杂剧一样,南戏《拜月亭》的作者也把王、蒋爱情故事置放在十三世纪初蒙古贵族发动的侵略金朝的战争背景之中。而且南戏中又以较多篇幅描写金朝廷内战和两派的斗争。在昏庸皇帝支持主和派、不抵抗政策取得支配地位的情况下,满朝文武

"绝没忠臣朝北死,尽随天子往南驰","文武三千军十万,更无一个是男儿",于是敌兵"马到逡巡侵隘险,军临谈笑克城池",造成百姓"夫挈其妻,兄携其弟,母抱其儿,城市中喧喧嚷嚷,村野间哭哭啼啼"的凄惨景象。剧中描写无论皇帝、大臣(主战被杀的陀满海牙除外),还是"文武三千",都是只顾自己安乐,不管百姓死活。他们迁都汴梁后,"繁华不减中都","依旧珠围翠绕,依旧雕栏玉磊"。而人民却家破人亡,流离失所。作品对腐败朝廷、主降佞臣的谴责,对主战大臣陀满海牙忠直刚毅性格的赞扬,对人民苦难生活以及他们在患难中团结互助、相濡以沫的深厚情谊的描写,都反映了人民群众中反对投降、主张抗战的强烈的爱国思想,从中曲折地表现了一种亡国之痛。

《拜月亭》和中国古典戏剧中的多数作品一样,是一部悲喜剧。但它绝不是那种悲剧情节加上喜剧结尾,二者机械衔接的悲喜剧。它的喜剧色彩较浓,即使在一些悲剧性很强的场次中也往往融进了较多的喜剧因素,因此,也可以说是一部喜剧。"隆遇瑞兰"中,随时都有可能遭到不幸的王瑞兰求一个陌生男子携带同行,这原不是什么轻松愉快的事,剧中却表现得极为风趣、诙谐,让这个身贵貌艳的少女主动向位卑人微的蒋世隆吟诵"窈窕淑女,君子好逑"的诗句。蒋世隆对王瑞兰虽已生喜悦之情,却偏要拒绝同行,狡黠地迫使她又不得不主动表示愿意"权说做夫妻"。这种寓悲于喜、寓庄于谐的艺术表现手法,使剧中男女主人公没有完全沉浸在乱离的悲伤中,而表现了他们在一种特定环境下的生活勇气,也是对人生的一种执着精神。

关目奇巧,是构成《拜月亭》喜剧特色的重要手段。"隆遇瑞兰"出和"莲遇夫人"出,借巧合、误会发展人物关系,固然有关汉卿同名作品作依傍;"世隆成亲"出写假夫妻终于做了真夫妻,其间却有巧妙有趣的新关目。有些场次,乍看平淡无奇,似无关目,实则脱尽窠臼,于不奇中见出独特的匠心。如"瑞兰自叙"出,与古代多写少女春怨秋伤的作品不同,它极写王瑞兰少不知愁的嫣然娇态。它对后来这一人物在残酷现实的锤炼中发生的性格变化,起了很好的映衬作用。

《拜月亭》曲文本色自然。前人指出"瑞兰逃军"和"瑞兰拜月"出颇多袭用关剧曲文,虽为事实,但这并不影响这一作品在曲文上取得的成功。"兄妹逃军"、"兰母惊散"、"兄妹失散"、"夫人寻兰"、"莲遇夫人"、"夫莲同行"等出描写战乱兵祸中人民仓惶奔走,骨肉离散,餐风宿露,忧患备尝的情景十分逼真。如"夫莲同行":

〔排歌〕(夫)黯黯云迷,寒天暮景,区区水涉山登。(贴)萧萧黄叶舞风轻,这样愁顿不惯曾经。(夫)不忍听,不美听,听得胡笳野外两三声。(合)风力劲,天气冷,一程分作两程行。(贴)数点昏鸦,投林乱鸣,宿雾晚烟冥冥。(夫)遥遥古岸水澄澄,野渡无人舟自横。(贴)不忍听,不美听,听得孤鸿天外两三声……(夫)无人来往冷清清,叫地不闻、天不应。(贴)不忍听,不美听,听得疏钟山外两三声。(合前)(贴)忽地明,一点灯,遥望茅檐认不真,意儿省,休得慢腾腾。(夫)休辞迢递,望明前去,远临北地叩柴扃。(贴)今宵村舍暂稍停,卧山城,长短更。(夫)不忍听,不美听,听得秋砧月下两三声。

它在读者面前展开了一幅萧条冷落的图景,衬托出逃难人悲苦凄惶的心情,情与景融为一体。"驿中相会"出写老夫人、王瑞兰和蒋瑞莲各自怀念亲人,终宵不寐,六支〔销金帐〕曲表现了三人的不同境遇,抒发了各自不同的哀怨和苦闷,情与景都很真实感人。《拜月亭》曲文宾白于本色自然中又时露机趣，例如：招商店中蒋世隆邀王瑞兰喝酒，聪明的王瑞兰心知其意，她虽深爱蒋世隆，却不敢轻易以身相许，于是她向他敬酒，含蓄地表示"深感君相待"。蒋世隆却机灵地答以"多谢心相爱。"这语意不接的回话，把蒋世隆热烈大胆的感情和执拗相求的神态和盘托出。作品幽默、机巧的妙言趣语在一些重要场次中尤为突出，它产生了很好的喜剧效果。

作品艺术上的不足在于头绪较繁，对陀满兴福一线着墨过多而人物性格却并不鲜明；《幽闺记》系统改本还增加了许多不必要的科诨。

对于《拜月亭》的评价，明代曲家曾有过一番争论。何良俊谓其"高出于《琵琶记》远甚。盖其才藻虽不及高，然终是当行。"（《四友斋丛说》）王世贞却与何良俊大唱反调，他说："元朗（何良俊字）谓胜《琵琶》，则大谬也。中间虽有一二佳曲，然无词家大学问，一短也；既无风情，又无裨风教，二短也；歌演终场，不能使人堕泪，三短也。"（《艺苑卮言》）其后徐复祚《三家村老委谈》对王世贞的"三短"说一一加以驳斥。他说："何元朗谓施君美《拜月亭》胜于《琵琶》，未为无见。《拜月亭》宫调极明，平仄极叶，自始至终，无一板一折非当行本色语。此非深于是道者不能解也。弇州（王世贞别号弇州山人）乃以'无大学问'为一短，不知声律家正不敢于弘词博学也。又以'无风情'、'无裨风教'为二短，不知《拜月》风情本自不乏，而风教当就道学先生讲求，不当责之骚人墨士也……又以'歌演终场，不能使人堕泪'为三短，不知酒以合欢，歌演以佐酒，必堕泪以为佳，将《薤歌》、《蒿里》尽侑觞具乎？"这场争论反映了明代对戏剧艺术的形式及其功能的不同看法。王世贞代表了自《琵琶记》开修饰词章、提倡风化之风后形成的一种看法，何良俊、徐复祚则代表了注重场上之曲，歌演以娱耳目的一派意见。《拜月亭》没有于曲中填塞学问，其一板一折都是当行本色语,这正是它的优点,应该予以肯定。它反对封建礼教的思想内容,自然会引出"无裨风教"的指责。至于作品于"不能使人堕泪"的喜剧形式中蕴含着深刻的悲剧内容,这是王世贞所没有看到的,也是以歌演为侑觞之具的徐复祚等人没有想到的。

第二节 《荆钗记》

《荆钗记》,全名《王十朋荆钗记》。关于它的作者,历来说法不一,其间影响比较大的两种说法是:一、明初宁献王朱权作。首创此说的是王国维。他据"郁蓝生《曲品》题柯丹丘撰",联想到"丹丘先生为宁献王道号",遂推断为朱权所作(《曲录》)。此属臆断,不足为据。《南词叙录》记此剧为"宋元旧篇",《九宫正始》也称是"元传奇"。朱权生于明太祖洪武十一年,不可能是元代南戏的作者。二、元柯丹丘作。《南音三籁》、《古人传奇总目》、《剧说》等皆持此说。张大复《寒山堂新定九宫十三摄南曲谱》卷首"总目"谓此剧为"吴门学究敬仙书会柯丹丘著",则柯是书会才人,与曾在元文宗时任奎章阁鉴书博士的书画家柯九思(字敬仲,号丹丘生,台州人)不是一人。此说切合宋元南戏作者多为民间艺人、书会才人的实际情况。现一般多采此说。

《荆钗记》原著未见传本。《南词叙录》除了"宋元旧篇"部分著录外,于"本朝"(明代)南戏中也记有《荆钗记》,注明"李景云编",看来是改编本。今存各本也都是经明人改动过的,有明嘉靖"温泉子编集。梦仙子校正"本[3]、万历富春堂刻本、继志斋刻本、世德堂刻本、李卓吾批评本、屠赤水批评本、明末汲古阁刻本等多种不同版本。从情节歧异看,可分两类。主要不同在对剧末情节的处理上。

根据李卓吾批评本后附《补刻舟中相会旧本荆钗记八出》及李氏近百条批语,可知古本剧末写男女主角离散后在舟中相逢,即"舟中相会",改本作"玄妙观相逢"[4]。嘉靖本全名《王状元荆钗记》,是现存各种版本中刻印时间最早,情节也近古本的改编本。富春堂本也有"舟中相会"情节。其余各本均作"玄妙观相逢"。再校以各种曲谱所录注明"古本王十朋"或"改本荆钗记"的曲文,也可以看出嘉靖本和富春堂刻本较接近古本,惜后者残缺不全。

《荆钗记》描写王十朋、钱玉莲曲折多磨的婚姻故事。剧中王十朋,被誉为"义夫";钱玉莲,被赞为"节妇"。作者在开宗明义的"家门"中言明此剧宗旨在使"义夫节妇千古传扬"[5]。如果仅从作者的宣言看,此剧似应是一曲封建道德的颂歌。但是,仔细分析研究这对"义夫节妇"性格行动的具体表现,便会感到作品的客观意义与作者的主观宣言并不完全相符。

剧中所写王十朋的"义",主要表现在两件大事上:一是在他考中状元后,丞相逼婚,他不忘贫贱时以身相许的妻子的深情,坚决不从。丞相导以"富易交,贵易妻",他却以"糟糠之妻不下堂,贫贱之交不可忘"据理力争。为此,他被调任烟瘴之地——潮州,但也无丝毫反悔之意。一是在他闻知钱玉莲被后母逼迫投江自尽后,矢志不肯再娶。钱载和以"不孝有三,无后为大"相劝,他却"宁违圣经"而不"忍"负情。在这里,王十朋的"义",表现为对糟糠之妻的情,他不忘"义",就是不忘贫贱夫妻之"情"。唐宋以来,寒门士子一旦进入统治阶层后,往往把新的联姻看作是扩大自己势力的机会,他们放在第一位的是权势和阀阅,因此,富贵易妻在他们来说似乎是理所当然的事。《荆钗记》歌颂富贵不弃糟糠之妻的王十朋,正是对那些一旦跻身统治阶级,便抛弃贫贱之妻的负心汉的鞭挞。如果说提倡丈夫对妻子讲情讲义,"糟糠之妻不下堂",这也还是属于传统的道德规范的话,那么,《荆钗记》中赞扬王十朋对妻子的忠诚时,写他宁无子嗣,也不再娶,却是违背封建纲常的。剧中写钱玉莲婚前虽知王十朋家贫,但甘愿以富嫁贫,使王十朋敬佩、动情;半载情投意合的夫妻生活,在他们之间便建立了深厚的情分。王十朋忠于爱情,即使在得悉钱玉莲投江后(当时他不知道妻子被人救起),还是不肯再婚,这看来违背一般人情,但在复杂不一的社会生活和丰富多样的人的精神世界内,这种情况也并不罕见,最终它还是符合"人情"的,而且常常是一种深沉情操的表现。

《荆钗记》的作者把王十朋写成是一个"忠孝节义"俱全的人物,除了以浓墨重笔刻画他的"义"外,也逐层点染了其他三个方面。他的忠,表现为赤心报国,居官清廉;他的孝,表现为奉养老母,色悦意勤;他的节,表现为富贵不能动其情,威武不能屈其志。"忠孝节义"是封建统治阶级所提倡的道德观念,这种道德观念在社会上和群众中留下了深刻的影响。但这种道德观念在实际生活中所起的作用又是很复杂的,在具体人物身上的表现也是很复杂的。作为艺术作品中的人物形象,王十朋身上的忠孝节义的具体表现包含着高尚的正气和情操,同时也有封建道德的迂腐气息。如果着眼于这一人物性格中实际表现出来的高尚的品行和情操,那么,长期以来,他被观众视为正面的"理想人物",也就不是偶然的了。

钱玉莲被作者赞为"节妇",在她身上确实存在着"烈女不更二夫"的思想,但这个人物传导给观众的主要感受是她对爱情的忠诚,不同凡响的识见,坚决果断的性格和对邪恶势力的反抗精神。议婚时,父亲为她选中了家境清贫而才德出众的王十朋,母亲却看中了温州城内的首富孙汝权。面对着价值悬殊的两份聘礼——一支木荆钗和一对金凤钗,钱玉莲毅然选择了木荆钗,选择了王十朋。她倾心于王十朋"虽贫,乃是才学之士",鄙弃孙汝权"纵富,乃是奸诈之徒"。

她不以财富而凭才德择婿,表现了她的见识和情趣的高尚。为孙汝权保媒的是钱玉莲的姑母,当这位媒人出言不逊、无理相逼时,钱玉莲直言揭露:"做媒的,做媒的个个夸唇,也多有言不相应。信着的都是你误了终身。"后母责她违逆母意,她却说:"顺父母颜情人之大礼,话不投机教奴怎随?"在这里,玉莲的是非观念,表现得何等鲜明。王十朋考中状元,迎取母、妻共赴任所,孙汝权偷改家书为"休书",钱玉莲在这突如其来的打击面前,没有丧失理智,却清醒地看出了"休书"的破绽。后母逼她改嫁,不改嫁只有死路一条。她沉着、坚定地选择了后者,与王十朋一样,表现了富贵不能动其志,威逼不能移其情的高尚品格。钱玉莲这个"节妇",有别于那些对未婚夫或丈夫毫无爱情,单纯出于贞操观念而殉夫或守寡的烈女节妇。她的"守节",实质上是守情。这个不肯向恶势力低头的、坚强的女性,终于获得了斗争的胜利。

《荆钗记》赞美坚贞不渝的爱情及爱情的胜利,歌颂对邪恶势力的反抗精神和不屈的坚强意志。对于权贵富豪的横行不法、贪财受利之徒的低劣卑下种种恶行,作品中也作了揭露和讥刺。这是一部具有积极的社会意义的作品。同时,这又是一部精华与糟粕杂糅的作品。作者对王十朋、钱玉莲头脑中的一些较为迂腐的封建思想,也持赞赏态度。作品中又多"三纲五常"的封建说教(文人改本尤其严重,有的改本甚至加入"四书五经"的章句解释),但这毕竟不是这部作品的主导方面。

《荆钗记》在艺术上也有许多可取的地方。徐复祚《三家村老委谈》中说:"《琵琶》、《拜月》而下,《荆钗》以情节关目胜。"情节的曲折,来源于一个接一个的矛盾冲突;关目的动人,取决于作者别致的构思。《荆钗记》开场不久,钱玉莲父母之间、后母与玉莲之间就因议婚发生了冲突,双方互不让步,戏剧冲突急剧上升。王十朋和钱玉莲成婚,矛盾似已得到解决,却又因王十朋中状元、丞相逼婚翻起波澜。而孙汝权套改家书,再次托媒,更掀起了"大逼"、"投江"的轩然大波。此后,王十朋怀悲赴任潮州。钱玉莲遇救,又因误传,彼此都闻"噩耗",都以为对方已去世,一个在清明祭祀,表达深沉的哀痛;一个在月夜烧香,抒发抑郁的情思。数载"死"别之后,二人突然相逢,悲喜集于一场,令人感慨系之。剧中矛盾有起有伏,冲突有张有弛。情节曲折而不流于荒诞,关目动人而不陷于无稽。它所表现的都是现实生活中曾经或可能发生的,因而才能打动读者,使读者随剧情的起伏而忽忧、忽怒、忽悲、忽喜。

对于《荆钗记》的曲文,明人评价不一,徐复祚说:"然纯是倭巷俚语,粗鄙之极,而用韵却严"(《三家村老委谈》)。王世贞却说它"近俗而时动人"(《艺苑卮言》)。吕天成评价最高:"以真切之调,写真切之情,情、文相生,最不易及……真当仰配《琵琶》而鼎峙《拜月》者乎!"(《曲品》)看来徐、吕之见各有偏颇,而王世贞的看法比较恰当。今举"绣房"出旦唱〔一江风〕为例:

> 绣房中袅袅香烟喷,蔼蔼轻风送。但晨昏问寝高堂,须把椿萱奉。忙梳早整容,忙梳早整容,惟勤针指功,怕窗外花影日移动[6]。
>
> 听鹊鸦噪得我心惊怕。有甚吉凶话。念奴家不出闺门,莫把情怀挂。依然绣几朵花,依然绣几朵花,天生怎比他,再绣出几朵蔷薇架。

这两支曲写出深闺少女情窦初开,又不敢稍抒情怀,强以绣花来克制自己的心理活动。像这样摹写人物思想感情、心理状态的曲辞在剧中还有不少。它们并不显得特别精彩,却也"近俗而时动人"。

《荆钗记》在艺术上也还有粗糙、不足的地方。例如，人物形象还欠丰满（男女主人公按照作者理想的标准去行动，即使是在利害冲突和生与死的关键时刻，也很少内心矛盾），有些次要人物性格自相矛盾，文辞不够精炼，针线不够严密等等。

第三节　《白兔记》和《杀狗记》

《白兔记》全名《刘知远白兔记》，原本不存。今存最早刊本明成化本作《新编刘知远还乡白兔记》，并署有"永嘉书会才人"编。今流传本中比较重要的还有明万历金陵富春堂刻本和明末汲古阁本。从开场时前台演员与后房子弟的对白套语、全本不分出和文词古朴粗疏等特色看来，成化本最接近古本原貌，是继《张协状元》、《宦门子弟错立身》、《小孙屠》和陆贻典抄本《琵琶记》后发现的第五种较完整地保存了南戏原貌的本子。不过，这也已是经过改编、翻新的艺人演出本。《白兔记》的这三种版本，分属两个系统：成化本、汲古阁本情节、曲文大致一样，前者可能是海盐腔演唱的本子，后者经过加工，为昆山腔唱本。富春堂本文词较典雅，情节发展与人物形象的塑造和前两种稍有不同，如简化咬脐郎追赶白兔的关目[7]，剧中已有"滚唱"，很可能是青阳腔或弋阳腔的唱本。

《白兔记》描写的是刘知远和李三娘的故事。刘知远名暠，是五代后汉开国皇帝。《新五代史》曾记他牧马晋阳时，夜入李家"劫取"李氏为妻。他和李三娘的故事当系传说。本剧即以传说入剧，写刘知远幼年丧父，落魄马王庙中。李文奎见他相貌不凡，带回家中牧马，又将女儿三娘许配给他。李文奎夫妇去世后，三娘兄嫂不容，刘知远弃家投军，被岳节度使招赘为婿，带兵平寇，成就功名。李三娘不肯改嫁,被迫日挑水、夜推磨,受尽苦辛。她磨房咬脐产子,托窦公送往军营。十六载后,咬脐郎猎白兔而见三娘,母子夫妻得以团圆。刘知远和李三娘的故事,宋话本《五代史平话》中就有叙述,金代有《刘知远诸宫调》(尚存残本)。南戏《白兔记》在内容上较之平话、诸宫调又有所增饰和改动。元有刘唐卿杂剧《李三娘麻地捧印》,惜已无存,无从探知它与南戏《白兔记》的关系[8]。

《白兔记》通过刘知远发迹变泰的故事,表达了"贫者休要相轻弃,否极终有变泰时"的主题思想(引文据汲古阁本。后文引用剧中语,凡未加注的,均引自汲古阁本)。作品真实、生动地描写了刘知远贫穷时遭到的欺凌与侮辱,还通过李三娘因父母亡故、丈夫穷困而受到的非人待遇和百般折磨的描写,揭露了李三娘兄嫂为"家财"而挖空心思加害于同胞手足的贪婪和残忍,从而形象地揭示了封建家庭矛盾冲突的实质。只是作品中表现的莫要轻视贫贱的思想,是建立在"发迹变泰"的思想基础上,着眼于将来的飞黄腾达,其中饱和着对富贵、权力的向慕之情,在很大的程度上反映了封建社会中小生产者的理想和情趣。

剧中李三娘的形象比较富有光彩。这个生长在农村的妇女,有着不同于城市大家闺秀、娴静少妇的性格特点。当李文奎带回饥寒交迫的刘知远,遭到三娘母亲反对时,她无所顾忌地大胆支持父亲留下这个穷困的男子;她发现刘知远被她的兄嫂逼迫写下休书,就一旁抢过扯得粉碎;她听说园里有"瓜精",却甘冒性命危险去给丈夫送饭,甚至不怕与丈夫"鬼魂"(她以为丈夫已死)相见;她还敢于诘问兄嫂"爹娘产业都有份,何故苦乐不均平"。刘知远从军后,她孤身一人,过着漫长的不知何日是尽头的苦难岁月,她在磨房咬脐产子;她"日间挑水三百担,夜间挨磨到天明"。刘知远十六年无音信,李三娘实际上是被遗弃了,如不是咬脐郎因猎白兔遇母,她将在磨房、井边终了一生。李三娘的悲惨遭遇是中国封建社会里在贫困和死亡线上挣扎或被遗弃妇女的苦难生涯的真实写照。这个形象给读者、观众留下了深刻的印象,长期以来,在民间博得了广泛、深切的同情。

刘知远这个人物,在成化本和汲古阁本中,是毁誉参半的。作者同情他贫穷时的遭遇,赞扬他的英雄气概和驰驱沙场、建功立业的苦斗精神。与此同时,对他见利忘义、负情李三娘的行为也给予批评。李三娘在刘知远穷困时与他结为夫妻,待他情义很深。但是,岳节度使招他为婿时,他不言家中有妻,反庆幸"欣然平步上九天",感恩戴德地与岳小姐共偕连理;窦公千辛万苦替三娘送子到太原,他征得岳氏同意才敢留下;他曾派人回沙陀村取兵书、宝刀,却不给李三娘带去片言只字;他在十六年中步步高升,权重势大,"朝朝寒食,夜夜元宵",却不思解救李三娘的苦难。难怪咬脐郎在井边见母后,痛心地责怪刘知远:"继母堂前多快乐,却交(应为教)亲母受孤凄。爹爹忘恩负义非君子,不念糟糠李氏妻。"由于咬脐郎悲痛欲绝,岳氏贤德大度,李三娘才得苦尽甘来。不过,剧中刘知远也有不忘情义的时候:入赘岳府后,他曾暗自思念李三娘;咬脐郎向他叙述见母经过时,他也能哭诉真情;最后与李三娘团圆,报答恩人,发落李洪一夫妇,也都表现得有情有义。剧中写刘知远还没有丧心病狂到不认前妻、恩将仇报的地步。他说他再赘岳府是为了借新的婚姻关系发迹,"若不娶绣英,怎得我身荣将彩凤冠来取你?"——刘知远替自己负义行为的辩护确也反映了当时的社会现实:没有一定的政治势力作依靠,即使有武艺或才能的人,也难出头,更难于在统治集团中站住脚并不断高升。李三娘听他辩白后,不再埋怨,似是原谅了他。由于作者对这种婚姻观念没有谴责,剧中写刘知远因娶岳绣英得做高官的情节,就在实际上肯定、宣扬了这种因利害关系而联姻的婚姻观点。如果说,成化本中的刘知远性格有不同方面,富春堂本就把刘知远改写成一个性格比较统一的人物:岳节度使派媒人说合时,他曾以家中有妻相拒,后因岳节度使愿以女儿为次妻,才得成亲;入赘岳府后,刘知远十五年带兵在外,窦公送子,三娘受苦,他一概不知,也无暇顾及;出征归来,他急切询问家中音讯,并立即迎娶团聚。但这种改动中也呈现出若干牵强之处。

作品中写刘知远生时"紫雾红光",睡时"蛇穿七窍",多次真龙现形,五百年前地里就埋藏着赠给他的盔甲、兵书、宝刀,处处表明他是一个命中注定要当皇帝的"真命天子"。这固然表现出宿命论思想,但也带有旧时民间传说中常见的传奇色彩。全剧的重要关节之一,咬脐郎打猎,追赶白兔,白兔引他与母相会,更富有传说色彩。此外,剧中"报社"出有百戏上场,打和鼓,舞狮豹,跳鬼判,走竹马,把农村春社盛况搬上舞台,关目热闹令观众目眩神迷。剧中所写的刘知远在马王庙中偷吃福鸡、瓜园看瓜等情节,也透露出民间传说的情趣。剧中还写李洪一夫妇刁钻古怪地想出做一对两头尖的橄榄样水桶,将水缸钻些眼,再造一所五尺五寸长的磨房来折磨三娘,让她挑水时不得一歇,而缸里水永远不满,磨麦时终夜抬不起头。这样的笔墨,只有熟悉农村生活的作者才能写得出来。总之,《白兔记》中较多地保存了民间文学的泥土芳香,这也是它的特色之一。

《白兔记》曲文朴素自然。例如李三娘送饭瓜园与刘知远的一段对唱:

〔醉扶归〕(生)自恨我好不唧嚼,这碗淡饭怎入口。(旦)胡乱充饥莫要愁。白:你身上衣服破了。(生)胸前衣破为与瓜精斗。(合)闷似湘江水,涓涓不断流,湿透衣衫袖。

又如李三娘思念丈夫时的曲文:

〔集贤宾〕当初指望谐老百年，和你厮守相连。谁想我哥哥心改变，把骨肉顿成抛闪。凝望眼穿，空自把栏杆倚遍。儿夫去远，悄没个音书回转。常思念，何日里再得团圆。（此曲据《九宫正始》校订）

对唱犹如对话，思念、叙述之词也都浅显明白。前面提到过的咬脐郎责备父亲负情的曲文更是豪辣爽快。吕天成《曲品》曾评《白兔记》"词极古质，味亦恬然，古色可挹"。指出了这部作品在文词上的主要特点。但《白兔记》曲文也有过于平直之病，且情节发展、人物刻画也多少存在前后矛盾，不够统一之处。

《杀狗记》全名当作《杨德贤妇杀狗劝夫》（《永乐大典》目录），或作《杨德贤妇杀狗劝夫记》（《寒山堂曲谱》）。明末清初人大抵认为是徐𤲬所作[9]。徐𤲬，字仲由，淳安（今属浙江）人。明洪武初年受县令招聘任县学教官三年，因性不喜羁绁，自免去。洪武十四年（1381）诏征秀才，被举应诏，至藩省，力辞而归。自号巢松病叟，葛巾野服，优游山水之间。《乾隆淳安县志》记他"以诗酒自放，尤工词曲。每与客酬饮吟和，执盏立就，无不清新豪迈"。著有《巢松集》。朱彝尊《静志居诗话》记徐𤲬自称"吾诗文未足品藻，唯传奇词曲不多让古人"。《静志居诗话》还引录他的〔满庭芳〕曲，清俊超逸，而《杀狗记》曲文，俚俗粗浅，二者不似一人手笔。且元代戏文《宦门子弟错立身》中已提到传奇（指戏文）《杀狗劝夫婿》，可见当时已较流行。徐𤲬于洪武初年已当县学教官，当是由元入明，但年龄难以考知，他是否能在《宦门子弟错立身》出现之前的一段时间内创作《杀狗记》，也属疑问。他或许是个改编者。

《杀狗记》在明代屡经文人改编、校订。今存汲古阁本为龙子犹（即冯梦龙）最后改订本，以之与《九宫正始》所录《杀狗记》曲文比勘，可知它确是来源于古本，不同之处多是词句的改动和曲牌的更换。据松凫室《现存杂剧传奇版本记》[10]载，《杀狗记》有明富春堂刊本，与汲古阁本不同，但此本今不知何在。

本剧故事梗概与杂剧《杨氏女杀狗劝夫》大致相同。这个故事中出现的审案官员是王翛然，历史上实有其人，他是金代著名的清官。有些杂剧作品写到他，都带传说色彩。王翛然的故事当主要在北方流传，由此或可推测杂剧《杀狗劝夫》在前，南戏剧本在后，后者改编前者。

《杀狗记》写一个家庭故事：孙华交结市井小人，浪荡挥霍，而又视胞弟孙荣为仇敌。孙华妻子杨氏规劝丈夫，并使兄弟和好。其间她曾定计杀狗，把它扮作人尸，使酒醉的丈夫误以为死人，惊慌中打算私埋，但他的"狐朋狗党"不仅不助他避祸，反而向官府出首，而真正愿意搭救他的却是兄弟孙荣。这就是所谓"杀狗劝夫"。这个故事可能是金代流传的民间传说。

剧中孙荣、杨氏是作者着力赞扬的人物。孙荣"事兄如事父"，不管孙华多么无理，对他朝打夕骂，让他挨饿受冻，甚至妄图害他性命，他都不敢怨恨，始终敬之爱之。孙华醉卧雪地，他忍着饥饿，背负、送回家中；孙华独霸家产，他决不肯"坏乱人伦"告到官府；孙华求他埋尸，他不畏牵连，慷慨应诺；孙华将遭刑讯，他主动承担杀人罪责。这是一个封建统治阶级提倡的"悌弟"的化身。最后，皇帝嘉奖他"被逐不怒，见义必为，克尽事兄之道"，特授县尹之职。这里宣扬的事兄之道就是一味顺从、忍让，这里赞颂的兄弟之义就是对兄长恶行的纵容、包庇。杨氏被封为"贤德夫人"，她的"贤"表现为不厌其烦地大讲"妻子易得，兄弟难得"的古事，表现为就是在小叔子冻饿难忍的情况下也不肯"背夫之命,散夫之财"。她认为妻子对丈夫只能劝谏,不能违抗。最后是用杀狗扮人尸的计谋,才使孙华醒悟悔过,兄弟重又和顺。这个形象很像是按照"三从四德"的封建规范塑造出来的。

和杂剧《杀狗记》不同,南戏中增加了一些人物,其中吴忠、王老实都是忠实的奴仆,作者还借王老实这个形象描绘了一幅"五代不分,百口共食"的和睦大家庭的生活图景。《杀狗记》通过这些悌弟、贤妇、义仆,宣扬了"夫妇有别,长幼有序"和"贵贱有序"等封建伦理道德观念。剧中又一再强调"亲者到底只是亲"、"结义的到底只是假",以维护血缘之亲的家庭关系,这和宋代以来不少俗文学作品中出现的颂扬人与人之间的友谊关系,其中包括赞美结义兄弟、生死之交乃至江湖义气的观念截然相反。很明显,《杀狗记》所宣扬的是陈旧、正统的封建纲常观念。

《杀狗记》曲文虽经文人改动,却仍保持着俚俗、朴素的本色。惟剧中大段说教,枯索无味;情节发展,漏洞较多;关目排场,也欠允当。只是剧中描写两个游手好闲之徒柳龙卿和胡子传的种种无赖行为却颇生动。柳、胡二人,一个刁猾,一个愚鄙。两人一唱一和,十分契合。作者以这两个市井"乔人"穿插全剧,使这部说教味很重的剧作也不乏生动的场面和令人忍俊不住的趣语。

明代以来,不少曲家和学人批评《杀狗记》为"恶本"、"恶剧",因此往往引出人们对《荆》、《刘》、《拜》、《杀》并称这一现象的困惑[11]。《曲海总目提要》中《白兔记》条有一种解释:

> 元明以来,相传院本上乘,皆曰《荆》、《刘》、《拜》、《杀》……又曰《荆》、《刘》、《蔡》、《杀》。《蔡》,谓《琵琶》也。乐府家推此数种,以为高压群流。李开先、王世贞辈议论亦大略

如此。盖以其指事道情,能与人说话相似;不假词采绚饰,自然
成韵;犹论文者谓西汉文能以文言道世事也。

这种解释实际是总结了明清时代曲家的一种比较普遍的看
法[12],但不够圆满。因为"不假词采绚饰""自然成韵"原是宋元南
戏的共同特点,不只是这四五个作品专有的特色。看来,这里还存在
某种偶然因素。文学史上各种并称之说的出现,其中不乏是由偶然
性造成的。而一旦形成某种说法后,就又常常约定俗成地流传开来,
从而成为"世称"。《杀狗记》能够幸运地"附骥"[13],成为"四大南
戏"或"四大传奇"之一,也就并不显得奇怪了。

〔1〕 "四大传奇"之说,始于何时何人,已难考知。明凌濛初《谭曲杂札》
有"《荆》、《刘》、《拜》、《杀》为四大家"之说。

〔2〕 古本写"接丝鞭",近人认为是作者批评蒋世隆的动摇性。明人凌濛
初说是蒋、王二人都接了丝鞭:"盖因递鞭时,二人皆受。而团圆折,王反怒蒋之
违盟受盟,故复有如许委婉……末折生波,所谓至尾回头一掉也。元戏皆然,不
可不晓。"(《南音三籁》)凌濛初当年曾在他的朋友处见过沈璟所藏《拜月亭》旧
本(残本),他的说法或自有据。写"二人皆受"丝鞭,未必是写二人都负心,或是
一种曲折摇曳的艺术手法,也未可知。

〔3〕 或疑"温泉子"是柯丹邱的别号。但此本实是古本的改编本,"温泉
子"也可能是改编者。

〔4〕 所谓"舟中相会",是写王十朋升任吉安,奉母同行,搭救和收留钱玉
莲的钱载和邀饮舟中,问明真相,婆媳相见,夫妇重圆。"玄妙观相逢"是写王十
朋和钱玉莲在玄妙观无意中相逢,但不敢相认。清人焦循《剧说》引明张凤翼
《谭辂》云:"后人改妇姑遇于舟中,愈于原本。"以"舟中相会"为改本,李卓吾评
本补刻八出的评语中则说"原作舟中会为是"。以"舟中相会"为原作关目。今
人也有不同看法。

〔5〕　王十朋实有其人,他字龟龄,号梅溪,温州乐清(今属浙江)人,是南宋时代颇为有名的人物,官至龙图阁学士。劳大舆《瓯江逸志》中说:"今世俗所传《荆钗记》,因梅溪劾史浩八罪,孙汝权实怂恿之。史氏切齿,遂令门客作此传以蔑之。""又有一说,玉莲实钱氏,本娼家女。初,王与之狎,钱心许嫁王,后王状元及第归,竟不复顾,钱愤而投江死。"叶盛《水东日记》中说:"甚者晋王休征、宋吕文穆、王龟龄诸名贤,至百态诬饰,作为戏剧,以为佐酒乐客之具。"又丘濬《伍伦全备记》第一出有"每见世人搬杂剧,无端诬赖前贤。伯皆负屈十朋冤,九原如何作,怨气定冲天"之句。由此看来,在早期民间戏文中,王十朋不是一个美好的形象,很可能和蔡伯喈一样,也是一个负心汉。后来才有人为他作翻案文章,改写成有情有义的正面人物。

〔6〕　《九宫正始》录此曲为:"……向高堂问寝归来,慢把金针弄。何事不为容,何事不为容?留心在女工,绣花枝枝怕绣出双飞凤。"比文人改本大胆浅露。

〔7〕　所谓《白兔记》,系从剧中咬脐郎出猎,追赶白兔,得遇生身之母李三娘情节得名。咬脐郎在邠州出猎,为追一只白兔,却到了相距千里以外的徐州沙陀村,带有传说色彩。富春堂本却无追赶白兔情节,只是在咬脐郎找到母亲后向刘知远禀告时,说:"因打兔儿没处寻,只见苍须皓首,驾雾腾云,行至庄村,见一个妇人,井边汲水泪盈盈。"前后显得矛盾。周贻白《中国戏曲史发展纲要》引湘剧高腔《打猎回书》中咬脐郎唱词"偶遇一仙翁,驾雾腾云引入荒村",指出富春堂本"苍须皓首,驾雾腾云",当也指仙人引路。又,此剧一名《刘知远红袍记》,当是由岳绣英赠刘知远红袍得名。刘知远到邠州投军,当军营更夫,雪天敲更喝号,岳节度使之女岳绣英推窗偶望,见他衣着单薄,信手取衣投下,却不料误取了她父亲的红锦战袍。富春堂本也删去了这个情节。

〔8〕　《寒山堂曲谱》于《刘知远重会白兔记》下注"刘唐卿改过"。此说是否可靠,今人有不同看法。如果属实,刘唐卿也只是改编者,并非原作者。

〔9〕　宝敦楼抄本《传奇汇考标目》记徐畖作过《王翛然玉环记》、《杵蓝田裴航遇仙》和《王文举月夜追倩魂》等剧。焦循《剧说》曾记《杀狗记》"俗名玉环",是《王翛然玉环记》即为《杀狗记》。

〔10〕　见《剧学月刊》五卷六期。

〔11〕 王骥德《曲律》中说："论戏曲曰《荆》、《刘》、《拜》、《杀》，益不可晓，殆优人戏单语耳。"

〔12〕 清人李渔别有看法，他在《闲情偶寄》中说："《荆》、《刘》、《拜》、《杀》之传，则全赖音律；文章一道，置之不论可矣。"

〔13〕 一般认为在"四大传奇"中《杀狗记》最劣。但何其芳《琵琶记的评价问题》（收入《何其芳文集》）一文中说："从作品的优劣来说，这四个戏的次序应该是《拜》、《刘》、《杀》、《荆》。"此处注录，以备参阅。

第二十六章　元代南戏(三)

第一节　《琵琶记》作者高明

高明,字则诚,自号菜根道人。温州瑞安(今属浙江)人。温州于唐时称东嘉州,因此后人又称他为高东嘉。他大约生在元成宗大德间[1],卒于明初[2]。

高明生长在一个书香世家。祖父高天锡,号南轩,伯父高彦,号梅庄,均能诗。他们老归田园,隐居故里,诗中流露出关怀民生、忧患世事的思想感情。父功甫,名不详,早逝。弟高旸,号宾叔,才优学邃,诗文为时人所重(见苏伯衡《苏平仲集·郑璞集序》)。在家庭的熏陶下,高明从小聪明颖悟,善于属对作文,被称为“奇童”(见冯梦龙《古今谭概》)。他的妻子是南宋遗民陈则翁的孙女,陈家也是诗礼传家门第。高明又曾从名儒黄溍游。他的思想品格受家庭、老师的影响颇深,立身处事都以儒学为准则,后人把他看作是理学家。

高明青年时期用世之心很盛,曾说:“人不专一经取第,虽博奕为?”(见《宋元学案》)他于至正四年(1344)中乡试,次年中进士。历任处州录事、江浙行省丞相掾、浙东阃幕(即军幕)都事、绍兴府判官、江南行台、福建行省都事等职。高明为官,主张"治"与"教"并修,比较正直,不畏权势。

据嘉庆《瑞安县志》记载,他在处州任上,"监郡马僧家奴仗势欺人,贪残为害。明委曲调护,民赖以安"。他任浙东军幕期间,曾因与主帅论事不合,避不治文书。他出任军幕时,方国珍已在浙东起义,江浙行省当局因高明熟悉滨海情况,才把他调任浙东,参与"平乱"。方国珍于至正八年起事,十二年接受元朝招抚,高明也就"秩满告归"。但不久又被起用为江南行台掾,转任福建行省都事。这时已归顺元朝的方国珍要强留他在幕下,他不从;又请他执教子弟,也不从;即日解官。自此以后,他旅寓明州(今浙江宁波)栎社沈氏楼,潜心词曲(见《留青日札》和《闲中今古录》等)。高明热衷仕进时,他的前辈曾告诫他:"士子抱腹笥,起乡里,达朝廷,取爵位如拾地芥,其荣至矣,孰知为忧患之始乎?"(见赵汸《东山存稿·送高则诚归永嘉序》)当时他以此言为"卑",在经历了一番宦海浮沉,体味了言中至理后,才深深信服,并由信服而至绝意仕进。据《南词叙录》载:明初(这时他的好友刘基已为重臣),明太祖慕其名,遣使征辟,他却"佯狂不出",不久病卒。高明工诗文,善书法。著有《柔克斋集》二十卷,已佚。今仅存诗、文、词、散曲五十余篇。其中有他醉心仕进时的作品,如《送苏伯修参政之京兆尹任三首》,诗中称颂当时最高统治者为"日月垂光",期望苏伯修至京后能"萧鼎功成"。但在备经仕途坎坷后,就产生了完全不同的认识与态度,《送朱子昭赴都》一诗,对"紫禁花浓春尚寒"的现实已有比较清醒的认识,友人求官,他却劝友人行乐江山,"莫将尘土污儒冠"。他的诗作中有揭露讽刺时政、同情人民疾苦的,如《题画虎》斥责"人间苛政皆尔俦",但这类作品不多,而且声音较微弱;也有表示厌倦尘世奔波、向往隐居生活的,如感叹"飘零王粲辞家久,牢落潘郎感发稀"(《积雨书怀》），悔恨"岁晚仲宣犹在旅，年来伯玉自知非"（《寄屠彦德并简倪元镇二首》），羡慕"争如襄笠秋江上，自鲙鲈鱼买浊醪"（《次韵酬高应文》）。后一类诗歌在他现存作品中竟占三分之一。它们与赞扬志洁行芳的美德，表现"人生温饱不足多，莫羡东家著绮罗"的恬淡自得思想的《采莲曲》、《白纻篇》等一样，都是出于对现实不满的作品。他的《和赵承旨题岳王墓韵》向被认为是咏史怀古的佳作：

> 莫向中原叹黍离，英雄生死系安危。内廷不下班师诏，朔漠全归大将旗。父子一门甘仗节，山河万里竟分支。孤臣犹有埋身地，二帝游魂更可悲。

但在艺术上更趋完整的还是那些闲适诗，如《赋幽憪斋》：

> 闭门春草长，荒庭积雨余。青苔无人扫，永日谢轩车。清风忽南来，吹坠几上书。梦觉闻啼鸟，云山满吾庐。安得嵇中散，尊酒相与娱。

从高明的诗文中也可看到，他的封建伦理观念十分浓厚，《孝义井记》和《华孝子故址记》都颂扬孝义，后篇竟对因父亲一句话而至七十不婚冠的华孝子的愚孝大加称赞；《王节妇诗》表彰贞节贤德；《昭君出塞图》则批评"佳人失节"，指摘玉颜"可耻"。《辍耕录》记有高明作《乌宝传》，假托为"乌宝"立传，实是抨击元代钞法和堕落世风，类似《钱神论》，是所谓"以文为戏"。但颇流行，谢应芳《邀高则诚郊居小集》说："逢人为说乌宝传，此客合贮黄金台。"但这篇文章的指导思想是崇儒斥墨。

高明最擅长的还是制曲，他得以名传后世主要是因为他写出了在戏曲史上负有盛名的《琵琶记》。据《南词叙录》载,他还有《闵子骞单衣记》戏文一部,今无存。闵子骞,即闵损,孔子弟子,最负孝名,是郭居敬所辑《二十四孝》中的人物,这显然是一部颂扬孝道的作品。

第二节 《琵琶记》的思想内容

《琵琶记》写新婚二月的蔡伯喈迫于父命赴京应试,考中状元后,牛丞相奉旨强招为婿。时值他家乡遭受饥荒,妻子赵五娘历尽艰辛,奉养公婆,公婆仍未免饿死。后赵五娘一路弹唱琵琶,寻夫到京。最后夫妻团圆,庐墓旌表。

在高明《琵琶记》以前,宋代有《赵贞女蔡二郎》戏文,据《南词叙录》载,演"伯喈弃亲背妇,为暴雷震死"事。陆游《小舟游近村舍舟步归》诗中写到民间艺人说唱蔡伯喈故事,由"死后是非谁管得,满村听说蔡中郎"两句看来,当也是谴责蔡伯喈的。蔡伯喈历史上实有其人,但这类作品不是写历史人物的真实事迹[3]。金院本有《蔡伯喈》,也无存。元杂剧《铁拐李》第二折岳孔目唱词中有"你学那守三贞赵真女,罗裙包土将那坟茔建"之句,《金钱记》第三折、《老生儿》第一折、《村乐堂》第四折、《刘弘嫁婢》第二折也提到同样的情节。可见宋元时民间流传的赵贞女故事,其中有罗裙包土建坟茔的情节。晚近京剧《小上坟》(由南戏《刘文龙菱花镜》衍变而来)中有一段萧素贞的唱词很值得重视,其词如下:

> 正走之间泪满腮,想起了古人蔡伯喈。他上京中去赶考,一去赶考不回来。一双爹娘都饿死,五娘子抱土筑坟台。坟台筑

起三尺土，从空降下一面琵琶来，身背着琵琶描容相，一心上京找夫回。找到京中不相认，哭坏了贤妻女裙钗。贤慧的五娘遭马踹，到后来五雷轰顶是那蔡伯喈。（见《戏考》第四册，又见《京剧汇编》第三集）

这段唱词所述与《南词叙录》所记《赵贞女蔡二郎》的内容基本吻合，说它是这部戏文的故事梗概当无大错。其中蔡伯喈赶考不归，父母饿死，五娘筑坟描容、琵琶寻夫等情节仍见于高明《琵琶记》。可见高明是在宋元时民间流行的蔡伯喈故事，尤其是在宋戏文《赵贞女蔡二郎》的基础上进行再创作的[4]。其间最大的改动是把"弃亲背妇"的蔡二郎改写成不忘孝义的蔡伯喈，相应的改动是赵五娘并未"遭马踹"。明末清初钮少雅、徐于室《汇纂元谱南曲九宫正始》辑有被称作是"大元天历间"的《九宫十三调谱》所收的只曲，其中写到蔡伯喈及第后再婚是出于无奈，并不愿休去前妻。或据此认为元代另有一部《琵琶记》，在高作之前，因而把蔡伯喈写成不忘孝义也并非始于高明。此可备一说，容待进一步研讨[5]。

《琵琶记》传本较多，今知明代就有十余种。清陆贻典抄本不分出，前有题目，曲文与《九宫正始》所引元谱或古本大致相同，是保持戏文本来面目较好的本子。明嘉靖苏州坊刻巾箱本与此相近。1958年在广东揭阳出土的嘉靖写本（残缺）与陆抄本基本一致，同属"古本"范畴，也是今存最早的艺人演出本。明凌濛初刊刻臞仙本也属这个范畴。其余均经明人删改，与原本差异较大。

《琵琶记》是一部思想内容比较复杂的作品。作者在"开场"明确提出以戏剧提倡风化、宣扬封建道德的主张："不关风化体，纵好也徒然"，"休论插科打诨，也不寻宫数调，只看子孝与妻贤"。这一思想贯穿全剧，渗透在作品歌颂的每一个人物身上。但是，作品在描写这些孝子、贤妇的家庭悲剧,极力表现他们的孝行、美德的时候,展开了广阔、生动的社会生活画面,在一定程度上暴露了封建社会、封建道德本身的矛盾。

《琵琶记》中的蔡伯喈,是一个孝义两重的正面人物。他对父母"生不能事,死不能葬,葬不能祭"完全是由"三被强"造成的。"三被强"是一为被父强迫,赴京应试;二为被丞相强迫,入赘牛府;三为被君强迫,授封高官。蔡伯喈并不是不想青云万里,主要是考虑到父母年迈,才决心"甘守清贫,力行孝道",不去应试的。但蔡公定要他改换门闾,他终于被迫赴试。中状元后,丞相逼婚,他以家中已有妻室相辞,未获应允,又想以辞官达到辞婚目的,皇帝也不从。他不得分辩,只好听命,以至父母盼子不归,又遇灾荒,相继气饿而亡。这"三被强"相辅相成,构成了蔡家悲剧。其中蔡公逼试是起因,若无这"一被强",后二"强"不会接踵而来,但后二"强"又是关键,若无牛相、皇帝相逼,即便考中状元,也不会结下苦果。剧中写蔡伯喈奏表说:"忆昔先朝买臣,出守会稽;司马相如,持节锦归。他遭遇圣时,皆得回乡里,臣何故别父母,远乡间,没音书……"这看来是委婉的、但实际又是尖锐的语言,说明"圣时"为官,可望"锦归",而蔡伯喈却不能"锦归"。在这里,作者并没有一般地反对应试出仕,更没有反对科举制度,他的不满是针对皇帝和丞相的以势压人,无视和剥夺个人的意志。据宋人彭乘《墨客挥犀》记载,宋代有"榜下择婿"之习,并说"其间或有意不愿而为贵势豪族拥逼不得辞者",还记述了一个不愿做豪族之婿的故事。可见《琵琶记》写蔡伯喈被逼成婚,也有生活根据。《琵琶记》的作者以"三不从"——蔡不愿赴选,他父亲不从;蔡要辞官,皇帝不从;蔡要辞婚,牛相不从,开脱了蔡伯喈不孝不义的罪名,使蔡家悲剧的发生,由民间戏文着重个人品德上的责任,移为社会的、尤其是封建统治阶级的责任,这无疑深化了作品的社会意义。

但蔡伯喈是一个软弱、动摇的,而且几乎是始终处在矛盾苦闷中的人物,他在"三不从"面前终于三屈从就证明了他的软弱。他入赘相府,官拜议郎后,住在"璠池阆苑"中,吃的是"猩唇豹胎",喝的是"玉液琼浆",穿着紫罗襕,系着白玉带,童仆侍奉,娇妻相伴,但他埋怨"我穿着紫罗襕,到拘束我不自在,我穿的皂朝靴,怎敢胡去踹?"对忙忙碌碌而又战战兢兢的宦海生涯他又感到不满:"我口里吃几口慌张张要办事的忙茶饭,手里拿着战钦钦怕犯法的愁酒杯。"他思念白发双亲,怀想糟糠之妻,既难舍旧弦,又撇不下新弦,愁肠百结,心事重重。当剧终团圆,一门欢庆时,他却又陷入"可惜二亲饥饿寒死,博换得孩儿名利归"的无尽的遗恨中。作者写蔡伯喈一直生活在矛盾苦闷中是为了突出他对父母的孝和对发妻的义,从剧中的一些描写看,作者实际上是同情并歌颂一个估计到双亲"必做沟渠之鬼",内心充满痛苦,却仍然屈服在权势下并且过着豪富生活的人物,这说明作者自己在塑造人物时也陷入了矛盾之中。

同样显得矛盾的是,剧首蔡伯喈被标为"全忠全孝",而实际描写所昭示的却是既不忠,也未尽孝。他不忠于事君,是因为欲尽孝情;他未能尽孝,是因为困于事君。剧中圣旨中明说:"孝道虽大,终于事君,王事多艰,岂遑报父",剧中传旨的黄门也说:"毕竟事君事亲一般道,人生怎全得忠和孝,却不见母死王陵归汉朝",都道出了统治者总是以忠规孝、忠孝很难两全的实际。蔡伯喈希望忠孝两全,结果却忠孝两不全。这个悲剧形象暴露了封建道德自身的矛盾及其不合理性。这是作者所认识不到的。但从剧中描写看来,作者比较强调孝,如"人爵不如天爵高,功名争似孝名高","万两黄金未为贵,一家安乐值钱多",是以事亲高于事君,以家庭和乐高于功名富贵。这种思想与作者在一些诗文中流露出的情绪是一致的。

　　赵五娘,是剧中塑造得最成功、最为震撼人心的人物形象。作者把她作为"孝妇贤妻"的典型,但这个人物的客观意义却远远超过了作者的意图。蔡伯喈入赘相府后,她实际上已成弃妇。她的处境是相当困难的,矛盾也是多方面的。她要独立承担供养、照顾年迈公婆的责任,但家境贫寒,又遇荒年,虽尽心竭力,也难满二老之意。她典尽衣衫首饰,不得不抛头露面去求赈粮,却又遭到里正欺压。她力尽计穷,欲寻短见,想到丈夫行前嘱托,虑及公婆无人赡养,便又坚持活了下来。筹得粮米,她供膳二老,自己却暗吞糠秕。婆婆猜疑,明嗔暗察,她不忍实说真情,宁蒙冤屈,不作分辩。二亲相继亡故,她不愿一再求人,于是剪发买葬,麻裙包土,自筑坟台。年轻的赵五娘承担着经济的重负,操持着繁重的家务,忍受着被丈夫遗弃的担忧与痛苦,还要默默咽下婆婆猜疑不满的苦水。正如她在蔡伯喈离家前早已预料到的:"我的埋怨怎尽言,我的一身难上难。"这个形象,真实生动地反映了中国封建社会里许多妇女身受的深重苦难。她与公婆同患难的命运,把他们的感情紧紧联系在一起,使她在与公婆相处中能够真诚关心、体贴亲人;艰苦生活的磨炼,又使她具有了劳动妇女的若干特质,如吃苦耐劳,坚韧不拔和忘我牺牲等。几百年来,这个形象获得了广大观众、读者的同情、尊敬和喜爱。不过赵五娘毕竟是一个受到封建礼教、封建文化熏陶的女性,在她身上缺少一般劳动妇女大胆、朴直的性格特点和反抗精神。她对公婆的"孝",其中虽有着敬养体贴老人的因素,却也表现了奴隶式的驯服;她守"节"不嫁,虽有着"只怕再如伯喈"的对于黑暗世道、人心叵测的担忧,却也不能否认其中包含着"一鞍一马","不嫁二夫"的贞操观念。作者描写这个形象所取得的成就,与所据以改编的民间文学中的赵贞女形象有关,但与作者对民间的疾苦、人的美好品德的观察和了解、同情和喜爱以及他忠于现实生活的创作方法,也有着更为直接的关系;这个形象的不足，与民间文学中"守三贞"的赵贞女这个性格因素也有一定联系，但仍主要决定于作者的创作意图。

为了描写赵五娘的苦难，表现她在极端困苦的条件下显露出的美德，作品比较广阔地展示了社会生活的画面。这是一幅"野旷原空"，"饥人满道"，"死别空原妇泣夫，生离他处儿牵母"的悲惨图景。围绕蔡伯喈被迫，作品揭露了最高统治阶级昏暗不明、不恤民苦以及皇家、相府奢侈腐化的生活；附随赵五娘受欺，作品又描写社长、里正平时欺贫怕富、坐食义仓，急时瞒上压下、抢夺赈粮的恶行。这就在一定程度上表现出了整个统治机构从上到下的腐败溃烂的现实。民不聊生，是政治腐败的直接后果。有元一代各种灾害不断，就是作者的家乡——富庶的浙江一带也不能幸免，每次灾害，饥民往往多达数十万甚至一百万人。加上黑暗势力横行，政府机构腐败，天灾人祸，给广大人民带来极大的苦难。作者把他的耳闻目见、切身体验写于剧中，在一定程度上真实、生动地反映了那个时代的社会历史面貌。

剧中所写的相府小姐牛氏也是一个贤孝人物，她的一言一行都严格遵守封建闺范。这个形象除个别场次写得还生动外（如"金闺愁配"写她不满父亲逼婚，但作为深闺少女，又难启齿劝阻），从全剧看，是写得失败的。这一人物形象缺乏真情实感，极少内心意识流动，是一个概念化的人物。但在某种意义上说，这也是一个悲剧人物——被封建思想毒害、束缚得失去青春、失去个性的思想僵化的贵族小姐。

剧中描写的张大公也是作者寄寓理想的人物。张大公古道热肠，仗义施仁。作者颂扬他的古风高义，表达了作者对这种淳风厚谊的提倡和向往。

《琵琶记》的写作年代已难确切考知，前人说法不一，有说写于高明寓居明州以后，有说作于高明中进士以前[6]，一般认为是高明绝意仕进以后的作品，但这也只是一种推测，并无过硬的证据。即使是高明中进士以前的作品，乃至是泰定年间即他二十多岁时的"少作"，他提倡风化的写作动机，无论从作家主体抑或客观现实着眼，都能得到解释。刘基《从军诗五首送高则诚南征》诗的首句就说高明"少小慕曾闵"，"曾闵"即曾参和闵子骞，这说明他崇拜孝行人物。后来他初仕处州录事时，还为一个割自己的肉和挖自己的肝为祖母治病的孝女陈妙珍请求旌表。后人曾把高明列为朱熹门人徐侨这一学派系统的理学家（见《宋元学案》）。从提倡孝行到了狂热程度这点看，他确实具有理学家的本色。作为中国封建社会正统儒学的变种——理学的出现，原是适应着巩固封建统治其中包括巩固封建道德规范的需要。理学家们极端地相信精神的力量，他们面对种种堕落世风或者在他们看来是属于堕落的世风时，总是企图用提倡风化的办法来拯救。高明作《琵琶记》歌颂孝子、贤妇、义士，提倡风化，也是基于对"淳风日漓，彝伦攸斁，"的世风的不满。他是以"彰孝义"，美教化，希图以宣扬正统儒家所崇尚的古风民俗来达到实现"圣世"的目的。

元代蒙古贵族统治中国的过程中，长期为汉族统治者建立起来的封建伦理道德曾经在不同的方面和不同的程度上受到削弱和破坏（这种削弱、破坏引出的结果不能一概而论）；但当蒙古贵族统治者还没有最后一统中国以前，就在逐步实行"汉法"的过程中，尊奉理学，最终又把它定为官学。这里面的情况是十分复杂的，更不意味着后者能够抵消前者。再说，元代社会政治黑暗和道德沦丧又是紧密相联的。尽管这一现象同前代社会相比也并不特殊，但汉族地主阶级知识分子总是把它们归咎到礼教松弛这个原因上去，同时又把礼教松弛主要归因于蒙古贵族统治对封建伦理道德的破坏。所以，即使在元末最高统治集团竭力提倡封建伦理道德（在有元一代可说是空前的)以后,朱元璋在声讨元王朝的檄文中,还是指责"其于父子、君臣、夫妇、长幼之序,渎乱甚矣",同时提出要"恢复中华,立纪陈纲"。在"立纪陈纲"这点上朱元璋的号召同理学家的要求并没有不同,但朱元璋的行动是以暴力推翻元室统治,在这点上就和像高明这样信奉理学的人有着严格的分野,所以高明不仅不愿入方国珍幕,也不愿为朱元璋效力。从他写作《琵琶记》的动机看,他同很多儒士一样,以为只要提倡风化,宣扬封建道德,就可挽救堕落世风,就可实现理想圣世。这只是一种空想。剧中专横自私的牛相,在女儿相劝也即所谓"儿言谏父"后,翻然悔悟,同意接取蔡伯喈父母妻室、同意牛氏屈居赵五娘之下、同意牛氏随夫归守庐墓。他一变而成为开明、慈爱的老人和请旨旌表孝义的贤相,他的转变不符合生活的真实,难以令人置信,但却正是作者这一思想的体现。

由于《琵琶记》思想内容上的复杂、矛盾,自它问世以来,一直存在着不同的认识和争议。传说明初朱元璋曾说:"《五经》、《四书》,布帛菽粟也,家家皆有;高明《琵琶记》,如山珍、海错,贵富家不可无。"(《南词叙录》)自此以后,明清两代不少曲家、批评家大抵都认为剧中"副末开场"所说的"不关风化体,纵好也徒然"和"只看子孝共妻贤"是作品的主旨,说作品"描画慈父、慈母、孝子、孝媳可谓曲折淋漓、极情极致",是一部"有裨风化"、"大有关于世教之书"[7]。而徐渭却看出其中"纯是写怨"[8]。陈继儒也认为"纯是一部嘲骂谱","读一篇《琵琶记》,胜读一部《离骚》经"[9],当代评论家也有着基本肯定和基本否定两类相反的意见[10]。其实《琵琶记》既是一部有关于封建世教的书,又是一部对黑暗社会的"嘲骂谱"。也就是说,它确实宣扬了子孝妻贤或孝义这样一些封建道德,但它所描写的人物和生活的全部意义却更为丰富而复杂,其中包含了对于封建社会封建道德的暴露和批判。作者的主观用心并不等于作品的客观意义,《琵琶记》的价值主要在于它的客观意义。

第三节 《琵琶记》的艺术成就

在宋元南戏中间,《琵琶记》的艺术成就显得很突出,被誉为"旧传奇"中的"神品"〔11〕,乃至被称为戏文中的"绝唱"〔12〕。

《琵琶记》"开场"中说:"论传奇,乐人易,动人难。"作者力求使他的作品达到以情动人,因此,真实、细腻地摹写人物的思想感情和心理活动,成为这部作品艺术上的一个重要特色。剧中主要人物赵五娘给人们留下的深刻印象是她的"苦情"。这个人物初上场时,还只是一个结婚方二月的新妇,娇羞喜悦之态可掬,但很快便由于丈夫赴试而陷入越来越深的苦境。"南浦嘱别"时她无限离情,叮咛中已露忧虑。"临汝感叹"中她思念丈夫,担忧他"十里红楼,贪着人豪富";叹惜流年空度,自己"朱颜非故";又顾虑公婆"西山日暮",不久将归黄土。思绪种种,婉转动人。陈留遭灾,赵五娘更临困境,她心劳计拙、力枯形瘁,筹得一点粮米供膳二老,婆婆仍不满意,"糟糠自厌"出写她背着公婆吞糠充饥,吃着难以下咽的糠秕,不禁触景伤情,悲从中来:

> 〔孝顺歌〕呕得我肝肠痛,珠泪垂,喉咙尚兀自牢嘎住。糠,遭砻被舂杵,筛你簸扬你,吃尽控持。悄似奴家身狼狈,千辛百苦皆经历。苦人吃着苦味,两苦相逢,可知道欲吞不去。(吃吐介)
>
> 〔前腔〕糠和米本是两倚依,谁人簸扬你两处飞? 一贱与一贵,好似奴家共夫婿,终无见期。(白:丈夫,你便是米么?)米在他方没

寻处。(白:奴便是糠么?)怎的把糠救得人饥馁？好似儿夫出去,怎的教奴供膳得公婆甘旨?(不吃放碗介)〔13〕(前腔)思量我生无益,死又值甚的? 不如忍饥为怨鬼。公婆老年纪,靠着奴家相依倚,只得苟活片时。片时苟活虽容易,到底日久也难相聚。漫把糠来相比,这糠尚兀自有人吃,奴家骨头,知他埋在何处?

从糠苦想到人苦;从糠和米的一贱一贵、两处分飞想到夫妻分离,终无见期;由自己似糠,不能供甘旨,又想到自己不如糠,糠尚可吃,自己死无埋身之地。作者用托物抒怀的手法来写人物感情,白描朴素,却又极情极致。其后"祝发买葬"、"乞丐寻夫"等出写赵五娘的种种心绪,也是文情凄惋,生动感人。剧中写蔡伯喈的心理活动也有细腻之处。"琴诉荷池"、"官邸忧思"和"中秋望月"等出写他在富贵悠闲中,意悬悬,情绵绵,愁深怨多,歌慵笑懒,都能细致入微地刻画出他在被迫入赘相府后躲躲闪闪、不敢外露的情怀。作品对蔡公、蔡婆、张大公等次要人物的感情、心理的描写也有动人之处,如写蔡婆发现媳妇暗中进食时,怀疑她独吞美味,待到知道她在吃糠,痛悔自己错怪儿媳,悲恸而死。又如写蔡公临终前,以长辈之尊,反向儿媳拜谢,表示今生难报深恩;同时他悔恨当初逼子进京,叮嘱儿媳在他死后"休埋在土","我甘受折罚,任取尸骸露";他忧虑赵五娘孤身无靠,要她休守孝、早改嫁;他留下拄杖,请张大公在"不孝子"回来时,把他"打将出去"。这些遗言,极其沉痛地表现了蔡公胸中烧灼着的痛苦、悔恨、爱怜、愤怒之情。再如写张大公在赵五娘寻夫上路前的叮咛嘱咐,洋溢着诚挚之情,在"张公遇使"出中写他对蔡伯喈不归的怒责则又充满着正义之感。总观全剧,《琵琶记》没有追求情节的"奇"和"巧",所写都是日常生活,却因它生动地描写了不幸的人们从心中流出的"真情",又善于刻画人物的内心活动,因而获得了艺术上的成功。王世贞评论《琵琶记》说:"其体贴人情,委曲必尽;描写物态,仿佛如生;问答之际,了不见扭造;所以佳耳。"(《艺苑卮言》)可以说是抓住了特点。

《琵琶记》布局谋篇整饬、明快。开场不久,剧中主要人物便已全部亮相,矛盾冲突也露端倪。剧情从蔡伯喈赴试开始,沿着两条线索发展,直到剧终汇合。循蔡伯喈入赘牛府一线呈现的是一派富贵豪华的气派,那里甲第连天、乐声如沸、珠围翠拥、美酒肥羊;赵五娘侍奉翁姑一线展示的是一片荒凉破败的景况,那里黄土成堆、哀鸿遍野、衣尽囊空、忍饿挨饥。鲜明的对比,有力地突出了贫富悬殊的社会矛盾。剧中二线又是交叉相错的,蔡伯喈骏马雕鞍、赏遍皇都之时,正是赵五娘形单影孤、对镜忧叹之际;蔡伯喈丞相府中洞房花烛,赵五娘陈留郡里请粮被夺;蔡伯喈闲庭深院、抚琴饮酒,赵五娘自厌糟糠、公婆双故;蔡伯喈中秋赏月,绮席酒阑伴婵娟,赵五娘剪发买葬,十指鲜血筑坟台……这样写来,使热闹与冷寂、喜气盈盈与悲悲切切、奢侈享受与穷困劳瘁相互映衬,加强了戏剧氛围,收到了良好的艺术效果。剧中对比描写蔡伯喈和父母妻子处境迥异,但对比描写他们的心情又是同中有异,相同的是他们彼此思念,不同的是蔡伯喈思亲念妻,忧多愁多苦闷多,他的父母妻子盼他归来,苦多恨多怨望多。而这种不同又与他们绝异的处境相联系。双线交错的方法在早期戏文中已见运用,《琵琶记》作者却运用得更为自然、纯熟。这对深化作品思想、增强作品的感染力量都起到了很好的作用。《琵琶记》中的双线交错法和早期南戏显得不同,和后来的一些传奇作品的并行结构(或叫正结构、副结构)也有差异,它不仅被用来展开更广的生活画面和描绘更多的人物,而且还起着对比映衬的作用,所以从另一个角度说,《琵琶记》的双线交错、双线对比又是反衬法在结构安排上的运用。

无论和宋代南戏中唯一完整保存下来的《张协状元》比较，还是和同时代的南戏作品比较，《琵琶记》的语言文辞也显得成熟。它在保持南戏原有的本色自然特点的基础上显出文采神韵，同时注意到不同人物的语言特点。赵五娘、张大公、蔡公、蔡婆人物口中所说的多是经过提炼的本色语；蔡伯喈、牛氏、牛相的语言稍稍雅丽，但还是明畅易晓。如赵五娘"描容"一段：

〔三仙桥〕一从他每死后，要相逢不能够。除非梦里，暂时略聚首。若要描，描不就，暗想象，教我未写先泪流。写，写不得他苦心头；描，描不出他饥证候；画，画不出他望孩儿的睁睁两眸。只画得他发飕飕，和那衣衫散垢。休休，若画做好容颜，须不是赵五娘的姑舅。

〔前腔〕我待画你个庞儿带厚，你可又饥荒消瘦。我待画你个庞儿展舒，你自来长偎皱。若写出来，真是丑，那更我心忧，也做不出他欢容笑口。(白：不是我不画着好的，我从嫁来他家，)只见两月稍优游，他其余都是愁。(白：那两月稍优游，我可又忘了，这三四年间，)我只记得他形衰貌朽。(白：这画啊，)便做他孩儿收，也认不得是当初父母。休休，纵认不得是蔡伯喈当初爹娘，须认得是赵五娘近日来的姑舅。

曲文看来疏淡无奇，却淡而有致，不事虚饰而色泽自见，只求自然而文情毕现，把赵五娘的凄怆婉转之情表现得细致熨帖。又如蔡伯喈在相府思念赵五娘的一支〔渔家喜雁灯〕曲：

几回梦里，忽闻鸡唱。忙惊觉错呼旧妇，同问寝堂上。待朦胧觉来，依然新人凤衾和象床。怎不怨香愁玉无心绪？更思想被他拦挡。

　　　教我怎不悲伤？俺这里欢娱夜宿芙蓉帐，他那里寂寞偏嫌更漏长。

同是怨愁悲苦之曲，这里却写得婉丽雅致，把一种似梦似醒、若有若无的恍惚心绪写得可摸可触、如闻如见。语言色彩的不同，取决于剧中人物身份、环境的不同，而同样的境况下，又因人物思想、性格的差异而语言有别。例如同是"称庆"之词，蔡伯喈说"惟愿取百岁椿萱，长似他三春花柳"，赵五娘说"惟愿取偕老夫妻，长侍奉暮年姑舅"，蔡公却说"惟愿取黄卷青灯，及早换金章紫绶"，蔡婆则说"惟愿取连理芳年，得早遂孙枝荣秀"。一个盼父母长寿，一个愿夫妻偕老，一个望儿子登龙门，一个求子孙满堂，其中已隐伏着后来的冲突。又如同是赏月，牛氏只觉"人在瑶台银阙"。蔡伯喈却闻"月中都是断肠声"。清代李渔对"中秋赏月"出最为激赏，他说："同一月也，出于牛氏之口者，言言欢悦；出于伯喈之口者，字字凄凉。一座两情，两情一事"（《闲情偶寄》）。明代王骥德说《琵琶记》曲文"时有语病"，"不得为之护短"，但他同时认为"工处甚多"（《曲律》）。事实上，《琵琶记》的长处之一正在于全剧曲文都写得相当整齐，很少不可读的部分，这也是它较之元代其他南戏作品显得成熟的地方。

　　前人曾指出《琵琶记》情节中有漏洞和描写失真之处。这主要有两个原因，第一，由于作者过分强调戏曲的封建教化作用，导致了人物性格描写概念化，如牛氏就是最明显的例子。此外在一些具体场景中出现的人物孝行语言，显得生硬而不真实，如"南浦嘱别"分明写新婚不久的蔡伯喈、赵五娘脉脉情深的话别，却偏让他们说什么"奴不虑山遥路远，奴不虑衾寒枕冷，奴只虑公婆没主一旦冷清清"，"为爹泪涟，为娘泪涟，何曾为着夫妻上意牵"。第二，同上述原因相联系,作者要把负心的蔡二郎改写为忠孝的蔡伯喈,同时又要保持故事的悲剧色彩,就出现了"三不从"情节。从明代开始,就有批评家予以指摘,清代李渔在《闲情偶寄》中抨击更厉:"若以针线论,元曲之最疏者,莫过于《琵琶》。无论大关节目,背谬甚多,如子中状元三载,而家人不知,身赘相府,享尽荣华,不能自遣一仆,而附家报于路人……"前人也有不同意这类指摘而予以辩解的。但平心而论,由"三不从"引出的情节上的疏漏确是《琵琶记》的明显缺陷。

《琵琶记》在艺术上虽有这样那样的不足,但与它的成就相比,这些不足毕竟是次要的。在南戏发展的历史上,《琵琶记》有着十分重要的地位。徐渭说高明作《琵琶记》"用清丽之词,一洗作者之陋,于是村坊小伎,进与古法部相参,卓乎不可及已"。说"不可及",未免过誉,然《琵琶记》的出现,标志着南戏创作在由粗到细、由低到高、由俚到文的过程中,步入了艺术上比较成熟、能为雅俗共赏的新阶段,这是无容置疑的客观事实。《琵琶记》出现以后,主要以南方民间舞台为活动场地的南曲戏文才引起众多的文人雅士的瞩目。他们纷纷起而创作戏文,以致蔚然成风。《琵琶记》几乎成为南戏创作的范本,获得了"曲祖"(魏良辅《曲律》)、"南曲之宗"(黄图珌《看山阁集闲笔》)的称誉。在明、清两代很多曲学家的曲论著作中,《琵琶记》常常又被视为和杂剧《西厢记》并称的作品。

〔1〕　高明生年目前难以确切考定,据有关材料,可推断他生于大德五年后,十年前。参见钱南扬《〈琵琶记〉作者高明传》(收入作者文集《汉上宧文存》)。

〔2〕　参见《明史》、《明词综》等。一说卒于至正十九年(1359),根据是清陆时化《吴越所见书画录》卷一收有高明的题陆游《晨起》诗卷,末署"至正十三年夏五月壬辰永嘉高明谨志于龙方"。同卷还收有永嘉余尧臣的题跋,说"越六

年而高公亦以不屈权势病卒四明"。据余说推算,高明应卒于至正十九年。但光绪《余姚县志》卷三中还保存着高明至正二十年撰写的《余姚州筑城志》,光绪《慈溪县志》卷十五记载高明于至正二十一年还在为人书写碑文。可见余尧臣之说实误。徐渭《南词叙录》记:"我高皇帝(按:指明太祖朱元璋)即位,闻其名,使使征之,则诚佯狂不出,高皇不复强。亡何,卒。"陈顾(一作黄溥)《闲中今古录》载:"洪武中征辟,辞以心疾不就……既卒,有以其记进。""高皇帝即位"和"洪武中"云云,明言明初。《慈溪县志》记高明至正二十一年犹为人撰碑文,由这年到明洪武元年,只隔七个年头。这里仍从高明卒于明初旧说。

〔3〕 蔡伯喈是东汉时的著名学者,名邕,陈留(今属河南杞县)人。官至左中郎将。据《后汉书》记载,"邕性笃孝,母常滞病三年,邕自非寒暑节变,未尝解襟带,不寝寐者七旬。母卒,庐于冢侧,动静以礼……与叔父从弟同居,三世不分财,乡党高其义。"但在宋元民间文学中却被写成不孝不义的人物。

〔4〕 关于高明作《琵琶记》的起因及故事来源,曾经有过多种不同的说法。如明弘治间白云散仙《重订慕容喈琵琶记序》说是"刺东晋慕容喈之不孝,牛金之不义"而作;《南词叙录》说"惜伯喈之被谤,乃作《琵琶记》雪之"。《留青日札》认为是作者讽谏友人王四弃妻再娶;《艺苑卮言》则说是讥再娶牛僧孺之女的蔡生;《庄岳委谈》考牛僧孺婿为邓敞,指为责邓之作;《两般秋雨庵随笔》却说是为嘲骂蔡卞弃妻再娶荆公之女而作。种种说法,多为捕风捉影、附会臆度之谈。正如姚燮《今乐考证》所说:"传奇家托名寄志,其为子虚乌有者,十之七八","诸家纷纷之辩,直痴人说梦耳"。姚华《菉猗室曲话》说:"柔克所讥,盖属世情之常,不必意中实有其人。即以为讽世之作可也。"

〔5〕 《九宫正始》的编者注语中曾将《九宫十三调词谱》中的《琵琶记》曲文与《古本琵琶记》比较。"古本"云云,是明人的说法。犹如后人将《中原音韵》或《太和正音谱》中所收曲文和杂剧的某个流传本子对校比勘一样,本不发生"两部作品"的问题。但《九宫正始》卷首冯旭序文(作于清顺治十八年)中说徐于室持有的是"大元天历间《九宫十三调谱》"。而一般认为高明《琵琶记》作于至正年间,在这以前就已出现的曲谱中已收了《琵琶记》曲文,那么当就是另一种作品了。但第一,高明作剧时间尚无定说;第二,《九宫正始》所录"元传奇"

佚曲大致可信，但从纽少雅自序攻击蒋孝旧编《九宫十三调谱》和沈璟《南九宫十三调谱》是"多从坊本创成曲谱，致尔后学无所考订"来看，实有标榜之意。序中还说从一王姓老叟处得汉、唐曲谱"骷髅格"云云，更见其托古炫耀。按蒋孝见到的《九宫谱》和《十三调谱》大抵有目缺词，经蒋孝汇补后，《十三调》依旧无词。纽少雅说他们得到是"词谱"，其中所收的"词"是否没有明人所添，也不能遽然断定。

〔6〕　参见王国维《宋元戏曲考》。

〔7〕　毛声山《绘风亭评第七才子书琵琶记》第一出"总评"，篇首"自序"。天籁堂梓行《镜香园毛声山评第七才子书》，费锡璜序。

〔8〕　毛声山评本《第七才子书·前贤评语》。

〔9〕　《陈眉公批评琵琶记》篇末总评。

〔10〕　详见剧本月刊社编辑《琵琶记讨论专刊》，1956 年人民文学出版社出版。

〔11〕　吕天成《曲品》品评"旧传奇"分为神、妙、能、具四品，"神品"仅两部，又以《琵琶记》为第一。

〔12〕　何良俊《四友斋丛说》中引他人看法："近代人杂剧以王实甫之《西厢记》、戏文以高则成之《琵琶记》为绝唱。"

〔13〕　这支曲是相传的神来之笔，世传王世贞撰、邹善长增订的《类苑详注》说："高明撰《琵琶记》，填至吃糠一折，有糠和米一起飞之句，案上两烛光合而为一，交辉久之乃解。好事者以为文字之祥，为作瑞光楼以旌之。"这种传说虽不可信，但在明、清文人中颇为流传，《南词叙录》《书影》《词余丛话》和《静志居诗话》等都有记载，只说法稍有相异而已。

第二十七章　元代话本

在元代文学史上,和杂剧、南戏、散曲、诗、词、散文等一样,小说也是流行的体裁。元代的小说,以话本为主。这就是本章所要论述的主要内容。此外,还有文言小说,但数量不多,成就也有限,这里就略而不论了[1]。至于元末明初出现的两部伟大的长篇小说《三国志通俗演义》和《水浒传》,将在明代文学史中加以叙述和介绍。

第一节　元代说话和话本概况

说话大盛于宋代。到了元代,它仍在继续流行,关于它流行的详细情况虽然缺乏记载,但可从元代官方制止人民百姓"搬演词话"的禁令中约略窥知。"词话"作为民间伎艺的一种名称,首见于元代的文献记载,后人对它解释不一,有人视作是说话的同义语,有人认为是讲唱文学的总称。但词话中有相当一部分属说话门庭,则为无可置疑的事实。

元完颜纳丹等编纂的《通制条格·搬词》记云:

　　至元十一年十一月中书省大司农司呈:河南河北道巡行劝

农官申：顺天路束鹿县镇头店聚约百人，搬唱词话。社长田秀等约量断罪外，本司看详：除系藉正式乐人外，其余农民、市户、良家子弟，若有不务正业，习学散乐，搬唱词话，并行禁约。都省准呈。

又，《大元圣政国朝典章》(通称《元典章》)"刑部"下"杂禁"条记云：

农民、市户、良家子弟，若有不务正业，学习散乐、搬说词话人等，并行禁约。

此外，《元史·刑法志》也有类似的记载。《农田余话》还记惠宗至元二年(1336)，丞相伯颜当国，在江南一带严禁"评话"。这些记载正好反过来说明，从元初到元末，"词话"和"评话"在民间很是流行。

元代职业说话人的情况，也由于缺乏记载，难知详细，他们的姓名大部分已被埋没。只有极少数人的姓名和事迹，偶尔还能在一些文献记载中发现。例如，时小童便是其中的佼佼者。《青楼集》记她"善调话"，还说她舌辩流利，被喻为"如丸走坂，如水建瓴"，足见她的技艺非同凡响。还记她的女儿继承了她的衣钵，但因故未能完全学到她的本事。《青楼集》原文在"调话"一词之后，有小注云："即世所谓小说者。"是"调话"即小说。但有人以为"调"字可能是"词"字的形讹。可备一说。

另外还有高秀英和朱桂英二人，也是元代著名的说话人。王恽〔鹧鸪天〕《赠驭说高秀英》词中说："短短罗袿淡淡妆，拂开红袖便当场。掩翻歌扇珠成串，吹落谈霏玉有香。""由汉魏，到隋唐，谁教若辈管兴亡。百年都是逢场戏，拍板门锤未易当。"所谓"驭说"，当即是说话人的意思，《都城纪胜》有"驱驾虚声，纵弄宫调"之言，"驭"

也就是驱驾之意。朱桂英,据杨维祯《送朱女士桂英演史序》说,"家在钱唐,世为衣冠旧族,善记稗官小说,演史于三国五季"。可知她善说三国、五代故事。但也能说别的故事,她曾于至正二十六年(1366)二月为杨维祯"说道君艮岳及秦太师事"。"道君艮岳"或即今传《宣和遗事》中的部分内容,"秦太师"当指秦桧。

朱桂英是元末人,此外还有胡仲彬兄妹,也是元末的说话人,据《辍耕录》载,"胡仲彬乃杭州勾栏中演说野史者,其妹亦能之"。至正十四年(1354)七月,"招募游食无籍之徒,文其背曰:'赤心护国,誓杀红巾',八字为号,将逐作乱"。事泄,三百六十余人受诛。

从这几项记载,可以看出,当时的说话人多为女性,所说的话本多属于讲史的性质。内容则从汉魏到隋唐,包括"三分"和"五代史"在内,甚至还有北宋和南宋的故事。当时说话中或也有演述社会现实题材的内容,《元典章》卷四十一记载,至大三年(1310),回回农民木八剌告发某汉人有造反的言论,预言达达家(蒙古人)即将灭亡,并说过"汉儿皇帝出世也,赵官家来也"的话。后经查明,这些话是木八剌早年从"词话"中听来而嫁祸于人的。可见在当时的说话中确实存在着反对民族压迫的内容和词句。

据《永乐大典目录》,该书卷一七六三六至卷一七六六一,全是评话。其中大部分为元代的话本,惜已佚失不传。

现存的元代话本以小说和讲史两类为主。小说类计有九种,保存于明代的《永乐大典》、一些小说选本和类书之中[2]。它们是:

(1)《简帖和尚》(《古今小说》卷三十五)[3]

(2)《曹伯明错勘赃记》(《雨窗集》)[4]

(3)《宋四公大闹禁魂张》(《古今小说》卷三十六)[5]

(4)《任孝子烈性为神》(《古今小说》卷三十八)[6]

(5)《汪信之一死救全家》(《古今小说》卷三十九)[7]

（6）《金海陵纵欲亡身》（《醒世恒言》卷二十三）[8]

（7）《裴秀娘夜游西湖记》（《万锦情林》卷二）[9]

（8）《西游记平话·魏徵梦斩泾河龙》（《永乐大典》卷一三一三九）

（9）《西游记平话·车迟国斗法》（《朴通事谚解》）[10]

另外，据朱曰藩《山带阁集·跋姚氏所藏大圣降水母图》一文说，他曾于嘉靖十五年（1536）夏在金陵友人家中见到"元人《大圣降水母》小说"；据郎瑛《七修类稿》卷二十三说，他曾见到元代金人杰（当为金仁杰）撰写的"《东窗事犯》小说"。这两种小说均已佚失。

讲史类话本现存八种：

（1）《三分事略》

（2）《三国志平话》

（3）《武王伐纣书》

（4）《乐毅图齐七国春秋后集》

（5）《秦并六国平话》

（6）《前汉书平话续集》

（7）《宣和遗事》

（8）《薛仁贵征辽事略》

除《薛仁贵征辽事略》保存于《永乐大典》外，其余均有元刊本传世。

元代话本表现出三个鲜明的特色：

第一，话本和戏剧呈现出交流的趋势。首先，一些作家既编撰话本，又谱写戏剧，一身而二任焉。例如杂剧《宋上皇碎冬凌》的作者陆显之，据《录鬼簿》说，"有《好儿赵正》话本"。他的杂剧并没有流传下来，他的话本却一直保存到今天[11]。又如杂剧《萧何月夜追韩信》的作者金仁杰，不仅有杂剧《秦太师东窗事犯》，而且还有小说《东窗事犯》。用不同的文学体裁去表现同一素材的内容，尤可看出这种趋势的增长。其次,许多话本和杂剧、南戏,在故事情节内容上互相渗透,彼此影响。采用相同题材的作品越来越多。例如小说《曹伯明错勘赃记》,《永乐大典》卷一三九七四著录有戏文《曹伯明错勘赃》,《录鬼簿》卷上记载武汉臣、纪君祥均有杂剧《曹伯明错勘赃》,郑庭玉也有杂剧《曹伯明复勘赃》。

第二,讲史风行一时。在宋代话本中,小说居于主流。到了元代,讲史逐渐地取代了小说的地位。许多著名的说话人都以讲史擅场。讲史话本也在不断地印行着。民族压迫的生活环境,迫使大多数的说话人和听众、读者们选择历史题材,这促成了当时话本主流的转换。同时,元代杂剧作品多取历史题材,无疑也对元代话本的发展起了不容忽视的影响。

第三,许多作品,尤其是讲史,尽管关目曲折、生动,文词却很朴拙。文字组织不够细密,往往只交代情节的崖略。这样做,显然为说话人临场艺术才能的发挥留下了极大的余地。

第二节　元代的讲史

《三分事略》,三卷,现存世祖至元三十一年(1294)建安书堂刊本[12]。全书始于汉光武刘秀赏春和司马仲相阴司断狱,止于刘渊灭晋。从桃园三结义到秋风五丈原,构成了故事情节的主体,演述三国时期魏、蜀、吴三方割据的种种矛盾和斗争。

这部小说流露出鲜明的拥刘反曹的倾向。对刘备一方的胜利,作者竭尽歌颂之能事;凡遇曹操一方的失败,作者则对其狼狈情状加以淋漓尽致的刻画。这样做,一方面自然是受到了当时流行的封建正统观念的影响,另一方面确也反映了宋元时代一部分人民群众的爱憎[13]。杂剧中的三国戏,也大抵具有这种倾向。

书中描绘的人物形象,以张飞和诸葛亮为最突出。张飞勇敢,爽直,豪放不羁,嫉恶如仇。诸葛亮料事如神,老谋深算。他们的性格,在书中都得到了生动的表现,使读者感到亲切、可爱。

《三分事略》中的一些人物的姓名和事迹,虽在史传上有所记载,但更多的故事情节,显出传奇色彩,乃或荒诞无稽,当是根据口头传说加以敷衍,或者直接出于作者自己的创造。庞统睡在衙内,张飞持剑向他砍去,"连砍数剑,血如涌泉,揭起被服,却是一犬";曹操逃至滑荣路,被关羽率领五百校刀手拦住,人困马乏,无路可走,无计可施,"说话间,面生尘雾",竟然脱身。情节的编织,难以掩饰其稚拙的痕迹。

当然,有些情节表面上看来匪夷所思,实际上却可以发掘出它们所包含着的另外的意义。例如:鞭打督邮以后,张飞偕同刘备、关羽,逃往太行山落草;刘、关、张兄弟失散后,张飞占据终南山前的古城,建造"黄钟宫",立年号为"快活年",自称"无姓大王",做起了草头天子;张飞大叫一声,"如雷灌耳,桥梁皆断,曹军倒退三十余里";诸葛亮"出身低微,元是庄农",一再被人蔑称为"牧牛村夫"或"村夫"。这些地方,无不显露出民间故事所特有的泥土的气息。可以看出,多少世纪以来,张飞和诸葛亮一直是劳动人民群众喜闻乐见的艺术形象。有关他们的故事,在流传的过程中,往往会有意无意地增添许多反映民间心理和愿望的因素。

在开端和结尾部分,作者分别安排了司马仲相阴司断狱和刘渊灭晋两个小故事。秀才司马仲相被玉皇请到阴司为君,并在报冤殿上审理了韩信、彭越、英布三人遭汉高祖、吕后杀害的冤狱,玉皇遂命他们一一转世,韩信为曹操,彭越为刘备,英布为孙权,汉高祖为汉献帝,吕后为伏后,司马仲相为司马懿,演出了三分天下和复归一统的历史。刘渊则被说成蜀汉后主刘禅的外孙,在晋灭蜀汉时逃亡北方,后认舅氏之姓,建国曰汉,派兵灭晋,达到了为蜀汉复仇的目的。这两个小故事,利用因果报应的迷信思想,曲折地反映了人民群众对于历史上杀戮功臣的暴君的不满,表达了他们对于蜀汉一方的同情。

试引关于"单刀会"一节的描写于下:

> 有一日,探事人言,江吴上大夫鲁肃引万军过江,使人将书请关公赴单刀会。关公:"单刀会上必有机见,吾岂惧哉!"至日,关公轻弓短箭,善马熟人,携剑,无五十余人,南赴鲁肃寨。吴将见关公衣甲全无,腰悬单刀一口。关公视鲁肃从者三千,军有衣甲,众官皆挂护心镜。君侯自思:贼将何意?茶饭进酒,令军奏乐承应。其笛声不响三次,大夫高叫言:"宫商角徵羽!"又言羽不鸣,一连三次。关公大怒,揸住鲁肃。关公言曰:"贼将无事乍宴,名曰单刀会,令军人奏乐不鸣。尔言羽不鸣,今日交镜先破!"鲁肃伏地言道:"不敢。"关公免其性命,上马归荆州。

《三分事略》的文字风格和铺叙技巧,于此可见一斑。

另有一种《三国志平话》,现存至治(1321—1323)年间建安虞氏刊本[14],文字内容基本上和《三分事略》相同,但晚于《三分事略》的刊行。这类同书异名的现象,从侧面表明三分故事获得读者们的喜爱,书贾正是投合这种喜爱心理,更名重印,以期获利。如果同元杂剧中有不少描写三国故事的剧本联系起来看,更可说明三国故事在元代广泛流行。

《三国志平话》和《武王伐纣书》(又名《吕望兴周》)、《乐毅图齐七国春秋后集》、《秦并六国平话》(又名《秦始皇传》)、《前汉书平话续集》(又名《吕后斩韩信》),今人合称《全相平话五种》。它们原都是各自独立的讲史话本,被书商建安虞氏合并在一起,编辑成系列性的丛书。每种都分上、中、下三卷,上图下文,版式一致。由《三国志平话》的刊印年代,可推知其余四种大约也是至治年间的出版物。而书名上的"后集"、"续集"等字样,透露了丛书所收远不止此五种,它们不过是残存者而已。

《武王伐纣书》,从"汤王祝网"和"纣王梦玉女授玉带"开始,到"八伯诸侯会孟津"和"武王斩纣王、妲己"结束。故事的框架,多依傍正史,但增添不少荒诞的情节,进行了光怪陆离的描绘。书中记录下不少民间的口头传说,例如姜子牙休妻和曲柄伞的形成。其他则大多是叙述神道的姓名和来历,或交代有关的古迹的来历。从全书来看,文字风格是平实的。但有的描写还算生动活泼,自有一种质朴的风趣。例如"斩妲己"一节:

> 二声鼓响,于小白旗下,刽子手待斩妲己。妲己回首戏刽子,用千娇百媚妖眼戏之,刽子堕刀于地,不忍杀之。太公大怒,令教斩了刽子,又教一刽子去斩。刽子接刀待斩妲己,妲己回首戏刽子,刽子见千娇百媚,刽子又坠刀落地,不忍斩之。太公大怒,又斩了刽子。有殷交来奏武王:"臣启陛下,小臣乞斩妲己。"武王:"依卿所奏。"殷交用练扎了面目,不见妖容。被殷交用手举斧,去妲己项上中一斧。不斩万事皆休,既然斩着,听得一声响亮,不见了妲己,但见火光迸散。似此怎斩得妲己了?太公一手擎着降妖章,一手擎着降妖镜,向空中照见妲己真性,化为九尾狐狸,腾空而起。被太公用降妖章叱下,复坠于地。太公令殷交拿住,用七尺生绢为袋裹之,用木碓捣之,以此妖容灭形,怪魄不见。

《乐毅图齐七国春秋后集》，此书正文自孙膑斩庞涓说起，前集当是写"孙庞斗志"，可惜今已不传[15]。后集演乐毅代齐事。实际上孙膑仍是全书的中心人物，作者写他率兵伐燕，立下大功，却被清漳太子和国舅邹坚、邹忌所忌，隐居云梦山。后乐毅破齐，他又下山，和乐毅斗阵。乐毅不胜，请师父黄伯扬下山摆设迷魂阵。孙膑也请师父鬼谷先生下山。最后，鬼谷先生大破迷魂阵，诸国尊齐为上国，各进金宝十万贯。书中违背史实之处甚多，神怪色彩比较浓厚，布阵斗法，充满了诡异而鄙野的气氛[16]。

《秦并六国平话》则和《乐毅图齐七国春秋后集》不同，没有掺入神怪的描写，基本上忠实于历史，虚构成分较少，有时甚至完全袭用《史记》原文，无所增润。文字半文半白，记事粗率疏略，缺乏细致的、生动的描写。

《前汉书平话续集》的风格和《秦并六国平话》近似。它铺叙汉高祖、吕后屠杀功臣的史实，而以斩韩信事为主，至文帝即位、汉室复兴止。文字平易质朴，结构比较紧密。它的故事流传相当广泛。元明戏曲中自本书取材者颇多。用"吕太后的筵席"一语表示凶恶狠毒的圈套，已成为元明两代戏曲、小说中常用的典故。

《武王伐纣书》、《乐毅图齐七国春秋后集》、《秦并六国平话》和《后汉书平话续集》这四种讲史话本，在思想内容方面，有一点是共同的：它们无情地谴责了昏君的残暴不仁和荒淫无耻的罪恶，尖锐地揭露和批判了封建君主杀戮开国功臣的阴谋诡计和背信弃义的行为。作者们以改朝换代和兴废争战之事为素材，在具体的描写中，往往用正义、非正义或有道、无道的标准来区分矛盾和斗争着的双方阵营，并让广大读者看到，最后的胜利必然属于正义的或有道的一方。这不仅表现出作者自己的鲜明的爱憎，而且也反映了人心的向背。《武王伐纣书》更提倡在反对暴君的前提下，臣可以弑君，子可以弑父。在封建理学成为官学的元代，表现出这样激烈的思想，实在是很难得的。

《薛仁贵征辽事略》，原书已佚，仅保存于《永乐大典》（卷五二四四"辽"字韵）中，有赵万里辑校本。它的开场诗和《武王伐纣书》完全相同："三皇五帝夏商周，秦汉三分吴魏刘。晋宋齐梁南北史，隋唐五代宋金收。"诗中把"宋"和"金"归入过去的历史时代，纯属元人口气。可知它是元代的作品。它以唐王朝伐辽战争为背景，以薛仁贵为主人公，叙述了他累建战功，而又一再为张士贵、刘君昂冒领，不断遭受压制，终于在尉迟敬德等人的支持下，澄清事实，获得唐太宗重用的故事。它依傍正史，间有艺术虚构和捏合。文字古朴简率，叙事紧凑。作者善于设置悬念。张、刘冒功，看看将要败露，忽又峰回路转，另生枝节。情节曲折生动，跌宕起伏，富有戏剧性，吸引着读者探问究竟的兴趣。本书所写薛仁贵故事与杂剧《薛仁贵衣锦还乡》的内容颇不相同，这说明当时这类故事在流传中尚未定型。

《宣和遗事》，现存旌德郭卓然刻本、黄丕烈《士礼居丛书》本、金陵王氏洛川校正重刊本和吴郡修绠山房刊本，共四种。前两种为两卷本，后两种为四卷本。同是四卷本，第三种与第四种的分卷法又有差异。文字内容则四种版本基本上相同。它是元代的话本集[17]，在体裁上也和元代其他的讲史话本保持着一致。

按照它的情节内容，约可分为十节：（1）历代帝王荒淫之失；（2）王安石变法之祸；（3）王安石引蔡京入朝，至童贯、蔡攸巡边；（4）梁山泺聚义本末；（5）宋徽宗幸李师师家，曹辅进谏，张天觉隐去；（6）道士林灵素进用及其死葬之异；（7）腊月预赏元宵及元宵看灯之盛；（8）金人来运粮，至汴京陷落；（9）金兵入城，帝后北行受辱；（10）宋高宗定都临安。

作者在开场诗中说，"深悲庸主事荒淫"，"稔乱无非近佞臣"。

接着又指出,上下三千余年,兴废百千万事,治乱两途都关系着皇帝一人心术之邪正。因此,他把批判的矛头指向了封建社会的几个皇帝。首先被指责的是夏桀、商纣、周幽王、楚灵王、陈后主、隋炀帝、唐明皇等等,他们昏庸无道,沉湎女色,不理国事,不修德政,苦虐黎庶,都落得个国亡身死的下场。全书的主要篇幅,是叙述宋徽宗淫逸的生活、窳败的政治和悲惨的结局,作者把他作为"信用小人,荒淫无度"的"无道的君王"来加以鞭挞。另一个被批判的目标则是宋高宗。结束语说:"世之儒者,谓高宗失恢复中原之机会者有二焉:建炎之祸,失其机者,潜善、伯彦偷安于目前误之也;绍兴之后,失其机者,秦桧为虏用间误之也。失此二机,而中原之境土未复,君父之大仇未报,国家之大耻不能雪。此忠臣义士之所以扼腕,恨不食贼臣之肉而寝其皮也欤!"这些地方无不表现了作者勇敢的气概和精当的见解。

《宣和遗事》的文字,或为浅近的文言,或为纯粹的白话。后者主要用于梁山泊聚义和李师师的故事。

梁山泊聚义本末叙述宋江等人聚义的故事,情节比较简略,仅仅着力描写杨志卖刀、晁盖等劫取生辰纲、宋江杀阎婆惜三事。它对后来的长篇小说《水浒传》的形成有重大的影响,可以说是《水浒传》的原始雏形。梁山故事于宋代开始流传,元代继续流行,杂剧中有不少水浒戏,即是明证。因此,《宣和遗事》话本集中收录梁山故事,也就不为偶然。

第三节　元代的小说

《宋四公大闹禁魂张》是元代小说中的佳作。作者是陆显之。

小说塑造了宋四公、赵正、侯兴、王秀几个侠盗人物的形象。他们劫富济贫,专和官府作对,为穷人伸张正义。他们机智、大胆,有着神出鬼没的本领。残害人民的官吏和财主们遭到他们的戏弄和打击,一一暴露出腐朽昏庸和愚蠢无能的虚弱本质。他们把京师闹得落花流水,公然向封建统治者提出挑战。他们的行动,寄托着人民群众的愿望。

故事内容丰富多彩,情节曲折离奇。语言简炼而形象,例如张员外的出场:

> 这员外有件毛病,要去那虱子背上抽筋,鹭鸶腿上割股,古佛脸上剥金,黑豆皮上刮漆,痰唾留着点灯,捋松将来炒菜。这个员外平日发下四条大愿,一愿衣裳不破,二愿吃食不消,三愿拾得物事,四愿夜梦鬼交。是个一文不使的真苦人。

用一种夸张的色彩,诙谐的情调,十分犀利地勾勒出守财奴的丑恶嘴脸。全篇对这个悭吝的富户的描写都是非常突出和生动的。

《简帖和尚》和《曹伯明错勘赃》都属于公案的题材。《简帖和尚》叙述皇甫松被洪和尚施计欺骗,休去妻子,洪和尚借机占有皇甫之妻,中经曲折,由开封府钱大尹侦悉断明,淫僧伏法,皇甫夫妻重圆。《曹伯明错勘赃》描写旅店主曹伯明丧妻,因娶妓女谢小桃,谢私通倘都军,两人设计谋害曹伯明,故意支使贼人宋林将赃物丢弃,曹拾得赃物,谢到官府出首,曹被判罪,后由蒲左丞审明,才免冤屈。这两个作品的共同倾向是鞭挞堕落世风,为民间的冤案鸣不平。《简帖和尚》注意细节描写,有些片段十分精彩;作者还故意在情节的铺叙中埋下伏线,最后用倒叙法加以揭破,这加强了故事性,收到引人入胜的效果;作品对于洪和尚阴险毒辣的形象刻画也比较成功。

《魏徵梦斩泾河龙》和《车迟国斗法》都是《西游记平话》一书的残存部分。《魏徵梦斩泾河龙》叙事比较简略。《车迟国斗法》则是《朴通事谚解》一书的编者根据《西游记平话》原文改写的,描写孙行者同伯眼大仙在车迟国斗法,比赛坐静、柜中猜物、滚油洗澡和割头再接四个方面的神通。故事情节丰富而热闹。《朴通事谚解》中还有八条注释,详细地介绍了《西游记平话》的主要故事情节。显然,《西游记平话》是宋代的《大唐三藏取经诗话》和明代吴承恩的长篇小说《西游记》之间的一座重要的桥梁。

〔1〕 文言小说,主要指沿着六朝志怪和唐人传奇系统发展下来的志怪和传奇文。宋代志怪、传奇已呈衰微之势。元代志怪、传奇传世极少。且作者归属常有异说和误说。确知比较有名的传奇文是《娇红记》(一作《娇红传》),作者宋远,字梅洞(一说虞集,不可靠)。此外,还有杨维祯作《剪灯新话》,柳贯作《王魁传》和《金凤钗记》,陈恬作《牡丹灯记》,关汉卿作志怪小说集《鬼董》等说法,均不可靠。

〔2〕 现存的宋元话本有时很难划分它们确定的创作时代。现根据我们的研究,并参考有些学者的考证,作出初步的判断。判断的依据则在下文的注解中加以简要的说明。

〔3〕 入话《错封书》,见《醉翁谈录》乙集卷二《王氏诗回吴上舍》,吴上舍即吴仁叔,据明彭大翼《山堂肆考》,吴仁叔(上舍)系元人。又,正文云:这四个人"是本地方所由,如今叫做连手,又叫做巡军"。据《元史·兵志》,巡军的设置为元代新创。

〔4〕 正文言系至正年间(1341—1368)事。

〔5〕 当即陆显之的《好儿赵正》。参见注〔11〕。

〔6〕 正文开头说:"话说南宋光宗朝绍熙元年。"明显是南宋以后人语气。后文又说:"其庙至今尚存,后人有诗题于庙壁。"

〔7〕 正文说:"大宋乾道、淳熙年间,孝宗皇帝登极。"又说:"那时南宋承平

之际。"又,篇中还提及典史掌印一事。据汪伋《事物原会》卷五引《续通考》:"元于丞、簿、尉外置典史。"

〔8〕　系据《金史》编写。而《金史》修竣于至正四年(1344),当是元末人所撰。《金史》的底本是元初王鹗编修的《金史》,如小说作者能看到王本,又可能时代更早一些。

〔9〕　收场诗六句,后四句袭自赵雍题《郑元和行乞图》诗,见褚人获《坚瓠首集》卷三。赵雍乃赵孟頫之子,生于世祖至元二十六年(1289)。

〔10〕　《朴通事谚解》为朝鲜古代的汉语教科书,约成书于元代。

〔11〕　《好儿赵正》话本曾以不同的名称流传。它又名《赵正侯兴》,见于晁瑮《宝文堂书目》的著录。后冯梦龙收入《古今小说》卷三十六,改题《宋四公大闹禁魂张》。

〔12〕　《三分事略》封面标明"甲午新刊",卷上和卷中的首叶首行题署书名有"至元新刊"四字。元世祖和元惠宗时都有至元年号,但只有世祖至元三十一年(1294)为甲午年。封面又标明刊行者乃"建安书堂"。而元代建安书坊正有"李氏建安书堂"的字号。

〔13〕　《东坡志林》说:"王彭尝云:涂巷中小儿簿劣,其家所厌苦,辄与钱,令聚坐听说古话。至说三国事,闻刘玄德败,频蹙眉,有出涕者;闻曹操败,即喜唱快。以是知君子小人之泽,百世不斩。"这说的是北宋时期的情况。

〔14〕　《三国志平话》封面标明"至治新刊"。至治系元英宗年号(1321—1323)。封面又标明"建安虞氏新刊"。元代建安书坊有"虞氏务本书堂"。

〔15〕　崇祯刊本《孙庞斗智演义》可能就是《七国春秋前集》重印或修改的。

〔16〕　清初烟水散人的《后七国乐田演义》与此书内容有异。另外,清代的《锋剑春秋》和《走马春秋》两部小说,演孙膑事,亦与此书不同。

〔17〕　书中有宋太宗和陈抟的对话,太宗问:"朕立国以来,将来运祚如何?"陈答:"宋朝以仁得天下,以义结人心,不患不久长,但卜都之地,一汴,二杭,三闽,四广。""四广"云云,表明作者知道宋亡之事,当非宋人作,而是出于元人之手。

后　记

　　明初官修《元史》，把成吉思汗建立大蒙古国（1206）到元惠宗退出中原（1368）这个历史时期通称元朝。明清人研究元代文学，大抵始于金亡即大蒙古国统一北方，讫于明王朝的建立。几乎约定俗成。本书也大致以蒙古国家统一北方后出现的文学现象作为叙述的开始。当然，文学发展的情况与王朝的更迭不可能尽相一致，不少作家常是身历前后两朝，不少文学现象也常从前一王朝延续到后一王朝，其间还有继承和革新的关系。因此，本书叙述中又不免要与前后朝的文学现象有所交叉，但这种交叉大抵是呼应和转承的叙述，以避免与宋代（含辽金）和明代文学史过于重复。

　　由于各种原因，本书编写工作历时较长，初稿的撰写和修订历时四年多，主编定稿工作历时二年多，编写过程和执笔情况大致如下：杂剧部分由邓绍基、吕薇芬和幺书仪执笔；散曲部分由吕薇芬执笔；南戏部分由金宁芬执笔；小说部分由刘世德执笔；诗文部分由范宁和邓绍基执笔。初稿完成后，经过讨论，由执笔人修改，为修改稿。最后由主编邓绍基负责定稿，其间包括章节的重新调整和增置，修改稿的增删和改定等工作。在定稿过程中，得到幺书仪、尹恭弘和侯光复的协助。幺书仪还增补了杂剧部分，尹恭弘增补了诗文部分，侯光复增补了散曲部分。按照中国文学通史编纂委员会规定的主编负责制的原则,定稿人对执笔人的修改稿均有不同程度的改动,有的改动还很大,因此可能会出现与执笔者业已发表的同类论著不尽相符的观点和看法,但也有为了尊重执笔人的观点而出现的若干相反情况。谨此说明如上。

在编写和定稿过程中,我们曾参考不少近人的有关论著,吸收了他们的研究成果,未能一一说明,谨在这里一并表示感谢。在付印过程中,又得到人民文学出版社有关同志的帮助,也谨志谢意。

编写一部内容较多、篇幅较长的元代文学史,尚属草创,又限于我们的水平,书中定有不少缺点错误,恳切希望专家、读者多予指正。

一九八七年十二月